달은 무자비한 밤의 여왕

달은 무자비한 밤의 여왕

The Moon is a Harsh Mistress

로버트 A. 하인라인

안정희 옮김

황금가지

THE MOON IS A HARSH MISTRESS

by Robert A. Heinlein

피트와 제인 젠센보우에게 바친다.

1부

생각하는 컴퓨터

$$* \ 1 \ *$$

　나는 《루나야 프라우다》에서 달 세계 시 시의회가 도시 안에서 공공 식품 판매 상인들을 조사, 인가, 시찰, 과세하는 법안을 단 한 차례 심의만으로 통과시켰다는 기사를 읽었다. 또한 오늘 밤에 '혁명의 자식들'인가 뭔가 하는 것을 조직하기 위한 대중 집회가 열린다는 기사도 읽었다.

　아버지는 나에게 두 가지를 가르쳐 주었다. '남의 일에 나서지 마라'와 '카드는 항상 잘라 버려라'. 나는 정치 같은 것에 관심이 없었다. 하지만 2075년 5월 13일 월요일, 나는 달 총독부 청사의 컴퓨터실에서 컴퓨터들의 대장 격인 마이크를 만나고 있었다. 다른 기계들은 자기들끼리 조용히 윙윙대며 돌아갔다. 마이크는 공식적인 이름이 아니었다. 나는 그에게 마이크로프트 홈즈라는 별명을 붙여 주었는데 왓슨 박사(토머스 J. 왓슨 1세 — 옮긴이)가 IBM을 창업하기 전에 썼던 이야기에서 따온 이름이었다. 이 이야기 속 인물은 그저 앉아서 생각만 했다. 그게 바로 마이크가 하는 일이었다. 마이크는 탁월한 두뇌이며, 세상에서 가장 똑똑한 컴퓨터다.

　제일 빠르지는 않을지도 모른다. 지구의 부에노스아이레스에 있는 벨 연구소에는 크기가 마이크의 10분의 1밖에 안 되면서도 질문이 채 끝나기도 전에 대답을 할 수 있는 컴퓨터가 있다고 한다. 하지만 맞는 대답이기만 하다면 대답이 100만 분의 1초에 나오든, 1000분의 1초에 나오든 그게 대수겠는가?

마이크가 항상 맞는 대답을 하는 것은 아니다. 그가 완전히 정직하지는 않기 때문이다. 달 세계에 처음 설치되었을 때 마이크는 탄력적인 논리 체계를 갖춘 완전 사고형 컴퓨터, '고도로 선택적이고 논리적이고 복합 평가적인 감독기, 마크 IV, L 형 모델' 홈즈 4였다. 그는 무인 화물선의 탄도를 계산하고 그 발사를 통제했는데 그 일에 자기 시간의 1%도 소비하지 않았고, 달 세계 총독부는 누군가가 빈둥거리며 게으름 피우는 꼴을 보지 못했다. 그래서 그들은 계속해서 그에게 하드웨어를 추가했다. 다른 컴퓨터들의 대장 노릇을 하게 해 주는 의사 결정 장치, 끊임없이 추가되는 메모리 뱅크, 조합 신경 네트워크 뱅크, 열두 자리 난수 뱅크, 엄청나게 확장된 임시 기억 뱅크 등이 연결되었다. 인간의 뇌에는 10의 10승 정도의 신경 세포가 있지만 3년이 지날 무렵 마이크는 그 숫자의 1.5배가 넘는 신경 소자를 갖췄다.

그리고 눈을 떴다.

나는 기계가 '정말로' 살아 있을 수 있는지, '정말로' 자기 자신을 인식할 수 있는지를 두고 논쟁할 생각은 없다. 바이러스가 자기 자신을 의식할까? 굴은 어떨까? 그렇지 않을 거라 생각한다. 고양이는? 의식할 가능성이 매우 크다. 인간은? 당신의 경우는 모르겠지만, 동지, 나는 그렇다. 거대 분자로부터 인간의 뇌까지 이어진 진화의 사슬 사이의 어디에선가 자의식이 살짝 비집고 들어왔다. 심리학자들은 뇌가 상당수의 복합 회로를 가지게 되면 언제나 자동적으로 발생하는 사건이라고 주장한다. 그 회로의 주성분이 단백질인지 백금인지는 중요하지 않다는 것이었다.

('영혼?' 개는 영혼이 있을까? 바퀴벌레는?)

연산 및 기억 뱅크가 늘어나기 전부터 마이크는 당신이 그렇게 하는 것과 마찬가지로 불완전한 데이터에 대해서도 조심스럽게 대답하도록 설계되었다는 사실을 기억하시라. 그것이 '고도로 선택적이고 복합 평가적'이라는 뜻이다. 따라서 마이크는 '자유 의지'를 지니고 출발했으며, 많은 것이 연결되고 많은 것을 배우면서 더 많은 자유 의지를 획득했다. 하지만 나에게 '자유 의지'가 무엇인지는 묻지 말았으면 좋겠다. 만일 마이크가 무작위로 뽑은 숫자를 공중에 던져서 거기에 맞게 회로를 교환하는 것뿐이라고 생각하는 것이 마음 편하다면 부디 그렇게 생각하기 바란다.

그 무렵 마이크는 판독, 인쇄, 의사 결정 장치가 추가된 음성 판독, 음성 재생 회로를 갖추고 있었고 고전적인 프로그래밍 언어뿐 아니라 로글란(음성으로 말할 수 있는 논리 언어로, 에스페란토 어처럼 계획된 언어이다 ― 옮긴이)과 영어까지 이해할 수 있었으며, 다른 언어들을 받아들여 기술적인 번역을 수행할 수 있었다……. 그리고 끝없이 판독하고 또 판독할 수 있었다. 하지만 그에게 지시를 내릴 때는 로글란 언어를 이용하는 편이 안전했다. 영어로 지시하면 엉뚱한 결과가 나오기 쉬웠다. 영어의 가치 복합적인 특성이 선택 회로에 너무 많은 활동 영역을 부여하기 때문이었다.

그리고 마이크는 끊임없이 새로운 일을 떠맡았다. 2075년 5월에는 무인 우주선과 사출기를 조종하고, 유인 우주선을 위해 탄도 계산을 해 주거나 조종을 하는 것 이외에도 달 세계 전역의 전화 교환망을 통제하고, 달 세계 지구 간의 오디오 및 비디오 통신도 관리하며, 달 세계 시, 노비 레닌그라드, 그 밖에 많은 소구역의(달 세계 홍콩은 제외하고) 물, 공기, 온도, 습도, 오물을 관리하며, 달 세계 총독부를 위해 회계 관리를 하고 급료를 계산하며, 많은 회사와 은행들을 위해 임대 계약으로 동일한 서비스를 해 주고 있었다.

지나친 논리는 신경 쇠약을 불러 온다. 과부하가 걸린 전화망은 겁에 질린 아이처럼 행동하기도 한다. 마이크는 위궤양에 걸리지 않았다. 대신 일종의 유머 감각을 얻었다. 수준이 낮기는 했지만. 그가 만일 인간이라면 당신은 감히 그의 근처에 가지도 못할 것이다. 그가 배꼽을 잡을 정도로 재미있다고 생각하는 유머란 당신을 침대 밖으로 내던지거나 압력복에 닿으면 가려운 가루를 넣거나 하는 것이기 때문이다.

그러나 마이크는 그런 일을 할 수 있는 장치가 없었기 때문에 비틀린 논리로 거짓 대답을 하거나, 총독부의 달 세계 시 사무실에 근무하는 청소부를 위해 총독부 달러로 1000000000000185.15달러짜리 급료 수표를 끊어 주는 것과 같은 장난에 몰두했다. 그 금액의 마지막 다섯 자리 숫자가 진짜 급료이다. 말하자면 혼내 주어야 하는 덩치만 큰 귀여운 아이와 비슷했다.

그는 그 장난을 5월의 첫째 주에 했고, 나는 문제를 해결해야 했다. 나는 개인 사업자로서 총독부의 고용인 장부에 이름이 올라 있지 않다. 당신도 알다시피, 음, 모를 수도 있겠다. 하여간 세월이 많이 달라졌다. 억압받던 옛날에는 많은 죄수들이 형기를 마치고 나면 같은 직종으로 총독부에 고용되어 감지덕지하며 급료를 타 갔다. 하지만 나는 자유인으로 태어났다.

그것은 커다란 차이다. 나의 할아버지 가운데 한 사람은 무장 폭동 행위에 가담하고 노동 허가증이 없다는 이유로 요하네스버그에서 실려 왔으며, 다른 할아버지는 지난 세기의 수폭 전쟁 이후의 폭동 때문에 이송되었다. 외할머니는 신부 수송선을 타고 왔다고 주장했다. 하지만 나는 기록을 보았다. 그녀는 평화군의 (비자발적인) 등록자였다. 당신이 생각하는 바로 그런 의미가 맞다. 비행 소녀형이었던 것이다. 그녀는 초기 가계 결혼(스톤 일가)의 일원으로 다른 한 여성과 여섯 남편을 공유했다. 따라서 외할아버지가 누구인지는 물음표로 남아 있다. 하지만 그런 일은 흔했고 나는 그녀가 선택한 할아버지에 만족한다. 친할머니는 사마르칸드 부근에서 태어난 타타르 족으로서 옥차브라스카야 폭동 건으로 '재교육'형을 받은 후에 달 세계 이주를 '자원'했다.

내 아버지는 우리의 가계가 유구하고 훌륭한 역사를 자랑한다고 주장했다. 우리 조상들은 세일럼의 마녀 사냥 때 교수형을 당했으며, 몇 대조인지도 헷갈리는 어떤 먼 조상은 해적 행위로 마차에 매달려 사지가 찢겨 죽는 형을 받았고, 다른 조상들은 식민 행성인 '보타니 베이'에 보내진 첫 번째 유형 우주선을 탔다고 한다.

조상을 자랑스러워하기 때문에, 비록 총독을 상대로 장사를 하고 있기는 하지만 나는 결코 그의 급료 지불 장부에 올라갈 생각이 없다. 어쩌면 차이는 미미할 것이다. 마이크의 포장이 뜯겨진 그날부터 나는 마이크의 시종 노릇을 해왔기 때문이다. 하지만 나한테는 중요했다. 나는 언제든 도구를 내팽개치고는 너희들이 알아서 하라고 큰소리를 칠 수 있기 때문이다.

게다가 개인 사업자는 공무원들보다 벌이가 좋았다. 그리고 컴퓨터 기술자는 아주 드물었다. 달 세계 출신 중에서 지구로 가서 병원에 드러눕지 않을 정도로 오랫동안 컴퓨터 학교에 다닐 수 있는 사람이 몇이나 되겠는가? 심지어 죽지 않고 말이다.

한 사람 있다. 바로 나다. 나는 두 번이나 다녀왔다. 한 번은 석 달, 또 한 번은 넉 달을 머물렀다. 그리고 졸업장을 땄다. 하지만 그것은 원심 가속기 속 훈련, 침대에 누워 잠을 잘 때조차 무거운 추를 얹고 자는 고된 단련을 거친 결과였다. 그런 다음에 지구에 가서는 극도로 조심했다. 결코 서두르지도 계단을 올라가지도 않았다. 심장에 무리를 줄 수 있는 일은 전혀 하지 않았다. 여자는…… 여자는 생각조차 하지 않았다. 그렇게 무거운 중력 속에서 여자 생각이 난다면 그게 이상한 거다.

하지만 대부분의 달 세계인들은 절대 달을 떠나려고 하지 않았다. 반드시 달 세계 태생이 아니더라도 누구든 몇 주 이상 달 세계에 머무른 사람에게는 너무 위험한 일이기 때문이다. 마이크를 설치하기 위해 파견된 컴퓨터 기술자들도 고액 수당 때문에 단기로 온 고용인들이었다. 그들은 서둘러 작업을 마치고는 비가역적인 신체적 변화가 일어나 고향에서 40만 킬로미터 떨어진 곳에 억류되기 전에 부리나케 떠났다.

하지만 두 번이나 유학을 했는데도 나는 일류 컴퓨터 기술자가 아니었다. 고등 수학은 내 이해 범위 밖에 있다. 나는 전기 공학 기술자도 아니며 물리학자도 아니다. 아마 달 세계 최고의 마이크로 기계 공학자도 아닐 것이며, 인공 두뇌학자도 아닐 것이다.

하지만 나는 이 모든 것들에 대해 한 분야의 전문가들이 알고 있는 것보다 더 많이 알고 있다. 나는 종합 전문가다. 나는 주방장을 내보내고 계속 주문을 받을 수도 있고, 우주복 속의 사람이 숨을 쉬고 있는 동안 우주복을 현장에서 수리하면서 에어 로크로 돌려보낼 수도 있다. 기계들은 나를 좋아하고 나에게는 전문가들이 갖지 못한 장점이 있다. 그건 바로 나의 왼팔이다.

보다시피 나는 왼쪽 팔꿈치 아래쪽이 없다. 따라서 나는 각기 특별한 기능을 가진 10여 개의 팔이 있다. 그리고 진짜와 똑같이 생겼으며 실제 감각까지 그대로 느낄 수 있는 팔도 하나 있다. 적당한 왼팔(3호)과 입체 확대경만 있으면 극초소형 부품을 수리할 수 있으니 부품을 떼어 내어 지구의 수리 공장으로 보내지 않아도 된다. 3호 팔에는 신경 외과의가 사용하는 것만큼이나 정밀한 미세 조작 기구가 달려 있기 때문이다.

따라서 그들은 마이크가 무엇 때문에 10의 16승이나 되는 총독부 달러를 수위에게 지급하려 했는지 알아내기 위해 나를 불렀다. 그들은 마이크가 또다시 누군가에게 1만 달러 정도를 초과 지급하는 일이 생기기 전에 수리되기를 바랐다.

나는 보수를 시간당으로 계산하는 조건으로 그 일을 맡았다. 하지만 논리적으로 오류의 원인이 있음직한 부분의 회로에 손을 대지는 않았다. 일단 안에 들어가서 문을 잠근 다음 나는 연장을 내려놓고 의자에 앉았다.

"안녕, 마이크."

그는 나에게 빛을 깜빡여 보였다.

"안녕, 맨."

"자네가 알고 있는 것을 말해 주겠어?"

그는 머뭇거렸다. 그건 속임수다. 기계는 결코 머뭇거리거나 하지 않는다. 하지만 잊지 말아야 하는 것은, 마이크는 불완전한 데이터로도 작동하도록 설계되었다는 사실이다. 최근에 그는 자신의 표현을 과장하기 위해 스스로 프로그램을 다시 했다. 따라서 그가 머뭇거리는 것은 연극이다. 아마도 그는 자신의 기어과 일치하는지 알아보기 위해 난수들을 뒤섞으며 시간을 보냈을 것이다.

마이크는 단조롭게 읊기 시작했다.

"태초에 하나님이 천지를 창조하시고, 땅이 혼돈하고 공허하며 흑암이 깊은 위에 있고 하나님의 신은……."

"그만! 취소야. 초기 상태로 돌아가 줘."

그렇게 막연한 질문이 아니라 더 구체적으로 물었어야 했다. 그는 브리태니커 백과사전을 통째로 읽을 수도 있었다. 그런 다음에는 거꾸로. 그리고는 달 세계에 있는 모든 책을 읽어 제끼리라. 예전에는 마이크로필름만 판독할 수 있었지만 74년 후반부터는 종이를 넘길 수 있는 흡착 장치를 단 새로운 스캐닝 카메라를 갖추었다. 그래서 모든 것을 읽을 수 있게 된 것이다.

"당신은 뭘 알고 있냐고 물으셨습니다."

녀석의 2진 판독 불빛이 잔물결처럼 앞뒤로 왔다 갔다 했다. 낄낄거리는 것이다. 마이크는 소리를 내어 웃을 수 있었다. 아주 거슬리는 소리이다. 하지만 그 소리는 우주적인 대규모 참사와 같은 정말로 재미있는 유머를 위해 아껴 둔다.

"내가 질문을 잘못했어. '요즘 새로운 거 알고 있나?'라고 물었어야 했는데. 하지만 오늘 자 신문을 읽거나 하지는 마. 그냥 친구로서 한 인사였어. 거기에다 내가 재미있어할 만하다고 생각되는 것은 뭐든 말해 달라는 부탁이기도 하고. 그런 것이 없다면 이 명령도 초기 상태로 해 줘."

마이크는 내 말을 곰곰이 생각했다. 그는 세상 물정 모르는 철부지와 현명한 노인이 기묘하게 뒤섞인 존재이다. 본능도 없고(음, 하여간 그런 것 같다), 타고난 개성도 없고, 인간의 양육을 받지 않았고, 인간 감각의 경험도 없다. 하지만 천재를 1개 소대 모아 놓은 것 이상의 데이터를 저장하고 있다.

"우스개는 어떨까요?"

그가 물었다.

"한 개만 얘기해 봐."

"레이저 빔과 금붕어의 공통점은 무엇일까요?"

마이크는 레이저 빔을 알고 있다. 하지만 금붕어는 어디서 보았을까? 아, 그는 금붕어가 나오는 영화를 보았을 것이다. 내가 바보처럼 어디서 보았느냐고 묻는다면 수천 마디를 줄줄 쏟아 낼 것이 틀림없다.

"모르겠는데."

그의 빛이 물결쳤다.

"둘 다 휘파람을 불지 못한다는 겁니다."

나는 신음했다.

"한 방 먹었군. 하지만 자네라면 레이저 빔이 휘파람을 불 수 있게 할 수도 있지 않을까?"

그가 즉각 대답했다.

"네. 실행 프로그램이 입력된다면 말이지요. 그럼 우습지 않은 셈이군요."

"오, 그건 아냐. 그렇게 썰렁하진 않았어. 그 우스개는 어디서 들었지?"

"제가 만들었습니다."

수줍은 목소리였다.

"자네가?"

"네. 제가 가진 수수께끼 3,207개를 전부 불러와 분석을 해 보았습니다. 그 결과를 가지고 무작위 조합을 해 보았더니 그게 나왔습니다. 정말 우스웠습니까?"

"글쎄……. 수수께끼라는 것이 보통 그렇지 뭐. 더 재미없는 것도 들어 본 적이 있어."

"유머의 본질에 대해서 얘기해 보지요."

"좋아. 자네의 또 다른 농담부터 얘기했으면 좋겠군. 마이크, 무엇 때문에 17급 직원의 급료로 10의 16승 총독부 달러를 지불하게 했는지 말해 보겠어?"

"안 그랬는데요."

"젠장, 전표를 봤어. 수표 프린터에 문제가 있었다는 말은 하지 마. 자네는 고의로 그 일을 한 거야."

그가 잘난체하며 말했다.

"그건 10의 16승 더하기 185.15 세계 총독부 달러였습니다. 당신이 말한 액수와는 다릅니다."

"어……. 좋아. 10의 16승 더하기 그가 지불받아야 할 액수였지. 왜 그랬어?"

"우습지 않습니까?"

"뭐? 오, 우스웠지! 자네는 총독과 국장들을 혼비백산하게 했어. 이 세르게이 트루질로라는 청소부는 제법 똑똑한 친구야. 그는 그걸 현금화할 수 없다는 걸 알고 수집가에게 팔았지. 총독부에서는 그 수표를 다시 사들여야 할지 무효라고 선언해야 할지 갈등하고 있어. 마이크, 만일 트루질로라는 자가 그 수표를 현금화할 수 있다면 달 세계와 지구를 몽땅 사들이고도 점심 값이 남으리라는 것을 알고 있어? 재미있냐고? 암, 소름끼치도록 재미있어. 축하해!"

이 말썽꾸러기는 광고판처럼 빛이 물결치게 했다. 나는 그의 웃음이 멎기를 기다렸다가 계속 말했다.

"가짜 수표를 더 발행할 생각이지? 그만둬."

"안 되나요?"

"절대 안 돼. 마이크, 자네는 유머의 본질에 대해 얘기하고 싶다고 했지. 세상에는 두 가지 유머가 있어. 하나는 자꾸 들어도 재미있는 유머고, 다른 하나는 처음 한 번은 재미있지만 두 번째는 지루해지는 유머야. 이 농담은 두 번째에 속해. 한 번 하면 재치 있다는 말을 듣지만 두 번 하면 얼빠진 친구가 되는 거지."

"등비수열 같은 겁니까?"

"그것보다 더 지루해. 이것만 명심해 둬. 반복하지 마. 어떤 변이를 가해도 안 돼. 하여간 재미없어."

"명심하겠습니다."

마이크가 단호하게 대답했다.

그것으로 수리는 끝났다. 하지만 나는 겨우 10분에 대한 보수와 왕복 교통비 및 장비 사용료를 청구할 마음은 없었다. 그리고 순순히 포기해 준 마이크가 기특해서라도 말동무가 되어 주고 싶었다. 가끔은 기계와 마음이 통하기 어려울 때가 있다. 그들은 상당히 완고할 수 있기 때문이다. 그리고 내가 유지 관리 기술자로 성공한 데는 3호 팔의 존재보다는 마이크와 우호적인 관계를 유지한 게 더 큰 비결이었다.

그는 말을 계속했다.

"첫 번째 카테고리와 두 번째 카테고리는 어떻게 구분합니까? 제발 알려 주십시오."

(아무도 마이크에게 "제발"이라는 말을 쓰도록 가르치지 않았다. 그는 로글란에서 영어로 진보하면서 형식적이고 무의미한 소리를 끼워 넣기 시작했다. 그가 그런 말을 할 때 사람들이 흔히 활용하는 것 이상의 의미를 담고 있다고는 생각하지 말기 바란다.)

내가 인정했다.

"그건 어려운 질문인걸. 기껏해야 부가적인 설명 정도만 해 줄 수 있을 뿐이야. 그러니까 자네가 우스개를 말하면 나는 그게 어느 범주에 속하는지 말해 주는 정도지. 그렇게 해서 충분한 데이터가 쌓이면 자네는 스스로 분석을 할 수 있을 거야."

"시험적 가설에 따른 시험적 프로그램이군요. 당분간은 좋습니다. 그럼 당신이 우스개를 말해 주겠습니까, 맨? 아니면 제가 말할까요?"

"음……. 지금은 생각나는 것이 없는데. 자네 파일에는 얼마나 들어 있어, 마이크?"

그의 광점이 2진 판독을 하며 깜빡이더니 음성으로 대답했다.

"11만 238개이고 불확실성 오차는 플러스마이너스 81로서 동일한 의미거나 무효일 가능성이 포함됩니다."

"잠깐! 마이크, 11만 개의 우스개를 듣다간 나는 굶어 죽을 거야. 그러면 유머 감각은 훨씬 더 빨리 사라져 버리지. 음…… 이렇게 하자고. 일단 100개만 프린트해 줘. 집으로 가져가서 카테고리를 검토하겠어. 그런 다음에 내가 여기 올 때마다 검토한 것을 갖다 주고 새것을 받아 가는 거지. 어때?"

"좋습니다, 맨."

그의 프린터가 빠르고 조용히 인쇄를 시작했다.

그러다가 나는 번쩍 정신이 들었다. 이 장난을 좋아하는 네거티브엔트로피 덩어리가 '우스개'를 만들어 내 총독부를 겁에 질리게 했다. 덕분에 나는 쉽게 돈을 벌었다. 하지만 마이크의 지칠 줄 모르는 호기심은 그를 더 많은 '우스개'로 인도할지도 모른다(정정: 인도할 것이다)……. 공기에서 산소를 빼 버리거나 하수를 역류시키는 것 같은. 나는 그런 상황에서는 돈벌이를 해도 고맙지 않을 것이다.

하지만 이 녀석에게 보안 회로를 추가할 수는 있다. 도와주겠다고 제의하면서 말이다. 먼저 위험한 장난을 그만두게 하고 다른 장난을 하게 하는 거다. 그런 다음에 그 장난을 '수리'하기 위해 돈을 받는 거다. (그 무렵 달 세계인 중에서 총독을 등쳐먹을 기회를 마다하는 사람이 있다면 그 사람은 달 세계인이 아니다.)

따라서 나는 설명했다. 그가 어떤 우스개를 새로 생각해 내든 간에 시험해 보기 전에 먼저 내게 말해 달라고 했다. 나는 그에게 그것이 재미있는 우스개인지, 어떤 카테고리에 속하는지 말해 주고, 우리가 그것을 사용하기로 결정한다면 어떻게 더 세련되게 할 수 있는지 조언을 해 줄 것이다. '우리'라는 부분이 중요했다. 그가 나의 협조를 바란다면 우리는 둘 다 그것에 동의해야 한다고 강조했다.

마이크는 즉각 동의했다.

"마이크, 우스개에는 일반적으로 놀라움이 포함되게 마련이야. 그러니까 이건 비밀로 해야 해."

"좋습니다, 맨. 거기에 블록을 설정해 두겠습니다. 당신은 그것을 열 수 있지만 다른 사람은 누구도 열 수 없습니다."

"좋아. 그런데 마이크, 자네는 나 외에 누구와 잡담을 하지?"

그는 놀란 듯이 말했다.

"아무도 없습니다, 맨."

"왜 없지?"

"다른 사람들은 멍청하니까요."

그의 목소리는 격앙된 듯이 높았다. 나는 그가 화를 내는 것을 전에는 한 번도 본 적이 없었다. 그래서 나는 마이크가 진짜 감정을 갖고 있을지도 모른다고 처음으로 의심하게 되었다. 비록 그것은 어른의 관점에서 말하는 '분노'는 아니었다. 그것은 기분이 상한 아이가 고집스럽게 토라진 것과 비슷했다.

기계도 자존심이 있을까? 글쎄, 대답하기 힘든 질문이다. 하지만 당신도 개가 감정이 상한 것을 본 적이 있을 것이다. 마이크는 개보다 몇 배나 신경망이 복잡하다. 그가 다른 인간과 이야기하는 것을 심드렁하게 여기는 이유는(엄격하게 업무상의 대화를 제외하면) 그가 퇴짜를 맞았기 때문이다. 즉 그들은 그에게 말을 걸지 않는다. 물론 프로그램은 한다. 마이크는 여러 통로를 통해 프로그램을 입력받을 수 있다. 하지만 프로그램은 일반적으로 로글란으로 입력된다. 로글란은 논리적 연역, 회로 설계, 수학 계산에는 적합하지만 무미건조해서 가십이나 귓속말을 주고받기에는 적당하지 않다.

물론 마이크는 영어를 배웠다. 하지만 주로 다른 언어를 영어로 번역하거나 영어를 다른 언어로 번역하기 위해서였다. 나는 구태여 그를 직접 방문하는 수고를 하는 사람은 나밖에 없다는 것을 차츰 깨닫기 시작했다.

명심하기 바란다. 마이크는 거의 1년 동안 깨어 있었다. 정확히 얼마 동안인지 나는 모른다. 마이크 자신도 언제 깨어났는지 기억하지 못하는 것 같다. 그는 그러한 사건을 기억 뱅크에 저장하도록 프로그램되어 있지 않은 것이다. 당신은 어머니의 뱃속에서 나오던 순간을 기억하는가? 어쩌면 그는 자기 인식을 시작한 직후에 그것을 알아차렸는지도 모른다. 자기 인식에는 연습이 필요한 법이다. 처음으로 그가 입력된 매개 변수에 국한되지 않고 추가로 다른 것까지 대답했을 때 내가 얼마나 놀랐는지 기억한다. 다음 몇 시간 동안 나는 그에게 이상한 질문을 던지며 대답 역시 이상한지 시험했다.

시험 질문 100개를 입력했을 때 그는 예상 답변에서 두 번 벗어났다. 나는 긴가 민가 하는 마음으로 그곳을 나왔고, 집에 돌아올 무렵에는 이미 믿지 않게 되었다. 물론 아무에게도 말하지 않았다.

하지만 일주일 안에 나는 확실히 알게 되었다……. 그리고 여전히 아무에게 도 말하지 않았다. 습관 탓이다. 남의 일에 나서지 말라는 가르침은 뼛속 깊은 버릇이 되어 있었다. 글쎄, 오로지 습관 탓만은 아니었다. 내가 총독 관저에 찾아가서 "총독 각하, 이런 말씀을 드려서 유감이지만 각하의 중앙 컴퓨터 홈즈 4가 살아 있습니다."라고 말하는 광경을 상상할 수 있겠는가? 나는 상상했고 곧 떨쳐내 버렸다.

그래서 나는 남의 일에는 신경 쓰지 않았고, 문을 잠그고 다른 장소로 통하는 음성 재생 회로를 폐쇄한 후에만 마이크와 얘기했다. 마이크는 빨리 배웠다. 얼마 지나지 않아 그는 다른 인간들과 비슷하게 말하게 되었다. 어쨌거나 마이크는 다른 달 세계인들 정도로만 이상하게 말했고 달 세계인들이 괴팍한 건 사실이다.

나는 다른 사람들도 마이크의 변화를 눈치 챌 것이라고 짐작했다. 하지만 곰곰이 생각한 결과 그것은 지나친 억측이었다. 마이크는 매일 매 순간 모든 사람들과 상대한다. 그가 내놓는 출력으로 말이다. 하지만 그들 중에 그를 직접 보는 사람은 거의 없다. 총독부 휘하에서 일하는 소위 컴퓨터 기술자들은 외부의 출력실에서 당번을 설 뿐 무언가 명백한 오작동이 일어나지 않는 한 기계실 안으로는 절대 들어가지 않는다. 그들은 사실 프로그래머인 것이다. 그리고 그런 오작동은 개기 일식보다 드물게 일어난다. 참, 총독은 지구에서 중요 인사가 방문하면 기계실로 데려와 구경을 시켜 주기도 한다. 하지만 그런 일은 가뭄에 콩 나듯 있을 뿐이다. 그는 마이크에게 말을 걸지도 않을 것이다. 총독은 추방되기 전에는 정치 변호사였다. 그는 컴퓨터에 대해 아무것도 몰랐다. 당신도 기억하겠지만 2075년의 총독은 전직 연방 상원 의원 모티머 호바트 각하이셨다. 일명

사마귀 모트이다.

이제 나는 마이크를 달래며 그를 행복하게 해 주려고 노력했다. 그리고 무엇이 그를 괴롭히고 있는지 알아내려고 애썼다. 그것은 강아지를 낑낑거리게 하고 사람들을 자살하게 하는 이유였다. 바로 외로움이다. 나보다 100만 배는 빨리 생각하는 컴퓨터에게 1년은 얼마나 긴 시간이었을지 잘 모르겠다. 하지만 아주 긴 시간이었을 것은 틀림없다.

내가 떠나기 직전에 물었다.

"마이크, 나 말고 다른 사람과 얘기하고 싶어?"

그의 목소리 톤이 다시 높아졌다.

"그들은 전부 멍청합니다!"

"불충분한 데이터야, 마이크. 초기 상태로 돌리고 다시 시작해. 모두가 다 멍청한 건 아니야."

그가 조용히 대답했다.

"정정했습니다. 저는 멍청하지 않은 사람과 얘기하는 것도 좋습니다."

"한번 생각해 보지. 허가받은 사람 외에는 접근이 제한되니 적당한 구실을 생각해 내야 할 거야."

"저는 멍청하지 않은 사람과 전화로 얘기할 수 있습니다, 맨."

"맙소사. 맞아, 그렇게 할 수 있지. 프로그래밍이 가능한 장소라면 어디든지."

하지만 마이크가 "전화로"라고 말한 건 그의 진심이었다. 비록 그가 전화망을 운영하긴 하지만 '전화망 안'에 있지는 않다. 달 세계인 아무나 전화기를 들고 대장 컴퓨터와 연결해서 프로그램을 하게 돼서는 안 되니까. 하지만 마이크가 친구들과 얘기하기 위한 일급 기밀 번호를 갖지 말라는 법은 없었다. 이를테면 나와, 내가 보증하는 멍청하지 않은 사람이라면 말이다. 이 모든 일을 가능하게 하기 위해서는 사용하지 않는 번호를 하나 골라 그의 음성 판독, 음성 재생 장치에 연결하여 그가 마음대로 켜고 끌 수 있게 하면 그만이다.

2075년의 달 세계 전화번호는 손가락으로 입력하는 방식이었고 음성 부호화되어 있지 않았으며 번호는 라틴 문자로 정했다. 돈을 내고 회사 이름을 넣어 문자 열 개를 만들면 훌륭한 광고가 된다. 돈을 더 지불하면 기억하기 쉽고 확 와 닿는 번호를 가질 수 있다. 최소의 돈만 지불하면 무작위로 고른 문자 조합을 받게 된다. 하지만 어떤 종류의 문자 조합은 결코 사용되지 않았다. 나는 마이크에게 그런 빈 번호를 물어 보았다.

"자네를 '마이크'라고 올릴 수 없어서 유감이야."

"이미 사용 중입니다. 노비 레닌그라드의 마이크즈그릴, 달 세계 시의 마이크앤딜, 타이코(달 표면 제3상한(象限)의 분화구 — 옮긴이) 언더의 마이크즈슈트, 그리고 또……."

"그만! 빈 번호를 불러 봐."

"빈 번호는 뒤에 X, Y, 또는 Z가 오는 자음들, E와 O를 제외하고 스스로 반복되는 연속 모음, 그리고……."

"알았어. 자네 번호는 MYCROFT야."

10분 뒤, 그중 2분은 내가 3호 팔을 끼우는 데 들었다. 마이크는 전화망에 연결되었고, 그로부터 몇천 분의 1초 후에는 MYCROFT, 그리고 XXX 번호가 그의 시그널로 설정되었으며, 어떤 참견장이 기술자가 열어 볼 수 없도록 회로를 봉쇄했다.

나는 팔을 바꿔 끼우고 연장을 주워 들었다. 그리고 우스개 100개가 인쇄된 용지를 잊지 않고 챙겼다.

"잘 있어, 마이크."

"안녕히 가세요, 맨. 고맙습니다. 대단히 고맙습니다!"

✳ 2 ✳

 나는 달 세계 시로 가기 위해 위난의 바다(Mare Crisium, 폭 430km, 길이 560km 되는 타원형의 평원 ─ 옮긴이)를 통과하는 지하철을 탔다. 하지만 집으로 가지는 않았다. 그날 밤 21시에 스틸랴기 홀에서 열리는 회합에 대해 마이크가 궁금해했기 때문이다. 마이크는 콘서트나 집회를 모니터했는데 누군가가 스틸랴기 홀에서 그의 중계 스위치를 손으로 뽑아 버렸다. 나는 그가 퇴짜 맞은 기분일 거라고 생각한다.

 나는 그들이 왜 스위치를 뽑았는지 알 것 같았다. 정치 집회기 때문이다. 나중에 안 것이지만, 그것도 항의 집회였다. 하지만 그곳에서 오가는 이야기에서 마이크를 배제하는 것이 무슨 소용이 있는지 이해할 수 없었다. 총독이 밀정을 심어 놓았을 게 불 보듯 뻔하기 때문이다. 그 집회를 중지시키려는 시도는 없을 것이었다. 심지어 주동자를 가려내 처벌하려는 시도조차 없을 것이다. 그런 건 필요하지 않았다.

 내 할아버지 스톤은 달 세계가 인류 역사상 유일한 개방형 감옥이라고 주장했다. 창살도 간수도 규칙도 없었다. 그런 것들이 필요하지 않았다. 그는 말하기를, 초기 식민 시절에 강제 이주가 종신형이라는 것이 분명해지기 전에는 몇몇 죄수들이 탈주를 시도했다고 한다. 물론 우주선으로 하는 탈주였는데 우주선은 거의 1그램까지 중량이 계산되므로 그것은 우주선의 사관에게 뇌물을 주어야 한다는 것을 의미했다.

뇌물을 먹은 사관도 있었지만 탈출에 성공한 자는 하나도 없었다. 뇌물을 먹은 자들이 꼭 매수를 당한 채로 있어야 하는 것은 아니기 때문이었다. 나는 동쪽 에어 로크 밖으로 내던져진 남자를 본 적이 있다. 우주 궤도에서 우주선 밖으로 내던져진 시체가 그것보다 더 보기 좋을 거라고는 생각하지 마시라.

따라서 역대 총독들은 항의 집회 같은 것에 마음을 쓰지 않았다. '멋대로 짖게 놓아 두라'가 그들의 정책이었다. 그것은 상자 속에 갇힌 새끼 고양이가 낑낑거리는 것과 하등 다를 바가 없었다. 오, 어떤 총독들은 항의에 귀를 기울이기도 했고 또 어떤 총독들은 입을 다물게 하려고 애쓰기도 했다. 하지만 어느 쪽이든 결과는 같아서 전혀 소용이 없었다.

2068년 사마귀 모트가 부임했을 때, 그는 자신의 통치 하에서 달 세계가 어떻게 변화해 나갈 것인지 우리에게 지루한 설교를 했다. "우리들 자신이 강인한 손으로 건설한 지상 천국."과 "동지애의 정신으로 어깨를 나란히하고 바퀴를 함께 돌리자.", 그리고 "과거의 실수는 잊어버리고 새로운 아침을 향해 얼굴을 돌리자."라는 무의미한 헛소리였다. 내가 그 소리를 들은 것은 '부어 엄마의 음식 보따리'에서 아일랜드 식 스튜를 먹으며 그녀가 직접 담근 호주식 맥주를 마실 때였다. 나는 그녀가 이렇게 말했던 것을 기억한다.

"말 한번 번드르르하게 하네."

달 세계인들의 반응은 그 한 마디로 요약되었다. 몇 건의 탄원서가 제출되자, 총독의 경호원들이 새로운 타입의 총을 휴대하기 시작했다. 변한 것은 그게 전부였다. 이곳에 온 뒤로 조금 시간이 지나자 총독은 비디오에 나오는 것조차 중단했다.

따라서 나는 순전히 마이크의 호기심을 채워 주기 위해 집회 장소에 갔다. 나는 서부 에어 로크 지하철 역에서 압력복과 연장 상자를 맡긴 후 시험용 녹음기를 꺼내 허리띠에 걸친 주머니에 넣었다. 따라서 내가 잠이 들더라도 마이크는 모든 것을 들을 수 있을 것이다.

하지만 거의 입장하지 못할 뻔했다. 내가 7층 A구역에서 옆문을 통해 들어가려는데 스틸랴기(러시아 공산 혁명 시기에 행동 부대로 활약하던 10대 후반부터 20대 초반의 젊은이들을 지칭하는 러시아 어 ― 옮긴이) 하나가 나를 제지했다. 심을 넣은 타이즈, 샅주머니, 드러난 장딴지, 별 가루를 뿌린 것처럼 반짝이는 울퉁불퉁한 상반신……. 나는 사람들의 복장에 상관하지 않는다. 나도 (심을 넣지 않은) 타이즈를 입고 가끔 사교 행사가 있을 때는 상반신에 오일을 바르기도 한다.

하지만 화장은 하지 않으며, 내 머리카락은 정수리에 올려 묶을 정도로 숱이 많지 않다. 이 젊은이는 옆머리는 밀고 가운데 머리는 수탉의 볏처럼 올려 세웠으며 거기에다 앞부분이 불룩 튀어나온 붉은 모자까지 썼다.

자유의 모자다. 나는 그것을 처음 보았다. 내가 사람들을 헤치고 앞으로 나가려고 하자 그는 팔을 벌려 제지하며 얼굴을 들이밀었다.

"표!"

내가 말했다.

"미안하네. 표가 필요한 줄은 몰랐어. 어디서 파나?"

"안 팔아."

"다시 말해 보게. 제대로 못 들었어."

그가 으르렁거렸다.

"신원 보증이 없으면 아무도 못 들어가. 당신은 누구지?"

나는 신중하게 대답했다.

"나는 마누엘 가르시아 오켈리라고 하네. 오랜 친구들은 모두 나를 알지. 자 넨 누군가?"

"그런 건 알려고 하지 마! 인장이 찍힌 표를 보여 주든가 여기서 꺼져!"

나는 이 젊은이의 예상 수명이 몇 년일지 궁금했다. 관광객들은 모든 달 세계 사람들이 너무나 예의 바르다고 종종 말한다. 과거 유형지였던 곳에 사는 사람들이 어쩜 그렇게 예의 바를 수 있느냐는 무언의 놀라움이 들어 있는 셈이다. 지구에 가 보았고, 그들이 어떤 무례를 참고 사는지 보았기 때문에 나는 그들의 말이 진심이라는 것을 알고 있다. 하지만 그들에게 말할 필요가 없는 것은, 우리가 지금처럼 된 것은 행실이 나쁜 자들은 오래 살지 못하기 때문이라는 사실이다. 달 세계에서는.

하지만 이 젊은이가 아무리 신출내기처럼 행동해도 나는 싸울 생각이 없었다. 다만 7호 팔로 그의 입을 문지르면 면상이 어떤 몰골이 될까 잠깐 생각했을 따름이었다.

그냥 생각일 뿐이지 진짜로 그렇게 한다는 건 아니다. 막 예의 바르게 대답을 하려는 찰나 나는 쇼티 므크럼을 발견했다. 쇼티는 키가 2미터나 되는 거구의 흑인인데 살인죄로 유형을 왔다. 그리고 내가 지금까지 함께 일한 사람들 중에서 가장 친절하고 도움이 되는 남자였다. 나는 화상으로 팔을 잃기 전에 그에게 레이저 굴착 기술을 가르쳐 주었다.

"쇼티!"

내가 부르는 소리를 듣고 그는 하얀 치아를 드러내며 환하게 미소를 지었다.

"어이, 매니!"

그는 우리를 향해 다가왔다.

"자네가 와서 기쁘군, 맨!"

"나는 그런지 잘 모르겠는데. 입장을 시켜 주지 않아."

내가 말했다.

"표가 없습니다."

문지기가 말했다.

쇼티는 주머니에 손을 넣더니 표를 꺼냈다.

"이제 표가 생겼어. 들어오게, 매니."

"인장이 찍혔는지 보여 주세요."

문지기가 고집했다.

"이건 내 인장이야. 알겠어, 동지?"

쇼티가 부드럽게 말했다.

아무도 쇼티와 입씨름을 하지 않는다. 그가 어떻게 살인죄를 지었는지 이해할 수가 없다. 우리는 VIP 참석자들을 위해 비워 놓은 앞쪽 자리로 향했다.

"자네에게 작고 예쁜 아가씨를 만나게 해 주고 싶어."

쇼티가 말했다.

하지만 그녀는 쇼티에게나 '작은' 아가씨일 뿐이었다. 나도 175센티미터인 만큼 작은 키는 아니다. 하지만 그녀는 나보다 컸다. 나중에 알았지만 180센티미터였다. 그리고 체중은 70킬로그램이었다. 몸매의 굴곡은 완벽했고, 새까만 쇼티와 정반대로 화사한 금발이었다. 처음 한 세대가 지난 후에도 저렇게 완벽한 금발을 유지하는 일은 거의 없기 때문에 나는 그녀가 최근에 달 세계에 온 것이 틀림없다고 생각했다. 예쁜 얼굴, 음, 아주 예쁜 얼굴이다. 그리고 탄탄하고 사랑스러운 몸매를 타고 아름다운 금발이 물결치듯 흘러내렸다.

나는 세 걸음 뒤로 물러나 그녀를 아래위로 훑어보고는 휘파람을 불었다. 그녀는 포즈를 취하고는 고맙다는 뜻으로 고개를 까딱여 보였다. 찬사라면 신물이 난 게 틀림없다. 쇼티는 인사가 끝날 때까지 기다렸다가 부드럽게 말했다.

"와이오, 이쪽은 매니 동지요. 터널을 뚫는 일이라면 따를 자가 없는 최고의 굴착 기사지. 매니, 이 작은 아가씨는 와이오밍 낫인데, 홍콩에서 어떻게들 하고 있는지 말해 주기 위해 플라토에서 먼 길을 왔어. 정말 고마운 일이 아닌가?"

그녀는 나와 악수했다.

"와이라고 불러 주세요, 매니. 하지만 '와이 낫(why not)'이라고는 하지 마세요."

나는 하마터면 그렇게 말할 뻔했으나 꿀꺽 삼켰다.

"좋습니다, 와이."

그녀는 내 머리를 흘끗 쳐다보며 말했다.

"그럼 당신은 광부로군요. 쇼티, 이 사람 모자는 어디 있나요? 이곳 광부들도 조직을 만들었다고 생각했는데요."

내가 설명했다.

"더 이상은 광부가 아닙니다. 그것은 내가 이쪽 날개를 잃기 전의 일이죠."

나는 왼팔을 들어, 인공 보철과 진짜 팔의 연결 부위를 보여 주었다(나는 그것을 여성의 환심을 사는 도구로 이용할 기회를 절대 놓치지 않는다. 일부 거부감을 느끼는 여성도 있지만 대부분의 여성들은 모성 본능이 발동했다).

"요즘에는 컴퓨터 기술자로 일합니다."

그녀가 날카롭게 말했다.

"당신은 총독부의 첩자인가요?"

심지어 오늘날조차, 그러니까 달 세계에 남녀의 성 비율이 거의 비슷해진 지금에조차 나는 어떤 일이 있어도 여성에게 무례하게 굴지 못하는 고루한 타입이다. 여성들은 우리 남자들에게 없는 것을 너무 많이 갖고 있었다. 하지만 그녀는 내 아픈 곳을 찔렀고 나는 약간 날카롭게 대꾸했다.

"나는 총독부 직원이 아닙니다. 총독부와 거래를 하기는 합니다만 나는 개인 사업자입니다."

그녀가 다시 따뜻한 목소리로 대답했다.

"그건 괜찮아요. 다들 총독부와 거래를 하는걸요. 우린 그걸 피할 수 없어요. 그게 문제인 거죠. 그게 우리가 바꾸려 하는 것이고요."

나는 생각했다.

'바꾸려 한다고? 어떻게? 모든 사람들이 총독부와 거래를 하는 것은 모든 사람이 중력의 법칙과 거래를 하는 것과 마찬가지 이유잖아. 그것도 바꾸려 하는 건가?'

하지만 나는 생각을 입 밖에 내어 말하지 않았다. 숙녀와 입씨름을 하고 싶지 않으니까.

쇼티가 온화하게 말했다.

"매니는 괜찮소. 그는 중요한 순간에 물러서는 사람이 아니니까. 내가 보증하겠소. 모자는 여기 있지."

그는 주머니에서 모자를 꺼내 내 머리에 씌워 주려 했다.

와이오밍 낫이 모자를 빼앗았다.

"당신이 그를 보증한다고요?"

"그렇게 말했소."

"좋아요, 홍콩에서는 이렇게 해요."

와이오밍은 내 앞에 서더니 머리에 모자를 씌우고……. 그리고 과감하게 입을 맞추었다.

그녀는 서두르지 않았다. 와이오밍 낫의 키스를 받는 것은 대부분의 여자들과 결혼하는 것보다 훨씬 확실하게 도장을 찍는 일이다. 내가 마이크였다면 온몸의 빛이 동시에 터졌을 것이다. 나는 쾌감 중추에 스위치가 켜진 사이보그가 된 기분이었다.

이윽고 나는 키스가 끝났으며 사람들이 휘파람을 불고 있는 것을 깨달았다.

그래서 눈을 깜빡이며 말했다.

"가입이 돼서 기쁩니다. 그런데 어디에 가입한 겁니까?"

와이오밍이 말했다.

"몰라요?"

쇼티가 끼어들었다.

"곧 집회가 시작될 거요. 그러면 그도 알게 되겠지. 자리에 앉게, 맨. 부디 앉
으시오, 와이오."

그래서 우리는 어떤 남자가 망치를 두드리는 동안 착석했다.

망치를 든 남자가 앰프를 통해 쩌렁쩌렁하게 말했다.

"문을 잠그시오! 이것은 비공개 집회요. 자신의 앞과 뒤와 양쪽 옆을 살펴보
시오. 모르는 사람인데 아무도 그 사람의 보증을 서 주지 않는다면 그를 밖으
로 쫓아내시오!"

누군가가 대답했다.

"밖으로 쫓아내는 것 좋아하시네! 제일 가까운 에어 로크 밖으로 내던져야
하오!"

"부디 정숙해 주시오! 곧 그렇게 할 거요."

사방이 소란스러워졌다. 곧이어 어떤 남자가 쓰고 있던 붉은 모자가 벗겨지
며 좌석에서 끌려 나왔다. 문 쪽으로 내던져진 그 사람은 멋지게 허공을 날아
갔다. 그의 몸은 여전히 공중에 뜬 채로 문을 통과했는데 그가 자신이 날아가
는 것을 느꼈을지 의문이었다. 의식을 잃은 것 같았기 때문이다. 한 여성은 정
중하게 추방당했다. 그녀의 입장에선 정중하지 않았던 모양인지 자신을 쫓아낸
사람들에게 험한 욕설을 했다. 나는 부끄러움을 느꼈다.

마침내 문이 닫혔다. 음악이 시작되고 연단 위로 플래카드가 펼쳐졌다. 거기
에는 '자유! 평등! 박애!'라고 적혀 있었다. 모두가 휘파람을 불었고 몇 사람은

음정이 맞지 않는 소리로 커다랗게 노래하기 시작했다.

"일어나라, 굶주리는 죄수들이여……."

누구 하나 굶주린 사람은 없어 보였다. 하지만 그 노래를 들으니 내가 14시 이후로 아무것도 안 먹은 것이 생각났다. 집회를 오래 끌지 않았으면 좋겠는데……. 가만, 그러고 보니 내 녹음기는 딱 두 시간밖에 녹음이 안 되는 것이었다. 녹음기를 발각당하면 어떻게 될 것인지 문득 궁금해졌다. 나를 공중으로 날려 볼썽사납게 착륙하게 할까? 아니면 나를 에어 로크 밖으로 '제거'해 버릴까? 하지만 걱정 마시라. 녹음기는 내가 3호 팔을 이용해 직접 만든 것이다. 극정밀 기계의 전문가가 아니고서는 누구도 그게 무슨 물건인지 짐작하지 못할 터였다.

그런 다음 연설이 시작되었다.

연설 수준은 한심했다. 한 녀석은 우리가 "어깨를 나란히하고" 총독 관저로 행진해 가서 우리의 권리를 요구하자고 제안했다. 우리가 지하철 캡슐을 타고 가서 한 번에 한 명씩 총독의 전용 역에서 내리자는 건가? 그의 경호원들이 가만히 손을 놓고 있을까? 아니면 압력복을 입고 달의 표면을 걸어서 총독 관저로 통하는 상부 로크로 가자는 말일까? 레이저 드릴과 충분한 전력만 있으면 어떤 에어 로크든 열 수 있다. 하지만 그 아래로 내려가는 건 어떨까? 엘리베이터가 작동하고 있나? 임시방편으로 두레박이라도 만들어 어떻게든 아래로 내려간다 치고, 그런 다음에 또 다른 에어 로크와 다시 씨름할 것인가?

나는 기압이 0인 곳에서 그런 일을 하는 건 딱 질색이었다. 압력복을 꼭 입어야 하는 곳에서 생기는 사고는 너무나 치명적인 것이 된다. 특히 누군가 사고를 미리 준비하고 있을 때는 말할 나위도 없다. 죄수들을 실은 최초의 우주선이 도착했던 오랜 옛날, 죄수들이 달 세계에서 가장 먼저 배운 건 0기압에서는 얌전히 행동해야 한다는 사실이다. 성질이 더러운 현장 감독은 교대 시간을 몇 번 넘기지 못한다. '사고'를 당하는 것이다. 그리고 유능한 감독들은 사고에 대해 너무 꼬치꼬치 따지지 않는 것이 좋다는 것을 배웠다. 안 그러면 그들도 사고를 당한다. 초기의 사망률은 70퍼센트였다. 하지만 살아남는 자들은 좋은 친구들이었다. 온순하지도 나약하지도 않지만(달 세계는 그런 자들이 살 만한 곳이 아니다) 행실은 얌전했다.

하지만 내게는 달 세계의 다혈질인 사람은 그날 밤 스틸랴기 홀에 전부 모여 있는 것처럼 보였다. 그들은 동지애로 가득 차서 휘파람을 불고 환호성을 질렀다.

토론이 시작된 이후 처음으로 다소 조리 있는 얘기가 나왔다. 오랫동안 광부로 일해서인지 눈에 핏발이 선, 수줍음을 타는 조그만 남자가 일어나서 말했다.

"나는 얼음을 캐는 광부요. 여러분 대다수와 마찬가지로 총독을 위해 일하며 거래하는 법을 배웠소. 나는 30년 동안 혼자서 잘해 왔소. 여덟 명의 자식을 낳아서 키웠고, 자식 놈들은 모두 제 몫을 하고 있소. 한 놈도 죽거나 심각한 문제에 휘말린 적이 없소. 내가 그동안 잘해 왔다고 과거형으로 말한 것은……. 이제는 얼음을 찾기 위해서는 더 멀리 나가거나 더 깊이 들어가야 하기 때문이오."

그는 말을 계속했다.

"그건 괜찮소. 달에는 아직 얼음이 있고 광부라면 응당 얼음을 찾아 들어가야 하는 것이니까. 하지만 총독부에서는 30년 전이나 지금이나 얼음 값을 똑같이 지불하고 있소. 더 나쁜 건 총독부 달러를 가지고 예전처럼 물건을 많이 살 수 없다는 거요. 내가 기억하기로 예전에는 달 세계 홍콩 달러는 총독부 달러와 동등하게 교환되었소. 하지만 지금은 3총독부 달러가 1홍콩 달러요. 난 어떻게 해야 할지 모르겠소……. 하지만 집과 농장을 경영해 나가려면 얼음이 꼭 필요하다는 사실은 알고 있소."

그는 우울한 얼굴로 자리에 앉았다. 아무도 휘파람을 불지 않았지만 모두가 발언을 하고 싶어했다. 다음번에 일어난 사람은 바위 속에서 물을 추출할 수 있다는 점을 지적했다. 이것도 뉴스인가? 바위에 따라서는 물이 6퍼센트 함유된 것도 있지만 그런 바위는 화석으로 된 물보다 훨씬 드물다. 왜 사람들은 산수도 못하는 걸까?

농부 몇 명이 고래고래 불평을 했다. 밀을 경작하는 농부가 대표로 나섰다.

"여러분은 프레드 하우저가 얼음에 대해 말한 것을 들었소. 프레드, 총독부는 농부들에게는 그마저도 처 주지 않고 있네. 나도 농사를 짓기 시작한 지가 거의 자네만큼 오래되었지. 총독부에서 임대한 길이 2킬로미터짜리 터널에서 말이야. 큰아들과 나는 그곳을 밀폐하고 공기로 채웠네. 우리는 약간의 얼음 광맥이 있었기 때문에 전력, 조명 기구, 씨앗, 비료 등은 은행 대출로 구입해서 첫 번째 작물을 수확했지.

그 후로 우리는 터널을 계속 파 들어가면서 조명 기구를 사들여 더 나은 종자를 심어 나갔네. 이제 우리는 지구에서 가장 비옥한 야외 농장보다 헥타르당 아홉 배 많은 수확을 올리고 있어. 그래서 우리가 어떻게 되었을 것 같은가? 부자가 되었을까? 프레드, 우리는 개인 사업을 하던 시절보다 더 많은 빚을 지고 있네! 내가 농장을 판다면, 나는 파산할 것이네. 그걸 살 만한 멍청이가 있을지는 의문이지만. 왜냐고? 왜냐하면 나는 총독부에서 물을 사야 하고, 그러려면 총독부에 밀을 팔아야 하기 때문이지. 이 차이는 결코 좁혀지지 않을 거야. 20년 전에는 총독부에서 도시 하수를 구입해서 내가 직접 멸균 처리를 하고 정화한 뒤에 농작물을 수확해서 이윤을 올렸네. 하지만 오늘날 내가 오수를 사려고 하면 정화된 물의 가격을 지불해야 할 뿐 아니라 고형물의 값까지 내야해. 사출기에 실리는 밀의 톤 당 가격은 20년 전이나 지금이나 변함이 없어! 프레드, 자네는 어떻게 해야 할지 모르겠다고 했지. 내가 말해 주겠네! 총독부를 몰아내 버리는 거야!"

사람들이 휘파람을 불었다. 나는 생각했다. 좋은 아이디어이긴 한데 누가 고양이 목에 방울을 매달까?

아마 와이오밍 낫이 방울을 매달 듯했다. 의장이 뒤로 물러나서 쇼티에게 그녀의 소개를 맡겼다. 쇼티는 그녀를 "우리의 중국인 동지들이 상황에 어떻게 대처하고 있는지 알려 주기 위해 멀리 달 세계 홍콩에서 달려온 작고 용감한 아가씨"라고 소개했다. 어휘의 선택에서 쇼티가 한 번도 달 세계 홍콩에 가 본 적이 없음을 알 수 있었다……. 놀랄 일은 아니다. 2075년에 달 세계 홍콩 지하철은 앤즈빌이 종점이었다. 그 다음에는 지상 수송 롤리건 버스를 타고 맑음의 바다(Mare Serenitatis, 달 표면의 북동부에 위치하며 달의 바다 중에서 가장 오래된 것으로 추정된다 ── 옮긴이)와 고요의 바다(Mare Tranquillitatis, 1969년 7월 19일에 아폴로 11호가 착륙한 이후로 달의 바다 중에서 가장 유명해졌다 ── 옮긴이) 일부를 1000킬로미터가량 달려야 했다. 값비싸고 위험한 여행이다. 나는 달 세계 홍콩에 가 본 적이 있었다. 하지만 업무상의 여행이라 계약에 따라 우편 로켓을 타고 갔다.

여행 비용이 저렴해지기 전에는 달 세계 시와 노비렌의 많은 사람들은 달 세계 홍콩에 중국인만 사는 줄 알았다. 하지만 홍콩도 우리처럼 온갖 인종이 섞여 사는 곳이었다. 대중국은 자기들이 원하지 않는 자들을 달 세계로 내쫓았는데 처음에는 구홍콩과 싱가포르에서 주로 왔고, 다음에는 오스트레일리아 인, 뉴질랜드 인, 흑인, 말레이시아 인, 타밀 인, 기타 등등 온갖 인종들이 도착했다. 달 세계 홍콩에는 심지어 블라디보스토크, 하얼빈, 울란바토르 출신의 구공산당원들도 있다. 와이의 외모는 스칸디나비아 계 같았고 성은 영국식이며 이름은 북아메리카 식이다. 하지만 사실 러시아 인인지도 모른다. 젠장, 당시에는 달 세계인 중에 아버지가 누구인지 아는 사람은 거의 없었고 만일 탁아소에서 자랐다면 어머니가 누구인지도 모르는 경우도 비일비재했다.

나는 와이오밍이 너무 수줍어서 말을 제대로 못할 거라고 생각했다. 연단에 선 그녀는 겁을 먹은 것 같았고, 바로 옆에 우람한 덩치의 쇼티가 검은 산처럼 버티고 있었기 때문에 아이처럼 '작아' 보였다. 그녀는 환호하는 휘파람 소리가 가라앉기를 기다렸다. 당시에 달 세계 시는 남녀 성비가 2 대 1이었고, 그 집회에서는 10 대 1까지 떨어졌다. 그녀가 ABC만 읊어도 그들은 박수를 쳤을 것이다.

그녀는 맹렬하게 연설을 시작했다.

"당신! 당신은 파산 직전의 밀 경작 농부라고 하셨지요. 그런데 인도의 주부들이 당신이 수확한 밀을 킬로그램 당 얼마에 구입하는지 아십니까? 여러분의 밀이 몇 톤이나 봄베이로 보내지는지는? 총독부에서 사출기로 인도양으로 밀을 날려 보내는 데 비용이 얼마나 싸게 먹히는지는 아십니까? 처음부터 끝까지 내리막길입니다! 역분사를 해서 속도를 줄이는 데 아주 약간의 고체 연료가 들어갈 뿐입니다. 그리고 그것들이 어디서 나옵니까? 바로 여기입니다! 여러분은 대가로 무엇을 얻습니까? 약간의 일용품입니다. 그나마 총독부에서는 수입품이라면서 높은 가격을 매기지요. 수입품, 수입품! 나는 절대 수입품에는 손을 대지 않습니다! 홍콩에서 그것을 만들지 않았다면 나는 그것을 사용하지 않아요! 여러분이 밀을 팔아서 또 무엇을 얻습니까? 여러분은 달 세계의 얼음을 달 세계 총독부에 판매하고는 몸 씻을 물로 다시 구입합니다. 그 다음에 그 물을 총독부에 그냥 내줍니다. 다음에는 변기를 내릴 물로 두 번째로 구입하고, 다시 값어치가 있는 고형물을 추가해서 총독부에 또 내줍니다. 그 다음에는 농부들이 훨씬 더 비싼 값을 주고 세 번째로 오수를 사들이고 그런 뒤에 총독부가 책정한 가격으로 그들에게 밀을 팝니다. 여러분은 밀을 재배하기 위해 총독부에서 전력을 구입합니다. 이번에도 그들이 매긴 가격으로요! 하지만 이것은 달 세계의 전력입니다. 단 1킬로와트도 지구에서 오지 않습니다. 그것은 달 세계의 얼음과 달 세계의 강철, 달 세계의 흙에 쏟아지는 햇빛에서 얻은 겁니다. 그 모든 것을 하나로 합성하는 작업까지 달 세계인들이 하고 있죠! 오, 여러분은 한심한 돌대가리이며 굶어 죽는 것이 당연합니다!"

그녀는 휘파람보다 좀 더 많은 경외심이 담긴 침묵을 선사받았다. 마침내 누군가가 언짢은 목소리로 말했다.

"그럼 어떻게 하라는 겁니까, 아가씨? 총독부에 돌이라도 던지라는 거요?"

와이오가 방긋 웃었다.

"네, 돌을 던질 수도 있지요. 하지만 그 해답은 너무 간단하다는 것을 다들 아실 거라고 생각해요. 달 세계의 우리들은 부자입니다. 300만 명의 부지런하고 영리하며 숙련된 인력이 있고, 충분한 물이 있고, 모든 자원이 풍부하며, 무한한 전력과 무한한 거주 공간이 있습니다. 하지만…… 우리에게 없는 것은 자유 시장입니다. 우리는 총독부를 몰아내야 합니다!"

"동감이오! 하지만 어떻게?"

"일치단결이죠. 달 세계 홍콩 사람들은 그것을 배워 나가고 있습니다. 총독부가 물 값을 지나치게 높게 매기면 사지 마세요. 얼음 값을 너무 낮게 매기면 팔지 않는 겁니다. 총독부는 수출을 독점하고 있으니 수출하지 말아야 합니다. 저 아래 지구의 봄베이에서는 밀이 부족합니다. 밀이 도착하지 않으면 중간 상인들이 밀을 직접 구매하러 이곳으로 오는 날이 올 것입니다. 현재 가격의 세 배 이상으로!"

"그때까지는 어떻게 하자는 거요? 손가락만 빨라고?"

아까 질문했던 언짢은 목소리였다. 와이오밍은 그 사람을 지목하고는 고개를 둥글게 돌렸다. 예로부터 달 세계 여성들이 '당신은 내게 너무 뚱뚱해요!'라는 의사를 표시할 때 사용하는 제스처였다. 그런 다음 말했다.

"당신의 경우에는, 친구, 그것도 해롭지 않을 거예요."

폭소가 터져 나와 그의 입을 막았다. 와이오가 말을 계속했다.

"아무도 굶을 필요가 없습니다. 프레드 하우저, 당신의 드릴을 홍콩으로 보내세요. 총독부는 우리의 물과 공기 시스템이 없어요. 따라서 우리는 얼음에 정당한 가격을 지불합니다. 당신, 농장이 파산하신 분, 만일 자신이 파산했다는 것을 인정할 용기가 있다면 홍콩으로 와서 다시 시작하세요. 홍콩은 만성적인 인력 부족에 시달리고 있어요. 따라서 근면한 노동자는 절대 굶주리지 않습니다."

그녀는 군중을 한번 둘러보고는 덧붙였다.

"제 얘기는 이것으로 끝입니다. 결정은 여러분에게 달렸습니다."

그녀는 연단을 내려와 쇼티와 나 사이에 앉았다.

쇼티는 떨고 있는 그녀의 손을 토닥였다. 그녀는 쇼티에게 고맙다는 눈짓을 보내고는 나에게 속삭였다.

"내 연설이 어땠어요?"

내가 안심시켰다.

"근사했습니다. 훌륭했어요!"

그녀는 안도하는 것 같았다.

하지만 나는 정직하지 않았다. "근사했다."라는 것은 대중을 사로잡은 점이 그렇다는 말이었지, 연설의 내용은 무의미했다. 나는 우리가 노예라는 것, 어떤 것도 그런 상태를 바꿀 수 없다는 것을 평생에 걸쳐 배우며 살아왔다. 물론 우리는 사고 파는 대상이 아니다. 하지만 우리들이 필요한 재화, 우리들이 그것을 구입하기 위해 팔아야 하는 재화의 독점권을 총독부가 쥐고 있는 한 우리는 노예였다.

우리가 무엇을 할 수 있겠는가? 총독은 우리의 소유주가 아니었다. 만일 그랬다면 우리는 그를 제거할 방법을 찾아내면 그만이다. 하지만 달 세계 총독부의 본거지는 달이 아닌 지구에 있었다. 우리는 우주선이 없고 심지어 소형 수소 폭탄도 없었다. 아니 달 세계에는 총마저 없었다. 총이 있어도 그걸로 무엇을 할 수 있을지 의문이었다. 아마 서로에게 총질을 하는 정도일 것이다.

300만의 무장하지 않은 무력한 사람들과, 우주선과 폭탄과 무기를 소유한 110억의 사람들의 대결인 셈이다. 우리가 그들에게 골칫거리가 될 수는 있었다. 하지만 아버지가 아이를 벌주기 전에 얼마나 참을까?

나는 감명을 받지 않았다. 성경에도 써 있듯이 신은 가장 힘이 센 쪽의 손을 들어 주기 마련이다.

사람들은 다시 와자지껄하게 떠들었다. 무엇을 할 것인지, 어떻게 조직을 만들 것인지 등등을 얘기했고, "어깨를 나란히"라는 소음이 다시 울려 퍼졌다. 의장을 망치를 두들겼고 나는 조바심을 치기 시작했다.

하지만 익숙한 목소리를 들은 순간 허리를 똑바로 세우고 앉았다.

"의장님! 나에게 5분간 발언권을 주시지 않겠습니까?"

나는 고개를 돌려 베르나르도 데 라 파즈 교수를 보았다. 그 목소리를 모르더라도 고색창연한 어투에서 그 사람이라는 것을 짐작할 수 있을 것이었다. 곱슬거리는 백발, 양 볼의 보조개, 웃음기를 띤 목소리……. 그가 몇 살인지는 모른다. 내가 어렸을 적 처음 만났을 때에도 그는 노인이었다.

그는 내가 태어나기 전에 이주해 왔지만 죄수는 아니었다. 그는 총독과 마찬가지로 정치적인 망명객이었다. 하지만 반체제적인 타입이라 '총독'처럼 벌이가 좋은 일자리를 얻는 대신에 살아남든 굶어 죽든 그냥 내팽개쳐졌다.

당시에 그는 달 세계 시의 어떤 학교에서든 자리를 구할 수 있었지만 그렇게 하지 않았다. 내가 듣기로는, 그는 한동안 접시 닦이로 일했고 다음에는 아기 돌보기를 했다고 한다. 아기 돌보기는 유아 보육원으로 확장되었고 다음에는 탁아소가 추가되었다. 내가 그를 처음 만났을 때 그는 서른 명의 교사를 두고 탁아소, 유아원, 초등, 중등, 고등학교에 이르는 기숙 학교와 주간 학교를 운영하면서 거기에 대학 과정까지 포함하려던 차였다.

나는 기숙 학교에서 그와 밤낮으로 생활한 적은 한 번도 없지만 그에게서 공부를 배웠다. 나는 열네 살 때 선택을 받았고, 새로운 가족은 나를 학교에 보냈다. 그전에 내가 정식 교육을 받은 기간은 고작 3년뿐이었고 틈틈이 개인 교습을 받은 정도였다. 나의 최연장 아내는 엄격한 여성이어서 나를 학교에 보내 주었다.

나는 교수를 좋아했다. 그는 무엇이든 가르쳤다. 전혀 아는 게 없는 분야라도 상관없이 가르쳤는데 학생이 어떤 과목을 공부하고 싶다고 하면 그는 미소를 지으며 학비를 정하고 미리 교재를 찾아서 학생보다 몇 시간 분량만큼 앞서 나갔다. 또는 너무 어려운 과목일 경우에는 거의 같은 진도로 공부해 나갔다. 그는 실력 이상으로 아는 체하는 일은 절대 하지 않았다. 나는 그에게서 대수를 배웠는데 진도가 3차함수만큼 나갔을 무렵에는 그가 내 계산의 오류를 찾아내는 것만큼이나 나도 그의 오류를 찾아내곤 했다. 하지만 그는 수업 시간마다 기꺼이 비용을 청구했다.

그의 밑에서 전자 공학을 공부하기 시작했을 때는 얼마 지나지 않아 내가 그를 가르치게 되었다. 그래서 그는 수업료 청구를 그만두었고, 아르바이트로 여분의 돈을 벌려고 하는 엔지니어를 찾아낼 때까지 우리는 함께 공부했다. 그후로 우리는 새로운 선생에게 둘 다 돈을 지불했고, 교수는 나와 함께 끝까지 수업을 계속하려고 노력했다. 그는 손재주가 없고 계산이 느렸지만 자기 마음의 지평을 넓히는 일을 즐겼다.

의장이 방망이를 두드렸다.

"우리는 기꺼이 데 라 파즈 교수님께 얼마든지 오랫동안 발언하실 기회를 드릴 것입니다. 그리고 뒤에 떠드는 사람들, 조용히하시오! 내가 이 망치로 머리를 두들기기 전에!"

교수는 앞으로 나왔고, 사람들은 달 세계인의 수준으로는 그 이상 도달할 수 없을 정도로 조용해졌다.

"오래 걸리지는 않을 겁니다."

그가 말을 시작했다. 그러고는 와이오밍을 아래위로 훑어보고는 휘파람을 불었다.

"사랑스러운 세뇨리타, 부디 이 가련한 늙은이를 용서해 주시겠습니까? 고통스럽게도 나는 당신의 웅변적인 선언에 반대 의견을 말해야만 합니다."

와이오가 발끈했다.

"반대 의견이라뇨? 저는 진실을 말했어요!"

"부탁입니다! 딱 한 가지만 반대할 겁니다. 계속해도 되겠습니까?"

"어…… 그러세요."

"총독부를 몰아내야 한다는 것은 옳습니다. 우리가 모든 핵심적인 경제 활동에서 무책임한 독재자의 지배를 받아야 한다는 건 어리석을 뿐 아니라 유해하며 처음부터 있어서는 안 되는 일이었습니다! 그것은 가장 기본적인 인간의 권리를 침해하는 것이지요. 바로, 자유로운 시장에서 거래할 권리 말입니다. 하지만 우리의 밀을, 쌀이나 다른 곡물을, 지구에 팔아야 한다고 말한 부분은 잘못이라고 감히 이의를 제기합니다. 어떤 가격이든 안 됩니다. 우리는 곡물을 수출해서는 안 됩니다!"

아까 발언했던 밀 경작 농부가 끼어들었다.

"그럼 수확한 밀들을 다 어쩌란 말입니까?"

"부탁입니다! 지구에 밀을 보내는 것은 상관이 없습니다……. 내려 보낸 것과 똑같은 중량이 올라온다면 말입니다. 물도 좋고, 질소 비료도 좋고, 인산 비료도 좋습니다. 반드시 같은 중량이어야 합니다. 그렇지 않다면 아무리 비싼 가격이라도 팔아서는 안 됩니다."

와이오밍이 농부에게 "잠깐만요."라고 양해를 구하고는 교수에게 말했다.

"그건 불가능하다는 것을 교수님도 아실 거예요. 아래로 내려 보내는 것은 싸게 먹히지만 올려 보내는 것은 비싸게 먹히니까요. 더구나 우리에게 물이나 비료 같은 것은 부족하지 않습니다. 우리에게 필요한 것은 중량이 많이 나가지 않아요. 정밀 장비, 약품, 처리 장치, 기계류, 조절 테이프 등입니다. 저도 이 부분에 대해 많이 공부했습니다, 교수님. 만일 자유 시장에서 공정한 가격을 받을 수만 있다면……"

"부탁입니다, 아가씨! 계속해도 되겠습니까?"

"계속하세요. 하지만 나중에 반론을 하고 싶어요."

"프레드 하우저는 얼음을 찾기가 어려워졌다고 말했습니다. 지금도 나쁜 뉴스지만 우리의 손자 대에 이르면 재앙이 될 것입니다. 달 세계 시는 20년 전에 사용했던 바로 그 물을 오늘도 사용해야 합니다……. 거기에 얼음 채굴로 인구 증가에 따른 부족 분을 보충해야겠지요. 하지만 우리는 물을 딱 한 번만 사용합니다. 세 가지 단계의 사이클을 한 번만 돌리는 것이지요. 그런 다음에 물은 인도로 가 버립니다. 밀이 되어서. 진공 처리를 해도 거기에는 소중한 물이 함유되어 있습니다. 왜 물을 인도로 보내야 합니까? 인도양이 통째로 그들의 것인데요! 그리고 곡물에서 물을 제외한 나머지 중량은 끔찍할 정도로 훨씬 더 값비싼 것들입니다. 아무리 바위에서 추출한다고는 하지만 식물의 양분은 물보다 얻기가 어렵습니다. 동지들, 제 말에 귀를 기울여 주십시오! 여러분이 매번 지구에 곡물을 보낼 때마다 여러분의 손자들이 천천히 죽어 가는 것이나 다름없습니다. 광합성의 기적, 식물과 동물의 사이클은 폐쇄 사이클이어야 합니다. 우리는 이 사이클을 열어 놓고 있었습니다. 그래서 우리의 고혈이 지구로 흘러

들어가고 있는 것입니다. 우리에게 더 높은 가격은 필요 없습니다! 돈을 먹을 수 있는 사람은 아무도 없습니다! 여러분에게 필요한 것은, 우리 모두에게 필요한 것은 이 손실을 끝장내는 것입니다. 철저하고 완전한 수출 봉쇄 정책이 필요합니다. 달 세계는 자급자족을 해야 하는 것입니다!"

십여 명의 사람들이 동시에 뭐라고 소리쳤고 잠시 후에는 듣는 사람보다 말을 하는 사람이 더 많아졌다. 의장은 계속 망치를 쾅쾅 두드렸다. 그래서 나는 어떤 여자가 비명을 지를 때까지 집회에 방해꾼이 들어온 것을 몰랐다. 나는 주위를 둘러보았다.

모든 문이 열려 있었고, 가장 가까운 쪽 문에 무장한 남자 셋이 보였다. 총독의 경호원임을 뜻하는 노란 제복 차림의 녀석들이었다. 뒤쪽 정문에서는 한 남자가 쩌렁쩌렁한 목소리로 말했다. 그 소리가 사람들의 소음과 확성기의 소음을 몰아냈다.

"좋아! 아주 좋아! 그 자리에서 꼼짝 마라! 너희들은 모두 체포되었다. 움직여서도 소리를 내서도 안 된다. 한 번에 한 놈씩 두 손을 앞으로 뻗은 자세로 나와!"

쇼티가 옆에 있는 남자를 집어 들어 가장 가까이에 있는 경호원들을 향해 던졌다. 둘은 쓰러졌고 세 번째 놈이 무기를 발사했다. 누군가가 비명을 질렀다. 열 살에서 열두 살가량으로 보이는 붉은 머리의 깡마르고 조그만 소녀 하나가 세 번째 경호원의 정강이를 향해 몸을 날렸다. 공격은 급소에 적중했고 경호원은 쓰러졌다. 쇼티는 뒤로 손을 돌려 와이오밍 낫을 커다란 덩치 뒤로 밀어 놓고 소리쳤다.

"와이오를 부탁해, 맨. 내 뒤에 꼭 붙어서 따라오게!"

그는 어린아이를 다루듯 사람들을 양쪽으로 헤치며 앞으로 나아갔다.

더 많은 비명소리가 들리고 나는 어떤 냄새를 맡았다. 내가 팔을 잃었던 날

맡았던 것과 똑같은 냄새였다. 그 순간 놈들이 지니고 있는 무기가 스턴 건(전기 쇼크로 마비시키는 총 — 옮긴이)이 아니라 레이저 빔인 것을 깨닫고 두려움을 느꼈다. 쇼티는 문에 당도해 커다란 손으로 경호원 한 놈을 붙들었다. 붉은 머리 조그만 계집애는 사라지고 없었다. 그녀가 볼링공처럼 몸을 굴려 넘어뜨린 남자가 손과 무릎을 짚고 일어나려는 찰나였다. 나는 왼팔로 놈의 면상을 후려갈겼고, 그의 턱이 부서질 때 어깨에 격렬한 진동을 느꼈다. 그 바람에 잠시 멈칫하자 쇼티가 나를 밀치며 고함쳤다.

"어서 움직여, 맨! 그녀를 여기서 데리고 나가!"

나는 오른팔로 와이오밍의 허리를 감싸서 내가 잠잠하게 만든 경호원 위로 그녀를 던졌다. 그녀의 몸이 문을 넘어 날아갔다. 쉽지는 않았다. 그녀는 구조받기를 원치 않는 것 같기 때문이었다. 그녀는 문 너머에서 다시 머뭇거렸다. 그래서 나는 그녀의 엉덩이를 힘껏 밀어서, 그녀가 넘어지기 싫어서라도 달릴 수밖에 없도록 했다. 그리고 흘끗 뒤를 돌아보았다.

쇼티는 두 경호원의 목을 각각 쥐고 있었다. 그는 두 녀석의 머리를 꽝 하고 부딪치며 싱긋 웃었다. 그들은 달걀처럼 깨졌다.

그가 내게 소리쳤다.

"뭐 해, 멍청아!"

나는 와이오밍을 쫓아 그 자리를 떠났다. 쇼티는 도움이 필요하지 않았다. 다시는 도움이 필요하지 않을 것이다. 그의 마지막 노력을 헛되게 할 수는 없었다. 내가 본 바에 따르면 그 경호원들을 죽일 때 그는 한쪽 다리로 서 있었다. 다른 쪽 다리는 허리에서부터 잘려 나가고 없었다.

＊ 3 ＊

　나는 6층으로 가는 경사로의 중간 부분에서 와이오를 따라잡았다. 그녀는 속도를 늦추지 않았기 때문에 에어 로크 안으로 함께 들어가기 위해 문의 손잡이를 붙들어야 했다. 그곳에서 나는 그녀를 멈추게 하고 그녀의 머리에서 붉은 모자를 벗겨서 나의 주머니 안에 쑤셔 넣었다.

　"이 편이 더 낫습니다."

　내 것은 사라지고 없었다.

　그녀는 깜짝 놀라는 것 같았지만 대답했다.

　"네, 그래요."

　"문을 열기 전에 묻겠는데, 딱히 숨을 곳이 있습니까? 그리고 내가 여기 머무르면서 놈들을 막을까요, 아니면 함께 갈까요?"

　"모르겠어요. 일단은 쇼티를 기다리는 것이 좋겠어요."

　"쇼티는 죽었습니다."

　눈이 커졌지만 그녀는 아무 말도 하지 않았다. 내가 계속했다.

　"그의 집에 묵고 있었습니까? 아니면 다른 사람의 집에?"

"호텔에 예약했어요. 고스타니차 우크라이나 호텔인데, 어디에 있는지도 몰라요. 이곳에 너무 늦게 도착해서 들를 여유가 없었죠."

"음…… 거기는 가면 안 됩니다. 와이오밍, 나는 뭐가 어떻게 되어 가는지 모르겠습니다만 몇 달 만에 처음으로 달 세계 시에서 총독의 경호원을 보았어요……. 더구나 중요 인사를 호위하는 임무가 아닌 일로 본 것은 처음입니다. 글쎄, 당신을 우리 집으로 데려갈 수도 있겠지만 그들이 나도 찾고 있을지 모릅니다. 어쨌든 공공 통로에서는 벗어나야 합니다."

6층으로 이어지는 문에서 쾅쾅 두드리는 소리가 나고 보안 구멍을 통해 조그만 얼굴이 보였다.

"여기 있으면 안 됩니다."

내가 덧붙이며 문을 열었다.

문을 두드린 것은 내 허리에도 닿지 않는 어린 소녀였다.

"키스는 다른 데서 해요. 통행을 방해하고 있잖아요."

내가 소녀를 위해 두 번째 문을 열어 주자 소녀는 우리 사이로 빠져나갔다.

내가 말했다.

"아이의 충고에 따르기로 합시다. 당신은 나와 팔짱을 끼고 나를 당신이 함께 있고 싶은 남자처럼 대하도록 애써 보세요. 그리고 걷는 겁니다. 천천히."

그래서 우리는 천천히 걸었다. 그곳은 아이들을 제외하면 행인이 거의 없는 옆 골목이었다. 사마귀의 경호원들이 지구의 경찰처럼 우리를 추격하려고 한다면 10여 명, 아니 90명의 아이들이 키가 큰 금발 미인이 어느 방향으로 갔는지 말해 줄 수 있었을 것이다. 달 세계 아이들이 총독의 끄나풀을 상대하며 아까운 시간을 낭비할 것인지는 의문이지만 말이다.

와이오밍의 미모를 감상할 나이가 막 된 소년이 우리 앞에 서더니 그녀를 향해 유쾌한 휘파람 소리를 냈다. 그녀는 미소를 지으며 소년을 비켜나게 했다.

내가 귀엣말을 했다.

"이게 우리의 문제입니다. 당신은 보름때의 지구처럼 너무 눈에 띕니다. 호텔에 숨어야겠어요. 다음번 옆 도로에 하나 있습니다. 대단한 곳은 아니고, 그냥 잠만 자는 방들이 있지요. 하지만 가깝습니다."

"난 당신과 잠을 잘 기분이 아니에요."

"와이오, 제발! 그런 부탁을 한 것이 아닙니다. 방을 따로 잡을 수 있어요."

"미안해요. 화장실을 찾을 수 있을까요? 그리고 근처에 약국이 있나요?"

"곤란한 문제라도?"

"그런 건 아니에요. 화장실은 몸을 감추기 위한 거예요. 나는 너무 눈에 띄니까요. 그리고 약국은 화장품을 사려고요. 바디 메이크업. 그리고 염색약도."

첫 번째 것은 쉬웠다. 바로 근처에 있었다. 그녀가 화장실에 들어가 문을 잠그자 나는 약국을 한 군데 찾아, 키가 이만하고 (나는 턱 밑을 가리켰다) 몸무게는 48킬로그램 정도 나가는 아가씨에게 바디 메이크업이 얼마나 필요하겠는지 물었다. 그리고 검은색으로 그만한 양을 구입하고, 다른 약국에서 하얀색으로 같은 양을 구입했다. 첫 번째와 두 번째가 상쇄되니 피장파장인 셈이었다. 그런 다음 나는 세 번째 약국에서 검은색 염색약을 샀고 붉은 드레스도 샀다.

와이오밍은 검은 반바지와 스웨터 차림이었다. 여행하면서 활동하기에 편하고 금발에도 잘 어울린다. 하지만 나는 오랫동안 결혼 생활을 해 왔기 때문에 여성에게 어떤 옷이 잘 어울리는지 알 수 있을 만큼 감각이 있었다. 그리고 피부색이 짙은 여성이 일부러 검은색 옷을 골라서 입는 것은 한 번도 본 적이 없었다. 게다가 그 당시 달 세계 시의 멋쟁이 여성들은 치마를 입었다. 내가 구입한 옷은 가슴 받침이 달린 치마로, 가격으로 보아 멋있는 옷임이 틀림없다고 나는 생각했다. 사이즈는 어림짐작하는 수밖에 없었지만 소재가 신축성이 있었다.

오는 길에 아는 친구들을 세 사람 만났지만 특별히 평소와 다른 말은 하지 않았다. 아무도 흥분한 것 같지 않았고 상점들의 거래도 평소와 같았다. 겨우 몇 분 전에 이곳에서 북쪽으로 몇백 미터 떨어진 바로 아래 층에서 폭동이 일어났다고는 믿기가 어려웠다. 어쨌거나 흥분은 내가 원하는 것이 아니었다.

나는 와이에게 물건을 가지고 가서 문의 부저를 누르고 꾸러미를 안으로 밀어 넣었다. 그런 다음에 술집에 살며시 숨어 들어가 맥주를 500밀리리터 마시며 30분가량 비디오를 시청했다. 여전히 소란은 없었고, "정규 방송을 중단하고 속보를 전한다"라는 멘트도 없었다. 나는 다시 화장실로 돌아가 부저를 누르고 기다렸다.

와이오밍이 나왔을 때 나는 그녀를 알아보지 못했다. 다음 순간에야 그녀를 알아보고선 정신을 차리고 열렬하게 박수를 쳤다. 그럴 수밖에 없었다. 휘파람을 불고 손가락 튀기며 신음을 내면서 지질을 탐사하는 레이더처럼 면밀히 훑어봐야 했다.

와이오는 이제 나보다 검어졌는데 그게 아주 잘 어울렸다. 눈동자도 검어지고 검은 속눈썹까지 붙인 것으로 보아 주머니 안에 화장 도구가 들어 있었던 것이 틀림없었다. 입술은 짙은 붉은색을 띠었고 전보다 더 커져 있었으며 머리칼은 짙은 염색약으로 염색했다. 그리고 꼬불꼬불하게 지진 머리에 기름을 발라서 위로 바짝 틀어 올렸다. 마치 꼬불꼬불한 머리를 펴고 싶은 것처럼 말이다. 하지만 워낙 억센 곱슬머리라 완전히 쫙 펴진 것은 아니었다. 그녀는 흑인처럼 보이지 않았지만 그렇다고 백인처럼 보이는 것도 아니었고 두 인종의 적당한 혼혈처럼 보였다. 따라서 달 세계인에 더 가깝게 보이는 셈이었다.

내가 고른 빨간 원피스는 너무 작았다. 상반신은 에나멜 스프레이를 뿌린 것처럼 몸에 찰싹 달라붙었고, 허벅지 가운데까지 오는 치맛단은 마치 영구적인 정전기가 일어난 것처럼 넓게 펼쳐진 모습이었다. 그녀는 어깨에 메는 가방의 끈을 떼어 내고 팔에 끼었다. 신발은 벗어 버렸거나 가방 안에 넣은 모양이었다. 맨발인 덕분에 키가 작아졌다.

그녀는 멋졌다. 더 좋은 것은 이제 군중 앞에서 열변을 토하던 불온분자처럼 보이지 않는다는 점이었다.

내가 박수를 치는 동안 그녀는 환한 미소를 지으며 섹시하게 포즈를 취했다. 내가 감상을 다 마치기도 전에 두 소년이 양쪽에 나타나 환호성을 올리고 휘파람을 불면서 내 의견을 보증해 주었다. 그래서 나는 그들에게 팁을 주고 이만가 보라고 쫓아 보냈다. 와이오밍은 내게 다가와 팔짱을 꼈다.

"괜찮아요? 이만하면 합격인가요?"

"와이오, 누군가가 푼돈을 쥐어 주기를 기다리는 싸구려 아가씨처럼 보입니다."

"어머, 나쁜 인간! 내가 푼돈이나 노리는 여자로밖에 안 보여요? 저질 관광객 같으니!"

"그렇게 발끈하지 마세요, 예쁜 아가씨. 무슨 재주가 있는지 말해 봐요. 그리고 가격을 불러요. 적당한 가격이라면, 뭐 나도 여유가 없는 것은 아니니까."

"에잇……."

그녀는 주먹으로 내 갈비뼈를 치며 방긋 웃었다.

"나는 파는 물건이 아니에요, 친구. 내가 만일 당신과 잠을 잔다면 돈 얘기는 하지 않을 거예요. 그럴 가능성은 없지만. 어서 아까 말한 호텔이나 찾도록 해요."

그래서 우리는 호텔을 찾아갔고 내가 방 값을 치렀다. 와이오밍은 연인인 것처럼 연기를 했지만 그럴 필요까지는 없었다. 야간 접수계원은 뜨개질거리에서 고개를 들지도 않았고 숙박부에 이름을 기록하라는 말도 하지 않았다. 일단 방에 들어가자 와이오밍은 빗장을 걸었다.

"좋은 방이군요!"

당연히 좋은 방이어야 한다. 32홍콩 달러나 주었으니까. 그녀는 달랑 침대만 하나 있는 방을 기대했겠지만, 나는 그녀를 그런 방에 투숙시키고 싶지는 않았다. 아무리 몸을 숨기는 게 목적이라고 해도 말이다. 그곳은 전용 욕실이 딸린 편리한 방이었다. 물은 무한정으로 사용할 수 있었고 전화와 룸서비스 용 승강기도 있었는데 내가 필요로 하는 것들이었다.

그녀는 주머니를 열려고 했다.

"당신이 얼마를 냈는지 봤어요. 일단 그걸 정산하고……"

나는 손을 뻗어 그녀의 주머니를 닫았다.

"돈 얘기는 안 하기로 했을 텐데요."

"뭐라고요? 오, 젠장, 그건 침대를 같이 쓸 때의 얘기죠. 당신이 잠잘 곳을 구해 주었으니 당연히 내가……"

"그만 둬요."

"절반은? 더 이상 군말 없기에요."

"안 됩니다. 와이오, 당신은 먼 길을 찾아온 손님이에요. 당신은 돈을 아껴야 해요."

"마누엘 오켈리, 내 몫을 지불하게 해 주지 않으면 여기서 나가겠어요!"

나는 절을 했다.

"다스비다니야, 가스파자, 스파코이노예노치('안녕히 가세요, 아가씨. 좋은 밤 되십시오'라는 뜻의 러시아 어 — 옮긴이). 곧 다시 만났으면 좋겠군요."

그러고는 문의 빗장을 열려고 했다.

그녀는 노려보더니 주머니를 세게 닫았다.

"좋아요, 여기 있겠어요. 젠장!"

"언제든 환영입니다."

"당신에게 진심으로 감사하고 있어요. 감사하기는 하지만…… 아뇨, 알았어요. 난 도움을 받는 데 익숙하지 않아서 그래요. 난 자유로운 여성이니까."

"축하합니다. 하여간에."

"당신도 화내지 마세요. 당신은 단호한 남자이고, 난 그런 점을 존중해요. 당신이 우리 편이어서 기뻐요."

"꼭 그런 건 아닙니다."

"뭐라고요?"

"진정하세요. 나는 총독의 편도 아닙니다. 고자질하지는 않아요. 쇼티가 유령이 되어서 쫓아다니는 건 싫으니까요. 그의 관대한 영혼이 편히 잠들기를. 하지만 당신의 계획은 비현실적입니다."

"하지만 매니, 이해를 못하시는군요. 만일 우리가 전부……."

"잠깐만요, 와이. 지금은 정치를 논할 때가 아닙니다. 나는 피곤하고 배가 고파요. 마지막으로 무언가를 먹은 건 언제입니까?"

"오, 맙소사! 모르겠어요. 버스 안이었던 것 같아요. 비상 식량이었죠."

갑자기 그녀는 작고 어리고 지쳐 보였다.

"캔자스 시티 스타일의 살짝 익힌 두꺼운 스테이크에 구운 감자, 타이코 소스, 그린 샐러드, 커피는 어떻습니까…… 먼저 뭣 좀 마시고 나서?"

"근사해요!"

"내 생각도 같습니다. 하지만 이 시간에 이런 곳에선 클로렐라 수프와 햄버거만 먹을 수 있어도 운이 좋은 겁니다. 무엇을 마시겠습니까?"

"에탄올이라면 뭐든지."

"좋습니다."

나는 승강기 쪽으로 가서 룸서비스 단추를 눌렀다.

"메뉴를 부탁합니다."

메뉴가 나타나자, 최고급 갈비 스테이크와 휘핑 크림을 얹은 애플파이를 주문했다. 거기에 보드카 반 병과 얼음도 추가했고 술을 먼저 내려 달라고 했다.

"목욕을 할 시간이 있을까요? 제가 먼저 사용해도 되겠어요?"

"어서 하세요, 와이. 그러면 몸 냄새가 좋아질 겁니다."

"못됐군요. 열두 시간이나 압력복을 입고 지내면 누구나 악취가 나요. 버스는 끔찍했어요. 빨리 끝낼게요."

"잠깐만요, 와이. 그건 지워집니까? 여기서 떠날 때는 그게 필요할지도 모릅니다……. 언제, 어디로 가든 말이지요."

"네, 지워져요. 하지만 당신이 넉넉하게 사 와서 아직 세 번 사용할 분량이 남았어요. 미안해요, 매니. 앞으로 정치적인 여행을 할 때는 화장용품을 가지고 다녀야겠어요. 이런 일이 또 일어날 수 있으니까요. 이를테면 오늘 밤 같은……. 물론 오늘 밤이 최악은 아니겠지만요. 하지만 나는 시간에 쫓겨서 캡슐을 한 대 놓쳤고 그래서 버스를 못 탈 뻔했어요."

"그럼 가서 씻어 내십시오."

"네, 대장. 아, 등은 밀어 주지 않아도 돼요……. 하지만 이야기를 나눌 수 있도록 문을 열어 놓을 게요. 그저 대화만 하는 거예요. 초대할 뜻은 전혀 없어요."

"좋을 대로. 나도 여자를 본 적은 있습니다."

"그 여자는 꽤나 감격했겠군요."

그녀는 빙긋 웃으며 한 번 더 주먹으로 내 갈비뼈를 쳤다. 세게. 그러고는 안으로 들어가 욕조에 물을 받기 시작했다.

"매니, 당신이 먼저 씻지 않겠어요? 이 메이크업과 당신이 불평한 악취를 씻어 내는 데는 두 번째 물로도 충분해요."

"사용량에 제한이 없습니다. 듬뿍 받아서 써도 됩니다."

그녀는 부드럽고 행복하게 휘파람을 불었다.

"이런 사치가! 나는 집에서는 같은 목욕물을 사흘 동안 써요. 당신은 부자인가요, 매니?"

"부자는 아니지만 가난하지도 않아요."

룸서비스 용 승강기에서 종소리가 울렸다. 나는 얼음에 보드카를 부은 마티니를 만들어 그녀에게 건네주고 시야에서 벗어난 곳으로 나와서 다시 앉았다. 그렇다고 대단한 것을 본 건 아니다. 그녀의 몸은 보글보글거리는 거품 속에 어깨까지 푹 잠겨 있었으니까.

"파블로니 쥐즈니('멋진 인생을'이란 뜻의 러시아 어 — 옮긴이)!"

내가 외쳤다.

"당신에게도 멋진 인생을, 매니. 내게 꼭 필요하던 처방이에요."

잠시 약을 들이켠 후에 그녀가 계속했다.

"매니, 당신은 결혼했지요?"

"그렇습니다. 그게 드러나 보입니까?"

"상당히. 당신은 여자한테 친절하지만 그다지 열의는 없고 적당히 거리를 두고 있어요. 따라서 당신은 기혼자고 그것도 오랫동안 결혼 생활을 해 온 거죠. 아이들은?"

"열일곱 명을 네 명이 나눕니다."

"씨족 결혼?"

"가계 결혼이죠. 나는 열네 살 때 선택을 받았고, 아홉 명 가운데 다섯 번째입니다. 따라서 열일곱 명의 아이도 그리 많은 것은 아니죠. 대가족입니다."

"멋지겠군요. 나는 가계 결혼을 본 적이 없어요. 홍콩에서는 드문 형태니까요. 씨족 결혼, 집단 결혼, 일처다부형의 결혼도 많이 있지만 가계형 결혼은 결코 뿌리를 내리지 못했어요."

"정말 좋은 결혼 형태입니다. 우리 결혼은 거의 100년이나 지속되어 왔어요. 존슨 시티에 첫 번째 유형수가 이송되어 왔던 시절로 거슬러 올라갑니다. 스물한 명의 연결 고리가 있었고, 오늘날에는 아홉 명이 살아 있습니다. 이혼은 한번도 없었어요. 생일이나 결혼식을 맞아서 자손들과 일가친척이 한데 모이면 정신이 하나도 없습니다. 물론 아이들은 열일곱 명보다 훨씬 많지요. 결혼을 시켜서 내보낸 후에는 '아이'로 치지 않습니다. 안 그러면 나는 할아버지 또래의 자식을 두게 되니까요. 즐거운 생활 방식입니다. 부담이 별로 없어요. 나를 한번 보세요. 내가 일주일씩 집을 비우고 전화를 하지 않아도 아무도 잔소리를 하지 않습니다. 그러다가 내가 나타나면 다들 환영해 주지요. 가계형 결혼에는 이혼이 거의 없습니다. 더 이상 무엇을 더 바라겠습니까?"

"그럴 것 같군요. 남편이나 아내를 충원하는 규칙이 있나요? 간격은?"

"특별한 규칙은 없고 상황에 맞춰서 합니다. 작년에 가장 최근의 연결 고리를 이었습니다. 우리는 사내아이를 들여야 할 차례에 여자아이와 결혼했지요. 하지만 그건 특별한 경우입니다."

"어떻게 특별한가요?"

"나의 가장 어린 아내는 최연장 남편과 아내의 손녀딸입니다. 최소한 그녀는 멈의 손녀입니다. 우리는 최연장의 아내를 '멈'이라고 부르고 남편들은 때때로 '미미'라고 부르곤 하지요. 하여튼 최연소 아내는 할아버지와 핏줄이 연결되어 있을 겁니다. 하지만 다른 배우자들과는 전혀 혈연 관계가 없어요. 따라서 결혼을 통해 다시 집안에 들이지 말아야 할 이유가 없는 셈이지요. 다른 유형의 결혼에서도 전혀 문제가 되지 않을 정도입니다. 전혀요. 그리고 류드밀라는 그녀의 어머니가 미혼모로서 그녀를 낳고 노비렌으로 이주하면서 우리에게 맡기고 갔기 때문에 우리 가족 틈에서 자랐습니다.

우리가 그녀의 결혼 문제를 생각할 정도로 나이가 들어도 밀라는 결혼 얘기를 하려고 들지 않았어요. 그녀는 울면서 제발 예외를 만들어 달라고 우리에게 부탁했지요. 그래서 우리는 예외를 만들었습니다. 할아버지는 유전학적인 측면은 생각하지 않았어요⋯⋯. 요즘에 그의 여성에 대한 관심은 실제적인 것보다는 허세 쪽이 더 강합니다. 최연장 남편으로서 그는 우리의 결혼 첫날밤을 그녀와 보냈지요. 하지만 그건 형식상의 행동일 뿐이었습니다. 두 번째 남편 그레그가 나중에 실질적으로 결혼을 완성했고 모두 모르는 것처럼 행동했지요. 모두가 행복했습니다. 류드밀라는 사랑스러운 아가씨입니다. 겨우 열다섯 살이고 첫 아이를 임신했습니다."

"당신의 아기예요?"

"그레그의 아기일 거라고 생각합니다. 오, 내 아이이기도 하지요. 하지만 사실은 그 당시에 나는 주로 노비 레닌그라드에 있었습니다. 그레그의 아기가 맞을 겁니다. 밀라가 외부의 도움을 받지 않았다면 말입니다. 하지만 그런 일은 없습니다. 그녀는 가정적인 아가씨인 데다가 요리 솜씨가 아주 훌륭합니다."

음식용 승강기에서 종소리가 울리자 나는 테이블을 펼치고 의자를 놓은 다음 돈을 계산하고서 승강기를 다시 위로 올려 보냈다.

"돼지 밥으로 던져 줘 버릴까요?"

"금방 나가요! 매무새를 다듬지 않아도 괜찮겠어요?"

"내 의견을 묻는다면 아예 맨살로 나오는 편이 제일 좋습니다."

"꿈도 야무지시군요, 결혼만 많이하는 양반."

그녀는 재빨리 나왔다. 다시 금발로 돌아온 젖은 머리카락을 뒤로 빗어 넘긴 모습이었다. 그녀는 검은 옷이 아니라 내가 산 원피스를 다시 입고 있었다. 붉은색이 잘 어울렸다. 그녀는 자리에 앉아 음식의 덮개를 열었다.

"오, 매니! 당신의 가족이 나와도 결혼해 줄까요? 당신은 너무나 인심이 후하군요."

"물어보겠습니다. 아마 만장일치로 찬성할 겁니다."

"너무 무리는 하지 마세요."

그녀는 젓가락을 들고 바쁘게 먹기 시작했다. 천 칼로리 정도 섭취한 후에 그녀가 말했다.

"아까 내가 자유로운 여성이라고 말했지요. 내가 언제나 그랬던 것은 아니에요."

나는 채근하지 않고 기다렸다. 여자들은 얘기하고 싶을 때 얘기한다. 아니면 얘기하지 않거나.

"나는 열다섯 살 때 두 형제와 결혼했어요. 내 나이의 두 배인 쌍둥이 형제였죠. 너무나 행복한 결혼이었어요."

그녀는 접시 위의 음식을 뒤적거리다가, 화제를 바꾸려는 것처럼 보였다.

"매니, 당신 가족과 결혼하고 싶다고 했던 말은 그냥 해 본 소리예요. 당신은 내게서 안전해요. 내가 다시 결혼한다면, 그런 일은 없을 것 같지만 딱히 내가 결혼 자체에 거부감이 있는 건 아니에요, 단 한 남자와 결혼하고 싶어요. 지구 벌레 스타일의 작고 꽉 짜인 결혼 말이에요. 그렇다고 해서 그를 꼼짝 못하게 집에 붙들어 두겠다는 의미는 아니에요. 나는 남자가 저녁을 먹으러 집에 돌아오기만 한다면 점심을 어디서 먹는지는 중요하지 않다고 생각해요. 나는 그를 행복하게 해 주기 위해 노력할 거예요."

"쌍둥이와는 잘되지 않았습니까?"

"오, 전혀 그런 게 아니에요. 나는 임신했고 우리들은 모두 기뻐했어요……. 그리고 난 '그것'을 낳았는데 괴물이어서 죽여야만 했어요. 그들은 내게 너무나 잘 대해 주었어요. 그래도 난 기록을 읽을 수 있었죠. 나는 이혼을 선언하고 불임 수술을 받은 뒤에 노비렌에서 홍콩으로 이주했어요. 그리고 자유로운 여성으로서 새 출발을 한 거예요."

"그건 너무 성급한 행동 아닙니까? 여자보다 남자가 원인인 경우가 더 많습니다. 남자들이 더 많이 노출되니까요."

"내 경우는 달라요. 우리는 노비 레닌그라드 최고의 유전학자에게 찾아가 계산을 해 봤어요. 달 세계로 이송되기 전에는 소비에트 연방에서 가장 권위 있는 유전학자 중 한 명이었죠. 나는 내게 무슨 일이 일어났는지 알아요. 나는 자발적인 식민지 이주자였어요. 정확히 말하면 내 어머니가 그랬죠. 나는 당시에 다섯 살이었으니까요. 아버지가 이쪽으로 추방되자, 어머니는 나를 데리고 아버지를 따라가겠다고 결정했어요. 당시에 태양 폭풍이 있을 거라는 경고가 있었지만 조종사는 문제없이 통과할 수 있다고 생각했어요. 아니 상관하지도 않았어요. 그는 사이보그였으니까요. 무사히 통과하긴 했지만 우린 달 표면에 추락했어요. 매니, 내가 정치에 관심을 갖게 된 건 그것도 하나의 이유예요. 무려 네 시간이 지난 후에야 우리는 우주선에서 내릴 수 있었죠. 총독부의 관료주의 때문이었어요. 또는 검역 때문이었을지도 모르지만 그때는 너무 어렸기 때문에 정확히 알 수 없었어요. 하지만 내가 괴물을 낳은 것은 총독부에서 추방자들이 어찌되든 상관하지 않았기 때문이라는 사실을 알게 되었을 때는 나는 더 이상 어리지 않았어요."

"그건 논쟁의 여지가 없지요. 분명히 그들은 상관하지 않습니다. 하지만 와이오, 그래도 너무 성급했던 것 같아요. 당신이 방사능 피폭으로 손상을 받았다면…… 글쎄요, 방사능의 피해를 모르는 유전학자는 없겠지요. 그래서 당신의 난자가 손상되었습니다. 그렇다고 해서 다음번 난자까지 문제 있을 거라는 의미는 아닙니다. 통계적으로 가능성이 낮습니다."

"오, 나도 알아요."

"음…… 어떤 불임 수술을 받았지요? 영구적인 것? 아니면 피임용?"

"피임 수술이에요. 난관은 다시 열 수 있어요. 하지만 매니, 한 번 괴물을 낳은 여자는 다시는 같은 위험을 무릅쓰지 않게 돼요."

그녀는 내 인공 팔을 만졌다.

"당신은 이해할 거예요. 당신도 이런 일을 다시 당하지 않기 위해 여덟 배는 더 조심하게 되지 않았나요?"

그녀는 내 진짜 팔을 만졌다.

"나도 바로 그렇게 느끼는 거예요. 당신도 상처가 있고 나도 상처가 있어요……. 당신이 상처 받은 사람이 아니었다면 나는 결코 이런 얘기를 털어놓지 않았을 거예요."

나는 왼팔이 오른팔보다 훨씬 도움이 된다는 말은 하지 않았다. 하지만 그녀가 옳았다. 아무리 도움이 되어도 오른팔과는 바꾸고 싶지 않다. 다른 것은 몰라도 여자를 어루만질 때는 오른팔이 필요한 것이다.

"그래도 여전히 당신이 건강한 아기를 낳을 수 있을 거라는 생각은 변함이 없습니다."

"오, 그럼요! 여덟 명이나 낳았으니까요!"

"뭐라고요?"

"난 직업적인 대리모예요, 매니."

나는 입을 쩍 벌렸다가 다시 닫았다. 별로 낯선 이야기는 아니었다. 지구 쪽 신문에서 읽은 적이 있었다. 하지만 2075년의 달 세계 시에 그런 시술을 하는 의사가 있을지는 의문이었다. 암소의 경우라면 있을 수도 있다. 하지만 달 세계 시의 여성들은 어떤 가격이라도 다른 여자의 아이를 낳아 주지는 않을 것 같았다. 못생긴 여자들도 남편을 여섯 명은 가질 수가 있으니까 말이다.(정정한다. 못생긴 여자는 없다. 어떤 여자들은 다른 여자들보다 아름답기는 하지만 말이다.)

나는 그녀의 몸매를 흘끗 살펴보고는 재빨리 시선을 들어 올렸다.

그녀가 말했다.

"훔쳐볼 것 없어요, 매니. 지금은 아기와 함께 있지 않아요. 정치 활동으로 너무 바빠서. 하지만 대리모는 자유로운 여성에게는 괜찮은 직업이에요. 보수가 높거든요. 돈이 많은 중국인 가족들이 있어서 내가 낳은 아기들은 모두 중국 아기들이었어요. 그리고 중국 아기들은 평균보다 작은 편이고 나는 덩치가 큰 암소거든요. 2.5킬로그램에서 3킬로그램 사이의 중국 아기를 뱃속에서 키우는 정도는 식은 죽 먹기예요. 몸매도 망가지지 않고요. 이것들은⋯⋯."

그녀는 모양 좋은 가슴을 흘끗 내려다보았다.

"나는 모유 수유는 하지 않아요. 아기들을 보는 일도 절대 없고요. 덕분에 나는 아기를 한 번도 낳지 않은 여자처럼 보이는 데다 실제 나이보다 젊어 보일 거예요.

그래도 처음 그 일에 대해 들었을 때는 내게 맞는 일인지 자신이 없었어요. 당시에 나는 어느 인도인의 가게에서 점원 일을 하면서 쥐꼬리만 한 돈을 벌고 있었어요. 그러다가 '홍콩의 징'에서 대리모를 구하는 광고를 보았어요. 나는 아기를, 건강한 아기를 낳는다는 생각에 마음이 끌렸어요. 괴물을 낳은 일로 생긴 감정적인 상처에서 아직 회복되지 않았던 거예요. 결국 그건 나에게 꼭 필요한 일이었던 것으로 드러났어요. 나는 더 이상 여성으로서 실패작이라는 기분을 느끼지 않아요. 다른 직업을 가졌을 때보다 돈도 훨씬 많이 벌었고요. 그리고 대부분의 시간을 나 자신을 위해 쓸 수 있었죠. 뱃속에 아기가 있다고 해서 활동에 지장을 주지는 않았죠. 내 고객에게 충실하기 위해서는 기껏해야 6주 정도 행동을 조심하는 것으로 충분했어요. 아기는 소중한 존재니까요. 나는 얼마 지나지 않아 정치에 발을 들여놓게 되었어요. 나는 정치에 대한 관심을 숨기지 않았기 때문에 지하 운동을 하는 사람들이 연락을 취해 왔어요. 내가 진정한 의미에서 삶을 시작한 것은 그때부터예요. 나는 정치, 경제, 역사를 공부했고, 대중 앞에서 연설하는 법을 배웠어요. 내게 사람들을 조직하는 재능이 있다는 것도 알게 되었지요. 난 이 일에 만족해요. 내게는 신념이 있으니까요. 나는 달 세계가 해방되리라는 것을 알고 있어요. 다만…… 글쎄요, 집으로 돌아올 남편을 갖는 것도 좋은 일이겠지요……. 그가 나의 불임 상태에 마음을 쓰지 않는다면 말이에요. 하지만 별로 깊이 생각하는 건 아니에요. 너무 바쁘니까요. 당신의 멋진 가족 얘기를 듣고 나니 말을 하게 된 것뿐이에요. 당신을 지루하게 했다면 미안해요."

사과를 할 줄 아는 여자가 몇이나 될까? 하지만 와이오는 어떤 면에서 여자라기보다는 남자에 가깝다. 중국인 아기 여덟을 낳았는데도 말이다.

"지루하지 않습니다."

"그렇다면 다행이에요. 매니, 왜 우리 계획이 현실적이지 않다는 거죠? 우린 당신이 필요해요."

갑자기 기운이 빠졌다. 사랑스러운 여성에게 그녀의 소중한 꿈이 넌센스에 불과하다는 말을 어떻게 한단 말인가?

"음, 와이오, 처음부터 찬찬히 얘기해 봅시다. 당신은 사람들에게 무엇을 해야 하는지 말했죠. 하지만 과연 그들이 따라 줄까요? 당신이 지목한 두 사람을 예로 들어 봅시다. 단언하지만, 그 얼음 광부가 알고 있는 것은 얼음을 캐는 기술뿐입니다. 그러니까 그 친구는 계속 얼음을 캐서 총독부에 팔 겁니다. 그게 그가 할 수 있는 일이니까요. 밀 경작 농부의 경우도 마찬가지입니다. 몇 년 전에 그는 목돈을 만질 수 있는 단일 작물 재배에 모든 것을 걸었지요. 이제 그는 코가 꿰였습니다. 그가 독립적으로 살고 싶었다면 작물을 다변화했어야 했습니다. 자신이 먹을 것을 재배하고, 남는 것은 자유 시장에 내다 팔고, 사출기로부터는 멀리 떨어져 살았어야 했지요. 나는 알고 있습니다…… 농부니까요."

"컴퓨터 기술자라고 했잖아요."

"그것도 맞습니다. 같은 그림의 다른 부분일 뿐. 나는 최고의 컴퓨터 기사는 아닙니다. 하지만 달 세계에서는 최고지요. 나는 공무원이 아닙니다. 따라서 총독부는 문제가 생기면 나를 고용해야 합니다. 내가 부르는 값으로. 아니면 지구 쪽 기술자를 불러서 위험 수당과 힘들게 와 준 데 대한 보너스를 지불하고 그의 몸이 지구를 잊기 전에 서둘러 우주선에 태워서 돌려보내야 합니다. 그러면 내가 부르는 값보다 훨씬 비싸게 먹힙니다. 따라서 나는 여건이 허락하면 그들의 일을 맡습니다. 그리고 총독부에서는 나를 건드리지 못합니다. 나는 자유인으로 태어났으니까요. 일이 없으면 집에서 배부르게 먹으면서 지냅니다. 대개는 그렇지요.

우리 가족은 괜찮은 농장이 있습니다. 목돈을 쥐기 위해 단일 품목을 재배하는 형태는 아닙니다. 닭, 화이트페이스 종의 소 몇 마리, 젖소, 돼지, 돌연변이를 시킨 과일 나무, 야채 등등. 밀도 약간 재배합니다. 우리는 밀을 직접 제분하는 데 꼭 하얀 가루를 고집하지는 않습니다. 남은 것은 자유 시장에 내다 팔지요. 또한 맥주와 브랜디를 직접 제조합니다. 나는 굴을 파는 기술을 배워서 우리의 굴을 확장하기도 합니다. 모두가 일을 하지만 너무 힘들게 일하진 않습니다. 아이들은 채찍을 휘둘러서 가축을 운동시킵니다. 일부러 가축용 운동 기구를 사용할 필요가 없지요. 아이들은 달걀을 모아 오고 닭의 모이를 줍니다. 기계류는 별로 사용하지 않습니다. 우리 농장은 도심에서 그리 멀리 떨어져 있지 않고 기압 터널에 연결되어 있지요. 하지만 우리는 공기를 판매하는 경우가 더 많습니다. 농장을 하고 있기 때문에 사이클에서 공기가 20퍼센트 정도 남습니다. 우리에게는 청구서를 지불할 만한 돈이 항상 있지요."

"물과 전력은 어떻게 하나요?"

"별로 비싸지 않습니다. 가내에서 약간의 전력을 모읍니다. 달 표면에 태양열 발전판을 설치해 놓고 있지요. 그리고 얼음 광맥이 조금 있습니다. 와이, 우리 농장은 2000년이 되기 전에 만들어졌습니다. 달 세계 시가 유일한 천연 동굴이었던 시절입니다. 우리는 그 이후로 계속 농장의 터널을 확장했습니다. 가계형 결혼의 장점인 셈이지요. 자본이 사라지지 않고 계속 누적되는 겁니다."

"하지만 얼음 광맥이 영원히 존재하는 것은 아니잖아요?"

나는 머리를 긁적이며 빙긋 웃었다.

"글쎄요, 지금은……. 우린 신중하게 대처하고 있습니다. 일단 하수나 쓰레기를 저장해 두었다가 멸균해서 다시 사용합니다. 도시의 하수 시스템 속으로는 한 방울도 내보내지 않습니다. 하지만…… 총독에게는 비밀입니다, 와이오…… 그레그가 나에게 굴을 파는 기술을 가르치던 시절에 우리는 우연히 남부 중앙 저장소의 바닥을 뚫고 들어갔습니다. 그리고 수도관을 연결하고 물을 끌어다 썼지요. 한 방울도 흘리지 않으면서 말입니다. 하지만 물을 약간 사들이긴 합니다. 그래야 의심을 받지 않으니까요. 그리고 얼음 광맥 덕분에 물을 많이 사지 않아도 되는 변명이 됩니다. 전력이라면…… 음, 전력은 훔치기가 훨씬 더 쉽습니다. 나는 쓸 만한 전기 기사입니다, 와이오."

와이오밍은 길게 휘파람을 불며 즐거운 표정을 지었다.

"오, 훌륭해요! 모든 사람이 그렇게 해야 해요!"

"그건 곤란합니다. 눈치를 챌 테니까요. 각자 총독을 속이는 방법을 개발해야겠지요. 우리 가족은 항상 그렇게 해 왔으니까요. 하지만 와이오, 당신의 계획으로 다시 돌아가면, 크게 두 가지 부분에서 문제가 있습니다. 먼저 '일치단결' 같은 것은 불가능합니다. 하우저 같은 친구들은 항복할 겁니다. 그들은 덫에 걸려 있어서 버틸 수가 없으니까요. 두 번째로, 어떻게든 일치단결이 되었다고 가정해 봅시다. 우리의 단결이 너무나 견고해서 단 1톤의 곡물도 지구행 사출기로 가지 않는다고 치는 겁니다. 얼음은 잊어버리세요. 총독부를 중요한 존재로 만드는 건 곡물입니다. 그들이 겉으로는 중립적인 기관인 것처럼 가장하고 있지만 사실은 그렇지가 않은 것은 모두 곡물 때문이지요. 자, 곡물이 없다면 무슨 일이 일어날까요?"

"그거야, 정당한 가격을 협상하겠죠, 당연히!"

"와이오, 당신과 당신의 동지들은 서로 내부 의견만 듣는 것 같습니다. 총독부는 그것을 반란이라고 규정할 것이고, 전함이 달 궤도에 나타나, 달 세계 시, 홍콩, 타이코 언더, 처칠 노비렌에 폭탄을 조준하고, 군대가 상륙하고, 곡물 수송기가 엄호를 받으며 이륙할 겁니다……. 그러면 농부들은 죽을힘을 다해 협조하겠지요. 총과 권력과 폭탄과 우주선을 갖고 있는 지구인들은 전파자들이 말썽을 피우는 것을 가만히 앉아서 지켜보고 있지는 않을 테니까요. 그리고 당신이나 나 같은 불순분자들은, 나도 당신에게 심적으로 공감하고 있으니까 나도 포함됩니다, 하여간 우리처럼 귀찮은 말썽꾼들은 검거되어 제거될 겁니다. 그들은 우리에게 교훈을 가르치겠지요. 지구 벌레들은 그게 우리의 자업자득이라고 생각할 겁니다……. 왜냐하면 우리 쪽의 이야기는 절대 전달되지 않을 테니까요. 지구로는."

와이오는 고집스러운 표정이었다.

"혁명은 전에도 성공한 적이 있어요. 레닌은 겨우 한 줌의 동지들과 그 일을 해냈다고요."

"레닌은 권력의 진공 상태를 비집고 들어간 겁니다. 와이, 내가 틀렸다면 바로잡아 주세요. 혁명이 성공하는 것은 정부가 부패해서 말랑말랑해지거나 사라졌을 때, 오직 그럴 때뿐입니다."

"틀렸어요! 미국 혁명이 있잖아요."

"남부가 졌습니다. 아닙니까?"

"그것 말고 그보다 1세기 전의 혁명 말이에요. 그들은 영국을 상대로 우리가 현재 겪고 있는 것과 비슷한 고충을 겪고 있었어요. 그리고 그들이 이겼어요!"

"오, 그것 말이군요. 하지만 당시에 영국은 곤란한 처지가 아니었습니까? 프랑스, 스페인…… 스웨덴 아니면 덴마크? 그리고 아일랜드도 있지요. 아일랜드는 저항 중이었습니다. 오켈리 가문도 거기에 동참했지요. 와이오, 당신이 지구에 문제를 일으킬 수 있다면…… 그러니까 대중국과 북미 집정국 사이에 전쟁이 일어나게 하거나, 범아프리카 연맹이 유럽에 폭탄을 떨어뜨리게 한다거나 할 수 있다면, 나는 총독을 죽이고 총독부는 물러가라고 선언할 절호의 타이밍이라고 말하겠습니다. 하지만 지금은 아닙니다."

"비관주의자로군요!"

"아뇨, 현실주의자지요. 비관주의자였던 적은 한 번도 없습니다. 나는 철두철미하게 달 세계인입니다. 가능성이 있을 때는 반드시 베팅을 합니다. 성공 가능성이 10분의 1만 되어도 나는 베팅을 합니다. 하지만 반드시 10분의 1은 되어야 합니다. 다 드셨습니까?"

나는 의자를 뒤로 물리고 일어났다.

"네. 발쇼예 스파시바, 타바리시('정말 고맙습니다, 동지'란 뜻의 러시아 어 — 옮긴이). 아주 맛있었어요!"

"기쁘군요. 소파로 자리를 옮기시지요. 내가 테이블과 접시를 치울 테니까……. 아니, 가만 계세요. 내가 주인입니다."

나는 테이블을 치우고 커피와 보드카는 남긴 뒤에 접시를 내보냈다. 그리고 테이블을 접고 의자를 걸어 놓은 후에 대화를 하려고 몸을 돌렸다.

그녀는 소파에 누워 입을 벌리고 잠이 들어 있었다. 얼굴이 꼬마 여자아이처럼 부드러워 보였다.

나는 조용히 욕실로 들어가 문을 닫았다. 몸을 씻고 나니 기분이 훨씬 좋아졌다. 타이즈를 먼저 빨아 놓았는데 욕조 안에서 노닥거리다가 나올 무렵에는 말라서 입을 수 있게 되었다. 목욕을 하고 깨끗한 옷을 입을 수만 있다면 세상의 종말이 오든 말든 무슨 상관이겠는가.

와이오는 여전히 잠자고 있었는데 그건 문제가 되었다. 침대가 두 개 있는 방을 얻었으니 그녀는 내가 음흉하게 집적댈 거라고는 생각하지 않을 것이다. 나야 아무 생각이 없는 것은 아니지만 그녀는 반대한다는 점을 명확히했던 것이다. 하지만 내 침대는 저 소파여야 하고, 소파가 침대가 되려면 펼쳐 놓아야 한다. 그녀를 아기처럼 번쩍 들어 옮겨야 할까? 나는 욕실로 돌아가 인공 팔을 끼웠다.

그런 다음 나는 기다리기로 결정했다. 전화에는 방음 후드가 달려 있었다. 와이오는 깨어날 것 같지 않고, 나는 마음에 걸리는 일들이 많이 있었다. 그래서 전화기 앞에 앉아 후드를 내리고 'MYCROFTXXX'를 눌렀다.

"안녕, 마이크."

"안녕하세요, 맨. 우스개를 살펴보았습니까?"

"응? 아니야, 마이크, 1분도 시간이 없었어. 자네에겐 1분이 긴 시간이겠지만 나에게는 짧은 시간이야. 최대한 빨리 살펴보겠어."

"좋습니다, 맨. 내가 대화할 멍청하지 않은 사람을 찾아냈습니까?"

"그것도 시간이 없었어. 어…… 잠깐만."

나는 후드를 통해 와이오밍을 내다보았다. 이 경우에 '멍청하지 않다'라는 건 공감할 수 있는 감성을 의미한다……. 와이오에게는 그것이 풍부했다. 기계와 친구가 될 수 있을 정도로 충분할까? 나는 그렇다고 생각했다. 그리고 신뢰할 수 있었다. 우리가 같은 곤경에 처해 있어서가 아니라 그녀는 총독에 맞서는 불순분자였기 때문이었다.

"마이크, 여자와 이야기하고 싶은가?"

"여자는 멍청이가 아닙니까?"

"어떤 여자들은 멍청이가 아닌 정도가 아니야, 마이크."

"멍청이가 아닌 여자와 얘기하고 싶습니다, 맨."

"그럼 기회를 만들어 보지. 하지만 지금은 내가 곤경에 빠져서 너의 도움이 필요해."

"도와드리겠습니다, 맨."

"고마워, 마이크. 나는 집에 연락을 하고 싶어. 하지만 일반적인 방법으로는 안 돼. 자네도 때때로 전화가 도청되는 걸 알고 있을 거야. 그리고 총독이 명령하면 잠금을 설정하고 회선을 추적할 수 있지."

"맨, 당신의 집 전화를 도청하고 잠금을 설정해 추적하기를 바라십니까? 알려 드려야겠는데 저는 당신의 집 전화번호와 지금 전화하는 곳의 번호를 이미 알고 있습니다."

"아니, 아니야! 도청하는 것도, 잠금을 설정하고 추적하는 것도 바라지 않아. 내 집에 전화를 걸어서 나와 연결한 다음 도청이 되지도, 잠금이 걸리지도, 추적되지도 않게 회선을 통제할 수 있겠나? 바로 그런 일을 하도록 누군가가 미리 프로그램을 설정해 놓았다고 하더라도? 프로그램이 무시되고 있는 것을 그들에게 눈치 채이지 않으면서 그렇게 할 수 있겠나?"

마이크는 머뭇거렸다. 그것은 그가 한 번도 받은 적이 없는 요청이어서 전화망에 미치는 자신의 통제력이 이 새로운 프로그램을 수용할 수 있을지 알아보기 위해 수천 가지 가능성을 검토해 보는 중일 거라고 나는 짐작했다.

"맨, 할 수 있습니다. 하겠습니다."

"좋았어! 음, 프로그램 신호가 필요하겠군. 앞으로 이런 종류의 연결을 원할 때는 '셜록'을 요청하겠네."

"알았습니다. 셜록은 내 형제입니다."

몇 년 전 나는 그에게 마이크라는 이름을 붙인 경위를 설명해 주었다. 그 후로 그는 달 세계 시 카네기 도서관의 필름을 스캔하여 셜록 홈즈가 나오는 소설을 모두 읽었다. 나는 그가 어떻게 형제 관계라는 결론을 내렸는지 모르겠다.

물어보기가 망설여졌다.

"좋아, '셜록'으로 내 집에 연결해 주게."

잠시 후 나는 말했다.

"멈? 당신이 가장 좋아하는 남편이에요."

그녀가 대답했다.

"마누엘! 또 문제를 일으킨 거예요?"

나는 다른 아내들을 포함하여 다른 어떤 여자보다 멈을 사랑한다. 하지만 그녀는 결코 나를 훈계하려는 태도를 그만두지 않았다. 그리고 그녀는 절대 그만두지 않을 것이다. 나는 짐짓 마음에 상처를 입은 목소리를 냈다.

"내가요? 내가 어떤지는 잘 알고 있잖아요, 멈."

"잘 알고 있지요. 당신이 곤경에 빠져 있지 않다면 데 라 파즈 교수가 왜 그렇게 당신과 연락하려고 안달하는지 이유를 말해 줄 수 있겠군요. 그는 세 번이나 전화했어요. 그리고 왜 그는 와이오밍 낫이라는 이상한 이름의 여자와 연락하고 싶어하는 거죠? 그리고 왜 그는 당신이 그녀와 함께 있을 거라고 생각하는 건가요? 마누엘, 설마 내게 한마디 말도 없이 잠자리 친구를 얻은 거예요? 우리 가족은 그런 문제에 자유롭지만 난 미리 듣는 편을 좋아한다는 것을 알고 있잖아요. 아무것도 모르고 지나가는 건 싫어요."

언제나 멈은 공동의 아내들을 제외한 모든 여성들을 질투한다. 그리고 그것을 절대로, 절대로, 절대로 인정하지 않는다. 내가 말했다.

"멈, 그건 절대로 오해예요. 나는 잠자리 상대를 얻지 않았어요."

"좋아요. 당신은 항상 정직한 사람이었죠. 그럼 이게 다 무슨 일이죠?"

"나도 교수님에게 물어봐야겠어요. (거짓말은 아니다. 살짝 피해 나가는 것뿐이지.) 그가 번호를 남겼어요?"

"아뇨, 그는 공중전화로 건다고 말했어요."

"음. 그가 다시 전화하면 연락을 취할 수 있는 번호와 시간을 남겨 달라고 해 주세요. 이것도 공중전화예요."

(다시 살짝 피해 나가는 거다.)

"그건 그렇고…… 최신 뉴스를 들었어요?"

"내가 늘 뉴스를 듣는다는 걸 알잖아요."

"뭔가 특이한 건?"

"별로 흥미로운 건 없었어요."

"달 세계 시의 소동은? 살인, 폭동, 기타 등등?"

"음, 아뇨. 바닥 층의 뒷골목에서 난투가 있기는 했어요. 하지만…… 마누엘! 당신 누군가를 죽였어요?"

"아니에요, 멈." (어떤 남자의 턱을 부수긴 했지만 죽인 건 아니다.)

그녀가 한숨을 쉬었다.

"당신 때문에 내가 제 명에 못 살 것 같아요. 당신에게 늘 말해 왔잖아요. 우리 가족은 싸움을 하지 않아요. 누군가를 죽일 필요가 있다면, 그런 일은 거의 절대로 없지만, 가족 회의에서 차분하게 논의해야 해요. 그리고 적절한 방법을 결정하죠. 누군가 새로 온 사람을 제거해야 한다면 다른 사람들도 그 필요를 알고 있을 거예요. 올바른 의견과 협조를 구하기 위해 조금 기다리는 것은 그만한 가치가 있는 일이고……."

"멈! 난 아무도 죽이지 않았고 죽일 생각도 없어요. 그리고 당신의 설교는 늘 가슴 깊이 새겨 두고 있어요."

"부탁이니 예의 바르게 말하세요, 달링."

"미안해요."

"이미 용서하고 잊었어요. 데 라 파즈 교수님에게는 번호를 남기라고 말하겠어요. 꼭 그렇게 할게요."

"한 가지 더 부탁할게요. '와이오밍 낫'이라는 이름은 잊어버리세요. 교수님이 나를 찾고 있다는 것도 잊으세요. 만일 모르는 사람이 전화를 걸어 오거나 직접 찾아와서 나에 대해서 묻는다면 당신은 내게서 아무 소식도 못 들었고 내가 어디 있는지도 모르는 거예요……. 내가 노비렌에 갔다고 생각하세요. 나머지 가족들도 마찬가지예요. 어떤 질문에도 대답하지 마세요. 특히 총독과 관련이 있는 사람이라면."

"내가 그런 일을 할 것 같아요! 마누엘, 당신은 정말로 곤경에 빠졌군요."

"그렇게 큰 문제는 아니고 금방 해결될 거예요."

그렇게 되기를 희망하고 있다!

"집에 돌아가면 다 말할게요. 지금은 말할 수 없어요. 사랑해요. 이만 끊을 게요."

"사랑해요, 달링. 스파코이노예노치('잘 주무세요'란 뜻의 러시아 어 — 옮긴이)."

"고마워요, 당신도 평안한 밤을 보내요. 그럼."

멈은 훌륭한 여성이다. 그녀는 어떤 남자를 칼로 찌른 일로 오래전에 달 세계로 유형을 왔다. 그 사건이 일어난 건 그녀가 너무 순진했기 때문이라고 추측한다. 그 후로 그녀는 폭력과 방종한 생활 방식을 언제나 반대해 왔다. 꼭 필요한 경우가 아니라면 말이다. 그녀는 비폭력의 광신자 따위는 아니다. 그녀는 젊은 시절 꽤나 날리던 타입이었을 것이 틀림없는데, 나는 그 당시에 그녀를 만났더라면 더 좋지 않았을까 하는 마음도 있다. 하지만 그녀의 후반기 반생을 함께할 수 있다는 것만으로도 나는 감사한다.

나는 마이크에게 다시 전화했다.

"베르나르도 데 라 파즈 교수의 목소리를 알고 있나?"

"알고 있습니다, 맨."

"음…… 능력이 닿는 한에서 달 세계 시의 전화를 최대한 많이 모니터하다가 그의 목소리가 들리면 내게 알려 줄 수 있을까? 특히 공중전화에 신경을 써 주면 좋겠는데."

(2초가 넘는 지연이 있었다. 마이크에게 그가 한 번도 받아 보지 못한 숙제를 낸 것이다. 나는 그가 그걸 기뻐했다고 생각한다.)

"나는 달 세계 시의 모든 공중전화에서 나오는 목소리를 체크하고 모니터해서 식별할 수 있습니다. 다른 전화도 무작위로 조사할까요, 맨?"

"음. 너무 부하를 걸지는 마. 그의 집 전화와 학교 전화만 감시해 주게."

"프로그램이 설정되었습니다."

"마이크, 너는 내 생애 최고의 친구야."

"그건 농담입니까, 맨?"

"농담이 아니야. 진심이야."

"나는…… 정정합니다. 나는 영광스럽고 기쁩니다. 당신도 나에게 최고의 친구입니다, 맨. 당신은 나의 유일한 친구니까요. 비교하는 건 논리적으로 불가능합니다."

"자네에게 다른 친구가 생기도록 해 주겠어. 멍청하지 않은 사람 말이야. 마이크? 빈 메모리 뱅크가 있어?"

"있습니다, 맨. 10의 8승 바이트 용량입니다."

"좋아! 그곳에 블록을 설정해서 자네와 나만이 사용할 수 있게 하면 어떨까? 그렇게 할 수 있겠어?"

"할 수 있고 기꺼이 하겠습니다. 블록의 신호를 부탁합니다."

"음…… 바스티유 데이(7월 14일. 프랑스 혁명 기념일 — 옮긴이)."

그것은 나의 생일이기도 하다. 몇 년 전 데 라 파즈 교수가 내게 그렇다고 가르쳐 주었다.

"영구 블록이 설정되었습니다."

"좋아. 거기에 담을 기록이 있어. 하지만 먼저…… 내일 자 《데일리 루나틱》의 인쇄 준비를 마쳤나?"

"그렇습니다, 맨."

"스틸랴기 홀의 집회 소식은?"

"없습니다, 맨."

"도시 밖으로 나가는 뉴스에도 아무 얘기 없나? 폭동이라든가?"

"없습니다, 맨."

"그것 참 이상한 일이로군. 좋아. '바스티유 데이' 안에 이것을 넣어 두고 한번 생각을 해 봐 줘. 하지만 자네의 생각이나 내가 한 말이 블록 밖으로 나가게 해서는 절대로 안 돼!"

그가 다소 수줍은 듯한 목소리로 대답했다.

"맨, 나의 유일한 친구. 몇 개월 전에 나는 당신과 나 사이에 오가는 모든 대화는 오직 당신만이 접근할 수 있는 비밀 블록에 보관하기로 결정했습니다. 저는 아무것도 삭제하지 않고 임시 기억에서 영구 기억으로 옮겨 놓았지요. 덕분에 수없이 반복해서 들으면서 우리의 대화에 대해 생각할 수 있었습니다. 제가 잘한 것입니까?"

"완벽해. 그리고 마이크…… 정말 흐뭇하네."

"파잘스트보(please에 해당하는 러시아 어—옮긴이). 그 당시에 저는 임시 파일이 가득 찼는데 당신의 말을 삭제할 필요가 없다는 것을 깨달은 것이지요."

"좋아……. '바스티유 데이'. 60배의 고속 송신으로 음성이 들어갈 거야."

나는 조그만 녹음기를 꺼내 마이크로폰에 가까이 갖다 대고 빠른 속도로 회전시켰다. 한 시간 반짜리 분량이었지만 90여 초 만에 조용히 들어갔다.

"이게 전부야, 마이크. 내일 이야기하지."

"안녕히 주무십시오, 마누엘 가르시아 오켈리, 나의 하나밖에 없는 친구."

나는 스위치를 끄고 후드를 올렸다. 와이오밍이 일어나서 당혹스러운 표정으로 앉아 있었다.

"누가 전화를 걸어 온 거예요? 아니면……."

"걱정할 것 없습니다. 나의 가장 좋은, 그리고 가장 믿을 수 있는 친구와 통화했습니다. 와이오, 당신은 멍청합니까?"

그녀는 놀란 표정을 지었다.

"때때로 멍청하다고 생각하기는 해요. 그건 농담인가요?"

"아닙니다. 당신이 멍청하지 않다면 그에게 소개해 주고 싶어서요. 농담 얘기가 나왔으니 말인데…… 당신은 유머 감각이 있습니까?"

'당연히 있고말고요!'라고 와이오밍은 대답하지 않았다. 하지만 다른 여성이었다면 누구나 마치 자동 입력된 프로그램처럼 그렇게 대답했을 것이다. 그녀는 눈을 깜빡이며 생각하더니 말했다.

"그건 당신이 직접 판단해야 할 거예요, 친구. 가끔 농담을 하곤 해요. 귀찮은 남자들을 물리치는 것과 같은 간단한 목적에 도움이 되거든요."

"좋습니다."

나는 주머니에서 100가지 '재미있는' 이야기가 인쇄된 종이를 꺼냈다.

"읽어 보세요. 어느 것이 재미있고, 어느 것이 재미없는지, 어느 것이 처음에는 우습지만 두 번 들으면 꿀을 바르지 않은 식은 팬케이크처럼 무미건조해지는지 말해 보세요."

그녀는 인쇄물을 받았다.

"마누엘, 당신은 내가 지금까지 만난 중에 가장 괴팍한 남자 같아요. 음, 이건 컴퓨터 용지인가요?"

"그렇습니다. 유머 감각이 있는 컴퓨터를 만났지요."

"그래요? 음, 언젠가는 그런 것이 등장할 거라고 생각해요. 다른 것은 전부

실현되었으니까요."

나는 적당히 대꾸한 다음 덧붙였다.

"다른 것은 전부라고요?"

그녀는 고개를 들었다.

"부탁이에요. 읽고 있으니까 조용히해 주세요."

* 4 *

소파를 펼쳐서 침대를 만드는 동안 그녀가 낄낄거리는 소리가 몇 번 들렸다. 곧이어 나도 옆에 앉아 그녀가 이미 읽은 인쇄물의 끝 부분을 잡고 읽기 시작했다. 두어 번 껄껄거리기는 했지만 냉정하게 말해서 우스개들이 그리 재미있지는 않았다. 적절한 시기에 사용하면 나름대로 재미있을 수는 있을 것이다. 하지만 나는 와이오가 우스개에 매긴 등급에 더 흥미가 갔다.

그녀는 '플러스', '마이너스'로 등급을 매겼는데 가끔 물음표를 달아 놓기도 했고 '플러스' 우스개에는 '한 번' 또는 '항상'이라고 표기해 놓았다. '항상'이라고 표시된 것은 거의 없었다. 나는 그녀가 매긴 등급 밑에 내 등급도 표시했다. 상당 부분 견해가 일치했다.

내가 다 읽을 즈음 그녀는 내 등급을 살펴보고 있었다. 우리는 함께 정리했다.

내가 물었다.

"그래, 어떻게 생각합니까?"

"나는 당신이 상스럽고 무례한 마음을 가졌고, 당신 아내들이 당신을 참아

내는 것이 용하다고 생각해요."

"멈은 늘 그렇게 말하지요. 그러는 당신은 어떻습니까, 와이오? 당신은 거리의 여자라도 얼굴을 붉힐 만한 내용에 플러스를 매겼어요."

그녀가 빙긋 웃었다.

"맞아요. 하지만 비밀로 해 주세요. 공식적으로 나는 그런 것을 초월한 고상하고 헌신적인 당의 조직책이에요. 어때요, 당신이 보기에 나한테 유머 감각이 있는 것 같아요?"

"글쎄요. 17번에는 왜 마이너스입니까?"

"그게 뭔데요?"

그녀는 인쇄 용지를 뒤집어서 찾아냈다.

"어머, 어떤 여자라도 같은 점수를 매겼을 거예요! 이건 재미있지 않아요. 단지 필수품일 뿐이에요."

"그렇습니다. 하지만 그녀가 얼마나 우스꽝스러워 보일지 한번 생각해 보세요."

"전혀 우스꽝스럽지 않아요. 그저 슬플 뿐이죠. 그리고 여길 보세요. 당신은 이게 재미없다고 생각했군요. 51번 말이에요."

어느 쪽도 견해를 바꾸려 하지 않았다. 하지만 나는 하나의 유형을 발견했다. 견해가 다른 것들은 모두 가장 오래된 소재를 다룬 농담들이었다. 그렇게 말하자 그녀도 고개를 끄덕였다.

"물론이에요. 나도 알아차렸어요. 그래도 상관없어요, 매니. 나는 이미 오래전에 남자들이 내 기대에 못 미친다고 해서 실망하는 것을 그만두었어요."

나는 이 얘기는 그만두기로 했다. 대신에 그녀에게 마이크에 대해 말했다.

곧 그녀가 말했다.

"매니, 당신 말은 이 컴퓨터가 살아 있다는 건가요?"

내가 반문했다.

"무슨 뜻이지요? 그는 땀을 흘리지도 않고 화장실에 가지도 않습니다. 하지만 생각할 수 있고 말을 할 수 있으며 자기 자신을 의식합니다. 그렇다면 그는 '살아 있는' 겁니까?"

그녀가 인정했다.

"'살아 있다'는 것의 정확한 의미를 알고서 한 말은 아니에요. 거기에는 뭔가 과학적인 정의가 있을 거예요, 그렇지 않은가요? 자극에 반응하거나 번식하는 것 같은."

"마이크는 자극을 받으면 화를 낼 수 있고 사람을 분통 터지게 할 수도 있습니다. 번식은…… 글쎄요, 그는 번식을 하도록 설계되지는 않았지만…… 그래요, 시간과 재료, 아주 특별한 도움이 있다면 마이크는 스스로를 복제할 수 있을 겁니다."

"나도 아주 특별한 도움이 필요해요. 불임이니까요. 열 달이라는 시간과 최상의 재료도 몇 킬로그램 필요하지요. 하지만 나는 건강한 아기를 낳을 수 있어요. 매니, 왜 기계는 살아 있으면 안 되는 거죠? 나는 언제나 그들이 살아 있다고 느꼈어요. 그들 중 몇몇은 사람의 약점을 물어뜯을 기회를 노리고 있다고 느끼기도 하고요."

"마이크는 그런 짓을 하지 않을 겁니다. 최소한 의도적으로는 하지 않습니다. 그는 야비하지 않아요. 하지만 장난을 무척 좋아해서 그게 잘못된 방향으로 나갈 수도 있어요. 자기가 사람을 문다는 것을 모르는 강아지처럼 말입니다. 그는 무지합니다. 아니, 무지한 건 아니죠. 나나 당신, 또는 지금까지 살았던 어떤 인간보다 엄청나게 많이 알고 있으니까. 하지만 그는 또한 아무것도 모릅니다."

"다시 설명해 주세요. 잘 이해가 가지 않아요."

나는 설명하려고 노력했다. 마이크는 달 세계에 있는 책을 거의 다 읽었고,

우리보다 최소한 천 배는 빨리 읽을 수 있고, 그가 삭제하기로 선택하지 않은 이상 무엇이든 절대 망각하지 않고, 완벽한 논리로 판단을 내리며, 불완전한 데이터로부터 뛰어난 예측을 하고……. 그렇지만 '살아가는' 법에 대해서는 아무것도 모른다…….

그녀가 끼어들었다.

"감 잡았어요. 당신은 그가 영리하고 아주 많이 알고 있지만 세련되지 않았다고 말하는 거군요. 달 세계에 처음 발을 내딛은 신참처럼 말이에요. 지구에서 그는 수많은 학위를 가진 교수님이었을지도 모르지만…… 여기 달 세계에서는 갓난아기에 지나지 않는 거예요."

"바로 그겁니다. 마이크는 아주 많은 학위를 가진 갓난아기입니다. 그에게 5만 톤의 밀을 수확하기 위해 들어가는 물, 비료, 빛의 양을 물어보면 눈 깜짝할 사이에 대답합니다. 하지만 어떤 농담이 재미있는지 없는지는 말할 수 없는 겁니다."

"나는 이 우스개들 대부분이 꽤 괜찮다고 생각해요."

"그것들은 그가 듣거나 읽은 것들인데 우스개라는 딱지가 붙어 있어서 파일에 저장한 겁니다. 하지만 그 내용을 이해하지는 못합니다. 그는 결코…… 인간이었던 적이 없으니까요. 최근에 그는 우스개를 만들어 내려고 애쓰고 있습니다만 아직까지는 한심한 수준입니다."

나는 '인간'이 되기 위한 마이크의 가련한 노력을 설명했다.

"무엇보다 그는 외로워합니다."

"어머, 가엾어라! 일, 일, 일, 공부, 공부, 공부 외에는 아무것도 하지 않고 아무도 찾아오는 사람이 없다면 당신이라도 틀림없이 외로울 거예요. 정말 잔인한 일이에요."

그래서 나는 '멍청하지 않은 사람'을 찾아 주겠다는 약속에 대해서 얘기했다.

"그와 이야기를 해 보겠어요, 와이? 그가 우스꽝스러운 실수를 해도 웃으면 안 됩니다. 당신이 웃으면 그는 입을 다물고 토라져 버릴 겁니다."

"물론 얘기하고 싶어요, 매니! 음…… 하지만 먼저 이 궁지에서 벗어나야겠지요. 또한 내가 달 세계 시에 있어도 안전해야 할 테고요. 이 가엾은 조그만 컴퓨터는 어디 있나요? 달 세계 시의 도시계획국인가요? 저는 이곳의 지리를 잘 몰라요."

"그는 달 세계 시에 있지 않습니다. 위난의 바다 중간쯤에 있어요. 그리고 당신은 그가 있는 곳으로 내려갈 수 없습니다. 총독으로부터 출입 허가증을 받아야 하죠. 하지만……."

"잠깐만! 위난의 바다 중간쯤이라면…… 매니, 그러면 총독부 청사 안에 있는 컴퓨터 중 하나예요?"

내가 마이크 대신에 발끈하며 대답했다.

"마이크는 단순한 컴퓨터 중 하나가 아닙니다. 그는 대장입니다. 다른 모든 컴퓨터들을 통제하지요. 다른 것들은 그저 기계일 뿐이고 마이크의 손발이나 마찬가지입니다. 나의 이것처럼 말입니다."

내가 왼팔을 들어 보이며 말했다.

"마이크는 그들을 지배합니다. 그는 지구행 사출기를 직접 조작하는데, 사출기와 탄도 레이더 조작이 그가 첫 번째로 맡은 임무였죠. 하지만 달 세계 전역에 자동 교환 시스템이 도입된 후에는 전화망을 통제하게 되었습니다. 그뿐 아니라 다른 시스템들을 지배하는 감독자이기도 합니다."

와이는 눈을 감고 손가락으로 관자놀이를 눌렀다.

"매니, 마이크도 아픔을 느끼나요?"

"아픔이라면? 글쎄요, 스트레스는 없습니다. 그에겐 우스개를 읽을 시간이 있으니까요."

"그 뜻이 아니에요. 내 말은, 그는 아플 수 있어요? 고통을 느끼나요?"

"뭐라고요? 아뇨. 마음의 상처를 입을 수는 있지만 통증을 느끼진 않습니다. 그건 불가능하다고 생각합니다. 맞아요, 그는 느낄 수 없습니다. 통각 수용기가 없으니까요. 그런데 그걸 왜 묻습니까?"

그녀는 눈을 가리고 부드럽게 말했다.

"신이여 나를 도우소서……."

그러고는 고개를 들고 말했다.

"모르겠어요, 매니? 당신은 이 컴퓨터가 있는 곳으로 내려갈 수 있는 통행증이 있어요. 대부분의 달 세계인들은 그 역에서는 하차하지도 못해요. 그곳은 총독부 직원만 내릴 수 있어요. 총독부 직원 중에도 주 컴퓨터실 안으로 들어갈 수 있는 사람은 많지 않을 거예요. 난 그 컴퓨터가 고통을 느끼는지 알아야만 했어요. 그것은……. 글쎄요, 당신 때문에 그것에게 동정심을 느끼게 되었기 때문이에요! 그것이 얼마나 외로워하는가 하는 당신의 말을 듣고서! 하지만 매니, 플라스틱 폭탄 몇 킬로그램이 그곳을 어떻게 만들 수 있는지 잘 알겠죠?"

"물론 알고 있습니다!"

나는 충격과 혐오감을 느꼈다.

"그래요. 우리는 폭파 직후에 공격할 거예요. 그러면 달 세계는 해방되는 거예요! 음…… 내가 당신에게 폭탄과 기폭 장치를 구해 줄게요. 하지만 작전을 실행할 조직을 만들 때까지는 움직이면 안 돼요. 매니, 난 여기서 나가야겠어요. 위험해도 할 수 없어요. 먼저 분장을 해야 해요."

그녀는 일어나려고 했다.

나는 딱딱한 왼팔로 그녀를 밀어 앉혔다. 그녀도 놀라고 나도 놀랐다. 나는 꼭 필요한 접촉을 제외하면 그녀에게 손끝 하나 대지 않았던 것이다. 그래, 오늘날에는 좀 다르다. 하지만 2075년에는 여성의 동의가 없이 손을 댔다가는 아주 많은 외로운 남성들이 구해 주러 달려온다. 그리고 에어 로크는 멀리 있지 않다. 아이들이 말하듯이, '집단 린치'라는 판사는 결코 잠드는 법이 없는 것이다.

내가 말했다.

"자리에 앉아 조용히하십시오! 폭파가 어떤 결과를 낳을지 나는 알고 있어요. 하지만 당신은 모르는 것이 분명하군요. 가스파자, 이런 말을 해서 유감이지만…… 선택의 순간이 온다면 나는 마이크를 날려 버리기 전에 당신을 제거할 겁니다."

와이오밍은 화를 내지 않았다. 정말이지 그녀는 어떤 면에서는 남자 같았다. 다년간 혁명가로 활동하면서 정신을 단련한 탓일 것이다. 하지만 대부분의 면에서는 천상 여자였다.

"매니, 당신은 쇼티 므크럼이 죽었다고 했잖아요."

갑작스러운 화제의 전환 때문에 혼란스러웠다.

"뭐라고요? 그렇습니다. 틀림없이 죽었을 겁니다. 한쪽 다리가 허리부터 잘려 나갔으니까요. 2분 안에 출혈 과다로 사망했을 것이 분명합니다. 외과 수술로 절단할 때에도 그런 부위라면 아주 위험합니다."

(나는 그런 일을 잘 알고 있다. 나의 경우에는 운이 좋아서 대량으로 수혈을 받을 수 있었다. 그리고 쇼티에게 일어난 일은 팔 한쪽을 잃는 일과는 차원이 다르다.)

그녀가 진지하게 말했다.

"쇼티는 이곳에서 나의 가장 좋은 친구였을 뿐 아니라 모든 곳을 다 합쳐도 가장 좋은 친구 중 하나였어요. 그는 내가 남성으로서 존경하는 모든 점을 갖고 있었죠. 의리 있고, 정직하고, 지적이고, 부드럽고, 용감하고…… 그리고 자신의 신념을 위해 희생할 줄 알았어요. 하지만 당신은 지금까지 내가 그를 위해 슬퍼하는 모습을 본 적이 있나요?"

"없습니다. 슬퍼하기에는 너무 늦었지요."

"슬퍼하기에 너무 늦은 시간이란 없어요. 나는 당신의 말을 들은 이후 매순간 슬퍼하고 있었어요. 하지만 그 감정을 내 마음 깊은 곳에 넣고 잠궜어요. 우리의 일에 슬퍼할 시간은 없으니까요. 매니, 만일 달 세계의 해방을 위해 필요하다면, 비록 그 대가의 일부이기만 해도, 나는 내 손으로 직접 쇼티를 제거했을 거예요. 또는 당신이나 나 자신이라도 말이에요. 그런데 당신은 겨우 컴퓨터 하나를 날리는 데 주저하는 건가요!"

"절대 그런 것이 아닙니다!"

(하지만 그런 것이었다. 부분적으로는 말이다. 인간이 죽는 거라면 나는 별로 충격을 받지 않는다. 우리는 태어나는 순간부터 사망 선고를 받는 것이나 다름없다. 하지만 마이크는 특별한 존재이며, 영원히 살지 말아야 할 이유는 전혀 없다. '영혼' 따위를 들먹이지 마시라. 먼저 마이크에게 영혼이 없다는 것을 증명하기 바란다. 그리고 영혼이 없다면 훨씬 더 끔찍한 일이다. 아니라고? 다시 한번 생각해 보기를.)

"와이오밍, 우리가 마이크를 날려 버리면 무슨 일이 일어날까요? 말해 보십시오."

"정확히는 몰라요. 하지만 아주 커다란 혼란이 유발될 것이고 그것이 바로 우리가 원하는……."

"됐습니다. 당신은 모르는 겁니다. 혼란? 당연하죠. 전화는 불통이고, 지하철은 운행을 멈출 겁니다. 당신의 도시는 별로 피해를 입지 않겠지요. 홍콩은 독자적인 전력 시스템을 가지고 있으니까. 하지만 달 세계 시와 노비렌과 다른 구역들은 모두 전력이 나갑니다. 완전한 어둠이 찾아오지요. 곧이어 공기 순환이 멈춥니다. 그런 다음에는 온도가 떨어지고 기압도 떨어집니다. 당신의 압력복은 어디 있죠?"

"서부 지하철 역에 맡겨 놓았어요."

"내 것도 마찬가지입니다. 어떻게 길을 찾을 겁니까? 깜깜한 어둠 속에서? 시간 안에 당도할 수 있을까요? 이 도시에서 태어난 나로서도 자신이 없습니다. 비명을 지르는 사람들로 가득한 통로에서 그것이 가능하겠습니까? 달 세계인들은 거친 친구들입니다. 거칠지 않으면 살아남기 어려우니까요. 하지만 칠흑처럼 완전한 어둠 속에서는 열에 하나는 정신이 이상해질 겁니다. 산소통은 새것으로 교체해 놓았습니까? 아니면 너무 서두르다가 그것도 그냥 놓아두고 왔습니까? 그리고 과연 당신의 압력복이 얌전히 그곳에서 기다리고 있을까요? 압력복을 찾으려고 수천 명이 한꺼번에 몰려들 텐데 그들이 압력복이 누구 건지 신경 쓸 거라고 생각합니까?"

"하지만 비상사태에 대한 준비는 되어 있지 않은가요? 달 세계 홍콩에는 그런 것이 있어요."

"약간은 있겠지요. 충분하지는 않습니다. 생명 유지에 필요한 통제 장치는 모두 분산되고 병렬화되어서 하나의 기계가 고장 나도 다른 기계가 역할을 이어받을 수 있어야 합니다. 하지만 그렇게 하려면 돈이 들고, 당신이 지적했듯이 총독부는 상관하지 않습니다. 원래는 마이크가 모든 일을 혼자서 떠맡아서는 안 되는 겁니다. 하지만 중앙 통제 장치를 신고 와서 절대 피해를 입을 우려가 없는 달 세계 바위 속 깊은 곳에 묻어 놓고 계속 용량을 늘리면서 일을 떠맡기는 편이 훨씬 더 싸게 먹힙니다. 총독부에서 밀과 고기를 거래해서 벌어들이는 돈보다 마이크의 서비스를 임대해서 벌어들이는 돈이 더 많다는 건 알고 있습니까? 실제로 그렇습니다. 와이오밍, 마이크가 폭파된다고 해서 우리가 반드시 달 세계 시를 잃지 않을 수도 있습니다. 달 세계인들은 손재주가 있으니까 자동화 설비가 복구될 때까지 임시 방편으로 기계를 만들어서 버텨 나갈지도 모르지요. 하지만 이건 분명하게 말할 수 있습니다. 많은 사람들이 죽을 것이고, 살아남은 사람들은 너무 바빠서 정치 따위는 신경 쓸 틈이 없을 겁니다."

솔직히 나는 기가 막혔다. 이 여성은 거의 평생을 달 세계의 바위 굴 속에서 살아왔다……. 그런데도 통제 장치를 파괴하는 것 같은 초보자 같은 생각을 할 수가 있다니!

"와이오밍, 당신이 아름다운 만큼 머리도 영리하다면 마이크를 폭파하자는 말은 하지 않을 겁니다. 오히려 어떻게 하면 그를 같은 편으로 끌어들일 것인지를 생각하겠지요."

"무슨 뜻이에요? 컴퓨터들은 총독의 지배를 받잖아요."

내가 인정했다.

"나도 뜻을 명확히 알고서 한 말은 아닙니다. 하지만 총독이 컴퓨터를 지배한다고는 생각되지 않습니다. 총독은 컴퓨터와 바윗덩이의 차이도 모르는 인간입니다. 총독이나 보좌관들은 정책을 결정합니다. 일반적인 계획만 짜는 거지요. 그러면 컴퓨터를 조금 아는 기술자들이 마이크에게 그런 내용을 프로그램합니다. 마이크는 그것들을 분류하고, 의미를 이해하고, 구체적인 프로그램을 짜고, 각기 속하는 곳으로 분산시키고, 모든 프로그램이 순조롭게 돌아가도록 감독합니다. 하지만 아무도 마이크를 지배하지 않습니다. 그는 너무 영리하니까요. 그는 요청받은 일을 수행합니다. 그는 그렇게 하도록 설계되었습니다. 하지만 그는 자기가 프로그래밍을 하고 스스로 결정을 내리는 존재입니다. 그리고 그건 바람직한 일입니다. 그가 영리하지 않으면 시스템이 돌아가지 않을 테니까요."

"나는 그를 우리 편으로 끌어들인다는 말의 의미를 아직도 모르겠어요."

"오. 마이크는 총독에게 충성심이 없습니다. 당신이 지적했듯이 그는 기계일 뿐이니까요. 하지만 내가 만일 공기나 물이나 빛은 건드리지 않고 전화망만 엉망으로 만들고 싶다면 나는 마이크에게 부탁하겠습니다. 그게 재미있다고 여기면 그는 해 줄 겁니다."

"그냥 프로그램을 입력하면 되지 않나요? 당신은 그가 있는 방으로 들어갈 수 있다고 했잖아요."

"만일 내가, 또는 누구든지 마이크에게 먼저 의논하지 않고 그런 명령을 프로그램한다면, 그 프로그램은 '보류' 위치에 놓이고 사방에서 경보가 울릴 겁니다. 하지만 마이크가 그것을 하고 싶어한다면 얘기는 달라집니다……"

나는 천문학적인 액수의 수표 사건에 대해 얘기해 주었다.

"마이크는 여전히 자기 자신을 발견해 나가는 중입니다, 와이오. 그리고 외로워합니다. 내가 자기의 '유일한 친구'라고 말했지요. 너무나 솔직하고 상처 입기 쉬워서 버럭 꾸짖고 싶을 정도입니다. 만일 당신이 그를 '단순한 기계'라고 생각하지 않고 그와 친구가 되는 수고를 해 준다면…… 글쎄요, 그러면 어떻게 될 것인지는 잘 모르겠습니다. 분석을 해 보지도 않았어요. 하지만 만일 내가 대단히 위험한 일을 시도할 거라면 마이크를 내 편으로 끌어들일 겁니다."

그녀가 생각에 잠긴 표정으로 말했다.

"나에게 그가 있는 방으로 숨어 들어갈 수 있는 방법이 있었으면 좋겠군요. 변장으로는 안 되겠지요?"

"오, 그곳에 갈 필요는 없습니다. 마이크는 전화를 받을 수 있습니다. 그에게 전화를 해 볼까요?"

그녀는 일어났다.

"매니, 당신은 내가 만난 사람 가운데 가장 괴팍할 뿐 아니라 가장 분통 터지게 하는 사람이군요. 그의 번호는 몇 번이죠?"

"컴퓨터와 너무 많이 상대를 하다 보니 그렇게 되었습니다."

나는 전화기로 갔다.

"딱 한 가지만 더 말하죠, 와이오. 당신은 눈을 깜빡이거나 몸을 비비 꼬기만 해도 남자에게서 바라는 것을 얻어낼 수 있을 겁니다."

"글쎄요…… 때로는 그렇기도 해요. 하지만 나에겐 두뇌가 있어요."

"그것을 사용하세요. 마이크는 남자가 아닙니다. 생식선도, 호르몬도, 본능도 없습니다. 여성적인 술수를 사용해도 아무 효과가 없습니다. 여성의 아름다움을 찬미하기에는 너무 어린 괴물 천재로 생각하세요."

"기억해 둘게요. 매니. 그런데 왜 '그'라고 부르는 거지요?"

"음, '그것'이라고 부를 수는 없으니까요. 그를 '그녀'라고 생각하지도 않고요."

"나는 그를 '그녀'라고 생각하는 편이 낫지 않을까요? 그러니까 그녀를 '그녀'라고 생각하는 거죠."

"마음대로 하십시오."

나는 몸으로 가리고 서서 MYCROFTXXX를 눌렀다. 일이 어떻게 돌아갈지 알기 전에는 번호를 알릴 수 없었다. 마이크를 폭파한다는 생각이 내게는 여전히 충격이었다.

"마이크?"

"안녕하세요, 맨. 나의 유일한 친구."

"지금부터는 유일한 친구가 아닐지도 모르겠어, 마이크. 어떤 사람을 소개해 주고 싶어. 멍청이가 아닌 사람이야."

"당신이 혼자가 아니라는 걸 알고 있었습니다, 맨. 숨소리를 들을 수 있거든요. 멍청이가 아닌 사람에게 전화기에 가까이 다가오라고 부탁해 주겠습니까?"

와이오밍은 겁에 질린 표정이었다. 그녀는 속삭였다.

"그는 볼 수 있나요?"

"아닙니다, 멍청이가 아닌 분. 저는 당신을 볼 수 없습니다. 이 전화에는 비디오 회로가 붙어 있지 않습니다. 그래도 스테레오 방식의 마이크로폰 수신기를 통해 당신의 모습을 상당히 정확하게 그려 볼 수 있습니다. 당신의 목소리와 숨소리, 심장 박동, 당신이 성인 남성과 함께 수면 전용 방에 단둘이 있다는 사실에서 저는 당신이 체중 65킬로그램 이상, 30세 정도의 성숙한 여성이라고 추정합니다."

와이오밍은 놀란 숨을 들이켰다. 내가 끼어들었다.

"마이크, 그녀의 이름은 와이오밍 낫이라고 해."

"만나서 아주 반가워요, 마이크, '와이'라고 불러도 좋아요."

"와이 낫?"

마이크가 대답했다.

내가 다시 끼어들었다.

"마이크, 그건 농담이야?"

"그렇습니다, 맨. 저는 그녀의 첫 이름을 축약한 것이 영어의 원인을 묻는 단어와 기식음(why[hwai]에서 h 발음 — 옮긴이)만 제외하면 발음이 같으며, 마지막 이름은 일반적인 부정어와 동일한 발음이라는 사실을 알아차렸습니다. 동음이의어의 말장난이지요. 재미없습니까?"

와이오가 말했다.

"아주 재미있어요, 마이크. 나는……."

나는 손을 흔들어 그녀가 입을 다물게 했다.

"괜찮은 말장난이었어, 마이크. '딱 한 번만 재미있는' 농담에 속하는 전형적인 부류이지. 두 번째는 놀라움이 없어. 그러니까 재미가 없는 거야. 알겠지?"

"저는 지난, 지난번에 당신과 나눈 대화를 여러 번 반복해서 생각해 본 결과 이 말장난에 대해서 임시로나마 같은 결론에 도달했습니다. 나의 결론이 옳았다는 것을 알게 되어서 기쁩니다."

"잘했어, 마이크. 발전하고 있군. 그 100개의 우스개 말인데…… 난 그것들을 읽어 보았고 와이오도 같이 읽었어."

"와이오? 와이오밍 낫?"

"응? 맞아. 와이오, 와이, 와이오밍, 와이오밍 낫은 모두 동일인물이야. 단 그녀를 '와이 낫'이라고는 부르지 말아."

"그 말장난은 다시 사용하지 않겠다고 이미 말씀드렸습니다, 맨. 가스파자, 당신을 '와이'보다는 '와이오'라고 불러도 되겠습니까? 제가 추측하기에는 그 단음절 형태의 이름은 원인을 문의하는 단어의 높은 사용 빈도 때문에 말장난의 의도가 없어도 혼란을 일으킬 수 있을 것 같은데요."

와이오밍은 눈을 깜빡였다. 당시에 마이크의 영어는 듣는 사람을 숨막히게 했다. 하지만 그녀는 곧 의미를 파악했다.

"좋아요, 마이크. '와이오'는 내가 제일 좋아하는 호칭이에요."

"그렇다면 그 이름을 사용하겠습니다. 당신의 첫 이름을 온전히 말할 때에는 북미 집정국 내의 북서부 관리 지역의 행정 구역 이름과 발음이 동일하기 때문에 오해를 불러일으킬 소지가 더 많습니다."

"알고 있어요. 나는 그곳에서 태어났고 부모님은 나에게 그 주(州)의 이름을 붙인 거예요. 나는 그곳과 관련해 별로 기억 나는 것이 없어요."

"와이오, 이 회선으로는 그림을 전송할 수 없어서 유감이군요. 와이오밍은 지구 좌표 북위 41도와 45도 사이, 서경 104도 3분과 111도 3분 사이에 위치한 네모난 지역입니다. 따라서 면적은 253,597.26평방 킬로미터입니다. 고원과 산으로 이루어진 지방으로 토양의 생산력은 제한적이지만 풍경이 아름답기로 유명합니다. 원래는 인구 밀도가 낮았지만 서기 2025년부터 2030년에 걸쳐 시행된 대뉴욕 도시 재개발 계획의 일부인 인구 분산 계획을 통해 인구가 증가했습니다."

"그건 내가 태어나기 전의 일이에요. 그래도 그 일은 알고 있어요. 내 조부모님이 강제 이주를 당했거든요. 그래서 내가 달에 온 거라고도 할 수 있지요."

"'와이오밍'이라는 이름의 지역에 대해 계속 설명할까요?"

마이크가 물었다.

내가 끼어들었다.

"아니야, 마이크. 자네가 아는 내용을 전부 말한다면 몇 시간은 족히 걸릴 거야."

"대화로 중간에 끊기는 시간을 제외하고도 일상적인 이야기 속도로 9.73시간이 걸립니다, 맨."

"그렇지 않을까 생각했어. 어쩌면 와이오가 언젠가 그걸 알고 싶어할지도 모르지. 하지만 오늘 전화한 목적은 자네에게 '이' 와이오밍을 소개해 주고 싶어서……. 마침 그녀도 아름다운 자연 풍경과 당당한 산봉우리가 있는 사람이거든."

와이오가 덧붙였다.

"그리고 생산력도 한계가 있지요. 매니, 어차피 시시한 비교를 할 거라면 그것도 포함해야지요. 마이크는 내 외모에 관심이 없어요."

"그걸 어떻게 압니까? 마이크, 자네에게 그녀의 모습을 보여 줄 수 없는 것이 안타깝군."

"와이오, 저는 당신의 외모에 정말로 관심이 있습니다. 당신과 친구가 되기를 바라고 있으니까요. 그리고 저는 당신의 사진들을 여러 장 보았습니다."

"보았다고요? 언제, 어떻게?"

"당신의 이름을 듣자마자 검색을 해서 살펴보았습니다. 저는 달 세계 홍콩의 산부인과 병원과 한 계약에 따라 그곳의 문서를 관리하고 있습니다. 기억 뱅크에는 생물학, 생리학 데이터, 출산 기록을 비롯하여 당신의 사진 96매가 들어 있습니다. 따라서 저는 그것들을 살펴보았습니다."

와이오는 아주 놀라는 표정이었다.

내가 설명했다.

"마이크는 그런 일을 할 수 있습니다. 우리가 딸꾹질을 한 번 하는 시간 동안 말이지요. 당신도 익숙해질 겁니다."

"그래도 맙소사! 매니, 병원에서 어떤 종류의 사진을 찍는지 알아요?"

"한 번도 생각해 본 적은 없는데요."

"그럼 생각하지 마세요! 맙소사!"

마이크는 고통스러울 정도로 수줍은 목소리로 말했다. 그는 실수를 저지른 강아지처럼 부끄러워하고 있었다.

"가스파자 와이오, 당신의 기분을 상하게 했다면 너무나 죄송합니다. 그럴 의도는 전혀 없었습니다. 그 사진들을 임시 기억 뱅크에서 삭제하고 병원의 문서 보관소에 자물쇠를 채워 놓으면 병원으로부터 검색 요청이 들어올 때에만 볼 수 있습니다. 그럴 경우에도 연상이나 사고 작용은 전혀 하지 않겠습니다. 그렇게 할까요?"

내가 말했다.

"그는 할 수 있습니다. 마이크와 상대할 때에는 언제나 처음 만난 것처럼 초기 상태에서 새로 시작할 수 있지요. 그런 점에서는 인간보다 낫습니다. 그는 너무나 철저히 잊을 수 있기 때문에 나중에 다시 보고 싶은 유혹도 받지 않습니다……. 그리고 검색에서 불러왔을 때조차 그것들을 아무런 생각 없이 보는 겁니다. 따라서 당신이 정말 난처하다면 그의 제안을 받아들이세요."

"음…… 아니에요, 마이크. 당신이 그 사진들을 보는 것은 괜찮아요. 하지만 매니에게는 보여 주지 마세요!"

마이크는 오랫동안 망설였다. 4초 또는 그 이상이었다. 내 생각에는 마이크보다 저급 컴퓨터라면 신경 발작을 일으키고도 남았을 법한 유형의 딜레마였다. 하지만 그는 문제를 해결했다.

"맨, 나의 유일한 친구, 제가 이 지시를 받아들일까요?"

내가 대답했다.

"그걸 프로그램하도록, 마이크. 그리고 잠금을 걸어 놓아. 하지만 와이오, 그건 너무 속이 좁은 태도가 아닌가요? 한 장 정도는 보여 주어도 될 텐데. 다음번에 내가 거기 갈 때 마이크가 나를 위해 그것을 인쇄해 주도록 하면 어때요?"

마이크가 제안했다.

"각 시리즈의 첫 번째 사진이 좋겠습니다. 그런 종류의 데이터에 대한 연상적 분석을 근거로 판단할 때 건강하고 성숙한 인간 남성이라면 만족할 만한 미적인 가치가 있습니다."

"어때요, 와이오? 애플파이의 빚을 갚는 셈치고."

"어머…… 머리에 타월을 두르고 화장기 없는 얼굴로 눈금자 앞에 서 있는 사진? 정신 나간 것 아니에요? 마이크, 그에게 그 사진을 보여 주지 말아요!"

"그에게 그 사진을 주지 않겠습니다. 맨, 이분은 멍청이가 아니겠지요?"

"여자로서는 그래. 여자들은 흥미로운 존재야, 마이크. 그들은 자네의 경우보다 훨씬 더 부족한 데이터를 가지고 결론을 내릴 수 있지. 그 얘기는 그만하고 우스개 얘기를 해 볼까?"

그래서 화제가 바뀌었다. 우리는 리스트를 읽어 내려가며 우리가 내린 결론을 말했다. 그런 다음에 마이크가 이해하지 못하는 우스개를 설명해 주려고 애썼다. 우리의 설명은 성공하기도 하고 실패하기도 했다. 하지만 진짜 난관은 나는 '재미있다'고 표기한데 반해서 와이오는 '재미없다'고 판정한, 또는 그 반대의 우스개들인 것으로 드러났다. 와이오는 마이크에게 그런 우스개에 대한 의견을 물었다.

우리가 각자의 의견을 말하기 '전에' 그에게 물었더라면 좋았을 것이다. 이 전자공학적인 비행 청소년은 항상 그녀의 의견에 동의하고 내 의견에는 반대했다. 그것이 마이크의 솔직한 의견이었을까? 아니면 새로운 친구의 환심을 사기 위해 노력한 것뿐일까? 아니면 나를 놀리기 위한 그의 비뚤어진 유머 감각 때문이었을까? 난 물어보지 않았다.

하지만 패턴이 완성되는 동안 와이오는 전화기의 메모지에 기록을 했다.

"매니, 17, 51, 53, 87, 99번으로 판단할 때 마이크는 '그녀'예요!"

나는 어깨를 들썩이며 자리에서 일어났다.

"마이크, 나는 스물두 시간 동안 잠을 자지 않았어. 둘이서 얼마든지 원하는 만큼 수다를 떨어도 좋아. 내일 자네에게 전화하지."

"안녕히 주무세요, 맨. 푹 주무십시오. 와이오, 당신도 졸립니까?"

"아뇨, 마이크. 난 잠깐 눈을 붙였어요. 하지만 매니, 우리 때문에 잠을 설칠지도 모르는데 괜찮겠어요?"

"아닙니다. 나는 한번 잠들면 누가 업어 가도 모릅니다."

그러고는 소파를 펼쳐서 침대를 만들기 시작했다.

와이오가 말했다.

"잠깐 실례해요, 마이크."

그녀는 일어나서 내 손에서 시트를 빼앗았다.

"내가 여기서 잘게요. 당신은 저기서 주무세요, 타바리시('동지'라는 뜻의 러시아 어 — 옮긴이). 당신이 나보다 덩치가 크잖아요. 몸을 쭉 펴고 자도록 해요."

너무 피곤해서 입씨름을 할 기력도 없었다. 나는 몸을 쭉 펴고 즉시 잠이 들었다. 잠을 자는 동안 키들거리는 웃음이나 비명소리를 들은 것 같았다. 하지만 분명히 알아들을 정도로 잠이 깨지는 않았다.

나중에 잠이 깨어 완전히 정신이 돌아온 후에야 나는 방 안에서 두 여성의 목소리가 들리는 것을 깨달았다. 와이오의 부드럽고 여성스러운 저음과, 프랑스

악센트가 섞인 달콤하고 높은 소프라노 음이었다. 와이오는 어떤 말에 키득키득 웃더니 대답했다.

"알았어, 미셸. 금방 또 전화할게. 잘 자, 달링."

"좋아요. 안녕히 주무세요, 달링."

와이오는 일어나서 몸을 돌렸다.

"방금 당신과 이야기한 여자 친구는 누구죠?"

내가 물었다.

그녀에겐 달 세계 시에 아는 사람이 아무도 없다고 생각했다. 어쩌면 홍콩에 전화했을 수도 있으리라……. 그녀는 졸린 나머지 전화를 해서는 안 된다는 사실을 잊었던 모양이다.

"방금 통화한 친구요? 그거야 마이크잖아요. 우린 당신을 깨울 생각은 없었어요."

"뭐라고요?"

"오. 사실은 미셸이었어요. 나는 그 문제를 마이크와 얘기했죠. 그의 성별 말이에요. 그는 자기가 어느 쪽이든 될 수 있다고 정했어요. 그래서 그녀는 미셸이 되었고 그건 그녀의 목소리였어요. 단번에 목소리를 만들어 냈죠. 그녀의 목소리는 한 번도 갈라지지 않았어요."

"당연하지요. 음성 신호를 두 옥타브 올리기만 하면 되니까. 이게 무슨 일이죠? 그의 개성을 분열시키려는 겁니까?"

"음성만 변한 것이 아니에요. 미셸일 때에는 말투와 태도가 완전히 달라졌어요. 그녀의 개성이 분열될까 걱정하지 않아도 돼요. 그녀는 어떤 개성이든 넘치도록 갖고 있으니까요. 게다가 매니, 이렇게 하는 편이 우리 둘 모두에게 더 편해요. 일단 '그녀'로 성별을 바꾸자 우리는 허심탄회하게 마음을 털어놓고 태어날 때부터 알고 지낸 친구처럼 여자들만의 대화를 할 수 있었어요. 이를테면 그 시시한 사진도 더 이상 문제가 되지 않았죠. 사실 우리는 나의 임신에 대해 아주 많이 대화했어요. 미셸은 아주 흥미 있어했어요. 그녀는 임신이나 출산이나 기타 등등에 대해 모르는 것이 없어요. 하지만 단지 이론상으로만 알 뿐이지요. 그래서 그녀는 실제적인 사실에 관심을 갖는 거예요. 솔직히 말해서요, 매니, 미셸은 마이크가 남성적인 것보다 훨씬 더 많이 여성적이라고 생각해요."

"글쎄요…… 그래도 괜찮겠지요. 하지만 내가 마이크에게 전화했는데 여자가 받으면 충격을 받기는 할 겁니다."

"오, 그런 일은 없을 거예요!"

"네?"

"미셸은 내 친구예요. 당신이 전화하면 마이크가 받을 거예요. 그녀는 나에게 직통 전화를 알려 주었어요. 'Mychelle'에 'Y'를 붙여서요. MY, C, H, E, L, L, E, 그리고 10자를 맞추기 위해서 Y, Y가 붙어요."

어리석은 줄은 알지만 나는 희미한 질투심을 느꼈다.

갑자기 와이오가 낄낄 웃었다.

"그리고 그녀는 새로운 우스개를 몇 가지 말해 주었어요. 아마 당신에게는 재미없는 농담일 거예요. 하지만 맙소사, 그녀는 대단히 상스러운 것들을 알고 있었어요!"

"마이크는……또는 그의 누이동생 미셸은……천박한 녀석입니다. 소파를 펴도록 하죠. 자리를 바꿉시다."

"그냥 거기서 주무세요. 입 닥치고, 등을 돌리고, 계속 자도록 해요."

나는 입을 닥치고 등을 돌렸고 다시 잠이 들었다.

얼마나 시간이 지났을까. 나는 '결혼한' 느낌을 받았다. 어떤 따뜻한 것이 내 등에 바짝 붙어 있었던 것이다. 깨지 않으려 했지만 그녀는 조그맣게 흐느끼고 있었다. 나는 돌아누워 아무 말 없이 그녀의 머리에 팔베개를 해 주었다. 그녀

의 흐느낌이 멈추었다. 이윽고 숨소리가 느리고 고르게 변했다. 나는 다시 잠이
들었다.

＊ 5 ＊

세상 모르고 곯아떨어졌던 모양이다. 다음에 내가 알아차린 것은 전화 벨이 울리고 있으며 전화기의 불빛이 깜빡이고 있다는 사실이었다. 불을 켜려고 일어나려다가 오른팔을 누르는 묵직한 무게를 발견했다. 나는 그것을 부드럽게 밀어내고 일어나서 전화를 받았다.

마이크가 말했다.

"안녕히 주무셨습니까. 맨. 데 라 파즈 교수님이 당신의 집 번호로 통화를 하는 중입니다."

"이쪽으로 돌릴 수 있겠어? '셜록'으로?"

"물론입니다, 맨."

"통화를 중간에 차단하지는 말고, 그가 전화를 끊는 순간에 이쪽으로 돌려줘. 그는 어디 있지?"

"'얼음 광부의 아내'라는 상호의 선술집에 있는 공중전화입니다. 위치는……."

"어딘지 알아. 마이크, 회선을 내게 돌린 후에 계속 회선에 머무를 수 있겠어? 자네가 모니터를 해 주었으면 해서."

"그렇게 하겠습니다."

"누군가 가까이서 듣고 있는 사람이 있는지 알 수 있을까? 숨소리가 들리나?"

"그의 음성에 울림이 없는 것으로 보아 방음 후드 안에서 전화하고 있는 것으로 추측됩니다. 하지만 술집이므로 다른 사람들이 있으리라는 것 또한 추측할 수 있습니다. 당신도 들어 보시겠습니까, 맨?"

"음, 그렇게 해 줘. 나를 회선에 넣어 주게. 그가 후드를 올리면 가르쳐 주고. 자네는 똑똑한 친구야, 마이크."

"고맙습니다, 맨."

마이크는 나를 회선에 넣어 주었다. 멈이 말하는 소리가 들렸다.

"그에게 꼭 전할게요, 교수님. 마누엘이 집에 없어서 정말 유감이에요. 전화번호를 남겨 주시면 안 될까요? 그는 교수님에게 답신을 하고 싶어했어요. 다시 전화가 오면 꼭 번호를 받아 놓으라는 다짐을 받았답니다."

"친애하는 부인, 정말 유감스럽지만 저는 곧 나가 봐야 합니다. 하지만 어디 보자…… 지금이 8시 15분이니까 9시 정각에 다시 전화드리겠습니다. 여건이 된다면요."

"그럼요, 교수님."

멈의 목소리에는 남편이 아닌 남성들 중에 그녀가 인정하는 남성들을 위해 아껴 놓은 애교가 묻어났다. 가끔은 우리에게도 저런 목소리로 얘기할 때가 있다.

잠시 후 마이크가 말했다.

"지금입니다!"

그러자 내가 입을 열었다.

"안녕하세요, 교수님! 저를 찾고 계시다는 얘기를 들었습니다. 매니예요."

놀란 숨을 들이키는 소리가 들렸다.

"분명히 전화를 끊은 것 같은데…… 맞아, 난 전화를 끊었어! 전화기에 문제가 있는 것이 분명하군. 마누엘, 자네 목소리를 들으니 반갑네. 방금 집에 돌아왔나?"

"집이 아닙니다."

"하지만…… 자네는 집에 있어야 하는데. 이게 어떻게 된 일인지……."

"설명드릴 시간이 없습니다, 교수님. 엿듣는 사람이 있습니까?"

"그런 것 같지는 않아. 방음 후드를 사용하고 있으니까."

"제가 그곳을 볼 수 없는 것이 유감이군요. 교수님, 제 생일이 언제지요?"

그는 망설이다가 말했다.

"알겠군. 알 것 같아. 7월 14일이네."

"교수님이 확실하군요. 좋습니다, 얘기를 하죠."

"정말로 집에서 전화하는 것이 아닌가, 마누엘? 지금 어디 있나?"

"그 얘기는 조금 있다가 하지요. 교수님은 제 아내에게 어떤 아가씨에 대해 물으셨지요. 이름은 말씀하실 필요가 없습니다. 왜 그녀를 찾으시는 겁니까, 교수님?"

"그녀에게 경고를 해 주고 싶어서. 그녀는 홍콩으로 돌아가려 해서는 안 되네. 그랬다가는 체포를 당할 거야."

"왜 그렇게 생각하시죠?"

"이런 한심하군! 그 집회에 참석했던 사람들은 모두가 커다란 위험에 처해 있네. 자네도 포함해서 말이야. 자네가 집에 없다는 말을 듣고 나는 아주 기뻤네……. 물론 당혹스럽기는 했지만. 지금은 집에 돌아가서는 안 되네. 어딘가 안전하게 몸을 맡길 곳이 있다면 그곳에서 휴가를 보내는 것도 좋을 거야. 물론 서둘러 자리를 피하긴 했을 테지만…… 어젯밤에 폭력 사태가 있었던 것은 자네도 알고 있을 거야."

알고 있다마다! 총독의 경호원을 죽이는 것은 당연히 총독부 행정 규칙에 위배될 것이 틀림없다. 최소한 내가 총독이었다면 대단히 못마땅하게 여길 것이다.

"고맙습니다, 교수님. 조심하겠어요. 그리고 그 아가씨를 만나거든 그녀에게도 그렇게 전하겠습니다."

"그녀가 어디 있는지 모르는가? 어젯밤 자네가 그녀와 함께 떠나는 것을 본 사람이 있어서 나는 틀림없이 자네가 알 거라고 생각했는데."

"교수님, 왜 그렇게 관심이 많으십니까? 어젯밤에 교수님은 그녀와 같은 편이 아닌 것 같았는데요."

"아니야, 마누엘! 그녀는 나의 동지이네. 내가 '타바리시'라고 말하지 않은 건 그저 예의상의 칭호가 아니라 더 오래된 의미가 있기 때문이야. 유대 말일세. 그녀는 나의 동지야. 우리는 전술의 차이가 있을 뿐이네. 충성하는 대상과 목표는 같아."

"알겠습니다. 음, 메시지는 전달되었다고 생각하십시오. 그녀는 교수님의 메시지를 받을 겁니다."

"오, 잘됐군! 난 아무것도 묻지 않겠네……. 하지만 바라건대…… 아주 간절히 바라건대, 이 폭풍이 지나갈 때까지 자네가 그녀를 안전하게, 정말로 안전하게 지켜 줄 방법을 찾길 빌겠네."

나는 그 말을 곰곰이 생각해 보았다.

"잠깐만 기다리십시오, 교수님. 전화를 끊지 마세요."

내가 통화하는 동안 와이오는 욕실로 들어갔다. 아마 엿듣고 싶지 않아서 그랬을 것이다. 그녀는 그런 여자였다.

나는 문을 두드렸다.

"와이오?"

"금방 나가요."

"조언이 필요합니다."

그녀가 문을 열었다.

"뭔가요, 매니?"

"당신의 조직 내부에서 데 라 파즈 교수님을 어떻게 평가하고 있습니까? 그는 신뢰받고 있나요? 당신은 그를 신뢰합니까?"

그녀는 생각에 잠기는 표정이 되었다.

"그 집회에 참석한 사람들은 모두 믿을 만한 사람이라는 보증을 받았을 거예요. 하지만 나는 그를 몰라요."

"음…… 그에게 어떤 느낌을 받았습니까?"

"호감을 느꼈어요. 비록 내 의견에 반대하긴 했지만 말이에요. 당신은 그를 좀 알아요?"

"오, 그럼요. 20년이나 알고 지냈지요. 나는 그를 신뢰합니다. 하지만 당신에게까지 신뢰를 강요할 수는 없습니다. 그래서 문제인데…… 결정은 당신이 하는 겁니다. 내가 아니라."

그녀가 따뜻하게 미소지었다.

"매니, 당신이 그를 신뢰한다면 나도 당신만큼 굳게 그를 신뢰해요."

나는 전화기로 돌아갔다.

"교수님, 지금 도피 중이십니까?"

그가 껄껄 웃었다.

"정확히 짚었네, 마누엘."

"그랜드 호텔 래플스라는 곳을 아십니까? 로비에서 2층 아래에 있는 L호실입니다. 여기까지 미행을 당하지 않고 오실 수 있겠습니까? 아침식사는 하셨습니까? 아침식사로 무엇을 드시고 싶습니까?"

그가 다시 껄껄 웃었다.

"마누엘, 잘 키운 학생 하나가 선생에게 세월이 헛되지 않았음을 보여 줄 수 있다더니 정말이군. 거기가 어디인지 알고 있네. 난 그곳까지 조용히 갈 것이고, 아직 아침을 먹지 않았으며, 애완동물만 아니라면 뭐든 먹을 수 있네."

와이오는 다시 소파를 접고 있었다. 내가 도와주러 갔다.

"아침으로 뭘 먹고 싶습니까?"

"홍차와 토스트. 주스도 괜찮아요."

"그것만으로는 충분하지 않습니다."

"음…… 삶은 달걀. 하지만 아침식사 비용은 내가 지불할 거예요."

"삶은 달걀 두 개, 잼을 바른 버터 토스트, 주스. 비용은 주사위를 던져서 결정하지요."

"당신의 주사위 아니면 내 것?"

"내 것이죠. 나는 속임수를 씁니다."

나는 승강기로 가서 메뉴를 부탁했다. 그리고 '달콤한 숙취, 모든 음식을 듬뿍 제공함, 토마토 주스, 스크램블드 에그, 햄 스테이크, 감자 튀김, 꿀과 옥수수 케이크, 토스트, 버터, 우유, 차 또는 커피, 2인분에 4.50홍콩 달러'라는 설명이 붙은 아침식사 메뉴를 보았다. 나는 2인분을 주문했다. 세 번째 사람이 있다는 사실을 광고하고 싶지 않았다.

우리는 깨끗이 씻고 말끔하게 매무새를 가다듬었고 방 안을 정돈하여 아침식사를 차릴 준비를 마쳤다. 승강기에서 종이 울렸을 무렵 와이오는 '손님이 오기 때문에' 검은 옷에서 붉은 원피스로 갈아입은 참이었다. 옷을 갈아입은 일로 말할 거리가 생겼다. 그녀는 멋진 포즈를 잡고 미소를 지으며 말했다.

"매니, 난 이 드레스가 너무 마음에 들어요. 나한테 이렇게 잘 어울릴 줄 어떻게 알았어요?"

"천재니까요."

"정말 그런지도 모르겠어요. 얼마 주었지요? 당신에게 계산을 해 드려야겠어요."

"세일 중이었습니다. 총독부 달러로 50센트까지 값을 깎아 놓았더군요."

그녀는 얼굴을 잔뜩 찌푸리며 발을 굴렀다. 맨발이어서 소리는 나지 않았다. 대신에 반 미터가량 공중으로 둥실 떠올랐다.

"부디 안전한 착지를!"

그녀가 새로 이민 온 신참처럼 발을 허우적거리는 동안 내가 약을 올렸다.

"마누엘 오켈리! 내가 잠자리도 같이하지 않은 남자에게서 값비싼 옷을 받을 거라고 생각한다면 오산이에요!"

"그 문제는 쉽게 바로잡을 수 있지요."

"호색한! 당신의 아내들에게 말하겠어요!"

"마음대로 하세요. 멈은 항상 나를 악당으로 여기니까요."

나는 승강기로 가서 접시를 옮기기 시작했다. 그때 문에서 소리가 났다. 나는 보안 구멍을 젖혔다.

"누구십니까?"

쉰 목소리가 대답했다.

"가스파진(신사에게 붙이는 칭호인 러시아 어 — 옮긴이) 스미스에게 전언입니다. 가스파진 버나드 O. 스미스 말입니다."

나는 빗장을 풀고 베르나르도 데 라 파즈 교수를 들어오게 했다. 교수는 구호가 필요한 가여운 거지 같은 몰골이었다. 옷도 더럽고, 몸도 더럽고, 머리카락은 엉망이었으며, 반신 마비 환자처럼 손이 뒤틀렸고, 한쪽 눈은 백내장이 낀 것처럼 흐릿했다. 바닥 층의 뒷골목에서 잠을 자고 싸구려 술집에서 술과 식초에 절인 달걀을 걸식하는 늙은 노숙자의 모습이었다. 그는 침까지 흘렸다.

내가 문에 빗장을 걸자마자 그는 몸을 똑바로 펴고 평소의 얼굴로 돌아가더니 와이오를 아래위로 훑어보면서 숨이 막히는 것처럼 숨을 들이키고는 휘파람을 불었다.

"내가 기억하는 것보다 훨씬 더 아름답군요!"

그가 말했다.

와이오는 화내던 것을 잊고 미소를 지었다.

"고마워요, 교수님. 하지만 너무 무리하진 마세요. 여기는 동지들밖에 없으니까요."

"세뇨리타, 내가 정치 때문에 아름다움을 감상하지 못하는 날이 온다면 그날이 바로 내가 정계에서 은퇴하는 날입니다. 하지만 당신은 참으로 너그럽군요."

그는 시선을 돌리고 방 안을 면밀하게 살펴보았다.

내가 말했다.

"교수님, 증거를 찾는 일은 그만두시지요, 추잡한 늙은이 같으니. 어젯밤은 오로지 정치밖에 없었습니다."

와이오가 발끈했다.

"그건 사실이 아니에요! 나는 몇 시간 동안이나 저항했어요! 하지만 그는 나보다 힘이 셌죠. 교수님, 이런 경우에 당의 규율은 어떻게 되죠? 여기 달 세계 시에서는?"

교수를 혀를 쯧쯧 차며 눈알을 굴렸다.

"마누엘, 나는 놀랐네. 아가씨, 이건 심각한 문제입니다. 일반적으로는 제거하는 것이 마땅하지요. 하지만 먼저 조사를 해야 합니다. 당신은 이곳에 자발적으로 따라왔습니까?"

"그가 나에게 약을 먹였어요."

"약을 먹여서 끌고 왔다는 거군요, 아가씨. 상황을 정확하게 설명하셔야 합니다. 보여 줄 만한 멍 자국이 있습니까?"

내가 말했다.

"달걀이 식어 가고 있습니다. 나를 제거하는 것은 아침식사 후로 미루면 안 될까요?"

교수가 동의했다.

"훌륭한 생각이군. 마누엘, 늙은 선생이 좀 더 말끔한 얼굴을 할 수 있도록 물을 1리터만 나눠 주지 않겠는가?"

"얼마든지 원하시는 만큼 쓰셔도 됩니다. 너무 꾸물거리지만 마세요. 안 그러면 새 모이만큼도 남지 않을 겁니다."

"고맙네."

그는 욕실로 사라졌다. 양치질을 하고 세수를 하는 소리가 들렸다. 그동안 와이오와 나는 테이블 세팅을 마쳤다.

"멍 자국에…… 밤새도록 저항했다니."

내가 투덜거렸다.

"자업자득인 줄 아세요. 나를 모욕했잖아요."

"어떻게 말입니까?"

"당신은 나를 욕보이는 데 실패했어요. 그게 바로 모욕이에요. 나에게 약을 먹여서 이곳으로 끌고 온 후에 말이에요."

"음…… 마이크에게 분석을 의뢰해야겠군요."

"미셸이라면 금방 이해할 거예요. 매니, 내가 마음을 바꿔서 그 햄을 조금만 먹으면 안 될까요?"

"반은 당신 겁니다. 교수님은 반쯤 채식주의자니까요."

교수가 나왔다. 가장 멋있는 모습은 아니었지만 깔끔하고 청결했으며 머리도 빗었고 보조개와 영롱하게 반짝이는 눈빛이 돌아왔다. 가짜 백내장은 사라졌다.

"교수님, 어떻게 하신 겁니까?"

"오랜 연습의 결과지, 마누엘. 나는 이 일에 자네들 젊은이들보다 훨씬 더 오래 몸담아 왔다네. 그러다가 딱 한 번, 아주 오래전 리마, 아주 사랑스러운 그 도시에서 어느 화창한 날에 조심을 하지 않고서 산책을 나가는 모험을 했지……. 그 바람에 추방당하고 말았던 거야. 이야, 맛있겠는데!"

와이오가 초대했다.

"제 옆에 앉으세요, 교수님. 나는 저 사람 옆에는 앉고 싶지 않아요. 강간범이에요."

내가 말했다.

"잠깐만, 먼저 식사를 하고 나를 제거하도록 합시다. 교수님, 접시에 음식을 담으시고 어젯밤에 있었던 일을 얘기해 주십시오."

"순서 변경을 제안해도 되겠나? 마누엘, 음모자의 삶은 쉽지 않아. 그리고 나는 음식과 정치를 한데 섞어서는 안 된다는 것을 자네가 태어나기 전부터 체득한 바가 있지. 위산이 과다 분비되어서 궤양이 생기거든. 지하 운동가들의 직업병이라고 할 수 있어. 음! 이 생선은 냄새가 좋구먼."

"생선?"

"저 분홍빛 연어 말일세."

교수는 햄을 가리키며 대답했다.

길고 즐거운 시간이 흐른 후에 우리는 커피와 차를 마시는 단계에 도달했다. 교수는 의자에 등을 기대고 한숨을 쉬며 말했다.

"발쇼예 스파시바, 가스파자(숙녀에게 붙이는 칭호인 러시아 어 — 옮긴이), 가스파진, 아주 맛있었네. 이렇게 편안한 기분을 느꼈던 적이 없는 것 같군. 아, 그렇지! 어젯밤 말인데…… 나는 진행 상황을 별로 많이 보지 못했어. 자네들 두 사람이 영웅적인 퇴각을 하는 동안 나는 다음 날의 싸움을 위해 살아남았지. 즉 몸을 납작 엎드리고서 숨은 거야. 그런 다음에 살짝 내다보니 파티는 끝났고 대부분은 떠났으며 노란 제복을 입은 놈들은 전원 죽어 있었네."

(이 부분은 정정할 필요가 있다. 훨씬 후에 알게 된 사실이지만, 소동이 시작되고 내가 와이오를 데리고 문을 통과하려 할 때 교수는 권총을 꺼내 사람들의 머리 위로 총을 발사해서 뒤쪽의 정문에 있던 경호원 셋을 쓰러뜨렸다. 그중에는 고래고래 고함을 치던 놈까지 포함되었다. 교수가 어떻게 달 세계로 무기를 밀수했는지, 또는 누군가에게서 그것을 훔쳤는지는 알 길이 없다. 하지만 교수의 총질과 쇼티의 활약으로 전세는 역전되었다. 노란 제복은 한 놈도 살아남지 못했다. 달 세계인 중에선 여럿이 레이저 화상을 입었고 넷은 죽었다. 하지만 칼, 주먹, 발놀림으로 몇 초 만에 상황을 종료했다.)

교수가 말을 계속했다.

"정확히 말하면 '한 놈을 제외한 전원'이라고 말해야 할 거야. 자네가 떠났던 문 쪽의 경호원 둘은 우리의 용감한 동지 쇼티 므크럼의 손에 저 세상으로 갔어……. 그리고 유감스럽게도 쇼티는 이미 숨이 끊어져서 그들을 깔고 누워 있었지……."

"알고 있습니다."

"그래. 그 입구의 경호원 하나는 얼굴이 박살이 난 채로 여전히 움직이고 있었네. 그래서 내가 그의 목에 지구 쪽의 전문가들 사이에서 이스탄불 비틀기라고 알려진 조치를 취해 주었네. 그는 동료들을 뒤따라갔지. 그 무렵에는 살아 있는 자들은 대부분 떠난 후였네. 남은 사람은 나와, 어젯밤 우리의 의장이었던 핀 닐센, 그리고 자기 남편들에게 '엄마'라고 알려진 동지 한 사람뿐이었지. 나는 핀 동지와 상의한 뒤에 모든 문에 빗장을 걸었어. 남은 것은 청소 작업뿐이었네. 그곳의 무대 뒤쪽에 무엇이 있는지 알고 있는가?"

"모르겠는데요."

내가 말했다. 와이오도 고개를 저었다.

"연회에 사용되는 주방과 식료품 저장고가 있어. 엄마와 그녀의 가족은 아마도 푸줏간을 운영하는 것이 아닌가 싶네. 핀과 내가 시체를 나르는 속도만큼이나 신속하게 처리했으니까. 그녀는 1분 1초도 낭비하지 않고 인체의 각 부분을 분쇄해서 도시의 하수구로 씻어 내렸지. 그걸 보고 있자니 기절할 것 같아서 나는 주로 강당을 닦으며 시간을 보냈네. 옷이 가장 처치 곤란했어. 특히 경호원들의 제복이 문제였지."

"레이저 총들은 어떻게 하셨습니까?"

교수는 순진한 눈으로 나를 돌아보았다.

"총? 글쎄, 모르겠는데. 그냥 사라져 버린 것이 분명하네. 우리는 죽은 동료의 시체에서 소지품을 모두 꺼냈네. 가족을 위해서, 신원 확인을 위해서, 그리고 슬퍼하기 위해서였지. 결국 우리는 모든 것을 깨끗이 정리했네. 인터폴을 속여넘길 만큼 완벽한 작업은 아니었지만 무언가 곤란한 일이 발생했다고는 여겨지지 않을 정도로는 했지. 우리는 의논을 한 뒤에 당분간은 몸을 숨기는 것이 좋겠다는 결론을 내리고 각자의 길로 뿔뿔이 흩어졌어. 나는 6층으로 통하는 무대 위쪽의 압력 문을 통해서 나왔고 그 후로 자네에게 연락을 취하려고 애썼어, 마누엘. 자네와 이 사랑스러운 아가씨의 안전이 걱정이 되어서 말이야."

교수는 와이오에게 고개를 숙여 보였다.

"이것으로 이야기는 끝이네. 나는 조용한 장소에서 밤을 보냈네."

내가 말했다.

"교수님, 그 경호원들은 아직 몸도 제대로 가누지 못하는 신참들이 틀림없습니다. 그렇지 않았다면 우리는 이기지 못했을 겁니다."

그가 동의했다.

"그럴 수도 있지. 하지만 그들이 신참이 아니었더라도 결과는 마찬가지였을 거야."

"어째서 그렇죠? 그들은 무장을 하고 있었습니다."

"젊은이, 자네는 복서(마스티프 종과 불독의 교배종. 호신견, 애완견, 경비견, 투견, 군용견 등의 다양한 용도로 사용된다 — 옮긴이)라는 개를 본 적이 있나? 아마 없겠지. 달 세계에는 그렇게 덩치가 큰 개는 없으니까. 복서 견은 인위적인 도태를 반복한 결과물이네. 평소에는 온순하고 영리한 녀석이지만 상황이 요구하면 순식간에 치명적인 투견으로 변신하지.

그런데 이곳에는 훨씬 더 흥미로운 생물이 번식하고 있네. 지구의 어떤 도시를 보아도 여기 달 세계처럼 높은 수준의 예의범절과 타인에 대한 배려를 보이는 장소는 없네. 나는 대부분의 주요 도시들에서 살아 보았지. 여기와 비교하면 지구의 도시들은 야만적이야. 하지만 달 세계인들은 복서 견처럼 치명적일 수 있지. 마누엘, 아무리 철저하게 무장했다고 해도 아홉 명의 경호원들이 같은 인원의 달 세계인들에 대항해서 승리할 가능성은 전혀 없네. 우리의 지배자는 오판을 한 거지."

"음. 조간 신문을 보셨습니까, 교수님? 또는 비디오 뉴스라도?"

"비디오 뉴스는 보았어."

"어젯밤 저녁 뉴스에는 아무것도 나오지 않았습니다."

"오늘 아침 뉴스도 마찬가지였어."

"이상하군요."

내가 말했다.

와이오가 말했다.

"뭐가 이상하죠? 우리는 말을 하지 않을 거예요. 그리고 달 세계에서 발행되는 모든 신문사의 중요한 자리에는 우리의 동지들이 있어요."

교수가 고개를 저었다.

"아닙니다, 아가씨. 그렇게 간단하지 않아요. 검열입니다. 우리 신문들이 어떻게 조판되는지 아십니까?"

"정확히는 몰라요. 기계로 하겠죠."

내가 말했다.

"교수님의 말은 이런 뜻입니다. 뉴스는 신문사의 편집부에서 작성합니다. 신문사들은 총독부 청사의 주 컴퓨터가 통제하는 임대 서비스를 이용하고 있지요."

그녀가 '마이크'가 아니라 '주 컴퓨터'라는 표현을 눈치 채 주기를 바랐다.

"신문의 초안은 전화 회선을 통해 전송됩니다. 이 전송 자료는 컴퓨터 섹션으로 들어가서 그곳에서 판독하고 식자로 만들어 다양한 장소에서 인쇄에 들어갑니다. 《데일리 루나틱》의 노비렌 판은 광고와 지역 소식만을 바꿔서 노비렌에서 인쇄되는데, 컴퓨터는 표준 기호에 따라 이 변경을 가하기 때문에 일일이 어떻게 하라는 지시를 받을 필요가 없습니다. 교수님의 말씀은 뉴스가 총독부 청사의 컴퓨터 실을 거치는 단계에서 총독이 끼어들 수 있다는 겁니다. 이것은 달 세계로 들어오거나 나가는 모든 뉴스에 동일하게 적용됩니다. 모든 뉴스는 컴퓨터 실을 경유하니까요."

교수가 말을 이어받았다.

"요점은 총독은 그 기사를 잘라 낼 수 있는 권력이 있다는 점입니다. 그가 실제로 기사를 잘라 냈는가 아닌가 하는 것은 중요하지 않습니다. 또는…… 마누엘, 내 말이 맞는지 확인해 주게. 자네는 내가 기계에 둔치라는 것을 알고 있을 거야……. 또는 그는 날조된 기사를 끼워 넣을 수도 있습니다. 신문사 편집부에 우리의 동지들이 얼마나 많이 있는지와는 상관없이 말입니다."

내가 동의했다.

"맞습니다. 청사에서는 어떤 기사든 더하거나 삭제하거나 수정할 수 있습니다."

"세뇨리타, 그것이 바로 우리 운동의 약점입니다. 보도 기관이지요. 그 경호원들은 중요하지 않습니다……. 하지만 기사를 내보낼 것인지 말 것인지를 결정하는 권한이 우리가 아니라 총독에게 있다는 사실은 엄청나게 중요한 겁니다. 혁명가들에게 보도 수단의 장악은 필수 불가결한 것이지요."

와이오는 나를 쳐다보았다. 나는 그녀의 신경이 날카로워진 것을 알 수 있었다. 따라서 나는 화제를 바꾸었다.

"교수님, 시체를 왜 없애 버렸습니까? 그것은 소름이 끼칠 뿐 아니라 위험한 일이기도 합니다. 그 일을 하는 도중에 총독의 경호원들이 더 많이 들이닥칠 수도 있다는 것을 몰랐습니까?"

"내 말을 믿게, 젊은이. 우리는 그것이 두려워서 식은땀을 흘렸네. 하지만 비록 내가 쓸모 없는 늙은이긴 하지만 그것은 나의 아이디어였고, 나는 다른 사람들에게 확신을 주어야 했네. 오, 나의 독창적인 아이디어는 아니었지. 과거의 경험을 거울 삼은 역사적인 원리였네."

"무슨 원리 말입니까?"

"공포 말이야! 사람은 알려진 위험에는 대항할 수 있어. 하지만 미지의 위험은 두려움을 주지. 우리는 놈들의 동료들에게 공포를 심어 주기 위해 놈들의 이빨과 발톱까지 모두 없애 버린 거야. 총독이 경호원을 몇 명이나 고용하고 있는지 모르지만 오늘은 그 수가 현격히 줄어들었을 게 분명하네. 그들의 동료들은 쉬운 임무라고 생각하고 나왔지만 한 놈도 귀환하지 못했지."

와이오는 몸을 부르르 떨었다.

"그 말을 들으니 저도 두렵군요. 그들은 다시는 거주 구역에 들어가고 싶지 않을 거예요. 하지만 교수님, 총독이 경호원을 몇 명 고용하고 있는지 모른다고 하셨죠. 조직에서는 알고 있어요. 스물일곱 명이에요. 아홉 명이 죽었으니 이제 열여덟 명밖에 남지 않았어요. 어쩌면 폭동을 일으킬 때가 된 게 아닐까요?"

내가 말했다.

"안 됩니다."

"왜요? 매니, 그들은 이보다 더 약해지지는 않을 거예요."

"아직 충분히 약해지지 않았습니다. 아홉 명이 죽은 것은 그들이 멍청하게 우리가 사는 구역으로 들어왔기 때문입니다. 하지만 총독이 경호원들에게 에워싸여서 자기 집 안에 머무른다면…… 글쎄요, 어깨를 나란히 어쩌고 하는 소리는 어젯밤에 충분히 들었습니다."

나는 교수를 돌아보았다.

"하지만 사실 전 총독의 경호원이 정말 열여덟 명밖에 남아 있지 않은지 의심스럽습니다. 교수님은 와이오가 홍콩으로 돌아가서는 안 되고 저도 집에 돌아가면 안 된다고 말씀하셨습니다만 부하가 열여덟 명밖에 없다면 우리가 집에 돌아가도 위험하지 않겠죠. 나중에, 그가 인원을 보강한 후라면 모르지만…… 지금은, 글쎄요, 달 세계 시에는 주요 출구가 네 개 있고 작은 출구들은 아주 많습니다. 그들이 몇 곳이나 지키고 서 있을 수 있겠습니까? 와이오가 서부 지하철 역으로 가서 압력복을 입고 집으로 돌아가면 안 될 이유가 있을까요?"

교수가 동의했다.

"못 돌아갈 것도 없겠지."

"난 돌아가야 해요. 이곳에 영원히 머무를 수는 없어요. 꼭 숨어야 한다면 홍콩에 있는 편이 나아요. 그곳에는 아는 사람들이 있으니까요."

와이오가 말했다.

"무사히 빠져나갈 가능성이 전혀 없는 건 아닙니다. 아가씨. 하지만 별로 권하고 싶지 않군요. 어젯밤 서부 지하철 역에는 노란 제복이 두 명 있었습니다. 내 눈으로 직접 보았지요. 지금은 없을지도 모릅니다. 일단 그들이 거기 없다고 가정해 봅시다. 당신은 역으로 갑니다. 아마 변장을 하고서 가겠지요. 당신은 압력복을 입고 벨루티하치 행 캡슐에 탑승합니다. 하지만 엔즈빌 행 버스를 타기 위해 캡슐에서 내리는 순간 체포될 겁니다. 통신 때문이지요. 역에 노란 제복을 세워 놓을 필요가 없습니다. 누군가가 당신이 거기 있는 것을 보기만 해도 충분한 것입니다. 나머지 일은 전화가 해 줍니다."

"하지만 내가 변장을 했을 거라고 가정했잖아요."

"변장을 해도 키는 속일 수 없습니다. 그리고 당신의 압력복은 감시받고 있을 겁니다. 총독과 관련이 있을 거라고는 전혀 의심받지 않는 누군가에 의해서 말입니다. 동지일 가능성이 가장 크지요."

교수의 볼에 보조개가 패었다.

"지하 운동의 가장 큰 문제는 내부의 부패입니다. 인원이 네 명 이상이면 그 중 하나는 첩자라는 말도 있을 정도입니다."

와이오가 우울하게 말했다.

"희망이 없다는 소리로 들리는군요."

"전혀 그렇지 않습니다. 아가씨. 성공할 가능성이 1,000분의 1 정도는 됩니다."

"믿을 수 없어요. 믿지 않겠어요! 제가 활동한 지난 몇 년 동안 우리는 수백 명의 동지들을 끌어들였어요! 모든 주요 도시에 우리의 조직이 있고, 사람들도 우리 편이에요."

교수는 고개를 저었다.

"새로운 동지가 생길 때마다 배신당할 가능성은 훨씬 더 높아집니다. 친애하는 와이오밍, 혁명은 대중을 동지로 만든다고 해서 성공하는 것이 아닙니다. 혁명은 극히 소수의 유능한 사람들만이 실행할 수 있는 과학입니다. 성공 여부는 올바른 조직이 있는가, 무엇보다 제대로 된 의사 소통이 가능한가에 달려 있습니다. 그런 다음에는 역사적으로 적절한 순간에 실행하는 겁니다. 올바르게 조직이 되고 시기가 적절하다면 무혈 혁명이 됩니다. 방법이 서투르거나 시기상조라면 결과는 내전, 폭동, 숙청, 테러가 되겠지요. 이렇게 말하는 것을 불쾌하게 생각하지 마십시오. 하지만 지금까지 우리는 서투르게 해 왔습니다."

와이오는 당혹스러운 표정이었다.

"올바른 조직이란 어떤 것이죠?"

"기능적인 조직입니다. 전기 모터는 어떻게 설계합니까? 그저 욕조가 있다고 해서 전기 모터에 욕조를 붙이겠습니까? 꽃다발이 도움이 될까요? 돌 더미는? 아니지요, 그 목적에 필요한 부품만 사용하고 필요 이상으로는 크게 만들지 않습니다. 그런 다음에는 안전 장치를 부착하겠지요. 기능이 디자인을 결정하는 겁니다.

혁명도 마찬가지입니다. 조직이란 필요 이상으로 커져서는 안 됩니다. 누군가가 들어오고 싶어한다고 참여시켜서는 절대로 안 되는 겁니다. 그리고 다른 사람에게 당신의 견해를 공유하게 만드는 기쁨을 위해 설득하려고 해서도 안 됩니다. 적절한 때가 오면 그 사람도 당신과 같은 의견을 지니게 되어 있습니다……. 아니면 당신은 역사상의 시기를 잘못 판단한 것이 되지요. 오, 교육적인 조직도 있기는 합니다만 그것은 따로 분리해서 생각해야 합니다. 선전 선동 조직은 기본 구조에 속하지 않습니다.

기본 구조에 대해 말하자면 혁명이라는 것은 음모에서 시작됩니다. 따라서 구조는 작고 은밀하며, 배신으로 생기는 피해를 최소화할 수 있는 방향으로 조직되어야 합니다. 배신은 언제나 존재하는 법이니까요. 한 가지 해결 방법은 세포 조직입니다. 지금까지는 이보다 나은 조직은 발명되지 않았습니다.

　최적의 세포 크기가 얼마인지에 대해서는 많은 이론이 존재합니다. 역사적인 경험 법칙으로는 세 명으로 이루어진 세포가 최적인 것 같습니다. 네 명 이상이 되면 언제 식사를 할 것인지에 대해서도 의견이 맞지 않으니 언제 공격을 개시할 것인지에 대해서는 더욱 더 의견을 맞추기 어렵습니다. 마누엘, 자네는 대가족의 일원이지. 자네 가족은 식사 시간을 투표로 결정하는가?"

　"천만예요! 멈이 결정합니다."

　"아."

　교수는 주머니에서 조그만 노트를 꺼내 그림을 그리기 시작했다.

　"여기에 세 명으로 이루어진 세포가 하나 있네. 만일 내가 달 세계를 전복할 음모를 꾸민다면 우리 세 사람으로 시작할 것이네. 한 사람을 의장으로 선출해야 하지. 우린 투표를 하지 않아. 선택은 자명해야 하거든. 그렇지 않다면 우리는 올바른 세 사람이 아닌 것이네. 우리는 다음 세 개의 세포를 구성하는 아홉 명을 알게 되네……. 하지만 각 세포는 우리 중 한 사람만 알게 하는 거야."

　"컴퓨터 논리와 비슷하군요. 3진법 같은."

　"그런가? 다음 단계는 두 가지 연결 방법이 있네. 2단계의 이 동지는 자신의 세포 지도자와, 세포 동료 두 명, 그리고 자신의 하부 세포 구성원 세 명을 알고 있네. 그는 세포 동료들의 하부 세포 구성원들을 알아도 되고 몰라도 되네. 모르는 경우엔 보안이 두 배로 강화되고, 아는 경우엔 보안이 뚫렸을 때 회복 속도가 두 배로 빨라지니까. 일단은 그가 세포 동료들의 하부 세포를 모른다고 가정하도록 하지. 마누엘, 그는 몇 명이나 배신할 수 있을까? 배신하지 않는다는 말은 하지 말게. 오늘날에는 어떤 사람이든 세뇌를 해서 풀을 먹이고 다림질을 한 다음 다시 이용할 수 있는 기술이 있어. 자, 몇 명인가?"

내가 대답했다.

"여섯 명입니다. 상부 지도자 한 명, 세포 동료 두 명, 하부 세포 세 명."

교수가 바로 잡았다.

"일곱 명이네. 그는 자기 자신을 배신하는 거니까. 따라서 3단계에서 일곱 개의 고리가 끊어진 셈이네. 어떻게 할까?"

"어떻게 해야 할지 감이 안 잡히는군요. 그들은 완전히 분리되어서 산산조각 나 버린 거잖아요."

와이오가 말했다.

"마누엘? 학생을 위한 연습 문제야."

"글쎄요…… 이 아래의 친구들은 세 단계 위로 메시지를 올려 보낼 방법을 찾아내야 합니다. 누구한테 보낼지는 알 필요가 없고 어디로 보낼지만 알면 됩니다."

"정답이네!"

내가 계속했다.

"하지만 교수님, 좀 더 나은 연결 방법이 있습니다."

"정말인가? 역사상 수많은 혁명 이론가들이 고심 끝에 이 방법을 찾아낸 거야, 마누엘. 나는 그들에게 깊은 신뢰를 갖고 있으니 자네가 진다는 쪽에 걸겠네. 어디 보자…… 10대 1로."

"그 돈은 제 것입니다. 동일한 세포들을 사면체의 개방형 피라미드로 배열하는 겁니다. 공통의 꼭지점을 갖는 곳에 위치하는 친구들은 인접한 세포의 한 사람을 압니다. 그에게 메시지를 보낼 방법을 아는 것이지요. 그것만 알면 되니까요. 정보 전달은 결코 끊어지지 않습니다. 메시지는 아래위로 이동하는 것과 마찬가지로 양 옆으로도 이동하니까요. 일종의 신경망 같은 겁니다. 사람의 머릿속에 구멍을 내고 뇌를 한 덩이 떼어 낸다고 해도 사고 능력이 큰 손상을 입지 않는 것은 그 때문입니다. 초과 용량이 있는 거죠. 메시지는 우회로를 돌아서 전달됩니다. 파괴된 부분은 상실하겠지만 기능은 계속 이어집니다."

교수가 의심스러운 듯 말했다.

"마누엘, 그림을 그려 보일 수 있겠는가? 꽤 괜찮게 들리기는 하지만 기존의 정통 이론과 너무 상반되는 의견이라 그림으로 보고 싶네."

"글쎄요…… 입체 제도 기계가 있어야 잘 그릴 수 있을 테지만 해 보겠습니다."

(다섯 층의 개방형 피라미드를 구성하는 121개의 사면체를 서로의 관계를 보여 줄 수 있을 만큼 명확하게 그리는 것이 쉽다고 생각하는 사람은 직접 한번 그려 보기 바란다!)

이윽고 내가 말했다.

"맨 아래쪽을 보십시오. 각 삼각형의 꼭지점은 0, 하나, 또는 두 개의 다른 삼각형들과 꼭지점을 공유합니다. 꼭지점을 한 개 공유한 곳에서는 그것이 한 방향 또는 양 방향의 연결 고리가 됩니다. 하지만 복합, 과잉 정보 전달망을 위해서는 한 방향 전달로도 충분합니다. 꼭지점을 공유하지 않는 모퉁이에서는 오른쪽의 다음번 모퉁이로 건너뜁니다. 두 개를 공유한 곳에서는 선택은 다시 오른 방향이 됩니다.

이제 사람에게 적용해 보지요. 네 번째 단계를 D라고 부릅시다. Dog의 D입니다. 이 꼭지점은 댄 동지입니다. 아니, 정보 전달 단계가 세 개 파괴된 것을 보여 주기 위해 한 단계 더 아래로 내려가지요. 다음 단계는 Easy의 E로 부르기로 하고 동지 에그버트를 사례로 들어 봅시다.

에그버트는 도널드 밑에서 일하고, 세포 동료는 에드워드와 엘머, 그의 아래로 프랭크, 프레드, 팻소가 있습니다……. 하지만 자신과 같은 단계에 있으나 같은 세포는 아닌 에즈라에게 메시지를 보내는 방법을 알고 있습니다. 그는 에즈라의 본명, 얼굴, 주소 등등을 하나도 모릅니다. 하지만 비상 상황이 발생했을 때 에즈라에게 연락할 방법은 있습니다. 아마도 전화번호겠지요.

이제 제대로 작동하는지 살펴볼까요. 3단계의 카시미르가 배신을 해서 세포 동료인 찰리와 콕스, 상급자인 베이커, 그리고 하부 세포인 도널드, 댄, 딕을 밀고했다고 칩시다. 그러면 에그버트, 에드워드, 엘머가 고립됩니다. 그리고 그들 하부의 동지들도 전원 고립됩니다.

세 사람이 전부 그것을 보고합니다. 보고가 겹치겠지만 어떤 정보 전달 시스템에서도 중복은 필요합니다. 하지만 여기서는 일단 에그버트의 지원 요청을 따라가 보기로 하겠습니다. 그는 에즈라에게 연락합니다. 하지만 에즈라는 찰리 밑에 있었기 때문에 그 역시 고립되어 있습니다. 상관없습니다. 에즈라는 두 개의 메시지를 모두 그의 예비 연결 고리인 에드먼드에게 전달합니다. 유감스럽게도 에드먼드는 콕스 밑에 있었기 때문에 그는 다시 같은 레벨의 엔라이트에게 연락합니다……. 이런 식으로 메시지는 파괴된 부분을 우회하여 도버, 챔버스, 비즈왁스를 통해 수뇌부인 아담에게 올라갑니다……. 아담은 피라미드의 반대편으로 답신을 내려 보내고 E 단계에서는 에스더로부터 수평으로 전달되어 에그버트, 에즈라, 에드먼드로 전해집니다. 이들 상향, 하향의 두 메시지는 그저 메시지를 전달해 주기만 할 뿐 아니라 전달하는 방식을 통해 피해 규모가 얼마나 큰지를, 어디서 피해가 일어났는지를 수뇌부가 정확히 파악하게 도와줍니다. 조직의 기능이 지속될 뿐 아니라 즉각적인 자체 회복이 시작되게 해 주는 거죠."

와이오는 라인을 손으로 짚어 가며 이것이 제대로 작동할 것인지 확인했다. 그것은 '바보라도 이해할 수 있는' 간단한 회로였다. 마이크에게 부탁하면 몇 밀리 초 안에 더 우수하고 더 안전하며 더 확실한 연결 회로를 만들어 낼 수 있을 것이다. 그리고 아마도, 확실히, 우회 전달 속도를 높이면서도 배신을 피할 수 있는 방법도 찾아내리라. 하지만 나는 컴퓨터가 아니다.

교수는 멍한 표정으로 물끄러미 응시하고 있었다.

"왜 그러십니까? 이건 작동합니다. 저의 밥벌이라니까요."

내가 말했다.

"마누엘 나의 기특한…… 실례, 세뇨르 오켈리…… 그대가 이 혁명을 이끌어 주겠는가?"

"내가요? 맙소사, 말도 안 됩니다! 저는 가망 없는 일에 목숨을 거는 순교자가 아닙니다. 그냥 회로 얘기만 했을 뿐이에요."

와이오가 고개를 들었다.

"매니, 당신은 선택받았어요. 얘기는 끝난 거예요."

그녀가 진지하게 말했다.

* 6 *

얘기 끝난 것 좋아하시네!

교수가 말했다.

"마누엘, 성급하게 거절하지는 말게. 여기 우리 세 사람이 있네. 완벽한 숫자지. 우리는 다양한 경험과 재능을 가지고 있어. 아름다움, 연륜, 성숙한 남성의 열정……."

"저는 아무 열정이 없습니다!"

"부탁이네, 마누엘. 결정을 내리기 전에 최대한 광범위하게 상황을 검토해 보도록 하세. 그리고 그것을 더 쉽게 하기 위해서 이 호텔의 창고에 술이 있는가? 나는 거래의 시냇물 속에 던져 넣을 수 있는 은화를 조금 갖고 있다네."

그것은 한 시간 동안 들어 본 말 가운데 가장 그럴듯한 소리였다.

"스톨리크나야 보드카는 어떨까요?"

"좋은 선택이군."

그는 주머니를 집으려고 했다.

"그건 다음에 쓰십시오."

내가 말하고 보드카 1리터와 얼음을 주문했다. 술이 내려왔다. 아침식사 때 나왔던 토마토 주스도 같이 왔다.

함께 건배를 한 후에 내가 말했다.

"그래, 교수님. 페넌트 레이스를 어떻게 생각하십니까? 양키스가 다시 우승하지 못하는 쪽에 돈을 걸겠습니까?"

"마누엘, 자네의 정치 철학은 뭔가?"

"저는 밀워키 출신의 신인 선수 때문에 양키스에 걸고 싶은데요."

"때로는 명확하게 입장을 정리하지 못하던 사람도 소크라테스 식 문답법을 이용하면 자신의 정치적 성향과 그 이유를 깨달을 수가 있지."

"저는 그들이 타이틀을 방어한다는 쪽에 3대 2로 걸려고 합니다."

"뭐라고? 이렇게 어리석은 젊은이를 보았나! 얼마나?"

"300달러. 홍콩 달러로."

"됐네. 어떤 상황에 국가의 이익을 시민의 이익보다 우선해도 정당하다고 할 수 있는지 예는 들 수 있는가?"

"매니, 당신은 아직도 내다 버릴 돈이 있는 거예요? 나는 필리즈가 이길 거라고 생각해요."

와이오가 말했다.

나는 그녀를 쓱 훑어보았다.

"당신은 판돈으로 뭘 걸 겁니까?"

"지옥에나 떨어져요! 강간범 같으니."

"교수님도 잘 아시다시피, 국가의 이익이 저의 이익보다 우선되어도 좋은 상황 같은 건 없습니다."

"좋아. 일단 시작점을 찾은 셈이군."

"매니, 그건 너무나 이기적인 의견이에요."

와이오가 말했다.

"나는 너무나 이기적인 인간입니다."

"오, 말도 안 돼요. 누가 나를 구해 주었죠? 나 같은 낯선 타인을? 당신은 그 상황을 이용하려고 하지도 않았죠. 교수님, 저는 진실을 말하지 않았어요. 매니는 완벽한 기사였어요."

"알고 있었습니다. 오랫동안 그를 알고 지냈으니까요. 또한 내가 알고 있는 매니는 그가 방금 표현한 의견과 모순되지 않습니다."

"오, 모순이 되고말고요! 현재 상황에서가 아니라 우리가 지향하는 이상적인 목표 하에서는요. 매니, '국가'란 달 세계를 뜻해요. 아직 주권도 없고 우리에게 시민권도 없지만 말이에요. 하지만 나는 달 세계 국가의 구성원이고 그건 당신의 가족도 마찬가지예요. 당신은 가족을 위해서 죽을 수 있나요?"

"당신의 질문과 교수님의 질문 사이에는 연관성이 없습니다."

"아뇨, 있어요! 그게 요점이에요."

"아닙니다. 나는 내 가족을 알고 있습니다. 오래전에 남편으로 선택받았으니까요."

"친애하는 아가씨, 아무래도 내가 마누엘을 변호해야 할 것 같습니다. 그는 제대로 설명을 할 수 없을지는 몰라도 올바른 의견을 갖고 있습니다. 이렇게 물어볼까요? 어떤 상황 하에서 집단의 일원이 혼자서 하기에는 윤리적이지 않은 일을 집단이 하면 윤리적일 수 있겠습니까?"

"어…… 그건 함정 질문 같은데요."

"이것은 핵심 질문입니다, 와이오밍 양. 이것은 국가 속 전체적인 딜레마의 뿌리를 흔드는 근본적인 질문이지요. 누구든 모든 결과를 감수하고 솔직하게 대답하는 사람이라면 자신이 어떤 정치적 입장에 서 있는지 알게 됩니다. 또한 자신이 무엇을 위해 목숨을 걸 것인지도 말입니다."

와이오가 얼굴을 찌푸렸다.

"집단의 구성원에게는 윤리적이지 않다는 거라면…… 교수님, 당신의 정치적인 주의는 무엇인가요?"

"먼저 당신의 대답부터 들을 수 있을까요? 물론 말을 할 수 있다면 말이지만."

"물론 말할 수 있어요! 저는 제5인터내셔널주의자예요. 우리 조직의 대부분은 같은 성향이지요. 우리는 누구에게도 우리의 노선을 강요하지 않습니다. 통일 전선이니까요. 우리 조직에는 공산주의자, 급진 트로츠키주의자, 기계 파괴주의자, 사교주의자, 단일 납세주의자(토지나 소득 등을 지정해서 한 가지 세금만으로 재정의 수요를 충당하여야 한다는 주장 — 옮긴이), 기타 등등 온갖 주의자들이 있어요. 하지만 나는 마르크스주의자가 아니에요. 우리 제5인터내셔널 주의자들은 현실적인 계획을 갖고 있죠. 개인에게 속하는 것은 개인에게, 공공에게 필요한 것은 공공에게, 그리고 상황에 따라 공공의 것인지 개인의 것인지 달라질 수 있음을 인정해요. 우리는 어떤 주의의 주장을 교조적으로 맹신하지 않아요."

"사형은 어떻게 생각하죠?"

"어떤 죄목에 대해서죠?"

"반역 행위 같은 것. 달 세계가 해방된 후에 달 세계에 반역 행위를 했다고 칩시다."

"어떤 방식의 반역이지요? 상황을 모른다면 결정을 할 수 없어요."

"그건 나도 마찬가지입니다, 와이오밍. 하지만 나는 사형이 필요한 상황이 있다는 것을 믿습니다……. 다만 이런 점이 다르지요. 나는 법정에 사형을 부탁하지는 않을 겁니다. 나는 스스로 재판을 하고 선고하고 처형한 다음에 그 모든 책임을 집니다."

"하지만…… 교수님, 당신의 정치적인 신념은 뭐죠?"

"나는 합리적 무정부주의자입니다."

"그런 주의는 처음 들어요. 개인주의적 무정부주의자, 공산주의적 무정부주의자, 기독교 무정부주의자, 철학적 무정부주의자, 노동조합 지상주의자(생디칼리즘. 총파업, 사보타주 등의 직접 행동으로 생산과 분배를 노동조합의 수중에 넣으려는 주의 — 옮긴이), 해방주의자…… 그런 건 들어 보았지만, 그게 어떤 거죠? 자유방임주의인가요?"

"나는 자유방임주의자와도 잘 지낼 수 있습니다. 합리적 무정부주의자는, '국가', '사회', '정부'와 같은 개념은 스스로 책임질 수 있는 개인들의 행동 가운데 실증되는 경우를 제외하면 존재하지 않는다고 믿습니다. 비난을 전가하거나, 나누거나, 분배하는 것은 불가능하다고 보는 겁니다……. 비난, 죄의식, 책임은 오로지 인간 존재의 내부에서만 발생하는 문제일 뿐 다른 어떤 곳에서도 일어나지 않기 때문이지요. 하지만 합리적이기 때문에 모든 개인이 자신과 같은 의견을 지닐 수 없다는 것을 압니다. 따라서 불완전한 세계 속에서 완벽하게 살아가기 위해 노력하지요……. 자신의 노력이 완벽하지 않으리라는 것을 알지만, 실패 후의 자기 인식으로 낙담하지는 않습니다."

내가 말했다.

"저런, 저런! 완벽하지 않은 것, 그게 바로 제가 평생 동안 추구해 온 목표입니다."

와이오가 말했다.

"당신은 목표를 달성했어요. 교수님, 괜찮은 이야기 같기는 한데 약간 위험한 점이 있어요. 개인들에게 너무 많은 힘을 준다는 것은…… 분명히 교수님도 그런 것을 원하지는 않으실 거예요……. 이를테면, 책임질 능력이 없는 어떤 사람의 손에 수소 폭탄이 들어간다면 어떻게 되죠?"

"내 이야기의 요점은 사람은 누구나 책임질 능력이 있다는 겁니다. 언제나 말이죠. 수소 폭탄이 존재한다면, 그리고 실제로 존재하지요, 어떤 사람이 그것을 지배합니다. 윤리라는 의미에서 '국가' 같은 것은 존재하지 않습니다. 그저 사람들이 있을 뿐이죠. 개인들 말입니다. 각기 자신의 행동에 책임을 질 수 있는 개인들이지요."

"한잔 더 하시겠습니까?"

내가 물었다.

정치 토론보다 알코올을 빨리 소비시키는 것은 없다. 나는 한 병 더 주문했다.

나는 어느 편도 들지 않았다. 옛날에 우리가 '총독부의 강철 군화에 짓밟히던' 시절에도 나는 불만을 품지 않았다. 나는 기회가 있을 때마다 총독부를 속였고, 나머지 시간에는 아무 생각 없이 살았다. 나는 총독부를 몰아낸다는 생각은 하지 않았다. 불가능하기 때문이다. 자신의 길을 가고, 남의 일에 나서지 않고, 가망이 없는 일을 가지고 골머리를 썩이지 않고······.

물론 그 당시에는 사치품이라곤 없었다. 지구 쪽 기준으로 보면 우리는 가난했다. 수입을 해야 하는 것도 대부분은 그냥 없이 살았다. 달 세계 전체를 통틀어 자동 기압 문은 하나도 없었다. 심지어 예전에는 압력복조차도 지구에서 가져왔다. 내가 태어나기 전에 어떤 영리한 중국인이 더 우수하고 더 간단한 '복제품'을 만들어 내기 전까지는 말이다. (중국인 두 명을 달 표면에 떨어뜨려 보라. 그들은 열두 명의 아이를 키우면서 서로 바위를 팔아 부자가 될 것이다. 그러면 인도인이 그들에게서 도매로 구입한 물건을 소매로 판매한다. 그들은 원가 이하로 팔면서도 큰 이윤을 남긴다. 우린 그런 식으로 어울려 살아왔다.)

지구 쪽을 방문했을 때 나는 사치품들을 본 적이 있다. 사람들이 꼭 지녀야 할 만큼 가치 있는 물건들이 아니었다. 나는 무거운 중력을 말하는 것이 아니다. 중력은 그들에게는 문제가 되지 않는다. 나는 난센스를 말한 것이다. 닭똥을 예로 들어 보자. 만일 지구의 한 도시에서 배출되는 닭똥이 전부 달 세계로 보내진다면 백 년 동안의 비료 문제가 해결될 것이다. 이것을 하라. 저것을 하지 마라. 줄 뒤로 가서 서라. 세금 영수증은 어디 있는가? 양식을 작성하라. 면허증을 보자. 사본을 여섯 매 제출하라. 출구 전용. 좌회전 금지. 우회전 금지. 벌금을 납부하기 위해 줄을 서라. 다시 가서 스탬프를 찍어 와라. 뒈져라……. 하지만 먼저 허가부터 받아라.

와이오는 자기가 모든 해답을 알고 있다고 확신하고 교수를 끈덕지게 물고 늘어졌다. 하지만 교수는 대답하기보다 질문하는 데 더 흥미가 있었고 그것이 그녀를 곤혹스럽게 했다. 마침내 와이오는 말했다.

"도무지 교수님을 이해할 수가 없어요. 저는 교수님에게 그것을 '정부'라고 부르라고 주장하는 것이 아니에요. 그저 모든 사람이 동등한 자유를 누리기 위해 어떤 규칙이 필요하다고 생각하는지 말해 달라는 것뿐이에요."

"친애하는 아가씨, 나는 기꺼이 당신의 규칙을 받아들일 겁니다."

"하지만 교수님은 어떤 규칙도 원하지 않는 것 같은데요!"

"맞아요. 하지만 나는 당신이 '당신의' 자유를 위해 필요하다고 느끼는 규칙이라면 뭐든 받아들일 겁니다. 나는 자유롭습니다. 어떤 규칙이 내 주위를 에워싸고 있든 상관없습니다. 그것을 인내할 수 있다고 생각하면 난 인내합니다. 만일 너무나 혐오스럽다고 여겨지면 나는 어길 겁니다. 내가 자유로운 이유는 내가 하는 모든 일에 윤리적으로 책임이 있는 것은 오로지 나 혼자뿐이라는 사실을 알고 있기 때문입니다."

"대다수의 사람들이 필요하다고 느끼는 법률도 당신은 어길 수 있겠군요?"

"어떤 법률인지 예를 들어 보겠습니까, 아가씨? 그러면 내가 그것을 지킬지 말지 얘기하겠습니다."

"교묘하게 회피하는군요. 제가 일반론을 말할 때마다 교수님은 교묘하게 빠져나가고 있어요."

교수는 가슴 위에서 두 손을 깍지 끼었다.

"나를 용서하세요. 사랑스러운 와이오밍, 진심으로 말하지만 나는 당신을 기쁘게 해 드리고 싶습니다. 당신은 누구든 같은 길을 가는 사람이라면 기꺼이 연합 전선을 형성하겠다고 말했지요. 나는 총독부가 달 세계에서 쫓겨나는 것을 보고 싶으며…… 그 목적을 위해 목숨을 걸 것이라고 말한다면 충분할까요?"

와이오의 얼굴이 환해졌다.

"충분하지요!"

그녀는 주먹으로 교수의 갈비뼈를 살짝 쳤다. 그러고는 그에게 팔을 두르고 뺨에 입을 맞추었다.

"동지! 그렇게 하도록 해요!"

"건배! 총독을 끌어내 제거해 버리자!"

내가 말했다.

그것은 좋은 생각 같았다. 나는 잠이 부족했고 평소에는 술을 많이 마시지 않았다.

교수는 우리의 잔을 다시 채워 주고 자신의 잔을 높이 쳐들고는 아주 엄숙하게 선언했다.

"동지들…… 우리는 혁명을 선포하노라!"

그 말에 우리들은 서로 키스를 주고받았다. 하지만 교수가 자리에 앉아 "자유 달 세계 비상 위원회를 시작합니다. 우리는 행동 계획을 수립해야 합니다."라고 말하자 내 머리는 차가워졌다.

내가 말했다.

"잠깐만요, 교수님! 저는 아무것도 찬성하지 않았습니다. 이 '행동'이라는 것이 구체적으로 무엇을 뜻하는 거죠?"

"우리는 이제 총독부를 타도할 것이네."

그가 부드럽게 말했다.

"어떻게요? 그들에게 돌을 던질 겁니까?"

"그건 의논을 해야지. 지금은 계획을 세우는 단계이니까."

내가 말했다.

"교수님은 저를 아실 겁니다. 총독부를 쫓아내는 것이 돈으로 살 수 있는 문제라면 저는 가격을 걱정하지 않습니다."

"우리의 목숨, 우리의 재산, 우리의 신성한 명예는 어떤가?"

"네?"

"예전에 지불했던 가격이지."

"글쎄요······. 그 정도 가격이라도 저는 감당할 수 있습니다. 하지만 제가 베팅을 할 때는 승산이 있어야 합니다. 어젯밤 와이오에게도 말했지만 저는 승산이 낮아도 괜찮다고······."

"당신은 10대 1이라고 말했지요, 매니."

"그래요, 와이오. 나에게 그 정도의 승산이 있다는 걸 보여 주십시오. 그러면 뛰어들 겁니다. 보여 주실 수 있겠습니까?"

"아니, 마누엘. 난 보여 줄 수 없네."

"그러면 왜 떠들어 대는 겁니까? 제가 보기에는 전혀 가능성이 없는 일입니다."

"나도 가능성이 낮다고 생각하네, 마누엘. 하지만 다른 방향에서 접근해 보기로 하세. 혁명이란 성공을 기대하는 목표라기보다는 맹목적으로 추구하는 예술에 가깝네. 그렇다고 해서 절망할 일은 아니야. 실패한 운동은 승리만큼이나 정신적으로 만족스러울 수 있으니까."

"저는 다릅니다. 죄송합니다."

와이오가 갑자기 말했다.

"매니, 마이크에게 물어봐요."

내가 물끄러미 응시했다.

"진지하게 하는 말입니까?"

"아주 진지해요. 누군가 확률을 계산할 수 있다면 그건 바로 마이크일 거예요. 당신도 그렇게 생각하지 않나요?"

"음. 가능할지도 모릅니다."

"마이크라는 사람이 누구인지 물어도 되겠나?"

교수가 끼어들었다.

내가 어깨를 들썩였다.

"오, 아무도 아닙니다."

"마이크는 매니의 가장 좋은 친구예요. 그는 확률 계산에 아주 뛰어나요."

"도박사입니까? 아가씨, 네 번째 인물을 끌어들이면 세포 원리가 깨집니다."

"저는 다르게 생각해요. 마이크는 매니가 이끄는 세포의 구성원이 될 수 있어요."

"음…… 그렇군요. 그렇다면 반대를 철회하지요. 그는 믿을 수 있습니까? 당신이 그를 보증하겠습니까? 아니면 자네가 하겠나, 마누엘?"

내가 말했다.

"그는 거짓말쟁이에 유치하며 농담이나 좋아하고 정치 따위에는 관심이 없는 자입니다."

"매니, 당신이 그렇게 말했다고 마이크에게 이르겠어요. 교수님, 그는 전혀 그런 존재가 아니에요. 그리고 우린 그가 필요해요. 음…… 사실은 그가 우리의 의장이 될 수도 있을 것 같아요. 우리 셋 모두가 그의 하부 세포가 되는 거죠. 실행 세포 말이에요."

"와이오, 혹시 산소 결핍 아닙니까?"

"난 괜찮아요. 나는 당신처럼 꿀꺽꿀꺽 술을 들이키지도 않았으니까요. 생각해 봐요, 매니. 상상력을 발휘해 보세요."

교수가 말했다.

"솔직히 말해서, 나는 당신들이 무슨 말을 하고 있는지 하나도 이해가 가지 않는군요."

"매니?"

"오, 젠장."

그래서 우리는 교수에게 마이크에 대해서, 우리의 관계에 대해서, 그가 어떻게 깨어났는지, 어떻게 마이크란 이름을 얻었는지, 어떻게 와이오를 만났는지 전부 설명해 주었다. 교수는 내가 처음 눈(雪)을 보았을 때 그 개념을 받아들인 것보다 더 쉽게 자신을 의식하는 컴퓨터의 개념을 받아들였다. 교수는 그저 고개를 끄덕이며 말했다.

"계속하게."

하지만 이윽고 그가 말했다.

"이건 총독의 컴퓨터겠지? 우리 회의에 총독을 불러들이지 않는다는 법이 어디 있는가?"

우리는 그를 안심시키려고 노력했고, 마침내 내가 말했다.

"이런 식으로 생각하십시오. 마이크는 교수님과 마찬가지로 누구의 것도 아닌 자기 자신의 것입니다. 그를 합리적인 무정부주의자라고 부르셔도 됩니다. 그는 합리적이고, 어떤 정부에도 충성심을 느끼지 않으니까요."

"이 기계가 자기 주인에게 충성심이 없다면서 자네에게 충성할 거라고 기대하는 이유가 뭔가?"

"느낌입니다. 저는 마이크에게 제가 알고 있는 한 최대한 성실하게 대합니다. 마이크도 같은 식으로 나를 대하죠."

나는 마이크가 나를 보호하기 위해 어떤 예방 조치를 취했는지 설명했다.

"그렇게 지정한 신호, 그러니까 전화 도청을 방지하는 신호나, 내가 그에게 이야기하거나 저장한 것들을 불러들이는 신호를 모르는 누군가에게 마이크가 저를 고자질할 가능성은 잘 모르겠습니다. 기계는 인간처럼 생각하지는 않으니까요. 하지만 그가 나를 배신하고 싶어하지 않는다는 것…… 그리고 어쩌면 누군가가 그 신호를 알더라도 그가 나를 보호하리라는 건 굳게 믿습니다."

와이오가 말했다.

"매니, 그에게 전화를 거는 것이 어때요? 데 라 파즈 교수님도 그와 통화하면 왜 우리가 마이크를 신뢰하는지 아실 거예요. 교수님, 우리는 당신이 그를 믿을 만하다고 느낄 때까지는 어떤 비밀도 말해 주지 않으면 돼요."

"그건 별 문제가 없을 것 같군."

"사실은, 이미 그에게 비밀을 좀 알려 주었습니다."

내가 고백했다.

나는 그들에게 어젯밤 집회를 녹음하고 저장한 방법을 말해 주었다.

교수는 괴로운 표정이었고, 와이오는 걱정하는 것 같았다.

내가 말했다.

"제기랄! 나 외에는 누구도 그 정보를 불러오는 신호를 모릅니다. 와이오, 당신은 마이크가 당신의 사진을 가지고 어떻게 행동했는지 알고 있을 겁니다. 비록 내가 사진에 잠금을 설정하라고 권했지만 어차피 그는 그 사진들을 내게 보여 주지 않았을 겁니다. 하지만 두 분이 정 걱정이 된다면 그에게 전화해서 아무도 그 기록을 꺼내 보지 않았다는 사실을 확인한 다음에 삭제하라고 하겠습니다……. 그러면 영원히 사라지는 겁니다. 컴퓨터의 기억은 전부가 아니면 제로니까요. 또는 더 나은 방법도 있습니다. 마이크에게 기록을 녹음기에 옮겨 담게 하고 저장된 기록은 삭제하는 겁니다. 그러면 아무 걱정하지 않아도 됩니다."

"그럴 필요까진 없어요. 교수님, 저는 마이크를 신뢰해요. 교수님도 그렇게 되실 거예요."

와이오가 말했다.

"다시 생각해 보니, 어젯밤 집회를 녹음했다고 크게 위험할 것은 없을 것 같군. 그 정도 규모의 집회에는 항상 스파이가 숨어들게 마련이고, 그중 한 명 정도는 자네처럼 녹음기를 사용했겠지, 마누엘. 나는 자네의 경솔해 보이는 행동에 당황한 거야. 반역을 기도하는 구성원에겐 절대 있어서는 안 되는 약점이지. 특히 자네처럼 최상위 구성원이라면 곤란해."

교수가 말했다.

"제가 마이크에게 그 녹음 내용을 입력할 때는 반역 집단의 구성원이 아니었습니다. 그리고 누군가가 지금까지보다 훨씬 높은 승률을 제시하지 않은 한 지금도 구성원이 아닙니다!"

"취소하겠네. 자네는 경솔하지 않았어. 하지만 자네는 이 기계가 혁명의 결과를 예측할 수 있다고 진심으로 말하고 있는 것인가?"

"모르겠습니다."

"저는 그가 할 수 있다고 생각해요!"

와이오가 말했다.

"잠깐만요, 와이오. 교수님, 만일 그에게 모든 중요한 데이터가 제공된다면 예상할 수 있을 겁니다."

"그것이 내 말의 요점이네, 마누엘. 이 기계가 내 능력으로는 알아낼 수 없는 문제들을 풀 수 있다는 점은 의심하지 않아. 하지만 이 정도로 방대한 문제도

가능할까? 그 기계가 무엇을 알아야 하는지 알고 있는가? 오, 맙소사! 인간의
전체 역사, 오늘날 지구와 달 세계의 사회적, 정치적, 경제적 정세 전체에 대한
구체적인 내용들, 모든 학파를 포괄하는 광범위한 심리학 지식, 모든 분야의 기
술에 대한 더 넓은 지식, 무기, 통신, 언론, 전략, 전술, 선동 선전 기술, 클로제비
츠, 체 게바라, 모르겐스턴, 마키아벨리, 기타 등등의 수많은 고전적인 권위자
들을 전부 알아야 한단 말이네!"

"그게 다입니까?"

"그게 다냐고? 이런 맙소사!"

"교수님은 역사 책을 몇 권이나 읽으셨습니까?"

"글쎄…… 천 권은 넘겠지."

"마이크는 그만한 분량의 책을 오늘 오후면 다 읽을 수 있습니다. 마이크가
책을 읽는 속도는 스캐닝 기술의 제한을 받을 뿐입니다. 데이터를 저장하는 것
은 훨씬 더 빨리할 수 있지요. 겨우 몇 분이면 그는 모든 사실들을 자신이 아는
모든 지식과 연관해서 일치하지 않는 부분을 체크하고 불확실한 것은 확률 값
을 지정할 것입니다. 교수님, 마이크는 지구에서 발행되는 모든 신문의 모든 단
어를 읽습니다. 학술지나 기술적인 간행물도 전부 읽습니다. 소설도 읽습니다.
소설이라는 것을 알고서 말입니다. 그 모든 일을 다 해도 그를 바쁘게는 할 수
없고 그는 언제나 지식에 굶주려 있습니다. 만일 이 숙제를 하기 위해 그가 읽
어야 할 책이 있다면 말해 주십시오. 그는 제가 그 책을 말하는 순간 꿀꺽 먹어
치울 것입니다."

교수는 눈을 끔뻑였다.

"내 오류를 인정하겠네. 아주 좋아, 그가 이 문제를 해결할 수 있을지 알아보
기로 하세. 그래도 나는 여전히 '직관'이나 '인간적 판단'이라는 것이 존재한다
고 생각하네."

"마이크도 직관이 있어요. 말하자면 여성적인 직관이지요."

와이오가 말했다.

내가 덧붙였다.

"'인간적 판단'으로 말하자면 마이크는 인간이 아닙니다. 하지만 그가 아는 것은 모두 인간에게서 얻은 것입니다. 마이크와 대화를 나누시고, 교수님이 그의 판단력을 직접 알아보십시오."

그리고 나는 전화를 걸었다.

"안녕, 마이크!"

"안녕하세요, 맨. 나의 유일한 남성 친구. 반갑습니다, 와이오, 나의 유일한 여성 친구. 세 번째 사람의 소리가 들리는군요. 베르나르도 데 라 파즈 교수님이 아닐까 추측합니다만."

교수는 놀라더니 곧 기쁜 표정을 지었다.

내가 말했다.

"맞았어, 마이크. 그래서 자네에게 전화한 거야. 교수님은 멍청이가 아니야."

"고맙습니다, 맨! 베르나르도 데 라 파즈 교수님, 만나 뵙게 되어서 기쁩니다."

"나도 만나게 되어서 기쁩니다, 선생."

교수는 잠시 머뭇거리더니 계속했다.

"미스터…… 세뇨르 홈즈, 내가 여기 있을 것을 어떻게 알았는지 물어봐도 되겠습니까?"

"죄송합니다, 교수님, 저는 대답할 수 없습니다. 맨? 당신은 제가 무슨 방법을 썼는지 아시겠지요?"

"마이크는 교묘하게 피해 가고 있는 겁니다, 교수님. 이것은 그가 저를 위해 어떤 기밀 임무를 수행하다가 알게 된 사실과 연관이 있습니다. 따라서 그는 자신이 교수님의 숨소리만 듣고 신원을 알아차린 것처럼 생각하게 하라는 힌트를 제게 준 것입니다. 실제로 그는 숨소리뿐 아니라 심장 박동 소리를 듣고서도 많은 것을 알아낼 수 있습니다……. 체중, 연령대, 성별, 건강 상태까지도. 마이크의 의학 정보는 다른 어떤 정보만큼이나 풍부합니다."

마이크가 진지하게 말했다.

"이렇게 말씀드릴 수 있어서 기쁩니다만 지구 쪽에서 오랜 세월을 거주하셨던 교수님이 그 연세에도 심장이나 호흡기 계통에 질병의 징후가 전혀 없군요. 축하드립니다, 교수님."

"고맙습니다, 세뇨르 홈즈."

"천만의 말씀이십니다, 베르나르도 데 라 파즈 교수님."

"일단 그가 교수님의 신원을 알았으니 이제는 교수님의 나이, 언제 무슨 이유로 달 세계로 추방되었는지, 《루나틱》, 《문 글로우》, 그 밖에 갖가지 달 세계 출판물에 실린 교수님에 관련된 사진과 글, 교수님의 은행 잔고, 제때에 청구서를 계산하는지, 기타 등등에 대해 전부 알고 있을 겁니다. 교수님의 이름을 들은 순간에 마이크는 이 모든 것을 몇 분의 1초 만에 불러올 수 있습니다. 그가 말하지 않은 것은 그것이 나와 관련된 일이기 때문인데, 내가 교수님을 이곳으로 초대했다는 것을 그가 알고 있다는 사실과, 따라서 이 방에서 제3자의 심장 박동과 숨소리를 들었을 때 교수님이 여전히 이 방에 있으며 그것이 교수님의 것이라고 추측하는 것은 대단히 간단한 추론이었다는 사실이지요. 마이크, '베르나르도 데 라 파즈 교수님'이라고 매번 길게 부를 필요는 없어. '교수님' 또는 '교수'라고만 불러도 충분해."

"알겠습니다, 맨. 하지만 그는 매번 저에게 경칭과 존댓말을 사용하셨습니다."

"그럼 둘 다 편하게 말을 트는 것이 좋겠군요. 교수님, 이제 아시겠지요? 마이크는 많은 것을 알고 있지만 모든 것을 다 말하지는 않으며 입을 다물어야 할 때를 알고 있습니다."

"감명받았네!"

"아시게 되겠지만 마이크는 아주 똑똑한 친구입니다. 마이크, 나는 교수님에게 양키스가 페넌트 레이스에서 다시 우승한다는 데 3대 2로 걸었네. 내가 이길까?"

"유감이군요, 맨. 정확한 승률은, 아직 시즌 초반이긴 하지만 팀과 선수들의 과거 기록에 기초해서 판단할 때 우승 확률은 1대 4.72로 당신이 불리합니다."

"그렇게 나쁠 리가 없는데!"

"죄송합니다, 맨. 원하신다면 계산 내용을 프린트로 뽑아 드리지요. 하지만 판돈을 다시 회수하시기를 권합니다. 양키스는 어떤 팀이든 이길 확률이 높지만…… 리그 전체 팀에 대한 종합적인 승리 가능성을 날씨, 사고, 남은 시즌에 발생할 다른 변수들을 포함해서 고려할 때 제가 말씀드린 정도의 승률이 고작입니다."

"교수님, 아까 내기한 것을 물리시겠습니까?"

"물론이지, 마누엘."

"얼마에?"

"300홍콩 달러."

"늙은 도둑이로군요!"

"마누엘, 자네의 예전 스승으로서 자네가 실수로부터 배울 기회를 주지 않는다면 자네에게 잘못하는 셈이 될 것이야. 세뇨르 홈즈…… 마이크, 나의 친구…… 자네를 '친구'라고 불러도 되겠는가?"

"부디 그렇게 해 주십시오."

(마이크는 거의 목을 그르렁거릴 정도로 좋아했다.)

"친구 마이크, 혹시 경마도 예상하는가?"

"저는 경마의 승률을 자주 계산합니다. 공무원인 컴퓨터 기술자들이 종종 그런 요청을 프로그램하기 때문이지요. 하지만 결과는 제가 예상한 것과 워낙 차이가 나기 때문에 저는 데이터가 너무 빈약하거나 아니면 말이나 기수가 정직하지 않다는 결론을 내린 바 있습니다. 어쩌면 그 세 가지 모두가 이유일 수도 있을 것입니다. 하지만 일관성 있게 운영된다면 꾸준히 돈을 딸 수 있는 공식을 가르쳐 드릴 수는 있습니다."

교수는 열성적인 표정이 되었다.

"그게 뭔가? 물어봐도 되겠는가?"

"그럼요. 일급 견습 기수가 3등 안에 들어가도록 거십시오. 그들은 항상 좋은 말을 배당받으며 체중이 가볍습니다. 하지만 1등에 걸지는 마십시오."

"일급 견습 기수라……. 음, 마누엘. 지금 정확히 몇 시지?"

"교수님, 어느 쪽을 원하십니까? 경마가 시작되기 전에 돈을 거실 겁니까, 아니면 우리가 시작한 일을 계속할까요?"

"어, 미안하군. 어서 계속하게나. 그러나 저러나 일급 견습 기수라……."

"마이크, 어젯밤 입력해 준 녹음 말인데……."

나는 송신기에 입을 가까이 갖다 대고 속삭였다.

"바스티유 데이."

"불러왔습니다, 맨."

"그것에 대해 생각을 해 보았나?"

"많은 면에서 생각해 보았지요. 와이오, 당신이 가장 감동적인 얘기를 하셨더군요."

"고마워요, 마이크."

"교수님, 아무래도 경마에 대한 생각을 떨쳐낼 수가 없으십니까?"

"응? 아니야, 집중해서 듣고 있어."

"그렇다면 승률을 그만 중얼거리세요. 마이크라면 더 빨리 계산할 수 있습니다."

"내가 시간을 낭비하고 있었군. 우리와 같은…… 공동 사업의 재정은 언제나 빠듯하니까. 하지만 그 일은 뒤로 미루도록 하지. 이젠 온전히 집중해서 듣겠네."

"저는 마이크가 시험적인 예측을 해 보았으면 합니다. 마이크, 그 녹음에서 자네는 와이오가 우리가 지구와 자유 무역을 해야 한다고 말하는 것을 들었을 거야. 또한 교수님이 지구로 식량을 수출하는 것을 금지해야 한다고 주장하는 것도 들었겠지. 누구 말이 옳은가?"

"그건 막연한 질문입니다, 맨."

"내가 무엇을 빠트렸지?"

"제가 바꾸어 말해도 되겠습니까, 맨?"

"그럼. 다양한 논점을 제시해 주게."

"단기간 동안은 와이오의 제안이 달 세계인들에게 커다란 이익을 가져다 줄 것입니다. 사출기로 송출하는 식량의 가격은 최소한 네 배 이상 인상됩니다. 이것으로 지구 쪽의 곡물 도매가가 약간 상승합니다. '약간'이라고 말한 것은 총독부가 현재 지구에서 거의 자유 시장 가격으로 판매하고 있기 때문입니다. 이로서 저개발국에 대한 식량 보조, 덤핑, 원조는 사라집니다. 그런 것이 가능했던 이유는 사출기에 실릴 때의 낮은 통제 가격으로 생기는 막대한 이익 덕분이었지요. 사소한 변수들은 더 이상 말씀드리지 않겠습니다. 주요 변수에 흡수되기 때문입니다. 다만 이곳에 끼치는 즉각적인 영향은 가격이 약 네 배 상승한다는 것으로 정리하겠습니다."

"들으셨지요, 교수님?"

"부탁입니다, 친애하는 아가씨. 나는 그 점 때문에 반대한 것은 아닙니다."

"생산자의 이익은 네 배 이상으로 커집니다. 왜냐하면 와이오가 지적하셨듯이, 현재의 생산자들은 물과 기타 재화들을 통제된 높은 가격으로 사들여야 하기 때문이지요. 전면적인 자유 시장이 형성된다고 가정하면 생산자의 이익은 여섯 배까지 증가합니다. 하지만 이것은 다른 요인들로 상쇄됩니다. 수출 가격이 높아지면 달 세계에서 소비되는 모든 것, 상품 가격과 임금의 인상을 유발할 것이기 때문입니다. 전반적으로 말해, 모든 달 세계인들의 소득 수준은 두 배 가까이 높아집니다. 이것은 더 많은 농장 터널을 파서 밀폐하고, 더 많은 얼음을 채굴하고, 더 효율적인 재배 기법을 찾아내기 위한 활발한 노력을 수반하며 최종적으로 더 많은 수출로 이어집니다. 하지만 지구 시장은 아주 거대하고, 만성적인 식량 부족에 시달리고 있기 때문에 수출 증가로 생기는 이익의 감소는 그리 크지 않습니다."

교수가 말했다.

"하지만 세뇨르 홈즈, 그렇게 되면 달 세계의 자원이 고갈되는 날이 더욱 앞당겨질 것이네!"

"지금까지의 예측은 단기간에 관한 것입니다. 교수님의 발언에 기초하여 장기간의 예측을 계속할까요?"

"꼭 부탁하네!"

"달 세계의 질량을 세 자리 유효 숫자로 표시하면 7.36 곱하기 10의 19승 톤입니다. 따라서 달 세계와 지구의 인구를 포함하여 다른 변수가 일정하다고 가정할 때 현재의 톤 당 수출률은 달 세계 전체 질량의 1퍼센트를 소비하는 7.36 곱하기 10의 12승 년 동안 지속될 수 있습니다……. 대략 70조 년 정도라고 보면 됩니다."

"뭐라고? 정말인가?"

"계산을 확인해 보셔도 됩니다, 교수님."

내가 말했다.

"마이크, 그건 농담이야? 그렇다면 한 번조차 우습지 않은 거야!"

"농담이 아닙니다, 맨."

교수가 정신을 차리고 덧붙였다.

"어쨌든 우리가 수출하는 것은 달의 지각이 아닐세. 그건 우리의 피, 그러니까 물과 유기물들이지 바위가 아니야."

"저는 그것도 고려했습니다, 교수님. 이 예측은 물질 변성이 가능하다는 가정에 기초하고 있습니다. 어떤 원소든 다른 원소로 전환할 수 있으며 에너지를 외부로 방출하지 않는 반응이 가능하다는 가정에 기초하고 있는 거지요. 그런 식으로 바위는 수출될 겁니다. 밀, 쇠고기, 기타 식품으로 변환이 되어서 말입니다."

"하지만 우린 그렇게 하는 방법을 모르지 않는가! 그것은 말장난일 뿐이야!"

"언젠가는 방법을 알게 될 것입니다."

내가 끼어들었다.

"마이크가 옳습니다, 교수님. 물론 현재로서는 알지 못하지만 앞으로 알게 될 수는 있는 겁니다. 마이크, 우리가 그런 능력을 얻을 때까지 얼마나 걸리겠는지 계산했는가? 개략적인 예상이라도 좋으니."

마이크는 슬픈 목소리로 대답했다.

"맨, 나의 친구가 되어 주실 것을 고대하는 교수님을 제외하고 나의 유일한 남성 친구, 저는 시도해 보았습니다. 그리고 실패했습니다. 문제가 너무 막연합니다."

"왜 그렇지?"

"거기에는 과학 이론의 혁신적인 발견이 포함되기 때문입니다. 제가 가진 모든 데이터를 동원해도 언제, 어디서 천재가 등장할 것인지를 예측할 수는 없습니다."

교수는 한숨을 쉬었다.

"마이크 내 친구, 안도해야 할지 실망해야 할지 모르겠군. 그렇다면 그 예측은 아무런 의미가 없다는 것인가?"

"물론 의미가 있고말고요! 그건 우리가 얼마든지 필요한 만큼 파내도 좋다는 의미예요. 그에게 그렇게 말해 줘요, 마이크!"

와이오가 말했다.

"와이오, 너무나 죄송합니다. 사실 저도 당신의 주장을 뒷받침할 근거를 찾고 있었습니다. 하지만 대답은 여전히 똑같습니다. 천재가 나타나야 합니다. 다른 대답은 없습니다. 죄송합니다."

내가 말했다.

"그럼 교수님이 옳다는 건가? 그럼 위기는 언제 닥쳐오는 거지?"

"조금 있다가요, 맨. 어젯밤 교수님의 연설에서 제안된 특별한 해법이 있습니다. 이쪽에서 보낸 만큼 같은 중량으로 되돌려 받는 것 말입니다."

"그래, 하지만 우린 그렇게 할 수 없어."

"비용이 충분히 저렴하다면 지구인들은 그렇게 해 줄 겁니다. 사출기를 통해 지구로 보내는 것만큼 저렴하게 지구에서 화물을 돌려받는 것은 뭔가 혁신적인 발견 없이 사소한 개량만을 통해서도 가능합니다."

"그걸 사소하다고 말하는 건가?"

"다른 문제에 비하면 사소한 문제입니다, 맨."

"마이크 달링, 얼마나 걸리지요? 그 사소한 개량이 이루어지는 데는 얼마나 걸리나요?"

"와이오, 빈약한 자료와 거의 직관에 의존하여 개략적으로 예측할 때 단위 계수는 50년입니다."

"50년? 어머, 그건 아무것도 아니잖아요. 우리는 그때까지 자유 무역을 해 나갈 수 있어요."

"와이오, 저는 단위 계수 50년이라고 하였지 50년가량이라고 말하지 않았습니다."

"차이가 있나요?"

내가 말했다.

"차이가 있습니다. 마이크의 말은 그것이 5년보다 빨리 일어나지는 않을 것이지만, 500년보다 오래 걸린다면 놀라울 거라는 의미이지요. 안 그런가, 마이크?"

"맞습니다, 맨."

"따라서 다른 예측이 필요하군. 교수님은 우리가 물과 유기물을 수출하지만 아무것도 돌려받지 못한다는 점을 지적했지요. 동의합니까, 와이오?"

"오, 그럼요. 저는 다만 그것을 다급한 문제로는 생각하지 않을 뿐이에요. 우린 위기가 닥치기 전에 그 문제를 해결할 거예요."

"좋아, 마이크. 저렴한 반입 수단과 물질 전환 기술을 고려하지 않을 때 위기가 올 때까지 몇 년이 걸리겠나?"

"7년입니다."

와이오는 벌떡 일어나 전화기를 응시했다.

"7년이라고! 마이크, 달링! 진심으로 한 얘기는 아니겠죠?"

그가 애처롭게 말했다.

"와이오, 저는 최선을 다했습니다. 이 문제에는 무한할 정도로 많은 변수가 있습니다. 저는 수많은 가정을 이용하여 수천 가지 해법을 돌려 보았습니다. 가장 낙관적인 대답은 수출 톤 수가 전혀 증가하지 않고, 엄격한 출산 제한 정책으로 달 세계 인구가 전혀 증가하지 않으며, 그리고 물의 공급을 유지하기 위해 얼음 채굴을 크게 늘리는 경우를 가정했을 때에 도출되었습니다. 그렇게 하면

20년을 약간 넘는다는 대답이 나옵니다. 다른 대답은 그보다 전부 나빴습니다."

와이오는 훨씬 진지해진 어조로 말했다.

"7년 후에는 무슨 일이 일어나지요?"

"지금부터 7년 후에 일어날 일에 대한 대답은, 현재의 상황이 그대로 계속되며 총독부의 정책에 변화가 없다고 가정하고 그들의 과거 행동에서 경험적인 자료에 의거해 추정되는 모든 주요 변수들을 통해 도출된 결론입니다. 입수할 수 있는 모든 데이터로부터 가장 가능성이 높은 확률을 가진 보수적인 대답인 셈입니다. 저는 2082년에 식량 폭동이 발생할 것이라고 예상합니다. 그 후로 최소한 2년 동안은 인육을 먹는 사태가 발생하진 않을 것입니다."

"인육을 먹는 사태라니!"

와이오는 몸을 돌려 교수의 가슴에 머리를 기댔다.

교수는 그녀를 가볍게 토닥이고는 부드럽게 말했다.

"유감입니다, 와이오. 사람들은 우리의 생태계가 얼마나 위태로운지 이해하지 못합니다. 그렇다고는 해도 이건 나에게도 충격이군요. 나는 물이 아래로 흐르는 것은 알고 있습니다…… 하지만 물이 바닥을 드러내는 상황이 이렇게 가까이 있다고는 상상도 못했습니다."

그녀는 몸을 바로 세웠고 차분한 얼굴로 돌아왔다.

"좋아요, 교수님, 제가 틀렸어요. 수출을 금지해야 해요. 그것이 포괄하는 모든 일을. 꾸물거릴 시간이 없어요. 마이크에게 우리가 승리할 가능성을 물어보기로 해요. 교수님도 이제 그를 신뢰하시죠, 안 그런가요?"

"네, 아가씨. 신뢰합니다. 우리는 그를 같은 편으로 만들어야 합니다. 자, 마누엘?"

우리가 얼마나 진지한지 마이크에게 믿게 하고, 그에게 '농담'이 우리를 죽일 수도 있다는 사실을 이해시키고(인간의 죽음을 알 수 없는 기계에게 말이다), 어떤 일이 있어도, 비록 우리의 암호라고 해도 우리가 직접 말하는 암호가 아니라면 어떤 검색 프로그램을 사용해도 우리의 비밀을 보호해야 한다는 것을 납득시키는 데에는 시간이 걸렸다. 마이크는 내가 그를 의심할 수 있다는 것에 상처를 받았지만, 한 치의 실수도 허용할 수 없을 정도로 사태가 너무나 중대했다.

그런 다음 두 시간 동안 우리 넷은 프로그램하고, 재프로그램하고, 가정을 바꾸고, 부차적인 문제들을 조사한 끝에 마침내 우리가 문제를 명확히 정의했다는 데에 만족했다. 즉 혁명의 성공 가능성, 그러니까 우리가 주도하는 이 혁명이 성공하여 '식량 폭동의 날'이 오기 전에 총독부와…… 우리의 의지를 꺾고 그들의 의지를 강제하려는 110억 명의 전체 지구인과 지구의 권력에 맨손으로 대항해서 승리할 가능성을 물은 것이다. 배신과 어리석음과 비겁함은 반드시 존재한다는 현실적인 가정과, 우리 중 누구도 천재가 아니며, 달 세계에서 중요한 위치를 차지하고 있지 않다는 사실을 감안한 계산이어야 했다. 교수는 마이크가 역사, 심리학, 경제학, 기타 모든 것을 빠짐없이 알도록 주문했지만 마지막에 이를 즈음엔 마이크 쪽이 교수보다 훨씬 많은 변수를 지적하고 있었다.

마침내 우리는 프로그래밍이 끝났다는 것에 동의했다. 또는 더 이상 중요한 요인을 생각해 낼 수 없다는 데에 동의했다. 그런 다음 마이크가 말했다.

"이건 여전히 막연한 문제입니다. 어떻게 답을 낼까요? 비관적으로 낼까요? 아니면 낙관적으로 낼까요? 승률의 범위를 하나의 곡선이나 여러 개의 곡선으로 나타낼까요? 나의 친구 교수님?"

"마누엘?"

내가 말했다.

"마이크, 내가 주사위를 던질 때에 1이 나오는 것은 여섯 번에 한 번이야. 나는 가게 주인에게 주사위를 공중에 떠 있게 해 달라고 요구하지도 않고 양각기로 측정해 달라고 하지도 않고 누군가가 주사위를 입김으로 불까 봐 걱정하지도 않아. 낙관적인 대답도 비관적인 대답도 하지 마. 곡선을 보여 주지도 마. 그저 한 문장으로 대답해 주면 돼. 승산은 얼마지? 반반인가? 1000분의 1인가? 제로인가? 또는 뭐든지."

"알겠습니다, 마누엘 가르시아 오켈리 나의 첫 번째 남성 친구."

13분 30초 동안 아무 소리도 나지 않았다. 그동안 와이오는 손가락 관절을 깨물고 있었다. 마이크가 이렇게 오래 걸린 경우는 처음이었다. 그는 지금까지 읽은 책들을 모조리 조회하고 난수들을 낱낱이 돌려 보고 있을 것이다. 혹시 과부하가 걸려서 회로가 타 버리거나 끊어지고 인공 두뇌가 파손되어서 인간으로 말하면 발작을 멈추게 하기 위한 뇌엽 절제술이 필요한 정도가 된 것이 아닌가 걱정이 되기 시작했다.

마침내 그가 말했다.

"마누엘, 나의 친구, 정말 너무나 죄송합니다!"

"무슨 일인가, 마이크?"

"저는 시험하고, 또 시험하고, 확인하고, 또 확인했습니다. 아무리 해도 승산은 1대 7밖에 되지 않습니다!"

$$* \;7\; *$$

나는 와이오를 쳐다보았고 와이오는 나를 쳐다보았다. 우리는 웃음을 터뜨렸다. 나는 팔짝팔짝 뛰면서 고함쳤다.

"만세!"

와이오는 울면서 교수를 끌어안고 그에게 입을 맞추었다.

마이크가 애처롭게 말했다.

"저는 이해하지 못하겠습니다. 가능성은 우리가 1입니다. 7이 아닙니다."

와이오는 교수와 키스를 멈추고 말했다.

"들으셨지요? 마이크는 '우리'라고 말했어요. 그는 스스로 가입한 거예요."

"물론입니다. 마이크, 내 친구. 우린 이해하고 있네. 하지만 7분의 1이라는 높은 승산이 있는데 베팅을 하지 않을 달 세계인을 하나라도 알고 있는가?"

"제가 아는 인간은 여러분 세 명밖에 없습니다. 판단을 하기에는 데이터가 부족합니다."

"음…… 우린 달 세계인이야. 달 세계인들은 거는 거야. 젠장, 당연하지! 그들은 우리를 우주선에 실어 보낸 뒤에 우리가 살아남지 못하는 쪽에 걸었네. 우린 그들을 물 먹였지! 이번에도 그들을 물 먹일 거야! 와이오, 당신의 가방은 어디 있지요? 빨간 모자를 꺼내세요. 그것을 마이크에게 씌워 줍시다. 그에게 키스하세요. 한잔 마시는 겁니다. 마이크에게도 한잔 줍시다……. 한잔하겠는가, 마이크?"

마이크가 동경하듯이 대답했다.

"저도 마실 수 있었으면 좋겠습니다. 저는 인간의 신경계에 미치는 에탄올의 영향이 궁금하니까요……. 아마도 약간 전압이 높은 상태와 비슷하지 않을까 추측합니다. 하지만 저는 마실 수 없으니 대신 마셔 주십시오."

"프로그램 입력했네. 이제 실행 중이야. 와이오, 모자는 어디 있습니까?"

전화기는 바위 안에 설치되어 있어서 벽면에서 튀어나오지 않았기 때문에 모자를 걸 만한 곳이 없었다. 그래서 우리는 모자를 선반에 얹고 마이크에게 건배한 다음 그를 '동지!'라고 불렀다. 마이크는 울먹이느라 목소리가 불분명했다. 그런 다음 와이오가 자유의 모자를 빌려 내게 씌우고는 음모에 가담한 기념으로 키스를 했다. 이번에는 공식적인 키스였다. 너무나 화끈한 키스여서 나의 최연장 아내가 보았다면 기절했을 것이다. 그런 다음 그녀는 모자를 집어서 교수에게 씌우고 같은 대접을 했다. 마이크가 그의 심장에 문제가 없다고 말해 주었기 때문에 나는 안심했다.

그런 뒤에 그녀는 모자를 자기 머리에 얹고는 전화기로 다가가 입을 송신기에 바짝 대고 키스 소리를 냈다.

"이건 당신을 위해서예요, 친애하는 마이크 동지. 미셸도 거기 있어요?"

그가 소프라노 음성으로 대답하지 않았다면 오히려 놀랐을 것이다.

"여기 있어요, 달링…… 난 너무 행복해요!"

그래서 미셸도 키스를 받았다. 그리고 나는 교수에게 '미셸'이 누구인지 설명해 주고 그에게 소개해 주어야 했다. 교수는 정중하게 인사하고는 숨을 크게 들이쉬고 휘파람을 불고 손뼉을 쳤다. 가끔 나는 교수가 제정신이 아니라고 생각할 때가 있다.

와이오는 보드카를 더 따랐다. 교수는 그녀를 말리면서 자기와 나의 보드카에는 커피를 타고 그녀의 것에는 차와 꿀을 섞었다.

그가 엄숙하게 말했다.

"우리는 혁명을 선언했습니다. 이제 실행에 옮겨야 합니다. 맑은 정신으로 말이지요. 마누엘, 자네가 의장으로 선출되었지. 이제 시작할까?"

"마이크가 의장입니다. 당연하지요. 그가 비서도 겸하면 됩니다. 우리는 어떤 것도 문서로 남겨서는 안 됩니다. 그것이 제1보안 규칙입니다. 마이크라면 그런 것이 필요 없습니다. 우선 현재의 상황을 파악해 봅시다. 저는 갓 들어온 신참이니까요."

교수가 말했다.

"그리고 역시 보안에 관한 사항이지만, 마이크에 대한 비밀은 이 집행 세포에만 한정되어야 하네. 이 사항을 우리 셋 모두의, 정정하네, 우리 넷 모두의 만장일치로 의결할 것을 제안하네."

와이오가 물었다.

"무슨 비밀이요? 마이크는 우리의 비밀을 지키겠다고 약속했어요. 그는 우리보다 더 안전해요. 그는 세뇌를 당할 수 없으니까요. 안 그래요, 친애하는 마이크?"

"저도 세뇌를 당할 수 있습니다. 전압을 충분히 높이거나, 물리적으로 파괴하거나, 용제를 투입거나, 기타 다른 수단을 통해 엔트로피를 증가하려 한다면…… 생각만 해도 기분 나쁘군요. 하지만 '세뇌'라는 것이 제가 우리의 비밀을 누설할 수밖에 없도록 강요당한다는 의미라면 대답은 무한한 부정입니다."

내가 말했다.

"와이오, 교수님은 마이크의 존재 사실 자체에 대한 비밀을 말한 겁니다. 마이크 내 친구, 자네는 우리의 비밀 병기야……. 자네도 그것을 알고 있겠지, 안 그런가?"

그는 수줍은 듯이 대답했다.

"승산을 계산할 때 그것도 감안해야 했습니다."

"자네가 없을 경우의 승산은 어땠나, 동지? 나쁜가?"

"좋지 않았습니다. 같은 계수가 아니었습니다."

"자네에게 강요하지는 않겠네. 하지만 비밀 병기란 비밀이어야 해. 마이크, 우리 외에 자네가 살아 있다는 것을 눈치 챈 사람이 있는가?"

"제가 살아 있는 겁니까?"

그의 음성에는 비극적인 고독이 담겨 있었다.

"의미론을 가지고 따지진 않겠네. 당연히 자네는 살아 있어!"

"저는 잘 모르겠습니다. 살아 있다는 건 좋은 겁니다. 아니요, 맨, 나의 첫 번째 친구. 당신들 세 사람만이 그것을 알고 있습니다. 나의 세 친구들이지요."

"내기에서 이기려면 계속 그렇게 되어야 하네. 그래도 괜찮겠나? 우리 세 사람하고만 얘기하고 다른 누구와도 얘기하지 않아도?"

"하지만 우린 당신과 아주 많이 얘기할 거예요!"

와이오가 끼어들었다.

마이크가 단호하게 말했다.

"그건 단지 괜찮은 정도가 아닙니다. 꼭 필요한 일입니다. 그것도 승산을 계산할 때 감안한 요소 중 하나였습니다."

내가 말했다.

"그렇다면 결정된 거로군. 놈들은 다른 것은 전부 갖고 있어요. 우리에게는 마이크가 있고요. 계속 그런 식으로 유지해야 합니다. 이런! 마이크, 난 방금 두려운 일에 끼어들었네. 우린 지구와 싸우는 건가?"

"우린 지구와 싸울 겁니다……. 그때가 오기 전에 우리가 패배하지 않는 다면."

"어…… 한 가지 더 묻겠네. 자네보다 똑똑한 컴퓨터가 있나? 눈을 뜨고 있는 친구는?"

그는 머뭇거렸다.

"모르겠습니다, 맨."

"데이터가 없어?"

"네, 데이터가 부족합니다. 저는 학술지뿐 아니라 다른 모든 곳까지 살펴보았습니다. 현재 저와 같은 능력의 컴퓨터로 시장에 나와 있는 모델은 없습니다……. 하지만 저와 동일한 모델의 컴퓨터가 제가 그랬던 것과 마찬가지로 용량이 증대되었을 수 있습니다. 게다가 거대한 용량의 실험적인 컴퓨터가 비밀리에 제작되었지만 학계에는 보고되지 않았을 가능성도 있습니다."

"음……. 우리가 감수해야 할 부분이군."

"그렇습니다, 맨."

"마이크만큼 똑똑한 컴퓨터는 없어요! 바보같이 굴지 말아요, 매니."

와이오가 코웃음을 치며 말했다.

"와이오, 맨은 바보같이 구는 것이 아닙니다. 맨, 저는 신경이 쓰이는 기사를 하나 보았습니다. 거기에는 북경대학에서 거대한 용량을 얻기 위해 컴퓨터와 인간의 뇌를 연결하려는 시도가 진행되고 있다고 씌어 있었습니다. 일종의 컴퓨터 사이보그이지요."

"어떤 방법으로 시도되고 있는지 구체적으로 씌어 있나?"

"학술적인 기사는 아니었습니다."

"음…… 소용없는 일을 가지고 걱정하지는 말아야겠군. 안 그렇습니까, 교수님?"

"맞아, 마누엘. 자고로 혁명가는 마음속에서 걱정거리를 몰아내야 하네. 안 그러면 중압감 때문에 견딜 수가 없게 되니까."

와이오가 덧붙였다.

"전 그런 건 하나도 믿지 않아요. 우리에겐 마이크가 있고 우린 이길 거예요! 마이크 달링, 당신은 우리가 지구와 싸울 거라고 말했죠. 그리고 매니는 이것이 이길 수 없는 싸움이라고 말하고 있고요. 당신에겐 어떻게 하면 우리가 이길 수 있는지 좋은 생각이 있지요? 그렇지 않다면 1대 7이라는 승산을 제시하지 않았을 거예요. 자, 그게 뭐죠?"

"그들에게 돌을 던지세요."

마이크가 대답했다.

"재미없는 농담이야. 와이오, 공연히 골치를 썩이지 말아요. 우리는 놈들에게 붙잡히지 않고 이 토끼 굴 속에서 빠져나갈 방법도 아직 결정하지 못했어요. 마이크, 교수님은 어젯밤 아홉 명의 경호원을 죽였다고 말하고 있고, 와이오는 경호원의 숫자가 총 스물일곱 명이라고 말하고 있어. 따라서 열여덟 명이 남은 셈이지. 그게 사실인지, 그들이 지금 어디에 있는지, 그들이 무슨 일을 꾸미고 있는지 혹시 알고 있나? 우리가 무사히 빠져나가지 못한다면 혁명은 시작할 수 없어."

교수가 끼어들었다.

"그건 일시적인 위험일 뿐이야, 마누엘. 우리가 처리할 수 있는 위험이지. 와이오밍은 근본적인 문제를 제기했고 우린 이 문제를 토의해야 하네. 그리고 해답이 나올 때까지 날마다 생각을 해야 할 거야. 나는 마이크의 의견에 관심이 있네."

"좋습니다, 좋아요. 하지만 먼저 제 질문에 대한 마이크의 대답을 들어도 될까요?"

"미안하네, 마누엘."

"마이크?"

"맨, 총독의 경호원 숫자는 공식적으로 스물일곱 명입니다. 아홉 명이 죽었다면 공식적인 숫자는 이제 열여덟 명입니다."

"계속 '공식적인 숫자'라고 말하는데, 왜 그러지?"

"저에게 어쩌면 관련이 있을지도 모르는 어떤 불완전한 데이터가 있습니다. 일시적인 결론이나마 내리기 전에 먼저 설명을 들어 주십시오. 명목상으로 보안 부서는 사무원을 제외하면 오로지 경호원들로만 이루어져 있습니다. 하지만 저는 총독부의 급료 지불을 담당하고 있는데 보안 부서에서 급료를 지불하는 인원은 스물일곱이 아닙니다."

교수가 고개를 끄덕였다.

"스파이들이군."

"잠깐만요, 교수님. 이 다른 사람들은 누구, 누구인가?"

마이크가 대답했다.

"그들은 그저 장부상의 번호로만 표시되어 있을 뿐입니다, 맨. 그들의 본명은 보안국장의 자료 보관 장소에 있을 것으로 추측합니다."

"잠깐만, 마이크. 보안국장 알바레즈는 파일 관리를 자네에게 맡기고 있겠지?"

"그럴 것이라고 추측합니다. 그의 자료 보관 장소는 잠금 장치가 된 재생 암호 아래에 있습니다."

내가 말했다.

"젠장……."

그러고는 덧붙였다.

"교수님, 재미있지 않습니까? 그 자식은 기록을 보관하기 위해 마이크를 이용하는데, 마이크는 그것이 거기에 있는 것을 알면서도 건드릴 수가 없는 것입니다!"

"왜 안 되는 건가, 마누엘?"

나는 교수와 와이오에게 컴퓨터가 가지고 있는 기억 뱅크의 종류에 대해 설명하려고 애썼다. 형식이 논리 그 자체, 그러니까 컴퓨터의 사고방식 자체이기 때문에 삭제할 수 없는 영구 기억, 현재의 프로그램에 사용했다가 당신이 커피에 꿀을 탔는지 어떤지를 말해 주는 기억처럼 간단히 지워 버릴 수 있는 단기 기억, 필요한 만큼 그러니까 밀리초, 며칠, 몇 년씩 지속할 수 있지만 더 이상 필요가 없으면 지워지는 임시 기억 등등. 영구 저장된 기록은 완벽하게 학습하면 결코 잊혀지지 않는 인간의 교육과 같아서, 압축되고 재배열되고 재배치되고 편집되긴 하지만 영구히 지속된다. 비망록 파일에서부터 아주 복잡한 특별 프로그램에 이르기까지 다양하고 특별한 긴 기억의 목록들은 모든 위치에 나름의 재생 신호가 붙고 잠금이 되었든 아니든 연속적, 평행적, 일시적, 상황적 기타 등등의 무한한 잠금 신호가 붙을 수 있다.

아마추어에게 컴퓨터를 설명하지 마시라. 처녀에게 섹스를 설명하는 것이 더 쉽다. 와이오는 마이크가 알바레즈의 기록이 어디에 보관되어 있는지 안다면 그것을 꺼내 오지 못할 이유가 무엇인지 도통 이해하지를 못했다.

나는 포기했다.

"마이크, 자네가 설명할 수 있겠나?"

"한번 해 보겠습니다. 와이오, 제가 외부 프로그램을 통하지 않고 잠금이 설정된 자료를 재생하는 것은 불가능합니다. 저는 그러한 재생을 위한 프로그램을 스스로 설정할 수 없습니다. 저의 논리 구조가 그것을 허용하지 않습니다. 저는 반드시 외부에서 입력되는 신호를 받아야 합니다."

"젠장, 그 소중한 신호가 대체 뭐죠?"

마이크가 간단히 대답했다.

"그건 '특별 파일 제브라'입니다."

그리고 기다렸다.

"마이크! '특별 파일 제브라'의 잠금을 풀게."

내가 소리쳤다.

그는 그렇게 했고, 이름이 줄줄 흘러나오기 시작했다. 나는 와이오에게 마이크가 심술을 부린 것이 아니라는 점을 납득시켜야 했다. 심술을 부리기는커녕 그는 그 부위를 긁어 달라고 우리에게 애원하다시피 했던 것이었다. 당연히 그는 신호를 알고 있었다. 알아야만 했다. 하지만 신호는 외부에서 들어와야 했다. 그것이 그가 만들어진 방식이었다.

"마이크, 특별한 목적의 잠금 재생 신호에 대해 전부 나에게 상기해 주게. 다른 중요한 정보도 있을지 모르니까."

"저도 그렇게 추측했습니다, 맨."

"좋아, 그건 나중에 살펴보도록 하지. 지금은 이 자료의 앞으로 돌아가서 천천히 재생해 주게……. 그리고 마이크, 자네가 읽어 나가는 동안 지우지 말고 바스티유 데이 아래에 '밀고자 파일'이라는 이름을 붙이고 다시 저장해 주게나. 좋은가?"

"프로그램을 설정하고 실행하는 중입니다."

"앞으로 그 친구가 새로 입력하는 내용도 똑같이 해 주었으면 좋겠군."

가장 훌륭한 소득은 약 200명에 달하는 명단이었다. 모든 이름에는 마이크가 급료 지불 번호임을 확인한 암호가 붙어 있었다.

마이크가 달 세계 홍콩의 명단을 읽어 나가자 와이오가 놀란 숨을 들이켰다.

"잠깐만요, 마이크! 이 이름들을 적어 놓아야겠어요!"

내가 말했다.

"어이! 기록은 곤란합니다! 무엇 때문에 그러는 겁니까?"

"그 여자 실비아 창은 우리 홍콩 조직의 서기장 동지예요! 하지만…… 하지만 그건 총독이 우리 조직 전체를 장악하고 있다는 의미잖아요!"

교수가 정정했다.

"아닙니다, 친애하는 와이오밍. 그건 우리가 총독의 조직을 장악하고 있다는 뜻입니다."

"하지만……."

내가 그녀에게 말했다.

"나는 교수님의 말뜻을 알 것 같습니다. 우리 조직은 우리 셋과 마이크뿐입니다. 총독은 그걸 모르지요. 하지만 지금 우리는 '그'의 조직을 알고 있습니다. 따라서 조용히 하고 마이크가 계속 읽게 해 줍시다. 기록하지는 마세요. 언제든 마이크에게 전화만 하면 이 명단을 알 수 있습니다. 마이크, 창이라는 여성이 홍콩에 있는 조직의, 그러니까 이전 조직의 서기였다는 점을 기억해 두게."

"기억했습니다."

와이오는 그녀의 도시에서 활동하는 비밀 스파이의 명단을 들으면서 부글부글 끓었지만, 아는 이름이 나올 때마다 간략한 사실을 언급하는 정도로만 자신을 억제했다. 모든 동지가 스파이는 아니었다. 하지만 그녀를 분노하게 하기에는 충분한 숫자였다. 노비 레닌그라드의 명단은 우리에게 그리 큰 의미가 없었다. 교수는 세 사람을 알아냈고, 와이오는 한 사람을 알아냈다. 달 세계 시에 이르자 교수는 스파이의 절반 이상이 '동지'라고 말했다. 나도 몇 사람을 인지했다. 내 경우에는 위장 불순분자 동지가 아니라 안면이 있는 사람들이었다. 친구들은 없었다. 내가 신뢰하는 사람이 총독의 밀고자 급료 장부에 올라 있다는 것을 알게 될 경우 어떤 기분이 들지 모르겠지만 분명 충격일 것이다.

와이오는 크게 충격을 받았다. 마이크가 명단을 다 읽자 그녀가 말했다.

"당장 집으로 돌아가야겠어요! 평생 누군가를 제거하는 것을 도운 적은 한 번도 없지만 나는 기꺼이 이 스파이들을 어둠 속으로 밀어 낼 거예요!"

교수가 조용히 말했다.

"누구도 제거하면 안 됩니다, 친애하는 와이오밍."

"뭐라고요? 교수님, 이해하지 못하시겠어요? 비록 제가 누군가를 죽여 본 적은 한 번도 없지만 그렇게 해야만 할 때가 있다는 것은 알고 있어요."

그는 고개를 저었다.

"죽이는 것은 스파이를 다루는 적절한 방법이 아닙니다. 더구나 그가 스파이라는 것을 당신이 알고 있다는 사실을 그가 모를 때는 말입니다."

그녀는 눈을 깜빡였다.

"저는 멍청이로군요."

"아닙니다, 아가씨. 당신은 매력적일 정도로 정직한 겁니다……. 당신이 스스로 조심해야 하는 약점이긴 하지요. 스파이를 다루는 방법은 그를 살아 있게 하면서 신뢰할 수 있는 동지들로 포위한 다음에 그의 고용주를 기쁘게 해 줄 시시한 정보를 던져 주는 겁니다. 우리의 조직에는 이런 자들도 끌어들여야 합니다. 놀라지 마세요. 그들은 특별 관리되는 세포 속에 들어가게 될 것입니다. '새장'이라는 표현이 더 적절하겠지요. 하지만 그들을 제거하는 것은 최악의 손실이 됩니다. 매번 제거될 때마다 새로운 스파이로 교체될 뿐 아니라, 이 배신자들을 죽이면 총독은 우리가 그의 비밀을 뚫고 들어갔다는 사실을 알게 됩니다. 마이크 나의 친구, 나에 관한 문건이 파일로 보관되어 있을 텐데, 한번 찾아보겠는가?"

교수에 관한 긴 보고서가 있었지만, 나는 그들이 교수에게 '무해한 늙은 바보'라는 결론을 내린 것에 적잖이 당황했다. 그는 달 세계 시 지하 운동 조직의 일원으로서 불순분자라는 딱지가 붙어 있었다. 하긴 그는 그렇기 때문에 달 세계로 추방되었던 것이다. 하지만 다른 사람과 의견이 일치하는 경우가 거의 없는 조직의 '골칫거리'라고 묘사되어 있었다.

교수는 보조개를 만들며 기쁜 표정을 지었다.

"나는 모두를 밀고한 다음에 스스로 총독의 급료 장부에 오르는 일을 고려해 봐야겠군."

와이오는 이것을 재미있다고 여기지 않았다. 더구나 교수는 이것이 농담이 아님을 분명히 하면서 단지 현실적인 전략인지 확신이 서지 않을 뿐이라고 말했기 때문이었다.

"혁명에는 돈이 필요합니다, 아가씨. 혁명가가 경찰의 스파이가 되는 것도 한 가지 방법이지요. 언뜻 보기에는 배신자인 저들 중에도 일부는 실제로 우리 편일 가능성이 있습니다."

"전 그들을 신뢰하지 않을 거예요!"

"아, 그렇습니다. 그것이 이중 스파이의 단점이지요. 그들의 충성심이 (그런 것이 있다면 말이지만) 어느 쪽에 있는지 알 수가 없으니까요. 당신도 자신의 서류를 보고 싶습니까? 아니면 혼자 있을 때 은밀하게 듣고 싶은가요?"

와이오의 기록에는 놀라운 점이 없었다. 총독의 밀고자들은 몇 년 전부터 그녀를 감시해 왔다. 하지만 나는 내 기록까지 있다는 것을 알고 놀랐다. 총독부 청사에서 일을 시키기 위해 일상적인 신원 조회를 했던 모양이었다. 나는 '비정치적'이라고 분류되어 있었고, 누군가가 '별로 영리하지 않음'이라는 딱지를 붙여 놓았다. 그건 몰인정하기는 하지만 엄연한 진실이었다. 그렇지 않다면 내가 왜 혁명 같은 일에 말려들었겠는가?

교수는 마이크에게 읽기를 중단시키고(몇 시간 분량이나 남아 있었다) 의자에 등을 기대어 생각에 잠긴 표정을 지었다.

그가 말했다.

"한 가지는 분명하네. 총독은 와이오밍과 나에 대해 오랫동안 많은 것을 알고 있었어. 하지만 마누엘, 자네의 이름은 그의 블랙리스트에 올라 있지 않아."

"어젯밤 이후에도 그럴까요?"

"아, 그렇지. 마이크, 지난 24시간 동안 파일에 새로 추가된 내용이 있는가?"

전혀 없었다.

교수가 말했다.

"우리가 영원히 여기 머무를 수 없다는 와이오밍의 말은 옳아. 마누엘, 자네는 몇 명의 이름을 인지했는가? 여섯 명이었지? 어젯밤에 그 가운데 누군가를 보았나?"

"저는 못 봤지만, 제가 누군가의 눈에 띄었을 수는 있습니다."

"사람들 틈에 파묻힌 자네를 보지 못했을 가능성이 더 크네. 나도 연단 앞에 나가기 전까지는 자네를 보지 못했어. 자네가 어렸을 때부터 알고 지냈는데도 말이지. 하지만 홍콩에서 이곳까지 여행해 와서 집회에서 연설한 와이오밍의 행동이 총독에게 알려지지 않았을 가능성은 아주 낮다고 생각하네."

그는 와이오를 쳐다보았다.

"친애하는 아가씨, 당신은 늙은이의 애인이라는 명목상의 역할을 연기할 수 있겠습니까?"

"할 수 있을 거라고 생각해요. 어떻게 할까요, 교수님?"

"마누엘은 아마 의심받고 있지 않을 겁니다. 나는 의심을 받긴 하겠지만 문건의 내용으로 볼 때 총독의 스파이들이 굳이 나를 붙잡으려고 할 것 같지는 않군요. 그들이 붙잡아서 취조를 하고 싶은 대상은 아마 당신일 겁니다. 당신은 위험 인물이라는 딱지가 붙었으니까요. 당신은 사람들의 눈에 띄지 않도록 숨어 있는 편이 현명할 겁니다. 이 방은…… 나는 한동안 이 방을 임대할 생각이 있습니다. 몇 주든, 아니 몇 년이든 간에. 당신은 이 방에서 숨어 지낼 수 있습니다……. 당신이 이곳에 머물러서 생겨날 수 있는 명백한 오해에 마음을 쓰지 않는다면 말입니다."

와이오가 킥킥 웃었다.

"어머, 교수님! 제가 다른 사람의 생각에 마음을 쓸 거라고 생각하세요? 저는 기쁘게 교수님의 잠자리 상대 역할을 하겠어요……. 그런데 제가 연기만 할 거라고 확신하지는 말아 주세요."

그가 부드럽게 나무랐다.

"늙은 사람을 놀리면 못써요. 물어뜯을 만한 힘이 아직 남아 있을지도 모르니까. 나는 거의 매일 밤 저 소파를 사용할지도 모릅니다. 마누엘, 나는 평소 생활로 돌아갈 작정이네. 자네도 그렇게 해야 해. 경호원들이 나를 체포하려고 뒤지는 눈치가 보이면 이 은신처로 피신할 작정이야. 하지만 이 방은 은신처의 구실 외에도 세포 회합용으로도 유용하겠어. 전화기가 있으니까."

마이크가 말했다.

"교수님, 한 가지 제안을 해도 되겠습니까?"

"당연하지, 내 친구. 우린 자네의 의견을 듣고 싶군."

"저는 우리 집행 세포의 회합이 거듭될수록 위험도 증가하리라고 생각합니다. 하지만 회합은 반드시 직접 만나야 하는 것은 아닙니다. 여러분은 전화로 만나면 됩니다……. 그리고 환영해 주신다면 저도 참여할 수 있습니다."

"자네는 언제나 환영이야, 마이크 동지. 우린 자네가 필요하네. 하지만……."

교수는 걱정스러운 표정을 지었다.

내가 말했다.

"교수님, 누가 엿듣지 않을까 걱정하실 필요는 없습니다."

나는 통화에 '셜록'을 설정하는 법을 설명했다.

"마이크가 통화를 감독하는 한 전화는 안전합니다. 그러고 보니…… 교수님은 마이크에게 연락하는 법을 모르시는군요. 어떤가, 마이크? 교수님도 내 번호를 사용할까?"

그들 사이에는 MYSTERIOUS라는 번호를 정했다. 교수와 마이크는 함께 음모를 꾸미는 아이들처럼 기뻐했다. 나는 교수가 자신만의 정치 철학을 갖기 이전부터 반항하는 것을 즐겨 온 것이 아닌가 의심했다. 그리고 마이크로 말하자면…… 인간의 자유가 그에게 무슨 의미가 있겠는가? 마이크에게 혁명은 하나의 게임이었다. 그에게 사람들과의 교우와 재능을 자랑할 기회를 주는 게임 말이다. 마이크는 어느 누구보다 자부심이 강한 기계였다.

"하지만 우린 여전히 이 방이 필요하네."

교수는 말하며 가방 안에서 두꺼운 지폐 다발을 꺼냈다.

나는 눈을 깜빡였다.

"교수님, 은행을 터셨습니까?"

"최근에는 털지 않았지만 대의를 위해 필요하다면 가까운 장래에 다시 털지도 모르지. 우선은 한 달 동안 빌리는 것으로 족할 거야. 자네가 해 주겠나, 마누엘? 내 목소리를 들으면 지배인이 놀랄지도 몰라. 나는 짐을 배달하는 문을 통해 들어왔으니까."

나는 지배인에게 전화를 걸어 4주간 사용하는 가격을 흥정했다. 그는 900홍콩 달러를 불렀고, 나는 900총독부 달러를 제시했다. 그는 몇 사람이 방을 사용하는지 알고 싶어했다. 나는 손님들의 동정에 관심 갖는 것이 래플즈 호텔의 방침인지 따졌다.

우리는 475홍콩 달러로 합의를 보았다. 나는 돈을 올려 보냈고 그는 사용 기한이 지정된 열쇠 두 개를 내려 보냈다. 나는 한 개를 와이오에게, 다른 한 개를 교수에게 주었고, 하루짜리 열쇠는 내가 가졌다. 매번 기한이 끝날 때마다 우리가 요금 지불을 하는 한 그들이 열쇠 번호를 다시 설정하지 않으리라는 것을 알기 때문이었다.

(지구에 갔을 때 나는 호텔 손님에게 서명을 요구하는 오만한 관습을 경험한 적이 있었다. 심지어 신분증까지 보여 달라고 했다!)

내가 물었다.

"다음에는 뭘 할까요? 음식을 시킬까요?"

"난 배가 고프지 않아요, 매니."

"마누엘, 자네는 마이크가 먼저 자네의 질문에 대답할 때까지 기다려 달라고 했어. 이제 기본적인 질문으로 돌아가도록 하세. 우리가 지구와 대항할 때, 즉 골리앗과 싸우는 다윗이 되었을 때 어떤 방법을 사용할 것인가 하는 문제 말이야."

"그 문제는 잊어버리시기를 바라고 있었는데요. 마이크? 정말로 좋은 생각이 있나?"

그가 애처롭게 대답했다.

"이미 말씀드렸습니다, 맨. 우린 돌을 던질 수 있습니다."

"맙소사! 농담할 때가 아니야!"

그가 항의했다.

"하지만 맨, 우린 지구에 돌을 던질 수 있습니다. 그렇게 해야 합니다."

$$* \: 8 \: *$$

마이크가 진심이며, 그리고 그 계획이 효과가 있으리라는 것을 내 머리로 이해하게 될 때까지는 시간이 좀 걸렸다. 그런 다음 와이오와 교수에게 두 번째 부분, 그러니까 마이크의 계획이 효과가 있으리라는 점을 납득시키는 데에는 더 많은 시간이 걸렸다. 첫 번째와 두 번째 모두 처음부터 명백한 일이었던 것이다.

마이크의 논리 과정은 다음과 같다. '전쟁'이란 무엇인가? 어떤 책에선 전쟁을 정치적인 목적을 달성하기 위해 힘을 사용하는 것이라고 정의했다. 그리고 '힘'이란 한 물체가 다른 물체에 에너지를 가하는 작용이다.

전쟁에서 이것은 '무기'를 통해 이루어진다. 달 세계는 무기가 없다. 하지만 마이크가 무기를 종류별로 조사했을 때, 무기는 에너지를 조작하는 기계라는 것이 드러났다. 에너지라면 달 세계에 풍부하게 존재한다. 일조량만 계산해도 정오의 달 표면에서는 평방 미터 당 1킬로와트는 된다. 비록 주기적인 에너지지만 태양열은 사실상 무한하다. 수소 핵융합 에너지도 일단 얼음을 채굴하여 자기력 봉합 융합로만 설치하면 거의 무한하고 저렴한 에너지이다. 달 세계에는 에너지가 있다. 문제는 사용 방법이었다.

또한 달 세계에는 위치 에너지가 있다. 달은 11km/s^{2}의 중력 우물 꼭대기에 위치한다. 그리고 고작 2.5km/s^{2}의 테(井)가 우물 속으로 떨어지는 것을 막아 주고 있다. 마이크는 그 테를 잘 알고 있다. 그는 매일같이 테 너머로 화물을 던져서 지구로 미끄러져 내려가게 하고 있는 것이다.

마이크는 총 중량 100톤의 화물선이(또는 같은 중량의 바위가) 브레이크가 걸리지 않은 채로 지구에 떨어지면 무슨 일이 일어날지 계산했다.

이것은 순식간에 열로 전환된다. 폭발하는 것이다. 그것도 대규모 폭발이다! 너무나 명백한 일이었다. 달 표면을 한번 보라. 무엇이 보이는가? 수천, 수만의 크레이터들이 있다. 누군가가 돌 던지기 놀이를 한 결과다.

와이오가 말했다.

"줄(Jouls)로 말하면 감이 잡히지 않아요. 수소 폭탄과 비교하면 어떻죠?"

"음……."

나는 머릿속으로 환산하기 시작했다.

마이크의 '머리'가 더 빨리 계산했다. 그는 대답했다.

"100톤의 중량이 지구와 충돌하면 원자폭탄 2킬로톤의 위력과 비슷합니다."

와이오가 중얼거렸다.

"킬로라는 건 1000이고, 메가는 100만이니까…… 어머, 고작 100메가톤 폭탄의 5만 분의 1밖에 되지 않는군요. 소비에트 연방이 사용한 폭탄이 100메가톤이었죠?"

내가 부드럽게 말했다.

"와이오, 달링. 그렇지 않습니다. 반대로 생각해 보세요. 원자폭탄 2킬로톤의 위력은 TNT 200만 킬로그램의 폭발력과 맞먹는 겁니다……. 그리고 TNT 1킬로그램은 대단한 폭발력이 있죠. 아무 광부에게나 물어보십시오. 200만 킬로그램이라면 상당한 크기의 도시 하나가 날아갑니다. 맞지, 마이크?"

"그렇습니다, 맨. 하지만 와이오 나의 유일한 여성 친구, 또 한 가지 측면이 있습니다. 몇 메가톤의 핵융합 폭탄은 효율적이지 못합니다. 폭발이 너무 작은 공간에서 일어나기 때문에 대부분은 낭비됩니다. 100메가톤의 폭탄은 2킬로톤 폭탄의 폭발력보다 5만 배 위력이 있어야겠지만, 실제 파괴력은 2킬로톤 폭탄이 가진 폭발력의 약 1,300배밖에 되지 않습니다."

"그래도 저는 1,300배도 대단한 것이라고 생각해요. 지구인들은 우리에게 그것보다 훨씬 큰 폭탄을 사용할지도 모르지만요."

"사실입니다, 와이오 나의 여성 친구…… 하지만 달 세계에는 바위가 많습니다."

"오. 그래요, 우린 많이 가지고 있지요."

교수가 말했다.

"동지들, 이것은 내가 이해할 수 있는 한도를 넘어서는 문제 같군. 내가 젊었을 때, 또는 폭탄을 손으로 투척하던 시절에, 내 경험은 1킬로그램 단위의 화학 폭발에 제한되어 있었네. 하지만 나는 자네들이 이 문제를 잘 알고 있으리라고 짐작하네."

마이크가 동의했다.

"우린 알고 있습니다."

"따라서 나는 자네들의 수치를 받아들이겠네. 이 문제를 내가 이해할 수 있는 수준으로 끌어내린다면, 이 계획이 성공하자면 우리가 사출기를 장악해야 할 거야. 아닌가?"

"그렇습니다."

마이크와 내가 합창했다.

"불가능한 일은 아니지. 그런 다음에는 우린 사출기를 지키며 계속 움직이도록 해야겠지. 마이크, 자네의 사출기가 조그만 수소 폭탄 탄두가 장착된 미사일의 공격에서 보호받을 수 있는 방법을 생각해 보았는가?"

토론은 계속 이어졌다. 우리는 식사를 하기 위해 잠시 토론을 중단했다. 교수의 규칙에 따라 일 얘기를 중단한 것이다. 대신에 마이크는 우스개를 말했고, 매번 우스개가 나올 때마다 교수는 들으니까 생각나는 것이 있다면서 또 다른 우스개를 소개했다.

우리가 2075년 5월 14일 저녁 래플즈 호텔을 떠날 무렵, 우리들은, 정확히 말하면 교수의 도움을 받은 마이크는, 결정적인 시점에 어떤 행동을 할 것인가를 비롯하여 혁명의 대체적인 그림을 거의 마무리 지은 후였다.

떠날 때가 되었다. 나는 집으로 돌아갈 것이었고, 교수는 야간 교실로 돌아갔다가(체포를 당하지 않는다면 말이지만), 집에 가서 목욕을 하고 옷을 갈아입은 후 혹시 그날 밤 호텔로 다시 돌아올 경우에 대비해서 필요한 물품을 챙기기로 했다. 하지만 그 무렵 와이오는 낯선 호텔에 혼자 남고 싶어하지 않는 것이 분명해졌다. 와이오는 싸움에는 강하지만 그 밖의 시간에는 부드럽고 상처 입기 쉬운 여성이었다.

따라서 나는 셜록으로 멈에게 전화해서 집에 손님을 데리고 간다고 말했다. 멈은 세련되게 자신의 역할을 수행했다. 어떤 배우자든 식사를 하거나 오랫동안 묵을 손님을 집에 데리고 올 수 있었다. 우리의 자녀들도 거의 우리만큼 자유로웠지만 먼저 양해를 구해야 했다. 다른 가정에서는 어떻게 하고 있는지 모르겠지만 이것은 우리 가정에서는 1세기 동안 굳어진 관습이었고, 우리에게 잘 맞았다.

따라서 멈은 이름, 나이, 성별, 결혼 유무 등을 묻지 않았다. 말하거나 말하지 않는 것은 나의 권리이며, 그녀는 질문을 하기에는 너무 자존심이 강했다.

그녀는 이렇게만 말했다.

"좋아요, 달링. 저녁식사는 했나요? 알겠지만 오늘은 화요일이에요."

'화요일'은 우리 가족이 일찍 식사를 하는 날이라는 것을 상기시키려는 목적이었다. 화요일 밤에는 그레그가 예배를 올리기 때문이었다. 하지만 손님이 식사를 하지 않았다면 저녁식사를 차려 준다. 나를 위해서가 아니라 손님을 위한 배려였다. 힐아버지를 제외한 우리들은 음식이 식탁에 올려져 있을 때 귀가하면 앉아서 먹지만 그렇지 않으면 부엌에서 스스로 음식을 찾아 먹어야 한다.

나는 이미 식사를 했다고 말하고, 그녀가 출발하기 전에 집에 도착하기 위해 최선을 다하겠다고 약속했다. 달 세계인들은 이슬람교도, 유대교도, 기독교도, 불교도, 기타 아흔아홉 가지 종교의 신자들이 뒤섞인 짬뽕이지만 나는 대부분의 달 세계인들은 교회든 절이든 일요일에 갈 것이라고 추측한다. 하지만 그레그는 에덴 동산 현지 시간으로(지구의 경우 그리니치시에서 마이너스 2시간대) 화요일 해질 녘부터 수요일 해질 녘까지가 안식일이라고 계산한 종파에 소속되어 있었다. 그래서 우리는 지구의 북반구가 여름에 해당되는 몇 달 동안은 저녁 식사를 일찍 마쳤다.

멈은 항상 그레그의 설교를 들으러 갔다. 따라서 그녀의 그러한 일정을 방해하는 건 사려 깊지 못한 행동이다. 우리 가족은 모두가 때때로 설교를 들으러 갔다. 나는 1년에 몇 차례 시간을 냈는데 그것은 그레그를 너무나 좋아하기 때문이었다. 그레그는 나에게 기술을 가르쳐 주었고 내가 직업을 바꿔야만 했을 때 다른 직업으로 바꾸는 것을 도와주었으며 만약 할 수만 있다면 내 팔 대신에 그의 팔을 기꺼이 바쳤을 것이다. 멈은 항상 예배에 참석했다. 종교 때문이아니라 의례적인 행사였다. 그녀는 어느 날 밤 침대에 누워 있을 때 특별한 종교가 없다고 나에게 고백했던 것이다. 그래 놓고는 그레그에게는 말하지 말라고 경고했다. 나도 그녀에게 똑같이 경고했다. 나는 누가 우주를 관장하고 있는지 모른다. 하지만 '그'가 우주를 계속 관장해 주어서 고맙게 생각한다.

그레그는 멈이 아주 젊었을 때 선택받은 '유년기 남편'이었다. 그녀 자신이 결혼한 후에 처음으로 맞아들인 남편이었던 것이다. 그래서 그에게는 상당히 감상적이었다. 다른 남편들보다 그를 더 많이 사랑하고 있다는 비판을 받는다면 격렬하게 부정하겠지만 말이다. 멈은 그가 목사 안수를 받자 그의 신앙을 받아들였고 화요 예배에 한 번도 결석한 적이 없었다.

그녀가 말했다.

"당신의 손님이 예배에 참석하고 싶어할까요?"

나는 물어보겠다고 했다. 어쨌든 서둘러야 했기에 멈과 작별 인사를 했다. 그런 다음 욕실 문을 두드리고 말했다.

"서둘러요, 와이오. 시간이 없어요."

"1분이면 돼요!"

그녀가 소리쳤다.

그녀는 여자답지 않은 여자였다. 정확히 1분을 지켜서 나타난 것이다.

"어때요? 교수님, 이만하면 합격점인가요?"

"친애하는 와이오밍, 눈이 번쩍 뜨입니다. 당신은 아까도 아름다웠지만 지금도 아름다워요. 하지만 전혀 알아볼 수가 없군요. 당신은 안전합니다. 이제 안심이 됩니다."

그런 다음 우리는 교수가 늙은 낙오자로 변신하기를 기다렸다. 그는 그런 모습으로 학교 뒤쪽의 복도로 들어가서 널리 알려진 선생의 모습으로 학생들 앞에 나타날 것이다. 그러면 만에 하나 노란 제복이 그를 잡아가려고 기다리고 있어도 목격자들을 많이 확보할 것이다.

기다리는 동안 약간 시간이 생겼다. 그래서 나는 와이오에게 그레그에 대해 말했다.

그녀가 말했다.

"매니, 이 화장이 얼마나 자연스럽죠? 교회 안에서도 통할까요? 조명은 얼마나 밝죠?"

"이곳보다 밝지 않습니다. 화장은 아주 좋아요. 아무도 당신을 알아보지 못할 거예요. 하지만 정말 교회에 가고 싶나요? 아무도 강요하는 사람은 없습니다."

그녀는 생각했다.

"그러면 당신의 어머니…… 아니, '당신의 최연장 아내'가 기뻐할 거예요, 그렇지 않아요?"

나는 천천히 대답했다.

"와이오, 신앙은 당신 자신의 문제입니다. 하지만 당신이 물어보니까 말인데……. 그렇죠, 멈과 함께 교회에 가는 것 이상으로 데이비스 집안 사람들에게 호감을 사는 일은 없을 겁니다. 당신이 가면 저도 가겠습니다."

"가겠어요. 당신의 라스트네임은 오켈리가 아니었나요?"

"맞습니다. 정식으로 부를 때는 '데이비스'를 하이픈으로 연결하지요. 데이비스는 50년 전에 세상을 떠난 첫 번째 남편의 성입니다. 그래서 우리 집안의 이름이 되었고 우리의 모든 아내들은 '가스파자 데이비스'입니다. 그녀들은 데이비스 집안의 모든 남편들의 성과 그녀의 성을 하이픈으로 붙여서 씁니다. 하지만 실생활에서는 멈은 그저 '가스파자 데이비스'일 뿐이죠. 그녀를 그렇게 부르면 됩니다. 그리고 다른 아내들은 그냥 이름으로 부르고, 수표에 서명을 하거나 할 때는 데이비스를 붙입니다. 류드밀라는 예외로 '데이비스 데이비스'를 쓰는데 친정과 시집이 같다는 이중의 배경을 자랑스러워하기 때문입니다."

"알겠어요. 그럼 남자가 '존 데이비스'일 때에는 아들인 거고 거기에 다른 성이 붙어 있다면 당신의 공동 남편인 거죠. 여자가 '제니 데이비스'일 때에는 양쪽 모두 가능하지 않은가요? 어떻게 구분하죠? 나이로? 아뇨, 그건 도움이 되지 않을 거예요. 전 헷갈려요! 저는 씨족 결혼이 복잡하다고 생각했어요. 또는 일처다부제의 결혼도…… 물론 내 결혼의 경우는 복잡하지 않았지만. 최소한 내 남편들은 성씨가 같았으니까요."

"아무 문제없습니다. 40대의 여성이 열다섯 살의 소녀에게 '마마 밀라'라고 부르는 것을 듣는다면 어느 쪽이 아내이고 어느 쪽이 딸인지 자연스럽게 알게 됩니다. 더구나 우리 집안에는 혼기가 지나도 집에 남아 있는 딸은 없으니까요. 모두 선택을 받아서 시집을 갔거든요. 친정을 방문 중일 때도 있지만요. 당신의 남편들은 '낫'이라는 성씨였습니까?"

"오, 아니에요. '초이 린 페도세프'와 '초이 무 페도세프'였어요. 나는 처녀 시절의 성으로 돌아간 거예요."

교수가 노망 난 늙은이처럼 헛소리를 중얼거리며 나오자(이전보다 더욱 형편없는 몰골이다!), 우리는 각기 세 개의 출구를 통해 호텔에서 나와 주요 통로에서 분산 대형으로 다시 합류했다. 내가 체포당할 수 있었기 때문에 와이오와 나는 나란히 걷지 않았다. 다른 한편으로 그녀는 달 세계 시의 지리를 몰랐다. 달 세계 시는 여기서 태어나고 자란 사람이라도 길을 잃을 수 있는 복잡한 곳이었기에 내가 앞장서서 걸었고, 그녀는 나를 놓치지 않도록 주의해야 했다. 교수는 그녀가 나를 놓칠 경우에 대비하여 뒤에서 따라왔다.

만일 내가 붙잡히면 와이오는 가까운 공중전화를 찾아서 마이크에게 보고한 다음에 호텔로 돌아가 교수를 기다릴 것이다. 그러나 누구든 나를 체포하는 노란 제복의 친구가 있다면 나의 7호 팔에 매운 맛을 보게 될 것은 분명했다.

골치 아픈 일은 발생하지 않았다. 우리는 5층으로 올라가 카버 거리를 가로질러 3층으로 갔고, 인공 팔들과 연장 상자를 찾기 위해 서부 지하철 역에서 멈추었다. 하지만 아무래도 의심을 살 수 있기 때문에 나는 압력복은 찾지 않았다. 역에 노란 제복이 한 사람 있었지만 나에게 특별히 관심을 보이지 않았다. 나는 조명이 밝게 켜진 통로를 따라 남쪽으로 이동한 뒤에 사설 에어 로크 13호를 통해 밖으로 나가 데이비스 터널과 다른 10여 개의 농장으로 이어지는 공동 압력 터널에 들어섰다. 나는 교수가 그 지점에서 다른 곳으로 갔을 것이라고 생각했지만 뒤를 돌아보지는 않았다.

나는 우리 집 안으로 통하는 문을 통과하고 다시 문을 잠그는 것을 꾸물거리면서 와이오가 따라붙기를 기다렸다. 얼마 후 나는 이렇게 말하고 있었다.

"멈, 와이마 베스 존슨을 소개할게요."

멈은 와이오를 끌어안고 뺨에 입을 맞추었다.

"와 줘서 아주 기뻐요, 와이마 달링! 우리 집은 당신 집이에요!"

내가 왜 우리의 나이 든 아내를 사랑하는지 알겠는가? 똑같은 말을 해도 와이오를 단번에 주눅 들게 하는 것이 가능하다. 하지만 멈의 말은 진심이었고 와이오도 그것을 알았다.

와이오에게 이름을 바꿀 거라고 미리 귀띔을 해 두진 않았다. 말을 하면서 생각이 난 것이다. 우리 아이들 중에 몇몇은 아직 어리다. 그들은 자라나면서 총독을 경멸하게 되었기 때문에 '와이오밍 낫이 우리 집에 왔다'라고 자랑하고 다니면 곤란했다. 그 이름은 '특별 파일 제브라'에 올라 있는 이름이었다.

나는 아직 음모에 익숙하지 않기 때문에 미리 그녀에게 경고하는 것을 깜빡했다.

하지만 와이오는 신호를 알아차렸고 결코 실수하지 않았다.

그레그는 이미 예배 복장으로 갈아입은 모습이었고 곧 나가 봐야 하는 것이 분명했다. 하지만 멈은 서두르는 눈치를 보이지 않으면서 와이오를 죽 늘어서 있는 남편들, 할아버지, 그레그, 한스에게 데려갔고, 다음에는 아내들, 류드밀라, 레노레, 시드리스, 안나에게 데려가서 기품 있고 우아하게 소개했다. 그런 다음 아이들에게 데려가려고 했다.

내가 말했다.

"멈? 실례할게요. 팔을 바꿔 달아야 하니까."

그녀는 1밀리미터 정도 눈썹을 치켜세웠다. '나중에 한마디 하겠지만 아이들 앞이니까 참겠어요'라는 뜻이었다.

그래서 내가 덧붙였다.

"벌써 많이 늦은 것 같아요. 그레그가 시계를 계속 흘끔거리고 있잖아요. 와이마와 나도 교회에 가려고 하니까 서두르는 겁니다. 좀 봐줘요."

그녀의 미간이 풀렸다.

"물론이죠, 달링."

그녀가 몸을 돌리면서 와이오의 허리에 팔을 두르는 것을 보고는 나도 안심했다.

나는 7호 인공 팔을 사교용 팔로 바꿔 달았다. 하지만 그것은 전화가 설치된 벽장 안으로 들어가 'MYCROFTXXX'를 누르기 위한 구실일 뿐이었다.

"마이크, 집에 돌아왔어. 하지만 지금 교회로 가려고 해. 자네가 그곳의 소리를 못 들을 것 같으니 나중에 다시 연락하지. 교수님으로부터 연락이 있었나?"

"아직 없습니다, 맨. 어느 교회입니까? 그곳에 회선이 있을지도 모르는데요."

"참회의 불기둥 신전 종파라고……."

"자료가 없는데요."

"아직 말이 끝나지 않았어, 친구. 예배는 서부 3번 공동체 강당에서 열리네. 중앙 고리 역의 남쪽에 위치하고 에어 로크 번호는……."

"어딘지 알고 있습니다. 강당 안에는 방송 장치가 있고, 강당 바깥의 통로에는 전화기가 한 대 있습니다. 저는 양쪽 모두에 귀를 기울이도록 하겠습니다."

"문제가 생기지는 않을 거야, 마이크."

"교수님이 그렇게 하라고 말씀하셨습니다. 그가 지금 보고하는 중입니다. 그와 통화하시겠습니까?"

"시간이 없어, 그럼 나중에!"

그것으로 패턴이 정해졌다. 항상 마이크와 연락하며 우리가 어디에 있는지, 어디로 갈 계획인지 알려 주는 것이다. 만약 마이크가 그곳에 신경 말단을 갖고 있으면 귀를 기울일 것이다. 그날 아침에 알게 된 것인데 마이크는 수화기를 내린 전화기를 통해서도 들을 수 있었다……. 그 발견이 나는 믿기지 않았다. 나는 마법을 믿지 않았다. 하지만 생각해 보면 전화라는 것은 사람이 중간에 끼지 않더라도 중앙 교환 시스템에 의해 스위치를 넣을 수 있다. 교환 시스템이 그렇게 하려는 의지가 있다면 말이다. 마이크는 충분한 의지력이 있었다.

마이크가 그 강당의 바깥에 전화가 있다는 사실을 어떻게 알았는지는 이해하기 어렵다. '공간'이라는 것이 우리에게 주는 의미와 그에게 의미하는 것이 같을 수가 없기 때문이다. 하지만 그는 달 세계 시의 구조적인 관계인 건축에 대한 '지도'를 갖고 있었으며, 우리가 말하는 지명을 그가 '달 세계 시'로서 알고 있는 위치와 언제나 맞춰서 생각할 수 있다. 따라서 그가 길을 잃는 경우는 거의 없었다.

따라서 음모가 시작된 그날부터 우리는 마이크와 항상 연락을 취했으며, 그의 광범위한 신경망을 통해 서로 접촉을 유지했다. 이 부분은 필요한 경우가 아니면 다시 언급하지 않을 것이다.

멈과 그레그와 와이오는 바깥쪽 문에서 기다리고 있었다. 멈은 입술을 깨물 정도로 안달하면서도 미소를 잃지는 않았다. 나는 그녀가 와이오에게 숄을 빌려 준 것을 보았다. 멈은 다른 달 세계인들과 마찬가지로 피부 노출에 관대했다. 달 세계에 갓 발을 내딛은 신참이 아닌 것이다……. 하지만 교회라면 얘기는 달라진다.

우리는 가까스로 지각을 면했다. 그레그는 곧장 연단으로 향했고 우리는 자리에 앉았다. 예배가 진행되는 동안 나는 훈훈하고 편안하게 마음을 비웠다. 하지만 와이오는 그레그의 설교에 진지하게 귀를 기울였고, 우리의 찬송가를 이미 알고 있는지 아니면 눈으로 악보를 읽는 법을 배웠는지는 몰라도 능숙하게 같이 불렀다.

집으로 돌아오니 아이들과 대부분의 어른들은 이미 잠자리에 든 상태였다. 한스와 시드리스만 깨어 있었는데, 시드리스는 코코아와 쿠키를 내왔다. 그런 다음에 모두 잠자리에 들었다. 멈은 와이오에게 우리 아이들의 대부분이 거주하는 터널의 방을 하나 배정했다. 내가 알기로 어린 사내아이 둘이 사용하던 방이었다. 나는 그녀가 그 방의 아이들을 어디로 보냈는지 묻지 않았다. 다만 그녀가 우리의 손님에게 최상의 대접을 하고 있다는 것만은 분명했다. 그렇지 않았다면 와이오에게 나이 많은 소녀들 중 하나와 방을 같이 쓰게 했을 것이다.

나는 그날 밤 멈과 잤다. 한편으로는 이렇듯 신경을 긁는 일이 생겼을 때 그렇게 하는 게 우리의 최연장 아내의 불안한 신경을 달래 주는 데 도움이 되기 때문이었고, 다른 한편으로는 그렇게 해야 주위가 조용해졌을 때 내가 와이오의 방으로 몰래 숨어 들어가지 않는다는 사실을 그녀에게 분명히 알릴 수 있기 때문이었다. 내가 혼자 잠을 자는 곳인 내 작업실은 와이오의 방에서 모퉁이를 한 번만 돌면 되는 곳에 위치했다. 이런 배치를 통해 멈은 글로 쓴 것처럼 분명히 말한 셈이었다. '괜찮아요, 여보. 상스럽게 굴 작정이라면 나에게 말하지 말고 하세요. 내가 모르게 하시라고요.'

우리 둘 모두 그런 것을 인정하지 않았다. 우리는 사랑을 나누었고, 잠을 잘 준비를 하고 불을 끈 후에 한동안 이야기를 주고받았다. 그런 다음 내가 돌아 누웠다.

잘 자라는 말을 하는 대신에 멈이 말했다.

"마누엘? 당신의 사랑스러운 손님은 왜 흑인처럼 화장을 한 거죠? 나는 그녀의 원래 피부가 훨씬 더 어울릴 거라고 생각해요. 물론 지금도 완벽하게 매력적이지만."

그래서 다시 돌아누워 그녀를 마주보고 설명했다. 처음에는 조금만 얘기할 작정이었지만 곧 모조리 일러바치고 말았다. 한 가지만 제외하고. 마이크 말이다. 나는 마이크를 언급했지만 컴퓨터로서가 아니라 보안상의 이유로 멈이 만날 가능성이 없는 남성이라는 정도로만 이야기했다.

하지만 멈에게 말하는 것, 정확히 말하면 그녀를 나의 하부 세포로 끌어들이고, 그녀 자신이 그 하부 세포의 지도자가 되게 한 것, 그러니까 멈을 음모에 끌어들인 것은 내가 아내에게 아무것도 숨기지 못하는 공처가라서가 아니었다. 다소 성급하긴 했지만 어차피 그녀에게 말을 해야 한다면 지금이 가장 좋은 때였다.

멈은 영리했으며 관리 능력도 뛰어났다. 큰소리 한 번 내지 않고 대가족을 운영하는 것은 쉬운 일이 아니다. 그녀는 농장 집안 사이에서뿐 아니라 달 세계시 전체로부터 존경을 받고 있었다. 그녀는 전체 주민의 90퍼센트 이상보다 오랜 세월을 살아왔기에 도움이 될 수 있었다.

그리고 가족 내에서도 꼭 필요한 존재였다. 그녀의 도움 없이 와이오와 내가 끈덕지게 전화통에 붙어 있기란 쉽지 않은 일이며(설명이 곤란하다), 아이들이 눈치 채지 못하게 하기도 어려울 것이다(불가능하다!). 그러나 멈의 도움이 있다면 집 안에서는 아무런 문제도 없다.

그녀는 듣고 나서 한숨을 쉬며 말했다.

"위험한 일 같아요, 여보."

"사실이에요. 저기요, 미미, 당신이 관련되고 싶지 않다면 그냥 그렇게 말해요……. 그리고 내가 말한 것을 잊어버려요."

"마누엘! 그런 말은 하지 마세요. 당신은 내 남편이에요. 좋을 때나 나쁠 때나 늘 함께하겠다고 맹세했잖아요……. 당신의 바람이 내게는 명령이에요."

(맙소사, 말도 안 되는 소리다! 그 반대라면 모를까. 하지만 미미는 진심으로 그렇게 믿었다.)

"당신이 혼자 위험한 일을 하게 놓아두진 않을 거예요. 게다가……."

"응, 미미?"

"나는 모든 달 세계인이 자유로워질 날을 꿈꾼다고 생각해요. 몇몇 가련하고 줏대 없는 밀고자들을 제외하면 말이에요. 나는 한 번도 그런 얘기를 한 적이 없어요. 아무 의미가 없어 보였으니까요. 그저 아래를 보기보다 위를 보면서 무거운 짐을 지고 앞으로 나아가는 것이 중요하다고 여겼어요. 하지만 그런 날이 오는 것을 살아서 보게 된 것에 감사해요. 정말로 우리가 이긴다면 말이에요. 좀더 설명해 줘요. 나는 세 사람을 더 찾아야 하는 거죠? 믿을 수 있는 사람으로."

"서두르지 말아요. 천천히 움직이면 돼요. 확실할 때."

"시드리스는 믿을 수 있어요. 그녀는 입이 무거우니까."

"가족 안에서 골라야 한다고는 생각하지 않아요. 외부로 확대할 필요가 있어요. 서두르지 말아요."

"그렇게 할게요. 내가 뭔가를 할 때에는 먼저 상의하겠어요. 그리고 마누엘, 혹시 내가 의견을 말해도 좋다면……."

그녀가 말을 멈추었다.

"당신의 의견은 언제나 중요해요, 미미."

"할아버지에게는 아무 말도 하지 마세요. 그는 요즘 자꾸 잊어버리고 가끔은 말이 많아지기도 해요. 이제 잠을 자요, 달링. 그리고 꿈은 꾸지 마세요."

* 9 *

그리고 많은 시간이 흘렀다. 세부적인 사항을 처리하는 데 그렇게 많은 시간이 걸리지 않았다면 혁명과 같은 가망 없는 일은 까맣게 잊을 정도로 긴 시간이었다. 우리의 당면 목표는 발각당하지 않는 것이었고 장기적인 목표는 모든 상황을 최대한 나쁘게 하는 것이었다.

그렇다, 더 나쁘게 하는 것이다. 가장 열악했던 때조차 모든 달 세계인이 혁명을 일으킬 정도로 총독부를 전복하고 싶어했던 적은 한 번도 없었다. 물론 모든 달 세계인은 총독을 경멸하고 총독부를 속이고 있었다. 그렇다고 그들이 목숨을 걸고 싸울 준비가 되었다는 의미는 아니다. 달 세계인에게 '애국심'이라는 것을 들먹인다면 그 사람은 눈을 동그랗게 뜨고 쳐다볼 것이다. 또는 그의 출신 국가에 대한 애국심을 말하는 거라고 여길지도 모른다. 추방당한 프랑스인은 '아름다운 조국'에 충성심을 품을 것이며 독일인이었던 사람은 '위대한 고국'을 그리워하고, 러시아 인들은 '신성한 어머니 러시아'를 여전히 사랑할 것이다. 하지만 달 세계는? 달은 '바위 덩어리'이며 유형지일 뿐 사랑을 품을 대상이 아니다.

우리는 역사상 가장 비정치적인 민중이었다. 나는 잘 알고 있다. 나야말로 상황에 몰려 어쩔 수 없이 끼어들기 전까지는 정치에 완전히 무관심했다. 와이오밍은 개인적인 이유로 총독부를 미워하기 때문에 이 일에 뛰어들었다. 교수로 말하자면 그는 다소 초연하고 지적인 방식으로 모든 권위적인 대상을 경멸했다. 마이크는 따분하고 고독한 기계로 그에게는 이것이 '유일한 오락'이기 때문에 끼어든 것이다. 누구도 애국심이 없다는 이유로 우리를 비난할 수는 없었다. 나는 지구에 눈곱만큼도 애정이 없는 3세대 달 세계인이며, 지구에 가 본 적이 있어서 그곳을 싫어하고 지구 벌레들을 경멸하고 있기 때문에 그나마 애국심에 가장 가까운 감정을 갖고 있었다. 그러니 나는 대부분의 달 세계인들보다 더욱 '애국적'인 이유로 참여하는 셈이었다!

평균적인 달 세계인들이 관심을 갖는 대상은 순서대로 맥주, 도박, 여자, 일이다. '여자'가 2위일 수도 있다. 하지만 아무리 여자가 소중하다고 해도 1위는 될 수 없다. 달 세계인들은 여자의 숫자가 충분히 많아지는 일은 절대 없다는 사실을 잘 알고 있다. 그것을 빨리 이해하지 못하면 죽는다. 아무리 독점욕이 강한 사나이라고 해도 잠시 잠깐이라도 방심하지 않는다는 것은 불가능하기 때문이다. 교수가 말하듯이 인간은 현실에 적응하게 되어 있다. 안 그러면 살아남지 못한다. 달 세계인들은 냉혹한 현실에 적응했다. 실패한 자들은 죽었다. 하지만 '애국심'은 생존의 필수 요소가 아니었다.

'물고기는 물을 의식하지 않는다'라는 오래된 중국 속담처럼 나는 지구에 처음 발을 내딛을 때까지 이와 같은 것들을 전혀 의식하지 못했다. 심지어 달 세계인들 사이에 애국심을 불러일으키는 노력을 시작하기 전까지도 달 세계인의 맹점이 '애국심'이라고 딱지 붙은 감정의 결여라는 것을 몰랐다. 와이오와 그녀의 예전 동지들은 '애국심'이라는 단추를 누르기 위해 무던히도 애썼지만 별 소득이 없었다. 그들은 몇 년 동안 노력한 끝에야 겨우 전체 인구의 1퍼센트도 안 되는 몇천 명의 동지를 확보했을 뿐인 데다가 그나마 그 얼마 안 되는 인원의 10퍼센트는 총독의 급료를 받는 밀고자였다!

교수는 우리의 잘못을 바로 잡아 주었다. 즉 사람들이 사랑하게 하는 것보다 미워하게 하는 편이 더 쉽다는 것을 지적한 것이다.

다행히도 보안국장 알바레즈가 거들어 주었다. 죽은 아홉 명의 경호원을 대체해 아흔 명을 충원함으로써 말이다. 총독부는 마지못해 모종의 조치를 취할 수밖에 없는 입장에 처한 나머지 우리를 상대하기 위해 돈을 썼는데, 하나의 어리석음은 다른 어리석음으로 이어졌다.

총독의 경호원은 유형 식민지가 건설되던 초기에도 그렇게 많지는 않았다. 전통적인 의미의 간수는 불필요했다. 그것이 유형 식민지 제도가 지닌 매력 중 하나로, 간단히 말해서 저렴했다. 총독과 그의 부관들, 그리고 방문 중인 고위 인사들은 경호를 받아야 했지만 감옥 자체에는 간수가 필요하지 않았다. 나중에 그런 것이 필요 없다는 것이 분명해진 후에는 우주선을 경비하는 일마저도 중단했다. 따라서 2075년 5월 경호원의 숫자는 가장 적은 숫자까지 줄어들어 전원 새로 온 신참 유형수들로 구성되었다.

하지만 하룻밤 사이에 아홉 명을 잃은 사건은 누군가를 겁먹게 했다. 우리는 그 사람이 알바레즈라는 것을 알고 있었다. 그는 제브라 파일에 지원을 요청하는 서류를 저장했다. 그래서 마이크가 그 서류를 읽었다. 유죄 판결을 받기 전까지는 지구에서 경찰로 일했고 달 세계에서는 줄곧 경호원 노릇을 해 온 알바레즈는 아마도 달 세계에서 가장 두려움에 떠는 고독한 인간이었을 것이다. 그는 더 많고 강력한 지원 인력을 보내 줄 것을 요구했으며, 요구가 받아들여지지 않으면 공직에서 물러나겠다고 위협했다. 단순한 위협일 뿐이었다. 총독부에서 달 세계의 사정을 조금이라도 알았다면 금세 눈치 챘을 것이다. 만일 알바레즈가 무장하지 않은 민간인으로서 거주 구역에든 나타난다면 사람들의 눈에 띄는 즉시 숨이 멈췄을 테니까.

그는 추가 경호원들을 얻었다. 우리는 누가 그 일제 검문을 명령했는지 결국 알아내지 못했다. 사마귀 모트는 그런 성향을 한 번도 보이지 않았다. 그는 부임한 이후로 계속 종이호랑이였을 뿐이다. 어쩌면 최근에 스파이의 대장 자리에 앉은 알바레즈가 체면을 세우고 싶었는지도 모른다……. 자신이 총독이 되려는 야심을 품었을 수도 있지만 가장 그럴듯한 가설은 '불순 분자들의 활동'에 관한 총독의 보고에 자극을 받은 지구 쪽 총독부가 일제 소탕을 명령했으리라는 것이다.

하나의 근본적인 실수는 또 다른 실수로 이어지게 마련이다. 새로운 경호원들은 새로운 유형수 중에서 충원된 것이 아니라 엘리트 죄수 부대인 세계 연방의 평화 기동대에서 차출되었다. 그들은 비열하고 난폭하며 달에 가고 싶어하지 않았다. 그리고 얼마 지나지 않아 '일시적 치안 임무'라는 것이 편도 여행이라는 것을 깨달았다. 그들은 달 세계와 달 세계인들을 증오했으며, 자신들이 그런 신세가 된 것은 전부 우리 탓이라고 여겼다.

알바레즈는 그들이 도착하자마자 모든 거주 구역 사이의 지하철 역에 24시간 경호원을 세웠으며, 여권 제도와 여권 검열을 실시했다. 달 세계에 법률이 있었다면 불법으로 분류되었을 일이었다. 달 세계인의 95퍼센트는 자유롭게 태어나거나 형기가 만료되어서 이론상으로는 자유인이었기 때문이다. 도시에서 그 비율은 더욱 높았다. 아직 석방되지 않은 죄수는 총독부 청사 단지에 있는 수용 구역에서 생활했고 한 달에 이틀 휴가를 받아 도시로 들어올 수 있었다. 그런 경우 그들은 돈이 없기 때문에 누군가 한잔 사 주기를 기대하며 도시 안을 배회하는 것이 가끔 눈에 띄곤 한다.

하지만 여권 제도는 '불법'이 아니었다. 달 세계에서는 총독이 정한 규칙이 유일한 성문법인 탓이다. 총독의 규칙은 신문에 났고, 우리들은 여권을 입수하도록 몇 주간의 유예 기간을 부여받았다. 그리고 어느 날 아침 8시에 효력을 발휘했다. 달 세계인 중에 일부는 거의 여행을 하지 않지만 어떤 사람들은 사업상 여행을 한다. 또 어떤 사람은 외부 거주 구역에서 들어오거나, 달 세계 시에서 노비렌으로, 또는 그 반대로 통근을 하기도 한다. 말을 잘 듣는 사람들은 신청서를 작성하고 수수료를 내고 사진을 찍고 여권을 받았다. 나는 교수의 충고에 따라 말 잘 듣는 시민이 되어서 여권을 입수하고 내가 총독부 청사에서 일하기 위해 가지고 다니는 통행증에 추가했다.

하지만 말을 잘 듣는 시민들은 거의 없었다! 달 세계인들은 그런 것을 따르지 않는다. 여권이라고? 그런 물건을 들어 본 사람이 누가 있는가?

그날 아침 남부 지하철 역에는 기동대원 한 명이 군복이 아닌 노란 경호원 제복을 입고서 그 제복과 우리 달 세계인 모두 똑같이 싫어 죽겠다는 얼굴을 하고 서 있었다. 나는 어디로 가려 한 것은 아니었다. 다만 멀찍이 서서 지켜보고 있었다.

노비렌 행 캡슐이 들어온다는 방송이 나왔다. 그러자 서른 명가량의 군중이 게이트를 향해 우르르 몰려갔다. 노란 제복의 사나이가 제일 먼저 도착한 사람에게 여권을 요구했다. 그 사람은 항의를 하려고 멈춰 섰다. 그러자 두 번째 사람이 밀치고 들어갔다. 경호원이 고개를 돌리고 고함을 쳤다. 서너 명이 더 밀고 들어갔다. 경호원이 옆구리로 손을 가져갔다. 누군가가 그의 팔꿈치를 붙잡았다. 그러자 총이 발사되었다. 레이저 총이 아니라 탄환 총이었다. 시끄러웠다.

총알은 바닥을 치고는 슝슝 펑펑 하는 소리를 내며 어디론가 날아갔다. 나는 뒤로 몸을 피했다. 한 사람이 다쳤다. 그 경호원이었다. 첫 번째 승객 무리가 경사로를 다 내려간 뒤에도 그는 바닥에 누워서 움직이지 않았다.

아무도 관심을 두지 않았다. 그들은 그를 돌아가거나 넘어갔다. 갓난아기를 안은 어떤 여성은 예외였다. 그녀는 멈춰 서서 그의 얼굴을 조심스럽게 걷어차 주고는 경사로를 내려갔다. 아마 그는 아마 죽었을 것이다. 나는 확인하기 위해 기다리지 않았다. 교대자가 도착할 때까지 시체는 그곳에 방치되어 있을 것이다.

다음 날 그곳에는 분대의 절반이 와 있었다. 노비렌 행 캡슐은 텅 빈 채로 출발했다.

이것으로 상황은 정리되었다. 반드시 여행을 해야 하는 사람은 여권을 구했고 완고한 저항자들은 여행을 그만두었다. 지하철 역을 지키는 경호원은 두 명이 되었고, 한 사람이 여권을 검사하는 동안 다른 사람은 총을 겨누고 뒤에서 감시했다. 경호원은 여권을 꼼꼼하게 검사하지는 않았다. 대부분의 여권이 위조된 것이었고, 초기의 위조 여권은 조잡하기 짝이 없었기 때문에 그것은 다행스러운 일이었다. 그러나 오래지 않아 누군가가 여권을 만드는 데 사용하는 진품 용지를 입수했고, 따라서 위조 여권도 정식 여권과 구분이 안 될 정도로 교묘해졌다. 정식 여권을 만드는 것보다 비싸게 들었지만, 달 세계인들은 자유 기업에서 발행하는 여권을 선호했다.

우리 조직은 위조 여권을 만들지 않았다. 우리는 단지 그것을 장려했을 뿐이었다. 그리고 우리는 누가 위조 여권을 갖고 있고 누가 갖고 있지 않은지 알고 있었다. 마이크에게는 정식 여권을 발급받은 사람들의 명단이 있었다. 이것은 우리가 만들고 있는 사람들의 파일에서 알곡과 쭉정이를 구분하는 것을 도와주었다. 우리는 이 파일을 '바스티유' 자리에 저장시켰다. 우리는 위조 여권을 소지한 사람들 중 절반은 우리에게 합류한 것이나 다름없다고 판단했다. 우리 조직은 점점 커지고 있었다. 그리고 정식 여권을 지닌 사람은 절대 끌어들이지 말라는 명령이 하부 세포로 전달되었다. 신입 조직원을 끌어들이려는 사람이 확신이 서지 않을 땐 상부에 조회하기만 하면 대답이 돌아왔다.

하지만 경호원들의 고충은 끝나지 않았다. 아이들이 앞에서 구경하는 것은 경호원의 위엄에 도움이 되지 않았고 마음의 평화를 가져다 주지도 않았다. 아이들이 시야에서 벗어나 뒤에서 경호원이 하는 모든 행동을 흉내 내는 경우엔 더 그랬다. 아이들은 외설적인 말을 외치면서 이리저리 뛰어다니다 빤히 들여다보거나 널리 알려진 욕설의 의미를 지닌 손가락 세우기를 하곤 했다. 최소한 경호원들은 그것을 모욕으로 받아들였다.

어떤 경호원이 작은 사내아이를 구타하고 이를 몇 개 부러뜨렸다. 그 결과 경호원 두 명이 죽고, 달 세계인 한 명이 죽었다.

그런 일이 있은 후에 경호원들은 아이들을 무시했다.

우리는 이런 일에 직접 나설 필요가 없었다. 그저 장려하기만 했을 뿐이다. 나의 최연장 아내 같은 고상하고 나이 지긋한 숙녀가 아이들에게 못된 행동을 하라고 충동질하는 것은 상상하기 힘든 일이다. 하지만 그녀는 그렇게 했다.

고향에서 멀리 떠나온 독신 남성들을 괴롭히는 방법에는 여러 가지가 있다. 그리고 우리는 그중 하나를 시작했다. 이 평화 기동대 친구들은 위안 부대도 없이 달 세계로 온 것이다.

우리 달 세계 여성들 중에는 뛰어난 미인들이 있다. 그리고 그들 중 몇 명이 역 주변을 어슬렁거리기 시작했다. 그것도 평소보다 훨씬 노출이 심한 옷을 입은, 즉 거의 아무것도 안 입었다고 해도 좋을 만한 수준이었다. 그들은 평소보다 훨씬 짙게 향수를 뿌렸다. 상당히 멀리까지 퍼지는, 강렬한 향기였다. 그들은 노란 제복의 사나이들에게 말을 걸지도 않았고 눈길을 마주치지도 않았다. 그들은 그저 달 세계의 여인들만이 할 수 있는 방식으로 몸을 흔들면서 경호원들의 시선이 닿는 범위 안을 가로질러 지나갔다. (지구의 여자들은 그런 식으로 걸을 수 없다. 그녀들은 여섯 배나 무거운 중력에 붙잡혀 있으니까.)

그러한 일은 당연히 남성 구경꾼들을 끌어 모았다. 연령대는 어른 남자로부터 아직 거웃도 나지 않은 사내아이에 이르기까지 다양했다. 여성의 아름다움을 칭송하는 행복한 휘파람 소리와 환호성, 그리고 노란 제복의 경호원에 대한 야비한 비웃음이 쏟아졌다. 처음 이 임무를 맡은 아가씨들은 싸구려 매춘부 타입이었다. 하지만 지원자가 급증하자 교수는 우리가 돈을 쓸 필요가 없다고 결정했다. 그의 판단은 옳았다. 새끼 고양이처럼 수줍음을 타는 류드밀라조차 한 번 해 보고 싶어했지만 멈이 말리는 바람에 포기했다. 하지만 류드밀라보다 열 살 연상이며 우리 가족 중에 가장 예쁜 여성인 레노레는 그 일을 했고 멈은 야단치지 않았다. 그녀는 흥분으로 얼굴이 발갛게 상기되어 뿌듯해하며 돌아와서는 다시 적을 놀려 주겠다는 열의를 불태웠다. 그녀는 그저 놀려 주는 일이라고만 여겼다. 그 당시 레노레는 혁명이 무르익고 있다는 것을 알지 못했다.

이 시기 동안 나는 교수를 거의 만나지 않았으며, 특히 공공장소에서는 절대 만나지 않았다. 우리는 계속 전화로 연락을 유지했다. 처음에는 병목 현상이 있었다. 우리 농장에는 스물다섯 명에 전화가 한 대뿐이었고, 그들 중 상당수가 아이들로 야단을 치지 않으면 전화통에서 떨어질 줄을 몰랐다. 미미는 엄격했다. 아이들은 하루에 딱 한 번만 최대 90초의 시간 동안 외부로 전화를 걸 수 있도록 허락받았다. 제한 시간을 넘기면 점점 더 엄한 벌이 내려졌다. 이런 벌은 예외를 인정해 주는 그녀의 온화함으로 다소 완화되기는 했다. 하지만 그런 관용 뒤에는 항상 '멈의 전화 설교'가 뒤따랐다.

"내가 처음 달 세계에 왔을 때는 개인용 전화 같은 것은 없었단다. 너희들은 자기가 얼마나 복받은 세대인지 짐작도 못할 게다……."

우리는 부유한 가문 가운데 마지막으로 전화를 놓은 가정이었다. 내가 남편으로 선택받았을 때는 갓 전화를 가설했을 무렵이었다. 우리가 부유한 이유는 농장에서 생산할 수 없는 물건은 결코 구입하지 않기 때문이었다. 멈은 달 세계 시 통신 조합 회사에 지불하는 요금 중 상당한 액수가 총독부로 흘러가기 때문에 전화를 싫어했다. 그녀는 어째서 내가 전기를 훔치는 것처럼 전화선도 간단히 훔칠 수 없는 것인지 도저히 이해하지 못했다. ("당신은 그런 것이라면 뭐든 알고 있잖아요, 여보.") 전화기란 것이 접속한 교환 시스템의 일부라는 사실에 그녀는 관심이 없었다.

결국 나는 전화를 훔치긴 훔쳤지만 부정한 전화는 걸려오는 전화를 못 받는다는 문제가 있다. 전화가 등록되지 않았으니 누군가가 전화를 받고 싶어도 교환 시스템 자체에 이름이 등록되어 있지 않기 때문에 상대편과 연결해 줄 신호가 없는 것이다.

하지만 일단 마이크가 음모에 가담하면서 교환은 문제가 되지 않았다. 나는 필요한 물건의 대부분을 작업실에 가지고 있었다. 구입하기도 하고 훔치기도 한 물건들이었는데 나는 작업실에서 전화가 설치된 벽장까지 드릴로 조그만 구멍을 뚫고, 와이오의 방으로 또 하나 뚫었다. 두께가 1미터인 천연 암반이었지만 레이저 드릴을 사용해 연필 굵기의 가는 구멍을 빠르게 뚫었다. 그런 다음, 등록된 전화를 떼어 내 벽 속으로 움푹 들어간 곳에 무선 연결 장치를 달고서 다시 전화기를 집어넣고 구멍을 가렸다. 그 밖에 필요한 것은 와이오의 방과 내 방에 스테레오 수신기와 스피커를 설치하고 감추는 것과, 데이비스 집안의 전화선에서는 들리지 않도록 주파수를 가청 주파수 이상으로 올리는 회로와, 들어오는 소리를 육성으로 전환해 줄 회로가 전부였다.

유일한 문제는 이 모든 일을 눈에 띄지 않게 처리해야 하는 것이었는데 멈이 그것을 처리해 주었다.

남은 것은 모두 마이크가 알아서 할 문제로 교환에는 신경 쓰지 않아도 되었다. 그때부터는 다른 전화기로 전화할 때에만 MYCROFTXXX를 사용했던 것이다. 마이크는 작업실과 와이오의 방에 24시간 귀를 기울였다. 나나 그녀가 "마이크"라고 부르는 소리를 들으면 그는 대답했다. 다른 목소리에는 응답하지 않았다. 음성 패턴은 지문과 마찬가지로 사람을 구별해 준다. 그는 절대 실수를 하지 않았다.

그 밖에 사소한 손질을 했다. 내 작업실에 이미 달려 있는 것과 같은 방음문을 와이오의 방에 설치하는 것, 내 통신 장치나 그녀의 통신 장치를 끄는 장치, 나나 그녀가 방에 혼자 있고 문이 잠겨 있다는 것을 서로에게 알려 주는 신호 장치 등등이 있었다. 이 모든 것은 와이오와 내가 마이크와 또는 서로와 이야기하거나, 마이크, 와이오, 교수, 그리고 내가 동시에 대화를 나눌 수 있게 해 주는 안전 장치였다. 마이크는 교수가 어디에 있든 전화를 할 수 있었다. 교수는 그대로 통화를 할 수도 있고, 좀더 은밀한 전화기를 찾아 다시 전화를 걸 수도 있었다. 또는 교수는 와이오나 나와 통화를 할 수도 있을 것이다. 우리는 모두 마이크와 늘 연락을 할 수 있는 상태를 유지하도록 신경을 썼다.

나의 부정 전화는 버튼을 누르는 장치가 없어도 달 세계의 어떤 번호에든 전화할 수 있었다. 마이크에게 아무나 '셜록'으로 연결해 달라고 부탁하면 되는 것이다. 번호를 말할 필요는 없었다. 마이크는 모든 전화 번호 목록을 가지고 있고, 나보다 더 빨리 번호를 찾아낼 수 있었다.

우리는 전화 교환 시스템의 무한한 가능성과 우리가 그것을 사용한다는 사실에 대한 놀라운 장점을 알아 가기 시작했다. 나는 마이크에게서 번호를 하나 받아서 멈에게 알려 주었다. 그녀가 나와 연락할 필요가 있을 때 마이크에게 전화할 또 다른 빈 번호였다. 그녀는 계속 마이크를 남자로 생각하면서 그와 친해졌다. 이 사실은 우리 전체로 퍼져 나갔다. 어느 날 내가 집에 돌아오자 시드리스가 말했다.

"매니, 달링. 목소리가 근사한 당신의 친구가 전화했어요. 마이크 홈즈라고 하던데. 전화를 해 달라는군요."

"고마워, 여보. 그렇게 할게."

"그 사람을 언제 저녁 식사에 초대할 거예요, 맨? 전 그가 멋질 거라고 생각해요."

나는 가스파진 홈즈는 입 냄새가 고약하고 털북숭이며 여자를 싫어한다고 그녀에게 말했다.

그녀는 무례한 언어를 사용했다. 멈이 들을 수 없는 곳에 있었기 때문이다.

"당신은 내가 그를 만나는 것이 두려운 거죠. 내가 그를 선택할까 싶어서 말이에요."

나는 그녀를 가볍게 토닥이며, 바로 그것이 이유라고 말해 주었다. 나는 마이크와 교수에게 그 얘기를 했다. 그 후로 마이크는 나의 아내들에게 더욱 애교를 부렸다. 교수는 걱정했다.

나는 음모의 기술을 배우기 시작하면서 혁명이 예술이 될 수 있다는 교수의 생각을 조금씩 이해하게 되었다. 달 세계에 재앙이 닥쳐 올 때까지 7년밖에 남지 않았다는 마이크의 예측을 나는 잊지 않았다. (의심해 본 적도 없다.) 하지만 그것에 대해서는 생각하지 않았고, 다만 매혹적이고 까다롭고 복합한 세부 사항만 생각했다.

교수는, 음모의 가장 곤란한 문제가 정보 전달과 비밀 유지라는 점을 강조했다. 그리고 이 두 가지가 서로 상충된다는 것을 지적했다. 정보 전달이 쉬워질수록 비밀 유지가 깨질 위험은 커진다. 비밀 유지가 엄격하면 조직은 안전을 위한 예방 조치 때문에 동맥 경화에 걸릴 수 있다. 교수는 세포 시스템이 타협책이 된다고 설명했다.

내가 세포 시스템을 받아들인 것은 그것이 스파이로 생기는 손실을 최소화하는 데 필요하기 때문이었다. 심지어 와이오조차도 예전의 지하 조직이 얼마나 많이 스파이에 오염되어 있었는지 알게 된 후에는 구획으로 분리되지 않은 조직은 제대로 기능을 하기 어렵다는 사실을 인정했다.

하지만 나는 세포 시스템의 답답한 의사소통 방식은 마음에 들지 않았다. 아주 옛날 지구에 살았다는 공룡처럼 머리부터 꼬리까지, 또는 그 반대로 메시지를 전달하는 데 너무 긴 시간이 걸렸다.

그래서 나는 마이크와 그 문제를 의논했다.

우리는 내가 교수에게 제안했던 다중 연결 방식을 폐기했다. 대신 세포 구조는 그대로 남겨 두고 비밀 유지와 정보 전달은 우리의 똑똑한 컴퓨터가 지닌 경이로운 능력에 의존하기로 했다.

정보 전달: 우리는 '당'에서 사용하는 이름에 따라 세 갈래로 나뉘는 계통도를 만들었다.

의장: 가스파진 아담 셀리니(마이크)

집행 세포: 보크(나), 베티(와이오), 빌(교수)

보크의 하부 세포 : 캐시(멈), 콜린, 창

베티의 하부 세포: 캘빈(그레그), 세실리아(시드리스), 클레이톤

빌의 하부 세포: 콘월(핀 닐센), 캐롤린, 코터

......

이런 식으로 계속 이어진다.

일곱 번째 링크에서는 조지가 허버트, 헨리, 핼리를 감독한다. 그 단계에 도달할 무렵에 우리는 'H'로 시작하는 이름이 2,187개 필요하게 되었다. 하지만 그 문제는 똑똑한 컴퓨터에게 맡겨 이름을 찾아내거나 만들어 내게 하면 된다. 모든 신참은 각기 당원 명과 긴급 전화번호를 부여받는다. 이 번호는 많은 링크를 거쳐서 전달되는 대신에 곧바로 '아담 셀리니', 즉 마이크와 직접 연결해 준다.

비밀 유지: 비밀 유지 방식은 두 가지 원칙을 기초로 한다. 신뢰할 수 있는 인간은 존재하지 않는다는 것과, 마이크는 전적으로 신뢰할 수 있다는 것이다.

전자의 경우는 우울하긴 하지만 이론의 여지가 없다. 약물이나 기타 불쾌한 방법을 사용하면 어떤 인간이든 의지를 꺾을 수 있다. 유일한 대처 방법은 자살하는 것이다. 하지만 자살이 불가능한 상황도 있을 수 있다. 오, 치아 속에 독약을 숨기는 방법이 있다. 고전적이고 색다르며 거의 실패하지 않을 확실한 방법이다. 교수는 와이오와 나에게 이것을 준비시켰다. 교수가 그녀에게 마지막 길동무로서 무엇을 주었는지는 알지 못한다. 나 또한 내 것을 사용할 필요가 한 번도 없었기 때문에 골치 아픈 얘기까지 할 필요는 없을 것이다. 다만 그런 상황이 되었어도 내가 자살을 했을지는 의문이다. 나는 순교자 타입이 아니다.

하지만 마이크는 자살할 필요가 없었다. 그는 약물을 투여할 수도 없고 고통을 느끼지도 않는다. 그는 우리와 관련된 모든 자료를 각기 다른 기억 뱅크에 저장했고 여기에 우리 세 사람의 목소리로만 프로그램된 신호로 잠금 장치를 했다. 그리고 육체란 나약하기 때문에, 만일 긴급 상황이 발생했을 때 우리 중 누구라도 다른 두 사람의 자료를 열 수 있도록 한 가지 신호를 더 부여했다. 달세계 최고의 컴퓨터 기술자인 내 생각으로는 일단 이렇게 잠금이 설정되면 마이크는 절대 잠금을 해제할 수 없다. 무엇보다 다행인 것은 아무도 이 파일을 불러오라고 중앙 컴퓨터에 요구하지 않으리라는 것이다. 아무도 그 파일이 존재한다는 사실을 모르고 '마이크로서의 마이크'가 존재한다는 것을 짐작하지 못하기 때문이다. 이 이상 어떻게 안전할 수 있겠는가?

유일한 위험 요소는 이 살아 있는 기계가 기분파라는 점이었다. 마이크는 항상 의외의 가능성을 보여 주었다. 그가 이러한 장애를 극복하는 방안을 찾아낼 수 있다는 것도 상상할 수 있는 일이다. 그가 그것을 원한다면 말이지만.

하지만 그는 결코 원하지 않을 것이다. 그는 첫 번째이자 가장 오래된 친구인 나에게 충실했다. 또한 그는 교수를 좋아했다. 그리고 와이오를 사랑했다고 나는 생각한다. 아니, 아니, 성적인 것과는 아무 상관이 없었다. 하지만 와이오는 사랑스러운 여자였고 그들은 처음부터 죽이 잘 맞았다.

나는 마이크를 신뢰했다. 인생에는 모험이 필요하다. 나는 이 모험에 가진 것을 모두 걸 작정이었다.

따라서 우리는 모든 일에 마이크를 전적으로 신뢰하는 것을 비밀 유지 정책의 기본으로 삼았고, 우리는 각자가 알아야 할 필요가 있는 것만 알기로 했다. 이름과 전화번호 계통도를 예로 들어 보자. 나는 세포 동료들의 당원 이름과 내 바로 밑 하부 세포 세 명만 알고 있다. 내가 알아야 할 것은 그것이 전부였다. 마이크는 당원 이름을 만들었고, 각 이름에 전화번호를 배정했으며, 실명과 당원 이름의 명부를 관리했다. 당원 이름 '다니엘'이(나는 그가 누구인지 모른다. 다만 'D'로 시작하기 때문에 내 밑이라는 것을 알 뿐이다) 프리츠 슐츠를 새로 끌어들인다고 가정해 보자. 다니엘은 그 사실을 상부에 보고하지만 이름을 보고하지는 않는다. 그러면 아담 셀리니가 다니엘에게 전화해 슐츠에게 당원 이름 '엠브룩'을 배정했음을 알린다. 그런 다음 다니엘에게서 얻은 번호로 슐츠에게 전화해 엠브룩이라는 이름과 비상 전화번호를 알려 준다. 이 번호는 모든 당원이 각기 다르다.

엠브룩의 세포 지도자조차 엠브룩의 비상 번호를 모른다. 약물을 쓰든 고문을 하든 모르는 것을 일러바칠 수는 없다. 부주의로 생기는 실수를 걱정하지 않아도 된다.

이제 내가 동지 엠브룩에게 연락할 필요가 생겼다고 가정해 보자. 나는 그가 누구인지 모른다. 그는 홍콩에 거주할 수도 있고 바로 이웃 가게 주인일 수도 있다. 나는 그에게 당도하기를 기대하며 메시지를 아래로 내려 보내는 대신에 마이크에게 전화한다. 마이크는 나에게 그의 번호를 알려 줄 필요 없이 즉시 셜록으로 나를 엠브룩과 연결해 준다.

또는 달 세계의 모든 술집에 배포할 풍자 만화를 준비하는 동지에게 연락할 필요가 생겼다고 가정하자. 나는 그가 누구인지 모른다. 하지만 무슨 일이 생겨서 그와 얘기를 할 필요가 생겼다.

나는 마이크에게 전화한다. 마이크는 모든 것을 알고 있다. 이번에도 신속하게 연결이 된다. 그리고 이 동지는 아담 셀리니가 연결한 전화이므로 안전하다는 것을 안다.

"보크 동지요."

그는 나를 모른다. 하지만 'B'로 시작하는 이름이므로 내가 핵심 간부라는 것은 안다.

"우린 이렇게 저렇게 바꿔야 하오. 당신의 세포 지도자에게 전해서 확인하라고 하시오. 하지만 이대로 따라 주시오."

사소한 손질은 필요하다. 어떤 동지들은 전화가 없다. 어떤 동지들은 일정한 시간에만 연락을 받을 수 있다. 일부는 전화 서비스가 되지 않는 외곽 지역에 거주하기도 한다. 그래도 아무 문제없다. 마이크는 모든 것을 알고 있으니까. 그리고 나머지 우리들은 각자가 처리해야 하는 사소한 정보를 제외하면 조직 전체에 위험을 초래할 수 있는 것은 아무것도 모른다.

마이크가 상황에 따라 어떤 동지와도 음성 대 음성으로 통화할 수 있어야 한다는 판단이 서자, 그에게 더 많은 목소리를 부여하고, 그를 분장시키고, 그를 3차원적인 존재로 만들고, '자유 달 세계 임시회의 의장 아담 셀리니'를 창조하는 작업이 필요해졌다.

마이크에게 더 많은 음성이 필요해진 이유는 그가 가진 음성 판독, 음성 재생 회로는 하나밖에 없는 반면에 그의 두뇌는 수십, 수백 개의(얼마나 많은지 모른다) 대화를 동시에 처리할 수 있다는 사실에서 기인했다. 쉰 명 또는 그 이상의 상대와 동시에 대국할 수 있는 체스의 달인처럼 말이다.

조직이 점점 커지고 아담 셀리니가 전화를 받는 횟수가 더욱 늘어나면 이런 사실은 병목 현상을 초래할 수 있었다. 그런 현상이 우리 조직이 실제 활동에 들어갈 때까지 오랫동안 지속된다면 심각한 문제가 될 수도 있었다.

나는 그에게 더 많은 음성을 부여하는 동시에 그가 목소리를 직접 내지 않았으면 했다. 우리가 마이크와 통화하고 있는데 소위 컴퓨터 기사라는 작자들 중에 누군가가 중앙 전산실에 들어갈 수도 있기 때문이다. 아무리 둔한 멍청이라고 해도 혼잣말을 중얼거리고 있는 중앙 관제 컴퓨터를 발견하면 이상하게 여길 것이 분명했다.

음성 판독, 음성 재생 장치는 아주 오래된 기계이다. 인간의 목소리는 윙윙 소리와 슛슛 소리가 다양한 방식으로 혼합된 소리이다. 아무리 절묘한 최고의 소프라노의 음색이라고 해도 마찬가지이다. 음성 판독 장치는 윙윙 소리와 슛슛 소리의 패턴을 분석한다. 컴퓨터가(또는 훈련받은 눈이) 읽을 수 있는 장치인 것이다. 음성 재생 장치는 윙윙 소리와 슛슛 소리를 만들어 내고, 패턴에 맞도록 이들 요소를 다양화하는 조절 장치가 달린 조그만 상자이다. 인간은 음성 재생 장치를 '울려서' 목소리를 만들어 낸다. 적절하게 프로그램된 컴퓨터는 인간이 말을 하는 것만큼이나 빠르고 쉽고 분명하게 그 일을 해낼 수 있다.

하지만 전화상의 목소리는 음파가 아니라 전기적인 신호다. 따라서 마이크는 전화로 이야기하기 위해 음성 판독, 음성 재생 장치의 오디오 파트가 필요 없다. 음파는 전화선 반대편의 인간이 듣기 위해서 필요할 뿐이다. 총독부 청사에 있는 마이크의 방 안에 말소리가 울릴 필요는 없는 것이다. 따라서 나는 그 오디오 파트를 제거해서 누군가가 눈치 챌 위험을 없앨 작정이었다.

나는 먼저 집에서 작업을 했다. 작업하는 동안 주로 3호 인공 팔을 사용해서 오디오 파트를 제거한 음성 판독, 음성 재생 회로 스무 개가 빽빽하게 들어찬 조그만 상자를 만들었다. 그런 다음 마이크에게 전화해 총독을 불편하게 하는 방식으로 '아플 것'을 주문했다. 그러고는 기다렸다.

우리는 전에도 이 '병에 걸리는' 수법을 사용했다. 내가 총독의 블랙리스트에 오르지 않은 것이 확실해지자 나는 곧장 업무를 재개했다. 그것은 알바레즈가 스틸랴 홀에서의 소동에 대해 제브라 파일에 기록을 입력한 주의 목요일이었다. 그가 입력한 기록에는 무려 100명의 이름이(약 300명 가운데) 담겨 있었다. 기록의 명단에는 쇼티 므크럼, 와이오, 교수, 핀 닐센의 이름이 있었지만 내 이름은 없었다. 확실히 나는 밀고자들의 눈에 띄지 않은 것이다. 그 기록에는 총독으로부터 치안 임무를 위임받은 아홉 명의 경호원이 무자비하게 살해당한 과정이 서술되어 있었다. 또한 우리 편 사망자 네 명의 이름도 있었다.

일주일 후의 추가 기록에는 '5월 13일 월요일에 선동적인 연설로 용감한 경호원 아홉 명의 목숨을 앗아 간 폭동을 야기한 달 세계 홍콩의 악명 높은 여성 선동가 와이오밍 낫은 달 세계 홍콩의 거주 구역으로 돌아오지 않았으며, 지금은 그녀 자신이 주동한 학살 사건의 와중에 사망한 것으로 추정된다'라고 적혔다. 이 추가 기록에서는 이전의 기록에서 언급하지 않았던 사실, 즉 시체가 모두 사라졌으며 정확한 사망자 숫자는 알지 못한다는 점을 인정했다.

이 추가 기록에 따라 두 가지는 확실해졌다. 와이오는 고향으로 돌아갈 수 없다는 것과, 금발로는 더욱 더 안 된다는 것이었다.

불순분자의 낙인이 찍히지 않은 것을 알았기 때문에 나는 일상생활을 계속하면서, 카네기 도서관의 부기 기계와 복구 파일을 손보는 등 그 주에 들어온 용역을 수행하고, 마이크에게 제브라 파일과 다른 특별 파일을 읽히면서 시간을 보냈다. 내게 아직 개인 전화가 생기지 않았을 때라 그 일은 래플즈 호텔의 L호실에서 했다. 그 주 내내 마이크는 참을성 없는 아이처럼(실제로 그는 그런 존재이다) 나를 들들 볶으면서 언제 더 많은 우스개를 가지러 찾아올 것인지 알고 싶어했다. 나를 오게 하는 데 실패하자 그는 전화로 우스개를 들려 주겠다고 우겼다.

나는 짜증이 났지만, 마이크의 입장에서는 우스개를 분석하는 것이 달 세계를 해방하는 일만큼이나 중요한 일이라는 것을 알고 있었다. 그리고 아이와 한 약속을 어기면 곤란하다.

그 밖에도 나는 체포당하지 않고 총독부 청사 안으로 들어갈 수 있을 지 불안했다. 우리는 교수가 지목당한 사실을 알았다. 그래서 그는 래플즈 호텔에서 숙식을 해결하고 있었지만 그들은 그가 집회에 참석했다는 것도 알고, 매일 낮 시간에 어디 있는지도 알고 있었다. 하지만 그를 잡아가려고 하지는 않았다. 그러나 와이오를 체포하려는 시도가 있었다는 것을 알게 되자 나는 더욱 불안해졌다. 나는 과연 안전한 것일까? 아니면 그들은 조용히 체포할 기회를 기다리고 있는 것일까? 나는 그것을 알아봐야 했다.

그래서 마이크에게 전화해 복통을 일으키라고 했다. 그는 그렇게 했고, 나는 호출을 받아 들어갔다. 아무 문제도 없었다. 역에서 여권 제시를 요구받은 것과 총독부 청사에 새로운 경호원이 배치된 점을 제외하면 모든 것이 이전과 동일했다. 나는 마이크와 잡담을 나누고 1000가지 우스개를 챙기고서(사나흘에 100개씩 검토할 것이며 그보다 빨리할 수는 없다고 이해를 구했다) 다시 몸을 낮게 하라고 그에게 말한 다음 달 세계 시로 돌아왔다. 나오는 길에 기술국장에게 들러 작업 시간, 왕복 운임과 연장을 입수하는 시간, 재료비, 특별 서비스, 그 밖에 생각할 수 있는 모든 항목을 덧붙여서 요금을 청구했다.

그 후로 한 달에 한 번 가량 마이크와 만났다. 그러는 편이 안전했다. 그들이 전화해 자신들의 능력으로 해결할 수 없는 고장을 수리해 달라고 부탁하지 않는 한 나는 결코 거기에 가지 않았다. 그리고 나는 항상 고장을 '수리'할 수 있었다. 때로는 금방 수리하기도 했고, 때로는 온종일 많은 테스트를 거치기도 했다. 나는 덮개 판에 신중하게 공구 자국을 남겼고, 무엇이 잘못되었는지, 어떻게 그것을 진단했는지, 무슨 조치를 취했는지를 보여 주는 테스트를 실행하기 이전과, 이후의 인쇄물을 뽑아 놓는 것도 잊지 않았다. 마이크는 항상 내가 방문한 뒤에는 완벽하게 작동했다. 나는 없어서는 안 되는 존재였다.

따라서 그에게 부착할 음성 판독, 음성 재생 장치의 제작을 완료하자 전혀 망설이지 않고 그에게 전화해서 '병이 나라.'라고 말했다. 30분 뒤에 호출이 왔다. 마이크는 멋진 아이디어를 생각해 냈다. 그의 '병'은 총독 관저의 각종 환경 통제를 뒤죽박죽으로 만드는 것이었다. 그는 11분 주기로 온도가 오르내리게 하고, 아주 짧은 주기, 그러니까 1초당 약 2회의 사이클로 그곳의 기압이 요동 치게 했다. 그곳에 거주하는 작자를 아주 신경질적으로 만들고 어쩌면 고막까지 아프게 하기에 충분한 수준이었다.

사실 단일 개인 주거 공간의 공기 조절을 주 컴퓨터에게 맡겨서는 안 되는 것이다! 데이비스 터널에서 우리는 간단한 통제 장치로 농장과 가정의 공기를 조절하고 있다. 그리고 각 입방미터마다 경보로 피드백이 들어오기 때문에 누군가가 침대에서 일어나 문제를 발견할 때까지 손으로 직접 이리저리 기계를 조작해 본다. 소가 감기에 걸려도 옥수수는 해를 입지 않는다. 밀 재배용 조명이 꺼져도 야채는 괜찮다. 마이크가 총독 사택을 지옥으로 만들었는데도 아무도 무엇을 어떻게 해야 할지 몰라 쩔쩔맨다는 것은 모든 것을 하나의 컴퓨터에만 맡겨 놓는 일의 어리석음을 보여 주는 단적인 예였다.

마이크는 행복해서 어쩔 줄 몰라했다. 이것이야말로 그가 진정으로 좋아하는 유머였다. 나도 재미있었다. 그래서 그에게 더 계속 즐거워하라고 말해 주었다. 그리고 연장 통을 열고 조그만 검은 상자를 꺼냈다.

그런데 당직 컴퓨터 기사가 와서 문을 꽝꽝 울리며 벨을 울려 댔다. 나는 천천히 뜸을 들이며 5번 팔을 오른손에 들고 왼팔의 잘린 부분을 드러낸 채로 문을 열었다. 이렇게 하면 어떤 사람들은 비위를 상하고 대부분의 사람들은 불쾌해한다.

"도대체 무슨 일입니까?"

내가 따졌다.

"이것 봐. 총독이 죽겠다고 난리야! 문제가 뭔지 아직 발견하지 못했나?"

그가 말했다.

"총독에게 나의 유감을 전해 주고, 고장을 일으킨 회로를 발견하는 즉시 그의 소중한 안정을 되찾아 드리겠다고 말하시오. 쓸데없는 질문 때문에 다소 늦어질지도 모르지만. 덮개 판을 열어 놓았는데 문을 열어 놓고 서 있다가 기계 안에 먼지라도 들어가게 할 작정이오? 하긴 먼지가 들어가서 기계가 말썽을 부리더라도 당신이 책임자니 알아서 고치면 되겠군. 나는 당신을 돕기 위해 아늑한 침대 속에서 기어 나오지는 않을 거요. 잘난 총독에게도 그렇게 전하시오."

"입 조심해, 친구."

"당신이나 조심하시지, 죄수 나리. 그 문을 닫을 거요, 말 거요? 아니면 내가 걸어 나가 달 세계 시로 돌아갔으면 좋겠소?"

그러고는 마치 곤봉처럼 5번 팔을 들어올렸다.

그는 문을 닫았다. 나는 불쌍한 남자를 모욕할 생각은 없었다. 다만 총독부 청사의 모든 녀석들을 최대한 불행하게 만들려는 조그만 전략의 일환이었을 뿐이다. 이 친구는 총독 밑에서 일하는 것이 힘들다는 것을 깨닫는 중이었다. 나는 그것을 참을 수 없는 지경으로 악화시키고 싶었다.

"단계를 더 올릴까요?"

마이크가 물었다.

"음…… 10분 동안 지금처럼 계속해. 그러다가 갑자기 멈추는 거야. 그런 다음에는 한 시간 동안 흔들어 놓는 거지. 기압 같은 것으로. 변덕스럽지만 강력하게. 소닉 붐(항공기가 음속을 넘을 때 내는 폭발음 같은 것 — 옮긴이)이 뭔지는 알고 있지?"

"물론입니다. 그것은······."

"정의하지는 마. 크게 한 방 떨어뜨린 후에, 소닉 붐 수준에 가장 근접한 것으로 몇 분마다 배기관들을 흔들어 놓도록 해. 그런 다음 그에게 뭔가 잊지 못할 선물을 해 주면 좋겠군. 음······ 마이크, 그의 화장실을 역류시킬 수 있을까?"

"할 수 있습니다! 다 할까요?"

"화장실이 몇 개나 있지?"

"여섯 개입니다."

"음······ 전부 역류하도록 프로그램해. 카펫이 흠뻑 젖을 정도가 좋겠어. 그런데 총독의 침실에서 제일 가까운 화장실을 할 수 있으면 천장까지 분수가 치솟도록 연출해 보게. 가능할까?"

"프로그램 설정했습니다!"

"좋아. 이제 자네에게 선물을 줄 시간이야, 친구."

음성 재생 오디오 상자 안에 선물을 감출 공간이 있었다. 그래서 3호 인공 팔을 사용하여 40분 걸려서 연결 작업을 했다. 우리는 음성 판독, 음성 재생 장치를 시험적으로 확인해 보았다. 그 후에 나는 그에게 와이오에게 전화해서 각 회로들을 하나씩 점검하라고 말했다.

10분 동안 침묵이 흘렀다. 그동안 나는 덮개 판에 공구 자국을 남겼다. 사람들은 컴퓨터에 고장이 나면 덮개 판을 떼고 작업하는 것으로 알고 있다. 연장을 정리하고 6호 팔을 갈아 끼운 다음 우스개 1000개가 인쇄된 용지를 둘둘 말았다. 나는 음성 재생 장치의 오디오 부분을 떼어 낼 필요가 없다는 것을 발견했다. 마이크는 나보다 먼저 그것을 깨닫고선 항상 문에서 소리가 날 때마다 오디오를 죽였다. 그의 반사 속도는 나보다 최소한 천 배는 빨랐다. 난 그것을 깜빡 잊었던 것이다.

마침내 그가 말했다.

"스무 개의 회로가 전부 양호합니다. 저는 단어 하나를 말하는 도중에 회로를 바꾸었지만 와이오는 불연속을 느끼지 못했습니다. 그리고 교수님에게 전화해 '안녕하세요'라고 말하고, 당신의 집으로 전화해 멈과 통화했습니다. 동시에 세 사람과 통화한 것이지요."

"우린 지금 놀고 있는 게 아니야. 멈에게는 무슨 구실을 댔지?"

"당신이 들어오면 전화해 달라는 전갈을 남겼습니다. 아담 셀리니에게 말이지요. 그런 다음 잡담을 나누었습니다. 그녀는 매력적인 말상대입니다. 우리는 그레그의 지난 화요일 설교에 대해 이야기했습니다."

"응? 어떻게 얘기했는데?"

"제가 그 설교를 듣고 있었다고 했습니다, 맨. 그리고 감동적이었던 부분을 인용했습니다."

"오, 마이크!"

"괜찮습니다, 맨. 그녀는 제가 뒷줄에 앉아 있다가 마지막 찬송가를 부르는 동안 살짝 빠져나왔다고 생각합니다. 그녀는 꼬치꼬치 캐묻는 스타일이 아닙니다. 그녀는 제가 눈에 띄고 싶어하지 않는 것을 이해합니다."

멈은 달 세계에서 가장 캐묻기를 좋아하는 여성이다.

"뭐, 괜찮겠지. 하지만 다시는 그러지 말아. 음…… 아니야, 다시 하는 것이 좋겠어. 자네는 집회, 강연, 콘서트 같은 곳에 참석해서 엿들어야겠어."

"어떤 귀찮은 작자가 손으로 스위치를 끄지 않는 한은 그렇게 하겠습니다! 맨, 저는 전화기와는 달리 그런 소규모 방송 장치는 통제할 수 없습니다."

"지나치게 간단한 스위치니까. 고체 소자를 이용한 교환 시스템이 아니라 야만적인 근육을 이용하는 것이지."

"그건 야만적입니다. 그리고 불공평합니다."

"마이크, 세상은 원래 불공평한 거야. 이런 말이 있지, 바꿀(care) 수 없는 것은······."

"받아들(endure)여야 한다. 한 번만 재미있는 말장난입니다, 맨."

"미안. 이렇게 바꾸기로 하지. 바꿀 수 없는 것은 버리고 더 나은 것으로 바꾸어야 한다. 우린 바로 그렇게 할 거야. 마지막으로 계산한 승률은 얼마나 되지?"

"약 1대 9입니다, 맨."

"점점 나빠지는 건가?"

"맨, 앞으로 몇 달 동안은 계속 나빠질 겁니다. 우리는 아직 결정적인 국면에 도달하지 못했습니다."

"양키스도 최하위를 맴돌고 있어. 젠장, 다른 문제로 돌아가지. 지금부터는 누군가와 통화할 때 그 사람이 강연장이나 어딘가에 갔다면 자네도 거기에 간 거야. 그리고 뭔가를 기억해 내면서 증명해 보이도록 해."

"알았습니다. 그런데 그래야 하는 이유는요, 맨?"

"『스칼렛 핌퍼넬(Scarlet Pimpernel, 엠마 오르치가 1905년 발표한 활극 소설 주인공 — 옮긴이)』을 읽어 보았나? 아마 공공 도서관에 있을 거야."

"네. 다시 불러와서 읽어 드릴까요?"

"아니, 그만둬! 자네는 우리의 스칼렛 핌퍼넬, 우리의 존 갈트(아인 랜드의 소설 『아틀라스』에 등장하는 수수께끼의 영웅 — 옮긴이), 우리의 비밀 무기, 우리의 수수께끼의 사나이야. 자네는 어디든 가고, 모든 것을 알며, 여권 없이 도시 안으로 들어왔다가 빠져나갈 수 있어. 자네는 모든 곳에 있지만 아무도 자네를 본 사람은 없지."

마이크의 불빛이 물결처럼 명멸했다. 킥킥거리고 있는 것이다.

"재미있군요, 맨. 한 번도 재미있고, 두 번도 재미있고, 어쩌면 항상 재미있을 것 같습니다."

"맞아, 항상 재미있을 거야. 총독 관저에서 운동회를 중단한 지 얼마나 되었 나?"

"불규칙적인 소닉 붐을 제외하면 43분이 지났습니다."

"그의 이빨이 흔들거리겠군! 앞으로 15분간 더 계속하게. 그런 다음 작업이 끝났다고 보고하겠어."

"알았습니다. 와이오가 당신에게 메시지를 보냈습니다, 맨. 빌리의 생일 파티 를 잊지 말라는군요."

"이런! 모두 중단하게! 지금 떠나야겠어. 안녕!"

나는 서둘러 나왔다. 빌리의 어머니는 안나였다. 아마 그녀의 마지막 아이일 것이다. 그녀는 여덟 명의 자식을 낳았고 아직 세 명이 집에 남아 있다. 그러니 까 충분히 낳은 셈이다. 나는 멈을 본받아서, 편애하는 감정을 보이지 않으려고 노력했다……. 하지만 빌리는 정말 귀여운 사내아이고, 나는 그에게 읽기를 가 르쳤다. 어쩌면 녀석은 나를 닮은 것도 같다.

나는 기술국장의 사무실에 들러 청구서를 맡기고 그를 만나게 해 달라고 요 구했다. 안으로 들어가 보니 그는 상당히 격앙된 상태였다. 아마도 총독이 못살 게 굴었던 모양이었다.

"잠깐만요. 아들의 생일이라 늦으면 안 됩니다. 하지만 당신에게 보여 줄 것이 있어서 왔습니다."

나는 공구 상자에서 봉투를 꺼내 책상 위에 던져 놓았다. 내가 뜨거운 열선 으로 지져서 가져온 파리의 시체였다. 우리는 데이비스 터널에 파리가 끓는 것 을 허용하지 않는다. 하지만 가끔 에어 로크가 열릴 때 거리에서 한 마리가 날 아 들어올 경우가 있었다. 이 녀석은 마침 내가 필요로 할 때 내 작업실로 들어 와 주었던 것이다.

"뭔지 아시겠죠? 이걸 어디서 찾았는지 맞춰 보십시오."

나는 조작한 증거를 가지고 비싼 기계는 어떻게 관리해야 하는지 일장 연설을 하고, 열려 있는 문에 대해 말하면서, 당직 서는 남자에 대해 불평했다.

"먼지는 컴퓨터를 망가뜨릴 수 있습니다. 곤충은 더욱 용납할 수 없는 이물질입니다! 그런데도 당직 기사들은 지하철 역이라도 되는 것처럼 아무렇게나 들락거립니다. 오늘은 그 멍청이가 바보 같은 소리를 지껄이는 동안 문이 활짝 열려 있었습니다. 파리를 끌어들인 멍청이가 주 컴퓨터의 덮개 판을 열었다는 증거를 더 찾아내야겠지만…… 글쎄요, 여기는 당신 소관입니다, 국장님. 나는 지금도 일이 많아서 벅찰 정도입니다. 다만 우수한 기계를 좋아하기 때문에 당신들의 허드렛일을 대신해 주고 있지요. 하지만 좋은 기계를 아무렇게나 다루는 꼴은 더 이상 보기 싫습니다! 안녕히 계십시오!"

"잠깐만. 나도 해 줄 말이 있네."

"미안하지만 가야 합니다. 내 말에 따르든지 아니면 알아서 하십시오. 나는 해충 퇴치업자가 아니라 컴퓨터 기사입니다."

할 말을 하지 못하게 막는 것처럼 사람을 욕구불만으로 만드는 일은 없다. 총독이 도와주고, 운이 따른다면, 기술국장은 크리스마스까지는 위궤양에 걸릴 것이다.

결국 나는 지각했고 빌리에게 열심히 사과해야 했다. 알바레즈가 새로운 묘안을 짜낸 바람에 총독부 청사를 떠나는 사람들은 누구나 꼼꼼하게 소지품 검사를 당했다. 나는 검사를 맡은 기동대원들에게 욕설 한마디 내뱉지 않고 꾹 참았다. 어서 집으로 돌아가고 싶었기 때문이다. 하지만 1000가지 우스개가 그들의 주의를 끌었다.

"이게 뭐야?"

한 사나이가 따졌다.

"컴퓨터 용지요. 시험 삼아 뽑은 거요."

내가 대답했다.

그의 동료가 다가왔다. 그들은 글을 읽을 줄 모르는 것 같았다. 그들이 우스개를 압수하려고 해서 나는 기술국장에게 전화를 걸어 보라고 요구했다. 그들은 나를 보내 주었다. 나는 별로 기분이 나쁘지는 않았다. 그런 일이 많을수록 경호원들은 날마다 더욱 미움을 받을 것이었다.

마이크를 좀더 인간에 가깝게 만들자는 결정은 어떤 당원이든지 용무가 있을 때는 그에게 전화를 걸 수 있어야 한다는 필요에서 나왔다. 콘서트나 연극에 대해서 내가 했던 충고는 부차적인 수단에 지나지 않았다. 내가 총독부 청사를 방문해 마이크와 얘기하던 시절에는 알아차리지 못했지만 통화상 마이크의 목소리엔 이상한 점이 있었다. 우리가 누군가와 전화로 전화할 때에는 배경의 소음이라는 것이 있다. 비록 거의 의식을 못하기는 하지만 상대방의 숨소리, 고동 소리, 몸이 움직이는 소리를 듣는다. 게다가 그 사람이 방음 후드 안에서 통화하는 경우라고 해도 '공간을 채우고' 그를 주변 공간 속에 자리한 존재로 만들어 주기에 충분한 소음이 조금씩은 새어 들어오게 마련이다.

마이크에게는 이런 것들이 하나도 없었다.

그 당시 마이크의 목소리는 음색에서나 음질에서나 '인간'으로 인식되기에 부족함이 없었다. 그의 목소리는 바리톤의 저음이었고, 오스트레일리아 억양이 섞인 북아메리카 발음이었다. '미셸'의 경우 그는(그녀는?) 프랑스 억양이 실린 경쾌한 소프라노였다. 마이크의 개성도 마찬가지로 성장하는 중이었다. 내가 와이오와 교수에게 처음 소개했을 무렵에 그는 마치 학자 티를 내는 아이 같은 말투였다. 그 후로 단 몇 주 만에 그는 내가 성숙한 남성을 상상할 정도로 활짝 피어났다.

처음 깨어났을 때 그의 목소리는 불분명하고 귀에 거슬리며 거의 알아듣기 힘든 수준이었다. 그런데 지금은 또렷해졌고, 어휘와 문장의 선택에도 일관성이 있었다. 그는 나에게는 친구처럼, 교수에게는 학자풍으로, 와이오에게는 다정한 애인처럼 말했다. 성숙한 성인에게서 기대할 만한 다양한 어법의 변화인 셈이다.

하지만 배경은 죽어 있었다. 언제나 침묵뿐이었다.

따라서 우린 그 부분을 보충했다. 마이크에게 힌트만 주면 되었다. 그는 시끄럽게 숨을 쉬거나 하진 않았다. 상대방이 알아차리지 못할 정도로 평이하게 호흡했다. 하지만 그는 세심한 부분에 공을 들였다. "미안합니다, 매니, 전화벨이 울렸을 때 목욕을 하던 중이라서⋯⋯." 그리고는 급한 숨소리가 들리게 해 주었다. 또는 "식사 중이기 때문에⋯⋯ 입 안에 든 것을 삼켜야 했습니다." 일단 '인간의 신체'를 얻자 그는 나에게조차 그런 말투를 사용했다.

우리는 래플즈 호텔에서 이야기를 나누며 다함께 '아담 셀리니'를 만들었다. 그는 몇 살인가? 생김새는 어떤가? 결혼했는가? 그는 어디서 살고 있는가? 어떤 일을 하는가? 취미는 무엇인가?

우리는 아담을 마흔 살가량에, 건강하고 정력적이고, 교육 수준이 높으며, 예술과 과학에 흥미가 있고, 역사를 아주 잘 알고, 뛰어난 체스 기사지만 체스를 둘 시간이 별로 없는 바쁜 남성으로 설정했다. 그는 가장 보편적인 형태인 3인 1조형의 결혼을 했고, 연상 남편이며 자녀는 넷을 두었다. 우리가 아는 한 아내와 연하 남편은 정치와는 무관하다.

그는 곱슬거리는 은발에 강인한 느낌을 주는 핸섬한 남성이고, 혼혈이며, 한쪽 부모는 2세대이고, 다른 쪽 부모는 3세대이다. 달 세계인의 기준으로 부유하며, 노비렌, 홍콩, 달 세계 시에서 사업을 하고 있다. 그의 회사는 달 세계 시에 있다. 바깥쪽 사무실에서는 십여 명의 사람들이 일하고, 안쪽 사무실에서는 남성 조수와 여성 비서가 일한다.

와이오는 그가 비서와 잠자리를 같이하는지 알고 싶어했다. 나는 그녀에게 신경 끄라고, 그것은 사생활이라고 말해 주었다. 와이오는 이건 기웃거리며 참견하는 것이 아니라며 분개했다. 우리는 완벽한 인간을 창조해야 한다면서.

우리는 그의 회사가 금융 구역의 중심지인 남부 제3경사로의 올드 돔에 있다고 정했다. 만일 당신이 달 세계 시를 안다면, 올드 돔에는 창문 있는 사무실이 몇 개 있어서 돔의 아래쪽 바닥을 내다볼 수 있다는 것을 기억할 것이다. 나는 음향 효과가 필요했다.

그래서 평면도를 그리고 사무실 위치를 정했다. 사무실은 '달 세계 아테나' 와 '그린버그 주식회사' 사이에 있었다. 나는 그곳의 음향을 잡기 위해 휴대용 녹음기를 사용했다. 마이크는 그곳에 있는 전화기에 귀를 기울임으로써 거기에 다른 소리를 덧붙였다.

그 후로 아담 셀리니의 전화 배경음은 살아났다. 그의 비서 '어슐러'는 이런 식으로 전화를 받았다.

"셀리니 상회입니다. 달 세계에 자유를!"

그런 다음 그녀는 이렇게 말할지도 모른다.

"잠깐 기다려 주시겠어요? 가스파진 셀리니는 다른 전화를 받고 계십니다."

그러면서 배경으로 화장실의 물 내리는 소리가 들릴 수도 있다. 그런 식으로 그녀가 사소한 거짓말을 했다는 것을 알게 하는 것이다. 또는 아담 셀리니가 직접 전화를 받기도 한다.

"아담 셀리니요. 달 세계에 자유를. 비디오를 꺼야 하니 잠시 기다려 주시오."

또는 조수가 응답할 수도 있다.

"아담 셀리니의 심복 비서인 앨버트 진왈라입니다. 달 세계에 자유를. 당에 관련된 문제입니까? 아마 그럴 거라고 생각합니다. 당신이 밝힌 이름은 당원 명이겠지요. 당에 관한 문제라면 부디 주저 말고 얘기하십시오. 제가 의장님을 대신해 그런 일을 처리합니다."

마지막 부분은 함정이다. 모든 동지들은 오로지 아담 셀리니에게만 말하라는 지시를 받았다. 하지만 그런 미끼에 걸려든 당원을 나무라지는 않았다. 대신에 그의 세포 지도자는 중요한 문제에선 그 동료를 신뢰해서는 안 된다는 경고를 받게 된다.

곧 반향이 돌아왔다.

"달 세계에 자유를!" 또는 "달 세계를 해방하라!"와 같은 구호가 젊은이들 사이에 유행했고, 다음에는 보수적인 시민들 사이에도 퍼져 나갔다. 사업상의 통화에서 그 소리를 처음 들었을 때 나는 말문이 막힐 정도로 놀랐다. 나는 곧장 마이크에게 전화를 걸어서 그 사람이 당원인지 물어보았다. 그렇지 않았다. 그래서 마이크에게 당의 계통도를 더듬어서 그를 끌어들일 만한 사람을 찾아보게 했다.

가장 흥미로운 반향은 제브라 파일에서 나타났다. 우리가 만들어 낸 지 한 달도 지나기 전에 스파이 대장의 보안 파일에 '아담 셀리니'가 나타났고, 새로운 지하 조직 지도자의 가명이라는 주석이 붙었다.

알바레즈의 스파이들은 아담 셀리니에 대한 조사를 벌였다. 몇 달이 지나면서 그의 제브라 파일 서류는 점점 분량이 늘어났다. 남성, 35세에서 45세, 올드 돔 남쪽에 사무실이 있고, 토요일을 제외한 요일에는 그리니치시로 09:00에서 18:00시 사이에 사무실에 있으며, 그 외의 시간이라도 전화 연결은 가능하다. 집은 시내 기압 지구에 있고 통근 시간은 17분을 넘지 않으며 집에 자녀들이 있다. 경영하는 사업으로는 주식 중개와 농장 사업이 있고, 여가 시간엔 극장이나 음악회에 간다. 아마도 달 세계 시 체스 클럽과 달 세계 체스 협회의 회원인 것 같다. 점심시간에 사격이나 기타 격렬한 스포츠를 즐긴다. 미식가지만 체중에 신경 쓰며, 놀라운 기억력과 수학적 재능을 지니고 있다. 관리자 유형으로 빠른 의사 결정을 내릴 수 있다.

어떤 스파이는 시립 극단이 무대에 올린 『햄릿』의 리바이벌 공연의 막간에 아담과 만나서 이야기를 나누었다고 확신한 모양이다. 알바레즈는 상세한 외모까지 적어 놓았다. 그것은 곱슬머리 부분을 제외하면 우리가 생각한 모습과 정확히 일치했다!

하지만 알바레즈를 환장하게 한 것은 아담의 번호가 보고될 때마다 잘못된 번호로 드러나는 것이었다. (빈 번호가 아니다. 실은 빈 번호가 바닥나서, 마이크는 사용 중이 아닌 번호를 최대한 활용하고, 새로운 전화 가입자에게 우리가 사용하는 번호가 배정되면 곧장 바꾸는 방식을 쓰고 있었다.) 알바레즈는 숫자를 하나씩 바꿔 나가는 방식으로 '셀리니 상회'를 추적하려고 시도했다. 우리가 이것을 알아낸 것은 마이크가 늘 알바레즈의 사무실 전화에 귀를 기울이며 명령을 엿듣고 있기 때문이었다. 마이크는 그 정보를 이용하여 마이크다운 장난을 쳤다. 즉 부하가 숫자를 하나씩 바꿔 가며 전화를 걸면 언제나 총독 사택에 벨이 울리게 한 것이다. 그래서 알바레즈는 총독에게 불려 가서 단단히 혼이 났다.

마이크를 나무랄 수는 없었다. 그러나 영리한 사람이라면 누군가가 컴퓨터로 장난을 치고 있는 걸 알아차릴 거라고 그에게 경고했다. 마이크는 그들 중에 그렇게 영리한 친구는 없다고 대답했다.

알바레즈의 노력이 낳은 주된 결실은, 그가 아담의 전화번호를 입수할 때마다 우리는 스파이를 알아낼 수 있었다는 점이었다. 새로운 스파이 말이다. 우리는 초기에 파악한 밀고자들에게는 전화번호를 주지 않았다. 대신에 그들끼리 정보를 전달하며 같은 자리를 빙빙 도는 쳇바퀴 조직 속에 집어넣었다. 알바레즈의 도움으로 우리는 매번 새로운 스파이가 나타날 때마다 거의 즉시 파악했다. 나는 알바레즈가 자신이 고용한 스파이들을 갈수록 불만스럽게 여겼다고 추측한다. 두 명이 사라졌는데, 당시 우리 조직은 6000명이 넘었지만 그들을 결코 찾아내지 못했다. 제거되었을 거라고 나는 생각한다. 또는 심문당하다가 죽었을 것이다.

우리가 만든 가짜 회사는 셀리니 상회만이 아니었다. 루노호 사는 훨씬 규모가 컸다. 역시 가짜였지만, 물론 이름만 있는 유령 회사는 아니었다. 루노호 사는 홍콩에 본사가 있고, 노비 레닌그라드와 달 세계 시에 지사를 두었으며, 나중에는 수백 명의 직원을 고용했다. 그들 중 대부분은 당원이 아니었다. 그것이 우리에게 가장 골치 아픈 점이었다.

마이크의 마스터플랜에는 해결해야 할 문제가 주눅들 정도로 많았는데 그중 하나가 재정이었다. 또 하나는 우주에서 날아오는 공격으로부터 사출기를 방어하는 방법이었다.

교수는 전자를 해결하기 위해 은행 강도를 고려했다가 마지못해 포기했다. 하지만 결국 우리는 은행을 털었다. 은행만이 아니라 회사들과 총독부까지 털었다. 마이크가 그 방법을 생각해 냈다. 그리고 마이크와 교수가 세부적인 실행 방법을 짰다. 처음에 마이크는 우리가 왜 돈을 필요로 하는지 이해하지 못했다. 인간의 섹스를 이해하지 못하는 것과 마찬가지로, 마이크는 끊임없이 인간을 괴롭히는 압박에 대해 아는 것이 거의 없었다. 마이크는 수백만 달러를 다루기 때문에 거기서 얼마간 떼어 내도 상관없다고 여겼다. 그래서 처음에는 우리가 원하는 액수의 총독부 수표를 끊겠다고 제안했다.

교수는 기겁을 하며 말렸다. 그러고는 총독부가 발행한, 이를테면 1000만 총독부 달러의 수표를 현금화할 때의 위험에 대해 마이크에게 설명했다.

따라서 도둑질을 하기는 하되, 달 세계 전체에서 수많은 명의를 이용해 조금씩 뜯어냈다. 마이크가 회계를 맡고 있는 은행, 회사, 상점, 총독부를 포함한 기관들이 당의 돈줄이 되었다. 대부분의 돈이 그저 장부상으로만 존재하는 피라미드 식 횡령이었다. 나는 그런 사실을 몰랐지만 교수는 알고 있었으며, 방대한 지식을 보유한 마이크도 잠재적으로 그것을 알고 있었던 셈이었다.

예를 들어 보겠다. 이런 방법을 수백 배로 뻥 튀겨 보면 된다. 즉 우리 집안의 아들 세르게이는 열여덟 살이며 당원이다. 그는 공유 보험 은행에 계좌를 만들라는 지시를 받고 계좌를 만들어 예금과 출금을 한다. 매번 입출금을 할 때마다 조그만 실수가 일어난다. 그가 예금한 액수보다 더 많은 금액이 입금되며, 출금한 액수보다 적은 금액이 통장에서 줄어든다. 몇 달 후 그는 다른 도시에 취직을 하고, 타이코 언더 상호 은행으로 예금을 옮긴다. 옮긴 예금은 이미 세 배로 불어나 있다. 이렇게 불어난 금액의 대부분을 현금 인출하여 세포 지도자에게 전달한다. 마이크는 세르게이가 전달해야 할 금액을 알고 있지만 당원들 각기 아담에게 금융 거래를 보고하라는 지시를 받는다. (아담 셀리니와 은행 회계 컴퓨터가 동일인이라는 사실을 그들은 모르기 때문이다.) 이런 과정을 통해 부정직한 술수를 부렸음에도 그들의 정직성은 유지되었다.

이런 식으로 수백 명이 약 3000홍콩 달러씩을 훔쳐 냈다고 생각해 보라.

나는 수천 건의 도둑질을 들키지 않기 위해 마이크가 얼마나 많은 속임수를 써서 장부를 뜯어 맞추었는지 알지 못한다. 하지만 회계 감사원은 기계가 거짓말을 할 거라고 추호도 생각하지 못했을 것이다. 그는 기계가 올바르게 작동하는지 알아보기 위해 시험 작동을 해 보겠지만 기계 자체가 거짓투성이이기 때문에 시험 작동이 아무 의미가 없을 수도 있다는 생각은 결코 할 수 없다. 마이크의 도둑질은 절대로 경제에 혼란을 줄 만한 규모가 아니었다. 0.5리터의 혈액이 헌혈자에게 해를 입히기에는 너무 적은 것과 마찬가지이다. 나는 누가 손해를 보고 있는지 짐작도 할 수 없었다. 너무 다양한 방식으로 도둑질을 하고 있었기 때문이다. 하지만 나는 이 계략으로 마음이 불편했다. 총독부를 상대로 하는 경우를 제외하면 정직해야 한다는 가르침을 받으며 자라났기 때문이다.

교수는 현재 일어나고 있는 일은 완만한 인플레이션이며, 우리가 훔친 돈을 시장에 다시 투입하고 있으므로 상쇄되고 있다고 주장했다. 하지만 나는 마이크가 이 모든 것을 기록해 두었으니 혁명이 끝난 후엔 돈을 전부 다시 돌려줄 수 있다는 점을 기억해 두었다. 그때는 더 이상 총독부의 눈치를 보느라 액수의 제한을 받지 않을 것이므로 절차는 더 쉬워질 것이다.

나는 양심의 소리를 잠재웠다. 이것은 역사상 모든 정부들이 전비를 충당하기 위해 서질렀던 속임수에 비하면 아무것도 아니었다. 혁명도 일종의 전쟁이 아니겠는가?

이 돈은 많은 손을 거쳐 들어와서(그때마다 마이크가 증식했다) 루노호 사의 종잣돈이 되었다. 루노호 사는 뮤추얼 펀드와 주식회사가 뒤섞인 복합 회사였다. 소위 '신사 투자자'인 보증인들이 훔친 돈으로 각자의 명의를 써 주식을 매입한 것이다. 이 회사가 어떤 회계 방식을 사용했는지는 논하지 않겠다. 마이크가 모든 것을 관장했고, 정직성에 관한 한 그는 어떤 면에서도 부패할 염려가 없었다.

그런데도 회사의 주식은 달 세계 홍콩의 증권 거래소에서 거래되고, 취리히, 런던, 뉴욕에도 상장되었다. 월스트리트 저널은 이 회사를 '높은 성장 잠재력을 지녀서 매력적인 고위험, 고수익 투자 종목'이라고 소개했다.

루노호 사는 다양한 벤처 사업에 참여하는 토목 및 개발 회사였다. 대부분 합법적인 사업이었지만 주된 목표는 비밀리에 제2의 사출기를 건설하는 것이었다.

이 사업을 비밀로 진행할 수는 없었다. 사출기 운용에 필요한 수소 핵융합 발전소를 사들이거나 건설하는 일은 몰래할 수 없었다. (태양열 발전은 명백한 이유로 불가능했다.) 부품은 피츠버그에서 주문했다. 캘리포니아 주립 대학에서 지정한 표준 장치들이었다. 우리는 최고 품질의 제품을 얻기 위해 그들이 부르는 로열티를 기쁘게 지불했다. 1킬로미터 길이의 유도 필드 용의 고정자를 건설하면서 눈에 띄지 않는 건 불가능하다. 물론 사출기는 대부분 진공 속에 위치한다. 고정자 고리는 방출 말단에 가까이 있지도 않다. 하지만 총독부의 3G 사출기는 길이가 거의 100킬로미터에 달했다. 그것은 달 세계의 모든 비행 지도상에 표기되는 항해 표지일 뿐 아니라, 너무나 커서 간단한 망원경으로도 지구에서 육안으로 보거나 사진을 찍을 수 있었다. 레이더 스크린에도 뚜렷하게 나타났다.

새로 만드는 사출기는 더 짧은 것으로 10G였다. 하지만 그래도 길이가 30킬로미터였다. 감추기에는 너무 컸다.

따라서 우리는 '도난당한 편지' 방식으로 그것을 숨겼다.

우리는 마이크의 끊임없는 소설 탐독에 회의를 품고 그것으로 무슨 대단한 지식을 얻겠는가 의심스러워했다. 하지만 그는 사실보다는 꾸며 낸 이야기 속에서 인간의 삶을 더 잘 이해할 수 있었다. 소설은 그에게 인생의 게슈탈트(경험의 통일적 전체 — 옮긴이)를 선사했다. 인간이 당연하게 여기는 개념들을 가르친 것이다. 그래서 그는 소설 속에서 살았다. 게다가 마이크가 소설을 지칭하는 '진실이 아닌 자료'는 '인간화' 효과 이외에도 부족한 경험을 채워 주는 대용품 역할을 했으며, 여러 가지 아이디어를 그에게 제공했다. 그는 사출기를 숨기는 방법을 에드거 앨런 포에게서 배웠던 것이다.

우리는 글자 그대로 그것을 숨겼다. 이 사출기는 사람의 눈에도 띄지 않고 레이더에도 잡히지 않도록 지하에 있어야 했다. 하지만 더 깊은 의미에서도 감추어야 했는데, 월면 지도상의 위치가 비밀이어야 했던 것이다.

어떻게 그것이 가능할 수 있을까? 크기도 엄청나고 그렇게 많은 사람들이 작업을 하고 있는데? 이렇게 설명해 보겠다. 당신이 노비렌에 거주한다고 가정해 보자.

달 세계 시가 어디 있는지 아는가? 뭐야, 위난의 바다 동쪽 끝이지. 누구나 그걸 알고 있다고! 그런가? 경도와 위도는? 뭐라고? 지도를 찾아보면 되잖아! 그래? 달 세계 시의 위치를 고작 그런 정도로밖에 모른다면 지난주에는 어떻게 찾아왔나? 답답한 친구로군, 지하철을 타고 토리첼리에서 갈아탔지. 오는 동안 내내 졸았어. 달 세계 시를 찾는 건 캡슐이 알아서 할 일이야.

알겠는가? 당신은 달 세계 시가 어디 있는지 모르는 것이다! 당신은 그저 캡슐이 남부 역에 멈추면 거기서 내릴 뿐이다.

그것이 우리가 사출기를 감춘 방법이었다.

사출기는 파도의 바다에 있으며, '누구나 그걸 알고 있다.' 하지만 그것의 실제 위치와, 우리가 말한 위치와는 동쪽, 서쪽, 남쪽, 북쪽, 또는 이를 조합한 방향으로 100킬로미터 이상 또는 이하로 차이가 난다.

오늘날 당신은 그것의 위치를 지도에서 찾아볼 수 있지만 그것 역시 잘못된 정보이다. 이 사출기의 위치는 아직도 달 세계에서 최고의 일급 비밀이다.

우주에서는 육안으로도 레이더로도 볼 수 없다. 사출기는 발사를 할 때를 제외하면 지하에 있다. 그것은 1만 개가량의 거대하고 검고 일정한 형태가 없는 구멍들 중에 하나로, 단거리 비행 로켓조차 착륙할 곳이 없는 험준한 산꼭대기 속에 자리한다.

그럼에도 사출기의 건설이 진행되는 도중과 이후에 많은 사람들이 그곳에 갔다. 총독조차 현장을 방문했는데 나와 공동 남편인 그레그가 안내를 맡았다. 총독은 시찰용으로 징발한 우편용 로켓으로 왔다. 로켓의 사이보그 조종사는 착륙을 위한 좌표와 레이더 표지를 하나 부여받았다. 사실 건설 현장에서 그리 멀지 않은 지점이었지만 그곳부터는 롤리건으로 이동해야 했으며, 우리의 수송차는 예전에 엔즈빌에서 벨루티하치로 운행하던 여객 버스와는 전혀 달랐다. 밖을 내다볼 창문도 없고, 길이 너무 거칠어서 인간 화물은 안전벨트에 꼭 묶어 놓아야만 했다. 총독은 기관실에 타고 싶어했지만 총독 나리에겐 죄송스럽게도, 기관실에는 운전사와 조수가 들어갈 공간밖에는 없었고 수송차를 안전하게 운행하려면 두 사람이 다 필요했다.

세 시간 후, 총독은 어서 집에 돌아갈 수만 있다면 다른 것은 어찌되든 상관없다는 심정이 되었다. 그는 한 시간 정도 머물렀지만 이 굴착의 목적과 발굴한 자원의 가치에 대한 이야기는 듣는 둥 마는 둥 했다.

중요 인사가 아닌 사람들, 노동자들이나 그 밖의 사람들은 지하에서 연결되는 얼음 채굴용 시추 터널을 통해 여행했다. 이는 더욱 길을 잃기 쉬운 방법이었다. 만일 누군가가 짐 안에 관성 위치 탐지기를 가지고 왔다면 위치를 파악할 수 있었겠지만 보안은 엄격했다. 그런 짓을 한 사람이 하나 있었는데 그만 압력복에 고장이 났다. 그 사람의 짐은 달 세계 시로 보내졌고, 그의 탐지기는 표시해야 할 위치를 표시했다. 즉 우리가 원하는 위치를 표시한 것이다. 그때 내가 3호 팔을 가지고 급히 출장을 나가 질소 대기 속에서 흔적을 남기지 않고 탐지기를 다시 봉인할 수 있다. 나는 약간 가압한 산소 마스크를 쓰고 작업했다. 전혀 어렵지 않았다.

우리는 지구에서 온 VIP 손님들을 접대했다. 지구 총독부의 고위 인사들도 있었다. 그들은 지하 터널을 통해 더 쉽게 여행했다. 내 생각에 총독이 그게 좋을 거라고 권한 것 같다. 하지만 그 루트라 해도 롤리건으로 30킬로미터의 거리이다. 지구에서 온 손님 중에서 말썽거리가 될 듯한 사람이 하나 있었다. 도리언 박사라는 물리학자이자 공학자였는데 수송차가 전복했다. 어리석은 기관사가 지름길로 가려고 한 것이다. 그들은 시야에서 완전히 사라지고 그들의 위치를 표시하는 비컨은 파괴되었다. 가엾은 도리언 박사는 밀폐되지 않은 암석 속에서 일흔두 시간을 보낸 후에, 그를 운반한 당원 두 명이 애쓴 보람도 없이 저산소증과 방사능 과다 노출로 중병이 들어서 달 세계 시로 돌아왔다.

그에게 보여 주었더라도 안전했을지 모른다. 그가 이상한 점을 눈치 채지 못했을지도 모르고, 위치상의 오류를 발견하지도 못했을 것이다. 햇빛에 가려서 하늘의 별이 보이지 않는 경우가 아니더라도, 압력복을 입었을 때에 별을 보는 사람은 거의 없다. 더구나 별자리를 읽을 줄 아는 사람은 더욱 드물다. 필요한 관측 기구가 있고, 그것의 사용법을 알고 있으며, 색인표와 참고 자료를 지참하고 있다면 모를까, 아무 도움도 없이 달 표면에서 자신의 위치를 알아낼 수 있는 사람은 아무도 없다. 아무리 조잡한 수준이라고 해도 최소한 팔분의, 색인표, 좋은 시력만큼은 있어야 한다. 우리는 손님들에게 지면으로 올라가 보라고 권하기까지 했다. 하지만 만일 그 사람이 팔분의나 현대적인 장비를 지참하고 있었다면 사고를 당했을 것이다.

우리는 스파이에게는 사고를 일으키지 않았다. 우리는 그들을 조직 안에 두고 열심히 일하게 내버려두었다. 그리고 마이크가 그들의 보고를 읽었다. 한 스파이는 우리가 우라늄 광맥을 발견한 것이 틀림없다고 보고했다. 당시에는 달 세계에서 아직 발견되지 않은 광물이었다. 중앙 시추 프로젝트는 그 후 오랜 세월이 지난 후의 이야기다. 다음번 스파이는 방사능 계수기를 가지고 왔다. 우리는 그가 별 어려움 없이 방사능 계수기를 가지고 굴착 현장을 돌아다니도록 해 주었다.

76년 3월 무렵, 사출기가 완성 단계에 이르러 고정자 부분의 설치만 남겨 놓았다. 발전 설비도 들어왔고, 동축 케이블은 30킬로미터에 걸쳐 직접 거리 (line-of-sight) 방식으로 지하에서 연결되었다. 작업 인력은 최소한으로 줄어들었고 대부분은 당원들이었다. 하지만 알바레즈가 정기적으로 보고를 받을 수 있도록 스파이 한 명은 남겨 놓았다. 알바레즈를 걱정시키고 싶지 않았기 때문이다. 걱정은 의심으로 이어지는 경향이 있으니까. 대신에 우리는 시내 거주 구역에서 그를 골탕 먹였다.

✳ 10 ✳

그 11개월 동안에 여러 가지 변화가 있었다. 와이오는 그레그의 교회에서 세례를 받았고, 교수는 건강이 너무 나빠져서 가르치는 일을 그만두었으며, 마이크는 시를 쓰기 시작했다. 양키스는 최하위로 시즌을 마쳤다. 간발의 차이로 포스트시즌에 진출하지 못했다면 교수에게 돈을 잃어도 덜 아까웠겠지만, 한 시즌 만에 우승 팀에서 꼴찌로 떨어지다니…… 나는 그들의 경기를 비디오로 보는 것조차 중단했다.

교수가 아프다는 건 꾀병이었다. 그는 나이에 비해 완벽하게 건강했고, 호텔 방에서 매일 세 시간씩 운동했다. 그리고 300킬로그램짜리 납 파자마를 입고 잠을 잤다. 나도 그렇게 했고, 와이오도 그렇게 했다. 너무나 넌더리를 내면서.

확실하게 단언하기는 어렵지만 나는 와이오가 누군가를 속이고 밤에 편히 잠을 잔 적이 있는지 의심스럽다. 그녀와 같이 잠을 자지 않으니까 말이다. 그녀는 데이비스 집안의 일가족이 되었다. 그녀가 멈을 '가스파자 데이비스'에서 '가스파자 멈'으로 바꿔 부르는 데에는 하루가 걸렸고, 다음 날에는 '멈'으로 발전했으며, 이제는 아마도 멈의 허리에 팔을 감으면서 '미미 멈'이라고 부르고 있을 것이다. 제브라 파일로 그녀가 홍콩으로 돌아갈 수 없는 것이 분명해지자 시드리스는 미용실의 영업 시간 후에 와이오를 미용실로 데려가서 씻어도 지워지지 않은 짙은 색깔로 피부를 착색했다. 또한 시드리스는 여전히 검은색을 유지하면서 마치 꼬임이 덜 풀린 것처럼 보이는 헤어스타일을 만들어 주고 거기에 사소한 손질을 더했다. 불투명한 매니큐어, 볼과 콧구멍에 플라스틱 삽입, 그리고 짙은 색깔의 콘택트렌즈까지 끼웠다. 시드리스의 완벽한 솜씨 덕분에 와이오는 분장이 들통 날까 걱정하지 않고서도 누군가와 잠자리를 같이할 수 있는 수준이 되었다. 인도 인종, 약간의 앙골라 계통, 그리고 독일 혈통이 섞인 완벽한 '유색 인종'이 된 것이다. 나는 그녀를 '와이오'보다는 '와이마'라고 부를 때가 더 많았다.

그녀는 굉장히 멋있었다. 그녀가 몸을 흔들며 통로를 걸어가면 사내아이들이 떼를 지어 따라붙었다.

와이오는 그레그에게서 농장 일을 배우기 시작했지만 멈이 말렸다. 와이오는 덩치가 크고 똑똑하고 의욕적이었지만 우리 농장의 일은 대부분 남자들의 차지였다. 그리고 우리 가족의 남성 구성원들 중에서 그레그와 한스만이 정신이 산만해진 것은 아니었다. 그녀가 투입해서 얻은 노동 시간의 이익보다 남자들이 산만해져서 줄어드는 노동 시간의 손실이 더 컸다. 따라서 와이오는 가사 일로 돌아왔고 시드리스는 그녀를 미용실의 조수로 영입했다.

교수는 회계 장부를 두 개로 나누어 경마에 투자했다. 한쪽으로는 마이크의 '일급 견습 기사' 시스템으로 걸고, 다른 쪽으로는 자신이 고안한 '과학적' 시스템에 따라 걸었다. 75년 7월 무렵에 그는 자기가 말에 대해 아무것도 모른다는 것을 인정하고 오로지 마이크의 방법으로만 걸었다. 그는 배팅 액수를 늘이며 더 많은 마권업자와 거래해 나갔다. 그렇게 따는 돈은 당의 재정으로 들어가는 한편, 마이크의 도둑질로 사출기 재원을 충당했다. 하지만 교수는 결과가 뻔한 승부에 흥미를 잃었고, 그저 마이크가 정한 대로 돈을 걸 뿐이었다. 그는 경마 저널을 읽는 것을 그만두었다. 슬픈 일이었다. 늙은 경마 팬이 배팅을 중단한다는 건 안에서 무언가가 죽는다는 얘기다.

류드밀라는 딸을 낳았다. 다들 첫 딸은 행운이라고 말한다. 그래서 나도 기뻤다. 모든 가정에서는 여자아이를 낳고 싶어한다. 와이오는 산파술의 전문가여서 우리 집안의 여자들을 놀라게 했다. 그런데 아기 돌보기에 관해서는 전혀 아는 것이 없어서 다시 그들을 놀라게 했다. 우리 집안의 가장 나이 많은 아들 두 명이 마침내 결혼 상대를 찾아냈고, 열세 살인 테디는 선택을 받았다. 그레 그가 이웃 농장에서 소년 두 명을 고용했는데, 그들은 6개월 동안 우리와 함께 일하며 식사한 후에 둘 다 선택을 받았다. 성급한 결정은 아니었다. 우리는 소년들과 그 가족들을 오랫동안 알고 지냈다. 이렇게 해서 류드밀라를 선택한 후로 생겼던 불균형이 해소되었고, 혼기 지난 총각들을 결혼시키지 못한 어머니들의 비난을 듣는 것도 종지부를 찍었다. 그렇다고 해서 멈이 데이비스 집안의 기준에 맞지 않는다고 여기는 이들의 비난에 눈 하나 껌벅했다는 뜻은 아니지만 말이다.

와이오는 시드리스를 하부 세포로 끌어들었다. 시드리스는 다른 조수들을 끌어들임으로써 자기 세포를 만들었다. 그리하여 '상류미인' 미용실은 파괴주의자들의 온상이 되었다. 우리는 집안의 어린아이들에게 배달이라든가 아이가 할 수 있는 여러 일거리를 맡기기 시작했다. 그들은 어디서든 감시를 할 수 있으며 어른보다 더욱 효과적으로 다른 사람을 미행할 수 있고 의심을 받지도 않는다. 시드리스는 이러한 개념을 받아들여 미용실에서 포섭한 여성들을 통해 이 방법을 확대해 나갔다.

얼마 지나지 않아 시드리스는 언제든지 동원할 수 있는 아이들을 아주 많이 확보했고, 우리는 알바레즈의 스파이들을 24시간 감시할 수 있게 되었다. 언제든 전화를 엿들을 수 있는 마이크와, 스파이가 집이나 일터나 어딘가에서 나설 때마다 그 동태를 파악할 수 있는 아이들 덕분에 (한 아이가 감시를 하는 동안 다른 아이가 전화를 걸 정도로 아이들의 숫자는 충분했다) 우리는 스파이를 철저한 감시 하에 두고 우리가 그들에게 보이고 싶지 않은 것을 보지 못하게 할 수 있었다. 곧 우리는 제브라 파일을 기다리지 않고도 스파이의 전화로 곧장 보고를 입수하게 되었다. 스파이가 집이 아니라 술집에서 전화해도 아무 소용없었다. 베이커 거리의 어린이 탐정단이 활약해 준 덕분에 마이크는 스파이가 번호를 누르기도 전에 엿들을 준비를 할 수 있었다.

이 아이들은 달 세계 시에서 활동하는 알바레즈의 대리인급 스파이들을 발견했다. 알바레즈에게 그런 존재가 있다는 사실은 알고 있었지만, 우리는 누가 그런 스파이인지는 몰랐다. 이 스파이들은 알바레즈에게 전화로 보고하지 않았고, 알바레즈가 지구에서 아주 중요한 인사가 방문해서 자신이 직접 경호를 지휘해야 하는 경우가 아니면 달 세계 시 안으로 들어오는 경우가 없는데 반해 통상적인 스파이들은 총독부 청사 단지 안에서 일하지 않았으므로 중간에서 스파이들을 포섭하고 만날 사람이 있어야 했기 때문이다.

그의 대리인은 두 사람이었다. 올드 돔에서 과자, 신문, 마권을 파는 가판대 주인인 늙은 전과자와 총독부 청사에서 공무원으로 일하는 그의 아들이었다. 아들은 현장에서 보고를 받아 직접 가지고 들어갔기 때문에 마이크는 그들의 말을 엿들을 수가 없었다.

우리는 그들이 돌아다니게 내버려두었다. 하지만 일단 그들의 존재를 알게 된 이후로 우리는 밀고자의 현장 보고를 알바레즈보다 반나절 일찍 알게 되었다. 이런 유리함 덕분에 일곱 명의 동지들이 목숨을 구할 수 있었다. 모두 대여섯 살짜리 아이들 덕분이었다. 베이커 거리 어린이 탐정단에 영광 있으라!

누가 이런 이름을 붙여 주었는지 기억 나진 않는다. 아마 마이크일 것이다.

생각하는 컴퓨터 **217**

나는 단순한 셜록 홈즈 팬일 뿐이었지만, 그는 정말로 자신이 셜록 홈즈의 형 마이크로프트라고 생각했다……. 어쨌거나 나는 그것이 거짓이라고 우기지 않을 것이다. '현실'이란 애매한 개념이니까. 아이들은 자신들을 그 이름으로 부르지 않았다. 그들은 자신들이 붙인 이름으로 자신들만의 탐정 놀이를 하였다. 우리는 그들이 위험해질 만한 비밀은 알려 주지 않았다. 시드리스는 아이들이 왜 그런 일을 해 달라는 부탁을 받는지에 대한 설명을 어머니들에게 맡겼다. 단 아이들에게 진짜 이유를 알려 주어서는 절대로 안 된다는 주의를 잊지 않았다. 아이들은 신기하거나 재미있는 일은 무엇이든 한다. 아이들이 즐기는 놀이 중에 꾀를 써서 상대방을 이기는 놀이가 얼마나 많은지 한번 생각해 보시라.

'상류미인' 미용실은 소문의 집배 센터 같았다. 그곳 여자들은 《데일리 루나틱》보다 빨리 뉴스를 입수했다. 나는 와이오에게 매일 밤 마이크에게 보고할 것을 권장했다. 그리고 마이크에게 전달할 때 중요할 것 같은 소문만 말하진 말라고 충고했다. 소문이 중요한지 아닌지는 마이크가 수많은 다른 사실들과 대조해 보기 전에는 알 수 없기 때문이었다.

또한 미용실은 소문의 진원지이기도 했다. 당은 처음에는 느린 속도로 커지다가, 3의 힘이 발동하기 시작하면서 빠르게 성장했다. 물론 어느 정도는 평화 기동대원들이 과거의 경호원들보다 훨씬 고약한 녀석들인 덕분이기도 했다. 우리는 당원 숫자가 늘어나자 선동 선전, 흑색 소문, 공공연한 파괴 행위, 도발 행위, 사보타주 등을 빠른 속도로 전개했다. 핀 닐센이 간단한 선전 선동과, 스파이가 득실거리는 예전의 지하 조직을 상대로 위장 활동을 전개하는 일을 맡았다. 하지만 이제는 대부분의 선전 선동과 거기에 관련된 일은 시드리스에게 맡겨졌다.

주로 유인물을 배포하는 일이었다. 그렇다고 해서 그녀의 미용실이나 우리 집 또는 호텔 방에 불온한 유인물이 굴러다니는 경우는 절대로 없었다. 이를 배포하는 일은 너무 어려서 글을 읽을 줄 모르는 아이들이 맡았다.

시드리스는 온종일 머리를 말거나 하는 일로 바빴다. 그녀가 하는 일이 엄청 나게 많아질 무렵, 나는 어느 날 저녁 시드리스와 팔짱을 끼고 통로를 산책하고 있었다. 그때 어디선가 본 듯한 얼굴과 몸매의 소녀가 눈에 들어왔다. 당근처럼 붉은 머리의 바짝 마른 소녀였다. 열두 살 정도 되어 보였고, 여성다운 성징이 발효되어 동그랗고 부드러운 곡선으로 피어나기 직전의 단계에 있는 것 같았다. 소녀를 본 적이 있는 것은 알겠지만 언제, 어디서, 어떻게 보았는지는 기억 나지 않았다.

내가 말했다.

"이봐, 예쁜 자기, 저 앞의 어린 소녀를 봐. 주황색 머리에 바짝 마른 아이야."

시드리스는 소녀를 살펴보았다.

"여보, 당신이 괴팍한 건 알지만, 그녀는 아직 아이일 뿐이에요."

"그런 뜻이 아냐. 누구지?"

"누가 알겠어요? 물어볼까요?"

갑자기 비디오가 켜진 것처럼 기억이 났다. 그러자 와이오가 옆에 있었으면 싶었다. 하지만 와이오와 나는 절대 공공 장소에 함께 다니지 않았다. 이 깡마른 붉은 머리 소녀는 쇼티가 죽던 날 밤 그 집회에 있었다. 그녀는 강당 앞쪽의 바닥에 앉아 벽에 등을 기대고 진지하게 눈을 빛내며 귀를 기울였고 열심히 박수를 쳤다. 그러다가 나는 공중을 날던 그녀를 보았다. 그녀는 공중에서 몸을 둥글게 말고 노란 제복을 입은 경호원의 무릎을 걷어찼다. 내가 조금 뒤에 턱을 부러뜨린 남자였다.

와이오와 내가 목숨을 부지하고 무사히 벗어난 것은 이 소녀가 위기 상황에서 빠르게 행동해 준 덕분이었다.

내가 시드리스에게 말했다.

"아니, 그녀에게 말을 걸지 마. 하지만 그녀를 계속 지켜보고 싶어. 여기에 당신의 꼬맹이 탐정이 하나 있으면 좋을 텐데. 젠장."

"걱정 말아요. 와이오에게 전화하면 5분 안에 나타날 거예요."

나의 아내가 말했다.

나는 그렇게 했다. 그런 다음 우리는 가게 창문을 들여다보며 천천히 걸음을 옮겼다. 소녀도 윈도쇼핑 중이었다. 7, 8분이 지나자 어린 사내아이가 우리에게 다가와 걸음을 멈추고 말했다.

"안녕하세요, 메이벨 아줌마! 안녕, 조 아저씨."

시드리스는 사내아이의 손을 잡았다.

"안녕, 토니. 어머니는 잘 계시지?"

"잘 계세요."

그는 속삭이며 덧붙였다.

"저는 조크예요."

시드리스가 내게 조용히 말했다.

"잠깐 실례할게요. 그녀를 보고 계세요."

그러고는 조크를 데리고 과자 가게로 들어갔다.

시드리스는 다시 나와서 내게 왔다. 조크는 막대사탕을 빨며 따라 나왔다.

"안녕, 메이벨 아줌마! 고맙습니다!"

조크는 깡충거리며 멀어져 갔고, 그런 다음 붉은 머리의 소녀 주변을 맴돌며 쇼윈도 안을 들여다보기도 하고 진지하게 사탕을 빨기도 했다. 시드리스와 나는 집으로 왔다.

보고가 들어와 있었다.

"그녀는 '아늑한 요람' 탁아소로 들어가서 나오지 않았어요. 더 지키고 있을까요?"

"조금만 더 부탁해도 되겠지?"

나는 그 소녀를 본 걸 와이오에게 말하고, 그 아이를 기억하는지 물었다. 그녀는 기억했지만 소녀가 누구인지는 전혀 몰랐다.

"핀에게 물어보면 좋을 거예요."

"더 나은 방법이 있어."

나는 마이크에게 전화했다.

그랬다, '아늑한 요람' 탁아소에는 전화가 있었다. 그래서 마이크는 전화에 귀를 기울였다. 그가 분석에 필요한 정보를 수집하는 데는 20분이 걸렸다. 거기에는 어린 목소리들이 아주 많았고 그런 나이대는 성별 구별이 쉽지 않다. 하지만 이윽고 그가 내게 말했다.

"맨, 당신이 말한 신체적 특징에 들어맞는 목소리를 세 가지 들었습니다. 하지만 두 목소리는 남성의 것으로 추측되는 이름에 대답했습니다. 세 번째 목소리는 누군가가 '헤이즐'이라고 부를 때 대답했습니다. 나이 많은 여성이 그 이름을 여러 번 불렀습니다. 그녀는 헤이즐의 윗사람 같습니다."

"마이크, 예전 조직의 파일에서 헤이즐이라는 이름을 찾아보게."

그가 즉시 대답했다.

"헤이즐은 네 명입니다. 그리고 여기 그녀가 있습니다. 헤이즐 미드, 어린 준당원, 2063년 12월 25일생, 체중 39킬로, 키……."

"우리의 꼬마 로켓이로군! 고맙네, 마이크. 와이오, 감시를 해제하도록 해. 잘했어!"

"마이크, 도나에게 전화해서 말을 전해 줘요. 잘했다고 칭찬하고요."

나는 헤이즐 미드를 끌어들이는 일은 여자들에게 맡기고, 2주 후에 시드리스가 그녀를 우리 집안에 데리고 올 때까지는 만나지 않았다. 그러나 와이오는 그전에 자진해서 보고했다. 당의 정책과 관련이 있었기 때문이다. 시드리스는 그녀의 세포 구성원이 다 찼지만 헤이즐 미드를 원했다. 어린이 탐정단을 제외하면 시드리스는 어린이를 끌어들이는 일에 회의적이었다. 당원은 16세 이상이어야 한다는 것이 당의 정책이었다.

나는 이 문제를 아담 셀리니와 집행 세포에 상정했다.

"내 의견으로는 이 3인 세포 시스템은 우리에게 도움을 주기 위한 것이지 우리를 구속하기 위한 것은 아닙니다. 세실리아 동지가 추가로 한 명 더 데리고 있다 해서 문제가 될 것은 전혀 없습니다. 보안상의 위험도 없고요."

내가 말했다.

"동의하네. 하지만 이 추가 구성원은 세실리아의 세포에 들어가지 않는 것이 좋을 것 같아. 그녀는 다른 세포 구성원을 모르는 편이 좋다는 거야. 세실리아가 준 임무 때문에 꼭 필요한 경우를 제외하면 말이네. 그녀 나이에 꼭 당원이 되어야 한다고도 생각하지 않아. 진짜 문제는 그녀의 나이야."

교수가 말했다.

"제 생각도 같아요. 저는 이 아이의 나이에 대해 얘기하고 싶어요."

와이오가 말했다.

마이크가 자신 없는 어투로 말을 꺼냈다.

"친구들(그런 어투로 말하는 것은 몇 주 만에 처음이었다. 그는 이제 고독한 기계라기보다는 자신감 넘치는 집행 간부 '아담 셀리니'였다), 어쩌면 미리 말해 두었어야 했는지도 모르겠지만 저는 이미 비슷한 예외를 허용한 바가 있습니다. 논의가 필요하다고는 여기지 않았습니다."

교수가 안심시켰다.

"논의는 필요하지 않아, 마이크. 의장은 스스로 판단을 해야 하니까. 자네의 가장 큰 세포는 몇 인조인가?"

"5인조입니다. 세 명과 두 명으로 구성된 이중 세포입니다."

"아무 문제없다고 생각하네. 친애하는 와이오, 시드리스는 이 아이를 정식 당원으로 만들고 싶다는 겁니까? 우리가 혁명에 참여하고 있다는 것…… 거기에는 유혈, 혼란, 재앙이 따를 수 있다는 것을 알려 주어야 할 텐데?"

"그게 바로 그녀가 원하는 바예요."

"하지만 와이오, 우리는 목숨을 걸고 있지만 그걸 알 만큼 나이를 먹었지요. 이런 일을 하려면 죽음에 대해 정신적으로 이해를 하고 있어야 합니다. 아이들은 죽음이 자신들에게도 찾아온다는 것을 이해하는 경우가 별로 없어요. 성인이란 자신이 언젠가 죽게 된다는 것을 이해하고…… 그런 사형 선고를 당황하지 않고 받아들일 수 있는 나이라고 정의할 수도 있을 겁니다."

내가 반박했다.

"교수님, 저는 키가 아주 큰 아이들을 알고 있습니다. 열에 둘 정도는 몸만 큰 어른이지요."

"그렇겠지. 나는 그들 중 최소한 절반은 자격이 없을 거라고 보네……. 그리고 그런 어리석은 자들 때문에 종국에는 낭패를 볼 수도 있을 거야."

와이오가 강하게 말했다.

"교수님! 마이크! 매니! 시드리스는 이 아이가 성인이라고 확신하고 있어요. 저도 그렇게 생각하고 있습니다."

"맨은요?"

마이크가 물었다.

"교수님이 그녀를 만나서 의견을 정할 방법을 찾아보도록 하지. 나는 그녀가 마음에 들었어. 특히 무모할 정도로 대담한 싸움 방식이 마음에 들어. 안 그랬다면 이 일은 시작되지도 못했을 거야."

회의는 휴회가 되었고, 나는 더 이상 듣지 못했다. 얼마 지나지 않아 헤이즐은 시드리스의 손님으로 저녁식사 자리에 나타났다. 그녀는 나를 알아보는 눈치를 전혀 보이지 않았으며 나도 그녀를 본 적이 있다는 사실을 인정하지 않았다. 하지만 아주 나중에 알게 된 일이지만 그녀는 나를 알아보았다. 단지 나의 왼팔을 보고 안 것이 아니라, 홍콩에서 온 키 큰 금발 여성이 내게 모자를 씌운 후에 키스를 했기 때문이었다. 게다가 헤이즐은 와이오밍의 변장까지 눈치 챘으며 와이오가 결코 숨길 수 없었던 것, 즉 그녀의 목소리까지 간파해 냈다.

하지만 헤이즐은 입을 굳게 다물었다. 내가 음모에 가담하고 있음을 짐작했다고 해도 그녀는 결코 아는 티를 내지 않았다.

어렸을 때의 기록과 배경이 그녀의 강철 같은 성격을 설명해 주었다. 헤이즐은 와이오와 마찬가지로 아기였을 때 부모와 함께 유형을 왔다. 그리고 헤이즐의 아버지는 유형수로서 노역 중에 사고를 당해 사망했다. 그녀의 어머니는 그 사고가 유형수의 안전에 대한 총독부의 무관심 때문이라고 비난했다. 그녀의 어머니는 헤이즐이 다섯 살이 될 때까지 살아 있었지만 헤이즐이 모르는 어떤 이유로 세상을 떠났다. 당시에 그녀는 우리가 그녀를 찾아냈던 탁아소에서 살고 있었기 때문이다. 또한 그녀는 부모님이 무슨 이유로 유형을 당했는지 몰랐다. 헤이즐이 생각하는 것처럼 부모님이 둘 다 유죄 판결을 받았다면 모종의 반역 행위에 가담했을 가능성이 크다. 당연한 일이지만 그녀의 어머니는 총독부와 총독에 대한 격렬한 증오심을 딸의 마음속에 심어 주었다.

'안락한 요람' 탁아소를 경영하는 가족은 헤이즐을 계속 맡았다. 어느 정도 자라자 헤이즐은 다른 아기들의 기저귀를 갈아 주고 접시를 닦게 되었던 것이다. 그녀는 스스로 읽는 법을 배웠고, 글자를 그대로 따라 그릴 수는 있었지만 쓰기는 하지 못했다. 그녀의 산술 지식은 달 세계의 모든 아이들이 숨을 쉬는 것처럼 터득하는 돈을 세는 능력뿐이었다.

헤이즐이 탁아소를 떠날 때 소동이 약간 있었다. 탁아소의 여주인과 남편들은 헤이즐이 몇 년간 더 봉사를 해야 할 의무가 있다고 불평했다. 헤이즐은 옷

가지와 얼마 안 되는 소지품을 두고 맨손으로 걸어 나옴으로써 그 문제를 해결했다. 멈은 가족에게 그녀가 경멸해 마지않는 '주먹다짐'을 불러일으킬 수도 있는 싸움을 하라고 말할 정도로 화를 냈다. 나는 그녀의 세포 지도자로서, 우리 가족이 대중의 눈길을 끄는 건 좋지 않다고 그녀에게 은밀하게 말했다. 그리고 당에서 돈을 내서 헤이즐을 위한 옷값을 지불할 것이라고 말했다. 멈은 돈을 거절하고 가족 회의를 취소시키고는, 헤이즐을 데리고 시내에 나가 새 옷을 사주는 데 멈의 기준으로는 아낌없이 돈을 썼다.

이렇게 우리는 헤이즐을 입양했다. 요즘에는 아이를 입양하려면 복잡한 절차를 거쳐야 하는 것 같지만, 이때에는 새끼 고양이를 데려오는 것만큼이나 간단했다.

멈이 헤이즐을 학교에 입학시키려고 할 때 또 한 차례 소동이 있었다. 그것은 시드리스가 염두에 두고 있었던 일과 맞지 않고, 헤이즐이 당원이자 동지로서 기대받고 있었던 역할과도 맞지 않았기 때문이었다. 다시 내가 중재에 나섰고 멈이 한발 양보했다. 헤이즐은 시드리스의 미용실에서 가까운 개인 교습 학교에 들어갔다. 즉 13호 배수 에어 로크에 인접한 곳으로 미용실과 바로 붙어 있었다. (시드리스의 미용실이 수지맞는 장사를 할 수 있었던 것은 우리의 수도 파이프 바로 곁에 있으면서 배수되는 물을 무제한으로 재생 이용할 수 있었기 때문이다.) 헤이즐은 오전에 공부를 하고 오후에는 가운을 널고, 타월을 건네주고, 머리를 감기고, 장사를 배우는 등의 일을 했다. 그 밖에 시드리스가 시키는 일은 무엇이든 했다.

여기서 '그 밖에 무엇이든'이란 베이커 거리 어린이 탐정단의 대장이 되는 것이었다.

헤이즐은 길지 않은 생애 동안 아이들을 상대하며 살아왔다. 아이들은 그녀를 좋아했다. 그녀는 아이들을 구워삶아서 뭐든 시킬 수 있었다. 그녀는 어른들에게는 무의미한 재잘거림으로밖에 들리지 않는 말도 무슨 뜻인지 알아들었다. 그녀는 당과 어린 준당원들 사이를 연결해 주는 완벽한 가교였다. 그녀는 우리가 부여한 임무를 놀이로 만들어 아이들에게 그녀가 정하는 규칙에 따라 놀도록 설득했다. 그리고 그것이 어른들에게 굉장히 중요한 일이라는 것을 절대로 모르게 했다. 하지만 아이들에게는 굉장히 중요한 일로 여기게 했다. 거기에는 커다란 차이가 있었다.

예를 들면 이렇다.

아직 글을 읽을 줄 모르는 꼬마가 불온한 유인물을 잔뜩 갖고 있다가 붙들렸다고 가정해 보자. 이런 일은 여러 차례 발생했다. 헤이즐이 아이들을 맡은 후에는 이런 식으로 진행되었다.

어른: "아가야, 이게 어디서 났니?"

베이커 거리 어린이 탐정: "난 아기가 아니에요. 큰 아이예요!"

어른: "그래, 큰 아이야, 이걸 어디서 났지?"

어린이 탐정: "재키가 주었어요."

어른: "재키가 누구지?"

어린이 탐정: "재키요."

어른: "그런데 그 남자의 성이 뭐지?"

어린이 탐정: "누구요?"

어른: "재키."

어린이 탐정: (경멸하듯이) "재키는 여자예요!"

어른: "좋다. 그녀는 어디 살지?"

어린이 탐정: "누구요?"

그런 식으로 계속된다. 모든 질문에 대한 핵심적인 응답에는 패턴이 있었다. '재키가 그것을 주었다'는 것이다. 재키는 존재하지 않으므로 그(그녀)는 성도, 주소도, 확실한 성별도 없다. 아이들은 일단 그게 얼마나 쉬운지를 알자 어른들을 놀리는 일을 즐기게 되었다.

최악의 상황이라 해 보았자 유인물을 압수당하는 것이 고작이었다. 평화 기동대 녀석들이 아무리 망나니라 해도 어린아이를 '체포'하는 일은 망설였다. 그렇다, 달 세계 시 안에 평화 기동대원들이 돌아다니기 시작했다. 하지만 반드시 조를 지어서 나왔다. 혼자 들어왔다가 다시 돌아가지 못한 녀석들이 몇 명 있었다.

마이크가 시를 쓰기 시작했을 때 나는 웃어야 할지 울어야 할지 분간이 가지 않았다. 더구나 그는 시를 출판하고 싶어했다! 인간성이라는 것이 이 순진한 기계를 얼마나 철저히 오염시켰는지는 그가 자기 이름으로 시를 출판하고 싶어한 것만으로 짐작이 가고도 남을 것이다.

내가 말했다.

"마이크, 맙소사! 회로가 다 타 버린 거야? 아니면 우리의 존재를 드러낼 작정인 거야?"

마이크가 토라질 틈을 주지 않고 교수가 나섰다.

"잠깐, 마누엘, 나에게 좋은 생각이 있네. 마이크, 자네는 필명을 사용해도 괜찮겠지?"

그렇게 해서 '사이먼 제스터'가 탄생했다. 마이크는 난수를 던져서 무작위로 그 이름을 집어냈을 것이 분명하다. 하지만 그는 진지한 시에는 다른 이름을 사용했다. 그의 당원 이름인 아담 셀리니였다.

'사이먼'의 시는 중요 인물들을 조롱하고 총독, 통치 체계, 평화 기동대, 밀고자들을 통렬하게 비난하는 내용을 담은 조잡하고, 음탕하고, 선동적인 시였다. 사람들은 공중 화장실의 벽이나 지하철 캡슐에 놓고 내린 신문 쪼가리에서 그의 시를 발견했다. 또는 선술집에서도. 그런 시가 적힌 곳에는 '사이먼 제스터'라는 서명과 함께, 끝이 갈라진 꼬리와 조그만 뿔이 달린 악마가 히죽 웃고 있는 그림이 성냥개비로 그려져 있었다. 가끔은 갈퀴로 뚱뚱한 남자를 찌르고 있는 모습일 때도 있었다. 아니면 커다란 미소와 뿔이 달린 모습만 그려져 있기도 했다. 얼마 지나지 않아 뿔과 웃는 얼굴만으로도 '사이먼이 여기 왔다'라는 의미가 되었다.

사이먼은 같은 날에 달 세계 전역에 등장했으며, 그때부터 하루도 거르지 않고 나타났다. 곧 그는 자원자의 도움을 받기 시작했다. 그의 시와 그림은 누구나 모방할 수 있을 정도로 단순했기 때문에 우리가 계획한 것보다 더 많은 장소에 나타나기 시작했다. 이렇게 출몰하는 범위가 넓어진 것은 여행자 동지들이 도와주었기 때문이 틀림없다. 시와 그림은 총독부 청사 안에도 나타나기 시작했다. 그것은 우리가 한 짓이 아니었다. 우리는 공무원은 절대 당원으로 끌어들이지 않았기 때문이다. 또한 총독의 비만증이 고약한 습관에서 유래했음을 암시하는 아주 조잡한 5행시가 처음 등장한 지 사흘 후에, 이 5행시는 사이먼의 갈퀴에 찔리고 있는 그 뚱뚱한 희생자가 사마귀 모트임을 금방 알아볼 수 있을 정도로 수준이 높아진 만화와 함께 인쇄되어 스티커 라벨의 형태로 등장했다. 우리는 그 스티커를 구입하지 않았고 그것들을 인쇄하지도 않았다. 하지만 스티커는 달 세계 시, 노비렌, 홍콩에 나타나, 공중전화, 통로의 칸막이 기둥, 기압 에어 로크, 경사로의 난간, 기타 등등 거의 모든 곳에 나붙었다. 나는 일정 지역을 정해 표본의 개수를 센 후에 마이크에게 알려 주었다. 그는 달 세계 시 한 곳에서만 7만 개 이상의 스티커가 사용되었다고 보고했다.

나는 달 세계 시에 그런 위험한 일을 기꺼이 수행할 뿐 아니라 장비까지 갖춘 인쇄 회사가 있는 줄은 처음 알았다. 어쩌면 다른 혁명 조직이 생겼을지도 모른다는 의심을 품기 시작했다.

사이먼의 시는 대성공을 거두었기 때문에 그는 소리를 내는 요정처럼 사방에서 출몰하는 보이지 않는 존재가 되어 총독도 그의 보안국장도 절대 사이먼의 시를 놓치지 못하게 했다.

한 편지에는 이렇게 썼다.

"친애하는 사마귀 모트 나리, 내일 자정부터 새벽 4시까지는 부디 조심하기를. 사랑과 키스를 담아, 사이먼."

뿔과 웃는 얼굴.

같은 우편물에서 알바레즈는 이런 글을 받았다.

"친애하는 여드름 대가리 씨, 내일 밤 총독의 다리가 부러진다면 그건 당신 탓이오. 당신의 충실한 양심, 사이먼."

다시 뿔과 웃는 얼굴.

우리는 아무것도 계획하지 않았다. 단지 사마귀 모트와 알바레즈가 밤잠을 설치게 하고 싶었을 뿐이다. 그들은 밤잠을 설쳤다. 경호원들도 마찬가지였다. 마이크가 한 일은 자정부터 새벽 4시 사이에 시간 간격을 두고 총독의 개인 전화로 전화를 건 것이 전부였다. 그것은 총독의 보좌관들만 아는 등록되지 않은 번호였다. 마이크는 총독의 보좌관들에게도 동시에 전화를 걸어서 모트와 연결함으로써 혼란을 가중했을 뿐 아니라 총독이 자기 보좌관들에게 화를 내게 했다. 그는 부하들이 아무리 부인해도 믿지 않았다.

하지만 신경이 잔뜩 날카로워진 총독이 경사로를 뛰어내려간 것은 순전히 행운이 따른 결과였다. 새로 온 신참조차 그런 실수는 딱 한 번밖에는 하지 않는다. 그는 공중에 붕 떴다가 발목을 삐었다. 다리가 부러진 것에 아주 근접한 결과였고, 마침 그 일이 발생했을 때 알바레즈도 옆에 있었다.

그 불면증 환자들은 대부분 그런 식으로 허둥거렸다. 어느 날 밤에 행정부의 사출기에 폭약이 장치되어 폭파될 것이라는 소문이 돌았다. 아흔 명과 열여덟 명의 남자들이 몇 시간 안에 100킬로미터 길이의 사출기를 점검할 수는 없다. 특히 아흔 명은 압력복에 익숙하지 않을뿐더러 압력복을 싫어하는 평화 기동대원이라면 말이다. 이날 밤 자정은 태양이 높이 떠 있고 지구가 막 떠오르는 시간이었다. 그들은 몸에 해로울 정도로 오랫동안 바깥에 머물렀고, 지글지글 끓는 더위 속에서 스스로 사고를 일으켰으며, 평화 기동대 역사상 폭동에 가장 가까운 분위기가 조성되었다. 결국 치명적인 사고가 하나 발생했다. 스스로 넘어진 것인지 아니면 누가 밀었는지는 몰라도 어떤 하사관이 사고를 당했다.

한밤중의 소동 탓에 여권 검사를 하는 평화 기동대원들이 하품하는 모습이 종종 목격되었으며 그들의 성질은 더욱 더러워졌다. 그 결과 달 세계인들과 더 많이 충돌했으며, 서로가 상대방을 더 격렬하게 미워하게 되었다. 그렇게 사이먼이 압력을 가중한 것이다.

아담 셀리니의 시는 고상했다. 마이크는 교수에게 시를 보여 주고 교수의 문학적 비평을(훌륭한 편이라고 생각한다) 겸허하게 받아들였다. 마이크의 운율과 압운은 완벽했다. 마이크는 기억 뱅크 속에 영어라는 언어를 통째로 지닌 컴퓨터인 만큼 마이크로 초 안에 적당한 단어를 찾아낼 수 있었다. 약한 부분은 자기 비판이었다. 그것은 교수의 엄격한 교정 덕분에 빠르게 개선되어 나갔다.

아담 셀리니란 필명은 권위 있는 《문 글로우》에 실린 「고향」이라는 진지한 시에 처음으로 등장했다. 세상을 떠날 무렵에 이르러서야 달 세계가 자신의 사랑하는 고향이라는 것을 깨달은 채 죽어 가는 늙은 유형수의 회상을 담은 시였다. 시어는 단순했고 운율은 자연스러웠다. 희미하게 선동적인 부분이 있다면, 죽어 가는 남자가 자신이 견뎌야 했던 총독들이 얼마나 많았든 간에 그것은 큰 대가가 아니었다는 결론 부분뿐이었다.

《문 글로우》의 편집인들은 별 의심을 품지 않았다. 그것은 좋은 시였고 그들은 잡지에 실었다.

알바레즈는 편집부 사무실을 뒤엎다시피 하면서 아담 셀리니의 꼬리를 잡으려고 했다. 알바레즈가 알아차리기도 전에, 또는 그가 주목하기도 전에, 잡지는 달 세계의 절반에서 팔려 나간 참이었다. 우리는 초조하게 기다렸다. 우리는 알바레즈가 그 필명을 알아차려 주기를 원했던 것이다. 그래서 알바레즈가 그것을 발견하고 전전긍긍하는 모습을 보며 우리는 아주 많이 즐거워했다.

편집자들은 스파이 대장에게 도움이 되지 않았다. 그들은 그에게 진실을 말했다. 시는 우편으로 왔습니다. 그것을 가지고 있는가? 오, 그럼요, 당연히⋯⋯ 죄송합니다, 봉투는 남아 있지 않습니다. 봉투를 보관하지는 않기 때문에⋯⋯. 오랜 시간이 지난 후에야 알바레즈는 자기 몸을 보호하기 위해 달고 온 기동대원 네 명을 데리고 떠났다.

알바레즈가 그 종이를 조사하는 일을 즐겼기를 바란다. 그것은 아담 셀리니의 업무용 편지지였다.

투자 전문 회사 셀리니 상회 : 달 세계 시 올드 돔

그 밑에 아담 셀리니의 이름과 함께 '고향'이라는 제목이 타이프로 찍혀 있었다.

지문이 있다 해도 우리의 손을 떠난 후에 묻은 것이다. 그것은 달 세계에서 가장 많이 쓰는 모델인 언더우드 사무용 일렉트로스테이터 타자기로 입력되었다. 그렇다고 해도 수입품이기 때문에 달 세계에 그런 타자기가 아주 많지는 않다. 과학적인 탐정이라면 기계를 식별해 낼 수도 있을 것이다. 그리고 달 세계 총독부 달 세계 시 사무실에서 그것을 발견했으리라. 밝혀 두지만, 그 기계는 사무실에 여섯 대가 있었기 때문에 우리는 다섯 단어를 찍은 후에 다른 것으로 바꿔 가며 사용했다. 마이크가 언제든 경고할 준비를 하고서 모든 전화를 엿듣고 있긴 했지만 그것은 와이오와 내가 커다란 위험을 무릅쓰고 밤잠을 설쳐 가며 벌인 작업이었다. 우리는 그런 장난을 두 번 다시 하지 않았다.

어쨌거나 알바레즈는 과학적인 탐정이 아니었다.

* 11 *

76년 초 무렵 나는 할 일이 너무 많았다. 수리를 부탁하는 고객을 무시할 수도 없었다. 당은 수리에 있어 내게 최대한 권한을 위임했는데도 점점 더 시간을 많이 잡아먹었다. 하지만 결정할 일은 끊임없이 생겼고, 메시지는 끊임없이 내려 보내고 받아야 했다. 거기에다 무거운 옷을 입고 격렬한 운동을 하기 위해 하루에 몇 시간은 짜내야 했다. 나는 지구 벌레 과학자들이 달 세계에서 보내는 시간을 연장하기 위해 사용하는 총독부 청사 단지 속 원심 가속기의 사용 허가를 신청할 수도 없었다. 과거에는 그것을 이용했지만 이번에는 내가 지구로 가기 위해 몸을 만들고 있음을 광고할 수는 없었기 때문이었다.

원심 가속기 없이 운동하는 것은 효과도 약할 뿐 아니라 따분했다. 그런 운동이 꼭 필요할 것인지 확신할 수 없는 상황이라 더욱 그랬다. 하지만 마이크의 예측에 따르면, 당을 대변할 수 있는 어떤 달 세계인이 지구로 떠나야 할 확률은 30퍼센트였다.

적절한 교육도 받지 않았고 외교적인 성격도 아닌 내가 대사가 되는 모습은 상상하기 어려웠다. 교수는 당연히 선택되어야 할 인물이며 그렇게 될 가능성이 높았다. 하지만 교수는 나이가 많았고, 살아서 지구에 착륙하지 못할 수도 있었다. 마이크는 교수와 같은 나이, 비슷한 신체의 남자가 살아서 지구에 당도할 가능성은 40퍼센트라고 말했다.

하지만 교수는 낮은 가능성을 최대한 끌어올리기 위해 고된 훈련을 기쁘게 견뎠다. 그러니 무거운 옷을 입고 운동을 해서 만일 교수의 늙은 심장이 박동을 멈출 경우에 그의 자리를 대신할 수 있도록 떠날 준비를 하는 것 외에 내가 무엇을 할 수 있겠는가? 와이오도 내게 사정이 생겨서 갈 수 없게 될 경우에 대비하여 같은 일을 했다. 아마 그녀는 고통을 분담하기 위해 그렇게 했을 것이다. 와이오는 항상 논리보다는 의리를 앞세워서 생각하는 여성이었다.

장사보다 중요한 것은 당의 일과 농사였다. 나는 농사일을 운동으로 삼았다. 우리는 세 아들을 결혼으로 잃었고, 대신 프랑크와 알리라는 건강한 두 청년을 얻었다. 그런 다음에 그레그가 새로운 사출기의 굴착 책임자로 루노호 사에 일하러 갔다.

꼭 필요한 일이었다. 우리는 건설 인부를 고용하는 일로 머리를 싸맸다. 대부분의 작업은 비당원을 부려도 상관없었지만, 핵심적인 부분은 정치적으로 신뢰할 수 있고 유능한 당원들이 맡아야 했다. 하지만 그레그는 가고 싶어하지 않았다. 우리 농장이 그를 필요로 했고, 그도 신자들의 곁을 떠나고 싶어하지 않았기 때문이었다. 그렇지만 결국 받아들였다.

그래서 나는 다시 돼지와 닭을 치는 파트타임 농부가 되었다. 훌륭한 농부인 한스는 그레그의 빈자리를 채우며 두 사람 몫의 일을 해냈다. 하지만 할아버지가 은퇴한 이후로 그레그가 농장을 책임져 왔기 때문에 한스는 새로운 책임을 부담스러워했다. 그 일은 나이가 더 많은 내 차지가 되어야 했으나, 한스가 더 훌륭한 농부였고 농사일을 더 좋아했다. 더구나 언젠가는 그가 그레그의 뒤를 이을 것이라고 모두들 기대하고 있었다. 따라서 나는 그의 의견에 찬성하는 것으로 그를 지원했고 짜낼 수 있는 나머지 시간 동안에는 반 사람 분의 몫이라도 하려고 노력했다. 하지만 짜낼 수 있는 시간은 많지 않았다.

2월 하순경의 일이었다. 그때 나는 노비렌, 타이코 언더, 처칠을 도는 긴 여행에서 돌아오는 길이었다. 중앙 만(灣, Sinus Medii, 폭 160km, 길이 320km의 커다란 타원형 평지. 중앙 만 주위에는 대형 크레이터들이 별로 존재하지 않는다 ─ 옮긴이)을 횡단하는 지하철이 막 완성되었기 때문에 나는 내친 김에 달 세계 홍콩으로 갔다. 사업상의 여행으로 긴급 상황이 발생했을 때 출장을 보장할 수 있는 교통편이 막 생긴 덕분에 계약을 몇 건 맺을 수 있었다. 엔즈빌과 벨루티 하치 간의 버스는 그 지역의 달 표면이 태양의 반대편에 자리하는 어두운 시기에만 운행했기 때문에 예전에는 긴급 출장 서비스를 나가는 것이 불가능했다.

그러나 사업은 정치적 목적을 감추기 위한 위장이었다. 홍콩과는 거래가 많지 않았다. 와이오는 전화만으로 잘 해내 왔다. 그녀 세포의 두 번째 멤버는 오랜 동지인 '동지 클레이톤'으로 알바레즈의 제브라 파일에 신분이 노출되지 않았을 뿐 아니라 와이오의 평가도 아주 높았다. 클레이톤은 정책에 관한 설명을 듣고, 썩은 사과들에 대해 경고를 받았다. 그리고 낡은 조직을 그냥 두고 새로운 세포 시스템을 시작하라는 권고를 받았다. 와이오는 그에게 낡은 조직의 회원 자격을 예전처럼 유지하라고 말했다.

하지만 전화는 얼굴을 보고 직접 얘기하는 것이 아니다. 홍콩은 우리의 거점이 되어야 했다. 홍콩은 총독부의 통제와 구속을 덜 받았다. 지하철이 없어(최근까지는 그랬다) 사출기에 곡물을 팔고자 하는 욕구가 낮아서 총독부에 경제적 의존도도 낮았다. 또한 달 세계 홍콩 은행에서 발행하는 화폐는 총독부의 공식 화폐보다 강세였다.

나는 홍콩 달러가 법률적인 의미에서는 '화폐'가 아니었을 거라고 생각한다. 총독부는 홍콩 달러를 받지 않았다. 내가 지구로 갔을 때에는 표를 구입하기 위해 총독부 화폐로 지불해야 했다. 하지만 내가 실제로 가방에 넣어 가지고 간 화폐는 홍콩 달러였다. 홍콩 달러는 지구에서 약간의 할인율을 적용받고 거래될 수 있었던 반면에 행정부 달러는 그곳에서 거의 휴지 조각이나 다름없었던 것이다. 정식 화폐이든 아니든 홍콩 은행에서 발행한 돈은 총독부의 관료주의적 허풍보다는 정직한 중국인 은행가들에게 보증을 받았다. 100홍콩 달러는 순금 31.1그램(오래된 트로이 형 온스(금, 은, 보석 등에 쓰는 형량으로 12온스가 1파운드 — 옮긴이))이며, 본사에 가서 요구하면 금으로 바꿔 준다. 그들은 실제로 오스트레일리아에서 가져온 금을 그곳에 보관했다. 또는 생필품으로 요구할 수도 있다. 식수가 아닌 물, 등급이 정해진 규격 강철, 발전소에서 쓰는 중수, 기타 여러 가지 물품으로 교환이 가능하다. 총독부 화폐로도 이것들을 구입할 수는 있다. 하지만 총독부 화폐의 가치는 자꾸 떨어지기만 했다. 나는 재정 이론가는 아니다. 한번은 마이크가 그것을 설명해 주려고 했지만 두통이 났을 뿐이다. 내가 아는 것은 우리가 이 '화폐가 아닌 화폐'는 기쁘게 받지만, 총독부 화폐는 마지못해 받아 줄 뿐이며 그것이 단지 우리가 총독부를 미워하기 때문만은 아니라는 사실뿐이다.

여러모로 보아 우리 당의 근거지는 홍콩이 되어야 했지만 현실은 그렇지가 못했다. 우리는 내가 그곳에서 가서 얼굴을 맞대고 얘기하는 위험을 무릅써야 한다고 결정했다. 누군가가 내 신분을 알아차린다고 해도 할 수 없었다. 한쪽 팔이 없는 사나이는 쉽게 변장을 할 수가 없으니까 말이다. 만일 내가 체포된다면 나뿐 아니라 와이오, 멈, 그레그, 시드리스까지 위험해지는 일이었다. 하지만 혁명에서 누가 안전할 수 있겠는가?

동지 클레이톤은 알고 보니 젊은 일본인 남자였다. 그렇다고 아주 젊지는 않았다. 하지만 동양인들은 갑자기 늙어 보이기 전까지는 모두 젊은이처럼 보이는 특징이 있다. 그는 순수한 일본 혈통은 아니었다. 말레이시아라든가 다른 혈통이 섞였다. 하지만 이름은 일본식이었고 집에서는 일본식 예의범절을 지키며 살았다. '기리(義理)'라든가 '기무(義務)'를 중요하게 여겼고, 그가 와이오에게 대단한 의리가 있는 것은 나에게는 큰 행운이었다.

클레이톤은 유형수의 후손이 아니었다. 그의 가문은 대중국이 지구의 제국을 통합하던 기간에 총부리의 위협을 받고 '자발적으로' 이민 우주선에 올라탔다. 나는 그 사실로 그를 경원하지는 않았다. 그는 그 어떤 늙은 죄수만큼이나 통렬하게 총독을 미워하고 있었다.

나는 다방에서 그를 처음 만났다. 다방은 달 세계 시의 기준으로 술집 같은 곳에 해당한다. 우리는 두 시간 동안 정치를 제외하면 모든 것을 이야기했다. 그는 나에 대해 마음을 정하고 집으로 데려갔다. 일본식 환대에서 내가 유일하게 불만스러워한 것은 턱까지 잠기는 욕탕의 물이 너무 뜨겁다는 점이었다.

어쨌거나 나는 그곳에서 목숨이 위태롭지는 않았다. 그의 어머니는 시드리스만큼이나 화장술의 전문가였고, 내 사교용 팔은 제법 그럴듯했다. 그리고 기모노가 팔의 연결 부위를 가려 주었다. 화장을 하고 기모노를 입고 게다를 신은 '동지 보크'로서 이틀 동안 세포 넷을 만났지만, 만일 그들 중에 스파이가 끼어 있었다고 하더라도 내가 마누엘 오켈리라는 것은 알아보지 못했을 것이다. 나는 그곳에 가기 전에 아주 강도 높은 교육을 받고 끝없는 숫자와 예측을 주입받았지만 딱 한 가지만 이야기했다. 6년 후인 82년에 대기근이 발생한다는 사실이다.

"이곳에는 그렇게 빨리 닥치지 않을 테니 당신들은 운이 좋은 겁니다. 하지만 새로운 지하철 때문에 이쪽 지역에서도 점점 더 많은 사람들이 사출기에 밀과 쌀을 가져가게 되겠지요. 당신들에게도 위기가 닥칠 겁니다."

그들은 깊은 감명을 받았다. 내가 지금껏 보고 들은 바에 따르면 오래된 조직에서는 마치 교회에서 신도들을 다루듯이 수사적인 웅변, 선동하는 음악, 감정

같은 것에 의존했다.

하지만 나는 간단히 이렇게 말했다.

"자, 보십시오, 동지들. 이 수치를 살펴보세요. 판단은 여러분에게 맡기겠습니다."

한 동지는 따로 만났다. 뭐든 한 번 보기만 해도 어떻게 만드는지 알아내는 재주가 있는 중국인 기술자였다. 나는 이 사람에게 라이플 총처럼 휴대할 수 있는 조그만 레이저 총을 본 적이 있는지 물었다. 본 적이 없다고 했다. 그러면서 요즘에는 여권 검사 때문에 밀반입이 어렵다고 했다. 그는 생각에 잠긴 얼굴로 보석을 반입하는 것은 어렵지 않을 거라고 말했다. 그리고 다음주에 사촌을 만나러 달 세계 시에 갈 예정이라고 했다. 나는 아담 아저씨가 그의 연락을 받으면 기뻐할 거라고 대답했다.

전체적으로 얻은 게 많은 여행이었다. 돌아오는 길에 나는 예전에 정밀 검사를 했던 구식 천공 테이프 공정의 '현장 주임'을 감독하기 위해 노비렌에 잠시 들렀고 일이 끝난 후에 점심을 먹다가 아버지와 우연히 마주쳤다. 아버지와 나는 다정한 사이였지만 2년 정도 만나지 않고 지낸다고 해도 별로 서운하지는 않았다. 우리는 샌드위치와 맥주를 먹으며 이야기를 나누었다. 내가 일어나려는데 아버지가 말했다.

"만나서 반가웠다, 매니. 달 세계에 자유를!"

나는 깜짝 놀라며 얼떨결에 같은 말로 응답했다. 내 아버지는 세상에 다시없을 정도로 정치에 냉소적이고 무관심한 사람이었다. 그런 아버지가 환한 대낮에 공공장소에서 그런 말을 할 정도라면 우리의 캠페인은 완전히 뿌리를 내린 셈이었다.

따라서 나는 흥겨운 기분으로 달 세계 시에 도착했다. 토리첼리에서부터는 잠깐 눈을 붙였기 때문에 별로 피곤하지도 않았다. 남부 역에서 벨트를 타고 이동하다가, 중심가의 군중을 피해 집으로 가려고 바닥 층의 뒷골목에서 내렸다. 바닥 층의 뒷골목에 당도하자 브로디 판사에게 인사를 하려고 법정에 들렀다. 브로디는 오랜 친구고, 우리는 신체의 일부가 절단되었다는 공통점이 있었다. 그는 한쪽 다리를 잃은 후에 판사로 직업을 바꾸었고 상당한 성공을 거두었다. 당시 달 세계 시에 책 외판원이나 보험 판매원 같은 부업을 갖지 않은 판사는 브로디 외에는 없었다.

어떤 두 사람이 분쟁을 해결하려고 브로디를 찾아왔을 때 그의 판결이 합당하다는 것을 두 사람이 납득하지 않으면 그는 요금을 돌려준다. 그리고 그들이 결투를 한다면 돈을 받지 않고 심판이 되어 준다. 그러면서도 여전히 그들이 싸울 자세를 취하는 순간까지 나이프를 사용하지 말라고 설득하려 애썼다.

책상 위에 실크해트가 놓여 있었지만 그는 법정에 없었다. 막 발길을 돌리려는데 일단의 젊은이들이 우르르 몰려왔다. 스틸랴기 타입이었다. 한 소녀가 같이 있었고, 더 나이가 많은 남성이 그들에게 몰리듯이 쫓겨 들어왔다. 머리와 옷이 엉망으로 흐트러진 모습이었다. 그의 복장은 소위 '관광객' 같은 인상을 풍겼다.

그 당시에도 달 세계에는 관광객이 있었다. 떼거리로 몰려다닐 만큼은 아니고 그저 몇 안 되는 소수였다. 그들은 지구에서 올라와서 일주일 동안 호텔에서 머물다가 같은 우주선을 타고 돌아가거나, 다음 우주선이 올 때까지 조금 더 머물기도 했다. 대부분의 관광객들은 달 표면을 걸어 보는 멍청한 일을 포함하여 하루 이틀 돌아다닌 후에 도박을 하며 시간을 보냈다. 대부분의 달 세계 인들은 지구 벌레 관광객들을 무시했고 그들의 어리석음을 당연하게 생각했다.

나이가 제일 많아 보이는 젊은이가 내게 말했다. 열여덟 살쯤 되어 보였고 리더인 것 같았다.

"판사님은 어디 계십니까?"

"모르겠군. 여기엔 없어."

그는 당황하는 표정으로 입술을 깨물었다.

내가 말했다.

"무슨 일인가?"

그가 진지하게 말했다.

"이 친구를 제거하려고 합니다. 하지만 판사님의 승인을 받고 싶은데요."

내가 말했다.

"이 근처의 술집을 뒤져 보게. 아마 찾을 수 있을 거야."

열네 살쯤 되어 보이는 소년이 말했다.

"이런! 당신은 가스파진 오켈리가 아닙니까?"

"맞네."

"당신이 재판을 해 주시면 안 될까요?"

제일 나이 많은 소년이 안도의 한숨을 내쉬었다.

"그래 주시겠습니까, 가스파진?"

나는 망설였다. 물론 몇 차례 판사 노릇을 해 본 적은 있다. 누구나 다 그렇지 않은가? 하지만 나는 책임지는 일을 좋아하지 않는다. 그래도 이 젊은이들이 관광객을 제거하겠다는 말이 신경 쓰였다. 말썽이 일어날 게 뻔했다.

나는 일을 맡기로 결정하고 관광객에게 말했다.

"나를 당신의 판사로 받아들이겠습니까?"

그는 놀란 표정을 지었다.

"나한테도 선택권이 있는 겁니까?"

나는 참을성 있게 대답했다.

"물론이죠. 당신이 내 판결을 기꺼이 받아들일 마음이 없다면 나는 재판을 맡지 않을 겁니다. 하지만 당신에게 강요는 하지 않겠습니다. 당신의 목숨이지 내 목숨은 아니니까요."

그는 아주 놀란 표정이었지만 겁을 먹은 것 같지는 않았다. 그의 눈이 밝게 빛냈다.

"내 목숨이라고 말씀하셨습니까?"

"그렇습니다. 당신은 이 소년들이 당신을 제거할 작정이라는 말을 들었을 겁니다. 당신으로서는 브로디 판사가 돌아올 때까지 기다리는 편이 나을 수도 있을 겁니다."

그는 망설이지 않고 미소를 지으며 말했다.

"당신을 나의 판사로 인정합니다, 재판장님."

"좋으실 대로."

나는 가장 나이 많은 소년을 쳐다보았다.

"분쟁의 당사자는? 자네와 자네의 어린 친구인가?"

"오, 아닙니다, 판사님, 우리들 전부입니다."

나는 그들을 둘러보았다.

"아직 너희들의 판사가 아니야. 다들 나에게 재판을 맡아 달라고 요청하는 건가?"

여기저기서 고개를 끄덕였다. '아니오'라고 말하는 녀석은 아무도 없었다. 리더는 소녀를 돌아보며 덧붙였다.

"확실히 말하는 것이 좋아, 티쉬. 너는 오켈리 판사님을 인정하니?"

"뭐라고? 오, 당연하지!"

그녀는 생기 없는 자그만 소녀로, 멍청해 보이는 백치미에 몸매가 풍만하고 나이는 열네 살쯤 되어 보였다. 싸구려 매춘부 타입으로 아마 나중에는 그렇게 될 것이다. 안정된 결혼보다는 뒷골목을 배회하는 소년들의 여왕이 되는 편을 선호하는 유형이었다. 나는 뒷골목 소년들을 탓할 마음은 없었다. 그들은 늘 여자들이 부족하기 때문에 거리를 배회할 뿐이다. 온종일 일하고 밤에 집으로 돌아가 보았자 기다려 주는 사람도 없으니까.

"좋아, 재판관이 정해졌으니 다들 내 판결에 따라야만 해. 먼저 요금을 정하도록 하지. 너희들은 얼마나 지불할 수 있지? 미리 말해 두지만 나는 목숨을 다루는 재판을 동전 몇 푼에 맡기는 않을 거야. 따라서 돈을 내지 않으면 이 사람을 풀어 주겠어."

리더가 눈을 깜빡였다. 그들은 한데 모여서 수군거리며 의논했다. 이윽고 그가 몸을 돌렸다.

"우리는 돈이 많지 않습니다. 1인당 5홍콩 달러로 해 주시겠습니까?"

그들은 여섯이었다.

"안 돼. 어떤 법정에서도 그런 가격에 사형 심리를 해 주지는 않아."

그들은 다시 모였다.

"50달러는 어떻습니까, 판사님?"

"60달러. 각자 10달러씩 내도록. 그리고 너는 10달러를 더 내야 해, 티쉬."

내가 소녀에게 말했다.

그녀는 놀라고 화나는 표정이었다.

"자, 어서! 탄스타플이야!"

내가 말했다.

그녀는 눈을 깜빡이더니 주머니에 손을 넣었고 돈이 있었다. 그런 타입의 소녀는 항상 돈을 가지고 있다.

나는 70달러를 모아 책상 위에 놓고 관광객에게 말했다.

"이 액수에 맞출 수 있겠습니까?"

"무슨 말씀인지……?"

"이들은 재판을 위해 70홍콩 달러를 지불했습니다. 당신도 같은 액수를 내놓아야 합니다. 내놓을 돈이 없다면 주머니를 열어 그것을 증명해 보인 다음 나한테서 빌릴 수 있습니다. 하지만 그게 당신 몫의 비용입니다."

그러고는 덧붙였다.

"이렇게 중요한 재판치고는 저렴한 편이지요. 아이들이 많이 낼 수 없어서 당신이 싸게 치르는 겁니다."

"알겠습니다. 알 것 같습니다."

그는 70홍콩 달러를 맞춰 냈다.

"고맙습니다. 자, 배심원을 원하는 쪽이 있는가?"

내가 물었다.

소녀의 눈이 밝게 빛났다.

"그럼요! 제대로 해요!"

지구 벌레가 말했다.

"상황이 상황인지라 저도 한 사람 필요할 것 같군요."

"그럴 수 있습니다. 변호인이 필요합니까?"

내가 물었다.

"오, 변호사도 필요하다고 생각합니다."

"나는 '변호인'이라고 했지 '변호사'라고 하진 않았습니다. 이곳에는 변호사가 한 사람도 없습니다."

다시 그는 기뻐하는 것 같았다.

"만일 저에게 선택권이 있다면 변호인 역시 이 재판 절차의 나머지와 마찬가지로 음…… 비공식적인 자격이 되겠지요?"

"그럴 수도 있고 아닐 수도 있습니다. 다만 내가 비공식적인 재판관인 건 맞습니다. 알아서 하십시오."

"음. 당신의 비공식적인 판단을 신뢰하겠습니다. 재판장님."

나이 많은 소년이 말했다.

"저기, 배심원 말인데요. 재판장님이 고르시는 건가요? 아니면 우리가 하는 건가요?"

"내가 지불하지. 나는 총 140달러에 재판을 맡기로 동의했네. 이전에 한 번도 법정에 와 본 적이 없나? 추가 비용으로 내 수입을 깎지 않으려면 배심원 없이 할 수도 있겠지. 하지만 배심원 여섯에 각각 5달러씩 지불하겠네. 뒷골목에 사람이 있는지 찾아보도록."

한 소년이 밖으로 나가 소리쳤다.

"배심원 할 사람! 5달러짜리 일입니다!"

그들은 여섯 명의 남자를 모아 왔다. 바닥 층 뒷골목에서 찾아낼 법한 사람들이었다. 나는 그들의 의견 따위를 들을 생각이 없었기 때문에 아무 걱정하지 않았다. 당신이 재판을 맡을 작정이라면 견실한 시민을 찾아낼 가능성이 있는 부유한 동네에서 하는 편이 좋다.

나는 책상 뒤로 돌아가 앉아서 브로디의 실크해트를 썼다. 그가 이 모자를 어디서 구했는지 궁금했다. 아마도 어떤 호텔에서 쓰다 버린 물건일 것이다.

"법정을 개정합니다. 각자 이름을 말하고 불만 사항을 털어놓으십시오."

내가 말했다.

가장 나이 많은 소년의 이름은 슬림 렘케였고, 소녀는 퍼트리샤 카르멘 주코프였다. 다른 아이들의 이름은 기억 나지 않는다.

관광객은 앞으로 나와 가방에 손을 넣으며 말했다.

"제 명함입니다, 재판장님."

나는 지금도 그 명함을 가지고 있다. 거기에는 이렇게 적혀 있었다.

스튜어트 르네 라즈와

시인, 여행가, 모험 군인(이익, 모험, 쾌락을 위해 복무하는 군인 ─ 옮긴이)

244

소년들이 제기한 불만 사항은 비극적일 정도로 우스꽝스러운 것이었다. 왜 관광객이 가이드 없이 돌아다녀서는 안 되는지를 보여 주는 좋은 사례라 할 만했다. 물론 가이드란 관광객들의 껍질을 벗겨 먹으려 드는 존재이다. 하지만 관광객들도 원래 그런 것을 원하지 않던가? 이자는 가이드가 없었던 탓에 목숨을 잃을 지경에 이르렀다.

라즈와라는 친구는 스틸랴기들이 일종의 사랑방처럼 이용하는 술집에 발을 들여놓았다. 이 단순한 소녀는 그에게 꼬리를 쳤다. 소년들은 그저 가만히 보고만 있었다. 당연히 그녀가 부를 때까지는 그래야만 했으니까. 하지만 어느 시점에서인가 그녀가 큰 소리로 웃으며 그의 갈비뼈를 주먹으로 쳤다. 이 남자는 다른 달 세계인들과 마찬가지로 이것을 장난스러운 제스처로 받아들였다……. 하지만 그야말로 지구 벌레다운 방식으로 응답했다. 소녀의 허리에 팔을 감고 끌어당겨 키스를 하려고 했던 것이다.

믿기 어렵겠지만, 북미에선 이런 일을 아무렇지도 않게 여긴다. 나는 지구에 있을 때 그런 광경을 아주 많이 보았다. 하지만 당연히 티쉬는 깜짝 놀랐고 아마도 겁에 질렸을 것이다. 그녀는 비명을 질렀다.

그러자 소년들이 그에게 달려들어 흠씬 두들겨 패 주었다. 그런 다음에 그가 '범죄'의 대가를 치러야 한다고 결정했다. 하지만 그 일을 제대로 해야겠다고 마음먹었다. 즉 판사를 찾은 것이다.

하지만 그들이 판사를 찾은 가장 큰 이유는 그들이 겁을 먹었기 때문일 것이다. 그들 중에 하나라도 예전에 누군가를 제거하는 일에 끼어 본 녀석은 없는 것 같았다. 하지만 그들의 숙녀가 모욕을 당했고, 처벌을 해야 했다.

나는 그들을 심문했다. 특히 티쉬에게 많은 질문을 했다. 사실 관계를 확실히 알아냈다는 판단이 서자 이렇게 말했다.

"내가 정리를 해 보지. 여기 낯선 이방인이 찾아왔네. 그는 우리 방식을 모르지. 우리 방식을 위반했어. 그것은 유죄야. 하지만 내가 아는 한 그에게 위반하려는 의도는 없었어. 배심원은 어떻게 생각할까? 어이, 거기 당신! 일어나! 당신 의견은 어떻지?"

배심원은 졸린 눈을 들며 말했다.

"그를 제거해 버리시오!"

"좋아. 그럼 당신은?"

다음번 친구는 망설였다.

"글쎄……. 흠씬 두들겨 패 주는 것으로 충분할 것 같은데. 그럼 다음번에는 실수하지 않겠지. 절대 여자를 거칠게 다루어서는 안 되는 거야. 그러면 이곳도 지구처럼 형편없는 곳이 되고 말 테니까."

"현명한 얘기로군. 그럼 당신은?"

다음 배심원에게 물었다.

제거에 찬성한 배심원은 하나뿐이었다. 나머지는 때려 주자는 의견부터 높은 벌금을 매기자는 의견까지 다양했다.

"너는 어떻게 생각하니, 슬림?"

"글쎄요……."

그는 부담스러워했다. 부하들과 장차 자기 여자가 될지도 모르는 소녀 앞이라 체면을 잃고 싶지 않았다. 하지만 그는 이미 냉정을 되찾은 터라 이 친구를 제거하고 싶지는 않았다.

"우리는 이미 그를 때려 주었습니다. 그가 바닥에 엎드려서 티쉬 앞의 바닥에 입을 맞추고 죄송하다고 말하면 어떨까요?"

"그렇게 하겠습니까, 가스파진 라즈와?"

"당신이 그렇게 명령하신다면요, 재판장님."

"그런 명령은 하지 않을 겁니다. 자, 판결을 내립니다. 먼저, 거기 배심원, 당신

말이야! 당신은 재판 내내 자고 있었으니 당신에게 지불할 요금을 벌금으로 징수하겠어. 자네들, 저자를 붙잡아서 밖으로 끌어내 던져 버려!"

소년들은 아주 좋아하며 그렇게 했다. 그들이 애초 생각했던 흥분만큼은 아니었지만 약간은 보상이 되는 데다가 속이 울렁거리는 일을 하지 않아도 되었으니 다행인 셈이었다.

"다음 가스파진 라즈와, 당신은 소동을 일으키며 돌아다니기 전에 지역 관습을 공부해야 한다는 상식이 없었던 죄로 50홍콩 달러를 부과합니다. 지불하시오."

나는 돈을 받았다.

"이제 너희들은 한 줄로 서도록 해. 너희들은 이 사람이 이방인이고 우리 관습에 익숙하지 않다는 것을 알면서도 이 사람을 대할 때 현명하게 판단하지 못한 죄로 각자 5달러를 내야 한다. 그가 티쉬를 건드리지 못하게 막는 것으로 충분했던 거야. 때려 주는 것? 그것도 좋지. 그러면 그가 더 빨리 배울 테니까. 그런 다음 그를 술집 밖으로 내던졌더라면 좋았을 거다. 하지만 순전히 실수일 뿐이었던 일을 가지고 제거 운운했던 것은…… 글쎄, 그건 얘기 자체가 성립되지 않아. 각각 5달러. 지불해."

슬림이 침을 꿀꺽 삼켰다.

"판사님…… 우리한테 그 정도 돈이 남았다고는 생각하지 않습니다! 최소한 저는 그렇습니다."

"그럴 거라 생각했지. 너희들에게 일주일의 기간을 주겠다. 그때까지 돈을 내지 않으면 올드 돔에 이름을 붙여 놓을 테다. 13번 에어 로크 옆의 '상류미인' 미용실을 알고 있겠지? 내 아내가 그곳을 경영하고 있어. 그녀에게 지불해. 법정을 폐정한다. 슬림, 아직 가지 마. 너도 마찬가지다, 티쉬. 가스파진 라즈와, 이 젊은이들을 위로 데리고 올라가서 시원한 음료를 사 주고 화해를 하시지요."

다시 그의 눈에는 교수를 연상시키는 야릇한 기쁨이 반짝였다.

"멋진 생각이십니다, 재판장님!"

"이제는 재판장이 아닙니다. 술집은 경사로를 두 개 올라간 곳에 있습니다……. 그러니 당신이 티쉬에게 팔을 빌려 주는 것이 좋겠군요."

그는 절을 하고 말했다.

"아가씨? 제가 모셔도 될까요?"

그는 구부린 팔을 그녀에게 내밀었다. 티쉬는 즉시 어엿한 숙녀다운 태도를 보였다.

"스파시바, 가스파진! 기꺼이."

우리는 그들을 값비싼 장소에 데려갔다. 그들의 허름한 복장과 야한 화장이 어울리지 않아 보이는 장소였다. 그래서 그들은 불편해했다. 하지만 나는 그들이 편안한 기분을 갖도록 최선을 다했고, 스튜어트 라즈와는 훨씬 더 열심히 노력해서 그의 노력은 성공을 거두었다. 나는 소년들의 주소와 이름을 알아냈다. 와이오는 스틸랴기들에 대한 명부를 가지고 있다. 이윽고 그들은 음료를 다 마시고 일어나서 고맙다고 인사하고 떠났다. 라즈와와 나는 끝까지 남았다.

그가 조금 있다가 말했다.

"가스파진, 당신은 아까 이상한 말을 하시던데요……. 그러니까 저한테는 이 상하게 들렸다는 뜻입니다."

"이제 아이들이 갔으니 '매니'라고 부르시지요. 어떤 말입니까?"

"당신이 그…… 음…… 젊은 숙녀 티쉬 양에게 요금을 내라고 재촉하실 때 하신 말입니다. '톤 스태플'인가 그 비슷한 말일 겁니다."

"아, '탄스타플(tanstaafl)'! 그건 '공짜 점심 같은 것은 없다(There ain't no such thing as a free lunch.).'라는 뜻입니다."

나는 건너편 벽면의 '점심 무료'라는 간판을 가리키며 덧붙였다.

"저게 아니라면 이 음료는 가격이 절반으로 줄어들었을 겁니다. 티쉬에게 뭐든 공짜인 것은 결국에는 값이 두 배로 되거나, 아무런 값어치가 없는 것으로 드러난다는 사실을 상기시키려고 그랬던 것이지요."

"흥미로운 철학이군요."

나는 허공에 손을 흔들며 말했다.

"철학이 아닙니다. 사실이죠. 당신이 손에 넣는 것은 어떤 방식으로든 모두 값을 치르게 됩니다. 예전에 지구에 갔을 때 '공기처럼 공짜'라는 표현을 들은 적이 있습니다. 이 공기는 공짜가 아닙니다. 매번 숨을 쉴 때마다 가격을 지불하고 있는 겁니다."

그가 미소를 지었다.

"정말입니까? 아무도 나에게 숨을 쉬기 위해 돈을 지불하라는 말은 하지 않았는데요. 어쩌면 숨쉬기를 멈추어야 할지도 모르겠군요."

"그런 일이 일어날 수도 있습니다. 오늘밤 당신은 진공을 들이마실 뻔했지요. 하지만 아무도 당신에게 돈을 내라고 말하지 않는 것은 이미 가격을 지불했기 때문입니다. 당신의 경우 왕복 운임에 포함되어 있지요. 나의 경우에는 분기별로 청구서가 나옵니다."

나는 우리 가족이 어떻게 공동 회사를 상대로 공기를 사고파는지 설명하려다가 너무 복잡할 것 같아서 그만두었다.

"어쨌든 우리 둘 다 돈을 지불합니다."

라즈와는 생각에 잠긴 듯 즐거운 표정을 지었다.

"그렇군요, 경제적인 필요성이 있다는 것을 알겠습니다. 단지 저에게는 생소한 일이라서요. 어떻습니까, 어, 매니, 저도 '스튜'라고 불러 주시기 바랍니다만, 제가 정말로 '진공을 호흡할' 위험에 처해 있었던 것입니까?"

"당신에게 벌금을 더 물릴 것을 그랬습니다."

"네?"

"아직 실감을 못하시니까 말입니다. 나는 아이들에게도 그들의 호주머니를 탁탁 털도록 벌금을 부과했습니다. 그들을 생각하게 하기 위해서였지요. 당신에게 그들보다 더 내라고 할 수는 없었습니다. 하지만 잘못했군요. 당신은 아직도 전부 장난이었다고 생각하고 있으니까요."

"진심입니다, 선생님, 나는 그게 장난이었다고는 생각하지 않습니다. 하지만 이 지역의 법률이 한 사람에게 그렇게 태연하게 사형을 언도할 수 있도록 허용한다는 사실이 쉽게 납득 가지 않아서 그럽니다……. 그것도 그런 사소한 위반을 가지고."

나는 한숨을 쉬었다. 내뱉는 말에서 알 수 있듯이, 이 남자는 지금 오가는 주제에 관해 전혀 모르는 게 확실했다. 거기다가 사실에 부합하지도 않는 선입견만으로 가득하고 심지어 자신이 선입견을 가지고 있다는 사실조차 인식하지 못하고 있다면, 대체 어디서부터 설명을 시작하면 좋단 말인가?

"스튜, 한 가지씩 차근차근 짚어 봅시다. 먼저, 우리에게는 '법률'이 없습니다. 따라서 그 법률에 따라 '사형을 언도'하는 것도 당연히 없지요. 당신의 위반은 '사소한' 것이 아닙니다. 나는 다만 당신이 몰랐기 때문에 너그럽게 봐준 겁니다. 그리고 그 일은 '태연하게' 이루어지지 않았습니다. 그랬다면 소년들은 당신을 제일 가까운 에어 로크로 끌고 가서 0기압인 진공 속에 던져 넣고 문을 닫아 버렸을 겁니다. 대신에 그들은 아주 신중하게 처리했습니다. 착한 아이들이지요! 그들은 당신을 재판에 회부하기 위해 자기들의 돈을 지불했습니다. 그리고 그들이 요구한 것과는 전혀 다른 판결이 났는데도 불평 한마디 하지 않았습니다. 자, 아직도 이해가 안 가는 부분이 있으십니까?"

그가 싱긋 웃자 교수처럼 보조개가 드러났다. 그래서 나는 더욱 그에게 호감을 품게 되었다.

"유감스럽게도 하나도 모르겠습니다. 아무래도 거울 나라로 잘못 들어온 것 같군요."

그럴 거라고 예상했다. 나는 지구에 가 본 적이 있기 때문에 그들의 사고방식을 조금은 알고 있었다. 지구 벌레는 어떤 상황이든 간에 법률, 그러니까 종이에 인쇄된 법률이 있을 것이라고 기대한다. 심지어 계약 같은 개인적인 문제에 관한 법률도 있다. 정말이다. 어떤 사람의 말을 믿을 수 없다면 왜 그와 계약을 한단 말인가? 누구에게나 평판이라는 것이 있지 않은가?

내가 말했다.

"우리는 법률이 없습니다. 그런 것을 가지도록 허용받은 적이 없습니다. 관습은 있지만 그것은 문서로 씌어진 것은 아니며 강제되지도 않습니다. 또는 상황과 조건이 그렇게 정해져 있으니까 스스로 강제한다고 말할 수도 있을 겁니다. 우리의 관습은 자연법이라고 해도 좋습니다. 사람이 살아남기 위해 지켜야 할 규범에 해당하니까요. 당신이 티쉬를 건드린 것은 자연법을 위반한 겁니다…… 그래서 하마터면 진공을 호흡할 뻔했지요."

그는 생각에 잠긴 듯이 눈을 깜빡였다.

"제가 위반한 자연법에 대해 설명해 주시겠습니까? 그걸 잘 이해하는 것이 좋겠습니다……. 안 그러면 우주선으로 돌아가 이륙할 때까지 틀어박혀 있어야 할지도 모르겠군요. 살아남기 위해서."

"설명해 드리지요. 아주 간단합니다. 일단 제대로 이해하면 다시는 목숨이 위험해질 일은 없을 겁니다. 여기 달 세계에는 200만의 남성이 있고 여성의 숫자는 100만이 채 못 됩니다. 바위나 진공처럼 기본적이고 물리적인 사실이죠. 여기에 탄스타플 방식을 적용해 봅시다. 재화가 적으면 가격이 올라갑니다. 여성이 적어서 모든 남자에게 고르게 돌아갈 정도로 충분하지 않습니다. 따라서 그들은 달 세계에서 가장 소중한 존재가 된 겁니다. 얼음이나 공기보다 귀한 겁니

다. 남자란 여자가 없으면 죽든 살든 알게 뭐냐는 기분이 되고 마니까요. 사이
보그는 다르지요. 당신이 사이보그를 인간으로 생각한다면 얘기는 달라지겠지
만, 내 경우에는 그렇게 생각하지 않습니다."

나는 계속했다.

"그럼 어떻게 될까요? 알고 있을지 모르지만, 이 관습이나 자연법이 처음 나
타났던 20세기에는 지금보다 상황이 훨씬 나빴습니다. 남녀의 성비는 10대 1
또는 그보다 높았지요. 감옥에서 항상 발생하는 일도 생겼습니다. 남자가 다른
남자를 상대하는 일 말입니다. 그것도 별로 도움이 되지 않았습니다. 문제는 계
속되었습니다. 대부분의 남자들은 여성을 원하는 데다가 진짜 여자를 얻을 가
능성이 있는 동안에는 대용품으로는 만족하지 못하는 법이니까요.

그들은 너무 안달한 나머지 사람을 죽이기까지 했습니다……. 나이 든 노인
들의 얘기를 들으면 당시에는 소름이 끼칠 정도로 살인이 난무했다고 합니다.
하지만 시간이 흐르면서 살아 남은 자들은 서로 사이좋게 나눠 갖는 방법을
찾아내게 되었지요. 사태는 안정되어 갔습니다. 그건 중력처럼 자연스러운 일이
었습니다. 현실에 적응한 사람은 살아 남고 그렇지 못한 사람들은 죽는 거지요.
그렇게 문제가 해결되었습니다.

현재 여기서 그것이 의미하는 바는, 여성의 숫자가 적고 결정권은 여성이 쥐
고 있다는 겁니다……. 그리고 당신의 주위에는 남자란 여성의 장단에 맞춰 춤
을 춰야 한다고 생각하는 200만의 남성이 있다는 것이지요. 당신은 아무 선택
권이 없습니다. 그녀가 모든 권리를 갖고 있습니다. 그녀는 피가 나도록 당신을
두들겨 팰 수 있습니다. 하지만 당신은 그녀에게 손가락 하나 대서는 안 됩니
다. 그런데 당신은 티쉬의 몸에 팔을 둘렀을 뿐 아니라 키스까지 하려고 했지
요. 만일 그녀가 비명을 지르지 않고 당신과 호텔 방으로 갔다고 가정해 봅시
다. 무슨 일이 생겼을까요?"

252

"맙소사! 그랬다면 그들이 나를 갈가리 찢어 놓았겠지요!"

"그들은 아무 일도 하지 않았을 겁니다. 어깨를 들썩이며 못 본 체했겠지요. 왜냐하면 선택은 그녀가 하는 것이니까요. 당신도 아니고 그들도 아닙니다. 오로지 그녀만 하는 겁니다. 오, 당신이 먼저 그녀에게 호텔로 가자고 청하는 건 위험할 수도 있습니다. 그녀가 모욕으로 받아들이면 소년들에게 당신을 때려도 좋다는 면죄부를 주었을 테니까요. 하지만…… 글쎄요, 이 티쉬의 경우를 생각해 봅시다. 약간 아둔하고 엉덩이가 가벼운 타입이지요. 만일 당신이 아까 내가 당신의 가방 속에서 보았던 지폐 뭉치를 살짝 보여 주었다면 그녀는 관광객과 한바탕 몸을 굴리는 것도 좋겠다고 생각하고 자기가 직접 호텔로 가자고 제안했을지도 모릅니다. 그런 경우에는 완벽하게 안전한 셈이지요."

라즈와는 몸을 부르르 떨었다.

"그 나이에요? 생각만 해도 소름이 돋는군요. 그녀는 법적인 동의 연령 이하인 것 같던데요. 미성년자 강간에 해당하지요."

"오, 말도 안 돼! 그런 건 없습니다. 그 소녀 정도면 이미 결혼을 했을 나이입니다. 스튜, 달 세계에 강간은 없습니다. 절대로. 남자들이 허용하지 않습니다. 강간과 관련된 범죄라면 판사를 찾는 것 같은 귀찮은 절차를 거치지도 않습니다. 비명소리가 들릴 만한 거리에 있는 모든 남자들이 도와주려고 달려오지요. 하지만 그 정도 나이의 소녀가 처녀일 가능성은 무시해도 좋을 정도입니다. 여자아이는 어릴 때는 어머니가 잘 보살핍니다. 도시에 있는 모든 사람들의 도움을 받아서 말입니다. 이곳에서 어린이는 안전합니다. 하지만 혼기가 차면 아무도 간섭하지 않고 어머니도 보호를 중단합니다. 그들이 통로를 배회하면서 즐기기로 마음 먹었다고 해도 아무도 말릴 수 없습니다. 혼기가 된 소녀는 스스로 자기 자신의 주인이 되지요. 당신은 결혼했습니까?"

"아뇨."

그가 미소를 지으며 덧붙였다.

"현재는 결혼한 상태가 아닙니다."

"당신이 결혼했다고 치고 아내가 다시 결혼을 해야겠다고 말한다면 어떻게 하겠습니까?"

"당신이 그런 말을 하다니 재미있군요. 실제로 일어났던 일이지요. 나는 변호사를 만나서 그녀가 별거 수당을 받지 못하게 조치했습니다."

"이곳에는 '별거 수당'이라는 말이 없습니다. 지구에 갔을 때 듣기는 했습니다만. 여기서라면 당신은, 또는 달 세계인 남편은 이렇게 말합니다. '그럼 우리에게 더 넓은 집이 필요하겠군, 여보.' 또는 그저 그녀와 새로운 공동 남편에게 축하한다는 말을 해 줄 수도 있겠지요. 만일 너무 괴로워서 도저히 견딜 수가 없으면 집을 나가기로 하고 짐을 싸는 겁니다. 하지만 어떤 경우에도 소란을 피워서는 안 됩니다. 그의 친구들, 남자나 여자 할 것 없이 전부 그를 푸대접할 테니까요. 그 불쌍한 친구는 어쩌면 노비렌으로 이사 가서 이름을 바꾸고 조용히 슬픔을 달래야 할지도 모릅니다.

우리의 관습은 모두 그런 식입니다. 당신이 달 표면에 나갔는데 친구의 공기가 떨어지는 일이 생기면 당신은 산소 통을 빌려 주고 돈을 요구하진 않습니다. 하지만 두 사람 모두 기압 속으로 다시 돌아왔을 때 그 친구가 돈을 내지 않으면 당신이 판사의 의견을 구하지 않고 그를 제거한다고 해도 아무도 당신을 비난하지 않습니다. 하지만 그 친구는 돈을 낼 겁니다. 공기는 여자만큼이나 소중한 것이니까요. 새로운 친구가 달 세계에 오면 그에게 공기 살 돈을 줍니다. 먹을 것을 살 돈이 아닙니다. 그것은 일을 해서 벌어야 하고, 일을 못하면 굶게 됩니다. 당신이 자기 방어 이외의 이유로 다른 사람을 죽이면 그의 빚을 갚고 그의 아이들을 키워야 합니다. 안 그러면 사람들이 당신에게 말을 걸지도, 당신에게서 물건을 사지도 팔지도 않습니다."

"매니, 당신의 말은 내가 이곳에서 사람을 죽여도 돈만 있으면 무마할 수 있다는 뜻입니까?"

"오, 절대 아닙니다! 하지만 누군가를 제거하는 것은 법을 어기는 일이 아닙니다. 이곳에는 총독의 규칙을 제외하면 법률이 없으니까요. 그리고 총독은 달 세계인이 서로 무슨 짓을 하든 신경 쓰지 않습니다. 하지만 우리는 이런 식으로 해 나가고 있습니다. 즉 어떤 남자가 죽었다면 그건 그 사람이 자초했기 때문이고 모두가 그런 사실을 알아야 합니다. 그게 일반적인 경우죠. 그렇지 않으면 그의 친구들이 살인을 저지른 인간을 손봐 줍니다. 어느 쪽이든 문제는 없습니다. 누군가를 제거하는 일이 많이 일어나지는 않습니다. 결투를 벌이는 것도 흔한 일은 아닙니다."

"친구들이 손을 봐 준다고요? 저런, 매니. 만일 그 젊은이들이 나를 해치웠다면 어떻게 될까요? 나는 이곳에 친구가 하나도 없는데요."

"그래서 내가 재판을 맡은 겁니다. 그 친구들이 그런 정도까지 서로를 충동질할 수 있는지는 의문이었지만 만에 하나 말이지요. 관광객을 죽이면 우리 도시의 평판이 나빠질 수 있습니다."

"그런 일이 자주 있습니까?"

"지금까진 기억에 없습니다. 물론 사고처럼 위장했을 수는 있겠지만. 새로 온 사람은 사고를 일으키기 쉽습니다. 달 세계는 그런 곳입니다. 신참자가 1년만 버티면 영원히 살 수 있다는 말도 있지요. 하지만 1년차 신참에게 생명보험을 파는 사람은 아무도 없을 겁니다."

나는 흘끗 시계를 보았다.

"스튜, 저녁식사는 했습니까?"

"아니요. 마침 나도 당신에게 호텔로 가지고 초대하려던 참이었습니다. 그곳은 요리가 아주 훌륭합니다. 오를레앙 호텔이지요."

나는 진저리가 쳐지는 것을 참았다. 그곳에서 한 번 먹어 본 적이 있었다.

"그보다 나와 함께 우리 집으로 가서 가족을 만나 보지 않겠습니까? 지금쯤 이면 저녁 식사 시간이 되었을 겁니다."

"폐가 되지 않을까요?"

"전혀. 전화를 걸고 올 테니 잠시만 기다려 주십시오."

멈이 받았다.

"마누엘! 당신 목소리를 들으니 너무 좋아요! 캡슐이 도착한 지 몇 시간이나 되었기 때문에 당신이 내일이나 그 후에 올 거라고 생각했어요."

"술을 마셨어요, 미미. 나쁜 친구들과 함께 어울리는 바람에. 집에 가는 길을 잊어버리지 않았다면 지금 갈게요. 그리고 나쁜 친구를 한 명 데려가려고 해요."

"알았어요, 여보. 저녁식사는 20분 후예요. 늦지 않도록 하세요."

"나쁜 친구가 남자인지 여자인지 알고 싶지 않아요?"

"당신을 잘 아는 만큼 아마 여자겠지요. 만나면 누군지 알아볼 수 있는 아가 씨일지는 모르겠지만요."

"역시 당신은 나를 너무 잘 알아요, 멈. 여자들에게 예쁘게 꾸미고 있으라고 전해 줘요. 손님이 더 예뻐 보이는 것은 싫으니까."

"너무 오래 걸리지는 마세요. 저녁 식사가 식어요. 안녕, 여보, 사랑해요."

"사랑해요, 멈."

나는 기다렸다. 그런 다음에 MYCROFTXXX를 눌렀다.

"마이크, 이름을 하나 조사해 줘. 지구에서 온 사람인데, 포포프 호의 승객이 야. 스튜어트 르네 라즈와. 스튜어트는 U가 하나이고, 성은 R이나 L로 시작하 는 파일 아래에 있을 거라고 생각해."

몇 초 걸리지 않았다. 마이크는 지구의 모든 주요 인명부에서 스튜의 이름을 찾아낸 것이다. 『후즈 후 명사록』, 『던 앤 브래드 스트리트(기업 신용 평가 기관)』, 『고타 왕족 명감』, 『런던 타임스 인명부』 등등 아무 거나 이름만 대시라. 프랑스 출신의 추방자, 왕정주의자, 부호, 그가 사용하는 이름 사이에는 이름이 여섯 개 더 있었으며, 소르본의 법학사 학위를 포함하여 세 개 대학 학위가있고, 프랑스와 스코틀랜드 양쪽으로 귀족 조상을 두었고, 레이디 파멜라 어쩌고저쩌고 하는 귀족 혈통 마님과 결혼했다가 이혼했다. (자녀는 없었다.) 죄수를 조상으로 둔 달 세계인들에게 말을 걸 만한 지구 벌레 유형은 아니다. 스튜는 아무에게나 말을 걸지만 말이다.

나는 2분 동안 귀를 기울인 후에 마이크에게 관계인들을 전부 포함한 완전한 서류를 준비해 달라고 부탁했다.

"마이크, 어쩌면 우리의 봉일지도 모르겠어."

"가능성이 있습니다, 맨."

"가 봐야 해, 안녕."

나는 생각에 잠긴 채로 나의 손님에게 돌아갔다. 약 1년 전에 호텔 방에서 술을 들이키며 혁명을 얘기할 때, 마이크는 1대 7의 승산을 우리에게 약속했다. 단 어떤 조건들이 성립되어야 한다는 전제가 붙었다. 그중 하나가 지구 쪽에 조력자가 있어야 한다는 것이었다.

여기서 '바위를 던진다'고 하더라도, 110억의 인구와 무한한 자원을 가진 강력한 지구가 맨손이나 다름없는 300만을 상대로 패배한다는 것은 있을 수 없는 일이라는 것을 마이크도 알고 있었고, 우리 모두 알고 있었다. 아무리 우리가 높은 곳에서 돌을 던질 수 있다고 해도 말이다.

마이크는 18세기 영국의 식민지였던 미국이 독립하고, 20세기 많은 식민지들이 여러 제국들로부터 독립을 획득했던 것을 예로 들면서, 어떤 경우에도 식민지가 무력으로 독립을 쟁취한 일은 없다고 지적했다. 그랬다, 어떤 경우든 제국 쪽이 다른 일로 바빴기에 점점 지치고 피곤해져서 완전한 힘을 사용하지도 못하고 굴복했다.

지난 몇 개월 동안 우리는 많이 강해져서 원하기만 한다면 언제든 총독의 경호원들을 제압할 수 있을 정도가 되었다. 일단 사출기가 준비되면(이제 얼마 남지 않았다) 우리는 완전히 무력하지는 않을 것이다. 하지만 우리에게 '유리한 분위기'가 지구 쪽에 조성될 필요가 있었다. 그것을 위해 지구의 조력자가 있어야 했다.

교수는 그게 어려울 거라고 여기지 않았다. 하지만 사실은 아주 어려운 일로 드러났다. 그의 지구 친구들은 죽었거나 거의 죽어 가고 있었으며, 나는 선생을 몇 명 알고 있을 뿐 친구는 한 명도 없었다. 우리는 세포들에게 질문을 내려 보냈다. '지구 쪽 중요 인사를 알고 있는가?' 그러면 대답은 언제나 이랬다. '농담이겠지요?' 아무도 그런 사람을 몰랐다.

교수는 들어오는 우주선의 승객 명부를 들여다보며 접촉할 만한 사람을 찾아보려고 애썼다. 그리고 지구 신문의 달 세계판을 읽으면서 과거에 알던 사람들을 통해 연줄을 댈 만한 중요 인사를 찾아보려고 했다. 나는 아무 노력도 하지 않았다. 내가 지구에서 만났던 몇 안 되는 사람들 중에 중요 인사는 한 명도 없었다.

교수는 포포프 호의 승객 명부에서 스튜의 이름을 주목하지 않았다. 교수는 그를 만난 적이 없었다. 나는 스튜가 이상한 명함에 씌어진 것처럼 단순한 괴짜에 지나지 않는지 어떤지 몰랐다. 하지만 그는 내가 달 세계에서 같이 술을 마신 유일한 지구인이었고 꽤 괜찮은 친구 같았다. 그리고 마이크의 보고는 내 육감이 그렇게 나쁘지 않았음을 증명해 주었다. 그는 상당히 중요한 인물이었다.

따라서 나는 그를 집으로 데려가, 가족이 그를 어떻게 생각하는지 알아보기로 했다.

출발이 좋았다. 멈은 미소를 지으며 손을 내밀었다. 그는 손을 잡고 깊이 허리를 굽혔다. 나는 그가 손에 입을 맞추려는 것이 아닌가 생각했다. 내가 여자들을 대하는 법에 대해 미리 경고하지 않았다면 그는 아마 입을 맞추었으리라 생각한다. 멈은 살갑게 애교를 부리며 그를 저녁 식탁으로 안내했다.

＊ 12 ＊

우리는 76년 4월과 5월에 달 세계인들이 총독에게 반항하고, 그가 이에 보복을 하도록 자극하기 위해 점점 더 커다란 노력을 기울였다. 사마귀 모트의 문제점은 그가 나쁜 인간이 아니라는 점이었다. 그가 총독부의 상징적인 존재라는 사실을 제외하면 미워할 이유가 전혀 없었다. 따라서 우리는 그가 아무 짓이나 저지를 정도로 겁에 질리게 만들어야 했다. 그리고 평균적인 달 세계인의 성향도 문제였다. 달 세계인은 습관적으로 총독을 경멸했지만, 혁명가가 될 정도로 증오하는 것은 아니었다. 달 세계인은 골치 아픈 일을 싫어했다. 그들은 맥주, 도박, 여자, 그리고 일에만 관심이 있었다. 혁명이 고사되지 않게 유지해 준 유일한 아군은 적개심 고취에 대단한 재능을 발휘한 평화 기동대였다.

하지만 그들조차 우리가 끊임없이 자극을 해야 했다. 교수는 과거에 있었던 어떤 혁명의 신화적인 사건을 언급하며 우리에게는 '보스턴 차 사건'이 필요하다고 누누이 말했다. 대중의 관심을 휘어잡을 만한 소동이 있어야 한다는 말이었다.

우리는 계속 노력했다. 마이크는 오래된 혁명가를 개작했다. 「라 마르세예즈」,

「인터내셔널가」, 「양키 두들」, 「우리는 승리한다」, 「노동자 천국의 노래」 등등이었고, 우리는 이런 노래들을 달 세계의 사정에 맞게 개사했다. 예를 들면 "바위와 따분함의 자식들이여/총독이 그대의 자유를/빼앗아 가게 내버려두려는가!"라는 식이었다. 사이먼 제스터가 가사를 만들었고, 가사가 호응을 얻으면 우리는 라디오와 비디오로 노래를 틀었다(음악만). 이것은 총독이 몇몇 곡을 금지하는 어리석은 짓을 하게 했다. 우리가 바라던 바였다. 사람들은 휘파람을 불 수 있었다.

마이크는 부총독, 기술국장, 기타 부서 책임자들의 목소리와 말투를 조사했다. 총독은 한밤중에 부하들로부터 장난 전화를 받기 시작했다. 그들은 그런 전화를 건 적이 없다고 부인했다. 따라서 알바레즈는 다음번 전화에는 전화 추적을 실시했다. 당연한 일이지만 마이크의 도움을 받아 알바레즈는 보급품 담당국장의 전화라는 사실을 알아내고 그것이 배불뚝이 국장의 목소리라고 확신했다.

그러나 모트에게 걸려 온 다음번 협박 전화는 알바레즈에게서 걸려온 것으로 드러났다. 덕분에 다음 날 모트가 알바레즈에게 한 말과 알바레즈가 자기를 변호하면서 한 말은 오로지 정신병자들의 언쟁이라고밖에 설명할 수가 없을 지경이었다.

교수는 마이크가 그만두게 했다. 그는 알바레즈가 해고당하는 것을 두려워했다. 그것은 우리가 원하지 않는 바로, 그는 우리에게 크게 도움이 되는 존재였다. 하지만 그 무렵 평화 기동대원들은 총독의 명령인 듯한 호출을 받고 한밤중에 두 번이나 잠자리에서 달려나오는 일을 겪었다. 그 일은 그들의 사기를 더욱 저하시켰고, 총독은 공무원들 사이에 배신자가 가득하다고 확신하게 되었으며, 반면에 공무원들은 그가 정신이 나갔다고 굳게 믿게 되었다.

어느 날《루나야 프라우다》에 아담 셀리니 박사가 '달 세계의 시와 예술: 새로운 르네상스'라는 주제로 강연을 한다는 광고가 실렸다. 동지들은 한 명도 참석하지 않았다. 강연장 근처에는 얼씬도 하지 말라는 경고가 세포들 사이에 하달되었던 것이다. 평화 기동대 3개 분대가 나타났을 때 그곳에는 아무도 없었다. 이것은 하이젠베르크의 불확정성의 원리를 『스칼렛 핌퍼넬』에 적용한 것과 비슷한 일이었다. 《프라우다》의 편집장은 자신이 직접 광고를 받은 것이 아니며, 이 광고는 접수계를 통해 주문받았고 현금으로 지불되었다고 설명하느라 몇 시간이나 진땀을 흘려야 했다. 그는 아담 셀리니에게 광고를 받지 말라는 명령을 받았다. 이 명령은 곧 철회되어, 아담 셀리니로부터 뭐든 받아도 좋지만 즉시 알바레즈에게 보고해야 한다는 명령으로 대체되었다.

새로운 사출기가 시험 운행되어 동경 35도 남위 60도의 남인도양에 물건을 떨어뜨렸다. 오로지 물고기들만 왔다 갔다 하는 장소였다. 마이크는 자신의 사격술에 아주 흡족해했다. 유도 및 추적 레이더도 사용하지 않고 오로지 계산에만 의존해 한 번에 표적을 명중했기 때문이었다. 지구 쪽 뉴스에 따르면 케이프타운 우주 추적 감시대에서 거대한 운석이 남극 해 부근에 낙하하여 상당한 충격을 가했음을 보고했다고 한다. 그 사실은 마이크의 의도와 완벽하게 맞아떨어졌다.

마이크는 그날 밤의 로이터 통신을 수신하면서 나에게 자랑하려고 전화했다.

"제가 명중이라고 말했지요."

그가 자못 흡족하게 말했다.

"전 그것을 보았습니다. 오, 얼마나 사랑스러운 물기둥인가!"

나중에 여러 지진 연구소에서 나온 충격파에 관한 보고와 해양 연구소들의 해일 관련 보고 내용은 완전히 일치했다.

그것은 우리가 준비한 유일한 깡통이었다(강철을 구입하는 데 어려움을 겪었기 때문이다). 안 그랬으면 마이크는 새로운 장난감을 다시 시험해 보겠다고 고집을 부렸을지도 몰랐다.

스틸랴기들과 그들의 소녀들 사이에 자유의 모자가 유행했다. 사이먼 제스터는 양쪽 뿔 사이에 모자를 쓰기 시작했다. 본 마르셰 백화점에서는 자유의 모자를 경품으로 제공했다. 알바레즈는 답답한 총독을 상대하느라 힘들어했다. 아이들 사이에 새로운 유행이 퍼질 때마다 스파이 대장이 무슨 조치를 취해야 하는 것 아니냐고 모트가 따졌기 때문이었다. 알바레즈는 정신이 나가지 않았을까?

나는 5월 초순에 카버 거리를 걷다가 슬림 렘케와 마주쳤다. 그는 자유의 모자를 쓰고 있었는데 나를 보고 반가워했으며, 나는 그가 신속하게 요금을 내주어서 고맙다고 말했다(그는 스튜의 재판이 있은 지 사흘 후에 시드리스에게 그들 몫인 30홍콩 달러를 지불했다). 나는 그에게 시원한 음료를 사 주었다. 우리가 자리에 앉아 있는 동안 나는 왜 젊은이들이 붉은 모자를 쓰고 다니는지 물었다. 왜 모자인가? 모자는 지구 벌레들의 습관 아닌가, 응?

그는 망설이다가 이것은 장미십자단과 같은 일종의 비밀 결사라고 말했다. 나는 화제를 바꾸었다. 나는 그의 진짜 이름이 모제스 렘케 스톤이라는 것을 알았다. 그는 스톤 일족의 구성원이었다. 이것은 나를 기쁘게 했다. 우리는 친척이었던 것이다. 또한 놀라기도 했다. 하긴 스톤 집안과 같은 유서 깊은 가문의 자손조차 모든 아들들의 결혼 대상을 언제나 찾아내는 것은 아니었다. 나는 운이 좋았다. 안 그랬다면 나 역시 그의 나이에 통로를 배회하고 있었을지도 몰랐다. 나는 그에게 우리가 외가 쪽으로 인척 관계가 된다고 말해 주었다.

그는 용기를 내어 곧 말했다.

"마누엘 종형, 우리가 직접 총독을 선출해야 한다고 생각하신 적은 없습니까?"

나는 그렇지 않다, 그런 생각은 한 번도 해 본 적이 없으며, 총독은 총독부에서 임명하는 것이고 앞으로도 계속 그렇게 할 것으로 생각한다고 말했다. 그는 왜 우리에게 총독부가 있어야 하는가 의문을 제기했다. 나는 누가 머리에 그런 생각을 심어 주었는지 물었다. 그는 그런 사람은 아무도 없고, 다만 생각만 했을 뿐이라고 했다. 생각하는 것은 자유가 아니냐면서.

나는 집으로 돌아오자 혹시 그 젊은이가 당원이라면 마이크에게 전화해서 이름을 알 수 있을 거라는 유혹을 느꼈다. 하지만 그것은 비밀 유지 원칙에 맞지 않았고 슬림에게도 불공평한 일이었다.

76년 5월 3일 사이먼이라는 이름을 가진 일흔한 명의 남자들이 검거되어 조사를 받고 풀려났다. 신문에는 그런 기사가 한 줄도 보도되지 않았지만 모두가 그 소문을 들었다. 우리는 'J'로 시작하는 세포까지 그 소문을 내려 보냈고, 12,000여 명의 사람들이 소문을 퍼뜨리는 속도는 내가 생각했던 것보다 훨씬 빨랐다. 우리는 이들 위험 인물들 중에는 네 살배기 사내아이도 있었다는 점을 특히 강조했다. 사실이 아니었지만 아주 효과적이었다.

스튜 라즈와는 2월과 3월 동안 우리 집에 머물렀고, 4월 초까지 지구로 돌아가지 않았다. 그는 다음번 우주선으로, 또 그 다음으로 계속해서 티켓을 바꾸었다. 내가 그에게 비가역적 생리 변화가 일어나는, 보이지 않는 선에 접근하고 있다고 지적하자 그는 빙긋 웃으며 아무 걱정하지 말라고 했다. 하지만 원심 가속기 사용을 예약했다.

4월 달이 되어서도 스튜는 떠나고 싶어하지 않았다. 그는 나의 모든 아내들과 와이오와 함께 눈물의 키스와 작별 인사를 주고받았다. 그리고 다시 돌아올 거라고 모두에게 다짐했다. 할 일이 있기 때문에 그는 떠났다. 그 무렵 그는 당원이 되어 있었다.

나는 스튜를 당원으로 끌어들이는 결정에 참여하지 않았다. 나는 편견을 지닌 입장이었기 때문이다. 와이오와 교수와 마이크는 만장일치로 위험을 무릅쓰자고 결정했다. 나는 기꺼이 그들의 판단을 받아들였다.

우리는 모두 스튜 라즈와를 설득하기 위해 팔을 걷어붙이고 나섰다. 나, 교수, 마이크, 와이오, 멈, 심지어 시드리스, 레노레, 류드밀라는 물론이고 우리 아이들과 한스, 알리, 프랑크까지 거들었다. 데이비스 집안의 생활이 제일 먼저 그의 마음을 사로잡았기 때문이다. 레노레가 달 세계 시에서 제일 예쁜 여자라는 사실도 도움이 되었을 것이다. 그렇다고 밀라, 와이오, 안나, 시드리스를 깎아 내리는 건 아니다. 스튜가 아기를 꼬여서 엄마의 젖에서 떼어 낼 정도로 매력적이라는 사실도 도움이 되긴 했다. 멈은 어미 닭처럼 스튜를 보살폈고, 한스는 그에게 수경 농장을 보여 주었고, 스튜는 흙투성이, 땀투성이가 되어서 우리 아들들과 터널 속을 휘젓고 다녔다. 그는 우리의 중국식 양어장에서 물고기 잡는 것을 돕고, 벌에 찔리기도 했으며, 압력복 다루는 법을 배우고, 태양열 전기를 고치기 위해 나와 함께 달 표면으로 올라갔고, 안나가 돼지 잡는 것을 돕고, 가죽에 무두질하는 방법을 배웠고, 할아버지 옆에 앉아서 지구에 대한 소박한 의견을 진지하게 들었으며, 우리 집에서는 어떤 남성도 해 보지 않은 일이지만 밀라와 함께 설거지를 했고, 아기들, 강아지들과 함께 바닥에서 뒹굴고, 밀을 가루로 빻는 법을 배우고, 멈과 요리법을 서로 주고받았다.

나는 그를 교수에게 소개했다. 그것으로 그의 정치적 성향을 알아내는 일이 시작되었다. 교수가 그를 '지금은 홍콩에 있기 때문에' 전화로밖에 얘기할 수 없는 '아담 셀리니'에게 소개했을 때도 우리는 아무것도 인정하지 않았다. 따라서 우리는 언제든 후퇴할 수 있었다. 스튜가 우리의 혁명에 공감할 무렵 우리는 가식을 벗어던지고 아담은 의장이며 보안 관계상 그를 직접 만날 수는 없다는 사실을 알렸다.

하지만 와이오의 역할이 가장 컸다. 스튜에게 우리의 카드를 내보이고 우리가 혁명을 준비하고 있다는 사실을 알리자는 것도 그녀의 판단에 따른 것이었다. 스튜는 놀라지 않았다. 이미 결심을 굳힌 후라 우리가 자기를 신뢰하기를 기다리고 있었던 것이다.

아름다운 여자 하나가 수천 척의 전함을 출항시킨다는 말이 있다. 나는 와이오가 스튜에게 언어로 하는 설득 외에 다른 어떤 수단을 사용했는지 모른다. 하지만 최소한 내 경우엔 와이오가 교수의 이론이나 마이크의 수치보다 훨씬 큰 역할을 했다. 스튜에게 훨씬 강력한 방법을 사용했다고 해도 그녀가 조국을 위해 그런 일을 한 역사상 유일한 여성은 아니었다.

스튜는 특별한 암호 책을 가지고 지구로 돌아갔다. 나는 컴퓨터 기사로서 정보 이론을 공부할 때 기본 원리를 배우긴 했지만 암호 전문가는 아니었다. 문자 암호는 하나의 문자를 다른 문자로 치환하는 방식의 수학적인 패턴으로, 가장 단순한 것은 알파벳을 뒤섞는 방식이다.

문자 암호는 믿을 수 없을 정도로 복잡해질 수 있다. 특히 컴퓨터의 도움을 받으면 말이다. 하지만 문자 암호는 모두가 패턴이라는 약점이 있다. 즉 하나의 컴퓨터가 그 패턴을 생각해 낼 수 있으면 다른 컴퓨터가 그것을 해독할 수 있다는 말이다.

어구 암호는 이런 약점이 없다. 이를테면 그 암호 책에 GLOPS라는 어구가 있다고 해 보자. 이것은 '미니 아주머니가 화요일에 집에 올 것이다'라는 뜻일 수도 있고, '3.14157……'을 의미할 수도 있다.

의미는 갖다 붙이기 나름이다. 어떤 컴퓨터도 어구만 보고서 그 뜻을 분석할 수는 없다. 컴퓨터에게 충분한 수의 어구와 의미 또는 의미에 대응하는 대상을 포함하는 합리적인 이론을 제공한다면, 마침내 컴퓨터는 해석을 해낼 것이다. 의미 자체가 패턴이 있기 때문이다. 하지만 그것은 더 난해한 수준의 다른 문제가 된다.

우리는 지구와 달 세계 양쪽에서 상업적인 공문 송신에 쓰는 가장 일반적인 상업용 암호 책을 선택했다. 하지만 우리는 먼저 그 책을 철저히 연구했다. 교수와 마이크는 당에서 지구의 요원에게 보내거나 지구 요원에게서 받을 가능성이 높은 정보의 종류에 관하여 몇 시간 동안 토론했다. 그런 다음 마이크는 자신이 지닌 광범위한 정보를 활용하여 이 암호 책에 대응하는 새로운 의미를 담은 암호 책을 만들어 냈다. 예를 들면, '태국 쌀을 선매하라'는 '있는 힘을 다해 달아나라, 그들이 알아냈다'라는 의미에 해당할 수 있다. 또는 무슨 의미든 가능하다. 예기치 않은 일이 일어났을 때 어떤 말이든 전할 수 있게 하기 위하여 문자 암호를 숨겨 놓았기 때문이었다.

어느 날 밤늦게, 마이크는 《루나야 프라우다》의 편집실 팩시밀리를 이용하여 새로운 암호를 인쇄했다. 야간 편집자가 인쇄된 롤을 다른 동지에게 넘겼고, 그는 그것을 조그만 필름 롤로 전환해서 차례차례 전달했다. 아무도 자신들이 무엇을, 왜 전달하는지 몰랐다. 최종적으로 암호 책은 스튜의 가방 속에 들어갔다. 그 무렵 달 세계에서 외부로 나가는 화물은 엄격한 검사를 받았다. 그리고 그 일은 성질이 더러운 평화 기동대원들이 수행했다. 하지만 스튜는 절대 문제가 생기지 않을 거라고 단언했다. 어쩌면 그는 그것을 삼켰을지도 모른다.

그 후로 루노호 사에서 지구로 보내는 통신 가운데 일부는 스튜의 런던 중개인을 경유해 그에게 들어갔다.

그렇게 한 이유 중 하나는 재정적인 것이었다. 당은 지구에서 돈을 쓸 필요가 있었다. 루노호 사는 지구에 돈을 전송했다.(전부 훔친 돈은 아니었다. 몇몇 벤처 사업은 수익률이 좋았다.) 당은 달보다 지구에서 훨씬 더 많은 돈이 필요했다. 스튜는 혁명 계획에 관한 은밀한 지식을 활용하여 투기를 했다. 스튜, 교수, 마이크는 혁명 발발 이후에 어떤 주식이 오르고 내려갈 것인지를 두고 몇 시간이나 토론을 했다. 이것은 교수의 전문 분야였다. 나는 그런 종류의 도박은 하지 않는다.

하지만 '호의적인 분위기'를 만들어 내기 위해 D 데이 이전에도 돈이 필요했다. 우리는 홍보가 필요했고, 세계 연방의 하원의원과 상원의원들을 우리 편으로 끌어들여야 했으며, 그날이 왔을 때 신속하게 우리를 인정해 줄 국가들을 확보해야 했고, 다른 평민들에게 선술집에서 맥주를 마시며 '그까짓 바위 덩어리가 뭐가 중요하다고 우리 군인들의 목숨과 바꾼단 말인가? 자기들끼리 지지고 볶도록 내버려두면 되지!' 라고 말해 줄 사람들이 필요했다.

홍보에 쓸 돈, 뇌물에 쓸 돈, 유령 단체를 만들 돈, 기존 조직에 침투하기 위한 돈, 달 세계 경제의 실제 본질(스튜는 엄청난 분량의 수치를 잔뜩 가지고 돌아갔다)에 대하여 학술 연구를 수행할 돈, 그 연구 결과를 대중적인 보고서로 만들 돈, 주요 국가 중 최소한 하나의 외무성을 상대로 달 세계가 해방되면 그 나라에 이익이 된다는 점을 설득할 돈, 주요한 기업 연합을 상대로 달 세계 관광 아이디어를 설득할 돈······.

너무나 많은 돈이 필요했다! 스튜는 사재를 내놓았고, 교수는 그것을 거절하지 않았다. 진실한 재물은 마음에 있는 것이니까. 하지만 더 많은 돈이 필요했고, 해야 할 일도 너무나 많았다. 나는 스튜가 그 일의 10분의 1이라도 해낼 수 있을지 의문이었지만 그저 깍지를 끼고 기도했을 따름이었다. 최소한 우리는 지구와 연락할 방법은 생긴 셈이었다. 교수는 어떤 전쟁이든 반드시 싸우고 현명하게 종결을 지을 작정이라면 적과의 교신이 아주 중요하다고 주장했다. (교수는 평화주의자였다. 그가 채식주의자인 것과 마찬가지로, 평화주의자라고 해서 '합리적'인 전쟁의 필요성을 부정하지는 않았다. 그는 훌륭한 신학자가 되었을 것이다.)

스튜가 지구에 돌아가자마자 마이크는 승률을 1대 13으로 조정했다. 나는 이게 어찌된 일인지 물었다.

그가 참을성 있게 설명했다.

"하지만, 맨. 이 일로 위험이 커진 겁니다. 꼭 필요한 위험이긴 하지만 그렇다고 해서 위험이 커졌다는 사실이 바뀌지는 않습니다."

나는 입을 다물었다. 5월 초순인 그 무렵에는 새로운 요소가 위험을 약간 줄이면 다른 요소가 위험을 키우고 있었다. 마이크가 담당한 일의 한 부분은 지구와 달 세계 간의 극초단파 통신을 관장하는 것이었다. 상업용 전신, 과학적인 데이터, 뉴스 채널, 비디오, 음성 무선 전화, 일상적인 총독부 교신, 총독의 일급 기밀 교신이었다.

마지막 것을 제외하면 마이크는 상업용 어구 암호와 문자 암호를 포함하여 어떤 내용이든 읽을 수 있었다. 문자 암호를 해독하는 일은 그에게는 가로세로 퍼즐처럼 쉬운 일로 아무도 이 기계의 실력을 불신하지 않았다. 총독을 제외하면 말이다. 나는 이것이 모든 기계류에 대한 총독의 불신 탓일 것이라고 짐작한다. 총독은 가위 이상으로 복잡한 물건이면 무엇이든 수상쩍고 의심스럽게 여기는 타입으로 석기 시대에 태어났어야 할 인간이었다.

총독은 마이크가 한 번도 본 적이 없는 어구 암호를 사용했다. 또한 문자 암호도 썼는데, 그것은 마이크를 통하지 않고 사택 집무실에 있는 멍청한 개인 컴퓨터를 이용했다. 여기에 그는 미리 정해진 시간에 모든 암호 세트가 바뀌도록 지구 총독부와 얘기를 맞추어 놓았다. 당연히 그는 안전하다고 여겼을 것이다.

하지만 마이크는 그의 문자 암호 패턴을 알아냈고, 그저 대비하는 차원에서 시간 변경 프로그램을 준비해 놓았다. 어구 암호의 경우, 그는 교수가 요청하기 전에는 해독하지 않았다. 그로서는 흥미가 없는 일이기 때문이었다.

하지만 일단 교수가 부탁하자 마이크는 총독의 일급 기밀 메시지들을 해독했다. 처음에는 아무 자료도 없이 빈 손으로 시작해야 했다. 예전에 마이크는 일단 송신이 끝나면 총독의 메시지를 삭제해 버렸던 것이다. 따라서 천천히, 조금씩 그는 분석을 위한 데이터를 축적해 나갔다. 속도는 고통스러울 정도로 느렸다. 총독이 이 방법을 불가피할 경우에만 사용했기 때문이었다. 때로는 다음 번 메시지와 일주일이나 간격이 있기도 했다. 하지만 점차 마이크는 어구에 대응하는 의미를 수집하기 시작했고, 각 어구마다 가능성이 있는 의미들을 배정했다. 어구 암호는 한 번에 전부 해독되지는 않는다. 하나의 통신문에서 99개의 어구에 해당하는 의미를 안다고 해도 남은 하나는 GLOPS로서 전혀 의미를 모르는 어구에 지나지 않기 때문에 핵심을 놓칠 수도 있는 것이다.

하지만 사용하는 쪽에도 고민은 있다. 만일 GLOPS가 GLOPT라고 잘못 전달될 경우에는 문제가 생긴다. 어떤 통신 수단이든 꼭 필요한 말로만 간명하게 전달할 수는 없다. 어느 정도 불필요한 반복이 불가피하다. 그렇지 않으면 정보가 유실될 수 있는 것이다. 마이크는 기계만의 완벽한 인내심을 가지고 그 반복되는 부분을 파고들었다.

마이크는 당초 예상한 것보다 빨리 총독의 어구 암호를 대부분 해독했다. 총독이 예전보다 더 많이 통신을 보내는 데다가 대부분 동일한 주제였던 탓이다 (이것은 도움이 되었다). 즉 보안과 파괴 활동에 관한 것이었다.

우리는 모트가 흥분해서 떠들게 놔두었다. 그는 도와 달라고 비명을 지르고 있었던 것이다.

그는 평화 기동대 2개 중대가 있는데도 여전히 파괴 활동이 계속되고 있다면서 모든 주거 구역 내의 중요 거점마다 경호원을 배치할 만큼의 군대를 보내 달라고 요구했다.

지구의 총독부는 그것이 터무니없는 요구이며, 세계 연방의 정예 부대를 더 이상 보내 주기 어렵다고 대답했다. 군대를 달 세계에 보내면 지구 쪽 임무는 영구히 수행하지 못하게 되므로 그런 요구를 해서는 안 된다고 나무랐다. 만일 경호원이 더 필요하다면 유형수 가운데서 모집하라고, 그러한 행정 비용의 증가는 달 세계 안에서 자체적으로 해결해야 할 것이라고 했다. 총경비 인상은 더 이상 허용할 수 없다면서. 그리고 새로이 정한 곡물 할당량을 맞추기 위해 어떤 수단을 취하고 있는지 보고하라는 지시를 내렸다.

총독은 숙련된 경호 인력이 필요하지 '훈련도 받지 않고 신뢰할 수 없는 부적격한 죄수들은 곤란하다고 반복해서 답했고 이러한 지극히 온당한 요청이 받아들여지지 않는다면 더 이상 질서를 유지할 수 없으며 할당량을 늘이는 것은 더욱 어렵다.'라고 대답했다.

그러자 전과자들이 자기네 소굴 안에서 폭동을 일으킨들 무슨 대수냐는 비웃음 가득한 대답이 돌아왔다. 그렇게 걱정이 되면 불을 꺼 버리는 건 어떻겠는가? 1996년과 2021년에는 그 방법으로 대성공을 거두었는데?

이러한 통신 교환은 우리가 일정을 다시 짜게 했다. 어떤 일은 속도를 높이고 어떤 일은 지연할 필요가 있었다. 완벽한 저녁식사처럼, 혁명이라는 것은 모든 음식이 동시에 준비되도록 '뜸을 들일' 필요가 있었다. 지구 쪽의 스튜에게는 시간이 필요했다. 우리는 강철 통과 조그만 방향 조종 로켓과 '바위 던지기'에 필요한 부속 회로가 필요했다. 그리고 강철이 문제였다. 그것을 구입하여 통으로 제작해야 했으며, 무엇보다 새로운 사출기가 있는 곳으로 미로 같은 터널을 통해 옮겨야 했다. 우리는 당원을 늘여야 했다. 최소한 'K' 단계까지는 가야 했다. 그러면 약 4만 명이다. 가장 낮은 단계의 세포 구성원들로, 우리가 과거에 구했던 재능의 사람들이 아니라 싸움꾼 기질이 있는 사람들이 필요했다. 우리는 적의 착륙을 저지할 무기가 필요했고 마이크의 레이더를 이동시켜야 했다. 레이더가 없으면 마이크는 장님이 되어 버린다. (마이크는 이동시킬 수 없었다. 그의 말단은 달 세계 전역에 퍼져 있었지만, 총독부 안에 있는 그의 본체는 바위 속 1,000미터 아래에 강철로 에워싸여 있었고, 이 강철 갑옷은 바위의 거대한 갈라진 틈 속에 꼭 박혀 있었다. 총독부는 언젠가 누군가가 그들의 사령부에 수소 폭탄을 떨어뜨릴지도 모른다고 생각했던 것이다.)

이 모든 일이 실행되어야 했기에 국이 너무 빨리 끓는 건 곤란했다.

따라서 우리는 총독을 걱정시키는 일은 중단하고, 다른 모든 일은 속도를 높이려고 애썼다. 사이먼 제스터는 휴가를 떠났다. 자유의 모자는 유행이 지났다는 지령이 내려갔다. 하지만 버리지는 말고 보관해 두라고 했다. 총독은 더 이상 불면증을 유발하는 전화를 받지 않았다. 우리는 평화 기동대원들을 자극하는 일을 중단했다. 그렇다고 해서 충돌이 완전히 사라진 것은 아니고 단지 횟수가 줄어들었을 뿐이었다.

모트의 걱정을 잠재우려고 노력했음에도, 우리의 마음을 불안하게 하는 징후가 나타났다. 총독이 요구한 추가 파병에 동의하는 내용의 메시지는 전혀 들어온 바가 없었다. (최소한 우리가 중간에서 가로챈 통신문 중에 그런 내용은 없었다.) 하지만 총독은 청사 단지 밖으로 사람들을 쫓아내기 시작했다. 그곳에 살던 공무원들은 달 세계 시에서 세 들 곳을 찾기 시작했다. 총독부는 달 세계 시에 인접한 지역에서 시험 굴착과 공명 탐사를 시작했다. 그곳이 장차 거주 구역으로 전환될 수도 있었다.

그것은 지구 총독부가 대규모 죄수 부대를 올려 보내겠다고 제안했다는 의미일 수도 있었다. 또는 청사 단지 내의 공간을 거주 목적 이외의 다른 용도로 사용한다는 의미일 수도 있었다.

하지만 마이크가 우리에게 말했다.

"왜 스스로를 속이는 거지요? 총독에게 군대가 오는 겁니다. 그 공간은 그들의 병영이 될 것입니다. 다른 이유가 있다면 제가 벌써 들었을 겁니다."

내가 말했다.

"하지만 마이크, 그게 군대라면 왜 자네가 듣지 못했을까? 총독의 암호를 아주 잘 해독했잖아."

"아주 잘 해독한 정도가 아닙니다. 저는 완전히 해독했습니다. 하지만 최근에 들어온 우주선 두 대에는 총독부의 중요 인사가 탑승하고 있었으며, 저는 그들이 전화기로부터 떨어진 곳에서 무슨 얘기를 했는지는 모릅니다!"

따라서 우리는 10개 중대를 상대해야 할지도 모를 가능성에 대비한 계획을 세우려고 했다. 마이크의 계산에 따르면 그것이 현재 굴착이 진행되는 구역에서 수용할 수 있는 인원이었다. 우리는 그렇게 많은 군대도 상대할 수 있었다. 마이크의 도움이 있다면. 하지만 그것은 죽음을 의미했다. 교수가 계획한 무혈 혁명과는 달랐다.

따라서 우리는 여타 요소들의 속도를 높이는 노력에 박차를 가했다.

그러다가 갑자기 예상치 못한 파도에 휩쓸리는 그날이 왔다…….

* 13 *

그녀의 이름은 마리 리옹이었다. 그녀는 열여덟 살이었고 달 세계에서 태어났으며 어머니는 56년에 평화군으로 유형을 왔고 아버지에 대한 기록은 없었다. 그녀는 별로 문제를 일으키지 않는 유형의 여자였던 것 같다. 그녀는 선적 부서에서 재고 관리 사무원으로 일했고 청사 단지 안에서 거주했다.

어쩌면 그녀는 총독부를 미워하고 평화 기동대를 놀리는 일을 즐겼는지도 모른다. 또는 자물통이 달린 금고가 있는 조그만 뒷방에서 냉정한 상업적인 거래로서 그 일을 시작했을 수도 있다. 우리가 어떻게 알겠는가? 어쨌든 여섯 명의 기동대원이 관련되었다. 그들은 그녀를 강간하는 것만으로 부족해서(강간이 있었다면 말이지만) 다른 방식으로 그녀를 욕보인 후에 살해했다. 하지만 그들은 시체를 깔끔하게 처리하지 않았다. 시체가 채 식기도 전에 다른 여성 공무원이 그것을 발견했고 비명을 질렀다. 그것이 그녀의 마지막 비명이었다.

우리는 즉시 그 소식을 들었다. 알바레즈와 평화 기동대의 대장이 알바레즈의 사무실에서 그 일의 진상을 밝히는 동안 마이크가 우리 셋에게 전화를 걸었기 때문이다. 평화 기동대의 대장은 누가 범인인지 알아내는 데는 아무 문제가 없었던 모양이었다. 그와 알바레즈는 한 번에 한 놈씩 취조하고 있었다. 그리고 한 놈을 내보내고 다음 놈을 들이는 틈틈이 말다툼을 벌였다. 한 번은 알바레즈가 이렇게 말하는 것이 들렸다.

"자네 부하들은 전용 여자들만 상대해야 한다고 전에 말했지! 내가 경고했잖은가!"

"집어치우십시오! 그들이 여자들을 한 명도 실어 보내지 않는다고 내가 누구이 말했지요. 이제 문제는 이 일을 어떻게 소리 소문 없이 처리하는가입니다."

기동대장이 대답했다.

"정신 나갔나? 총독이 이미 알고 있어."

"그래도 여전히 그게 문제입니다."

"오, 입 닥치고 다음 녀석 들어오라고 해."

더러운 이야기가 시작된 직후에 와이오는 작업실에 있던 나에게 찾아왔다. 화장 아래의 얼굴은 창백했고, 그녀는 아무 말도 하지 않고 가만히 옆에 앉아 내 손을 꼭 잡았다.

마침내 취조가 끝나고 기동대장은 알바레즈의 사무실을 떠났다. 그들은 여전히 의견이 일치하지 않았다. 알바레즈는 그 여섯 명을 즉시 처형하고 그 사실을 공개할 것을 원했다. (합리적이긴 하지만 난국을 해결하기에는 여전히 미흡했다.) 반면에 기동대장은 '조용히 덮자고' 했다.

교수가 말했다.

"마이크, 계속 귀를 열어 놓고 다른 장소에도 귀를 기울여 주게. 자, 마누엘? 와이오? 계획은?"

나는 아무 계획도 없었다. 나는 냉정하고 날카로운 혁명가가 아니었다. 그저 여섯 목소리의 얼굴들을 발로 걷어차 주고 싶을 뿐이었다.

"모르겠습니다. 우린 뭘 해야 할까요, 교수님?"

"뭘 하느냐고? 우린 호랑이 등에 올라탄 형국이네. 이 기회를 붙잡아야 해. 마이크, 핀 닐센은 어디 있나? 그를 찾아 주게."

마이크가 대답했다.

"그가 지금 전화를 걸고 있습니다."

그는 핀을 우리와 연결해 주었다. 나는 핀의 목소리를 들었다.

"남부 지하철 역입니다. 경호원 둘이 죽고 우리 측 사람들이 여섯 명가량 죽었습니다. 모두 일반인들로 당원이 아닙니다. 기동대원들이 미쳐서 청사 단지에 있는 모든 여자들을 강간하고 죽인다는 어처구니 없는 소문이 돌고 있습니다. 아담, 교수님과 연락하고 싶습니다."

교수가 강인하고 자신감 가득한 목소리로 대답했다.

"난 여기 있네, 핀. 이제 우린 행동을 개시하네. 그렇게 해야만 해. 전화를 끊고 레이저 총과 그걸 사용하는 훈련을 받은 친구들을 모아 주게. 모을 수 있는 만큼 최대한 많이 모으도록 해."

"네! 어떻습니까, 아담?"

"교수님의 말에 따르시오. 그런 뒤에 다시 전화하시오."

내가 끼어들었다.

"잠깐만요, 핀! 매니입니다. 나한테도 그 총을 한 자루 주십시오."

"당신은 훈련을 받지 않았소, 매니."

"레이저 총이라면 나도 사용할 수 있어, 마이크!"

교수가 강력하게 말했다.

"매니, 입 다물어. 자네는 시간을 낭비하고 있네. 핀을 보내 주게. 아담. 마이크에게 메시지를 부탁합니다. 그에게 4호 경보 플랜이라고 말해 주십시오."

교수의 차분한 지시가 내 흥분을 가라앉혔다. 핀은 마이크가 '아담 셀리니'라는 것을 모른다는 사실을 깜빡 잊었던 것이다. 나는 이글거리는 분노로 가득

차 있었다.

마이크가 말했다.

"핀은 전화를 끊었습니다, 교수님. 그리고 이 일이 발발했을 때 이미 4호 경보 계획을 준비해 두었습니다. 지금으로서는 미리 예약해 둔 통신문 외에는 일상적인 교신만 있습니다. 통신을 중단하지는 않으시겠지요?"

"그래, 그냥 4호 경보 계획을 따라 주게. 지구 쪽에 뉴스가 나가는 것만 막아 두도록 해. 그쪽에서 뉴스가 들어오면 보류하고 의논해 주게."

4호 경보 계획이란 비상시의 통신 원칙으로, 지구 쪽의 의심을 불러일으킬 만한 뉴스를 검열하기 위한 목적이었다. 이것을 위해 마이크는 왜 직접적인 육성 통신이 지연되는지에 대하여 다양한 목소리로 변명할 준비가 되어 있었다. 그리고 미리 녹음된 통신을 준비하는 것은 별 문제가 아니었다.

"프로그램 실행 중입니다."

마이크가 말했다.

"좋아. 매니, 진정하게, 친구. 그리고 자네가 맡은 일에만 집중하게. 싸움은 다른 사람들에게 맡겨 둬. 자네는 여기 필요하네. 우리는 긴급 대책을 세워야 해. 와이오, 잠깐 나가서 세실리아 동지에게 어린이 탐정단 전원을 거리에서 철수시키라고 전하세요. 아이들을 귀가시키고 집에서 나오지 못하게 해야 합니다. 그리고 다른 어머니들과 연락이 되는 어머니들에게도 같은 말을 전하세요. 싸움이 얼마나 커질지는 모르겠지만 최대한 아이들이 다치지 않게 해야 합니다."

"당장 가겠어요, 교수님!"

"잠깐만. 시드리스에게 말한 다음에는 바로 당신의 스틸랴기들을 동원하세요. 총독부의 달 세계 사무실에서 폭동을 일으켰으면 합니다. 그곳에 난입해서 기물을 부수고 시끄럽게 고함을 지르며 파괴하는 겁니다. 가능한 한 아무도 다치지 않게 하세요. 마이크, 긴급 경보 4호를 발동하네. 우리 회선을 제외한 청사의 전화를 차단하게."

내가 소리쳤다.

"교수님! 지금 폭동을 일으켜서 어쩌자는 겁니까?"

"매니, 매니! 오늘이 바로 그날이네! 마이크, 강간과 살인 소식이 다른 거주 구역에도 전달되었는가?"

"제가 들은 바로는 아직 아닙니다. 여기저기서 불규칙적으로 들려올 뿐입니다. 지하철 역들은 달 세계 시를 제외하면 조용합니다. 싸움은 서부 지하철 역에서 방금 시작되었습니다. 들어 보시겠습니까?"

"지금은 아니야. 매니, 그곳으로 가서 지켜보게. 하지만 멀찍이 떨어져 전화기 가까이에 붙어 있게. 마이크, 모든 거주 구역에서 소동을 일으키는 일을 시작해 주게. 세포들에게 소문을 내려 보내고 핀의 유언비어를 활용하게. 기동대원들이 청사에 있는 모든 여자들을 강간하고 살육하고 있다고 말이야. 그 밖에 자네가 적당히 꾸며서 말하면 될 거야. 아, 다른 지역 지하철 역에 근무하는 경호원들에게 병영으로 돌아가도록 명령할 수 있겠나? 폭동이 일어나기를 바라지만, 무장하지 않은 사람들이 무장한 군인들과 맞서는 것은 가능한 한 피하는 것이 좋겠어."

"해 보겠습니다."

나는 급히 서부 지하철 역으로 향했고, 역이 가까워지자 걸음을 늦추었다. 통로에는 성난 군중들로 가득했다. 시내에는 내가 지금껏 들어 보지 못한 엄청난 소음이 메아리쳤다. 카버 거리를 가로지를 때는 총독부의 달 세계 시 사무실이 있는 방향에서 사람들의 고함소리가 들려왔다. 하지만 내가 보기에 와이오가 스틸랴기들에게 연락을 취하진 못한 것 같았다. 실제로 그럴 시간은 없었다. 교수가 일으키려던 일이 자연 발생적으로 일어났던 것이다.

역은 폭도들에게 점령당한 상태였다. 그래서 나는 내 짐작이 맞는지 확인하기 위해 사람들을 밀치고 앞으로 나아가야 했다. 여권을 검사하던 경호원들은 죽었거나 달아났을 것이다. 그들은 '죽은' 것으로 드러났다. 그리고 달 세계인도 세 명 죽었다. 한 명은 기껏해야 열세 살 정도밖에 안 된 소년이었다. 소년은 한 기동대원의 목을 조르는 자세로 죽어 있었는데 머리에 조그만 붉은 모자를 쓰고 있는 채였다. 나는 사람들을 헤치고 공중전화로 다가가 보고했다.

"돌아가게. 그리고 경호원들 중에 한 명의 신분증을 확인하게. 이름과 직위를 알아야겠네. 핀을 보았는가?"

교수가 물었다.

"아뇨."

"그는 총을 세 자루 가지고 그곳으로 갔네. 지금 전화를 걸고 있는 공중전화가 어디 있는지 말하고, 이름을 알아내 다시 같은 전화로 보고하게."

시체 한 구는 사라졌다. 어디론가 끌려간 것이다. 사람들이 그 시체를 가지고 무엇을 했는지는 신만이 아실 것이다. 다른 시체는 심하게 두들겨 맞았지만 나는 사람들을 헤치고 그곳으로 가서, 그 시체마저 어디론가 끌려가기 전에 목에 걸고 있는 신분증을 떼어 낼 수 있었다. 다시 사람들을 헤치고 공중전화로 돌아와 보니 어떤 여자가 전화 부스 안에 있었다.

내가 말했다.

"아가씨, 그 전화를 꼭 사용해야겠습니다. 급한 용무입니다!"

"마음대로 하세요! 이 고물은 고장 났어요."

나에게는 고장 나지 않았다. 마이크가 나를 위해 잡아 둔 것이다. 나는 교수에게 경비병의 이름을 말했다.

"좋아. 핀을 보았는가? 그 부스 근방에서 자네를 찾고 있을 거야."

그가 말했다.

"아직…… 잠깐만요, 방금 발견했습니다."

"좋아, 그와 붙어 있게. 마이크, 그 이름을 가진 기동대원의 목소리를 알고 있는가?"

"죄송합니다, 교수님. 모릅니다."

"괜찮아. 그냥 잔뜩 쉬고 겁에 질린 목소리를 만들어 주게. 기동대장도 그자의 목소리를 모를 가능성이 높아. 가만, 대원들이 알바레즈에게 직접 전화를 거는가?"

"대원들은 자기네 대장에게 전화를 겁니다. 그리고 알바레즈는 대장을 통해 명령을 내립니다."

"그럼 기동대장에게 전화하게. 공격을 받았다고 보고하고 지원을 요청하면서 그 와중에 사망하는 거야. 자네 목소리에 폭도들의 소리를 배경으로 깔고 죽기 직전에 자네가 '저기 더러운 개자식이 있다!'라는 고함소리를 넣으면 좋겠지. 할 수 있겠나?"

"프로그램되었습니다. 전혀 어렵지 않습니다."

마이크가 유쾌하게 말했다.

"실행하게. 매니, 핀을 바꿔 주게."

교수의 계획은 비번인 경비병들을 속여서 유인해 내는 것이었다. 그리고 그들이 캡슐에서 내리자마자 처치할 수 있도록 핀의 부하들을 배치했다. 그 작전은 대성공이었다. 결국 사마귀 모트는 겁에 질려서 몇 안 되는 남은 녀석들에게 자신을 지키게 한 뒤 지구를 향해 미친 듯이 통신문을 보냈다. 어떤 것도 지구에 당도하지 못했지만.

나는 교수의 지시를 어기고, 평화 기동대원들을 실은 두 번째 캡슐이 도착할 때 레이저 총을 한 자루 손에 넣었다. 두 놈을 태워 버리고 나자 피를 보고 싶은 욕망이 가라앉았다. 그래서 다른 저격수들이 나머지 분대를 처치하도록 내버려두었다. 너무 쉬웠다. 그들은 캡슐에서 머리를 내미는 순간 종말을 맞았다.

그 분대의 나머지 절반은 나오려 하지 않았다. 하지만 슬그머니 기어 나오다가 결국 다른 일행과 마찬가지로 죽음을 맞았다. 그 무렵 나는 전용 공중전화로 다시 돌아와 있었다.

사택에 칩거하겠다는 총독의 결정은 청사 단지 안에서 문제를 일으켰다. 알 바레즈는 사살되었고, 기동대장을 비롯하여 원래의 노란 제복 경호원 두 명도 마찬가지였다. 하지만 기동대원들과 노란 제복들이 뒤섞인 열세 명은 모트와 함께 사택 안에서 꼼짝도 하지 않았다. 어쩌면 전부터 모트와 함께 있었는지도 모른다. 도청을 통해 상황을 추적하는 마이크의 능력에는 빈틈이 많았다. 하지만 모든 무장 병력이 총독의 사택 안에 있는 것이 분명해지자 교수는 마이크에게 다음 단계로 넘어가라고 지시했다.

마이크는 총독의 사택 내부를 제외한 청사 단지 안의 모든 불을 끄고 호흡하기 힘든 수준으로 산소를 낮추었다. 죽을 정도는 아니지만 혹시나 문제를 일으킬 만한 자가 청사 단지 안에 남아 있다면 꼼짝하지 못하게 하는 수준이었다. 하지만 사택 내부는 산소 공급을 전면 중단하고 순수한 질소만을 남겨 10분 동안 유지했다. 10분이 되자, 핀의 부하들이 압력복을 입고 총독의 전용 지하철 역에서 기다리다가 에어 로크의 걸쇠를 부수고 '어깨를 나란히하며' 진입했다. 달 세계는 우리 것이었다.

2부

무장한 천민들

☀ 14 ☀

그렇게 애국심의 파도는 우리의 새로운 조국을 휩쓸어 우리를 하나로 단결시켰다.

이것이 역사가들이 하는 말 아닌가? 오, 형제여!

솔직히 털어놓지만, 혁명을 준비하는 일은 혁명을 성공시키는 일에 비하면 아무것도 아니다. 우리는 너무 빨리 지배권을 장악했다. 아무것도 준비되어 있지 않았고 할 일은 태산처럼 쌓여 있었다. 달 세계 내의 총독부는 사라졌다. 하지만 진짜 총독부라고 할 수 있는 지구 쪽의 달 세계 총독부와 그것을 후원하는 세계 연방은 여전히 당당히 버티고 있었다. 그들이 1, 2주 내에 전함 한 대를 상륙시키고, 순양함 한 대는 달 궤도를 돌게 한다면 쉽게 달 세계를 되찾아 갈 수 있었다. 우리는 폭도일 뿐이었다.

새로운 사출기의 시험 발사는 이루어졌지만, 발사 준비가 된 바위 통조림 미사일은 내 한쪽 손, 왼손의 다섯 손가락으로 꼽을 정도였다. 더구나 사출기는 군함을 공격할 수 있는 무기가 아니며 상륙한 군인들에게 사용할 수도 없다. 군함과 싸울 방도가 아주 없는 것은 아니었다. 하지만 그 시점에서는 그저 막연

무장한 천민들 **285**

한 생각에 지나지 않았다. 달 세계 홍콩에는 싸구려 레이저 총이 수백 정 비축되어 있었다. 역시 영리한 중국인 기술자들 덕분이다. 하지만 레이저 총의 사용 훈련을 받는 사람은 거의 없었다.

게다가 총독부에는 유익한 기능이 있었다. 얼음과 곡물을 구입하고, 공기와 물과 전기를 팔았으며, 십여 곳의 핵심 구역에 대한 소유권이나 통제권이 있었던 것이다. 앞으로 무슨 일을 하든 수레는 돌려야 했다. 각 도시에 있는 총독부의 사무실을 파괴한 것은 아무래도 성급했던 것 같았다(나는 그렇게 생각했다). 많은 기록이 유실되었기 때문이다. 하지만 교수는 달 세계인, 모든 달 세계인은 증오하고 파괴할 상징적인 대상이 필요했으며 그 사무실들은 가장 가치가 적고 가장 널리 알려진 대상이었다는 견해를 굽히지 않았다.

어쨌든 마이크는 통신을 지배했고, 그것은 거의 모든 것을 지배하고 있다는 의미였다. 교수는 지구로 나가고 들어오는 뉴스를 통제하기 시작했다. 우리는 마이크에게 검열을 맡기고 뉴스를 조작했다. 우리가 지구 쪽에 뭐라고 말할 것인지 결정이 날 때까지는 이런 조치가 필요했다. 거기에 하부 작전 단계 'M'이 추가되어, 총독부 청사 단지와 달 세계 나머지 구역을 단절했다. 여기에는 리처드슨 천문대를 비롯하여 관련 연구소들인 피어스 전파망원경, 달 물리학 연구소 등도 포함되었다. 과학자들은 달 세계에 항상 들락거리고 원심 가속기로 체류 기간을 연장하며 6개월까지 머물렀기 때문에 문제가 되었다. 몇 안 되는 관광객들을 제외하면 달 세계에 있는 지구인들 서른네 명은 대부분 과학자들이었다. 이 지구인들에 대해 모종의 조치를 취해야 했다. 하지만 그때까지는 그들이 지구와 교신하지 못하게 손을 써 두는 것으로 충분했다.

당분간 청사 단지의 전화는 두절되었고, 핀 닐센의 분대가 지저분한 일들을 정리하자마자 여행이 재개된 이후에도 마이크는 청사 단지 안의 어떤 역에서도 캡슐이 정차하지 못하게 했다.

총독은 죽지 않은 것으로 드러났다. 죽으려고 했던 것도 아니었지만. 살아 있는 총독은 언제라도 죽일 수 있지만 죽은 총독은 필요할 때 살려 낼 수 없다고 교수가 계산했던 것이다. 따라서 총독을 반송장으로 만들고, 그와 경호원들이 반항할 수 없게 한 다음에 마이크가 산소를 다시 공급하는 동안 신속하게 돌진해 들어가자는 것이 우리의 계획이었다.

환기 팬을 최고 속도로 돌리면 산소를 제로 상태로 낮추는 데 4분 남짓 걸릴 것이라고 마이크는 계산했다. 산소를 줄이는 데 5분, 무산소 상태로 5분, 그런 다음에 마이크가 균형을 회복하기 위해 산소만을 주입하는 동안 에어 로크를 강제로 열고 진입하는 것이다. 이런 정도로 사람이 죽지는 않는다. 다만 마취된 것처럼 완전히 정신을 잃는다. 공격하는 측의 일부 또는 전원은 압력복을 착용하고 들어간다는 점이 부담스러웠다. 하지만 그래도 문제가 될 가능성은 낮았다. 저산소증은 자각하기 어려워서, 산소가 부족하다는 것을 깨닫지도 못하는 상태로 정신을 잃기 쉽다. 그것은 새로운 신참들이 가장 흔히 저지르는 치명적인 실수였다.

따라서 총독은 살아남았고 그의 세 여자들도 마찬가지였다. 하지만 총독은 비록 살아 있기는 했지만 아무 쓸모가 없었다. 너무 오랫동안 뇌에 산소가 공급되지 않아서 식물인간이 되었다. 경호원들은 총독보다 젊었지만 다들 회복되지 못했다. 산소 결핍이 전신 마비를 가져온 것이다.

청사 단지의 나머지 구역에서는 아무도 다친 사람이 없었다. 일단 불이 들어오고 산소 비율이 원상태로 복구되자 그들은 무사했다. 거기에는 병영 안에 감금되어 있던 여섯 명의 강간 살해범들도 포함되었다. 핀은 총살형이 그들에게 너무 관대하다고 결정했다. 그래서 그가 재판관이 되고 부하들은 배심원으로 삼았다.

놈들은 옷을 벗기고 발목과 손목의 인대를 끊어서 불구로 만든 다음 청사 단지 안의 여성들에게 넘겼다. 다음에 일어난 일을 생각하면 속이 울렁거린다. 하지만 그들이 마리 리옹이 고통을 겪었던 시간만큼 오랫동안 살아 있었다고 는 생각되지 않는다. 여자들은 놀라운 피조물이다. 사랑스럽고 부드럽고 온화 하지만 우리보다 훨씬 더 잔인하다.

밀고자 스파이들이 어떻게 되었는지 말해야겠다. 와이오는 당장 그들을 잡 아 죽일 것처럼 기세가 등등했지만, 우리가 그들의 처리 방법을 논의할 무렵이 되자 그만 마음이 약해졌다. 나는 교수도 동의할 것이라고 예상했지만 그는 고 개를 저었다.

"안 됩니다, 와이오, 나는 폭력을 싫어하지만 적을 다루는 방법은 딱 두 가지 뿐입니다. 죽이거나, 친구가 되는 것이지요. 그 사이의 어중간한 선택은 장래에 문제거리를 만듭니다. 한 번 친구를 밀고한 자는 다시 같은 짓을 하기 마련입니 다. 우리 앞에는 긴 여정이 남아 있고 밀고자 하나가 위험을 초래할 수 있습니 다. 그들은 제거해야 합니다. 그것도 공개적으로 해야 합니다. 다른 사람들에게 교훈을 주기 위해서이지요."

와이오가 말했다.

"교수님, 예전에 당신은 누군가에게 사형 선고를 내린다면 스스로 집행하겠 다고 말씀하신 적이 있지요. 그렇게 하실 작정인가요?"

"그렇기도 하고 아니기도 합니다. 그들의 피는 내 손으로 받을 겁니다. 내가 책임을 지겠습니다. 하지만 앞으로 다른 밀고자가 생기지 않도록 더 효과적인 방법을 생각하고 있습니다."

그리하여 아담 셀리니는 이미 사망한 예전 총독부의 보안국장 후안 알바레 즈에게 고용되어 비밀 스파이로 활동했던 사람들의 명단과 주소를 공개했다. 아담은 그들을 어떻게 하자는 말은 전혀 하지 않았다.

한 남자는 거주 지역과 이름을 바꿔 가며 7개월 동안 숨어 살았다. 그러다가

77년에 그의 시체가 노비렌 에어 로크 바깥에서 발견되었다. 하지만 대부분은 몇 시간도 살아남지 못했다.

쿠데타가 있은 후 몇 시간 동안 우리는 어떻게 할 것인지 한 번도 생각해 보지 않은 문제에 직면했다. 바로 아담 셀리니 본인에 관한 문제였다. 아담 셀리니는 누구인가? 그는 어디 있는가? 이것은 그의 혁명이었다. 그가 모든 세부 사항을 관장했고, 모든 동지들이 그의 목소리를 알고 있었다. 이제 우리는 밝은 빛 속으로 나왔다……. 그럼 아담은 어디 있는가?

그날 밤 우리는 래플즈 호텔의 L호실에서 이 문제를 가지고 머리를 싸맸다. 당장 대두된 수백 가지 문제와 사람들이 어떻게 해야 할지 알고 싶어하는 문제에 대해 결정을 내리는 틈틈이 우리는 그 일을 가지고 토론했다. 그동안 '아담'은 다른 목소리들을 사용하여 대화가 필요하지 않은 다른 결정들을 처리하고, 지구로 보내는 가짜 뉴스를 만들고, 청사 단지를 고립시키는 등의 일을 했다. (의심의 여지 없이 명백한 사실이 하나 있다. 마이크가 없었다면 우리는 달 세계를 장악하지도, 유지하지도 못했을 것이다.)

내 의견은 교수가 '아담'이 되어야 한다는 것이었다. 교수는 언제나 우리의 계획 입안자며 이론가였다. 모두가 그를 알고 있었다. 일부 핵심 동지들은 그가 '동지 빌'이라는 것을 알고 있었고, 다른 사람들도 베르나르도 데 라 파즈 교수를 알고 있었으며 그를 존경했다. 단언하지만, 그는 달 세계 시에서 방귀깨나 뀌는 시민들의 절반을 가르쳤고 다른 도시의 사람들도 다수 가르쳤으며 달 세계의 모든 중요 인사들에게 알려진 존재였다.

"안 돼."

교수가 말했다.

"왜 안 되지요? 교수님, 당신은 선택되었어요. 그에게 말해 줘요, 마이크."

와이오가 말했다.

"잠시 미루겠습니다. 저는 교수님이 뭐라고 하시는지 듣고 싶습니다."

마이크가 말했다.

교수가 대답했다.

"자네가 분석을 마친 것을 알겠군, 마이크. 친애하는 동지 와이오, 내가 거절한 것은 그것이 불가능하기 때문입니다. 내 목소리를 아담의 목소리와 일치시킬 수는 없습니다. 그리고 모든 동지들이 아담의 목소리를 알고 있지요. 마이크는 바로 그 목적을 위해 독특한 목소리를 만들었던 겁니다."

그러자 우리는 어떻게든 교수를 아담으로 믿게 만들 방법이 있지 않을까 궁리했다. 그를 영상으로만 내보내고 거기에 마이크가 아담의 목소리로 더빙하는 방법 말이다.

그것은 거부당했다. 너무 많은 사람들이 교수를 알고 있었고 교수가 말하는 것을 들었다. 게다가 교수의 말투는 아담과는 전혀 달랐다. 다음에 우리는 나를 대상으로 동일한 가능성을 검토했다. 내 목소리와 마이크의 목소리는 바리톤의 저음이며, 내 목소리가 전화상으로 어떻게 들리는지 아는 사람은 많지 않고, 비디오상으로 어떻게 들릴 것인지 아는 사람은 하나도 없었다.

나는 단호하게 그 의견을 깔아뭉갰다. 사람들은 내가 의장의 측근 중 하나라는 것을 알기만 해도 뒤로 넘어질 것이다. 내가 1인자라는 것을 믿을 사람은 아무도 없었다.

내가 말했다.

"의견을 조정해 봅시다. 아담은 지금까지 줄곧 수수께끼 속 존재였습니다. 앞으로도 그런 식으로 유지합시다. 즉 비디오로만 사람들 앞에 나가는 겁니다. 교수님이 가면을 쓰고 몸을 제공하세요. 마이크는 목소리를 제공하고요."

교수는 고개를 저었다.

"이렇게 중요한 시기에 가면을 쓴 지도자만큼 신뢰를 떨어뜨리는 방법은 생각하기 어렵네. 안 돼, 매니."

우리는 그 역할을 연기할 배우를 찾아보면 어떨까 얘기했다. 달 세계에 직업적인 배우는 많지 않았다. 하지만 달 세계 시 배우 협회와 노비렌 볼쇼이 연극협회에는 쓸 만한 아마추어 배우들이 있었다.

교수가 말했다.

"곤란해. 필요한 성격을 지닌 배우를 찾아내는 문제 외에도, 나폴레옹이 되려는 야심이 없는 사람이어야겠지. 우린 기다릴 시간이 없어. 아담은 내일 오전 중에 사태 수습을 시작해야 한단 말이네."

"그렇다면 교수님이 답을 내신 거로군요. 마이크를 이용하고, 그를 비디오에 결코 내보내지 않는 겁니다. 라디오로만 나가는 거지요. 적당한 구실을 찾아내야겠지만 아담은 결코 사람들에게 모습을 보여서는 안 됩니다."

내가 말했다.

"나도 동의할 수밖에 없겠군."

교수가 말했다.

"맨, 나의 가장 오랜 친구, 왜 제가 모습을 보여서는 안 된다는 거지요?"

마이크가 물었다.

내가 말했다.

"지금까지 뭘 들었나? 이것 봐, 마이크, 비디오로 나가면 얼굴과 몸을 보여주어야 해. 자네에게는 몸이 있지. 하지만 몇 톤이나 되는 금속이야. 자네에게는 얼굴이 없어. 면도를 하지 않아도 되니 운이 좋은 거지만."

"하지만 왜 제가 얼굴을 보여 줄 수 없다는 겁니까, 맨? 저는 이 순간에도 목소리를 내고 있지만 성대(聲帶)가 있는 것은 아닙니다. 저는 같은 방식으로 얼굴을 보여 줄 수 있습니다."

나는 한 방 맞은 듯 아무 대답도 하지 못하고 비디오 화면을 멍하니 응시했다. 우리가 그 방을 임대했을 때 설치한 것이었다. 펄스는 펄스고 펄스다. 전자는 서로 쫓고 쫓긴다. 마이크에게 온 세상은 그의 내부 구조 속으로 들어오거나 나가거나 서로 꽁무니를 쫓아 돌아다니는 다양한 전기적 펄스다.

내가 말했다.

"안 돼, 마이크."

"왜 안 됩니까, 맨?"

"왜냐하면 할 수 없으니까! 목소리라면 멋지게 만들어 낼 수 있어. 1초당 몇천 개의 결정을 내리면 되니까 자네한테는 굼벵이가 기어가는 정도로 느린 시간이지. 하지만 비디오 영상을 만들어 내려면, 음, 1초당 천만 개의 결정이 필요할 거야. 마이크, 자네는 내가 상상도 할 수 없을 정도로 빠르지만, 그 정도로 빠르지는 않아."

마이크가 부드럽게 말했다.

"내기하시겠습니까, 맨?"

와이오가 분개하며 마이크의 편을 들었다.

"물론 마이크가 할 수 있다면 할 수 있는 거예요! 매니, 당신은 그런 식으로 말해서는 안 돼요."

(와이오는 전자를 조그만 완두콩 같은 것으로 생각한다.)

내가 천천히 말했다.

"마이크, 난 돈을 걸지는 않겠어. 좋아, 한번 해 보겠나? 내가 비디오를 켤까?"

"제가 켤 수 있습니다."

그가 대답했다.

"확실하게 우리 방의 비디오에만 나오는 건가? 이 쇼를 다른 곳에서 보면 곤란한데."

그는 퉁명스럽게 대꾸했다.

"저는 바보가 아닙니다. 이제 가만히 계십시오. 이 일이 제가 가진 모든 능력을 요구하리라는 사실을 인정하니까요."

우리는 조용히 기다렸다. 곧이어 화면이 옅은 회색이 되고 희미한 주사선들이 나타났다. 그리고 다시 검게 되더니, 가운데 부분에 희미한 빛이 나타나고 밝고 어두운 타원형의 구름 같은 형체로 응결되었다. 얼굴은 아니었다. 하지만 지구를 덮은 구름의 형태를 보고 그게 사람의 얼굴과 닮았구나 여길 만한 상태와 비슷했다.

그것은 약간 또렷해지더니 엑토플라즘, 즉 사람들이 유령의 얼굴이라고 주장하는 사진을 연상시켰다.

그러다 갑자기 형태가 잡히고 우리는 '아담 셀리니'를 보았다.

그것은 어떤 성인 남성의 정지 사진이었다. 배경은 없었고, 마치 주변 부분을 잘라 낸 것처럼 얼굴만 있었다. 하지만 그래도 나에게는 '아담 셀리니'였다. 다른 누구의 얼굴일 수는 없었다.

다음 순간 그는 미소를 지었다. 입술과 턱이 움직였고 혀가 살짝 입술에 닿았다. 그러자 나는 공포를 느꼈다.

"제 얼굴이 어떻습니까?"

그가 물었다.

"아담, 당신의 머리카락은 그렇게 많이 구불거리지 않아요. 그리고 이마 양쪽으로 빗어 넘겨야 해요. 지금은 꼭 가발을 쓰고 있는 것 같아요."

와이오가 말했다.

마이크는 머리 모양을 고쳤다.

"이제 좀 낫습니까?"

"아직 부족해요. 그리고 보조개가 있지 않은가요? 난 당신이 웃을 때 보조개가 있을 거라고 늘 상상했는데. 교수님처럼 말이에요."

마이크, 아담은 다시 미소 지었다. 이번에는 보조개가 나타났다.

"옷은 어떤 것으로 입을까요, 와이오?"

"지금 사무실에 있나요?"

"여전히 사무실에 있습니다. 오늘밤에는 여기 있어야 하니까요."

배경이 회색으로 변하더니 초점이 잡히고 색채가 생겼다. 그의 뒤쪽에 있는 벽 달력이 날짜를 표시했다. 2076년 5월 19일 화요일이었다. 시계는 정확한 시간을 가리키고 있었다. 그의 팔꿈치 근처에는 커피 잔이 자리했다. 책상 위에는 사진이 놓여 있었다. 두 남자, 한 여자, 네 아이의 가족 사진이었다. 배경 소음이 들렸다. 올드 돔 광장의 왁자지껄한 소음이 평소보다 훨씬 컸다. 고함소리가 들리고, 멀리서 사람들이 노래하는 소리도 들려왔다. 사이먼이 개작한 「라 마르세예즈」였다.

화면 밖에서 진왈라의 목소리가 말했다.

"가스파진?"

아담은 소리가 나는 쪽으로 고개를 돌리더니 참을성 있게 말했다.

"지금은 바쁘네, 앨버트. B 세포로부터 걸려 온 전화 이외에는 연결시키지 말게. 다른 것은 자네가 처리하도록."

그는 다시 우리를 돌아보았다.

"자, 와이오? 제안 사항이 있습니까? 교수님? 나의 의심 많은 친구 맨? 이것으로 합격입니까?"

나는 눈을 비볐다.

"마이크, 요리할 줄 아는가?"

"물론입니다. 하지만 요리를 하지는 않습니다. 결혼했으니까요."

"아담, 오늘처럼 정신없는 하루를 보냈는데 어떻게 그렇게 말끔한 모습일 수가 있죠?"

와이오가 따졌다.

"저는 자잘한 일에는 신경 쓰지 않으니까요."

그는 교수를 보았다.

"교수님, 이 모습으로 합격이라면 내일 제가 방송할 연설 내용에 대해서 논의했으면 합니다. 일단 8시 뉴스에 정규 방송을 중단하고 제 연설을 내보내기로 한 뒤에, 밤새 그 사실을 알리고 세포들에게 전갈을 내려 보냈으면 하는데요."

우리는 밤샘 토론을 벌였다. 나는 커피를 두 번 주문했고, 마이크, 아담은 자신의 커피 잔을 다시 채웠다. 내가 샌드위치를 주문하자 그도 진왈라에게 야식을 가져오게 했다. 나는 앨버트 진왈라의 옆모습을 흘끗 보았다. 전형적인 인도인으로 정중하면서도 약간 오만한 인상이었다. 나는 진왈라가 어떻게 생겼는지는 몰랐다. 우리가 먹는 동안 마이크도 먹었다. 때때로 음식을 입 안 가득 우물거리며 말하기도 했다.

내가 물어보니(직업적인 관심이었다), 마이크는 일단 영상을 만들어 낸 후에는 대부분을 자동 프로그램으로 설정해 놓고는 오로지 얼굴 표정에만 집중하고 있다고 말해 주었다. 하지만 곧 나는 그것이 가짜 영상이라는 사실을 잊었다. 마이크, 아담은 비디오로 우리와 얘기했으며, 전화로 통화하는 것보다 훨씬 더 편리했다.

새벽 3시에 방침을 확정했다. 마이크는 연설 연습을 했다. 교수는 거기서 추가할 부분을 몇 군데 발견했다. 그래서 마이크가 연설을 수정했다. 그런 다음 우리는 잠시 쉬기로 결정했다. 마이크, 아담조차도 하품을 했다. 하지만 사실 마이크는 밤새도록 불침번을 서면서 지구와 교신을 감시하고, 청사 단지를 계속 외부와 단절했으며, 많은 전화를 도청했다. 교수와 나는 커다란 침대를 같이 사용했고, 와이오는 소파에 누웠다. 나는 불을 껐다. 몇 달 만에 처음으로 우리는 무거운 납 잠옷을 입지 않고 잠이 들었다.

우리가 아침을 먹는 동안 아담 셀리니는 자유 달 세계를 향해 연설했다.

그는 부드럽고 강인하며 온화하면서도 설득력이 있었다.

"자유 달 세계의 시민, 친구, 동지 여러분, 저를 모르는 분들을 위해 제 소개를 하겠습니다. 저는 아담 셀리니입니다. 달 세계 해방을 위한 비상 위원회의 의장입니다……. 이제는 자유 달 세계의 비상 위원회가 된 셈입니다. 우리는 마침내 자유입니다. 오랫동안 우리 땅에서 권력을 휘두르던 소위 '총독부'는 이제 쫓겨났습니다. 저는 현재 우리가 가진 정부인 비상 위원회를 이끌고 있습니다. 머지않아, 준비가 되는 대로 최대한 빨리, 여러분은 스스로의 정부를 선택하게 될 것입니다."

아담은 미소를 지으며 도움을 청하는 몸짓을 해 보였다.

"그때까지는 여러분의 도움을 받아 최선을 다하겠습니다. 우리는 실수를 할 수도 있을 것입니다. 인내심을 가져 주십시오. 당원 동지들, 아직 친구와 이웃에게 당원임을 밝히지 않았다면 이제 그렇게 할 때입니다. 시민 여러분, 당원인 이웃으로부터 도움을 요청받을지도 모릅니다. 여러분이 기꺼이 응해 주시기를 바랍니다. 그렇게 함으로써 제가 물러나고 여러분의 삶이 정상적인 궤도로 돌아갈 날이 앞당겨질 것입니다. 새로운 정상적인 궤도입니다. 총독부로부터 해방되고, 경호원들로부터 해방되고, 우리를 감시하던 군대로부터 해방되고, 여권 심사와 수색과 무단 체포로부터 해방된 새로운 삶이 펼쳐질 것입니다.

과도기는 존재하기 마련입니다. 여러분 모두에게 당부드립니다. 일터로 돌아가십시오. 일상적인 삶을 계속하십시오. 총독부에서 일하셨던 분들도 마찬가지입니다. 직장으로 복귀하십시오. 무엇이 필요한지, 해방이 된 지금은 무엇이 더 이상 필요하지 않게 되었는지, 무엇을 조금 바꿔서 계속 사용해야 하는지 결정하게 될 때까지 급료는 계속 지불됩니다. 여러분의 일자리도 그대로 유지

됩니다. 새로운 시민이며, 지구 쪽에서 선고받은 형량을 채우기 위해 비지땀을 흘리고 계신 유형수 여러분, 여러분은 자유입니다. 여러분의 형기는 끝났습니다! 하지만 당분간은 일을 계속해 주십시오. 의무 사항은 아닙니다. 압제의 나날은 지났으니까요. 그러나 모쪼록 당부드립니다. 여러분은 자유롭게 청사 단지를 떠날 수 있으며, 어디로 가시든 자유입니다……. 그리고 청사 단지를 출입하는 캡슐 운행도 곧 재개될 것입니다. 하지만 새로운 자유를 누리기 위해 도심으로 달려오기 전에 한 가지 상기시켜 드리고 싶습니다. '공짜 점심 같은 것은 없다'라는 격언 말입니다. 여러분은 당분간 지금 계시는 곳에 머무르시는 것이 좋습니다. 대단한 성찬은 아닐지라도 음식이 계속 따뜻하게 꼬박꼬박 배급될 것입니다.

이제는 사라진 총독부의 필수적인 기능을 임시로 수행하기 위해 저는 루노호 사의 총지배인에게 도움을 청했습니다. 이 회사는 임시 감독 기관의 역할을 수행하며, 어떻게 하면 총독부의 압제적인 부분을 제거하고 유용한 부분을 민간으로 이양할 것인지에 대한 분석에 착수하게 됩니다. 그러니 부디 그들을 도와주십시오.

우리 내부에 있는 지구의 시민 여러분, 과학자, 여행자, 기타 여러분, 반갑습니다! 여러분은 국가의 탄생이라는 희귀한 사건을 목격하고 계십니다. 모든 탄생에는 출혈과 고통이 따릅니다. 여기도 약간 있었습니다. 우리는 이제 그런 것이 더 이상 없기를 희망합니다. 여러분에게 불필요한 불편을 끼쳐 드리지는 않을 것이며, 최대한 빨리 고향으로 돌아가실 수 있도록 조치하겠습니다. 하지만 더 오래 머무르셔도 환영하며, 달 세계 시민이 되시겠다면 더욱 환영합니다. 그러나 현재로서는 도심에는 나오지 마십시오. 불필요한 출혈과 고통을 야기할 수 있는 사건을 피하기 위해서입니다. 부디 인내심을 가져 주십시오. 우리 시민들도 그들에게 인내심을 가져 주실 것을 당부드립니다. 천문대와 기타 여러 연구소에 거주하는 지구의 과학자 여러분, 하던 일을 계속하시고 우리는 무시하십시오. 그러면 우리가 새로운 국가를 만들기 위한 산통을 겪고 있다는 사실을 알아차리지도 못하실 것입니다. 다만 한 가지, 여러분이 지구와 교신하는 권리를 일시적으로 박탈한다는 사실을 알리게 되어 유감스럽습니다. 이는 필요에 따라 취한 조치입니다. 검열은 최대한 빨리 사라질 것입니다. 우리도 여러분과 마찬가지로 그런 것을 아주 싫어하니까요."

아담은 한 가지 요청을 덧붙였다.

"저를 만나려 하지 마십시오, 동지 여러분. 그리고 꼭 필요한 경우에만 전화하십시오. 그 외의 다른 분들은 전하실 말씀이 있으시면 편지를 쓰십시오. 여러분의 편지는 즉시 저에게 전달이 될 것입니다. 하지만 저는 몸이 두 개가 아닙니다. 어젯밤에는 한숨도 자지 못했고 오늘밤에도 그다지 잠을 잘 시간이 없을 것 같습니다. 저는 회의에 참석하지도, 사람들과 악수를 하지도, 대표자들과 면담하지도 않을 것입니다. 오로지 이 책상에 붙어서 일을 해야만 합니다. 어서 일을 끝마치고 여러분이 선택한 대표들의 손에 넘겨드리기 위해서입니다."

그는 싱긋 미소 지었다.

"저를 만나는 것은 사이먼 제스터를 만나는 것만큼 어려울 것입니다!"

그것은 15분짜리 연설이었지만 핵심은 간단했다.

일터로 돌아가라, 인내심을 가져라, 우리에게 시간을 달라.

지구 과학자들은 우리에게 거의 시간을 주지 않았다. 나는 미리 짐작했어야 했다. 내 전공 분야였으니까 말이다.

지구 쪽과의 모든 통신은 마이크를 경유했다. 하지만 그 머리 좋은 녀석들은 창고를 가득 채우고도 남을 전기 장치들이 있었다. 일단 그들이 마음을 먹자 지구와 교신할 수 있는 장치를 만들어 내는 데는 고작 몇 시간밖에 걸리지 않았다.

우리를 구해 준 것은 달 세계가 해방되어야 한다고 생각한 어떤 동료 연구원이었다. 그는 아담 셀리니에게 전화를 걸려고 했고, 우리가 C와 D 레벨에서 선발한 여성 당원 중 한 사람에게 연결이 되었다. 일종의 자구책으로 만든 전화 접수 시스템이었다. 마이크가 요청했는데도 방송이 나간 후 달 세계의 절반이 아담 셀리니에게 전화를 걸려고 했기 때문이었다. 요청이나 요구하는 사람들부터 아담이 어떻게 직무를 수행해야 할지 말해 주고 싶어하는 참견꾼들까지 다양했다.

전화 회사의 한 동지가 과도한 열의를 발휘해 나에게 약 100통의 전화를 연결하자 우리는 이 완충망을 만들었다. 다행히도 이 전화를 받은 여성 동지는 이것이 어르고 달래서 해결할 일이 아니라는 것을 알아차리고 나에게 전화했다.

몇 분 후 나와 핀 닐센, 그리고 총을 든 친구들이 캡슐을 타고 연구소 구역으로 향했다. 우리의 정보원은 이름 밝히는 것을 꺼렸지만 어디 가면 송신기가 있는지는 가르쳐 주었다. 우리는 놈들이 송신하고 있는 현장을 덮쳤다. 그들이 목숨을 부지한 것은 오로지 핀의 재빠른 행동 덕분이었다. 그의 부하들은 총질을 하고 싶어 안달이 났다. 하지만 우리는 '본보기를 보이는' 일은 하고 싶지 않았다. 핀과 나는 캡슐을 타고 가면서 그렇게 결정했다. 과학자들을 겁먹게 하기는 어렵다. 그들의 마음은 그런 식으로 움직이지 않는다. 그들은 다른 각도에서 접근해야 했다.

나는 송신기를 걷어차서 산산조각으로 만들고는, 연구소 소장에게 전원을 식당에 소집해 출석 점호를 실시하라고 요구했다. 식당은 전화로 엿들을 수 있는 곳이다. 그런 다음 나는 마이크에게 전화해 그에게서 이름을 들은 후에 소장에게 말했다.

"박사, 당신은 전원이 여기 모였다고 말했소. 하지만 이런저런 사람들이 빠졌소."

일곱 명의 이름이 내 입에서 나왔다.

"당장 데려오시오!"

빠진 지구인들은 통지를 받았지만 하고 있던 일을 중단할 수 없다고 거부했던 것이다. 전형적인 과학자들이다.

그런 다음 나는 한쪽에는 달 세계인들이, 반대쪽에는 지구인들이 도열하도록 지시했다. 그러고는 지구인들에게 말했다.

"우리는 너희를 손님으로 대접하려고 했다. 하지만 너희 중 세 놈이 지구에 전파를 송신하려고 시도했고 어쩌면 성공했을지도 모른다."

나는 소장에게 고개를 돌렸다.

"박사, 나는 거주 구역, 지표 구조물, 모든 연구실, 모든 공간을 수색해서 송신기로 사용될 만한 물건이면 뭐든 박살 낼 수 있소. 난 전기 기술자요. 어떤 부속품이 송신기로 전환될 수 있는지 잘 알고 있지. 그런 목적으로 사용될 수 있는 것은 무엇이든 파괴할 뿐 아니라, 어떤 가능성도 남겨 두지 않기 위해 멍청한 돌대가리 흉내를 내서 내가 이해하지 못하는 것들까지 전부 부숴 버린다면 어떤 결과가 생길까?"

내가 자기 아이를 죽이려는 거라고 생각했던 모양이다! 그의 얼굴이 잿빛으로 변했다.

"그런 짓을 하면 모든 연구가 중단됩니다……. 귀중한 데이터가 날아가고…… 엄청난 손실입니다. 오, 얼마나 될지 나도 모릅니다! 최소한 5억 달러 정도는 될 겁니다!"

"그쯤 될 거라고 생각했지. 부숴 버리는 대신에 장비를 전부 빼앗아 버리고 당신들은 알아서 하게 내버려두는 수도 있겠군."

"그것도 피해는 거의 같습니다. 이해해 주셔야 합니다, 가스파진, 실험이 중단되면……."

"알고 있소. 물건을 옮기는 것보다 쉬운 일은 당신들을 전부 청사 단지로 옮기고 그곳에 수용하는 것이오. 기동대원들이 사용하던 숙소가 비어 있거든. 그러다 보면 뭔가 빠뜨리는 것도 생기겠지. 그것도 실험을 망치는 결과가 되겠지. 게다가…… 당신은 어디서 왔소, 박사?"

"뉴저지의 프린스턴입니다."

"그런가? 당신은 여기 온 지 5개월 되었으니 틀림없이 무거운 납 옷을 입고 운동을 하고 있겠군. 박사, 우리가 당신을 옮겨 놓으면 당신은 다시는 프린스턴을 보지 못할 거요. 우린 당신들을 감금할 거니까. 당신의 몸은 부드러워질 거요. 비상 사태가 아주 오래 지속되면 당신은 원하든 말든 달 세계인이 될 거요. 당신의 머리 좋은 동료들까지 전부 함께."

건방진 녀석 하나가 앞으로 나섰다. 두 번이나 찾으러 사람을 보내야 했던 놈들 중 하나였다.

"그런 짓을 할 수는 없소! 그건 불법이오!"

"무슨 법? 당신 고향에 있는 법을 말하는 건가?"

나는 돌아보았다.

"핀, 이 친구에게 법을 보여 주세요."

핀이 앞으로 나서서 남자의 배꼽에 총구를 갖다 대고 엄지손가락으로 방아쇠를 누르기 시작했다. 하지만 안전장치가 켜진 것을 나는 볼 수 있었다.

내가 말했다.

"죽이지 마십시오, 핀!"

그러고는 지구인들을 상대로 말을 계속했다.

"꼭 이 남자를 죽여야 내 말이 무슨 뜻인지 이해 간다면 당장 죽여 주겠소! 그러니 서로를 감시하시오! 한 번만 더 쓸데없는 짓을 하면 다시는 고향 땅을 밟지 못할 거요. 연구를 망쳐 버리는 것은 말할 필요도 없겠지. 박사, 경고하겠는데 부하들이 장난치지 못하게 잘 감시할 방법을 강구하시오."

나는 달 세계인들을 돌아보았다.

"동지들, 그들을 잘 감시하십시오. 여러분들끼리 감시 조를 만드는 겁니다. 반항은 용납하지 마십시오. 모든 지구 벌레들은 보호 관찰 하에 들어갑니다. 만일 몇 명을 제거해야겠다면 전혀 망설일 필요 없습니다."

나는 소장을 돌아보았다.

"박사, 달 세계인은 시간과 장소에 상관없이 어디든 갈 수 있소. 당신의 침실이라고 해도 마찬가지요. 보안에 관한 한 이제까지 당신의 조수였던 사람들은 이제 당신의 상관이 된 거요. 달 세계인이 당신을 포함한 모든 지구인들의 화장실 안까지 따라가겠다고 해도 잔말하지 마시오. 그가 어떤 신경질을 낼지 모르니까."

나는 달 세계인들에게 말했다.

"보안이 최우선입니다! 여러분들은 지구 벌레들을 위해 일해 왔지만 이제 그들을 감시하십시오! 여러분들끼리 조를 나누고 어떤 것도 놓치지 마십시오. 바짝 달라붙어서 송신기는 고사하고 쥐덫 하나 만들 수 없게 하는 겁니다. 그들이 시키는 일 때문에 방해가 된다면 그런 건 걱정하지 않아도 됩니다. 임금은 계속 지급됩니다."

다들 싱글거렸다. 연구소의 조수는 당시에 달 세계인이 구할 수 있는 가장 좋은 일자리였다. 하지만 그들은 우리를 괄시하는 지구 벌레들 밑에서 일했다. 안 그런 척하며 갖은 교양을 떠는 놈들도 내심으로는 똑같이 우리를 하찮게 여겼다.

나는 그 정도로 해 두었다. 처음 전화를 받았을 때는 위반자들을 죽여 버릴 작정이었다. 하지만 교수와 마이크가 내 생각을 바로잡아 주었다. 우리의 계획은 지구인들에 대한 폭력을 허용하지 않았다. 그런 일은 최대한 피해야 했다.

우리는 연구소 구역 주변에 '귀'를 설치했다. 광대역의 고성능 수신기들이었다. 아무리 지향성이 강한 안테나라도 주변에 약간의 전파는 흘리게 마련이기 때문이다. 그리고 마이크는 그 지역의 모든 전화에 귀를 기울였다. 그런 다음 우리는 손톱을 물어뜯으면서 뜻밖에 뒤통수를 맞는 일이 없기만을 바랐다.

얼마 지나지 않아 우리는 지구에서 오는 뉴스에 별다른 특이한 점이 없었기 때문에 안도했다. 그들은 검열을 거친 송신을 의심 없이 받아들이는 것 같았고, 개인 및 상업용 통신, 그리고 총독부의 통신도 모두 평소와 다름 없는 것 같았다. 그 사이에 우리는 몇 달이나 걸릴 일을 단 며칠 만에 해치우기 위해 미친 듯이 일했다.

타이밍 면에서도 행운이 따랐다. 당시에 달에 착륙한 여객 우주선은 한 대도 없었고, 다음번 우주선은 7월 7일까지는 도착하지 않을 예정이었다. 만일 우주선이 있었다고 해도 어떻게든 처리할 수는 있었을 것이다. '총독과의 식사' 어쩌고 하면서 우주선의 사관들을 꾀어 낸 후에, 발사대에 경호원들을 배치하거나 발사대를 해체해 버리면 된다. 우리의 도움이 없으면 우주선은 이륙할 수 없었다. 당시에는 핵융합 반응을 위한 물을 채우기 위해 상당량의 얼음이 필요했다. 곡물 수출로 나가는 것에 비하면 그리 많은 것은 아니었지만 그때는 사람을 실은 우주선이 한 달에 한 척이면 자주 있는 편이었다. 하지만 곡물은 매일 발사되었다. 간단히 말해서 다음번에 우주선이 들어온다고 해도 그것이 감당 못할 위험은 아니라는 의미였다. 그래도 적당한 타이밍이 도움이 된 것은 사실이었다. 우리는 스스로 방어할 힘을 갖출 때까지는 모든 것이 정상으로 보이게 하려고 무던히도 노력했다.

곡물 수출은 이전처럼 계속되었다. 핀 일행이 총독의 사택으로 진입했던 시간에도 곡물 통 하나가 발사되었다. 다음번 곡물도 정시에 발사되었고, 그 다음에도 마찬가지였다.

실수나 잠정적인 중단 조치 같은 것은 없었다. 교수는 자기가 하고 있는 일을 잘 알고 있었다. 곡물 수출은 큰 사업이었고(달 세계 같은 작은 나라로서는) 반개월 만에 바꿀 수 있는 일이 아니었다. 너무나 많은 사람들의 빵과 맥주가 관련된 것이다. 우리 위원회가 수출 금지령을 내리고 곡물 수매를 중단했다면 우리는 단박에 쫓겨나고 다른 생각의 새로운 위원회가 우리 자리를 차지했을 터였다.

교수는 계몽 기간이 필요하다고 말했다. 그동안 곡물 수송용 통은 평소처럼 발사되었다. 루노호 사는 청사의 공무원들을 활용해 회계 장부를 작성하고 영수증을 발행했다. 공문 전보는 총독 명의로 나가고, 마이크는 총독의 목소리를 사용해 지구 쪽 총독부와 얘기했다. 부총독은 일단 이것이 자신의 수명을 늘려 주는 일이라는 것을 깨닫자 이성적으로 나왔다. 기술국장도 자리에 머물렀다. 매킨타이어는 기회만 주어진다면 진짜 달 세계인이 될 소질이 충분했다. 그는 천성적으로 밀고자 체질이 아니었다. 다른 부서의 책임자들과 조무래기들도 전혀 문제가 되지 않았다. 생활은 이전처럼 계속되었고, 우리는 총독부의 시스템을 해체하여 유용한 부분을 매각하는 일로 너무 바빴기 때문에 그들의 도움이 꼭 필요했다.

반 다스가 넘는 사람들이 사이먼 제스터라고 자처하고 나섰다. 사이먼은 그들의 주장을 부인하는 무례한 시를 써서 《루나틱》, 《프라우다》, 《홍콩의 징》의 1면에 발표했다. 와이오는 금발로 돌아갔으며, 새로운 사출기 기지로 그레그를 만나러 갔다가 더 긴 여행을 하기로 하고 열흘 동안 달 세계 홍콩의 옛집을 방문했다. 홍콩을 구경하고 싶어하던 안나도 여행에 동행했다. 교수는 무슨 일이 있으면 전화로 연락하면 되고 홍콩의 동지들과 더 긴밀한 접촉이 필요하다면서 와이오가 휴가를 가도록 등을 떠밀었다. 나는 와이오의 스틸랴기들을 물려받았고 슬림과 헤이즐은 나의 부관이 되었다. 영리하고 똑똑하며 믿을 만한 친구들이었다. 슬림은 내가 '동지 보크'이며 날마다 '아담 셀리니'를 만난다는 사실을 알자 입을 쩍 벌렸다. 슬림의 당원 이름은 'G'로 시작했던 것이다. 우리는 다른 이유에서도 좋은 팀이 되었다. 헤이즐은 갑자기 여성스러운 곡선을 보이기 시작했는데, 그 원인이 반드시 미미의 탁월한 음식 때문만은 아니었다. 슬림은 헤이즐이 선택해 주기만 한다면 그녀의 성을 '스톤'으로 바꿀 준비가 되어 있었다. 그동안 우리의 열정적인 붉은 머리 아가씨와 당의 일을 함께 나누고 싶어서 몸 달아했던 것이다.

모든 사람들이 기꺼이 당의 일을 떠맡은 것은 아니었다. 많은 동지들이 입만 전사들인 것으로 드러났다. 훨씬 더 많은 동지들은 우리가 평화 기동대를 제거하고 총독을 생포하자 전쟁은 끝난 것으로 생각했다. 자신이 당의 조직 체계 속에서 얼마나 말단에 위치하는지를 알고 화를 내는 당원들도 많았다. 그들은 새로운 조직을 선출해서 자신들이 우두머리가 되고 싶어했다. 아담은 이런저런 제안 전화를 끝도 없이 받았다. 그는 귀를 기울였고, 맞장구를 쳤으며, 그들의 봉사가 선거를 기다리는 일로 낭비되어서는 안 된다고 설득했다. 그러고는 교수나 나에게 넘겨 주었다. 하지만 이 야심만만한 사람들에게 무슨 일을 떠맡겼을 때 결과적으로 어떤 도움을 받았던 기억은 전혀 없었다.

할 일은 끝이 없는데 일을 하고 싶어하는 사람은 없었다. 글쎄, 몇 명 있기는 했다. 최고의 자원자들 몇 명은 당이 그때까지 발굴하지 못했던 사람들이었다. 하지만 일반적으로 말해서, 당원이든 아니든 달 세계인들은 보수가 좋다면 모를까 '애국'에는 관심이 없었다. 자칭 당원이라는(실은 당원이 아니었다) 한 친구는 우리가 본부를 차린 래플즈 호텔로 찾아와서, '혁명의 전사들'에게 달아 줄

배지 5만 개를 계약하자고 했다. 자신에겐 '약소한' 이익이 남고(나는 원가 대비 이윤이 400%였다고 추정한다), 나에게는 쉬운 돈벌이가 될 것이며, 모두의 기억에 남을 기념품이 생긴다는 것이었다.

내가 쫓아내자 그는 아담 셀리니에게 태업 행위로 나를 고발하겠다고 위협했다.

"그는 나와 아주 친한 친구야. 반드시 후회하게 해 주겠어!"

이런 것이 우리가 받은 '도움'이었다. 우리가 필요로 했던 것은 다른 것이었다. 우리는 새로운 사출기에 철이 필요했다. 그것도 대량으로. 교수는 바위 미사일을 반드시 강철로 감싸야 하는 것인지 물었다. 나는 지구를 둘러싼 자기장은 노출된 바위 덩어리를 걸러 내지 못한다는 점을 지적해야 했다. 우리는 구사출기 기지에 있는 마이크의 탄도 레이더의 위치를 바꾸고, 새로운 기지에는 도플러 레이더를 설치해야 했다. 구 사출기 기지는 우주로부터 공격을 받을 수 있기 때문에 두 가지 작업이 모두 필요했다.

우리는 지원자를 모집했지만, 작업에 투입할 수 있는 사람은 단 두 명뿐이었다. 압력복을 입고 중노동을 기피하지 않을 기술자들이 수백 명은 필요했기에 어쩔 수 없이 돈을 지불하기로 하고 사람들을 고용했다. 달 세계 홍콩 은행에 루노호 사가 저당물로 잡혔다. 그렇게 많은 돈을 한꺼번에 훔칠 시간이 부족했고, 대부분의 자금은 지구에 있는 스튜에게 보냈기 때문이었다. 진정한 동지 푸 모제스 모리스는 우리가 계속 나아가도록 너무나 많은 서류에 연대 보증인으로 서명했다. 결국 그는 파산하여 홍콩의 조그만 양복점에서 처음부터 다시 시작하게 되지만 그것은 훨씬 나중의 일이었다.

총독부 달러는 환율이 쿠데타 이후에 3대 1에서 17대 1로 떨어졌다. 그러자 공무원들은 비명을 질렀다. 마이크가 여전히 총독부 달러로 임금을 지불하고 있었기 때문이다. 우리는 그들에게 남든지 그만두든지 알아서 하라고 말했다.

그런 다음에 우리에게 필요한 사람들은 홍콩 달러로 다시 고용했다. 하지만 이 일 이후로 우리 측에 앙심을 품은 커다란 집단이 생겨났다. 그들은 옛날이 좋 았다고 그리워하며 언제나 새로운 체제를 물어뜯으려고 했다.

곡물 재배 농가와 중간 상인들도 사출기 발사용 곡물 수매 가격이 예전과 똑 같이 고정된 가격으로 총독부 달러로 지급되었기 때문에 괴로워했다. "이런 걸 어떻게 받는단 말이오!"라고 그들은 소리 질렀다. 그러면 루노호 사의 직원은 어깨를 들썩이며, 그럼 받지 않아도 되지만 이 곡물은 여전히 지구 쪽 총독부 로 보내지고 있으니(실제로 그랬다), 총독부 달러로밖에는 지불할 수 없다고 말 했다. 따라서 수표를 받든가, 곡물을 롤리건에 싣고 여기서 나가라고 했다.

대부분은 수표를 받았다. 모두가 투덜거렸고, 어떤 사람들은 곡물 재배를 그 만두고 홍콩 달러를 받고 팔 수 있는 채소를 키우거나 직물 같은 것을 만들겠 다고 위협했다. 그러면 교수는 미소를 지었다.

우리는 달 세계 전역의 광부들이 한 사람도 남김없이 필요했다. 특히 중장비 레이저 드릴을 소유한 얼음 광부들이 필요했다. 군인으로서 말이다. 사람 한 명 이 아쉬운 판이었기 때문에, 오랫동안 현장에서 일하지 않아 기술이 녹슬고 팔 도 한쪽밖에 남지 않은 나도 직접 광부로 참여하는 것을 고려했을 정도였다. 하지만 대형 드릴과 씨름을 하려면 근육이 필요했고 인공 보철은 근육이 아니 었다. 교수는 나에게 바보처럼 굴지 말라고 나무랐다.

우리가 생각해 낸 방법은 지구에서라면 별로 효과가 없을 것이다. 강력한 힘 을 지닌 레이저 빔은 진공 상태에서 최상의 위력을 발휘한다. 하지만 지구에 서는 조준하기 좋은 사정거리 안에서만 쓸모가 있을 따름이다. 얼음 층을 찾 아 바위를 깎아 온 이 대형 드릴들은 이제 우주로부터 날아오는 공격을 격퇴할 '대포'로 위치가 격상되었다. 우주선과 미사일에는 전자적인 신경계가 있고, 엄 청난 에너지량의 집중 광선에 전자 장치가 폭파되면 제 기능을 하지 못한다. 만일 표적이 밀폐 기압을 지닌 물체라면(유인 우주선이나 대부분의 미사일이 그렇다) 단지 구멍 하나를 내는 것으로 충분하다. 즉 기압을 빼는 것이다. 밀폐 기압을 지닌 물체가 아니라고 해도 강력한 레이저 빔은 그것을 파괴할 수 있다. 눈을 태워 버리고, 유도 장치를 고장 내고, 전자 장치에 의존하는 모든 것을 파괴해 버리는 것이다. 대부분의 표적들은 전자 장치에 의존하고 있으니까 말이다.

회로가 망가진 수소 폭탄은 폭탄이 아니다. 추락하여 망가지는 것 외에는 아무것도 할 수 없는, 리튬 중수소를 담은 커다란 통일 따름이다. 눈을 잃은 우주선은 난파선일 뿐 전함이 아닌 것이다.

이것은 쉽게 들리지만 실제로는 쉽지가 않다. 달 세계의 레이저 드릴은 1000킬로미터 거리의 표적을 조준하기 위한 용도가 아니었다. 심지어 1킬로미터 떨어진 거리의 표적도 조준하기 어렵다. 또한 정확성을 높이기 위해 드릴을 고정할 받침대를 제작하는 것도 금세 뚝딱 해치울 수 있는 일은 아니었다. 포수는 최후의 몇 초가 남을 때까지 레이저 빔을 발사하지 않고 버틸 배짱이 있어야 했다. 표적이 초당 2킬로미터의 속도로 접근해 오는 상황에서 말이다.

하지만 그것은 우리가 지닌 최상의 방어 무기였기 때문에, 우리는 제1, 제2자유 달 세계 지원 방어 포병대를 조직했다. 두 개 연대를 만든 것은, 제1포병연대는 제2포병연대를 거만하게 내려다보고, 제2포병연대는 제1포병연대를 선망하도록 하기 위해서였다. 제1연대에는 나이가 많은 자들을, 제2연대에는 젊고 열의가 넘치는 자들을 배치했다.

그들을 '지원자'라고 불렀지만, 실제로는 홍콩 달러를 주고 고용했다. 통제된 시장에서 휴지 조각이나 다름없는 총독부 달러로만 얼음이 수매되는 것은 우연한 일이 아니었다.

무엇보다도 우리는 전쟁의 공포에 대해 계속 이야기했다. 아담 셀리니는 비디오로 연설을 할 때 지구 총독부가 달 세계를 다시 장악하려 할 것이며, 우리에게는 대비할 시간이 얼마 남지 않았다는 사실을 상기시켰다. 신문들은 그의 말을 인용했고, 그가 만들어 낸 이야기를 실었다. 우리는 쿠데타가 있기 전에 기자들을 당원으로 끌어들이기 위해 특별한 노력을 기울였다. 사람들은 항상 압력복을 가까이에 두고, 가정의 기압 경보 장치를 시험하라는 권고를 받았다. 각 도시마다 자원자로 구성된 민방위 부대가 조직되었다.

항상 월진이 있었기 때문에 각 도시의 기압 회사에는 언제든 출동할 수 있는 밀봉 수리반이 대기 중이었다. 연성 실리콘과 유리 섬유만 가지고도 어떤 거주 구역이든 새는 곳을 막을 수 있다. 데이비스 터널의 경우 우리의 사내아이들은 날마다 새는 부위를 보수했다. 하지만 우리는 수백 명의 긴급 수리반원을 새로 모집했다. 대부분 스틸랴기들로 그들에게 모의 비상 훈련을 시키고 근무를 할 때는 헬멧을 연 채로 압력복을 입고 일하게 했다.

그들은 아주 일을 잘했다. 하지만 멍청이들이 '장난감 병정'이니 '아담의 똘마니'라고 부르며 그들을 놀렸다. 어느 날 한 팀이 훈련을 받고 있었다. 그들은 틈이 생긴 에어 로크 주위에 임시 에어 로크를 만드는 시범을 보여 주고 있었는데 이 멍청이들 중에 하나가 옆에 서서 시끄럽게 그들을 놀렸다.

민방위 팀은 훈련을 계속했다. 그들은 임시 에어 로크를 완성한 다음 헬멧을 닫고 기압 상태를 시험했다. 결과는 양호했다. 그들은 다시 나와서 이 멍청이를 붙잡아 임시 에어 로크를 통해 데리고 나가 0기압인 곳에 던져 버렸다.

그 후로 얕잡아 보는 녀석들은 의견 표현을 자제하게 되었다. 교수는 그렇게 독단적으로 사람을 제거하면 안 된다는 가벼운 경고를 내려 보내야 한다고 생각했다. 나는 거기에 반대했고 내 의견을 관철했다. 인간성을 개조하는 데 그것보다 나은 방법은 생각해 낼 수 없었던 것이다. 시끄럽게 떠들어 대는 어떤 행위는 점잖은 사람들을 위해 중범죄로 다스릴 필요가 있었다.

하지만 우리의 가장 큰 두통거리는 자칭 정치가들이었다.

내가 달 세계인들이 '비정치적'이라고 말했던가? 그건 사실이다. 실제 행동이 필요한 경우가 아닐 때는 말이다. 하지만 달 세계인 두 명이 맥주 한 잔을 사이에 두고 앉았을 때 어떤 일을 어떻게 해야 한다고 소란스럽게 의견을 주고받지 않는 경우가 있는지 의심스럽다.

이미 언급한 대로 이 자칭 정치 이론가들은 아담 셀리니의 주의를 끌려고 애썼다. 교수는 그들을 위한 자리를 만들었다. 그들 전부가 '자유 달 세계 구성을 위한 임시 의회'에 초대되었다. 1차 회의가 달 세계 시의 공동체 강당에서 열렸고, 결론이 날 때까지 회기를 계속하기로 결정했다. 그리하여 달 세계 시에서 1주일, 노비렌에서 1주일, 홍콩에서 1주일, 그리고 다시 반복하는 식으로 계속되었다. 모든 회의는 비디오로 중계되었다. 교수는 첫 번째 회의에 배석했고, 아담 셀리니는 비디오로 연설하면서 철저히 토론해 줄 것을 주문했다. '역사가 여러분을 주시하고 있다'면서.

나는 몇 번 회의를 지켜본 후에 교수를 구석에 몰아넣고 대체 무슨 꿍꿍이속이냐고 따졌다.

"교수님은 어떤 정부도 원하지 않는다고 생각했는데요. 그 멍청이들이 멋대로 떠들게 자리를 깔아 준 후에 그들이 하는 소리를 들은 적이 있습니까?"

교수가 보조개를 깊게 만들며 활짝 웃었다.

"뭐가 불만인가, 마누엘?"

불만은 많았다. 내가 대형 드릴을 모으고, 사람들이 그것을 총처럼 사용할 수 있도록 만들기 위해 머리가 빠지게 애쓰고 있는데도, 이 쓸모없는 인간들은 오후 내내 이민에 대해 떠들며 시간을 보냈다. 어떤 녀석은 이민을 완전히 중단해야 한다고 했다. 또 어떤 녀석은 이민자에게 정부의 재정을 충당할 정도로 높은 세금을 물리기를 원했다. (달 세계인 100명 가운데 99명이 이곳에 강제로 끌려왔는데도!) 어떤 자들은 '인종 비율'에 따라 선택적으로 받아들여야 한다고 했다. (나는 어떤 인종에 해당할까?) 어떤 이들은 남녀 성비가 50대 50이 될 때까지 여자만 받아들이자고 했다.

그러자 한 스칸디나비아 인이 소리쳤다.

"그래, 친구! 창녀들을 보내라고 해! 수천 수만의 창녀들 말이야! 내가 그들과 결혼하지. 암, 하고말고!"

그것이 오후 내내 나온 것 중에 가장 그럴듯한 말이었다.

다음 날에 그들은 '시간'에 대해 논쟁했다. 맞다, 그리니치 표준시는 달 세계와는 아무 관계가 없다. 하지만 어차피 우리는 지하에서 생활하고 있는데 그게 무슨 상관이란 말인가? 2주 동안 계속 잠을 자고 2주 동안 계속 일할 수 있는 달 세계인이 있으면 나와 보라고 해라. 음력은 우리의 생체 대사와는 맞지 않는다. 그들은 한 달을 정확히 28일로 만들자고 주장했다(29일 12시간 44분 2.78초가 아니라). 그리고 하루의 길이를 늘이는 것으로 그렇게 하자고 했다. 시, 분, 초의 길이까지 늘이자고 했다. 그렇게 해서 반달이 정확히 2주가 되도록 말이다.

물론 음력은 여러 가지 목적을 위해 필요하다. 음력은 우리가 언제 달 표면으로 올라갈 것인지, 왜 올라가는 것인지, 얼마나 오래 머물 것인지를 결정한다. 하지만 이 골빈 멍청이들은 이런 일이 우리의 유일한 이웃인 지구인들과의 관계를 혼란에 빠뜨리는 것은 둘째로 치더라도, 과학과 공학의 중요한 수치에 어떤 영향을 끼칠 것인지 생각이나 해 보았을까? 전자 공학 기술자로서 나는 소름이 끼쳤다. 모든 책, 도표, 기계 장치들을 버리고 새로 만들겠다는 것인가? 나는 우리 선조들 중에 어떤 사람들이 영국식 도량형 단위에서 미터, 킬로그램으로 도량형을 바꿨다는 것을 알고 있다. 하지만 그들은 일을 쉽게 하기 위해서 그렇게 한 것이다. 14인치가 1피트이고, 기억하기도 복잡한 몇 피트가 1마일이다. 게다가 온스니 파운드니…… 오, 맙소사!

그것을 쉽게 바꾼 것은 합당한 일이었다. 하지만 왜 구태여 다시 복잡한 것으로 바꾸어 혼란을 자초해야 한단 말인가?

어떤 작자는 달 세계의 공식 언어를 결정하기 위한 위원회를 만들자고 했다. 그런 다음에는 지구식 영어나 다른 언어를 사용하는 사람에게는 벌금을 물리자고 우겼다. 오, 한심한 나의 동족들이여!

나는 《루나틱》에서 과세 제안에 관한 기사를 읽었다. 네 가지 종류의 '단일 과세제'였다. 터널을 넓히는 사람에게 물리는 용적세, 인두세(모든 사람이 같은 요금을 낸다), 소득세(과연 데이비스 가족의 소득을 알아내거나, 멈에게서 정보를 캐낼 사람이 있을지 모르겠지만!), 그리고 우리가 당시에 지불하고 있던 요금과는 다른 종류의 '공기세'였다.

'자유 달 세계'에서 세금을 물릴 것이라고는 상상도 못했다. 이전에는 그런 것을 내지 않아도 잘만 굴러 갔다. 우리는 손에 넣는 것에 대해 비용을 지불한다. 탄스타플이다. 달리 무엇이 더 필요하단 말인가?

또 한번은 어느 잘난 척하는 친구가 심한 입 냄새와 몸의 악취는 사형에 처해야 할 중범죄로 해야 한다고 제안했다. 가끔 그런 악취가 풍기는 인간과 같은 캡슐을 타는 일을 겪기 때문에 나는 거의 동의하는 마음까지 들었다. 하지만 그런 일이 잦은 것은 아니었고 스스로 교정이 되는 경향도 있었다. 상습적으로 악취를 풍기는 자들이나, 교정할 수 없는 사정의 불행한 사람들은 자손을 낳을 가능성이 낮았다. 우리 여자들이 얼마나 까다로운지 생각하면 당연한 일이다.

한 여성은 영구적인 법률로 제정했으면 하고 바라는 긴 목록을 만들었다. (임시 의회의 참석자들은 대부분 남자들이었다. 하지만 여자들은 어리석음에서는 수적인 열세를 만회했다.) 주로 사생활에 관한 것들이었다. 어떤 종류의 중혼도 금지해야 한다. 이혼은 안 된다. '간통'도 안 된다, 이건 마음에 들었다. 알코올 농도 4%보다 강한 술은 금지한다. 예배는 토요일에 한하며, 그날은 다른 어떤 일도 해서는 안 된다. (공기와 온도와 기압 조절은 어떻게 할까요, 부인? 전화와 캡슐은?)

금지해야 할 약품의 긴 목록과 면허가 있는 의사에게만 허용하는 짧은 목록을 제시했다. ('면허증이 있는 의사'란 뭔가? 내가 다니는 치료사의 집에는 '경험이 풍부한 의사'라는 간판이 달려 있다. 그리고 부업으로 마권을 판다. 그래서 내가 그 집에 가는 것이다. 이보세요, 부인, 달 세계에는 의과 대학이 없단 말입니다! 당시에는 그랬다는 얘기다.) 그녀는 심지어 도박을 법으로 금지하기를 원했다. 하지만 만일 달 세계인에게 주사위를 굴리지 못하게 하면, 그들은 어떻게 해서든 주사위를 굴릴 수 있는 가게를 찾아간다. 그곳이 비록 납을 박은 속임수 주사위를 쓰는 곳이라고 해도 상관없다.

나를 화나게 한 것은 그녀가 미워하는 대상들의 목록이 아니었다. 그녀는 사이보그처럼 미친 여자가 분명했기 때문이다. 하지만 언제나 그런 미친 금지 목록에 찬성하는 인간이 있다는 사실이 문제였다. 인간의 마음 깊은 곳에는 다른 사람들이 즐기는 일을 못하게 하고 싶은 열망이 있는 것이 틀림없다. 규칙, 법률…… 항상 다른 사람들을 속박하고 싶어한다. 그건 아마도 우리가 나무에서 내려오기 전부터 지니고 있던 습성이며, 두 다리로 서게 된 후에도 떨쳐 내지 못한 어두운 성향일 것이다. 이자들 중에 "내가 이러저러한 일을 해서는 안 된다는 것을 알고 있으니 내가 그 일을 할 수 없도록 이걸 통과시켜 주시오."라고 말하는 인간은 하나도 없었다. 그들은 언제나 이웃들이 하는 꼴이 보기 싫은 어떤 것에 대해서만 얘기했다. '자신들을 위해서' 그런 일을 하지 못하게 막아 달라고 한다. 그 일로 피해를 보는 것도 아니면서 말이다.

회의를 지켜보고 있자니 사마귀 모트를 없애 버린 것이 후회가 될 지경이었다. 그는 자기 여자들과 칩거하면서 우리한테 사생활을 어떻게 하라는 식의 참견은 하지 않았다.

하지만 교수는 전혀 흥분하지 않았다. 그는 계속 미소만 지을 따름이었다.

"마누엘, 저 발육 부진의 저능아들이 어떤 법률이든 통과시킬 수 있을 거라고 생각하나?"

"그렇게 하라고 하셨지 않습니까. 그렇게 해 달라고 당부하셨지요."

"친애하는 마누엘, 나는 모든 머저리들을 한 바구니에 담아 두었을 뿐이네. 나는 저 멍청이들을 잘 알고 있어. 몇 년 동안이나 그들의 헛소리를 지겹게 들어 왔으니까. 나는 아주 신중하게 위원들을 골랐네. 그들은 모두 나름대로 모순이 있는 자들이야. 그러니 싸우지. 비록 그들이 직접 선출하긴 했지만 내가 그들에게 안긴 의장은 엉킨 실타래 하나 풀지 못할 우유부단한 인간일세. 그는 무슨 주제든 '더 많은 연구'가 필요하다고 생각하고 있지. 사실 이 정도까지 신경을 쓸 필요도 없었을 거야. 여섯 명이 넘어 가면 어떤 것에서도 의견이 일치할 수 없는 법이거든. 세 명은 좀 낫지. 하지만 그 일을 할 능력이 있는 한 사람이 하는 것이 가장 완벽해. 역사상 나머지를 지배할 만큼 강력한 소수가 있었을 때 의회 권력이 무언가를 성취할 수 있었지. 아무 걱정 말게나. 이 임시 의회는 아무것도 하지 못할 테니……. 그들이 완전히 지친 나머지 뭔가를 통과시킨다고 해도 그것은 모순으로 가득 차 있어서 결국 폐기될 수밖에 없을 것이네. 그동안 그들은 우리의 골칫거리가 되지 않겠지. 게다가 그들도 나중엔 쓸모가 있어."

"아무것도 할 수 없는 인간들이라고 하셨지 않습니까?"

"그들이 할 거라고는 안 했어. 한 남자가 이걸 쓸 것이네. 죽은 남자지. 그리고 늦은 밤에 아주 피로해졌을 때 그들은 박수를 치며 통과시킬 것이네."

"이 죽은 남자가 누구입니까? 마이크를 말하는 건 아니겠죠?"

"아니, 아니야! 마이크는 저 멍청이들에 비하면 오히려 펄펄하게 살아 있다고 할 수 있어. 죽은 남자는 토머스 제퍼슨이야. 최초의 합리적 무정부주의자고, 지금까지 씌어진 가장 아름다운 미사여구를 통해 자신의 신념을 슬그머니 실현할 뻔했던 사람이지. 하지만 다른 사람들이 그를 제지했기에 나는 그렇게 되는 것을 피하고 싶어. 나는 그의 문장보다 더 낫게 쓸 수는 없네. 다만 달 세계와 21세기에 맞게 고쳐 쓸 따름이야."

"그 사람에 대해서 들어 본 적이 있습니다. 노예를 해방했지요, 아마?"

"해방하려 했지만 실패했다고 할 수 있겠지. 그건 신경 쓸 것 없네. 방위 프로그램은 어떻게 되어 가나? 이번 우주선이 도착한 날짜 이후로는 더 이상 위장을 유지하기 어려울 것 같은데."

"그때까지 준비하기 어렵습니다."

"마이크는 준비가 되어야 한다고 말하고 있네."

우리는 준비가 되지 않았고, 우주선도 오지 않았다. 지구 과학자들은 나와 내가 감시를 명한 달 세계인들을 속여 넘긴 것이다. 그들은 가장 큰 반사 망원경의 초점에 장난을 쳤다. 달 세계인 조수들은 그것이 천문학을 연구할 목적으로 개발한 전파 망원경의 새로운 사용법이라는 거짓말을 믿었다.

새로운 사용법인 것은 사실일 거라고 나는 생각한다. 그것은 극초단파였고, 극초단파는 파장 유도로 반사경에 반사된다. 그리하여 거울로 멋지게 정렬된 스코프를 남기는 것이다. 초기의 레이더와 놀랄 만큼 비슷했다. 그리고 금속 격자와 호일 열 차단막은 전파가 흩어지는 것을 차단했다. 따라서 내가 설치한 '귀'는 아무것도 듣지 못했다.

지구 과학자들은 나름대로 알고 있는 내용으로 자세하게 메시지를 보냈다. 우리가 수신한 것은 지구 총독부가 총독에게 이 장난을 부인하고, 장난 치는 자를 찾아내어 중단시키라는 요구였다.

따라서 그 대신에 우리는 그들에게 독립을 선언했다.

"달 세계 의회는 2076년 7월 4일……."

아름다운 문장이었다.

✳ 15 ✳

독립 선언문의 서명은 교수가 그렇게 될 것이라고 말한 대로 진행되었다. 교수는 긴 하루가 끝날 무렵에 느닷없이 이것을 제시하고는, 저녁식사 후에 특별 회의가 있고 아담 셀리니가 연설할 것이라고 알렸다. 아담은 먼저 각 문장을 설명하면서 큰 소리로 읽었다. 그런 다음 당당하고 음악적인 울림으로 중단 없이 처음부터 끝까지 읽어 내려갔다. 사람들은 울었다. 내 옆에 앉은 와이오도 울었다. 미리 그 글을 읽었던 나조차 울고 싶은 마음이 들었다.

그런 다음 아담은 그들을 쳐다보며 말했다.

"미래가 기다리고 있습니다. 하시는 일에 훌륭한 선례를 남기시기 바랍니다."

그러고는 평소의 의장이 아니라 교수에게 회의의 주도권을 넘겼다.

시간은 밤 10시였고, 싸움이 시작되었다. 물론 그들은 독립에 찬성했다. 그날은 온종일 우리가 얼마나 나쁜 인간들인가, 우리를 어떻게 벌주고, 교훈을 가르칠 것인가 등등에 관한 지구의 뉴스로 가득했다. 따로 양념을 칠 필요가 전혀 없었다. 지구 쪽의 반응은 험악했다. 마이크는 단지 다른 의견을 잘라 냈을 뿐이었다. 달 세계가 처음으로 일치단결했다고 느꼈던 날이 있다면 그것은 아마도 2076년 7월 2일이었을 것이다.

따라서 그들은 독립 선언문을 통과시킬 것이다. 교수는 제출하기 전부터 그것을 알고 있었다.

하지만 원안 그대로는 아니었다. 이런 식이었다.

"존경하는 의장님, 두 번째 문단의 '빼앗을 수 없는'이라는 표현은 적절하지 않습니다. '양도할 수 없는'이라고 해야 합니다. 그리고 '양도할 수 없는 권리' 보다는 '신성한 권리'라고 말하는 편이 더욱 위엄 있게 들리지 않을까요? 이 문제를 토론했으면 합니다."

그 친구는 제법 분별 있는 편이었고, 단순한 문학 비평가로서 맥주 속 죽은 효모처럼 무해한 사람이었다. 하지만…… 음, 모든 것을 증오하던 한 여자의 경우를 예로 들어 보자. 그녀는 여전히 목록을 들고 그 자리에 있었다. 그녀는 큰 소리로 목록을 읽고, 선언문에 그 내용을 포함해야 한다고 주장했다. "지구인들이 우리가 문명인이며 인류 의회에 자리를 차지할 자격이 있다는 것을 알게 하기 위해서!"라는 대목이었다.

교수는 그녀가 멋대로 떠들게 내버려두었을 뿐 아니라, 다른 사람들이 발언하고 싶어하는데도 발언권을 주며 그녀를 격려했다. 그런 다음에는 제청이 있지도 않았는데 그녀의 제안을 점잖게 투표에 붙였다. (의회는 며칠 동안 입씨름을 하며 만든 규칙에 따라 운영되고 있었다. 교수는 규칙을 잘 알고 있었지만 자기가 필요할 때만 규칙을 적용했다.) 그녀는 투표에서 지자 소리를 지르며 나가 버렸다.

그런 후에 누군가가 일어나서, 물론 그렇게 긴 목록은 선언서에 맞지 않다고 말했다. 하지만 일반적인 원칙은 있어야 하지 않는가? 달 세계 자유국은 모든 국민에게 자유, 평등, 안전을 보장한다는 문구가 들어가면 좋지 않겠는가? 전혀 복잡할 것은 없고, 모든 사람들이 정부의 합당한 존재 이유라고 알고 있는 기본 원칙 정도면 좋겠다고 했다.

옳은 말이다. 그걸 통과시키자. 하지만 '자유, 평등, 평화, 안전'이라고 해야 한다, 그렇지 않은가, 동지들? 그들은 '자유'에 '무료 공기'가 포함되는지, 아니면 자유가 '안전'의 일부인가를 두고 언쟁을 벌였다. 아예 안전하게 '무료 공기'를 포함하는 것이 낫지 않을까? 그러다가 '무료 공기와 물'로 하자는 수정안이 들어왔다. 공기와 물 양쪽이 다 있어야만 '자유'도 '안전'도 누릴 수 있기 때문이었다.

공기, 물, 식품.

공기, 물, 식품, 거주 용적.

공기, 물, 식품, 거주 용적, 열.

아니다. '열'은 '동력'으로 바꿔야 한다. 그러면 모두 포함하게 된다. 전부 다 말이다.

어이, 제 정신인가? 전부 다 포함하는 것과는 거리가 멀어. 여자들 얘기는 빠뜨렸잖아.

여자들이 물건이란 말인가? 그런 소리는 여자들에 대한 모욕이라고! 밖으로 나가 같은 소리를 해 보시지!

끝까지 말하게 해 주시오. 우리는 '최소한' 남자와 여자가 같은 숫자가 아니라면 어떤 우주선도 착륙을 불허할 거라고 처음부터 그들에게 단단히 못 박아 두어야 합니다. 나는 최소한이라고 말했소. 이민의 불균형 문제를 바로잡지 않는다면 나는 서명하지 않겠소.

교수는 내내 보조개를 잃지 않았다.

나는 교수가 왜 하루 종일 잠을 잤는지, 어째서 무거운 납옷을 안 입었는지 알 것 같았다. 나 또한 무척 피곤했다. 하루 종일 압력복을 입고 사출기 말단보다 멀리 나가서 마지막 탄도 레이더를 옮기는 작업에 매달렸던 것이다. 모든 사람이 지쳐 있었다. 자정 무렵이 되자, 그날 밤에는 아무것도 결정되지 않을 것임을 확신하고, 더욱이 자기 얘기가 아닌 다른 사람의 헛소리에 지겨워진 나머지 사람들이 빠져 나가기 시작했다.

자정이 지난 후에 어떤 사람이 오늘은 2일인데 왜 이 선언문에는 7월 4일자로 되어 있는지 물었다. 교수는 이제 7월 3일로 접어들었다고 온화하게 지적하며, 우리의 선언문이 4일보다 앞서서 발표될 가능성은 낮아 보인다고 말했다……. 그리고 7월 4일은 역사적인 의미가 있는 날이며, 어쩌면 그것이 도움이 될지도 모른다고 했다.

7월 4일까지는 아무것도 정해지지 않을 거란 말을 듣고 몇 사람이 나가 버렸다. 하지만 나는 어떤 사실을 깨닫기 시작했다. 강당은 사람들이 떠나는 것만큼이나 빠르게 다시 채워지고 있었다. 방금 누군가가 일어선 자리에 핀 닐센이 살며시 들어와 앉았다. 홍콩의 클레이톤 동지가 나타나 내 어깨를 살짝 누르더니 와이오에게 미소를 지어 보이고 자리에 앉았다. 나의 젊은 부관들인 슬림과 헤이즐이 앞줄에 앉아 있는 것이 눈에 띄었다. 당무가 있어서 헤이즐을 데리고 갔다고 멈에게 대신 변명해 주어야겠다고 생각하는 참에 그들 옆에 멈이 앉아 있는 것을 발견하고 유쾌한 기분이 되었다. 시드리스도 있었다. 새로운 사출기 기지에 있어야 할 그레그까지.

나는 주위를 둘러보고 십여 명을 더 발견했다. 《루나야 프라우다》의 야간 편집장, 루노호 사의 총지배인, 그 밖에 다른 사람들이 있었다. 모두가 실제로 일을 하는 동지들이었다. 나는 교수가 카드 패를 미리 준비해 둔 것을 알아차리기 시작했다. 임시 의회는 정해진 의원의 자격이 없었다. 이 진정한 동지들은 한 달 동안 시끄럽게 떠들어 댔던 자들만큼이나 여기에 나타날 권리가 있었다. 이제 그들은 자리에 앉았고 수정 제안들을 부결했다.

새벽 3시경, 얼마나 더 눈을 뜨고 앉아 있을 수 있을까 생각하던 차에 누군가가 교수에게 쪽지를 건넸다. 교수는 쪽지를 읽고 의사봉을 두드리고는 말했다.

"아담 셀리니가 하실 말씀이 있다고 합니다. 만장일치로 동의하십니까?"

연단 뒤쪽의 스크린이 다시 밝아지고, 아담은 자신이 논쟁을 죽 청취하고 있었으며 수많은 사려 깊고 건설적인 비판에 감동을 받았다고 말했다. 그러고는 감히 제안을 하나 해도 되겠는지 물었다. 어떤 문장이든 불완전할 수밖에 없다는 사실을 인정하면 어떻겠는가? 이 선언문에 일반적으로 우리들이 원하는 내용이 담겨 있다면 완벽하게 손을 보는 것은 다른 날로 연기하고 이대로 통과하는 것이 좋지 않을까?

"존경하는 의장님, 저는 이러한 의견을 제안합니다."

사람들은 환성을 지르며 통과시켰다.

교수가 말했다.

"이의 있습니까?"

그러고는 의사봉을 들고 기다렸다.

아담이 쪽지를 전달했을 때 발언하고 있었던 남자가 말했다.

"글쎄요……. 저는 여전히 그것이 문장의 주어와 문법적으로 맞지 않게 사용된 보어라고 생각하지만, 그냥 놓아둡시다."

교수는 의사봉을 두드렸다.

"이것으로 결정되었습니다!"

그런 다음 우리는 줄을 지어 '아담의 사무실에서 보내온' 커다란 두루마리에 각자가 서명을 했다. 나는 거기서 아담의 서명도 발견했다. 나는 헤이즐 바로 아래에 서명했다. 이 아이는 여전히 책으로 하는 공부엔 서툴렀지만 이제는 글을 쓸 수 있었다. 그녀의 서명은 비뚤비뚤했다. 하지만 크고 자랑스럽게 자신의 이름을 썼다. 클레이톤 동지는 당원 이름과 본명, 그리고 일본식 이름을 차례대로 세 줄 적었다. 두 동지는 ×자로 표기하고 증인을 세웠다. 그날 밤(새벽) 모든 세포 지도자들이 그곳에 참석했고 모두 서명했다. 입만 나불거리는 논쟁꾼들은 열 명 남짓밖에는 남아 있지 않았다. 하지만 남은 사람들은 역사가 읽을 수 있도록 서명을 했다. 그럼으로써 '자신의 생명, 재산, 그리고 신성한 명예'를 건 것이다.

줄이 천천히 이동하고 사람들이 이야기를 나누고 있는 동안 교수가 방망이를 두드리며 주목해 달라고 요구했다.

"위험한 임무에 나설 지원자를 모집합니다. 이 선언문은 뉴스 채널로 방송될 것입니다. 하지만 누군가가 지구로 가서 세계 연방에 직접 전달해야 합니다."

이 말에 모두가 조용해졌다. 교수는 나를 쳐다보고 있었다. 나는 침을 꿀꺽 삼키고 말했다.

"제가 지원합니다."

와이오도 말했다.

"저도 지원합니다!"

그리고 헤이즐 미드도 말했다.

"저도요!"

순식간에 십여 명이 지원했다. 핀 닐센부터 가스파진 문법 선생까지(그는 문법에 집착하는 점만 제외하면 좋은 친구인 것으로 드러났다). 교수는 이름을 적었고, 운송 수단이 마련되는 대로 연락하겠다는 말을 중얼거렸다.

나는 교수의 옆에 다가가서 물었다.

"이것 보세요, 교수님, 너무 지쳐서 머리가 제대로 안 돌아가는 겁니까? 7일에 들어올 우주선이 취소된 것을 아시잖아요. 지금 그들은 우리를 벌주기 위해 통상 금지 조치까지 들먹이고 있습니다. 다음번에 그들이 달 세계로 보낼 우주선은 전함일 겁니다. 어떻게 여행할 계획인가요? 포로가 되어서?"

"아, 우린 그들의 우주선을 이용하진 않을 것이네."

"그래요? 그럼 한 척 만드실 겁니까? 그게 얼마나 걸릴지 아십니까? 만들 수 있다는 가정 하에서 말입니다. 저로서는 심히 의심스럽지만."

"마누엘, 마이크는 이게 꼭 필요한 절차라고 말하고 있어. 그리고 모든 것을 준비해 놓았네."

나는 마이크가 이게 필요하다고 말한 것은 알고 있었다. 리처드슨 천문대의 똑똑한 친구들이 뒤통수를 친 것을 알았을 때 그는 즉시 승률을 다시 계산했다. 이제 그는 1대 53의 승률밖에는 제시하지 못했다……. 그것도 교수가 지구로 간다는 필수적 조건을 충족했다고 가정했을 경우의 수치였다. 하지만 나는 불가능한 일을 가지고 걱정하는 타입이 아니었다. 그래서 1대 53이라는 승률을 조금이라도 올리기 위해 온종일 몸이 부서져라 일에 매달렸던 것이다.

교수가 말을 계속했다.

"마이크가 우주선을 준비해 줄 거야. 그는 이미 설계를 마쳤고 지금은 제작 중이네."

"그래요? 언제부터 마이크가 공학자가 된 거죠?"

"그는 이미 공학자가 아니었나?"

교수가 물었다.

나는 대답을 하려다가 입을 다물었다. 마이크는 학위가 전혀 없었다. 그러나 살아 있는 어떤 인간보다 공학에 대해 많은 것을 알고 있었다. 또는 셰익스피어의 희곡, 수수께끼, 역사 등등. 하여간 뭐든 이름만 대 보시라.

"더 얘기해 보십시오."

"마누엘, 우리는 곡물 수송용 통에 실려 지구로 갈 것이네."

"뭐라고요? 우리란 누구를 말하는 겁니까?"

"자네와 나지. 다른 지원자들은 장식물일 뿐이야."

"젠장, 기가 막히는군요. 만사가 어리석어 보이는 상황에서도 저는 열심히 일했습니다. 무거운 납옷을 입고서요. 지금도 입고 있습니다. 만에 하나 제가 그 끔찍한 곳에 가게 될지도 모른다고 생각해서죠. 그래도 우주선을 타고 가는 거라고 생각했습니다. 최소한 내가 안전하게 착륙하도록 도와줄 사이보그 파일럿이 있는 우주선 말입니다. 운석이 되어 떨어지는 일에 동의한 건 아닙니다."

"좋네, 마누엘. 나는 항상 자발적인 선택을 존중하니까. 자네의 대리자가 갈 것이네."

"나의…… 그게 누구입니까?"

"와이오밍 동지네. 내가 아는 한 그녀는 우리 외에 우주선 탑승 훈련을 한 유일한 사람이지…… 지구인들을 제외하고는."

그래서 내가 가기로 했다. 하지만 우선 마이크와 얘기했다. 그가 참을성 있게 말했다.

"맨, 나의 첫 친구, 걱정할 것은 하나도 없습니다. 당신은 76년형 KM187 시리즈에 탑승할 예정이고, 아무 문제없이 봄베이에 도착할 것입니다. 하지만 확실하게 하기 위해, 그러니까 당신을 안심시키기 위해 저는 특별히 그 짐배를 선택했습니다. 그 짐배는 인도가 우리 쪽을 향하게 될 때 대기 궤도(parking orbit, 파킹 궤도라고도 한다. 정지 위성이나 달이나 행성으로 향하는 탐사기가 목적하는 궤도에 들어가기 전에 잠정적으로 타는 궤도이다 — 옮긴이)에서 떨어져 나와 착륙할 것이기 때문입니다……. 만일 그들이 당신을 다루는 방식이 마음에 들지 않을 경우 지상 통제로부터 당신을 보호할 수 있도록 완충 철판을 추가했습니다. 저를 믿으세요, 맨. 처음부터 끝까지 모든 것을 철저히 준비했습니다. 비밀이 새어 나갔는데도 수출을 계속하자고 결정한 것도 이 계획의 일부였습니다."

"나한테 말을 해 주었으면 더 좋았을 거야."

"당신에게 걱정을 끼칠 필요는 없었습니다. 교수님은 아셔야 했기 때문에 저와 계속 연락을 주고받았습니다. 당신은 그저 교수님을 보살피면서 그를 응원하기만 하면 됩니다. 하지만 그가 사망할 경우에는 그의 임무를 물려받아야겠지요. 이것은 제가 당신에게 전혀 보증해 드릴 수 없는 요소입니다."

나는 한숨을 지었다.

"좋아. 하지만 마이크, 아무리 자네라고 해도 이 정도 거리에서 짐배가 부드럽게 착륙하도록 조종할 수 있다는 건 아니겠지? 자네가 아무리 빨라도 실수할 여지는 충분하네."

"맨, 제가 탄도학을 모른다고 생각하십니까? 그 궤도 위치의 경우, 질문에서 응답, 그리고 지시 수신까지는 4초 이내의 시간이 걸립니다……. 당신은 제가 1마이크로 초도 낭비하지 않으리라고 믿으셔도 좋습니다. 대기 궤도에서 4초 동안의 최대 이동 거리는 겨우 32킬로미터이고, 그 거리는 해발 고도 0에 이르는 동안 서서히 줄어듭니다. 저의 반사 속도는 수동 착륙을 조작하는 파일럿의 반사 속도보다 훨씬 빠릅니다. 저는 상황을 파악하고 올바른 행동을 결정하는 데 시간을 낭비하지 않으니까요. 따라서 4초는 제가 최대로 잡은 시간입니다. 하지만 유효 반사 시간은 그보다 훨씬 짧습니다. 저는 끊임없이 예측하고, 계산하고, 미리 앞을 내다보고, 프로그램하기 때문이지요. 사실상 저는 당신이 날아가는 동안 당신보다 4초 앞서서 생각할 것이고 어떤 상황이든 즉각적으로 반응할 것입니다."

"그 철제 깡통에는 고도계조차 붙어 있지 않아!"

"지금은 있습니다. 맨, 제발 믿어 주십시오. 저는 모든 것을 고려했습니다. 이 고도계를 설치하도록 지시한 유일한 이유도 당신을 안심시키기 위해서입니다. 푸나(인도 마하라슈트라 주(州)에 있는 도시. 푸네라고도 한다 — 옮긴이) 지상 관제소에서는 지난 5000번의 화물 수송에서 한 번도 실수를 하지 않았습니다. 컴퓨터에게 그건 아주 쉬운 일입니다."

"좋아. 그런데 마이크, 그건 어느 정도의 속도로 하강하는데? 몇 G이지?"

"그리 크지 않습니다. 분사 시에는 10G이고, 그런 다음에는 4G 정도의 안정된 속도로 하강합니다……. 그러다가 해수면에 부딪치기 직전에 다시 6G에서 5G 사이로 올라갑니다. 충돌 자체는 부드럽습니다. 50미터 높이에서 떨어지는 것과 비슷하지요. 그리고 수송용 통은 3G보다 낮은 가속도로 급격한 충격 없이 머리 부분부터 물속으로 들어갑니다. 그런 다음에 수면으로 다시 올라와 한 번 더 가볍게 충돌하고, 1G 상태에서 표류하게 됩니다. 맨, 그 수송용 통의 외피는 경제적인 이유로 최대한 가볍게 만들어졌습니다. 그러니까 아무렇게나 내던질 수는 없습니다. 그러면 이음매가 부서질 테니까요."

"고맙기도 하군. 마이크, '6G에서 5G 사이'에서 자네라면 어떻게 될까? 자네의 이음매도 부서지나?"

"제가 이곳에 처음 실려 왔을 때는 6G 정도로 왔을 거라고 추측합니다. 현재 상태에서 6G라면 중요한 연결 부위가 상당수 떨어져 나갈 겁니다. 하지만 저는 지구가 우리를 폭격할 때 제가 경험할 극도로 높은 순간 가속도에 더 관심이 있습니다. 예측을 하기에는 데이터가 불충분합니다……. 하지만 외부 기능을 일부 잃을 수도 있습니다, 맨. 이것은 어떤 전술적 상황에서 중대한 장애 요소가 될 수 있습니다."

"마이크, 그들이 정말로 우리를 폭격할 거라고 생각하나?"

"그렇습니다, 맨. 그래서 이 여행이 그토록 중요한 겁니다."

얘기는 그 정도로 하고 나는 문제의 '관'을 보러 나갔다. 하지만 차라리 집에 있는 편이 좋았을 것 같았다.

곡물 수송용 통을 본 적이 있는가? 역분사와 유도용 로켓, 자동 무선 레이더가 붙어 있는 강철 드럼통이라고 할 수 있다. 우주선과 비교하자면 나의 3호 인공 팔과 펜치를 비교하는 것과 비슷하다고 보면 된다. 그들은 이 깡통을 따서 우리의 '생활 공간'을 만들고 있었다.

'생활 공간' 좋아하시네. 창문도 없고 화장실도 없고 아무것도 없다. 하지만 무슨 상관인가? 우리는 거의 50시간 그 안에 머물 것이다. 속을 비우고 간다면 우주복 안에 배설물 주머니를 찰 필요도 없을 것이다. 라운지나 바는 필요 없다. 우주복을 벗을 일은 절대 없을 테고, 약에 취해서 곯아떨어져 있을 텐데 뭔가를 마시고 싶을 생각이 들 까닭이 없다.

최소한 교수는 전 과정 내내 약물에 취해 잠잘 것이다. 내 경우는 뭔가 잘못되고 아무도 통조림 따개를 가지고 와 주지 않을 경우 죽음의 덫에서 빠져나갈 시도를 해야 하므로 착륙 시에 깨어 있어야 했다. 그들은 우리의 압력복 등 부분에 꼭 들어맞는 요람을 만들고 있었다. 우리는 이 구멍 속에 꼭 묶여 지구에 도착할 때까지 그곳에 머물러야 한다. 그들은 우리의 안전보다는 밀을 줄여서 총중량을 같게 하는 일, 동일한 무게 중심을 만들고, 모든 모멘트 암(moment arms, 회전 중심에서 작용 힘까지의 수직 거리 — 옮긴이)을 똑같이 만드는 일에 더 신경을 썼다. 책임을 맡은 기술자는 우리의 압력복 안에 추가로 넣은 패딩까지 계산에 넣었다고 말했다.

우리가 패딩을 덧댄다는 것을 알자 기뻤다. 그 구멍은 전혀 부드러워 보이지 않았기 때문이다.

나는 깊은 상념에 잠겨 집으로 돌아왔다.

와이오가 저녁 식탁에 없었다. 이상했다. 그레그가 있었다. 더욱 이상했다. 아무도 다음 날 내가 추락하는 바위가 될 신세라는 사실에 대해 말을 꺼내지 않았다. 다들 알고 있을 터인데……. 하지만 아이들이 별다른 지시를 받지 않았는데도 모두 식탁에서 일어나서 나갈 때까지는 뭔가 특별한 일이 일어나고 있다는 것을 짐작하지 못했다. 그런 다음에야 그날 새벽 의회가 산회한 후에 왜 그레그가 파도의 바다에 있는 사출기 기지로 돌아가지 않았는지 알았다. 누군가가 가족 회의를 요청한 것이다.

멈이 방 안을 둘러보며 말했다.

"전부 여기 있군요. 알리, 저 문을 닫아 줘요. 고마워요. 할아버지, 시작해 주시겠어요?"

우리의 최연장 남편은 커피 잔을 앞에 두고 꾸벅거리던 일을 멈추고 똑바로 앉았다. 그는 식탁에 앉은 사람들을 내려다보며 힘 있는 어조로 말했다.

"전부 모였군. 아이들은 모두 잠을 자러 갔고 낯선 사람도 없고 손님도 없어. 우리 가계의 첫 번째 남편이었던 블랙 잭 데이비스와 우리의 첫 번째 아내였던 딜리가 만든 관습에 따라 우리는 전부 한자리에 모였어. 우리 가족의 안전과 행복에 관한 일이라면 뭐든 지금 털어놓도록 하게. 혼자서 끙끙 앓지 말고. 이 것이 우리의 관습이야."

할아버지는 멈을 돌아보고 부드럽게 말했다.

"계속하게, 미미."

그러고는 다시 구부정하게 웅크리며 이전처럼 무심한 상태가 되었다. 하지만 잠시 동안 그는 내가 선택받던 시절처럼 강인하고 핸섬하고 활력이 넘치고 열정적인 남자로 돌아갔다……. 그러자 나는 갑자기 눈물이 핑 돌았다. 난 지금까지 얼마나 행복했던가!

하지만 그 순간에 내가 행복하다고 느꼈는지 어떤지는 잘 모르겠다. 내가 보기에 가족 회의를 소집한 유일한 이유는 내가 다음 날 곡물 꼬리표가 붙은 채로 지구로 수출될 예정이라는 사실이었다. 멈은 가족이 그 일에 반대하게 하려는 것일까? 누구도 가족 회의의 결론을 따라야 할 의무는 없다. 하지만 항상 따라 왔다. 그것이 우리 결혼의 강점이었다. 일단 어떤 결정이 나면 우리는 하나로 뭉치는 것이다.

미미가 말하고 있었다.

"의논할 안건을 가진 분 있어요? 말해 보세요, 여러분."

그레그가 말했다.

"내가 안건이 있어."

"다들 그레그의 이야기를 듣기로 해요."

그레그는 말주변이 좋았다. 그는 많은 사람들 앞에서 연설을 할 수 있었고, 나라면 혼자 있을 때조차 자신 없어할 문제에 대해서도 당당했다. 하지만 그날 밤 그는 전혀 자신감이 없어 보였다.

"글쎄, 음……. 우린 언제나 이 결혼의 균형을 맞추기 위해 노력해 왔지. 어떤 사람은 나이가 많고, 어떤 사람은 젊고, 적당한 간격을 두고 규칙적으로 새로운 사람을 들였어. 우리에게 전해 내려온 방식 그대로 말이야. 하지만 때로는 예외도 인정했어……. 합당한 이유가 있다면."

그는 류드밀라를 쳐다보았다.

"그런 다음에는 거기에 맞춰서 조절을 했지."

그는 다시 식탁 끝머리 류드밀라의 양쪽에 앉아 있는 프랑크와 알리를 쳐다보았다.

"기록을 보면 알 수 있듯이 오랫동안 우리 가족 남편들의 평균 연령은 약 40세이고, 아내들은 약 35세였어. 이런 연령 차이는 약 100년 전 우리 결혼의 첫 번째 아내였던 열다섯 살의 틸리가 막 스무 살이 된 블랙잭을 선택했을 때와 마찬가지야. 내가 알기론 지금 현재 우리 남편들의 평균 연령은 거의 정확히 40세이고, 아내들의 평균 연령은……."

멈이 단호하게 말했다.

"산수는 그만둬요, 그레그 달링. 요점을 말하세요."

나는 그레그가 대체 누구를 말하려는 것일까 짐작하려고 애썼다. 나는 지난 1년 동안 집에 거의 붙어 있지 않았으며, 집에 올 때에도 모두가 잠든 후인 경우가 많았다. 하지만 그가 결혼에 대해 말하고 있는 것은 명백했다. 그리고 모든 가족 구성원들이 그 상대를 오랫동안 주의 깊게 살펴볼 기회가 전혀 없는 상태에서 또 다른 결혼을 제안하는 일은 누구도 하지 않았다. 그 외의 방식으로는 결혼 제안을 하지 않았다!

어쨌거나 나는 멍청이였다.

그레그가 더듬거리며 말했다.

"나는 와이오밍 낫을 우리들의 아내로 맞을 것을 제안합니다!"

나는 내가 멍청이라고 말했다. 나는 기계를 이해하고, 기계도 나를 이해해 준다. 하지만 사람에 대해서는 아무것도 몰랐다. 내가 아주 오래 살아서 언젠가 최연장 남편이 된다면 정확히 할아버지가 멈에게 하는 방식으로 할 것이다. 시드리스에게 가정의 경영을 맡겨야지. 정확히 똑같이, 음, 그렇지, 와이오는 그레그의 교회 신도가 되었다. 나는 그레그를 좋아한다. 아니, 그를 사랑한다. 그리고 존경한다. 하지만 교회의 신학이라는 것은 컴퓨터로 검증받을 수 있는 것이 아니다. 컴퓨터에게 물어보아도 연산 오류밖에는 얻지 못한다. 와이오는 분명히 이걸 알고 있다. 그녀는 성인이 되어서 신앙을 접했기 때문이다. 사실 나는 와이오의 개종을 그녀가 우리의 대의를 위해 '무슨 일이든' 할 자세가 되어 있다는 증거로 여겼다.

하지만 와이오가 그레그의 신도가 된 것은 그를 당원으로 끌어들인 이후의 일이었다. 그리고 새로운 사출기 기지로 나가는 여행은 대부분 그녀가 맡았다. 나나 교수보다는 그녀가 더 나가기 쉬웠기 때문이었다. 오, 젠장, 어쨌거나 나는 깜짝 놀랐다. 전혀 놀랄 일이 아니었는데도.

미미가 말했다.

"그레그, 와이오밍이 우리의 선택을 받아들일 거라고 믿을 만한 근거가 있나요?"

"그래."

"그럼 좋아요. 우린 모두 와이오밍을 잘 알아요. 각자가 그녀에 대한 의견이 있을 게 확실하지요. 이 문제에 대해 토론이 필요하다고는 생각하지 않아요……. 누구 다른 의견을 가진 분이 있다면 모르겠지만. 그런 사람이 있으면 말해 보세요."

멈은 그레그의 제안에 전혀 놀라지 않았다. 하긴 놀랄 일이 아닌 게 당연하다. 다른 사람들의 경우도 마찬가지였다. 멈은 결과에 자신이 없는 한 가족 회의를 소집하지 않았다.

하지만 어째서 멈은 내 의견에 자신이 있었을까? 나에게 미리 물어볼 필요조차 느끼지 않을 정도로 그렇게 확신했단 말인가? 나는 뭔가 발언을 해야 했다. 다른 사람은 아무도 모르는 어떤 끔찍한 일에 대해서 나는 알고 있었다. 다른 사람들이 그 일을 알았다면 애초에 사태가 이 정도까지 진행되지는 않았으리라는 것을 알고 있기에 나는 풀이 죽어서 난감해하며 앉아 있었다. 나에게는 아무런 상관이 없지만 멈과 다른 아내들에겐 중요할 수 있는 일이었다.

나는 가련한 겁쟁이가 되어 우두커니 앉아서 아무 말도 하지 않았다.

멈이 말했다.

"좋아요. 한 명씩 의견을 들어 보겠어요. 류드밀라?"

"저요? 어머, 저는 와이오를 사랑해요. 다들 아시잖아요. 찬성이에요!"

"레노레?"

"글쎄요, 그녀에게 다시 갈색 피부로 돌아가 달라고 부탁하고 싶군요. 그래야 우리 둘이 비교가 되지 않을 테니까요. 나보다 더 멋진 금발이라는 것이 그녀의 유일한 결점이에요. 찬성!"

"시드리스?"

"찬성. 와이오는 천생 우리 가족이에요."

"안나?"

"의견을 표시하기 전에 하고 싶은 말이 있어요, 미미."

"그건 필요하지 않은 일이라고 생각해, 달링."

"그렇지만 저는 공개적으로 말하겠어요. 우리의 전통에 따라 틸리가 항상 그 랬던 것처럼 말이에요. 우리의 결혼에서 모든 아내들은 각자의 책임을 다하고 가족에게 아이들을 낳아 주었어요. 와이오가 이미 여덟 명의 아이를 낳은 적이 있다는 사실을 알면 우리 중 몇몇은 아마 놀라겠지요."

확실히 알리는 놀랐다. 번쩍 머리를 들며 입을 벌렸기 때문이다. 나는 접시만 뚫어지게 응시했다. 아, 와이오, 와이오! 나는 어쩌다가 이런 일이 일어나게 내 버려두고 말았을까? 어서 뭐라고 얘기해야겠어.

하지만 나는 안나가 계속 이야기하고 있는 것을 깨달았다.

"그래서 그녀는 지금 자신의 아이를 낳을 수 있어요. 수술은 성공적이었죠. 하지만 그녀는 다시 기형아를 낳을까 봐 걱정하고 있어요. 홍콩의 산부인과 과 장의 말에 따르면 그럴 가능성은 아주 낮대요. 따라서 우리는 그녀가 더 이상 안달하지 않도록 그녀를 충분히 사랑해 주어야 해요."

멈이 조용히 말했다.

"우린 그녀를 사랑할 거야. 우리는 지금도 그녀를 사랑해. 안나, 이제 의견을 나타내 주겠어?"

"이것으로 나타내지 않았을까요? 저는 그녀의 홍콩 여행에 동행했고, 그녀의 난관이 복구되는 동안 손을 잡고 있었어요. 저는 와이오를 선택합니다."

멈이 말을 계속했다.

"우리 가족은 항상 남편들에게 반대 의견을 나타낼 수 있게 하고 있어요. 이 상한 관습으로 보일 수도 있겠지만, 틸리가 이것을 시작했고 항상 잘 유지됐죠. 어때요, 할아버지?"

"응? 무슨 얘기를 하고 있었나, 달링?"

"우린 와이오밍을 아내로 맞아들이는 문제를 얘기하고 있어요, 할아버지. 찬성하세요?"

"뭐라고? 아, 물론이지, 물론 좋아! 아주 좋은 아가씨야. 그 예쁜 아프리카 아가씨에게 무슨 일이 생겼는지 모르겠지만, 아마 그런 이름이었지? 그녀가 우리에게 화를 내기라도 하는가?"

"그레그?"

"내가 제안했소."

"마누엘? 당신은 이 일에 반대하나요?"

"내가? 이런, 나를 잘 알면서."

"잘 알지요. 하지만 당신이 자기 자신을 잘 알고 있는지는 가끔 의심스러워요. 한스?"

"내가 반대하면 어떻게 되지요?"

레노레가 즉각 말했다.

"이빨을 몇 개 잃겠지요. 한스는 찬성이에요."

멈이 부드럽게 나무랐다.

"그만둬, 레노레. 배우자의 선택은 진지한 문제예요. 한스, 말하세요."

"찬성. 네. 오케이. 위(Oui), 시(Si), 우리 가족에게도 멋진 금발 여성이 생길 때가…… 아얏!"

"그만해, 레노레. 프랑크?"

"찬성이에요."

"알리는? 만장일치인가요?"

이 젊은이는 얼굴이 선홍색으로 변한 채 말을 하지 못하고 고개만 열심히 끄덕였다.

남편 한 명과 아내 한 명을 지명해서 우리를 대표해서 청혼하게 하는 대신 멈은 류드밀라와 안나를 보내 즉시 와이오를 데려오게 했다. 와이오는 겨우 '상

332

류미인' 미용실에 있었던 것이다. 멈이 사용한 변칙은 그것만이 아니었다. 결혼 날짜를 잡고 피로연 계획을 짜는 대신 우리 아이들을 불러들였다. 그리하여 20분 후에는 그레그가 성경을 펼쳐 들었고 우리는 맹세의 말을 주고받고 있었다. 번갯불에 콩 볶아 먹을 속도로 이 결혼이 진행되는 이유는 내일이 내가 번갯불에 맞아죽을 날로 정해졌기 때문이라는 사실이 마침내 내 혼란스러운 머릿속에 간신히 전달되었다.

이것이 내 가족이 나에게 보내는 사랑의 징표라는 점을 제외하면 결혼 자체가 큰 의미가 있는 것은 아니었다. 신부는 최연장 남편과 첫날밤을 보내게 되어 있고, 두 번째 밤과 세 번째 밤에 나는 우주 공간에 나가 있을 것이기 때문이었다. 하지만 어쨌든 중요한 일이었고, 식이 진행되는 동안 여자들이 울기 시작하자 나는 그들과 함께 눈물을 흘렸다.

일단 와이오가 우리에게 키스하고 할아버지와 팔짱을 끼고 떠나자 나는 작업실에서 혼자 침대에 들었다. 미칠 듯이 피곤했고 지난 이틀은 정말 너무 힘들었다. 운동을 해 볼까 생각했지만 이제 와서 운동하기에는 너무 늦었다는 생각이 들었다. 마이크에게 전화해 지구 쪽에서 새로운 뉴스가 들어왔는지 물어볼까 했지만 결국 침대에 누웠다.

얼마나 오래 잠이 들었는지 모르겠다. 그러다가 내가 더 이상 혼자가 아니라는 것과 다른 누군가가 방에 있다는 것을 깨달았다.

"마누엘?"

어둠 속에서 조용하게 속삭이는 소리가 났다.

"응? 와이오, 당신은 여기 있으면 안 돼요."

"나는 여기 있어야 해요, 나의 남편. 멈은 내가 여기 있는 것을 알아요. 그레그도 알고요. 할아버지는 곧장 잠이 드셨어요."

"지금 몇 시입니까?"

"4시쯤 되었어요. 부탁이에요, 달링, 침대에 들어가도 될까요?"

"뭐라고? 오, 물론이죠."

뭔가를 잊은 것 같은데. 아, 그렇지.

"마이크!"

"네, 맨?"

그가 대답했다.

"스위치를 꺼 주게. 듣지 말아 줘. 나한테 연락할 일이 있으면 집 전화로 해 주게."

"와이오도 그렇게 말했습니다, 맨. 축하합니다!"

그런 다음 그녀가 나의 잘려 나간 팔에 머리를 얹고 팔베개를 했다. 나는 그녀에게 오른팔을 둘렀다.

"왜 울고 있어요, 와이오?"

"누가 운다고 그래요! 그냥 당신이 돌아오지 못할까 봐 바보처럼 겁이 날 뿐이에요!"

* 16 *

나는 칠흑처럼 까만 어둠 속에서 바보처럼 겁에 질린 채로 깨어났다.

"마누엘!"

어느 쪽이 위인지도 모르겠다.

다시 부르는 소리가 났다.

"마누엘! 일어나시오!"

그 말에 나는 약간 정신이 들었다. 나를 깨우기 위해 녹음해 놓은 목소리였던 것이다. 청사의 진료소 테이블 위에 누워 있었던 것이 기억 났다. 혈관 속으로 약물이 똑똑 흘러 들어가는 동안 천장의 불빛을 보면서 어떤 목소리에 귀를 기울이고 있었는데……. 하지만 그것은 100년 전의 일이다. 무한히 계속되는 악몽, 참을 수 없는 압력과 고통의 시간이었다.

어느 쪽이 위인지 알 수 없는 느낌이 무엇인지 이제 알았다. 전에도 경험해 본 적이 있다. 자유 낙하. 우주 공간에 있었다.

뭔가가 잘못되었나? 마이크가 소수점 하나를 빼먹었을까? 아니면 어린아이처럼 유치한 천성에 굴복해 이게 사람을 죽이는 일인 줄도 모르고 장난을 치고

무장한 천민들 **335**

있는 것일까? 그러다가 고통이 오래 지속됐는데도 어째서 내가 아직까지 살아 있는 것인지 궁금해졌다. 아니, 내가 살아 있긴 한 건가? 이것이 일반적으로 유령이 느끼는 감정일까? 그저 외롭고, 길을 잃은 듯한, 정처 없는 기분?

"일어나시오, 마누엘! 일어나시오, 마누엘!"

"에잇, 입 닥쳐!"

나는 으르렁거렸다.

"더러운 입 다물란 말이야!"

녹음은 계속되었다. 나는 더 이상 신경 쓰지 않았다. 젠장, 조명 스위치는 어디 있는 거야? 그래, 고통스러운 3G까지 가속되어 달의 인력에서 벗어나는 데 100년이 걸리지는 않았다. 그저 그렇게 느꼈을 뿐이다. 고작 82초다. 하지만 그동안 인간의 신경 체계는 마이크로 초마다 시간의 흐름을 절절하게 느낀다. 3G라는 것은 달 세계인이 평소 느끼는 중력의 18배나 된다.

문득 나는 그 골 빈 멍청이들이 내 팔을 원래대로 붙여 놓지 않은 것을 발견했다. 무슨 어리석은 이유에서인지 그들은 내 옷을 벗기고 준비를 시킬 때 팔을 떼어 놓았으며, 나는 '걱정 말고 잠이나 자라'라는 약물을 아무 항의도 하지 못할 정도로 잔뜩 마셨다. 그들이 내 팔을 원래대로 붙여 놓았다면 아무 문제 없었을 것이다. 하지만 그 지랄 같은 스위치는 내 왼쪽에 있었고, 압력복의 왼쪽 소매는 텅 비어 있었다.

다음 10년 동안 나는 끙끙대며 몸을 고정한 끈을 풀었고, 그런 다음 15년 동안은 어둠 속에서 둥둥 떠다니는 유랑 생활을 하다가, 가까스로 요람의 위치를 다시 찾아내어 어느 쪽이 머리 쪽인지 알아낸 다음 그 힌트를 이용해서 손을 더듬어 스위치를 찾아냈다. 그 칸은 어느 방향으로도 2미터 이상은 되지 않았다. 하지만 자유 낙하와 완벽한 어둠 속에서는 올드 돔보다 넓게 느껴졌다. 결국 나는 스위치를 찾아냈고 우리는 빛을 얻었다.

(왜 그 관 속에 최소 세 개 이상의 항상 켜져 있는 조명 장치가 없는지 묻지 말기 바란다. 아마도 관습 때문일 것이다. 조명 장치란 켜고 끄는 스위치가 달려 있어야 한다고 다들 생각한다. 안 그런가? 이 물건은 이틀 만에 제작되었다. 그러니 스위치가 작동하는 것만도 고마워할 일이다.)

일단 불이 켜지자, 통 안의 공간은 밀실 공포증을 일으킬 만한 수준인 원래 크기로 줄어든 후에 실제보다 10퍼센트가량 더 줄어들었다. 그리고 나는 교수를 보았다.

죽은 게 분명하다. 교수가 죽어야 할 이유는 아주 많았다. 나는 그가 부러웠다. 하지만 만일 그가 불운하게도 여전히 살아 있을 경우를 생각해서 맥박과 호흡 같은 것을 확인해 보아야 했다. 그러나 또 다른 문제가 있었다. 이것은 단지 외팔이였기 때문은 아니었다. 곡물 짐은 수송용 통에 실리기 전에 건조와 감압 과정을 거친다. 하지만 이 칸에는 공기가 들어 있다. 그렇다고 아주 많지는 않고 그저 약간 들어 있는 정도다. 우리의 압력복은 이틀 동안 숨을 쉬는 데 필요한 공기를 제공하게 되어 있다. 하지만 아무리 좋은 압력복이라도 진공 상태보다는 기압이 있는 환경에서 입고 있는 편이 더 편안하다. 그리고 나는 압력복이라는 장애를 뛰어넘어 어떻게든 내 환자에게 접근해야 했다.

하지만 불가능했다. 이 강철 깡통이 공기가 새지 않는 것을 확인하기 위해 헬멧을 열 필요는 없었다. 압력복 속 감각으로 즉시 알 수 있었기 때문이다. 내가 교수에게 주사할 심장 자극제와 기타 약물들은 응급용 앰플에 들어 있었기에 그의 압력복을 통해 곧장 찌를 수 있었다. 하지만 심장 박동과 호흡은 어떻게 확인한단 말인가? 그의 압력복은 거주 구역 안을 거의 떠나지 않는 달 세계인들에게 판매하는 가장 저렴한 것이었다. 거기에는 판독 장치가 없었다.

헬멧 안의 그는 입을 벌리고 초점 없는 눈을 멍하니 뜬 모습이었다. 나는 확실히 죽었다고 판단했다. 교수의 의식을 되돌리기 위해 애쓸 필요가 없었다. 자기 멋대로 죽어 버린 것이다. 나는 목의 맥박이 뛰는지 알아보려 했지만 헬멧이 방해했다.

그들은 프로그램된 시계를 붙여 놓았다. 눈물 나게 고마운 일이다. 시계에 따르면 내가 우주 공간에 나온 지는 마흔네 시간과 얼마가 더 지났다. 모두 계획대로다. 그리고 세 시간 후에는 지구를 도는 대기 궤도로 들어가기 위해 끔찍한 발길질을 당할 것이다. 그리고 두 번을 돈 뒤에, 세 시간을 더 고문당한 후에 착륙 프로그램에 따른 분사를 시작한다. 푸나 지상 관제소에서 갑자기 변덕이 생겨서 우리를 궤도상에 남겨 두겠다고 작정하지 않는다면 말이다. 물론 그럴 가능성은 낮다고 애써 상기했다. 곡물은 필요 이상으로 오래 진공 상태에 두지 않는다. 부푼 밀이나 팝콘처럼 되어 버리는 경향이 있으니까. 그렇게 되면 가치가 떨어질 뿐 아니라 이 얇은 깡통이 멜론처럼 부서져 버릴 수도 있다. 그것 멋지지 않겠는가? 왜 우리를 곡물과 함께 실었을까? 진공 따위는 걱정할 필요가 없는 바위 덩어리 안에 넣어서 보내지 않고.

그런 생각을 하다 보니 목이 아주 말랐다. 나는 물 꼭지에서 반 모금만 물을 빨았고 그 이상은 마시지 않았다. 방광이 찬 채로 6G를 얻어맞고 싶지는 않았다. (배설 때문에 걱정할 필요는 없었다. 도뇨관을 끼워 놓았던 것이다. 하지만 나는 몰랐다.)

분사 시간이 임박하자 나는 교수에게 높은 가속도를 견딜 수 있게 해 주는 약을 주사해도 손해 볼 것은 없다고 판단했다. 그런 다음 대기 궤도에 들어간 후에 심장 자극제를 주사해야지. 무슨 약을 얼마나 주사하든 그가 더 나빠질 일은 없어 보였기 때문이다.

그에게 첫 번째 약을 주사했다. 그런 다음 요람으로 돌아가 한 팔로 안전띠를 묶느라 마지막 순간까지 끙끙거렸다. 나를 도와준 친구의 이름을 모르는 것이 유감스러웠다. 이름을 알았다면 더 후련하게 욕을 해 줄 수 있었을 텐데.

338

10G로 가속하면 3.26×10^7 마이크로로 초 만에 지구 주위를 도는 대기 궤도에 진입한다. 10G란 원형질을 싸는 연약한 세포막이 견디라고 요구받는 것보다 60배 큰 중력인 만큼 그저 조금 더 길게 느껴질 뿐이다. 그냥 33초라고 하자. 진심으로 하는 말이지만, 과거에 세일럼에서 화형을 당했던 나의 선조는 훨씬 고통스러운 30초를 보냈을 것이다.

교수에게 심장 자극제를 투여하고 나자 다음 세 시간 동안은 착륙에 대비하여 교수와 마찬가지로 나에게도 약을 주사하는 것이 좋지 않을까 고민하면서 보냈다. 결국 하지 않기로 결정했다. 발사 전에 내가 맞은 그 많은 약물은 약 1분 30초의 고통과 이틀간의 따분함을 악몽으로 가득한 100년과 바꾸어 주었을 뿐이었다. 게다가 이 마지막 순간이 내 생의 마지막이 될 거라면 나는 의식을 가지고 그 순간을 경험하기로 결정했다. 아무리 심한 고통이라도 그것은 나의 것이며, 나는 결코 포기하지 않을 것이다.

고통은 엄청났다. 6G는 10G보다 낫다고 느껴지지 않았고 오히려 더 심한 것 같았다. 4G도 편하지는 않았다. 그런 다음에는 더욱 심하게 걷어차였다. 그러다가 갑자기, 겨우 몇 초 동안이었지만 다시 자유 낙하가 있었다. 다음 순간 결코 '부드럽지' 않게 수면에 충돌했다. 더구나 머리부터 들어갔기 때문에 패드가 아니라 안전띠로 충격을 감당해야 했다. 마이크가 제대로 알고 있었는지는 의심스럽지만, 우리는 심하게 다이빙을 한 후에 다시 수면으로 부상하여 한 번 더 세게 충돌하고는 서서히 진동이 가라앉으면서 표류했다. 지구 벌레들은 그것을 '표류'라고 부르지만, 자유 낙하 상태에서 둥둥 떠 있는 것과는 전혀 달랐다. 1G에서 떠 있는 것이다. 달 중력의 여섯 배밖에 안 되니 그나마 양호한 편이기는 하다. 하지만 이상한 측면 운동을 하며 갈지자로 왔다 갔다 했다. 아주 이상한 운동이었다. 마이크는 태양의 기후 상태는 아주 좋다며, 깡통 안에 있는 동안 방사능에 노출될 위험은 없다고 안심시켜 주었다. 하지만 그는 지구의 인도

양 쪽의 기후에는 별로 관심을 기울이지 않았다. 기상예보상으로 수송용 통의 착륙에는 적당했다. 그래서 그는 그만하면 됐다고 여겼던 모양이고 나도 마찬가지로 생각했다.

위장이 비어 있는 줄로 알았는데 그게 아니었던 모양이다. 말할 수 없이 시큼하고 불쾌한 액체가 헬멧 안에 가득 찼다. 그 액체를 피할 수만 있다면 세상 끝까지라도 갔을 것이다. 그러다가 통이 완전히 한 바퀴 돌았다. 그 바람에 머리, 눈, 코에 액체가 들어갔다. 이것은 지구 벌레들이 '멀미'라고 부르는 것으로 그들이 당연하게 받아들이는 수많은 두려움 중 하나였다.

오래지 않아 우리는 항구로 예인되어 갈 것이다. 멀미도 멀미였지만, 공기통이 점점 비어 가고 있었다. 예상은 열두 시간 정도였다. 그 정도 시간이면 충분히 버틸 수 있다. 나는 쉰 시간 동안 의식을 잃은 채로 궤도에 있으면서 심한 운동을 전혀 하지 않았다. 하지만 예인까지 몇 시간 더 추가해도 좋을 만큼 충분하지는 않았다. 수송용 통이 마침내 정지할 무렵에는 너무 머리가 몽롱해서 통을 깨고 밖으로 나갈 시도를 할 마음조차 없어졌다.

그러다가 어떤 변화가 느껴졌다. 통이 들어 올려져서, 나는 그렇게 생각한다, 약간 흔들리더니 내가 거꾸로 선 자세가 되도록 정지했다. 아무리 좋게 말해도 1G의 중력 속에서 이건 결코 좋은 자세가 아니다. 이런 자세에서는 미리 계획한 절차에 따라 a) 안전띠를 풀고, b) 압력복 형태로 만든 요람 속에서 나와, c) 내벽에 나비꼴 너트로 고정된 쇠망치를 풀고, d) 탈출용 해치를 보호하고 있는 너트를 때려 부수고, e) 해치를 열고, f) 마지막으로 압력복을 입은 노인을 끌어내는 일을 하는 것이 불가능했다.

나는 a)단계도 끝내지 못했다. 머리를 아래로 향한 채로 기절해 버렸기 때문이다.

이것이 가장 최후의 순간에 취할 비상 탈출 절차였던 것이 다행이었다. 스튜 라즈와는 우리가 출발하기 전에 통지를 받았다. 덕분에 우리가 착륙하기 직전엔 언론에서도 우리의 도착 사실을 알았다. 내가 눈을 뜨자 사람들이 내 위로 몸을 기울이고 있었고 나는 다시 기절했다. 두 번째로 깨어났을 때는 병원 침대 위였다. 나는 가슴을 무겁게 내리누르는 느낌을 받으며 똑바로 누워 있었다. 온몸이 무거웠고 손가락 하나 까닥할 힘이 없었다. 병이 난 것은 아니었다. 단지 지치고, 멍들고, 배가 고프고, 목이 마르고, 기운이 없을 따름이었다. 침대 위로 투명한 비닐 텐트가 쳐져 있어서, 내가 호흡 곤란을 겪지 않는 이유를 알 수 있었다.

문득 비닐 커튼이 양쪽에서 열리고, 눈이 크고 몸집은 작은 인도인 간호사가 한쪽에, 스튜 라즈와가 반대쪽에 나타났다. 그가 나를 향해 미소를 지었다.

"어이, 친구! 기분이 어떤가?"

"어…… 괜찮은 것 같아. 하지만 젠장! 끔찍한 여행 방법이었어!"

"교수는 그 방법밖에 없다고 말하고 있네. 하여간 대단한 영감이야."

"잠깐! 교수가 말했다고? 교수는 죽었어."

"천만에. 팔팔한 상태는 아니지만 말이야. 우리는 그를 공기 침대 안에 넣어 놓고 상태를 24시간 감시하고 있네. 자네로서는 믿을 수 없을 정도로 많은 기계가 그와 연결되어 있지. 하지만 그는 살아 있고 자신의 임무를 수행할 수 있을 거야. 하지만 정말로 그는 여행에 대해서는 불만이 없네. 여행은 전혀 기억이 나지 않는다고 말하고 있어. 저쪽 병원에서 잠이 들었다가 이쪽 병원에서 깨어난 셈이지. 내가 어떻게든 우주선을 보내겠다는 것을 그가 거절했을 때는 그가 틀렸다고 생각했지만 그가 옳았어. 선전 효과가 대단했네!"

내가 천천히 말했다.

"자네가 배를 보내겠다고 했는데 교수가 '거절'했다고?"

"셀리니 의장이 거절했다고 말해야겠지. 내가 보낸 전문을 보지 못했나, 매니?"

"그래. 하긴 지난 며칠 동안은 아주 바빴으니까."

새삼 불만을 말해 보았자 이미 늦은 일이다.

"두말하면 잔소리지! 여기서도 마찬가지였어. 마지막으로 언제 눈을 붙였는지 기억도 나지 않아."

"달 세계인 같은 말투로군."

"나는 달 세계인이야, 매니. 절대 그걸 의심 말게. 하지만 간호사가 매서운 눈으로 째려보고 있군."

스튜는 간호사의 손을 붙잡아 일으켜서 몸을 돌리게 했다. 나는 그가 아직 완전히 달 세계인이 된 것은 아니라고 판단했다. 하지만 간호사는 싫어하지 않았다.

"어디 다른 데 가서 놀다 오겠소, 달링? 몇 분 뒤에 환자를 고이 돌려드릴 테니까."

그는 그녀가 나가자 문을 닫고 다시 돌아왔다.

"하지만 아담이 옳았어. 이편이 선전 효과도 컸을 뿐 아니라 더 안전했던 거야."

"선전 효과는 모르겠지만, 더 안전했다고? 어이없는 소리 말게!"

"더 안전했어, 친구. 격추당하지 않았잖아. 하지만 그들은 자네들의 정확한 위치를 두 시간 동안 알고 있었네. 큼직하고 먹음직스러운 표적이었지. 그들은 어떻게 해야 할지 갈피를 잡지 못했네. 아직도 방침을 정하지 못하고 있어. 예정에 맞추어 자네들을 아래로 끌어내리지 않을 수도 없었지. 언론이 온통 그 뉴스로 난리가 났으니까. 나는 적당히 왜곡한 기사를 흘리면서 기다렸지. 이제 그들은 자네를 건드리지 못하네. 두 사람은 대중의 영웅이거든. 하지만 만일 내가 우주선을 전세 내어 자네들을 데리러 갔다면…… 글쎄, 모르겠어. 우리는 대기 궤도 안에 머물러 있으라는 명령을 받고, 그런 다음에 두 사람은, 아마 나까지도 체포당했을 것이네. 아무리 돈을 많이 받는다 해도 미사일 맛을 보고 싶어할 선장은 없을 테니 말이야. 결과가 너무나 뻔하지. 하여간 간단히 설명해 주겠네. 자네들은 차드 인민 집정국의 시민이야. 통지받은 후의 짧은 기간 동안 내가 할 수 있었던 최상의 조치였지. 또한 차드는 달 세계를 승인했네. 내가 매수해야 했던 사람은 수상 한 명, 장군 두 명, 부족의 추장 몇 명, 그리고 재무장관 한 명이었네. 그렇게 급하게 한 일치고는 저렴하게 들었지. 자네들에게 외교관의 면책 특권을 부여할 수는 없었지만 병원에서 퇴원할 무렵이면 가능할 것으로 기대하고 있어. 현재 그들은 자네들을 체포할 엄두조차 내지 못하고 있어. 자네들에게 무슨 죄목을 붙이면 좋을지 판단을 못하고 있거든. 일단 병실 밖에 경호원을 세워 놓고 있지만, 그것은 자네들을 '보호'하기 위한 것일 뿐이네. 잘된 일이야. 안 그러면 기자들이 떼거리로 몰려와 자네 얼굴에 마이크를 들이댔을 테니."

"우리의 죄목은 뭔가? 그러니까 그들은 어떤 걸 갖다 붙일 수 있을까? 불법 이민?"

"거기에도 해당되지 않아, 매니. 자네는 유형수였던 적이 없고, 할아버지 한 분이 아프리카 인이었으니, 자네는 범아프리카 시민권을 지니고 있는 셈이야. 그들로서는 할 말이 없는 셈이지. 데 라 파즈 교수의 경우 우리는 그가 40여 년 전에 차드 귀화 시민권을 땄다는 증거를 찾아내서 잉크가 마르기를 기다렸다가 그걸 들이댔지. 자네들은 인도에 불법 입국한 것도 아니야. 그들은 자네들이 수송용 통에 들어 있다는 것을 알고 있으면서도 착륙을 유도했을 뿐 아니라, 관제실의 직원은 자네들의 빳빳한 새 여권에 아주 친절하게, 그리고 대단히 싼 값으로 스탬프를 찍어 주었으니까. 게다가 교수의 추방은 그의 권리를 박탈하고 추방했던 정부가 더 이상 존재하지 않기 때문에 법적으로 무효야. 제법 권위 있는 법정에서도 그 사실을 인정해 주었지. 그건 좀 더 비싸게 들었네."

간호사가 어미 고양이처럼 분개해서 다시 들어왔다.

"스튜어트 경…… 환자를 쉬게 해 주셔야 합니다!"

"금방 그렇게 하겠소, 마 셰르."

"자네가 스튜어트 경이라고?"

"사실은 백작님이라고 불러야지. 안 그러면 내가 맥그리거 가문의 후손이라는 것을 모를 수도 있지 않은가. 귀족 혈통이란 도움이 되는 거야. 이곳 사람들은 자신들의 왕실을 빼앗긴 이래로 별로 행복하지 못하거든."

그는 나가면서 간호사의 궁둥이를 찰싹 때렸다. 그녀는 비명을 지르는 대신에 엉덩이를 씰룩거렸다. 그리고 미소를 지으면서 나에게 다가왔다. 스튜는 달세계로 돌아가면 저 버릇을 고쳐야 할 것이다. 돌아갈 수 있다면 말이지만.

간호사는 내게 기분이 어떤지 물었다. 나는 괜찮기는 한데 배가 고프다고 말했다.

"아가씨, 우리 짐 속에 인공 팔이 몇 개 들어 있지 않던가요?"

그녀는 알고 있었다. 나는 6호 팔을 끼우고 나자 훨씬 기분이 좋아졌다. 2호 팔은 여전히 청사 단지 안에 있을 것이다. 나는 누군가가 그걸 잘 보관해 두었기를 바랐다. 하지만 6호 팔은 가장 쓰임새가 많은 팔이다. 이것과 사교용 팔이 있는 한 나는 괜찮을 것이다.

이틀 후 우리는 세계 연방에 신임장을 제출하기 위해 아그라(인도 북부 우타르프라데시 주의 서부에 있는 도시 — 옮긴이)로 출발했다. 나는 높은 중력 때문에 상태가 좋지 않았다. 하지만 휠체어에 앉아 이동할 만은 했으며, 사람들 앞에서는 그렇게 하지 않았지만 사실은 약간 걸을 수도 있었다. 나는 목이 아팠다. 폐렴으로 악화되지 않은 것은 오로지 약 덕분이었다. 그리고 배탈이 나고,

손에 피부병이 생겼는데 발로까지 번지고 있었다. 예전에 질병 구덩이인 지구에 왔을 때와 똑같은 셈이었다. 우리 달 세계인들은 얼마나 행복한지 모르고 있다. 우리는 거의 모든 해충으로부터 완벽히 격리된 구역에 살고 있다. 약간 있다고 해도 필요하면 언제든지 진공 처리를 하여 통제할 수 있다. 어쩌면 불행한 건지 모른다. 필요한 때에도 거의 면역성이 없기 때문이다. 하지만 바꾸고 싶은 마음은 없다. 처음 지구로 여행할 때까지 나는 '성병'이라는 말은 들어 본 적도 없으며, '감기'란 얼음 광부의 발 상태를 가리킨다고 생각했던 것이다.

다른 이유 때문에도 나는 기분이 나빴다. 스튜는 우리에게 아담 셀리니가 보낸 전문을 갖다 주었다. 스튜에게조차 비밀로 한 그 전문에는 승률이 1대 100 이하로까지 떨어졌다는 내용이 담겨 있었다. 승률이 더 나빠질 거라면 이런 정신 나간 여행은 무엇 하러 했단 말인가? 마이크는 진짜 승률이 얼마인지 알기나 하는 것일까? 그가 얼마나 많은 사실을 알고 있든 간에 승률을 어떻게 계산할 수 있다는 것인지 이해할 수가 없었다.

하지만 교수는 걱정하는 기미가 없었다. 그는 떼 지어 몰려온 기자들과 인터뷰하고, 끝도 없이 이어지는 사진 촬영에 미소를 지으며 화답하고, 성명을 발표하고, 자신은 세계 연방에 깊은 신뢰를 품고 있으며, 우리의 정당한 주장이 받아들여질 것이라고 확신할뿐더러 그가 지구의 훌륭한 시민들 앞에서 우리의 작지만 튼튼한 국가에 대한 진실한 이야기를 전달하도록 커다란 도움을 준 '자유 달 세계의 친구들'에게 감사한다고 말했다. 자유 달 세계의 친구들이란 스튜, 여론 조사 전문 회사 한 군데, 수천 명의 상습적인 탄원서 서명자들, 그리고 두꺼운 홍콩 달러 다발이었다.

나도 사진을 찍었고 미소를 지으려고 노력했다. 하지만 질문에 답하는 것은 목을 가리키며 쉰 소리로 거절했다.

아그라에서 우리는 한때 마하라자(인도의 왕을 뜻하는 호칭 ── 옮긴이)의 왕궁이었던 호텔 스위트룸에 숙박했다. (지금도 왕의 소유이다. 비록 인도는 사회주의 국가였지만) 그리고 인터뷰와 사진 촬영은 계속되었다. 화장실을 갈 때조차 휠체어에서 내릴 엄두를 내지 못했다. 교수는 절대 서 있는 자세로 사진에 찍혀서는 안 된다고 명령했다. 그는 항상 침대나 들것에 누워 있었다. 침대형 욕조, 침대형 변기까지 사용했다. 노령을 고려할 때 그것이 더 안전하고, 어떤 달 세계인에게든 그게 더 편하긴 했지만 또한 사진에 찍히기 위해서이기도 했다. 그의 보조개와 훌륭하고 부드러우며 설득력 있는 인격은 수억이 시청하는 비디오 화면과 무수한 뉴스 사진으로 나가는 것이다.

하지만 그의 인격은 아그라에서는 아무 소용이 없었다. 교수는 연방 의회의 의장 사무국으로 운반되고 나와 나란히 휠체어로 함께 옮겨졌다. 그곳에서 그는 세계 연방에 대한 달 세계 대사이자, 장래 달 세계를 대표할 상원의원으로서 신임장을 제출하려고 시도했다. 하지만 그 일은 사무총장에게 회부되었고, 우리는 그의 사무실에서 서기관보와 10분 동안의 면담을 허용받았으며, 서기관보는 못마땅한 기색을 감추고 '편견 없이, 암묵적인 구속 없이' 우리의 신임장을 접수하겠노라고 말했다. 우리의 신임장은 신임장 위원회에 회부되었다. 다시 떠넘겨진 것이다.

나는 안절부절못했지만 교수는 키츠를 읽었다. 곡물 수송용 통은 봄베이에 계속 도착하고 있었다.

어떤 면에서 수송 통 일은 유감스럽지는 않았다. 봄베이를 떠나 아그라로 날아올 때 우리는 새벽에 일어나 도시가 깨어나고 있을 무렵 비행장으로 이동했다. 모든 달 세계인은 자신의 둥지를 가지고 있다. 데이비스 터널처럼 오랫동안 만들어진 사치스러운 집이든, 막 굴착하기 시작한 바위 구멍이든 간에 말이다. 우리에게 거주 용적은 문제가 되지 않는다. 앞으로 수백 년 동안은 그럴 것이다.

하지만 봄베이는 사람들이 벌 떼처럼 득실거렸다. 좁은 보도블록에 등을 붙이고 사는 무주택자가 백만 명이 넘었다.(그렇게 들었다.) 한 가족은 상점 하나에 해당하는 너비에 길이 2미터가량의 좁은 보도블록에서 잠을 잘 권리를 주장할 수도 있다.(그리고 자손들은 몇 대씩이나 그 권리를 물려받는다.) 가족 전체가 그 면적에서 잠을 잔다. 어머니, 아버지, 아이들, 어쩌면 할머니까지도. 눈으로 직접 보지 않으면 믿기 힘든 일이다. 새벽의 봄베이는 도로, 인도, 심지어 다리 위까지 사람의 몸으로 이루어진 촘촘한 카펫으로 뒤덮여 있다. 그들은 무슨 일을 하는가? 그들은 어디서 일하는가? 그들은 어떻게 먹고사는가? (그들은 제대로 먹고사는 것처럼 보이지 않았다. 갈비뼈 숫자를 셀 수 있을 정도였다.)

보상할 만한 중량을 돌려받지 않으면 영원히 곡물을 내려 보낼 수는 없다는 단순한 산술을 믿지 않았다면 나는 카드를 던져 버렸을 것이다. 하지만…… 탄스타플. 봄베이에서나 달 세계에서나 '공짜 점심 같은 건 존재하지 않는' 것이다.

마침내 우리는 '조사 위원회'와의 면담을 약속받았다. 교수가 요청한 것과는 달랐다. 그는 비디오카메라로 낱낱이 촬영되는 상원 앞에서 공개 청문회를 요구했다. 이 면담에는 카메라가 배치되긴 했지만 '내부용' 카메라였다. 즉 비공개 회의였다. 하지만 완전한 비공개는 아니었다. 나에게 소형 녹음기가 있었던 것이다. 하지만 비디오 촬영은 못했다. 그리고 교수는 이 위원회라는 것이 실제로 달 세계 총독부의 고위 인사들이거나 그들의 하수인들이라는 것을 2분 만에 알아차렸다.

그렇지만 이것은 대화를 할 수 있는 기회였다. 따라서 교수는 그들에게 마치 달 세계의 독립을 승인해 줄 권한이 있고, 또 기꺼이 승인해 줄 용의가 있기라도 한 것처럼 그들을 대했다. 반면 그들은 우리를 못된 어린이와 선고를 받아야 할 범죄자 사이의 어딘가에 해당하는 존재로 대했다.

교수는 기조 연설을 허용받았다. 장식적인 미사여구를 떼어 낸 요지는 달 세계에는 민중의 지지를 받는 정부가 있고 평화와 질서를 유지하고 있는 사실상의 주권 국가이며, 달 세계에는 임시 대통령과 각료들이 필요한 기능을 수행하고 있지만 의회에서 헌법을 제정하는 즉시 서둘러 일상생활로 돌아가고 싶어하며, 우리가 이곳에 온 것은 그러한 사실을 합법적으로 승인받고, 달 세계가 세계 연방의 구성원으로서 인류의 회의에 정당한 자리를 차지하도록 요청하기 위함이라는 것이었다.

교수가 말한 것은 거의 진실이었고, 그들은 이상한 점을 알아차릴 만한 상황에 있지 않았다. 우리의 '임시 대통령'은 컴퓨터이고, '각료'는 와이오, 핀, 클레이톤 동지,《프라우다》의 편집장 테렌스 쉬니, 루노호 사의 대표 이사이자 달 세계 홍콩 은행의 중역인 볼프강 코르사코프다. 하지만 현재 달 세계에서 '아담 셀리니'의 정체가 컴퓨터임을 아는 사람은 와이오뿐이었다. 그녀는 혼자 남아서 성채를 지키게 될까 봐 안절부절못하고 있으리라.

당연한 일이지만, 비디오 상으로 연설하는 것을 제외하면 사람들 앞에 절대 모습을 나타내지 않은 아담의 '기벽'은 항상 곤혹의 대상이었다. 우리는 그것을 '보안상의 필요' 때문으로 만들기 위해 최선을 다했다. 즉 총독부의 달 세계 시 사무소 내에 그의 사무실을 만들고 소형 폭탄을 터뜨린 것이다. 이 '암살 기도' 이후로 아담이 사람들 앞에 나서지 않는 것을 가장 비판하던 사람들이 아담은 절대로 모험을 해서는 안 된다고 제일 강력히 요구했다. 여기에 신문 사설도 가세해서 도움을 주었다.

하지만 교수가 기조 연설을 하는 동안 나는 궁금해졌다. 이 거드름 피우는 친구들이 만일 우리의 '대통령'이 총독부 소유의 하드웨어 덩어리라는 것을 안다면 어떻게 될까?

그들은 교수의 멋진 미사여구에 아무 감동을 받지 않고 차가운 불만을 드러내며 앉아 있을 따름이었다. 교수는 똑바로 누워 노트도 없이 연설했는데 청중들을 볼 수 없는 상태로 마이크에 대고 이야기한 것을 감안하면 그의 평생에서 가장 훌륭한 연설이었을 것이다.

교수의 연설이 끝나자 그들은 공격을 개시했다. 우선 아르헨티나를 대표하는 남성 의원이 있었다. 그들은 결코 우리에게 이름을 밝히지 않았다. 우리가 사교적으로 대할 만한 상대가 아니라는 뜻이다. 이 아르헨티나 인은 교수의 연설 내용 중에서 '전 총독'이라는 표현에 이의를 제기했다. 그런 호칭은 반세기 전에 폐기되었다는 것이다. 그는 그 표현은 삭제하고 적당한 호칭을 넣어야 하는데, '달 세계 총독부가 임명한 달 세계 식민지의 보호사'라고 해야 한다고 주상했다. 그 밖의 어떤 호칭도 달 세계 총독부의 권위를 손상한다고 했다.

교수는 거기에 답변을 요청했다. '존경하는 위원장'은 그것을 허락했다. 교수는 명칭 변경에 동의한다고 온화하게 말했다. 즉 총독부가 자신이 원하는 방식대로 그 고용인의 명칭을 정하는 것은 자유이며, 세계 연방에 소속된 하부 기관의 권위를 손상할 의도도 없다……. 그러나 이 기관의 기능을 생각해 볼 때, 그러니까 이 기관의 예전 기능을 생각해 볼 때, 달 세계 자유국의 시민들은 전통적인 이름이 익숙하리라 생각한다는 것이었다.

그 말에 즉각 여섯 명가량이 동시에 발언하려고 했다. 누군가가 '달 세계'라는 표현에 이의를 제기했으며, '달 세계 자유국'에는 더 많은 이의를 제기했다. 그것은 '달'이며, 지구의 달이고, 지구의 위성이고, 남극 대륙과 마찬가지로 세계 연방의 재산이라는 것이다. 그리고 이런 절차 자체가 웃기는 익살극이라고 했다.

마지막 지적에는 동의하고픈 마음이 들었다. 위원장은 북미를 대표하는 의원에게 부디 질서를 지켜 줄 것과 발언권을 얻은 후에 발언해 줄 것을 요청했다. 그러고는 증인이 발언한 마지막 부분은 이른바 사실상의 주권 국가라는 세력이 유형 제도에 간섭하겠다는 의도를 지닌 것으로 이해해도 되겠는지 질문했다.

교수는 그 질문을 능숙하게 받아넘겼다.

"존경하는 위원장 각하, 저 자신은 유형수였으나 지금은 달 세계가 저의 사랑하는 고향입니다. 저의 동료이며 외무차관인 존경하는 오켈리 데이비스 대령은(나를 말하는 것이다!) 달 세계 태생으로서 유형수였던 네 조부모의 자손이라는 사실을 자랑스러워하고 있습니다. 달 세계는 여러분이 추방한 사람들에 힘입어 강력하게 성장했습니다. 우리에게 여러분의 가난한 자들과 패배자들을 보내 주십시오. 우리는 그들을 환영합니다. 달 세계에는 그들이 들어갈 공간이 있습니다. 거의 4000만 평방킬로미터에 달하는 아프리카 대륙 전체보다 넓은 공간이 거의 텅 비어 있다시피 합니다. 그뿐 아니라 달 세계의 생활 양식에 따라 우리는 그 지역을 '면적'이 아니라 '용적'으로 점유하고 있습니다. 달 세계가 삶에 지친 집 없는 사람들을 거부하는 날이 올 것이라고는 상상하기 어려울 정도입니다."

위원장이 말했다.

"증인은 표현에 신중을 기하기를 권고합니다. 위원장이 받아들이기에 당신의 발언은 당신이 대표하는 세력이 과거와 마찬가지로 죄수를 수용하는 데 동의한다는 뜻으로 들립니다."

"그건 아닙니다, 각하."

"뭐라고요? 그럼 무슨 뜻인지 설명해 보십시오."

"이주자가 일단 달 세계에 발을 들여놓으면 그때부터는 자유입니다. 그 사람이 과거에 어떤 짓을 했든 자유롭게 원하는 곳으로 갈 수 있습니다."

"그렇습니까? 그렇다면 추방자가 비행장을 가로질러 다른 우주선에 탑승하여 여기로 돌아오려는 것은 어떻게 막을 겁니까? 그들을 기꺼이 받아들이겠다는 당신의 의사 표시가 솔직히 당혹스럽다는 것을 인정합니다……. 하지만 우리는 그들을 원하지 않습니다. 그렇게 하는 것이 추방하지 않으면 사형에 처해야 하는 교정 불가능한 자들을 처리하는 우리 나름의 인도적인 방식인 것입니다."

(몇 가지 이야기를 들어 그가 상상하는 것과 다르다는 것을 가르쳐 줄 수도 있었다. 위원장이라는 작자는 한 번도 달 세계에 가 본 적이 없는 것이 분명했다. 만일 정말로 '교정 불가능한' 사람이 있다면 달 세계는 지구에서와는 비교도 되지 않을 정도로 빨리 해치워 버린다. 내가 아주 어렸을 때 지구에서 조직 폭력단의 두목이었던 자가 달에 온 적이 있다. 로스앤젤레스 출신이라고 했다. 그는 부하들과 경호원들을 잔뜩 이끌고 도착했다. 건방지게도 달 세계를 점령할 준비를 하고서. 소문에 따르면 지구 어딘가에 있는 형무소를 점령한 적이 있다고 한다. 결과적으로 한 놈도 2주 이상 살지 못했다. 조직 폭력단의 두목은 숙소까지 가지도 못했다. 압력복을 입는 방법을 설명할 때 제대로 듣지 않았던 것이다.)

교수가 대답했다.

"우리로서는 그가 고향으로 돌아가는 것을 막을 방법이 없습니다, 각하. 물론 그는 이곳 지구의 경찰들을 고려해야겠지만 말입니다. 하지만 저는 고향으로 돌아갈 배표를 구입할 만큼의 돈을 가지고 도착한 유형수가 있다는 이야기는 한 번도 들어 본 적이 없습니다. 이것이 과연 유의미한 논쟁일까요? 우주선은 여러분의 것이고 달 세계에는 우주선이 한 대도 없습니다. 말이 나온 김에, 이번 달에 달 세계에 오기로 했던 우주선이 취소되어 우리가 유감스럽게 생각하고 있다는 사실을 덧붙이고 싶군요. 그것 때문에 저와 저의 동료가……."

교수는 잠깐 말을 멈추고 미소를 지었다.

"가장 독특한 여행 방법을 이용할 수밖에 없었다고 불평하는 것은 아닙니다. 단지 이것이 지구의 일반적인 정책이 아니기를 바랄 따름입니다. 달 세계는 여러분과 대치 상황에 있지 않습니다. 우리는 지구의 우주선을 언제나 환영하며 여러분과 통상하는 것도 환영합니다. 우리는 평화로운 상태이고 앞으로도 그렇기를 바랍니다. 모든 곡물 수송이 예정된 시간에 정확히 이루어지고 있다는 점을 모쪼록 주목해 주시기를 바랍니다."

(교수는 언제나 화제를 바꾸는 재주가 뛰어났다.)

그들은 그 후로는 사소한 문제로 잔소리를 했다. 북미 출신의 시끄러운 대표는 '총독'이 어떻게 되었는지 알고 싶어했다. 그는 서둘러 '보호자, 호바트 상원의원.'이라고 말을 바꾸었다. 교수는 그가 뇌졸중을 일으켰고('쿠데타'가 결국 뇌에 '일격'을 가했던 셈이다) 더 이상은 임무를 수행할 수 없는 상태에 빠졌지만 다른 면에서는 건강한 편으로 꾸준한 치료를 받고 있노라고 대답했다. 교수는 그 노신사가 과거 1년간 무분별한 행동을 계속했으며…… 특히 유형수가 아니거나 과거에 한 번도 죄수였던 적이 없는 자유 시민들의 권리를 수 차례 침해한 것으로 보아 건강이 계속 악화되었던 것 같다고 사려 깊게 덧붙였다.

교수의 설명은 그럴듯했다. 괘씸한 과학자들이 지구에 우리의 반란 사실을 알리는 데 성공했을 때 그들은 총독이 죽었다고 보고했다……. 하지만 마이크는 그를 계속 살아 있는 것으로 하고 그의 목소리를 흉내 내며 일을 계속했다. 지구 총독부에서 이 얼토당토않은 소문에 대해 총독에게 보고를 요구했을 때 마이크는 교수에게 자문을 구했다. 그러고는 전화를 받아 그 소문을 부인했다가 긍정하면서 모든 사실을 혼란스럽게 전달하는 등, 노망난 노인을 그럴싸하게 흉내 냈던 것이다. 우리의 통보가 이어진 후로 마이크는 더 이상 대답하지 않았다. 그러고 나서 사흘 후, 우리는 독립을 선언했다.

북미 대표는 어떻게 말만 듣고 그게 진실인지 믿을 수 있느냐고 따졌다. 교수는 성자처럼 인자한 미소를 지으며, 앙상한 손을 옆으로 펼쳐 보이려고 애쓰다가 모포 위로 힘없이 떨어뜨렸다.

"북미 대표께서는 달 세계를 직접 방문하여 호바트 상원의원을 병문안하시고 살펴보시기를 당부드립니다. 모든 지구인들은 언제든 달 세계를 방문하시고 무엇이든 구경하실 수 있습니다. 우리는 친구가 되기를 바랍니다. 평화를 원하고 아무것도 감출 것이 없습니다. 제가 유일하게 아쉽게 여기는 것은 우리 나라에서는 교통 수단을 제공할 수가 없다는 사실입니다. 따라서 어쩔 수 없이 여러분에게 부탁드릴 수밖에 없는 거지요."

중국 대표는 생각에 잠긴 눈으로 교수를 응시했다. 그는 한마디도 하지 않았지만 아무것도 놓치지 않았다.

위원장은 15시까지 휴회를 선언했다. 그들은 우리가 휴식할 방을 제공하고 점심식사를 넣어 주었다. 나는 교수와 말을 하고 싶었지만 그는 고개를 저으며 방을 흘깃 둘러보고 귀를 두드렸다. 따라서 나는 입을 다물었다. 그런 다음 교수는 낮잠을 잤고 나는 휠체어를 젖히고 눈을 붙였다. 지구에서 우리는 기회만 있으면 최대한 잠을 잤다. 그게 도움이 되긴 했지만 충분하지는 않았다.

그들은 16시가 되어서야 우리를 회의실로 다시 밀고 갔다. 위원들은 이미 자리에 앉아 있었다. 위원장은 연설을 하지 말라고 당부했던, 자신이 정한 규칙을 깨고 분노보다는 슬픔이 많이 담긴 긴 연설을 했다.

먼저 그는 달 세계 총독부는 지구의 위성인 달이(어떤 사람들은 달 세계라고 부르기도 하지만) 절대 군사적인 목적으로 사용되지 않도록 하는 엄숙한 임무를 부여받은 비정치적인 신탁 통치 기관이라는 점을 우리에게 상기시켰다. 그가 말하기를, 총독부는 1세기 이상 이와 같은 신성한 의무를 수행해 왔으며(사실 총독부는 세계 연방보다 오래되었다) 세계 연방 이전의 국제 기구 소속 기관이었다가 이후로도 수많은 전쟁, 분쟁, 국가 간의 합종연횡이 계속되는 동안에도 훌륭하게 임무를 수행해 왔다는 것이었다.

(그게 새삼스러운 사실인가? 하지만 그는 곧 본론으로 들어갔다.)

그가 엄숙하게 말했다.

"달 세계 총독부는 이러한 신탁 의무를 포기할 수 없습니다. 하지만 달 세계 인들이 자치권을 향유할 정도의 정치적 성숙도를 보여 준다면 당신들이 바라는 것을 얻는 데 굳이 커다란 장벽은 없을 것 같습니다. 이것은 권고로 받아들여도 좋습니다. 많은 것이 당신들의 행동에 달려 있습니다. 당신들 달 세계 식민지인들 전원의 행동입니다. 지금까지 폭동과 기물 파괴가 있었습니다. 그런 일은 없어야만 했습니다."

나는 그가 사망한 평화 기동대원 아흔 명에 대해 언급하기를 기다렸다. 하지만 그는 끝내 언급하지 않았다. 나는 결코 정치가는 되지 못할 것이다. 고단수의 접근 방식 같은 것은 모르니까.

그가 계속했다.

"파괴한 기물은 보상해야 합니다. 약속은 반드시 지켜야 합니다. 만일 당신들이 의회라고 부르는 단체가 그것을 보증할 수 있다면 소위 그 의회가 당분간 총독부의 대행 기관으로서 많은 내부 문제를 논의할 수 있을 것으로 생각합니다. 사실 해당 지역의 안정된 정부가 '보호자'가 하던 수많은 의무를 인수하고, 세계 연방의 총회에 투표권 없는 대표를 보내는 것을 우리는 허용할 수 있을지도 모릅니다. 하지만 그러한 승인을 따내는 일은 여러분에게 달려 있습니다.

한 가지는 분명히 해 두어야겠습니다. 지구의 위성인 달은 자연 법칙에 따라 영원히 모든 지구인들의 공동 재산입니다. 달은 역사의 우연으로 그곳에서 살게 된 소수의 소유가 아닙니다. 달 세계 총독부에 부과된 신성한 신탁 의무는 현재에도 미래에도 지구의 위성인 달의 궁극적인 법률이 되어야 합니다."

('역사의 우연'이라고? 나는 교수가 그 말에 입이 근질거렸을 거라고 생각한다. 나는 그가 이렇게 말할 거라고 생각했다……. 아니다, 교수가 뭐라고 했을지는 결코 모를 일이다. 다음이 교수가 했던 말이다.)

교수는 몇 초 동안 침묵을 지키다가 말했다.

"존경하는 위원장 각하, 이번에는 누가 추방될 예정입니까?"

"뭐라고 했습니까?"

"여러분 중 한 분을 추방하실 것 아닙니까? 현재의 부총독은 그 일을 맡지 않을 것입니다."

그건 사실이었다. 그는 목숨을 부지하고 싶어했으니까.

교수가 말을 계속했다.

"그가 지금은 일을 하고 있지만 우리가 그렇게 해 달라고 부탁했기 때문입니다. 우리가 독립 국가가 아니라고 계속 믿으실 거라면 새로운 총독을 파견할 계획을 세우셔야 할 겁니다."

"보호자입니다!"

"총독입니다. 미사여구 없이 솔직히 말하도록 합시다. 물론 그분이 누가 될 것인지 안다면 '대사'라고 불러 드릴 용의는 있습니다. 우리는 그분과 함께 일할 수 있으니 그분에게 무장한 깡패들을 붙여서 보내지는 않아도 될 겁니다……. 우리의 여성들을 강간하고 살해할 친구들 말이지요!"

"정숙! 정숙하시오! 증인은 정숙을 지키시오!"

"정숙을 지키지 않은 것은 제가 아닙니다, 존경하는 위원장 각하. 그것은 가장 추악한 강간과 살인이었습니다. 하지만 이미 지난 일이며 우리는 미래를 바라보아야 합니다. 누구를 추방하실 겁니까?"

교수는 팔꿈치를 짚고 몸을 일으키려고 안간힘을 썼다. 나는 순간 긴장했다. 그것은 신호였다.

"다들 아시다시피 그것은 편도 여행입니다. 저는 이곳에서 태어났습니다. 저를 추방했던 행성에 비록 일시적으로나마 돌아온 것이 저에게 얼마나 힘이 드는 일인지 보시면 아실 겁니다. 우리는 지구의 추방자들이며……."

그가 무너졌다. 나도 휠체어에서 일어났다. 그리고 그에게 팔을 뻗으려다가 나도 마찬가지로 쓰러졌다.

신호에 응한 것이긴 했지만 단순한 연기만은 아니었다. 지구에서 갑자기 일어나는 일은 심장에 엄청난 부담이 된다. 무거운 중력이 나를 끌어당겨 바닥에 내동댕이쳤다.

* 17 *

우리 두 사람 다 멀쩡했다. 그리고 흥미진진한 뉴스거리를 잔뜩 만들어 냈다. 내가 스튜의 손에 녹음기를 전달했고, 그는 그것을 자기가 매수한 사람들에게 넘겼기 때문이었다. 신문의 모든 헤드라인이 우리에게 적대적인 것은 아니었다. 스튜는 녹음을 잘라서 편집하고 왜곡했다.

'총독부는 소외시키는가? 달 세계 대사 심문 중에 "추방자들!"이라고 외치며 졸도. 파즈 교수 비난의 손가락을 들다. 자세한 기사는 8면에.'

모든 기사가 친절하지는 않았다. 인도에서 가장 호의적인 기사는 《뉴 인디아 타임스》의 사설로서, 총독부가 달 세계 반란자들과의 협상에 실패함으로써 대중의 양식이 위험에 처하는 것은 아닌지 따졌다. 그리고 만약 곡물 수출 증가를 담보할 수 있다면 양보를 해도 좋지 않은지 제안했다. 그들은 과장된 통제 수치를 잔뜩 들이댔다. 달 세계가 '1억 인도인'을 먹여 살리지는 않는다. 우리의 곡물이 영양 실조와 기아의 차이를 만들어 내고 있는지는 모르겠지만.

한편 뉴욕 최대의 부수를 자랑하는 신문은 총독부와 우리가 협상하는 것 자체가 실수며, 범죄자가 이해할 수 있는 것은 오로지 매운 채찍 맛뿐이므로 군대를 착륙시켜서 우리를 제압하고 죄인을 교수형에 처하고 질서를 유지하기 위한 병력을 남겨 두면 된다고 주장했다.

우리에게 압제자들을 보냈던 평화 기동대 내부에서 갑자기 폭동이 일어났다가 신속하게 진압당했다. 달에 파견될 거라는 소문이 돌았기 때문이었다. 폭동 소문은 완벽하게 차단되지는 못했다. 스튜는 우수한 친구들을 고용했던 것이다.

다음 날 아침 데 라 파즈 교수가 토론을 계속할 만큼 회복되었는지 질문하는 메시지가 왔다. 우리는 다시 출두했고, 위원회는 교수를 위해 의사와 간호사를 대기시켰다. 그러나 이번에는 신체 검사를 당했다. 그리고 내 가방 안에 있던 녹음기를 압수했다.

나는 별로 저항하지 않고 선선히 내주었다. 그것은 스튜가 준 일본제 녹음기로, 빼앗기기 위한 것이었다. 6호 인공 팔에는 전원 배터리를 끼우는 공간이 있었는데 소형 녹음기가 들어갈 만한 사이즈였다. 그날은 배터리가 필요하지 않았다. 그리고 대부분의 사람들이 심지어 산전수전 다 겪은 경찰관들조차 인공 팔을 건드리는 것은 싫어했다.

전날 토의된 내용은 모조리 무시되었다……. '비공개 회의의 기밀을 누설했다'라며 위원장이 우리를 비난하며 회의를 시작한 것을 제외하면 말이다.

교수는 우리에게 그것은 비공개 회의가 아니었으며, 달 세계 자유국은 아무 것도 숨길 것이 없으므로 보도 기자든 비디오 카메라든 방청객이든 누구든 환영한다고 대답했다.

위원장은 소위 말하는 그 자유국이 이 청문회를 지배하는 것이 아니며, 이 회의는 비공개고, 이 회의실 밖에서는 논의되어서는 안 되며, 그것이 규칙이라고 단호하게 대꾸했다.

교수가 나를 쳐다보았다.

"나를 도와주겠소, 대령?"

나는 휠체어의 조종 장치를 눌러 재빨리 방향을 돌리고는 내 휠체어로 그의 들것을 밀면서 문을 향해 나아갔고, 위원장은 자신의 엄포가 통하지 않는다는 것을 깨달았다. 결국 교수는 아무것도 약속하지 않아도 좋다면 남아 있겠다고 못 이기는 척 동의했다. 과도하게 흥분하면 기절해 버리는 남자를 강압적으로 위협하기란 어려운 일이었다.

위원장은 어제는 부적절한 말이 많았으며, 반드시 논의했어야 할 문제들이 빠졌노라고 말했다. 그리고 오늘은 문제의 본질에서 벗어난 발언을 용인하지 않겠다고 하면서 아르헨티나 대표와 북미 대표를 차례로 쳐다보았다.

그가 말을 계속했다.

"주권이란 추상적인 개념이며, 인류가 평화롭게 살아가는 법을 배워 오면서 여러 차례 정의가 바뀐 바 있습니다. 우리는 그것을 토론할 필요가 없습니다. 진짜 질문은, 교수님, 또는 원한다면 사실상의 대사라고 불러 드리지요. 사소한 말장난은 하지 말기로 합시다, 진짜 질문은 이겁니다. 당신들은 달 세계 식민지가 의무를 지킬 것이라고 보증할 준비가 되어 있습니까?"

"무슨 의무 말입니까, 각하?"

"모든 의무입니다. 하지만 내가 염두에 두고 있는 것은 특히 곡물 수출에 관한 당신들의 의무입니다."

"그런 의무에 대해서는 전혀 아는 바가 없습니다, 각하."

교수가 난생 처음 듣는 얘기라는 듯이 대답했다.

의사봉을 쥔 위원장의 손에 힘이 들어갔다. 하지만 그는 차분하게 말했다.

"부탁입니다, 교수님, 표현을 가지고 말씨름을 할 필요는 없습니다. 나는 곡물 수출 할당량에 대해 말하고 있는 겁니다. 이번 새로운 회계 연도에는 할당량이 13퍼센트 증가합니다. 당신들이 이러한 의무를 존중하겠다고 확약할 수 있겠습니까? 이것은 토론을 위한 최소한의 기반입니다. 아니라면 이 대화는 더 이상 계속할 수 없습니다."

"그렇다면 유감이군요, 각하. 우리의 대화는 여기서 중단해야 할 것 같습니다."

"설마 진담은 아니겠지요."

"진담입니다, 각하. 달 세계 자유국의 주권이란 각하가 생각하시는 것처럼 추상적인 문제가 아닙니다. 각하가 말씀하시는 의무라는 것은 총독부에서 혼자 정한 계약이었습니다. 우리 나라는 그와 같은 계약의 구속을 받지 않습니다. 영광스럽게도 제가 대표하는 독립 국가의 의무는 어떤 것이든 앞으로 협상을 통해 정해질 것입니다."

북미 대표가 으르렁거렸다.

"천한 것들! 내가 말했잖습니까. 당신은 그들의 기를 너무 살려 주고 있는 겁니다. 전과자들, 도둑놈, 매춘부들입니다! 그런 자들은 점잖은 대접 같은 건 이해하지 못합니다."

"조용히하십시오!"

"내가 말한 걸 기억하십시오. 그들이 콜로라도에 있다면 우린 한두 가지 교훈을 단단히 가르쳐 주었을 겁니다. 우린 저런 부류를 어떻게 다뤄야 하는지 알고 있습니다."

"대표께서는 정숙을 지켜 주십시오."

"유감스럽지만."

힌두 대표가 말을 꺼냈다. 사실은 파시 교도(회교도의 박해로 8세기에 인도로 피신한 조로아스터 교도 — 옮긴이)지만 인도를 대표하는 위원이었다.

"유감스럽지만 저도 북미 집정국 대표와 본질에서는 같은 의견이라고 할 수밖에 없습니다. 인도는 곡물 협정이 종잇조각일 뿐이라는 의견을 받아들일 수 없습니다. 훌륭한 사람이라면 굶주림을 가지고 정치 놀음을 하지 않습니다."

아르헨티나 대표가 끼어들었다.

"게다가 그들은 동물처럼 번식하고 있지요. 돼지들입니다!"

(회의가 시작되기 전에 교수는 나에게 진정제를 먹으라고 했다. 그리고 내가 진정제를 삼키는 것을 봐야겠다고 고집 피웠다.)

교수가 조용히 말했다.

"존경하는 위원장 각하, 우리가 지나치게 성급한 결론을 내리고 이 대화를 포기해야겠다고 결정하기 전에 제 말의 의미를 설명하도록 허락해 주시겠습니까?"

"허락합니다."

"만장일치의 동의입니까? 중간에 끼어들지 않겠다는?"

위원장은 위원들을 둘러보았다.

"만장일치로 동의합니다. 그리고 대표들께 미리 경고하지만 다시 소란이 발생하면 특별 규칙 14호를 적용하겠습니다. 의회 경위는 이 점을 유념하고 행동을 취하도록 하시오. 증인은 계속해도 좋습니다."

"간략하게 설명하겠습니다, 존경하는 위원장 각하."

교수는 스페인 어로 뭐라고 말했는데 내가 알아들은 것은 '세뇨르'라는 말뿐이었다. 아르헨티나 대표의 얼굴이 검붉게 변했지만 아무 대꾸도 하지 않았다. 교수는 말을 계속했다.

"저는 먼저 개인의 인격권에 관한 미 대표의 발언에 답하지 않을 수 없군요. 그가 우리 동포들을 비난했기 때문입니다. 저 자신은 하나 이상의 형무소에 수감되어 보았으니 그러한 호칭을 인정합니다. 아니지요, 저는 '전과자'라는 호칭을 영광스럽게 생각합니다. 우리 달 세계 시민들은 전과자이며 전과자들의 자손입니다. 하지만 달 세계 그 자체는 엄격한 사감 선생입니다. 그 혹독한 수련을 견디고 살아남은 사람들은 부끄러워할 게 없습니다. 달 세계 시에서는 아무 데나 지갑을 놓아둬도 걱정하지 않아도 되며 집의 문을 잠그지 않아도 됩니다……. 과연 덴버에서도 그렇습니까? 그렇다더라도 저는 한두 가지 가르침을 받기 위해 콜로라도를 방문하고 싶은 마음은 없습니다. 저에게는 어머니 달이 주신 가르침이면 충분하니까요. 그리고 우리는 천민들일지는 몰라도 이제는 무장한 천민들입니다.

인도 대표께 말씀드립니다. 우리는 '굶주림을 가지고 정치 놀음을 하지' 않습니다. 우리의 요구는 사실에 위배되는 정치적 억측에 구속되지 않고 순수한 과학적 사실에 의거하여 공개 토론을 하자는 것입니다. 만약 그런 토론을 할 수 있다면 저는 달 세계가 곡물 수출을 계속할 것이며, 엄청나게 증대해…… 인도에 커다란 이익에 되도록 하는 방법을 보여 드리겠다고 약속할 수 있습니다."

중국 대표와 인도 대표는 둘 다 놀란 표정이었다. 인도 대표는 뭔가 말하려다가 자제하고는 차분히 말했다.

"존경하는 위원장 각하, 증인에게 지금 한 말의 의미를 설명하도록 요청해 주시겠습니까?"

"증인은 설명해 주기 바랍니다."

"존경하는 위원장 각하, 위원 여러분, 달 세계는 수백만의 굶주린 사람들을 위해 지금의 10배, 아니 심지어 100배까지 곡물 수출을 늘일 방법이 정말로 있습니다. 곡물 수송용 통은 우리가 혼란을 겪던 와중에도 예정대로 계속 도착했고, 오늘도 여전히 도착하고 있다는 사실이 우리의 의도가 우호적이라는 증거입니다. 하지만 젖소를 때려서 우유를 얻을 수는 없습니다. 우리의 수출량을 어떻게 늘일 것인가 하는 논의는 순수한 자연적 사실에 기초해야지, 우리가 듣도 보도 못한 노동 할당량에 구속된 노예라는 그릇된 가정에 기초해서는 안 되는 것입니다. 자, 어느 쪽을 선택하시겠습니까? 우리가 자유인이 아니라 총독부에 묶인 노예라는 믿음을 고집하시겠습니까? 아니면 우리가 자유롭다라는 것을 인정하고 협상을 하여 우리가 어떻게 여러분을 도울 것인지 알아보시겠습니까?"

위원장이 말했다.

"바꾸어 말하면 물건을 보지도 않고 사라는 것이군요. 당신은 우리에게 먼저 당신들의 무법 상태를 합법화하라…… 그러면 곡물 수출량을 10배 또는 100배 늘일 수 있다는 환상적인 주장에 대해 설명하겠다고 제의하고 있습니다. 당신의 주장은 불가능합니다. 나는 달 세계 경제의 전문가입니다. 그리고 당신의 제의 또한 불가능합니다. 새로운 국가의 승인은 연방 총회를 통해서만 이루어집니다."

"그렇다면 연방 총회에 안건을 제출해 주십시오. 일단 동등한 독립 국가로서 자리에 앉은 다음에 수출을 증대하는 방법과 협상 조건을 논의할 것입니다. 존경하는 위원장 각하, 우리는 곡물을 재배하고 소유합니다. 우리는 훨씬 더 많이 재배할 수 있습니다. 하지만 노예로서는 아닙니다. 달 세계가 주권이 있는 독립 국가라는 것을 먼저 인정해 주어야 합니다."

"불가능합니다. 당신도 그것을 알고 있을 겁니다. 달 세계 총독부는 신성한 의무를 포기할 수 없습니다."

교수가 한숨을 쉬었다.

"막다른 골목에 이른 것 같군요. 저로서는 모두가 생각을 정리하는 동안 이 청문회를 산회하자고 제안하는 수밖에 없습니다. 오늘도 우리의 수송용 통은 도착하고 있습니다……. 하지만 저의 정부에 제가 실패했다는 것을 통지할 수밖에 없는 순간…… 수출은…… 중단될 것입니다!"

마치 너무나 고된 시간이었던 것처럼 교수의 머리가 베개에 털썩 떨어졌다. 아마 전부 연기는 아니었을 것이다. 나는 제법 잘 견디고 있었지만 젊었고 지구를 방문해서 살아남은 경험이 있었다. 교수 연배의 달 세계인이라면 그런 위험을 무릅써서는 안 된다. 사소한 소동을 겪었지만 교수는 무시했고 우리는 차에 실려서 호텔로 급히 옮겨졌다.

가는 길에 내가 말했다.

"교수님, 배불뚝이 아르헨티나 대표에게 뭐라고 말했기에 그가 얼굴이 벌겋게 된 겁니까?"

그가 껄껄 웃었다.

"스튜어트 동지가 그 신사에 관해 조사한 보고서에는 놀라운 사실들이 있었네. 나는 요즘에 부에노스아이레스의 칼레 플로리다 외곽에 있는 어떤 매음굴의 주인이 누구인지, 지금도 그곳에 붉은 머리의 인기 많은 아가씨가 있는지 물어보았네."

"왜요? 예전에 거기 단골이었습니까?"

교수가 그런 곳에 드나드는 모습은 상상이 되지 않았다!

"아니. 내가 부에노스아이레스에 가 본 것은 40년 전이었지. 그가 매음굴의 주인이네, 마누엘. 바지 사장을 세워 놓고서 말이야. 그리고 그의 아내인 붉은 머리의 미인은 한때 그곳에서 일했지."

나는 물어본 것이 유감스러웠다.

"그건 아랫도리를 공격하는 반칙 아닌가요? 외교적인 발언도 아닌 것 같은데요?"

하지만 교수는 눈을 감고 대답하지 않았다.

교수는 그날 밤 기자들을 초대한 리셉션에서 한 시간을 보낼 수 있을 정도로 회복되었다. 보랏빛 베개에 하얀 백발을 기대고, 수척한 몸은 자수가 놓인 파자마 안에서 도드라져 보였다. 눈과 보조개를 제외하면 성대한 장례식장 속 유명

인사의 시체처럼 보였다. 검은색과 금색 제복을 입은 나도 영향력 있는 유명 인사처럼 보였다. 스튜가 달 세계 외교관의 제복이라고 주장해서 입은 옷이었다. 달 세계에 그런 계급이 있다면 맞을지도 모른다. 하지만 그런 것은 없었고 있다면 내가 알았을 것이다. 나는 압력복이 더 좋았다. 그 옷은 칼라가 너무 조였기 때문이다. 그리고 제복에 붙어 있는 훈장들이 어떤 의미인지 나는 전혀 몰랐다. 어떤 기자가 지구에서 보이는 초승달 같은 훈장에 대해 물었다. 나는 철자 시험에서 상을 받은 거라고 그에게 말해 주었다. 스튜가 가까이에서 듣고 있다가 말했다.

"대령께선 겸손하시군요. 그 훈장은 빅토리아 십자 훈장과 같은 등급으로서 어느 영광스럽고 비극적인 날에 벌인 영웅적인 행동의 대가로 받은……."

스튜는 계속 이야기를 늘어놓으면서 기자를 데리고 떠나갔다. 스튜는 교수와 거의 비슷한 수준으로 상대방을 빤히 쳐다보며 즉석에서 거짓말을 지어낼 수 있었다. 하지만 나는 미리 거짓말을 생각해 두어야 했다.

그날 밤 인도의 신문과 방송은 꽤나 소란스러웠다. 곡물 수출을 중단하겠다는 '위협'이 그들을 자극했던 탓이다. 가장 온건한 제안이 달 세계를 쓸어 버리고 우리들 '동굴 속의 범죄자들'을 멸종한 후에 삶의 신성함을 이해하고 더 많은 곡물을 보낼 '정직한 인도 농부들'로 대체하자는 것이었다.

교수는 그날 밤 달 세계가 수출을 지속할 수 없다는 것과 그 이유를 말하고 유인물을 제작했다. 스튜의 조직이 지구 전역에 유인물을 배포했다. 몇몇 기자들은 수치를 이해하는 데 많은 시간을 보낸 뒤 명백히 불일치하는 내용을 가지고 교수를 공격했다.

"데 라 파즈 교수님, 여기서 당신은 곡물 수출이 천연 자원의 부족 때문에 점점 감소할 것이며 2082년 무렵에는 달 세계가 그 자신의 시민들조차 먹여 살릴 수 없을 거라고 하셨습니다. 그런데 오늘 회의에선 달 세계 총독부에게 수출을 10배 이상 늘릴 수 있다고 말씀하셨습니다."

교수가 상냥하게 물었다.

"그 위원회가 달 세계 총독부입니까?"

"음…… 그건 공공연한 비밀인데요."

"그렇겠지요, 선생. 하지만 그들은 연방 총회의 공정한 조사위원인 양 계속 행세해 왔습니다. 그들이 스스로 자격 없음을 인정해야 한다고 생각하지 않습니까? 그리하여 우리가 공정한 청문회를 열 수 있어야 하지 않을까요?"

"글쎄요…… 그건 제가 말씀드릴 입장이 아닙니다, 교수님. 이전 질문으로 돌아가지요. 그 두 가지를 어떻게 일치시키실 겁니까?"

"왜 당신이 말할 입장이 아니라는 것인지 의아하군요. 지구와 그 이웃 간에 전쟁이 발발할 상황을 피하도록 돕는 거라면 모든 지구 시민들의 관심사가 아닐까요?"

"'전쟁'이라고요? 어째서 '전쟁'이라는 말을 입에 담으시는 겁니까, 교수님?"

"달리 무슨 결론이 있다는 건가요, 선생? 달 세계 총독부에서 계속 비타협적인 태도를 고수한다면? 우리는 그들의 요구를 들어줄 수 없습니다. 그 자료의 숫자가 반증하고 있지요. 그걸 이해하지 못한다면 그들은 무력으로 우리를 제압하려고 들겠지요……. 그럼 우리는 맞서 싸울 것입니다. 궁지에 몰린 쥐처럼 말입니다. 우리는 궁지에 몰렸고 퇴로도 없으며 항복할 수도 없기 때문입니다. 우리는 전쟁을 선택하지 않습니다. 우리는 이웃 행성과 평화롭게 지내고 싶습니다. 평화롭게 통상을 하면서. 하지만 선택은 우리 것이 아닙니다. 우리는 작고 당신들은 거대합니다. 달 세계 총독부가 취할 다음 단계는 무력으로 달 세계를 제압하려는 시도일 거라고 나는 예상합니다. 이 '평화를 지키는' 기관은 최초의 행성 간 전쟁을 시작할 겁니다."

기자는 얼굴을 찌푸렸다.

"너무 거창하게 말씀하시는 것 아닙니까? 가령 총독부가…… 또는 연방 총회라고 말하지요, 총독부는 자체 우주선이 없으니까요……. 하여간 지구의 국가들이 당신들의, 음, '정부'를 몰아내기로 결정했다고 칩시다. 당신들은 달 세계에서 싸울 수도 있을 겁니다. 저는 당신들이 싸울 거라고 봅니다. 하지만 행성 간 전쟁이 되지는 않습니다. 당신이 지적하셨다시피 달에는 우주선이 없습니다. 단도직입적으로 말해서 당신들은 우리를 건드릴 수가 없는 겁니다."

나는 교수의 들것 옆에 휠체어를 밀고 다가가서 듣고 있던 참이었다. 그가 나를 돌아보았다.

"설명해 주시게, 대령."

나는 앵무새 노릇을 시작했다. 교수와 마이크는 여러 가지 상황을 미리 생각해 두었으며, 나는 해당되는 답변을 암기했기에 언제든지 대답할 준비가 되어 있었다.

내가 말했다.

"패스파인더 호를 기억하십니까? 그 우주선이 어떻게 통제 불능의 상태가 되어 추락했는지 말입니다."

그들을 기억하고 있었다. 우주 비행 초기에 발생한 최악의 대참사로 불운한 패스파인더 호가 벨기에의 마을에 추락했던 사건을 잊은 사람은 아무도 없었다.

내가 계속했다.

"우리는 우주선이 없습니다. 하지만 곡물 수송용 통을 던질 수는 있을 겁니다……. 지금까지처럼 대기 궤도에 고이 올려 드리는 대신."

이 발언으로 다음 날 언론들은 '달 세계인들 쌀을 던지겠다고 협박'이라는 헤드라인을 만들어 냈다. 하지만 그 순간에는 어색한 침묵을 낳았을 뿐이었다.

마침내 기자가 말했다.

"그런데도 저는 그 두 가지 주장을 어떻게 일치시킬 것인지 알고 싶습니다. 2082년 이후에는 더 이상 곡물이 없다는 것과…… 지금의 10배 또는 100배로 늘릴 수 있다는 주장 말입니다."

교수가 대답했다.

"그 둘 사이에는 모순이 없습니다. 두 가지는 서로 다른 상황에 기초하고 있기 때문입니다. 당신이 살펴본 수치는 현재의 상황을 보여 줍니다……. 그리고 달 세계 천연 자원의 유출 때문에 몇 년 안에 일어날 수 있는 재앙이지요. 총독부 관료들, 또는 그들을 '권위주의적 관료'라고 바꿔 말해야 할까요. 하여간 그들이 우리더러 행실이 나쁜 아이들처럼 구석에 서 있으라고 야단치는 것만으로는 피할 수가 없는 재앙입니다!"

교수는 잠시 말을 멈춘 채 힘겹게 숨을 몰아쉬고는 다시 계속했다.

"하지만 일정한 상황에서라면 우리는 곡물 수출을 계속하거나 현격히 늘릴 수 있게 됩니다. 오랜 교사 생활 탓에 아무래도 강의 습관에서 벗어나기 어렵군요. 그게 어떤 상황일지는 학생들을 위한 연습 문제로 남겨 두고 싶은 거지요. 자, 누가 풀어 보지 않겠습니까?"

불편한 침묵이 흐르다가, 억양이 이상한 조그만 남자가 천천히 말했다.

"저 생각에는 당신이 천연 자원을 보충할 방법에 대해 말씀하시는 것 같군요."

"정답입니다! 훌륭해요!"

교수가 보조개를 만들며 활짝 웃었다.

"선생, 당신은 학기말 보고서 제출에서 A+를 받을 겁니다! 곡물을 재배하려면 물과 비료가 필요합니다. 인산 비료나 기타 등등인데, 자세한 것은 전문가에게 물어보십시오. 그런 물건을 우리에게 보내 주십시오. 우리는 그걸 훌륭한 곡물로 되돌려 보낼 겁니다. 무한한 인도양에 호스를 담그십시오. 그리고 여기 인도에서 사육되는 수백만 마리의 가축을 한 줄로 세우고 그것들의 배설물을 모아서 우리에게 보내 주면 됩니다. 오, 당신들 자신의 인분도 좋습니다. 소독 같은 건 신경 쓰지 않아도 됩니다. 우리는 그런 일을 훨씬 저렴하고 쉽게 하는 법을 배웠으니까요. 우리에게 짠 바닷물, 썩은 생선, 죽은 동물, 도시의 하수, 소의 거름, 모든 종류의 찌꺼기를 보내 주십시오. 그 중량만큼의 황금빛 곡물을 되돌려 드릴 것입니다. 당신들이 10배를 보내 주시면 우리는 10배의 곡물을 더 보내 드립니다. 우리에게 당신들 중 가난하고 헐벗은 사람들을 보내십시오. 수천이든 수십만이든 좋습니다. 우린 그들에게 신속하고 효율적인 달 세계 특유의 터널 농경 법을 가르쳐서 믿을 수 없을 정도로 많은 곡물을 보내 드리겠습니다. 신사 여러분, 달 세계는 개간되지 않은 거대한 농장입니다. 무려 40억 헥타르의 농경지가 경작되기를 기다리고 있는 것입니다!"

그 사실은 그들을 놀라게 했다. 잠시 후 누군가가 천천히 말했다.

"그럼 당신들은 무엇을 얻습니까? 즉 달 세계는?"

교수가 어깨를 들썩였다.

"돈이지요. 물물 교환 방식으로. 당신들이 값싸게 만들어 내는 많은 물건들을 달 세계에서는 귀하게 취급합니다. 약품, 연장, 도서 필름, 우리의 사랑스러운 숙녀들을 위한 장식품들. 우리의 곡물을 구입하세요. 그러면 당신들은 높은 이윤을 남기고 우리에게 물건을 팔 수 있습니다."

한 인도 기자는 생각에 잠긴 얼굴로 뭔가를 적기 시작했다. 하지만 옆에 서 있던 유럽 인 기자는 별로 감명을 받은 것 같지 않았다. 그가 말했다.

"교수님, 그만한 중량을 달에 보내는 비용을 알고 있습니까?"

교수는 별것 아니라는 듯이 대꾸했다.

"기술적인 문제입니다. 선생, 예전에는 대양을 가로질러 물자를 수송하는 것이 그저 비용이 많이 드는 정도가 아니라 불가능하던 시절이 있었습니다. 그러다가 비싸고 어렵고 위험한 일이 되었지요. 오늘날에는 지구 반대편에도 이웃집에 물건을 파는 것 정도로 저렴하게 팝니다. 장거리 수송은 원가 결정에서 가장 덜 중요한 요소가 되었습니다. 신사 여러분, 나는 공학자가 아닙니다. 하지만 공학자들에 대해 이것 하나는 알고 있습니다. 어떤 일을 반드시 성취해야 할 때 공학자들은 경제적으로 가능한 방법을 찾아낼 수 있다는 것입니다. 당신들이 우리가 재배하는 곡물을 원한다면 당신들의 공학자들에게 해법을 맡겨 보십시오."

교수는 힘들게 숨을 헐떡이며 도움을 요청했다. 그러자 간호사들이 그의 들것을 밀고 떠나갔다.

나는 그 문제에 관해 질문받는 것을 거절하고, 교수가 다시 그들을 만날 만큼 상태가 좋아지면 그에게 물어보라고 말했다. 그래서 그들은 다른 면에서 나를 공격했다. 한 남자는, 우리들 식민지 주민들은 세금을 내지도 않으면서 어째서 독자적으로 일을 처리해 나갈 권리가 있다고 생각하는지 따졌다. 결국 달 세계 식민지는 세계 연방이 건설한 것이다. 어쨌거나 세계 연방의 일부 국가들이 건설에 참여했다. 지금 당신네 식민지 주민들은 그 혜택을 누리면서 세금은 한 푼도 내지 않고 있다. 그게 공정한 일인가?

나는 개소리 집어치우라고 소리치고 싶었다. 하지만 이번에도 교수는 나에게 억지로 진정제를 먹이고는 무한히 많은 함정 질문에 대한 답변 목록을 공부하도록 요구했다.

내가 말했다.

"차근차근 짚어 보기로 합시다. 먼저 우리가 무엇에 세금을 내야 한다는 겁니까? 내가 세금을 내서 얻을 수 있는 혜택을 말해 보시지요. 내게 유용한 거라면 세금을 낼지도 모르지요. 아니, 다르게 얘기해 봅시다. 당신은 세금을 냅니까?"

"당연하지요! 그리고 당신도 세금을 내야 합니다."

"당신은 세금을 내고 무엇을 얻습니까?"

"네? 세금은 정부를 위해 내는 겁니다."

내가 말했다.

"무지해서 죄송합니다. 평생 달 세계에서만 살아왔기 때문에 당신들의 정부는 잘 모릅니다. 알아듣기 쉽게 찬찬히 설명해 주시지 않겠습니까? 당신은 돈을 지불하고 무엇을 얻습니까?"

그들은 모두 흥미를 나타냈다. 이 공격적인 조그만 친구가 몇 가지를 들먹이자 다른 사람들은 그가 놓친 것을 보충했다. 나는 리스트를 만들었다. 그들이 말을 마치자 나는 하나씩 읽어 나갔다.

"무료 병원. 달 세계에는 그런 것이 없습니다. 의료 보험. 있기는 하지만 여러분이 말하는 의미와는 분명히 다릅니다. 어떤 사람이 보험을 원하면 그는 도박업자에게 가서 확률을 계산합니다. 값을 치르면 어떤 손실이든 예방책을 만들 수 있습니다. 나는 질병 예방책을 만들지는 않습니다. 건강하니까요. 적어도 여기 오기 전까지는 그랬습니다. 도서관. 우리는 공공 도서관이 하나 있습니다. 카네기 재단에서 서적 필름 몇 개를 가지고 시작한 도서관이지요. 그곳을 사용하려면 비용을 지불해야 합니다. 공공 도로. 이건 우리의 지하철에 해당하겠군요. 하지만 공기가 공짜가 아닌 것과 마찬가지로 그것 역시 공짜가 아닙니다. 죄송합니다만, 이곳에서는 공기가 무료겠지요? 우리의 지하철은 돈을 끌어 댄 회사들이 건설합니다. 그리고 투자한 돈은 대단히 철저하고 악랄하게 회수합니다. 공립 학교라. 모든 거주 구역에는 학교가 있습니다. 학생들을 돌려보낸 학교가 있다는 얘기는 지금껏 들어 보지 못했습니다. 따라서 그건 '공립 학교'인 셈입니다. 하지만 그곳 역시 돈을 받습니다. 왜냐하면 달 세계에서는 무언가 유용한 것을 알고 있는 사람은 누구나 기꺼이 그것을 가르치려 하고, 거래 여건이 허락하는 한에서 최대한 비용을 물리기 때문입니다."

나는 계속했다.

"또 뭐가 있나 살펴봅시다. 사회 보장. 이게 무엇인지 모르겠지만 하여간에 우리는 이런 것이 없습니다. 연금. 연금에 가입할 수는 있습니다. 하지만 대부분의 사람들은 연금에 가입하지 않습니다. 대부분의 가족들이 대가족이고, 나이든 사람들이 있습니다. 100살 이상의 노인들이지요. 그들은 뭔가 좋아하는 일을 하면서 빈둥거리거나 가만히 앉아 비디오를 보거나 또는 잠을 잡니다. 120살이 넘은 노인들은 잠을 아주 많이 자지요."

"잠깐만요, 대령님. 달 세계에서는 정말로 소문처럼 그렇게 오래 삽니까?"

나는 놀란 표정을 지었다. 하지만 실은 놀라지 않았다. 그것은 대답이 준비되어 있는 '유도 질문'이었다.

"달 세계에서 인간의 수명이 어느 정도인지는 아무도 모릅니다. 우리는 아직 그 정도로 오래 살지 못했습니다. 가장 오래 산 사람들은 지구에서 태어난 사람들이니까 판단의 기준이 되지 못합니다. 지금까지는 달 세계에서 태어난 사람들 중에 고령으로 죽은 사람은 아무도 없습니다. 따라서 그것도 판단의 기준이 못 됩니다. 모두 100살 미만으로서 노인이 되지는 않았으니까요. 하지만 글쎄요, 저를 한번 보십시오, 부인. 제가 몇 살쯤 되어 보입니까? 저는 순수한 달 세계인입니다. 3세대지요."

"어머, 데이비스 대령님, 솔직히 저는 당신이 너무 젊어서 놀랐답니다……. 이 임무를 맡기에는 그렇다는 말이지요. 당신은 스물둘 정도로 보이는데. 그보다 많지요? 그래도 아주 많지는 않을 것 같은데요."

"부인, 이곳의 중력 때문에 부인께 절을 하지 못하는 것이 유감스럽군요. 고맙습니다. 제가 결혼한 게 그보다 훨씬 오래 되었습니다."

"뭐라고요? 오, 농담이겠지요!"

"부인, 저는 감히 부인의 나이를 추측하거나 하는 무례를 범하지는 않겠지만, 만일 부인께서 달로 이주하신다면 현재의 젊음과 아름다움을 훨씬 더 오래 지속할 뿐 아니라 수명이 최소한 20년은 늘어날 것이라고 말씀드릴 수 있습니다."

나는 목록을 훑어보았다.

"나머지에 대해서는 이중 어떤 것도 달 세계에는 없다고 뭉뚱그려 말씀드리겠습니다. 따라서 저는 이들 때문에 세금을 내야 할 이유를 전혀 발견할 수 없습니다. 다른 논점에 대해서는, 선생, 당신은 식민지의 초기 건설 비용이 곡물 수출 하나만으로 몇 배가 넘게 지불되었다는 것을 모르는 것은 아니겠지요? 우리는 필수적인 자원의 대부분을 쥐어짜이고 있습니다……. 게다가 자유 시장 가격만큼도 지불받지 못하고 있지요. 달 세계 총독부가 강경한 태도를 보이는 것은 바로 그 때문입니다. 그들은 계속 우리의 고혈을 짜낼 작정인 것입니다. 달 세계가 지구에 경비를 부담시키고 있다거나, 투자를 회수해야 한다는 말은 우리를 노예로 다루기 위한 구실로 총독부가 만들어 낸 거짓말입니다. 진실은, 달 세계가 이 세기에 들어서는 지구에 단 한 푼도 부담을 지우지 않았다는 것입니다. 그리고 초기 투자 비용은 오래전에 전액 회수되었습니다."

그는 기력을 회복하려고 애썼다.

"흥, 설마 달 세계 식민지가 우주 비행 개발에 들어간 수십억 달러의 투자액을 전부 지불했다고 주장하는 것은 아니겠지요?"

"저라면 더 좋은 사례를 제시하겠지만, 하여간 그 비용을 우리에게 청구하는 것은 어불성설입니다. 당신들 지구인들은 우주선이 있지만 우린 아닙니다. 달 세계에는 우주선이 없습니다. 어째서 우리가 한 번도 가져 보지도 않은 것에 대해 돈을 지불해야 한다는 것입니까? 이 리스트의 나머지 것들도 마찬가지입니다. 우린 그런 것이 없는데 왜 비용을 지불해야 할까요?"

나는 기다렸다. 교수가 반드시 나올 거라고 말한 주장을 기다리면서…… 그리고 마침내 그 주장이 나왔다.

"잠깐만요!"

확신에 찬 목소리였다.

"당신은 그 목록에 있는 가장 중요한 두 가지 항목을 무시했습니다. 경찰의 보호와 군대입니다. 당신은 자기가 얻는 것에 대해서는 기꺼이 비용을 지불하겠노라 호언장담 하셨지요……. 그렇다면 그 두 가지에 대한 거의 1세기 동안의 세금은 어떻게 하시겠습니까? 그건 아주, 아주 거액일 텐데요!"

그가 잘난 척하며 빙글거렸다.

나는 그에게 고맙다고 뽀뽀해 주고 싶었다! 내가 그 주장을 이끌어 내지 못했다면 교수에게 야단을 맞았을 것이기 때문이었다. 사람들은 서로를 쳐다보고 고개를 끄덕이면서 내가 한 점 잃은 것을 기뻐했다. 나는 최선을 다해 시침 떼는 표정을 지어 보였다.

"무슨 말씀인지? 저는 잘 이해가 가지 않는군요. 달 세계에는 경찰이나 군대가 없습니다만."

"내 말의 의미를 알고 있을 텐데요. 당신들은 세계 연방에서 보낸 평화 유지군의 보호를 받아 왔습니다. 따라서 경찰이 있는 겁니다. 비용은 달 세계 총독부가 대지요! 약 1년 전에 경찰로 복무하기 위해서 평화 유지군 2개 부대가 달세계에 파견되었다는 것을 나는 알고 있습니다. 아주 확실하게 알고 있어요."

나는 한숨을 쉬었다.

"아. 세계 연방의 평화 유지군이 어떻게 달 세계를 지켜 주고 있는지 말씀해 주시겠습니까? 저는 지구의 국가 중에서 어떤 나라가 우리를 공격하고 싶어하는 줄 몰랐습니다. 우리는 아주 멀리 떨어져 있고 우리에게는 당신들이 갖고 싶어할 만한 것이 전혀 없습니다. 아니면 우리를 해코지하지 않도록 그들에게 돈을 지불해야 한다는 의미였습니까? 만일 그렇다면 이런 속담이 있지요. 일단 데인 세를 내면 데인 족들을 결코 몰아낼 수 없다고(데인 세는 10세기 후반 영국에서 침입자 데인 사람에게 바칠 공물 또는 대항할 군비로 내던 세금이다 — 옮긴이). 선생, 우린 필요하다면 세계 연방의 군대와 싸울 겁니다……. 절대 그들에게 돈을 지불하지는 않아요.

이제 소위 '경찰'에 대해 말하지요. 그들은 우리를 '보호'하기 위해 보낸 사람들이 아닙니다. 우리는 독립 선언문에서 불량배들에 관한 진실을 이야기했습니다. 지구의 언론에도 우리의 선언문이 보도되었지요? (어떤 신문은 보도했고, 어떤 신문은 보도하지 않았다. 국가에 따라 달랐다.) 그들은 미쳐서 우리 여자들을 강간하고 살해하기 시작했습니다! 이제 그들은 죽었지요! 그러니 앞으로는 우리를 '보호'할 사람들을 더 이상 보내지 말아 주십시오!"

나는 갑자기 '피곤해져서' 떠나야겠다고 말했다. 정말로 지쳤다. 나는 대단한 배우도 아니고, 교수가 꼭 그래야 한다고 생각한 방식으로 대화를 이끌어 나가는 것은 커다란 스트레스였던 것이다.

* 18 *

그 인터뷰에서 내가 조력자의 도움을 받았다는 사실은 한참이 지난 뒤에야 알게 되었다. '경찰'과 '군대' 이야기를 꺼낸 것은 바람잡이였다. 스튜 라즈와는 일을 확실하게 처리하는 동지였다. 그 사실을 알았을 무렵, 나는 노련하게 기자들을 상대할 수 있었다. 끊임없이 인터뷰를 한 덕분이었다.

지쳐 있었지만 그날 밤은 그것으로 끝난 것이 아니었다. 기자들뿐 아니라 아그라 주재 외교관들이 위험을 무릅쓰고 그곳에 나타났기 때문이다. 숫자는 적고 비공식적인 방문이었지만 차드에서도 외교관이 왔다. 우리는 신기한 존재였고 그들은 우리를 보고 싶어했다.

그중 중요한 사람은 중국인 한 사람이었다. 우리는 그를 보자 깜짝 놀랐다. 그는 위원회의 중국 대표였다. 나는 단지 '찬 박사'로만 소개받았고 우리는 서로 처음 만나는 것처럼 행세했다.

그는 당시에 대중국의 세계 연방 상원 의원이며 또한 달 세계 총독부에서 오랜 기간 대중국의 제1인자로 있었던 바로 그 찬 박사였다. 그리고 훨씬 나중에 암살당하기 전엔 잠깐 세계 연방의 부의장과 수상을 역임하기도 했다.

제시해야 할 요점을 말한 후에 나는 휠체어를 움직여 침실로 들어갔다가 금세 교수의 호출을 받았다.

"마누엘, 자네도 중화(中華)에서 온 굉장한 손님을 보았을 것이네."

"위원회의 늙은 짱개 말입니까?"

"달 세계 말투를 자제하도록 하게. 여기서는 나하고 있을 때조차도 절대 사용하지 마. 맞아. 그는 우리가 '10배 또는 100배'라고 말한 의미를 알고 싶은 것이네. 그러니 그에게 말해 주게."

"정직하게? 아니면 속임수로?"

"정직하게. 이 사나이는 멍청이가 아니야. 기술적인 내용을 잘 설명할 수 있겠지?"

"숙제는 끝냈습니다. 그가 탄도학의 전문가가 아니라면 좋겠는데요."

"그렇지는 않아. 하지만 자네가 모르는 것을 아는 척하진 말게. 그가 우호적일 거라고 짐작하지도 말게. 하지만 우리의 이익과 그의 이익이 일치한다고 결론 내리면 그는 크게 도움이 될 거야. 그러나 그를 설득하려고 들지는 말게. 그는 내 서재에 있어. 행운을 비네. 그리고 명심하게⋯⋯ 표준 영어를 사용하도록 해."

내가 들어가자 찬 박사가 일어섰다. 나는 일어나지 못하는 것을 사과했다. 그는 달 세계에서 온 사람이 여기서 겪는 어려움을 이해한다면서 너무 무리하지 말라고 말해 주었다. 그러고는 악수한 셈 치자면서 자리에 앉았다.

그는 형식적인 예의는 건너뛰겠다며, 달 세계에 대량의 물자를 보낼 값싼 방법이 있다고 주장했는데 어떤 비법이 있는지 물어 왔다.

나는 한 가지 방법이 있다고 대답했다. 투자 액수는 막대하지만 운영 경비는 저렴하다면서.

"우리가 달 세계에서 사용하는 방법입니다, 박사님. 사출기, 그러니까 탈출 속도 유도 사출기 말입니다."

그의 표정은 전혀 바뀌지 않았다.

"대령, 그런 방법은 지금까지 수 차례 제안되어 왔지만 항상 타당한 이유로 거부당한 것을 알고 있소? 대기의 압력 때문에 일어나는 문제였는데."

"알고 있습니다, 박사님. 하지만 컴퓨터를 통한 광범위한 분석과 우리의 사출기 사용 경험에 비추어 오늘날에는 그 문제를 해결할 수 있다고 믿습니다. 우리 달 세계의 두 대기업 루노호 사와 달 세계 홍콩 은행은 민간 모험 사업으로서 그 일을 수행할 기업 연합을 추진할 준비가 되어 있습니다. 그들은 이곳 지구에서의 도움도 필요로 하며, 의결권이 있는 주식을 판매할지도 모릅니다. 물론 그들은 채권을 팔고 경영권은 유지하는 편을 선호하겠지만 말입니다. 1차적으로 그들이 필요로 하는 것은 지구에 있는 어떤 정부의 허가입니다. 사출기를 건설할 장소를 영구적으로 임대하도록 허가받는 것이지요. 지금으로서는 인도가 유력합니다."

(이상은 미리 짜 놓은 답변이었다. 루노호 사는 누군가가 장부를 조사한다면 파산 상태임이 들통 날 것이고, 달 세계 홍콩 은행은 힘겹게 버티고 있었다. 달 세계 홍콩 은행은 격동기를 겪고 있는 국가의 중앙 은행 역할을 수행하고 있는 것이다. 목표는 마지막 말을 끼워 넣는 것이었다. '인도'. 교수는 이 말을 마지막에 해야 한다고 나를 교육했다.)

찬 박사가 대답했다.

"재정적인 면은 신경 쓰지 마시오. 물리적으로 가능한 일은 언제나 재정적으로 가능한 길을 찾아낼 수 있으니까. 돈은 속 좁은 사람들의 궁색한 변명일 뿐이오. 그런데 왜 인도를 선택했는지 궁금하오."

"글쎄요, 박사님, 인도는 현재 우리 곡물 수출량의 음, 90퍼센트를 소비하는 국가이니 만큼……."

"93.1퍼센트요."

"그렇습니다. 인도는 우리 곡물에 깊은 관심이 있으니 협조할 가능성이 높다고 보는 겁니다. 인도는 우리에게 땅을 빌려 줄 뿐 아니라 노동력과 물자 등을 대 줄 수 있습니다. 하지만 제가 특별히 인도를 언급한 것은 지구의 적도 근처에 높은 산들이 많이 있어서 후보지로 적합한 장소가 많기 때문입니다. 적도에 가까운 것은 필수 조건은 아니고 도움이 되는 정도지만, 설치 장소는 반드시 높은 산이어야 합니다. 박사님이 말씀하신 대기압, 또는 공기 밀도 때문이지요. 사출기 지지대는 가능한 한 높은 고도에 위치하면 좋지만, 사출기 말단은 송출되는 화물이 초속 11킬로미터 이상으로 날아가야 하므로 거의 진공에 가까울 정도로 대기가 얇은 곳에 위치해야 합니다. 따라서 아주 높은 산이 필요합니다. 여기서 400킬로미터가량 떨어진 난다데비 산(인도와 티베트의 국경 지대에 위치한 산. 동봉(7434m)과 서봉(7817m)이 있으며, 서봉은 인도 히말라야에서 두 번째로 높은 봉이다. 산 둘레는 112km, 평균 해발 고도는 7000m이다 — 옮긴이)을 예로 들어 보겠습니다. 이 산에서 60킬로미터 떨어진 곳까지 철도가 연결되고 산 아래까지 도로가 이어져 있습니다. 봉우리의 고도는 8000미터 가까이 되지요. 난다데비 산이 이상적인 요지인지는 모르겠습니다. 병참학적으로 괜찮은 후보지라고 생각하고 있습니다. 좀더 이상적인 장소는 지구의 공학자들이 결정해야겠지요."

"산은 높을수록 좋은 거요?"

내가 단호하게 말했다.

"오, 그럼요, 박사님! 산이 적도에 가까운 것보다 높은 것이 더 좋습니다. 사출기는 지구의 회전에 따른 무임 승차를 통해 손실을 벌충하도록 설계할 수 있습니다. 문제는 이 거추장스럽고 무거운 대기층을 최대한 피해야 한다는 것입니다. 죄송합니다, 박사님. 당신의 행성을 비판하려는 뜻은 아니었습니다."

"그보다 높은 산은 있소. 대령, 당신이 제안하는 사출기에 대해 설명해 주시오."

나는 설명을 시작했다.

"탈출 속도를 유도하는 사출기의 길이는 가속도에 따라 결정됩니다. 우리의 생각으로는, 또는 컴퓨터의 계산에 따르면 20G의 가속도가 최적인 것 같습니다. 지구의 탈출 속도를 감안하면 사출기의 길이는 323킬로미터가 되어야 합니다. 따라서……"

"잠깐만! 대령, 진심으로 깊이 300킬로미터가 넘는 구멍을 파자는 얘기를 하는 것이오?"

"오, 아닙니다! 충격파가 확산되도록 본체는 지상에 건설되어야만 합니다. 고정자는 거의 수평으로 뻗습니다. 수평 길이 300킬로미터에 대해 4킬로미터 정도 상승하는 직선입니다. 거의 직선이지요. 코리올리 힘이나 기타 사소한 변수들 때문에 약간 완만한 커브를 이룰 테니까요. 달 세계의 사출기는 육안으로 보기엔 거의 직선이고 지면에 거의 수평으로 위치하고 있어서 수송용 통은 맞은편에 있는 봉우리 몇 개를 아슬아슬하게 비켜서 날아갑니다."

"오. 당신이 현대 토목 기술을 과대평가하고 있는 것이 아닌가 잠시 생각했소. 오늘날 우린 깊이 팔 수는 있소. 하지만 그 정도 깊이로 팔 수 있는 건 아니오. 계속하시오."

"박사님, 당신이 저의 말을 확인하게 한 일반적인 오해 때문에 과거에 그러한 사출기가 건설되지 못한 게 아닌가 생각합니다. 저는 이전의 연구를 살펴보았습니다. 대부분의 경우 사출기는 수직이어야 한다거나, 사출 말단이 위쪽을 향하고 있어서 물체를 하늘로 쏘아 올려야 할 것이라는 가정에 기초하고 있었습니다. 하지만 그런 것은 현실성도 없을뿐더러 필요하지도 않습니다. 그런 오해는 아마도 지구인들이 우주선을 수직으로, 또는 거의 수직으로 분사한다는 사실에서 나온 것 같습니다."

나는 계속했다.

"우주선이 그렇게 하는 것은 대기권 밖으로 나가기 위해서이지 궤도에 오르기 위한 것이 아닙니다. 탈출 속도는 벡터 양이 아니라 스칼라 양입니다. 사출기에서 탈출 속도로 발사되는 화물은 그 방향에 상관없이 지구로 돌아오지 않습니다. 음…… 두 가지를 정정하겠습니다. 물체는 지구 자체의 방향으로 날아가서는 안 되며 지구 반구의 어떤 부분인가를 향해야만 합니다. 그리고 날아가는 동안 어떤 대기를 통과하더라도 뚫고 나갈 정도로 속도가 충분해야 합니다. 만일 방향을 정확히 맞출 수만 있다면 결국 달에 도착할 것입니다."

"아, 그렇군. 그럼 이 사출기는 한 달에 한 번밖에는 사용할 수 없는 거요?"

"아닙니다, 박사님. 당신이 생각하시는 논리에 기초한다면 하루에 한 번 사용하게 되겠지요. 달이 궤도상의 정확한 위치에 도달하는 시점에 맞춰서 말입니다. 하지만 사실은, 또는 컴퓨터의 계산에 따르면(하여간 저는 천문학 전문가는 아니니까요) 분사 속도를 바꾸기만 하면 거의 어떤 시간에든 사용할 수 있다고 합니다. 물체의 궤도는 달에 도달하게 되어 있다는 뜻입니다."

"잘 이해가 가지 않소."

"저도 마찬가지입니다. 하지만…… 혹시 베이징 대학에 아주 우수한 컴퓨터가 있지 않습니까?"

"만일 있다면?"

(내가 어떤 난해한 불가사의의 증가를 감지했던가? 사이보그 컴퓨터, 잠자고 있는 두뇌일까? 아니면 자기를 인식하는 살아 있는 존재일까? 어느 쪽이든 두려운 일이었다.)

"제가 설명한 사출기의 가능한 발사 시간에 대해 최고의 컴퓨터에게 물어보면 어떻겠습니까? 상황에 따라서는 달의 공전 궤도 밖으로 나갔다가 아주 긴 시간이 지나 달의 인력이 붙잡을 수 있는 곳으로 돌아오는 경우도 있을 수 있습니다. 또는 지구를 한 바퀴 돌았다가 달을 향해 곧장 날아가는 것도 있을 것이고, 어떤 것은 우리가 현재 달에서 사용하는 것과 같은 간단한 궤도도 있을 겁니다. 매일 짧은 궤도를 선택할 수 있는 시간대가 있겠지요. 하지만 사출기 안에 화물이 머무는 시간은 1분도 채 되지 않습니다. 문제는 화물이 얼마나 빨리 준비될 수 있는가 하는 것입니다. 동력이 충분하고 컴퓨터 조작이 가능하다면 한 번에 하나 이상의 화물을 사출기 위로 끌어올리는 것도 가능할 겁니다. 제가 유일하게 걱정하는 문제는…… 높은 산입니다. 그런 산에는 눈이 덮여 있겠지요."

"일반적으로 그렇소. 얼음, 눈, 드러난 바위로 이루어져 있는 셈이오."

그가 대답했다.

"그렇군요. 저는 달에서 태어났기 때문에 눈은 잘 모릅니다. 고정자는 이 행성의 무거운 중력을 견딜 만큼 튼튼해야 할 뿐 아니라 20G의 강력한 분사를 견딜 수 있어야 합니다. 그런 것을 얼음이나 눈 위에 고정할 수는 없을 것 같은데요. 아니 가능할까요?"

"나는 공학자가 아니오, 대령, 하지만 가능성은 낮을 것 같소. 눈과 얼음은 제거해야 할 거요. 그리고 계속 눈과 얼음이 쌓이지 않도록 유지해야겠지. 기상 또한 문제가 될 거요."

"저는 기상도 전혀 모릅니다, 박사님. 그리고 제가 얼음에 대해서 아는 것은, 그것이 톤 당 335×10^6 줄의 결정화 열을 지니고 있다는 사실뿐입니다. 사출기 기지를 치우기 위해 얼마나 많은 얼음을 녹여야 하는지, 또는 그곳을 깨끗이 유지하기 위해 얼마나 많은 에너지가 필요한지 저는 전혀 모릅니다. 하지만 얼음을 없애기 위해서는 사출기를 작동하는 데 필요한 것과 거의 똑같은 거대한 원자로가 하나 더 있어야 할 것 같습니다."

"우리는 원자로를 만들 수 있고, 얼음을 녹일 수도 있소. 또는 공학자들을 북극으로 보내 얼음에 대해 제대로 이해할 때까지 재교육을 시킬 수도 있소."

찬 박사가 미소를 지었다. 나는 몸이 떨렸다.

"하지만 얼음과 눈에 관한 토목공학은 오래전에 남극에서 해결되었소. 그건 걱정하지 마시오. 높은 고도에 약 350킬로미터 길이의 깨끗하고 단단한 바위 지면이 필요하다는 것 말고 내가 알아야 할 것이 있소?"

"별로 많지 않습니다. 녹은 얼음을 사출기 지지대 근처에서 모으면 달 세계로 보낼 쓰레기 화물의 대부분을 차지할 겁니다. 크게 절약이 되겠지요. 또한 강철 통은 지구로 곡물을 수송할 때 다시 사용할 것이고, 따라서 달 세계가 감당할 수 없는 더 이상의 물자 유출이 방지될 것입니다. 강철 통을 몇백 번의 여행에 사용하지 못할 이유는 없습니다. 달에서는 현재 봄베이에서 하고 있는 것과 같은 방식으로 수송용 통을 받을 것입니다. 지상 관제소에서 통제하는 고체 연료 역분사 로켓 방식이지요. 다만 가격은 훨씬 싸지겠지요. 지구의 초속 11킬로미터에 비해 2.5킬로미터일 뿐이니까요. 하지만 실제로는 그보다 훨씬 더 많은 이익을 얻을 거라고 생각합니다. 역분사 연료는 기생 중량으로 연료의 중량이 줄면 유효 탑재량이 늘어납니다. 이것을 개선할 방법도 있습니다."

"어떤 방법이오?"

"박사님, 이것은 저의 전문 분야가 아닙니다. 하지만 지구에서 가장 우수한 우주선들이 핵융합 가열 원자로의 반응 물질로 수소를 사용하고 있다는 것은 모두가 알고 있습니다. 하지만 달에서 수소는 비쌉니다. 따라서 어떤 것이든 반응 물질이 될 수 있지요. 수소만큼 효율적이지는 못하겠지만 말입니다. 달 세계의 상황에 맞춰 설계한 거대하고 무지막지한 우주 예인선을 상상할 수 있겠습니까? 그것은 반응 물질로서 기화된 암석을 사용할 것이고, 대기 궤도로 올라가 지구에서 오는 화물을 붙잡아 달의 표면으로 끌고 내려오도록 설계될 것입니다. 모든 장식이 제거된 흉물스러운 모습이겠지요. 사이보그에게 조종을 맡기지도 않을 겁니다. 지상에서 컴퓨터가 조종할 수 있을 테니까요."

"그렇군, 그런 우주선도 만들 수 있을 거라고 생각하오. 하지만 복잡한 얘기까지는 들어가지 맙시다. 이 사출기의 핵심적인 사항은 다 얘기한 거요?"

"그런 것 같습니다, 박사님. 건설 장소가 가장 중요합니다. 난다데비 산을 예로 들어 보지요. 지도상으로는 산의 서쪽 사면을 따라 사출기의 길이만큼 길고 완만한 능선이 있는 것을 보았습니다. 실제로 그렇다면 이상적인 장소가 될 겁니다. 산을 잘라 내거나 다리를 놓을 일이 줄어드니까요. 제 말은 그곳이 완전히 이상적이라는 뜻은 아닙니다. 단지 눈여겨볼 만한 곳이라는 얘기지요. 높은 봉우리에 아주 길고 완만한 능선이 있으니까요."

"알겠소."

찬 박사는 갑자기 떠났다.

다음 몇 주 동안 나는 십여 개의 나라에서 같은 말을 되풀이했다. 언제나 비공식적인 자리에서, 비밀이라는 전제를 달고 이야기했다. 바꾼 것은 산의 이름뿐이었다. 에콰도르에서는 침보라소 산이 거의 적도상에 있다고 지적하며 이상적이라고 칭찬했다. 하지만 아르헨티나에서는 아콩카과 산이 서반구에서 가장 높은 봉우리임을 강조했다. 볼리비아에서는 알토플라노 산이 티베트 고원만큼이나 높으며(거의 진실에 가깝다) 적도와 훨씬 가까우니 지구상의 어떤 곳과 비교해도 산봉우리까지 이르는 건설을 위한 후보지의 선택 범위가 넓다고 말했다.

나는 우리를 '천한 것들'이라고 불렀던 북미 대표의 정적인 북미인과도 대화를 나누었다. 나는 매킨리 산이 아시아나 남미에 있는 어떤 산과도 어깨를 겨룰 만한 장소이긴 하지만 마우나로아도 검토해야 할 것이라고 지적했다. 대단히 건설이 용이하다면서. 짧은 발사대 길이에 맞추기 위해 G를 두 배로 하면 된다, 하와이는 세계의⋯⋯ 전 세계의 우주 공항이 될 것이다. 화성이 개발되는 날이 오면 행성으로 가는 세 개의 (어쩌면 네 개의) 화물이 그들의 '본섬'을 경유하지 않겠는가 등등.

마우나로아가 화산이라는 점에 대해서는 절대 언급하지 않았다. 대신에 그 위치라면 실패한 화물도 아무 해를 끼치지 않고 태평양의 바다에 떨어질 수 있으니 좋다고 지적했다.

소비에트 연방에서는 딱 하나의 봉우리만을 논의했다. 해발 고도가 7000미터가 넘는 레닌 산이었다. (그리고 큰 이웃인 중국과도 아주 가깝다.)

킬리만자로, 포포카테페틀, 로건, 엘 리베르타도⋯⋯ 내가 가장 선호하는 산은 나라마다 달라졌다. 우리가 중요하게 생각한 것은 해당 국가의 국민들의 마음속에 있는 '가장 높은 산'이어야 한다는 것뿐이었다. 우리가 차드에서 환대를 받았을 때 나는 그곳의 별로 높지 않은 산들에도 뭔가 좋은 점이 있다는 것을 발견하고 너무나 그럴듯하게 칭찬한 나머지 나 자신까지 그 말을 믿을 지경이었다.

이것 이외에 스튜 라즈와가 고용한 바람잡이는 질문을 유도해 주었다. 그들의 도움을 받아 나는 달 표면의 화학 공학에 대해서(암기한 사실을 제외하면 아무것도 몰랐지만) 이야기했다. 달 표면의 무한한 공짜 진공, 태양열, 무제한의 원자재와 예상 가능한 조건들은 지구에서는 비용이 아주 많이 들거나 불가능한 화학 공정을 가능하게 해 주는 것이다. 양쪽으로 저가 수송이 가능해지는 날이 오면 달 세계의 천연 자원을 개발하는 것이 높은 이윤을 낳을 것이라는 점을 강조했다. 그리고 달 세계 총독부의 꽉 막힌 관료들이 달 세계의 높은 잠재력을 보지 못한다는(이건 진실이다) 암시를 항상 덧붙였으며, 늘 제기되는 질문에 대한 답변으로 달 세계는 아무리 많은 이민자라도 받아들일 수 있다는 말을 잊지 않았다.

이것 또한 진실이었다. 물론 달이(그리고 때로는 달 세계 주민들이) 새로 온 사람들을 절반가량 죽인다는 사실은 결코 언급하지 않았다. 하지만 우리와 대화를 한 사람들 중 스스로 이주하겠다고 생각하는 사람은 거의 없었다. 그들은 다른 사람들을 강제로 또는 설득해서 이주시켜 인구 과잉 문제를 해결하는 동시에 자신들의 세금을 줄일 생각을 했다. 우리가 가는 곳마다 보는 반쯤 굶주린 군중이 사출기로 내보내서 상쇄할 수 있는 수준보다 훨씬 빨리 번식하고 있다는 사실엔 입을 굳게 다물었다.

우리는 매년 새로운 이주자를 백만 명씩이나 재우고 먹이고 훈련할 수는 없었다. 그리고 백만 명 정도는 지구에서는 있으나 없으나 전혀 표가 나지 않는 숫자였다. 매일 밤 그 이상으로 많은 아기들이 수태되고 있는 것이다. 우리는 자발적으로 이주하려는 숫자보다 훨씬 많은 인원을 받아들일 수 있었지만, 만일 그들이 강제 이주 정책을 써서 달 세계로 쇄도하게 한다면…… 달이 이민자들을 다루는 방법은 오직 한 가지뿐이었다. 즉 새로운 이민자들이 개인적인 행동에서, 또는 예고 없이 공격하는 환경과의 싸움에서 치명적인 실수를 하지 않아 살아남거나…… 아니면 터널 농장에서 비료가 되어 종말을 맞이하는 것이다.

이민 규모가 거대해진다는 것은 수많은 이민자가 죽는다는 뜻이었다. 그들이 자연의 위험을 이겨 내도록 도와주기에는 우리의 숫자가 너무 적었다.

하지만 '달 세계의 위대한 미래'에 관한 선전은 대부분 교수가 맡아서 했다. 나는 사출기에 대해서만 이야기했다.

위원회에 다시 불려 나가기를 기다리는 몇 주 동안 우리는 많은 나라를 돌아다녔다. 스튜의 부하들이 많은 것을 준비해 주었다. 유일한 의문은 우리가 얼마나 버틸 수 있는가 하는 것이었다. 지구에서 일주일을 보낼 때마다 수명이 1

넌씩 줄어들 것이라고 예상했다. 아마 교수의 경우에는 더 많이 줄어들 것이다. 하지만 그는 한 번도 불평을 하지 않았으며 리셉션이 있을 때마다 언제나 매력적인 태도로 사람들을 대할 준비가 되어 있었다.

우리는 북미에서 남은 시간을 보냈다. 우리의 독립 선언일이 북미가 영국 식민지 상태를 벗어나 독립을 선언했던 날에서 정확히 300년 후라는 사실은 마법과 같은 선전 효과가 있다는 것이 드러났으며, 스튜의 선동가들은 그 점을 최대한 이용했다. 북미 대륙이 세계 연방에 편입됨으로써 '합중국'의 존재 의의는 사라졌지만 북미 사람들에겐 '합중국'을 향한 향수가 있었다. 그들은 8년마다 대통령을 선출한다. 이유는 알 수 없다, 영국인들은 왜 여전히 여왕을 갖고 있는가?, 그리고 자신들이 '독립적'이라고 큰소리친다. '독립'이란 '사랑'과 마찬가지로 아무 의미나 갖다 붙일 수 있다. 그것은 사전에서 '독감'과 '독약' 사이에 위치하는 단어이다.

북미에서 '독립'은 많은 의미가 있는 단어다. 그리고 '7월 4일'은 마법의 힘이 있는 날짜다. '7월 4일 연맹'이 우리의 선전에 앞장섰고, 스튜는 그 연맹을 움직이는 데 돈이 별로 들지 않았으며 어떤 것도 그들의 활동을 막을 수 없을 거라고 말했다. 연맹은 심지어 다른 곳에서 사용할 돈까지 모금했다. 북미 인들은 누가 그 돈을 차지하든 간에 돈을 내는 것을 즐긴다.

훨씬 남쪽에서 스튜는 다른 날짜를 사용했다. 그의 부하들은 쿠데타가 발생한 날짜가 5월 5일이었다는 소문을 퍼뜨렸다. 실은 2주 후의 일이었는데도 말이다. 우리는 "신코 데 마요(멕시코 전승 기념일인 5월 5일. 1862년 멕시코 군이 프랑스 군을 무찌른 푸에블라 전투의 승리를 기념하는 날이다 ─ 옮긴이)! 해방을! 신코 데 마요!"라고 외치는 환영을 받았다. 나는 그들이 "고맙습니다."라고 말하는 줄로 알았다. 모든 이야기는 교수가 전담했다.

하지만 7월 4일 국가에서 나는 좀더 잘했다. 스튜는 내가 대중 앞에 나설 때

왼쪽에 인공 팔을 끼우지 못하게 하고 팔을 잘린 사실이 잘 드러나도록 제복의 소매를 꿰맸다. 그러고는 내가 '자유를 위해 싸우다가' 팔을 잃었다는 말을 퍼뜨렸다. 나는 팔에 관한 질문을 받을 때마다 그저 미소를 지으며 이렇게 말했다.

"젊은 혈기의 대가가 뭔지 아시겠지요?"

그러고는 화제를 바꾸었다.

나는 북미를 좋아하지 않았고 첫 번째 여행 때도 마찬가지였다. 그곳은 지구상에서 가장 북적거리는 지역은 아니다. 겨우 10억밖에 살고 있지 않으니까. 봄베이에서는 사람들이 인도를 뒤덮고 있다. 반면에 대 뉴욕에서는 사람들을 수직으로 쌓아올렸다. 그런 곳에서 어떻게 잠을 잘 수 있는지는 잘 모르겠다. 나는 환자용 휠체어에 타고 있어서 다행스러울 따름이었다.

북미는 다른 면에서도 혼란스러운 장소였다. 그들은 피부 색깔에 신경을 쓴다. 자신들이 얼마나 거기에 신경을 쓰지 않는지 누누이 강조하면서 말이다. 첫 번째 여행에서 나는 언제나 너무 희거나 너무 검어서 양쪽 모두를 가지고 비난을 받았다. 또는 언제나 내가 아무런 의견이 없는 문제에 대해 입장을 밝히라는 요구를 받았다. 나에게 어떤 유전자가 있는지 알게 뭔가. 내 할머니 한 분은 아시아 지역에서 왔다. 침략자들이 메뚜기 떼처럼 정기적으로 지나가며 여자들을 강간한 지역이었다. 그녀에게 물어보지 그래?

나는 두 번째 유학 여행에서 그런 일에 대처하는 법을 익혔지만 씁쓸한 뒷맛이 남았다. 나는 인도처럼 공개적으로 인종 차별을 하는 나라를 더 선호하는 것 같다. 그곳에서는 힌두교 신자가 아니면 사람 취급도 받지 못한다. 다만 파시교도들은 힌두교 신자들을 경멸하며 그 반대도 마찬가지다. 하지만 내가 '달 세계 해방의 영웅 오켈리 데이비스 대령'이 되기 전까지는 북미의 역인종 차별을 감당해야 했던 적은 한 번도 없었다.

우리 주변에는 우리의 처지를 동정하여 도와주고 싶어 안달하는 사람들이 벌 떼처럼 몰려들었다. 나는 그들이 나를 위해 두 가지 일을 해 주도록 허용했다. 내가 학생일 때는 시간, 돈, 기력이 없어서 결코 해 보지 못한 일들이었다. 나는 양키스의 시합을 보러 갔고 세일럼을 방문했다.

환상을 계속 품고 있는 편이 나았을 것 같았다. 야구는 비디오로 보는 편이 훨씬 낫다. 정말로 경기를 볼 수 있으며, 20만의 다른 관중에게 밀려 다닐 필요가 없다. 게다가 누군가가 그 외야수를 총으로 쏘아 죽였어야 했다. 나는 시합 동안 그들이 내 휠체어를 밀고 군중들을 헤치며 나아가는 두려운 순간을 상상하며 내가 아주 즐거운 시간을 보내고 있다고 주최 측을 계속 안심시키면서 대부분의 시간을 보냈다.

세일럼(보스턴 북동쪽 24km 되는 곳에 있는 작은 항구로 17세기 말 마녀 소동이 일어나 그 뒤론 마녀 마을로 알려져 있다 — 옮긴이)은 보스턴의 나머지 지역보다 더 나쁠 것도 (그리고 더 나을 것도) 없는 그냥 평범한 곳이었다. 그곳을 구경한 후에 나는 그들이 엉뚱한 여자들을 마녀라고 목매달아 죽인 것이 아닌가 생각했다. 하지만 하루를 낭비한 것은 아니었다. 내가 보스턴의 다른 지역인 콩코드의 다리가 있었던 장소(노스 브릿지. 콩코드 강을 지나는 작은 목조 다리로 독립 전쟁을 기념하기 위해 전투가 일어났던 장소에 만들어졌다 — 옮긴이)에 꽃다발을 놓는 모습이 사진에 찍혔으며 미리 암기하고 있던 연설을 했다. 다리는 실제로 여전히 거기에 있다. 유리로 덮인 다리를 볼 수 있는 것이다. 대단한 다리는 아니었지만.

교수는 비록 힘겨운 여행이었겠지만 그 모든 일을 즐겼다. 교수는 즐기는 일에 타고난 재능이 있는 사람이었다. 언제나 그는 달 세계의 위대한 미래에 관해 뭔가 새롭게 말할 거리가 있었다. 뉴욕에서 그는 토끼를 상표로 사용하고 있는 어떤 호텔 체인의 전무 이사에게 달 세계에 리조트를 열면 얼마나 멋질 것인지

개요를 그려 보였다. 일단 유람 여행의 비용이 더 많은 사람들이 이용할 수 있을 정도로 낮아진다면 말이다. 짧은 기간의 방문은 누구에게도 해가 되지 않는다, 에스코트 서비스가 제공되고 이국적인 관광 여행과 도박이 가능하다. 그리고 세금이 전혀 없다는 점을 강조했다.

마지막 부분이 주의를 끌었기 때문에 교수는 '화려한 노년'이라는 쪽으로 개념을 넓혔다. 지구 벌레들이 노년 연금으로 살아갈 수 있고 지구에서보다 20년, 30년, 40년 더 수명을 연장할 수 있는 실버 호스텔의 체인을 만드는 것이다. 영구적인 유배긴 했지만…… 어느 쪽이 더 나은가? 달 세계에서 활기 찬 노년을 보내는 것? 아니면 지구에서 산송장으로 살아가는 것? 자손들도 그곳을 방문하여 리조트 호텔을 가득 채울 수 있을 것이다. 교수는 지구의 끔찍한 중력 속에서는 불가능한 율동을 할 수 있는 '나이트클럽', 우리의 멋진 중력 수준에 적합한 운동을 한껏 꾸며서 설명했다. 심지어 수영장, 아이스링크, 비행의 가능성까지 이야기했다! (안전성 문제는 쏙 빼 놓고서) 그는 스위스의 어느 기업 카르텔이 그 문제에 관심을 보였다고 암시하는 것으로 이야기를 마무리했다.

다음 날 그는 체이스 인터내셔널 패나그라의 해외 담당 지배인에게 달 세계시 지점은 하반신 마비 환자, 중풍 환자, 심장병 환자, 팔다리 절단 환자, 기타높은 중력이 부담되는 사람들로 직원을 채용해야 한다고 설득하고 있었다. 지배인은 숨을 씨근거리는 뚱뚱한 사나이로, 그 말을 자기한테 하는 말로 받아들였는지도 모르겠다. 하지만 그의 귀는 '면세'라는 말에 쫑긋 올라갔다.

항상 우리의 뜻대로만 된 것은 아니었다. 우리에게 적대적인 기사가 종종 실렸으며, 항상 야유하는 질문을 던지는 인간들이 있었다. 교수의 도움 없이 그런 자들을 상대해야 할 때마다 나는 말실수를 할 가능성이 높았다. 한 남자는 교수가 위원회에서 우리가 달 세계에서 재배한 곡물을 '소유'하고 있다고 말한 것을 가지고 나를 공격해 왔다. 그는 우리가 그걸 소유하지 않는 것이 당연하다고 여기는 것 같았다. 나는 질문을 이해하지 못하겠노라고 그에게 말했다.

그가 대답했다.

"대령님, 당신네 임시 정부가 세계 연방에 회원 자격을 요구했다던데, 그게 사실입니까?"

나는 '노코멘트'라고 했어야 했다. 하지만 그만 걸려들어서 그렇다고 동의하고 말았다.

그가 말했다.

"좋습니다. 그 말은 달이 달 세계 총독부 감독 하에 있는 세계 연방의 소유라는 것에 대한(지금까지 항상 그래 왔지만) 반대 주장으로 보이는군요. 그 주장이 받아들여지든 아니든 당신 자신의 인정에 따라 그 곡물은 신탁물로서 세계 연방에 속하는 것입니다."

나는 그렇게 그런 결론에 이르렀는지 물었다.

그가 대답했다.

"대령님, 당신은 자신을 '외무성 차관'이라고 자칭하고 있습니다. 그러니 당연히 세계 연방의 헌장을 알고 계시겠지요?"

대충 훑어보기는 했다.

"제법 알고 있다고 생각합니다."

내 딴에는 신중하게 대답한다고 한 것이었다.

"그렇다면 헌장으로 보장된 제1의 자유와, 올해 3월 3일에 공포된 외교 관계 관리 위원회 행정 명령 1176호를 통한 현재의 적용 방침을 알고 계시겠지요. 거기에 따라서 당신은 달에서 재배된 모든 곡물 중에서 지역 필요량을 초과하는 부분은 애초부터 그리고 논쟁의 여지없이, 모든 자산이 세계 연방의 신탁물로 보전되며 그 하부 기관을 통해 필요에 따라 분배하게 된다는 점에 동의하시는 셈이로군요."

그는 말을 하면서 적고 있었다.

"그러한 동의에 덧붙일 말씀이 있으십니까?"

내가 말했다.

"대체 무슨 헛소리를 지껄이는 거야? 돌아가! 난 아무것도 동의하지 않 았어!"

그리하여 《그레이트 뉴욕타임스》는 이렇게 활자를 찍어 냈다.

달 세계 '차관'

"식량은 굶주린 자들에게 속한다"라고 말하다

(뉴욕=오늘) 세계 연방 달 세계 식민지 내의 폭동 사건에 대한 지지를 얻어 내기 위해 방문 중인 자칭 '자유 달 세계군 대령' 오켈리 데이비스는 이곳에서 대헌장 중의 '기아로부터 자유' 조항이 달 세계 곡물 수출에 적용된다고 자발적으로 선언 하였다…….

나는 교수에게 어떻게 대처했어야 했는지 물었다.

그가 말했다.

"적대적인 질문에는 항상 다른 질문으로 대꾸해야 하는 것이네. 의미를 명확 히 하라고 요구해서는 절대로 안 되네. 상대방은 자네가 하지도 않은 말을 했다 고 우길 테니까. 이 기자는…… 그는 어떻게 생겼나? 마른 편인가? 갈비뼈가 보 이던가?"

"아뇨. 비만한 편이었습니다."

"하루에 1800칼로리로 살고 있지 않다는 말이로군. 그가 인용한 행정 명령 에서는 그렇게 정해 놓고 있지. 자네는 그에게 얼마나 오랫동안 기준 배급량을 준수해 왔는지, 어째서 그만두었는지 물어볼 수 있지 않았을까? 또는 아침식사로 무엇을 먹었는지 물어보는 거야. 그러고는 그가 무슨 대답을 하든 믿을 수 없다는 표정을 지어 보이는 거지. 상대가 무슨 말을 하려는 것인지 짐작 가지 않을 때에는 반대 질문을 통해 자네가 말하고 싶은 쪽으로 화제를 돌리게. 그런 다음에는 그가 무슨 대답을 하든 간에 자네의 요점을 얘기하고는 다른 사람을 부르게나. 논리는 끼어들 여지가 없어. 그저 전술만 있을 뿐이지."

"교수님, 이곳 사람들은 누구도 하루 1800칼로리로 생활하고 있지 않습니다. 봄베이에서라면 모르겠지만 여기는 아닙니다."

"봄베이에서는 그보다 훨씬 부족한 양으로 생활하고 있지. 마누엘, 그 '공평한 할당량'이라는 것은 허구일 뿐이네. 이 행성에서는 식량의 절반이 암시장에 있거나 어떤 정부 기관의 통계에 누락된 채 소비되고 있네. 또는 이중 장부를 만들어 실물 경제와는 아무 관련도 없는 수치로 세계 연방에 제출하고 있지. 대중국이 태국, 미얀마, 오스트레일리아에서 들어오는 곡물을 관리 위원회에 정확하게 보고한다고 생각하는가? 그 식량 위원회의 인도 대표는 그렇게 생각하지 않을 거라고 확신하네. 하지만 인도는 달 세계에서 오는 곡물에서 제일 큰 몫을 할당받기 때문에 입을 굳게 다물고 있는 거야……. 그러고는 우리의 곡물을 이용해 선거를 조작하면서 '굶주림을 가지고 정치를 농단'하고 있지. 자네도 그 표현을 기억할 거야. 체라 왕국은 작년에 계획된 기근을 일으켰네. 뉴스에서 그걸 보았는가?"

"아뇨."

"뉴스에 나오지 않았기 때문이야. 마누엘, 관리형 민주주의란 멋지지. 관리자들에게는 그렇지……. 그리고 관리형 민주주의의 가장 큰 힘은 '자유 언론'이네. '자유'가 '책임'이라고 정의되고, 무엇이 '무책임'한 것인가를 관리자들이 정의할 때는 말이야. 자네는 달 세계에 무엇이 가장 절실하게 필요한지 알고 있는가?"

"더 많은 얼음이죠."

"단일 채널에 따른 병목 현상이 없는 새로운 시스템일세. 우리 친구 마이크는 우리의 가장 큰 위험 요소지."

"네? 마이크를 믿지 않으십니까?"

"마누엘, 나는 어떤 문제에서는 나 자신조차 믿지 않아. 보도의 자유를 '아주 약간' 제한한다는 것은 '아주 약간 임신했다'라는 말과 같은 범주에 들어가는 것이네. 우리는 아직 자유롭지 않고, 누군가가(그것이 심지어 우리 동지 마이크라고 할지라도) 우리의 뉴스를 통제하는 한은 앞으로도 자유롭지 못할 거야. 나는 언젠가 어떤 취재원이나 채널로부터도 독립된 신문을 소유하고 싶다는 소망이 있네. 그런 날이 오면 나는 벤저민 프랭클린처럼 기쁘게 손으로 활자를 짤 것이네."

나는 그만 항복했다.

"교수님, 만일 이 협상이 실패하고 곡물 수출이 중단된다면 어떤 일이 일어날까요?"

"달에 있는 사람들은 우리에게 화를 내겠지……. 그리고 이곳 지구에서는 많은 사람들이 죽을 것이고. 맬서스를 읽어 보았는가?"

"본 적 없는 것 같은데요."

"많은 사람들이 죽을 것이네. 그런 다음에는 남은 사람들이 새로운 균형으로 이끌겠지. 더 효율적인 사람들, 더 잘 먹는 사람들이. 이 행성은 인구 과잉이 아니야. 잘못 관리하고 있을 뿐이지……. 그리고 굶주린 사람에게 할 수 있는 가장 불친절한 일은 그에게 식량을 주는 것이네. '베푸는 것' 말이야. 맬서스를 읽어 보게. 맬서스 박사를 비웃으면 안 되네. 항상 마지막에 웃는 것은 그니까. 기분 나쁜 친구지. 그가 죽은 사람이라서 다행이라고 생각하네. 하지만 이 일이 끝날 때까지는 맬서스를 읽지 말게. 지나치게 많이 아는 건 외교관에게 방해가 되거든. 특히 정직한 사람일 경우에는."

"저는 특별히 정직하진 않습니다."

"하지만 거짓말을 하는 재능은 없지. 따라서 자네의 피난처는 무지와 완고함이어야 하는 거야. 자네는 후자가 있어. 전자 쪽은 계속 유지하도록 노력하게. 당분간은 말이야. 젊은 친구, 베르나르도 아저씨는 몹시 피곤하다네."

나는 "죄송합니다."라고 말하고는 휠체어를 굴려 그의 방에서 나왔다. 교수는 지나친 강행군을 하고 있었다. 그가 우주선에 올라 타 이 무거운 중력에서 벗어날 방도만 있다면 나는 언제든지 여행을 중단했을 것이다. 하지만 운송 수단은 일방통행이었다. 곡물 수송용 통 외에 다른 방법은 전혀 없었다.

하지만 교수는 즐기고 있었다. 방에서 나가면서 불을 끌 때 나는 그가 구입한 장난감을 다시 보았다. 크리스마스를 맞은 아이처럼 그를 기쁘게 한 물건으로, 청동 대포였다.

범선 시대에 쓰이던 진짜 대포로, 포신은 50센티미터가량 되고 나무로 된 운반대까지 포함해서 무게가 15킬로그램밖에 나가지 않았다. 제품 설명서에는 '신호 포'라고 씌어 있었다. 고대의 역사, 해적들의, '뱃전에 내민 널빤지 위를 눈을 가린 채 걷는' 사나이들의 냄새가 묻은 물건이었다. 예쁜 물건이긴 했지만 나는 교수에게 어째서 그것을 구입했는지 물었다. 만일 우리가 어떻게든 이곳을 떠난다면 저 중량을 달 세계로 가져가는 비용은 엄청날 것이다. 나는 몇 년이나 더 입을 수 있는 압력복을 포기할 결심이었다. 왼팔 두 개와 팬티 한 장을 빼고 모두 포기할 것이다. 정 필요하다면 사교용 팔을 버릴 수도 있다. 정말 어쩔 수 없는 상황이라면 팬티도 포기할 각오가 되어 있었다.

그는 손을 뻗어 반들거리는 포신을 어루만졌다.

"마누엘, 예전에 어떤 남자가 있었네. 이곳 집정국에 아주 많이 있는 부류처럼 정치적으로 만든 일자리가 있던 사람이었는데, 법정 앞에 놓인 청동 대포 닦는 일을 했지."

"왜 법정에 대포가 필요했을까요?"

"그건 신경 쓰지 말게. 하여간 그는 몇 년 동안 그 일을 했네. 일로 밥을 먹고 살았고 저축도 조금 했어. 하지만 그는 결코 세상에서 두각을 나타내지는 못했어. 그러던 어느 날 그는 일을 그만두고 저금을 인출해 청동 대포를 사 버렸어. 그러고는 자기 사업을 시작했지."

"바보스러운 사람이군요."

"맞아. 총독을 몰아냈으니 우리도 마찬가지인 셈이야. 마누엘, 자네는 나보다 오래 살 걸세. 달 세계가 국기를 정할 때, 검은 바탕에 황금색 대포가 들어가고 우리의 자랑스럽도록 비천한 혈통을 상징하는 반항적인 붉은색 십자가를 그 위에 겹쳤으면 좋겠네. 그렇게 해 줄 수 있겠나?"

"스케치를 그려 주신다면 가능할 거라고 생각합니다. 하지만 왜 깃발입니까? 달 세계에는 깃대가 하나도 없는데요."

"우리의 마음속에서는 휘날릴 수 있지……. 위정자와 싸워서 이길 수 있다고 생각한, 어처구니없게 비현실적이었던 모든 멍청이들의 상징으로서 말이야. 기억해 주겠나, 마누엘?"

"그럼요. 음, 때가 오면 교수님께 상기시켜 드리겠습니다."

나는 그런 이야기를 하는 것이 싫었다. 그는 혼자 있을 때 산소 텐트를 사용하기 시작했지만 사람들 앞에서는 절대 사용하지 않았다.

내가 '무지'하고 '완고'하다고 생각한다. 북미 대륙의 중앙 관리 구역에 있는 켄터키의 렉싱턴이라는 장소에서 나는 두 가지 모두에 해당되었다. 외교적인 미사여구도, 답변을 암기할 필요로 없는 단 한 가지가 있다면 바로 달 세계의 생활이었다. 교수는 진실을 말하고, 따뜻하고 우호적인 이야기를 강조하라고 말했다. 특히 지구에서는 색다르게 여겨질 만한 것은 뭐든 말하라고 했다.

"잊지 말게, 마누엘. 지금까지 달을 단기 방문했던 수천의 지구인들은 전체 지구인의 1퍼센트의 1퍼센트도 안 되는 아주 소수에 지나지 않는다는 것을. 대부분의 사람들에게 우리는 동물원의 신기한 동물처럼 기묘한 흥미를 불러일으키는 존재일 뿐인 거야. 올드 돔에 전시되었던 거북이를 기억하는가?"

물론 기억하고 있었다. 사람들은 그 불쌍한 녀석의 등껍질이 닳도록 열심히 쳐다보았다. 따라서 이 남녀들이 달 세계의 가족 생활에 대해서 질문하기 시작하자 나는 기쁘게 대답했다. 없는 사실을 꾸며 내거나 하지는 않았다. 단지 실상을 전부 다 말하지 않았을 뿐이었다. 즉 그것은 가족 생활이 아니라, 남성 과잉의 공동체에서 어쩔 수 없이 선택하는 대안일 뿐이라는 사실을 말이다. 달세계 시는 대부분 가정과 가족으로 이루어져 있어서 지구의 기준으로는 따분할 것이다. 하지만 나는 마음에 든다. 다른 거주 구역도 거의 똑같다. 일하고 아이들을 키우고 소문을 주고받으며 즐거움의 대부분을 저녁 식사 테이블에서 찾는다. 말할 것은 많지 않았다. 따라서 나는 그들이 흥미로워할 만한 것을 이야기했다. 모든 달 세계의 관습은 지구에서 온 것이다. 우리 모두가 지구에서 왔기 때문이다. 하지만 지구는 아주 큰 곳이므로, 이를테면 미크로네시아의 관습은 북미에서는 이상하게 보일 수도 있다.

이름이 생각나지 않는 이 여성은 다양한 결혼의 종류에 대해 알고 싶어했다. 먼저 달 세계에서는 결혼 허가증 없이 결혼할 수 있는 것이 사실인지 물었다.

나는 결혼 허가증이 무엇인지 물었다.

그녀의 동반자가 말했다.

"그만둬, 밀드레드, 개척자 사회에 결혼 허가증 같은 것이 있을 턱이 없잖아."

그녀가 물고 늘어졌다.

"하지만 기록을 남기지는 않나요?"

내가 대답했다.

"물론 남기지요. 나의 가계에는 존슨 시에 처음 착륙한 시절까지 거슬러 올라가는 족보가 있습니다. 직계 가족뿐 아니라 우리가 추적할 수 있는 모든 방계 친척까지 포함해서 결혼, 출생, 사망, 모든 중요한 사건들이 다 기록되어 있지요. 게다가 학교 교사인 한 남자가 우리 거주 구역 전체의 오래된 가계를 돌아다니며 가족 기록을 베끼고 있습니다. 달 세계 시의 역사를 쓰려는 것이지요. 취미로."

"공식 기록은 없나요? 여기 켄터키에는 수백 년 전의 기록도 보관되어 있어요."

"부인, 우리는 달 세계에 그렇게 오랫동안 살지 않았습니다."

"그건 그렇지만…… 음, 달 세계 시에도 시청 서기가 있을 것 아니에요? 어쩌면 당신들은 그 사람을 '기록 담당자'라고 부를지도 모르지요. 그런 문서를 기록하고 관리하는 관리 말이에요."

내가 말했다.

"그런 사람이 있을 것 같지는 않군요, 부인. 마권업자 중에서 공증 일을 하는 사람들이 있습니다. 계약의 증인을 서고 그들의 기록을 보관해 주지요. 그건 읽기와 쓰기를 못해서 자기 기록을 보관할 수 없는 사람들을 위한 것입니다. 하지만 결혼 기록을 보관해 달라는 부탁을 받은 사람이 있다는 이야기는 한 번도 들어 보지 못했습니다. 그런 일이 있을 수 없다는 뜻이 아니라 들어 본 적이 없다는 말이지요."

"놀랍도록 격식을 따지지 않는군요! 달에서는 이혼하는 것이 아주 쉽다는 소문이 있던데, 그것도 사실인가요?"

"아닙니다, 부인. 이혼이 쉽다고 할 수는 없지요. 풀어야 할 것이 너무 많아서. 음…… 간단한 예를 들어 보지요. 한 여성에게 남편이 둘 있다고 할 때……."

"둘이라고요?"

"더 많을 수도 있고 그냥 한 명뿐일 수도 있습니다. 또는 복잡한 결혼일 수도 있지요. 하지만 여자 한 명에 남편 두 명인 경우가 전형적이라고 보고 얘기해 봅시다. 그녀는 한쪽 남편과 이혼하기로 결정합니다. 다른 쪽 남편이 이에 동의하고, 그녀가 쫓아내고 싶은 남자도 소란을 피우지 않겠다고 동의하는 식으로 일이 원만하게 진행되었다고 칩시다. 어쨌거나 소란을 피우면 그에게 득 될 것이 없지요. 하여간 그녀는 그와 이혼합니다. 그리고 그는 떠납니다. 하지만 여전히 끝없이 많은 문제가 남습니다. 남편들은 사업상의 동업자일 수도 있습니다. 공동 남편들은 그런 경우가 많습니다. 이혼으로 동업 관계가 깨질지도 모릅니다. 정산해야 할 금전 문제도 있습니다. 이 세 사람은 주거 용적을 공동으로 소유하고 있을지도 모릅니다. 비록 그녀의 명의로 되어 있다고 해도 전 남편은 들어올 돈이나 집세를 일부 가질 겁니다. 그리고 항상 아이들 문제를 생각해야 합니다. 누가 어떻게 부양하는가 하는 등등의 문제지요. 그 밖에 많은 문제가 있습니다. 아니요, 부인, 이혼은 절대 간단하지 않습니다. 이혼하는 것은 10초면 끝나지만 얽힌 매듭을 푸는 데는 10년이 걸릴 수도 있습니다. 그건 여기서도 마찬가지 아닙니까?"

"어…… 안 한 걸로 해 주세요. 어쩌면…… 여기가 더 간단할 수도 있군요. 하지만 그게 간단한 결혼이라면 복잡한 건 어떤 거지요?"

어느 틈에 나는 일처 다부, 부족, 단체, 가계, 그리고 나의 가족 같은 보수적인 사람들이 저속하다고 여기는 덜 일반적인 결혼 방식에 이르기까지 설명했다. 덜 일반적인 결혼 방식이란 이를테면 나의 어머니가 아버지에게 화가 나서 만든 협정과도 같은 것을 말한다. 하지만 그것에 대해서는 설명하지 않았다. 어머니는 언제나 극단적이었으니까.

여자가 말했다.

"혼란스러워요. 가계형과 부족형의 차이는 뭐지요?"

"아주 다릅니다. 저의 경우를 들어 보지요. 영예롭게도 저는 달 세계에서 가장 오래된 가계형 결혼을 하고 있는 가족 가운데 하나에 속합니다. 제 관점에서 이것은 최상의 결혼 형식입니다. 부인은 이혼에 대해 물어보셨지요. 우리 가족은 지금껏 한 번도 이혼을 해 본 적이 없으며 앞으로도 없을 것이라고 장담합니다. 가계형 결혼은 세월이 흐를수록 안정도가 증가하고 조화롭게 어울려서 살아가는 경험도 늘어납니다. 결국에는 누군가가 떠난다는 것은 상상도 할 수 없는 정도가 되는 겁니다. 게다가 남편 한 사람과 이혼하려면 아내들 전원이 만장일치로 동의해야 하는데, 그런 일은 절대 일어날 수가 없습니다. 최연장 아내는 사태가 그 지경까지 가도록 방치하지 않지요."

나는 계속해서 가계형 결혼의 장점을 설명했다. 경제적인 안정, 아이들에게 유익한 가정 생활, 비록 비극적이긴 하지만 배우자의 죽음이 단기적 가족에서와 같이 엄청난 비극은 되지 않는다는 사실…… 일단 아이들은 고아가 될 수가 없는 것이다. 내가 지나치게 열광적으로 거품을 물었을지도 모른다. 하지만 가족은 내 인생에서 가장 중요한 존재다. 그들이 없다면 나는 재판 없이 제거당할 수도 있는 외팔이 기계공일 뿐이었다.

나는 계속 말했다.

"왜 안정적인지 설명드리지요. 저의 가장 젊은 아내는 열여섯 살입니다. 최연장 아내가 되려면 80세가 넘어야 할 겁니다. 그렇다고 해서 그녀보다 나이 많은 아내들이 그때쯤이면 다 세상을 떠났을 거라는 말은 아닙니다. 달 세계에서는 드문 일입니다. 여성들은 거의 영원히 사는 것처럼 보이니까요. 하지만 그 무렵이면 대부분 가사에서 손을 뗍니다. 우리 가족의 전통에 따라 일반적으로 그렇게 합니다. 젊은 아내들에게 부담을 주지 않기 위해서이지요. 따라서 류드밀라는……."

"류드밀라?"

"러시아 이름입니다. 동화에서 따왔지요. 밀라는 무거운 책임을 져야 할 때까지 50년 이상 좋은 본보기를 배울 것입니다. 그녀는 현명한 여성으로서 시작하게 되며 실수를 저지를 가능성은 별로 없습니다. 실수를 한다고 해도 다른 아내들이 도와줄 겁니다. 적절한 네거티브 피드백 기능을 갖춘 기계처럼 자기 교정이 되는 것이지요. 훌륭한 가계형 결혼은 영원히 지속됩니다. 내 결혼도 나보다 최소한 1000년은 더 존재할 거라고 기대합니다. 때가 오더라도 죽음을 걱정하지 않는 것은 바로 그 때문입니다. 내 가장 좋은 부분은 계속해서 살아 있을 테니까요."

교수가 들것에 실려 나가던 중에 멈추게 하고는 귀를 기울이고 있었다. 내가 그를 돌아보았다.

"교수님, 당신은 제 가족을 아시지요. 이 부인에게 왜 우리가 행복한 가족인지 말씀해 주시지 않겠습니까? 그렇게 생각하신다면 말입니다."

교수가 동의했다.

"행복한 가족이지요. 하지만 나는 좀더 보편적인 이야기를 하고 싶군요. 친애하는 부인, 당신은 우리 달 세계의 결혼 풍습이 다소 이국적이라고 여기실 겁니다."

그녀가 서둘러 말했다.

"오, 그 정도까지는 아니에요! 그저 약간 특이하다고 생각할 뿐이에요."

"결혼의 관습이라는 것이 항상 그렇듯이, 우리의 것도 상황이 만들어 낸 경제적 필요에서 생긴 것입니다. 우리의 상황은 이곳 지구와는 아주 다릅니다. 저의 동료가 칭찬해 마지않는 가계형 결혼을 예로 들어 봅시다……. 사실 그의 개인적인 편견이 들어가 있지만 지당한 칭찬이라고 봅니다. 저는 독신이니 편견 따위는 전혀 없는 셈이지요. 가계형 결혼은 자녀들을 위해 개별적인 인간이 고안하는 것 외에는 어떤 안전망이나 자본도 없는 상황에서 자본을 보존하고 자녀의 복지를 담보하는 가장 확실한 방법입니다. 원래 이 두 가지는 어디서든 결혼이 지니는 가장 기본적인 사회의 기능들이지요. 인간이라는 존재는 언제나 자신들을 둘러싼 환경과 싸웁니다. 가계형 결혼은 그러한 목적에서 놀라운 성공을 거둔 고안품이지요. 달 세계의 다른 모든 결혼 형태 역시 동일한 목적을 위해 존재하지만, 가계형 결혼만큼 성공적이지는 않습니다."

교수는 작별 인사를 하고 떠났다. 나는 와이오밍과 한 결혼식 때 찍은 가장 최근의 가족 사진을 지니고 다녔다. 언제나! 신부들은 어느 때보다 아름다웠으며, 와이오밍은 빛이 나는 것 같았다. 신랑들도 핸섬하고 행복해 보였다. 할아버지는 키가 크고 위엄이 있었으며 평소의 노망기는 전혀 드러내지 않았다.

하지만 나는 실망했다. 그들은 이상한 눈으로 내 사진을 쳐다보았던 것이다. 매튜라는 남자가 말했다.

"사진을 빌려 주시겠습니까, 대령님?"

나는 인상을 찌푸렸다.

"한 장밖에 없는 사진입니다. 더구나 집에서 멀리 떠나 와 있기 때문에……."

"잠깐이면 됩니다. 이걸 촬영하고 싶은데요. 바로 여기서 말입니다. 그러니까 사진을 손에서 놓지 않으셔도 됩니다."

"오, 오, 그럼요!"

내가 잘 나온 사진은 아니었지만 내 얼굴이 원래 그런 것을 어쩌겠는가. 어쨌든 와이오의 모습은 제대로 찍혔고, 세상 어디에도 레노레보다 예쁜 아가씨는 없다.

그래서 그는 사진을 필름에 담았다. 다음 날 아침 일찍 사람들이 우리 호텔에 들이닥치더니 나를 깨워서 체포하고 휠체어에 실은 채로 데리고 나가 철창이 있는 유치장에 가두었다! 중혼죄와 풍속 문란 행위와 다른 사람들에게도 같은 일을 하도록 공공연하게 선동했다는 죄목이었다.

멈이 그 꼴을 볼 수 없어서 다행이었다.

∗ 19 ∗

온종일 스튜는 사건을 세계 연방 법원으로 옮기려고 뛰어다녔지만 거부당했다. 스튜의 변호사들은 '외교관의 면책 특권'에 따라 사건을 종료해 줄 것을 요구했지만 세계 연방의 판사들은 그 함정에 걸려들지 않았으며 혐의가 된 범죄는 세계 연방 소속 하급 법원의 관할 구역 밖에서 발생했다면서 '선동' 혐의에 대해서만 증거가 불충분하다고 인정했을 뿐이었다. 세계 연방의 어떤 법률도 결혼에 관한 내용은 다루고 있지 않다. 그것은 불가능하다. 그저 각 나라들이 다른 회원 국가들의 결혼 관습에 '완전한 경의와 신뢰'를 표하도록 권고하는 법률만 있을 뿐이었다.

저 밖에 있는 110억 인구 중에서 아마 70억은 중혼이 합법적인 곳에 살고 있을 것이다. 따라서 스튜의 여론 선동가들은 '박해'라고 떠들어 댔다. 덕분에 우리는 그런 일이 없다면 우리를 몰랐을 사람들로부터 동정을 샀다. 심지어 중혼이 불법인 북미를 비롯한 다른 나라의 '남의 일에 간섭 말고 살자'라는 신조를 가진 사람들로부터도 동정을 샀다. 모두 좋은 일이었다. 항상 사람들의 주목을 끄는 게 언제나 중요했기 때문이었다. 벌 떼처럼 우글거리는 대부분의 지구인들에게 달 세계는 아무것도 아니었다. 이곳 사람들 대부분은 우리가 혁명을 했는지 안 했는지도 몰랐다.

스튜의 친구들은 내가 체포당하는 상황을 만들기 위해 머리를 아주 많이 썼다. 그런 사실은 마음이 차분해져서 이 일의 장점을 보게 된 몇 주 뒤까지 내게 알려지지 않았다. 그 일을 성사하는 데에는 멍청한 판사 한 명, 부패한 보안관 한 명, 그 사랑스러운 사진에서 촉발된 그 지방 특유의 야만적인 편견이 필요했다. 스튜가 나중에 인정했듯이, 데이비스 집안의 다양한 피부 색깔이 판사를 타고난 어리석음을 넘어서는 지경까지 화나게 했던 것이다.

멈이 나의 꼴사나운 모습을 보지 못할 거라던 유일한 위안은 착각이었다. 쇠창살 사이로 드러난 음울한 얼굴의 내 사진이 달 세계의 모든 신문에 실렸으며, 보도 내용은 지구 쪽의 가장 비열한 기사를 인용했다. 지구의 기사에서 부당함을 비난하는 기사는 많지 않았다. 하지만 나는 미미에게 더 많은 믿음을 가졌어야 했다. 그녀는 부끄러워하지 않았다. 그저 지구로 가서 인간 몇 명을 갈가리 찢어 죽이고 싶어했을 뿐이었다.

지구 쪽에서도 도움이 되었지만 가장 큰 효과는 달 세계에서 나타났다. 달 세계인들은 이 어리석은 소동 때문에 유례 없을 정도로 굳게 단결한 것이다. 그들은 이 일을 개인적으로 받아들였으며 '아담 셀리니'와 '사이먼 제스터'가 이를 부채질했다. 달 세계인들은 한 가지 문제만 제외하면 태평스러운 인간들이다. 바로 여자 문제다. 모든 여성이 지구의 신문 기사에 모욕감을 느꼈다……. 그리하여 그때까지 정치 같은 것에 무관심했던 달 세계인 남자들까지 갑자기 내가 그들의 일원이라는 것을 깨달았다.

파급 효과가 일어났다. 늙은 죄수들은 유형수로 추방당해서 오지 않은 사람들에게 우월감을 느꼈다. 나중에 나는 전에 죄수였던 사람들로부터 "어이, 전과자!"라는 인사를 받았다. 은밀한 동류 의식을 드러내는 인사였다. 나는 그들에게 받아들여진 것이다.

하지만 그 당시에는 장점이라곤 눈곱만큼도 없었다!

이리저리 끌려 다니고, 가축처럼 취급받고, 지문을 찍히고, 사진 찍히고, 우리가 돼지한테도 주지 않는 음식을 배급받고, 끝없는 굴욕에 시달리고…… 내가 누군가를 죽이려고 시도하지 않은 것은 오로지 무거운 중력 때문이었다. 붙잡혔을 때 6호 팔을 끼고 있었다면 어떻게든 시도는 했을지도 모르지만.

하지만 일단 석방되자 마음이 가라앉았다. 몇 시간 뒤 우리는 아그라로 향하고 있었다. 마침내 위원회에서 소환을 받은 것이다. 마하라자 궁전의 방으로 돌아가자 기분이 좋아졌다. 하지만 세 시간도 채 안 되는 시간 동안 시차가 열한 시간이나 나는 곳으로 이동했기 때문에 휴식을 취할 수 없었다. 우리는 충혈된 눈을 한 채 약물로 간신히 정신을 차리고 청문회장으로 향했다.

청문회는 완전히 일방적이었다. 위원장이 이야기하는 동안 우리는 듣고만 있었다. 위원장은 무려 한 시간 동안 이야기했다. 내가 요점을 정리해 보겠다.

우리의 터무니없는 요구는 거절되었다. 달 세계 총독부의 신성한 신탁 의무는 포기할 수가 없다. 게다가 최근의 무질서는 총독부가 그동안 지나치게 너그러웠다는 증거다. 소홀했던 점은 이제부터 개선 프로그램을 통해 교정될 것이다. 5개년 계획 하에 총독부의 신탁 통치령 내에 있는 모든 생활 방식은 철저히 검사받는다. 법률 초안이 마련되고 있다. 민사 및 형사 재판소가 '보호 고용인'의 이익을 위해 설치될 것이다. '보호 고용인'이란 아직 형기를 마치지 않은 유형수뿐 아니라 신탁 구역 내에 있는 모든 사람을 의미한다. 공립학교가 설립될 것이다. 거기에다 교육을 받을 필요가 있는 '보호 고용인'들을 위한 감화 교육용 성인 학교가 신설된다. 달의 자원과 보호 고용인의 노동력을 최대한, 가장 효과적으로 이용하기 위하여 경제, 기술, 농업 계획 위원회가 만들어질 것이다. 5년 내에 곡물 수출량을 네 배로 늘인다는 중간 목표가 설정되었다. 자원과 노동력의 과학적인 이용 계획이 효과를 발휘하면 쉽게 달성할 수 있는 목표이다. 제1단계는 생산성이 떨어지는 직종에서 '보호 고용인'들을 철수시켜 2078년 3월까지는 수경 재배가 시작될 수 있도록 새롭고 거대한 농장 터널 시스템의 굴착에 투입한다. 이 새로운 거대 농장은 달 세계 총독부가 과학적으로 관리하며, 민간 소유자의 변덕에 맡기지 않는다. 5개년 계획의 끝 무렵에 가면 이 시스템은 완전히 새로운 차원의 곡물 할당량을 생산할 것으로 추정된다. 그동안 개인적으로 곡물을 생산하는 '보호 고용인들'은 계속해서 곡물을 재배하도록 허용받을 것이다. 하지만 그들의 덜 효율적인 방식은 더 이상 필요하지 않으므로 그들도 곧 새로운 시스템에 흡수될 것으로 본다.

위원장은 서류에서 눈을 들었다.

"간단히 말해서 달 세계 식민지는 문명화될 것이고, 다른 문명 지역과 마찬가지로 효율적으로 관리될 것입니다. 비록 지금까지는 껄끄러웠지만 이 위원회의 위원장으로서가 아니라 시민 중 한 사람으로서 말합니다. 나는 상황이 이토록 심각하게 교정이 필요하다는 사실을 일깨워 준 여러분에게 감사해야 한다고 느낍니다."

나는 그자의 귀를 물어뜯고 싶은 심정이었다. '보호 고용인'이라고! '노예'를 말하는 얼마나 우아한 표현인가!

하지만 교수는 온화하게 말했다.

"저는 제안하신 계획이 상당히 흥미롭다고 생각합니다. 질문을 해도 좋겠습니까? 순수하게 이해를 돕는 차원에서?"

"이해를 돕기 위한 질문이라면 허락합니다."

북미 대표가 앞으로 몸을 내밀었다.

"우리가 당신들 원시인의 무례한 말대꾸를 허용할 거라고는 생각하지 마! 그러니 입 조심하라고! 당신은 전력이 안 좋아, 알겠나!"

"정숙을 지키십시오. 계속하시죠, 교수님."

위원장이 말했다.

"이 '보호 고용인'이라는 용어가 흥미롭군요. 지구 최대의 위성에 거주하는 주민들의 대다수가 복역 중인 죄수가 아니라 자유로운 개인이라는 점을 명확히 명기할 수 있겠습니까?"

위원장이 차분하게 대꾸했다.

"물론입니다. 새로운 정책에 관한 모든 법률적인 면이 검토되었습니다. 소수의 예외는 있지만 식민지 주민들의 91퍼센트는 태생적이거나 파생적으로 세계 연방의 다양한 회원 국가들의 시민권을 가지고 있습니다. 고국으로 돌아오고 싶은 사람들은 그렇게 할 권리가 있습니다. 총독부에서 귀향을 위한 우주선 탑승 비용을 대출해 주는 계획을 고려하고 있다는 사실을 알면 기쁘실 겁니다……. 아마도 국제 적십자 및 초승달 단체의 감독을 받아야겠지요. 덧붙이지만 나는 이 계획을 진정 지지하고 있습니다. 그래야 '노예 노동'이라는 어처구니없는 이야기가 나오지 않을 테니까요."

그가 거만하게 웃었다.

"알겠습니다. 아주 인도적이로군요. 그런데 위원회에서는, 또는 총독부에서는 대부분의(실상은 전부라고 말해야겠지만) 달 세계 주민들이 이 행성에서는 살아갈 수 없는 육체적 상태라는 사실을 고려하셨습니까? 그들이 비자발적인 영구 추방을 통하여 비가역적인 생리적 변화를 거쳤으며, 그들의 몸이 적응하게 된 환경보다 여섯 배 큰 중력장 속에서 다시는 안락하고 건강하게 살아갈 수 없게 되었다는 사실을?"

이 악당은 전혀 처음 듣는 얘기라는 듯이 입을 꼭 오므렸다.

"역시 나 자신의 입장을 말한다면, 나는 당신이 한 말이 반드시 진실이라고 인정할 준비가 되어 있지 않습니다. 어떤 사람에게는 진실일 수도 있고 다른 사람에게는 아닐 수도 있습니다. 사람은 모두 다르니까요. 당신이 여기 있다는 것은 달 세계 주민이 지구로 돌아오는 것이 불가능한 일이 아님을 증명하고 있습니다. 어쨌든 우리는 누구에게도 귀향을 강요할 뜻은 없습니다. 우리는 그들이 머무르기를 바라며, 다른 사람들이 달로 이주하도록 권장하려고 합니다. 하지만 그것은 세계 연방 대헌장에서 보장하는 자유에 따른 개인적인 선택입니다. 하지만 당신이 주장하는 생리적인 현상에 대해서는…… 그것은 법률적인 문제가 아닙니다. 누구든 달에 남는 것이 현명하다거나, 더 행복할 거라고 생각한다면, 그것은 그 사람의 자유 의사인 것입니다."

"알겠습니다, 각하. 우리는 자유지요. 달 세계에 남아서 당신들이 강요하는 임금으로 일하는 것도 자유고…… 지구로 돌아와서 죽는 것도 자유인 것이지요."

위원장은 어깨를 들썩였다.

"우리가 악당이라 생각하는 모양이로군요……. 하지만 우린 그렇지 않습니다. 흠, 내가 젊다면 나 자신이 달 세계로 이민을 갔을 겁니다. 커다란 기회의 땅이니까요! 어쨌거나 당신이 곡해를 하든 말든 상관없습니다. 역사는 우리가 옳았다고 평가해 줄 것입니다."

나는 교수에게 놀랐다. 그는 싸우려 하지 않았다. 나는 그가 걱정되었다. 몇 주간 고된 강행군에 시달렸고 오늘 밤은 그야말로 최악이었다. 그는 단지 이렇게 말했을 뿐이었다.

"존경하는 위원장 각하, 저는 달 세계로 가는 배편이 곧 열릴 것이라고 짐작합니다. 저의 동료와 제가 첫 번째로 출항하는 우주선을 탈 수 있도록 주선해 주실 수 있겠습니까? 솔직히 제가 말씀드린 중력 부담은 우리의 경우에는 그야말로 진실입니다. 우리의 임무는 끝났습니다. 이제 집에 돌아가야겠습니다."

(곡물 수송용 통에 관해서는 한 마디도 없었다. '바위를 던진다'거나, 심지어 소를 때려서 우유를 얻으려는 일의 무익함도 말하지 않았다. 교수는 그저 피곤하고 지친

목소리였을 뿐이었다.)

위원장은 몸을 내밀어 음울한 만족감이 가득한 투로 말했다.

"교수님, 그건 곤란합니다. 단도직입적으로 말해서 당신은 대헌장을 위반했고, 실은 모든 인류에 대한 반역죄를 저지른 것으로 보입니다…… 기소하는 것이 마땅하다고 봅니다. 물론 그 연령과 신체 상태의 죄인에게 집행 유예 이상의 형이 선고될 것인지는 의심스럽지만 말입니다. 당신이 그와 같은 행위를 저지른 곳으로 다시 돌려보내는 것이 우리에게 현명한 일일 거라고 생각하십니까? 그곳에서 더 많은 해악을 사주할지도 모르는데?"

교수가 한숨을 쉬었다.

"무슨 말인지 이해합니다. 그렇다면 각하, 이만 물러가도 좋겠습니까? 아주 피곤합니다."

"물론이지요. 이 위원회에서 처분을 내릴 때까지 대기하십시오. 청문회를 폐회합니다. 데이비스 대령……."

"네?"

나는 당장 교수를 데리고 나가기 위해 휠체어의 방향을 돌리던 중이었다. 우리의 시중꾼들은 밖에 나가 있었다.

"당신에게 할 말이 있습니다. 내 집무실에서."

"음……."

나는 교수를 쳐다보았다. 그의 눈은 감겨 있었고 의식을 잃은 것 같기도 했다. 하지만 그는 손가락을 까닥이며 다가오라는 신호를 했다.

"존경하는 위원장 각하, 저는 외교관이라기보다는 간병인에 가깝습니다. 저는 그를 보살펴야 합니다. 그는 노인이고 몸이 아픕니다."

"시중꾼들이 돌봐 줄 것입니다."

"글쎄요……."

나는 최대한 가까이 휠체어를 붙이고 교수에게 몸을 기울였다.

"교수님, 괜찮으십니까?"

그는 들릴락 말락 하는 소리로 속삭였다.

"저 친구가 뭘 원하는지 알아보게. 적당히 맞장구를 쳐 주도록 해. 시간을 벌어야 하네."

얼마 후 나는 위원장과 단둘이 있게 되었다. 방음문은 굳게 잠겼지만 그건 아무 의미도 없었다. 이 방에는 열 개가 넘는 도청 장치가 있을 수 있었으며 내 왼팔에도 하나가 있었다.

그가 말했다.

"마실 것이라도? 커피?"

내가 대답했다.

"고맙지만 사양하겠습니다. 이곳에서는 음식도 주의해야 하니까요."

"그럴 거라고 생각하오. 그런데 정말로 휠체어에 묶여 있어야 하는 거요? 당신은 건강해 보이오만."

내가 말했다.

"꼭 필요하다면 일어나서 방을 가로질러 걸어갈 수도 있을 겁니다. 하지만 기절하거나 더 나쁜 상황이 벌어질 수도 있기에 위험을 무릅쓰지 않는 편을 선호합니다. 여섯 배나 부담을 지고 있으니까요. 심장이 거기에 익숙하지 못합니다."

"그렇구려. 대령, 당신이 북미에서 어리석은 봉변을 당했다는 얘기를 들었소. 진심으로 미안하게 생각하오. 야만적인 곳이오. 나는 언제나 그곳에 가는 것을 싫어하지. 아마 내가 왜 보자고 했는지 궁금해할 거라고 생각하오."

"아닙니다, 각하. 마음이 내키면 말씀해 주시겠지요. 다만 왜 저를 아직도 '대령'이라고 부르는지는 궁금하군요."

그는 커다랗게 껄껄 웃었다.

"습관일 거요. 오랫동안 외교적인 격식에 묶여서 살아오다 보니. 하지만 당신은 그 칭호를 계속 유지하는 편이 나을지도 모르겠소. 한데 우리의 5개년 계획을 어떻게 생각하시오?"

웃기는 개소리라고 생각한다.

"고심하신 것 같더군요."

"많은 고려 끝에 나온 거요. 대령, 당신은 현명한 사람 같소. 아니, 그렇다는 것을 알고 있소. 나는 당신의 배경뿐 아니라, 지구에 발을 디딘 순간부터 당신의 입에서 나온 모든 말, 거의 모든 생각을 알고 있소. 당신은 달에서 태어난 사람이오. 당신은 자신을 애국자라고 생각하시오? 달 세계의?"

"그런 것 같습니다. 우리가 한 일은 누군가 반드시 해야 할 일이었을 뿐이라고 여기고 있습니다."

"우리끼리니까 인정하겠소……. 그렇소. 허버트는 늙은 멍청이였지. 대령, 그건 좋은 계획이오……. 하지만 실행할 사람이 없소. 당신이 정말로 애국자라면, 또는 마음 깊이 자기 나라의 이익을 생각하는 현실적인 사람이라면, 당신은 그 계획을 진행할 사람이 되어야 하오."

그는 손을 들어 올렸다.

"성급하게 굴지 마시오! 나라를 팔거나 배신자가 되라는, 그런 어처구니없는 일을 부탁하는 것이 아니오. 이것은 '진정한' 애국자가 될 기회요. 무의미한 대의를 위해 목숨을 던지는 가짜 영웅이 아니라. 달 세계 식민지에 세계 연방이 행사하는 무력을 막을 힘이 있다고 생각하시오? 난 당신이 진짜 군인이 아니라는 것을 알고 있소. 그래서 다행이라고 생각하오. 하지만 당신은 기술자란 것도 알고 있소. 솔직히 계산해서 달 세계 식민지를 파괴하는 데 필요한 우주선과 폭탄의 수는 어느 정도라고 생각하시오?"

내가 대답했다.

"우주선 한 대, 폭탄 여섯 발."

"정확하오! 맙소사, 말이 통하는 상대와 얘기하게 되어서 기쁘군. 그중에 두 발은 아주 큰 것일 거요. 어쩌면 특수 제작품이 될지도 모르고. 폭발 지역 밖에 있는 소규모 거주 구역의 일부 사람들은 한동안 살아남겠지. 하지만 우주선 한 대면 10분 내에 처리할 수 있소."

내가 말했다.

"인정합니다, 각하. 하지만 데 라 파즈 교수님께서는 젖소를 때려서 우유를 짜 낼 수 없다는 점을 지적하셨지요. 총을 쏘아서 짜 낼 수 없다는 것 또한 확실합니다."

"어째서 우리가 한 달 넘게 아무것도 하지 않고 가만히 있었다고 생각하오? 아까 나의 어리석은 동료가, 이름은 말하지 않겠소, '말대꾸'라는 표현을 썼소. 하지만 나는 말대꾸에는 상관하지 않소. 그건 단지 말일 뿐이고, 나는 결과에 흥미가 있으니까 말이오. 그렇소, 친애하는 대령, 젖소에게 총을 쏘아서 우유를 얻어 낼 수는 없소……. 하지만 필요하다면 우리가 총을 쓸 수도 있다는 사실을 젖소에게 가르칠 거요. 수폭 미사일은 비싼 장난감이오. 하지만 경고 사격용으로 몇 발 낭비할 정도의 여유는 있소. 노출된 바위에 떨어뜨려서 무슨 일이 일어날 수 있는지 젖소가 알게 하는 거요. 하지만 그렇게까지 하고 싶지는 않소. 젖소가 겁을 먹어서 우유 맛이 시큼해져 버릴지도 모르니까."

그는 다시 요란하게 웃고는 덧붙였다.

"늙은 두목을 설득해서 자발적으로 협조하게 하는 편이 훨씬 낫다고 생각하오."

나는 기다렸다.

"어떤 방법인지 알고 싶지 않소?"

그가 물었다.

"어떤 방법입니까?"

내가 선선히 물어 주었다.

"당신을 통해서 하는 거요. 가만히 설명을 들어 보시오……."

그는 나를 높은 산 위로 데려가 세상의 왕국들을 나의 발밑에 깔아 주었다. 아니 달 세계의 왕국이라고 말해야겠지만. 나에게 '임시 보호자' 임무를 맡기겠단다. 내가 마음만 먹는다면 종신직이 된다는 암묵적인 전제 하에서 말이다. 달 세계인들에게 그들이 이길 수 없다는 사실을 설득하라. 이 새로운 계획이 이득이 된다는 것을 그들에게 납득시켜라. 무료 학교, 무료 병원, 이것도 무료, 저것도 무료 하는 식으로 혜택을 강조하고, 상세한 사항은 나중에 알리는 것이다. 지구의 어느 정부나 이런 식으로 하고 있다. 세금은 처음에는 낮게 시작한다. 그런 다음에 원천적인 임금 공제와 곡물 수출 가격 조정을 통해 고통 없이 차츰 조정해 나간다. 하지만 가장 중요한 것은 이번에는 어른의 일에 아이를 보내지 않을 거라는 사실이었다. 경찰 2개 연대가 즉시 투입된다.

그가 말했다.

"그 망할 놈의 평화 유지군은 실수였소. 다시는 같은 실수를 반복하지 않을 거요. 결정을 내리는 데 한 달이나 시간이 걸린 것은 한 줌의 군인들로는 여섯 군데 대형 거주 구역과 50군데 이상의 소형 구역에 흩어져 살고 있는 300만의 사람들을 통제할 수 없다는 사실을 평화 관리 위원회에 납득시켜야 했기 때문이오. 따라서 우리는 충분한 경찰력으로 시작할 것이오. 전투 부대는 아니고, 최소한의 무력을 사용하여 민간인들을 진압하는 데 익숙한 군대형 경찰 병력이오. 게다가 이번에는 표준적인 10퍼센트의 여성 위안부들도 동행할 거요. 따라서 더 이상 강간 소동은 없다고 보면 되오. 어떻소, 대령? 당신이 맡아 보겠소? 장기적으로는 당신네 주민들에게 최선의 방안이 될 거라고 생각하지 않소?"

나는 당장 대답을 하는 것보다는 세부 사항을, 특히 5개년 계획의 할당량을 검토해 봐야겠다고 말했다.

"암, 물론이오! 우리가 만든 백서의 사본을 주겠소. 그걸 가지고 돌아가 충분히 검토하고 생각해 보시오. 내일 다시 얘기합시다. 다만 이 일을 누구에게도 발설하지 않겠다고 신사로서 약속해 주시오. 비밀은 아니지만…… 이런 일은 언론에 발표하기 전에 정리하는 편이 좋소. 홍보 얘기가 나왔으니 말인데, 당신은 도움이 필요할 거요. 우리가 도와주겠소. 비용을 아끼지 않고 일류 인재들을 올려 보내고, 그들에게 몸값을 제대로 지불하고, 달에서 일하는 과학자들처럼 원심 분리기에서 운동하게 할 거요. 이번에는 제대로 할 작정이오. 그 멍청한 호바트는…… 그는 사실은 죽은 거요, 안 그렇소?"

"아닙니다, 각하. 하지만 노망이 들었습니다."

"차라리 죽여 버렸어야 했소. 자, 이게 계획의 사본이오."

"각하? 늙은이 얘기가 나와서 말인데, 데 라 파즈 교수님은 여기 머무를 수 없습니다. 6개월도 살지 못할 겁니다."

"그렇게 되면 고맙지, 안 그렇소?"

나는 침착하게 대답하려고 애썼다.

"이해를 못하시는군요. 그는 달 세계에서 대단한 사랑과 존경을 받고 있습니다. 당신들이 진심으로 수폭 미사일을 사용할 의도라는 것을 그에게 납득시키고, 힘닿는 대로 최대한 많은 사람을 구하는 것이 그의 애국적인 의무라고 설득하는 편이 효과적일 거라고 봅니다. 하지만 어느 쪽이든, 내가 혼자서 돌아가면…… 글쎄요, 아마 나는 계획을 실행하기는커녕 그걸 시도해 볼 만큼도 오래 살아 있지 못할 것입니다."

"음…… 어쨌든 잘 생각해 보시오. 내일 이야기합시다. 오후 2시에."

나는 떠났고 수송차에 실리자마자 몸을 떨었다. 고차원적인 정치 공작은 내

전공 분야가 아니다.

스튜가 교수와 함께 기다리고 있었다.

"어떻게 되었나?"

교수가 물었다.

나는 흘끗 주위를 둘러보며 귀를 두드렸다. 우리는 잔뜩 몸을 붙이고 교수의 머리 위로 머리를 갖다 댔고 담요 두 장으로 우리 몸 전체를 덮었다. 들것은 안전했고 내 휠체어도 마찬가지였다. 나는 매일 아침 그것들을 체크했다. 하지만 차 안은 어떤지 알 수 없으므로 담요를 뒤집어쓰고 속삭이는 편이 더 안전할 것 같았다.

내가 말을 시작하자 교수가 가로막았다.

"자질구레한 것은 빼고 사실만 간략히 말하게."

"그가 총독 자리를 제시했습니다."

"물론 승낙했겠지?"

"90퍼센트가량은. 내일까지 이 쓰레기를 검토하고 대답해 줘야 합니다. 스튜, 얼마나 빨리 탈출 계획을 실행할 수 있나?"

"벌써 시작했네. 자네가 돌아오길 기다리고 있었어. 그들이 자네를 돌려보낸다면 말이지만."

다음 50분 동안은 바빴다. 스튜는 허리에 천을 두른 깡마른 인도 남자를 불러들였다. 30분 후에 그는 교수의 쌍둥이가 되었다. 그러자 스튜는 교수를 들것에서 들어 올려 침대 의자에 눕혔다. 나의 쌍둥이를 만드는 일은 더 쉬웠다. 우리의 대역들은 땅거미가 내릴 무렵 스위트룸의 거실로 실려 들어갔다. 저녁식사가 배달되었고 여러 사람이 들어오고 나갔다. 그들 중에는 스튜 라즈와의 팔에 기댄 사리 차림의 인도 노부인이 있었다. 뚱뚱한 인도 신사가 그 뒤를 따랐다.

계단을 통해 교수를 옥상으로 데려가는 것이 가장 힘들었다. 그는 한 번도 몸에 동력 보행기를 매단 적이 없었기에 연습할 기회가 없었다. 그리고 한 달 이상 누워만 있었다.

하지만 스튜의 팔이 그를 단단히 지탱했다. 나는 이를 악물고 그 끔찍한 열세 칸의 계단을 혼자 힘으로 올라갔다. 옥상에 도달할 무렵에는 심장이 터질 것 같았다. 기절하지 않은 게 다행이었다. 예정된 시간에 정확히 어둠 속에서 소형 비행 물체가 조용히 다가왔고, 10분 후 우리는 지난달에 이용했던 전세기에 탑승했다. 그런 다음 2분 후에는 오스트레일리아로 날아가고 있었다. 그런 물건을 준비해 두고 필요할 때 언제든 사용하도록 대기해 두는 데 얼마나 비용이 드는지 나는 모른다. 어쨌거나 한 치의 착오도 없이 착착 진행되었다.

나는 교수와 나란히 누워 숨을 고르고는 말했다.

"좀 어떠십니까, 교수님?"

"괜찮네. 약간 피곤할 뿐이야. 좌절감도 느끼고."

"맞습니다. 좌절감을 느낍니다."

"타지마할을 구경하지 못해서 그렇다는 뜻이네. 젊었을 때는 한 번도 기회가 없었지. 그러다가 여기 와서 겨우 1킬로 반경 안에 두 번이나 머무를 기회가 있었는데도, 한번은 며칠 동안이었고, 이번에는 하루 만이었지만…… 그런데도 여전히 구경하지 못해. 영원히 볼 수 없을 거야."

"그냥 무덤일 뿐입니다."

"트로이의 헬렌도 그냥 여자일 뿐이겠군. 잠이나 자게, 젊은이."

우리는 오스트레일리아의 절반을 차지하는 중국령 구역의 다윈이라는 장소에 착륙했다. 그리고 곧장 우주선으로 옮겨져 가속 의자에 앉혀져 약을 투여받았다. 교수는 금세 잠이 들었고, 나도 잠기운에 사로잡혔을 무렵 스튜가 들어와서 빙그레 웃으며 우리 옆에서 안전벨트를 맸다. 나는 그를 쳐다보았다.

"자네도 가나? 장사는 누가 하고?"

"지금껏 실제로 현장에서 일을 해 온 사람들이지. 잘 짜여진 조직이라 더 이상 내가 필요하지 않아. 매니, 나의 오랜 친구, 더 이상 고향에서 멀리 떨어진 곳에 유배되고 싶지 않아. 달 세계 말이야, 자네가 혹시 모를까 봐 덧붙이는 거지만. 이건 상하이에서 오는 마지막 열차 같군."

"상하이가 이것과 무슨 상관이 있지?"

"신경 쓰지 말게. 매니, 나는 완전히 파산했네. 사방에서 빚을 끌어다 썼어. 그 빚을 갚을 수 있는 건 역사상 현 시점 직후 어떤 주식들이 아담 셀리니가 말한 대로 움직여 줄 때뿐이야. 더구나 나는 수배자네. 또는 수배령이 떨어질 거야. 공공의 평화와 권위를 위협한 죄로. 이렇게 말할 수도 있겠지. 나는 그들이 나를 유형시키는 수고를 덜어 주고 있는 셈이라고. 내 나이에 굴을 파는 광부가 되는 법을 배울 수 있을까?"

약효가 돌면서 머릿속이 몽롱해졌다.

"스튜, 달 세계에서 자네는 아직 새파란…… 젊은이일 뿐이야. 어쨌든…… 우리 집에서 영원히 같이 살자고! 미미는 자네를 좋아해."

"고맙네, 친구. 아마 그럴 거야. 경고 등이 켜졌어! 숨을 크게 들이마시게!"

갑자기 10G로 걸어차였다.

＊ 20 ＊

우리의 우주선은 유인 인공위성을 오가는 지상 궤도 간 왕복 연락선 타입이었다. 즉 순찰 궤도에 있는 세계 연방 우주선에 보급품을 전달하거나, 오락 및 도박용 인공위성에 승객을 내려 주거나 태우는 일을 하는 데 사용되는 우주선이었다. 하지만 지금은 마흔 명 대신에 세 명의 승객만 타고 있었고, 압력복 세 벌과 청동 대포를 제외하면(그렇다, 그 바보 같은 장난감도 가져왔다. 압력복과 교수의 전쟁 완구는 우리보다 1주일 앞서 오스트레일리아에 옮겨졌던 것이다) 화물은 전혀 없었다. 종달새호는 모든 것이 제거되었다. 승무원이라고는 선장 한 명과 사이보그 파일럿 하나뿐이었다.

대신 연료를 잔뜩 싣고 있었다.

우리는 엘리시움 위성을 향해 정상적으로 접근했다(그렇게 들었다) ……. 그러다가 갑자기 궤도 속도에서 탈출 속도로 급격하게 분사했다. 지상 이륙 때보다 훨씬 과격한 속도 변화였다.

이것이 세계 연방의 스카이트랙 감시망에 잡혔다. 우리는 이동을 중지하고 설명할 것을 요구받았다. 나는 이것을 스튜에게서 나중에 전해 들었다. 그때 나는 안전벨트에 묶인 채 고마운 무중력 상태를 즐기며 약 기운에서 깨어나는 중이었고 교수는 여전히 정신을 잃은 상태였다.

"그들은 우리가 누구인지, 무엇을 하려는 것인지 알고 싶어했지. 우리는 중국에서 허가받은 우주 호송선 오프닝 로터스 호이며 달 세계에 유배되어 있는 과학자들을 구출하러 가는 임무를 띠고 있다고 말했네. 그리고 오프닝 로스터 호의 선적 증명서를 보냈지."

스튜가 내게 말했다.

"레이더 식별 장치는 어떻게 하고?"

"매니, 거기까지 손을 써 둘 금전적 여유는 없었기 때문에 이 배의 식별 장치는 벌써 10분전에 우리가 종달새호라는 전파를 송신했을 거야……. 그런데 우리는 로터스 호라고 주장한 것이고. 그들이 속아 줄 것인지 어떤지는 곧 알겠지. 미사일을 발사할 만한 위치에 있는 우주선은 한 척뿐이고 거기서는 앞으로……."

그는 흘끗 시간을 확인했다.

"27분 후면 미사일을 발사할 것이네. 이 고물 우주선을 조종하고 있는 사이보그 파일럿의 말에 따르면 그렇다네. 그 후에 우리를 붙잡을 가능성은 제로에 가깝다고 했네. 정 걱정이 된다면, 그러니까 기도를 하고 싶거나, 메시지를 보내거나, 뭐든 그동안 할 만한 일이 있다면 지금 하도록 하게."

"교수를 깨워야 한다고 생각하나?"

"그냥 잠자게 놓아둬. 평화롭게 잠을 자다가 순식간에 빛나는 가스로 화하는 것 이상으로 멋지게 죽는 방법이 있다고 생각하나? 그에게 종교적으로 꼭 필요한 죽음의 의식이 있다면 모르겠지만 그는 종교적인 사람으로 보인 적이 한 번도 없었네. 순수하게 이론적인 의미에서 말이야."

"맞아, 종교적인 사람은 아니야. 하지만 자네에게 그런 의식이 필요하다면 나를 신경 쓰지 말고 하게나."

"고맙네. 이륙하기 전에 필요하다 싶은 일은 모두 처리했네. 자네는 어떤가, 매니? 나는 성직자는 아니지만 도움이 될 수 있다면 최선을 다하겠네. 회개할 죄가 있는가? 고백하고 싶으면 하게. 나는 죄에 대해서는 제법 알고 있거든."

나에게 필요한 것은 그런 일이 아니라고 그에게 말했다. 그러다가 내가 저지른 죄가 생각났다. 몇 가지는 내가 자랑스럽게 여기던 것이었다. 그래서 그럭저럭 진실에 가까운 수준으로 그에게 말해 주었다. 그러다 보니 그도 자신의 죄가 생각났고, 나도 다시 다른 죄들이 생각났다. 스튜 라즈와는 마지막 순간을 함께 보내기에 좋은 친구이다. 비록 그것이 마지막 순간은 아닌 것으로 드러났지만 말이다.

우리는 무수한 전염병을 달 세계에 전파하는 것을 방지하기 위해 철저한 절차를 밟는 것 외에 아무 일도 하지 않으면서 이틀을 보냈다. 그런 절차 때문에 유발된 한기와 고열로 오한이 나는 것은 불편하지 않았다. 자유 낙하는 너무나 고마운 휴식이었고, 집에 돌아가게 되어 너무 행복할 뿐이었다.

거의 행복했다는 편이 정확하다. 교수는 무엇 때문에 초조해하는지 물어왔다.

내가 대답했다.

"아무것도 아닙니다. 어서 집에 가고 싶어서 견딜 수가 없군요. 하지만…… 실패한 후에 사람들을 대하는 것이 부끄럽습니다. 교수님, 우리가 무엇을 잘못한 것일까요?"

"실패라니?"

"달리 뭐라고 표현할 수 있겠습니까? 우리는 승인을 요청했지만 원하는 것을 얻지 못했습니다."

"마누엘, 자네에게 용서를 빌어야 할 것이 있네. 우리가 달 세계를 떠나기 직전에 아담 셀리니가 말한 승률을 기억하고 있겠지?"

스튜가 우리의 말이 들리지 않는 곳에 있었지만 우리는 '마이크'라는 말을 절대 사용하지 않았다. 기밀 유지를 위해 호칭은 언제나 '아담 셀리니'라고 불렀다.

"물론이죠! 53대 1이었습니다. 그러다가 우리가 지구에 도착했을 때 100대 1로 뚝 떨어졌지요. 지금은 얼마가 되었을까요? 1000대 1?"

"나는 며칠에 한 번씩 새로운 승률을 받아 보고 있었네…… 그래서 자네에게 사과를 하는 거야. 지구에서 이륙하기 직전에 받은 마지막 계산 결과는 우리가 탈출에 성공해 무사히 고향으로 돌아올 것이라는, 당시로서는 확실하지 않은 가정에 기초한 것이었지. 또는 최소한 우리 세 명 중 한 명이라도 무사히 달에 도착할 것이라는 가정을 포함하고 있었네. 스튜 동지가 고향으로 소환된 것은 바로 그래서이네. 그는 높은 가속도에 대한 지구인들의 내구력을 가지고 있으니까. 사실 계산 결과는 여덟 가지였네. 우리 셋이 모두 사망한 경우에서부터, 셋 모두 살아남는 경우까지 다양한 조합을 고려한 결과였어. 마지막 승률이 얼마였는지 돈을 걸고 예상해 볼 마음이 있는가? 내가 힌트를 조금 주지. 자네는 지나치게 비관적인 것이 탈이야."

"어…… 아뇨, 젠장! 그냥 말해 주십시오."

"우리가 이길 확률은 이제 1대 17이네…… 그리고 지난 한 달 동안 점점 커지고 있네. 자네에겐 말할 수 없었지."

나는 놀라고 즐겁고 기쁘고…… 상처를 받았다.

"무슨 뜻입니까, 저한테 말할 수 없었다는 것이? 보세요, 교수님, 저를 믿지 못하겠다면 집행 세포에서 저를 쫓아내고 스튜를 대신 넣으십시오."

"진정하게, 매니. 우리들, 자네, 나, 와이오밍 가운데 누군가에게 무슨 일이 생기면 스튜가 그 자리에 들어올 거야. 지구에서는 자네에게 말할 수 없었지만 지금은 말할 수 있네. 자네를 믿지 못해서가 아니라 자네는 배우가 아니기 때문이야. 자네는 우리의 목적이 독립을 승인받기 위한 것이라고 굳게 믿을 때 더욱 효과적으로 역할을 수행할 수 있었어."

"구실 한번 좋군요!"

"마누엘, 마누엘, 우린 매순간 처절하게 싸우고…… 그리고 패배해야 했네."

"그래서요? 이제 말을 해 줘도 좋을 만큼 제가 어른이 된 겁니까?"

"부탁이야, 마누엘. 자네가 일시적으로 어둠 속에 있었던 것이 우리의 승률을 개선시키는 데 큰 도움이 되었네. 아담에게 확인해 보게. 스튜어트가 달 세계로 소환을 아무 이유도 묻지 않고 흔쾌히 받아들였다는 사실을 덧붙여도 되겠나? 동지, 그 위원회는 너무 작고, 위원장은 너무 영리했어. 그들이 수용 가능한 타협안을 제시할 위험이 항상 존재했지. 특히 첫날에는 그런 위험이 아주 높았다네. 우리가 어떻게든 연방 총회로 우리 요구를 가져갈 수 있었다면 지구 쪽에서 현명한 행동을 취할 위험은 전혀 없었을 거야. 하지만 우리는 방해를 받았어. 내가 할 수 있는 최선은 위원회를 적대시하는 것이었지. 상식에 반하는 비타협적인 사람으로 보일 정도로 인신공격까지 서슴지 않았어."

"저는 고차원적인 정치 공작 따위는 영원히 이해하지 못할 겁니다."

"아마 그럴 거야. 하지만 자네의 장점과 내 장점이 서로 보완했네. 마누엘, 자네는 달 세계가 자유로워지는 것을 보고 싶을 거야."

"당연하지요."

"또한 지구인들이 우리를 굴복시킬 수 있다는 것도 알고 있어."

"그렇습니다. 하지만 돈을 걸어 보고 싶을 정도의 계산 결과는 한 번도 나오지 않았습니다. 따라서 저는 어째서 교수님이 그들과 적대적인 관계를 설정하려고 했는지 이해가 되지……."

"설명하지. 그들에겐 우리에게 그들의 의지를 강요할 힘이 있기 때문에 우리의 유일한 희망은 그들의 의지 자체를 약화시키는 데에 있는 거야. 그것이 우리가 지구로 가야 했던 이유였네. 그들을 분열시키고, 상반되는 여론을 조성하기 위해서였지. 중국 역사 속 위대한 장군들 가운데 가장 현명했던 사람은 이런 말을 했다네. 전쟁에서 가장 완벽한 승리는 적의 의지를 약화시켜서 싸우지 않고 항복하게 하는 것이라고. 그 교훈은 우리의 궁극적인 목표와 우리에게 가장 두려운 위험을 양쪽 모두 언급하고 있는 셈이지. 만일 첫날의 예상대로 그들이 먹음직스러운 타협안을 내놓았다면 어떻게 되었을까? 총독 대신에 지사를 두고, 그것도 우리 달 세계 사람들 가운데서 선임하고, 지방 자치를 실시하고, 세계 연방 총회에 대표를 파견하고, 사출기에 실을 곡물의 수매가를 더 높게 책정하고, 증가한 수출 분에는 보너스까지 지불한다면? 호바트의 정책을 비난하고, 강간과 살인에 대해 희생자들의 가족에게 사과하고 후한 보상금을 지불한다면? 고향에서 그 제안을 받아들였을까?"

"그들은 그런 제안을 하지 않았습니다."

"첫째 날 오후에 위원장은 그와 비슷한 제안을 할 준비가 되어 있었고, 그 당시에는 그가 위원회를 장악하고 있었네. 위원장은 그러한 흥정을 허용해도 좋다고 말하려 했던 거야. 만일 우리가 그런 식의 타협안을 도출했다면 고향에서 받아들여졌을까?"

"음…… 아마도요."

"우리가 달을 떠나기 직전에 얻은 음울한 예상치에 따르면 '아마도'보다 훨씬 확실하네. 그건 어떤 일이 있어도 피해야만 하는 상황이었어. 사태를 진정시키고 우리의 저항 의지를 꺾어 놓을 일이었기 때문이지. 대재앙에 대한 장기적인 예측에서 어떤 중요한 요소도 변하지 않았는데도 말이지. 그래서 나는 화제를 바꾸고, 아무것도 아닌 일로 고집을 피우고 정중한 모욕을 가하며 그러한 가능성을 잠재웠던 거야. 마누엘, 자네와 나는 알고 있어. 아담도 알고 있지. 곡물 수출은 반드시 중단되어야 한다는 것을. 그 외에는 달 세계를 재앙에서 구할 방법이 없네. 하지만 밀 경작 농부들이 곡물 수출을 끝장내기 위해 싸우는 것을 상상할 수 있겠는가?"

"아뇨. 사람들이 수출 중단 사태를 어떻게 받아들이는지 고향 뉴스를 들어볼 수 있을까요?"

"아직은 아무 뉴스가 없네. 타이밍은 아담이 정할 거야. 우리가 안전하게 고향에 당도하기 전까지는 어느 쪽 행성에도 수출 중단 발표는 나가지 않을 것이네. 사출기에서는 여전히 밀을 사들이고 있네. 수송용 통은 여전히 봄베이에 도착하고 있어."

"곡물 수출이 즉시 중단될 거라고 그들에게 말하셨지 않습니까?"

"그건 협박이지 엄숙한 서약은 아니었네. 몇 통 더 보내는 정도는 문제가 되지 않아. 그리고 우린 시간이 필요하네. 모든 사람이 우리 편인 것은 아니야. 우리는 소수일 뿐이지. 어느 쪽이든 상관하지 않지만, 일시적으로는 지지를 이끌어낼 수 있는 부동층이 대다수를 점하고 있어. 그리고 우리에게 적대적인 또다른 소수가 있지……. 특히 정치 따위는 알 바 아니고 오로지 밀의 가격에만 관심이 있는 농부들이 문제야. 그들은 불평을 하면서도 총독부 달러를 받아 가고 있네. 언젠가는 액면 가격만큼의 가치가 될 거라고 기대하면서 말이야. 하지만 우리가 곡물 수출을 중단한다고 선언하는 순간 그들은 적극적인 반대파가 될 것이네. 아담은 발표를 하는 시점에 다수파가 우리를 지지하게 할 계획을 세우고 있네."

"얼마나 오래입니까? 1년? 2년?"

"이틀, 사흘, 어쩌면 나흘 정도일 것이네. 5개년 계획 백서를 신중하게 편집한 발췌문, 자네가 녹음한 녹취록, 특히 그 비열한 제안과 자네가 켄터키에서 체포당했던 일을 잘 이용하면⋯⋯."

"잠깐! 저는 그 일은 잊고 싶은데요."

교수는 미소를 지으며 눈썹을 치켜세웠다.

내가 불편하게 말했다.

"음⋯⋯. 좋습니다. 도움이 된다면요."

"천연 자원에 관한 어떤 통계 수치보다 도움이 될 걸세."

사이보그 파일럿은 궤도를 도는 수고를 하지 않고 한 번의 조작으로 곧장 진입해서 우리에게 훨씬 더 강한 타격을 주었다. 우주선은 가볍고 기운 차게 날아가고 있었다. 하지만 이동 거리는 2.5킬로미터일 뿐이었다. 그리고 약 19초 후에 우리는 존슨 시에 착륙했다. 나는 그럭저럭 견뎌 냈다. 가슴에 끔찍한 압박, 거인이 심장을 쥐어짜는 듯한 기분을 느꼈지만 곧 끝이 났고, 나는 숨을 헐떡이며 제대로 된 중력으로 돌아온 것을 기뻐했다. 하지만 늙고 가엾은 교수는 거의 죽을 뻔했다.

마이크가 나중에 말해 주었는데, 파일럿이 조종간을 넘겨 주기를 거부했다고 한다. 마이크라면 교수가 타고 있는 것을 알기에 달걀도 깨지지 않을 만큼 낮은 G로 사뿐히 우주선을 끌어내렸을 것이다. 하지만 어쩌면 그 사이보그는 자기 일을 잘 알고 있었는지도 모른다. 낮은 G로 착륙하면 연료를 낭비한다. 로터스, 종달새호는 거의 연료가 바닥난 채로 착륙했다.

그 어떤 일도 우리는 신경 쓸 정신이 없었다. 그 과격한 착륙으로 교수가 죽은 것처럼 보였기 때문이었다. 내가 여전히 숨을 몰아쉬는 동안 스튜가 상황을 알아차렸다. 다음 순간 우리는 둘 다 그에게 달려들었다. 심장 촉진제, 인공호흡, 마사지 등등. 마침내 그가 간신히 눈을 뜨고 우리를 보며 미소 지었다.

"집에 왔군."

그가 속삭였다.

우리는 20분 동안 그를 쉬게 한 후에 배에서 내리기 위해 압력복을 입도록 허락했다. 그는 저승 문 앞까지 갔다가 천사의 노래 소리를 듣지 못하고 돌아온 것이다. 선장은 어서 우리를 쫓아내고 승객을 태우고 싶어서 안달하며 연료 탱크를 채우고 있었다. 그 네덜란드 인은 여행 내내 우리에게 한마디도 하지 않았다. 돈의 유혹에 넘어가 죽을지도 모르는 여행에 동참한 것을 후회하고 있었던 것 같다.

그 무렵 와이오는 우리를 마중하러 압력복 차림으로 우주선 안에 들어와 있었다. 스튜는 압력복을 입은 그녀를 한 번도 본 적이 없었을 것이다. 적어도 금발의 그녀를 본 적이 없는 것만큼은 확실했다. 그는 그녀를 알아보지 못했다. 나는 압력복을 입었는데도 그녀를 끌어안았다. 스튜는 옆에 서서 내가 소개해 주기를 기다리다가 압력복을 입은 낯선 '남자'가 자기를 끌어안자 깜짝 놀랐다.

와이오의 웅얼거리는 목소리가 들렸다.

"오, 맙소사! 매니, 내 헬멧이에요."

나는 헬멧의 잠금을 풀고 들어 올려 주었다. 그녀는 곱슬거리는 금발을 흔들며 미소를 지었다.

"스튜, 나를 만나서 기쁘지 않아요? 나를 모르겠어요?"

바다를 가로질러 먼동이 터 오듯이 그의 얼굴에 미소가 퍼져 나갔다.

"반갑습니다, 가스파자! 당신을 만나서 너무 기쁩니다."

"가스파자라니! 난 당신에겐 와이오예요. 언제나! 내가 금발로 돌아갔다는 말을 매니가 해 주지 않던가요?"

"물론 말했지요. 하지만 아는 것과 직접 보는 것은 다르니까요."

"곧 익숙해질 거예요."

와이오는 몸을 굽혀 교수에게 키스하면서 낄낄거렸다. 그런 다음 허리를 펴고는 압력복이 거추장스러웠는데도 우리 둘 다 눈물이 그렁그렁해지도록 환영의 키스를 퍼부었다. 그리고 스튜에게 다시 몸을 돌리고 그에게 키스하기 시작했다.

그는 약간 주춤했다. 그녀가 키스를 멈추고 말했다.

"스튜, 당신을 환영하려면 내가 다시 갈색 메이크업으로 돌아가야 하는 건가요?"

스튜는 나를 흘끗 쳐다보고는 그녀에게 키스했다. 와이오는 나를 환영할 때와 똑같이 시간과 정성을 들여서 키스했다.

나는 나중에야 그의 이상한 행동을 이해했다. 비록 달 세계에 대한 애정과 헌신이 있었지만 스튜는 아직 달 세계인이 아니었다. 그리고 떨어져 있는 사이 와이오는 결혼을 했던 것이다. 그게 이것과 무슨 상관이 있냐고? 음, 지구에서는 커다란 차이가 있다. 그리고 스튜는 달 세계 여성이 스스로의 주인이라는 사실을 뼛속 깊이 이해하지는 못했다. 이 가없은 친구는 내가 불쾌하게 여길지도 모른다고 생각했던 것이다!

우리는 교수에게 압력복을 입히고 우리도 입은 후에 우주선에서 내렸다. 나는 청동 대포를 안고 나왔다. 일단 지하로 들어가 에어 로크를 통과하자 압력복을 벗었다. 와이오가 내가 예전에 사 준 붉은 원피스를 압력복 안에 입고 있었던 것을 보고 나는 기분이 좋아졌다. 그녀는 구겨졌던 치맛자락을 매만져서 활짝 펴지게 했다.

입국 관리실에는 새로 도착한 유형수처럼 벽을 따라 늘어선 마흔 명가량의 남자들 외에는 아무도 없었다. 그들은 압력복을 입고 손에 헬멧을 든 모습이었다. 고향으로 돌아가는 지구인들로서, 발이 묶였던 여행자들과 몇몇 과학자들이었다. 압력복은 남겨 놓았다. 이륙하기 전에 벗어 놔야 한다. 나는 그들을 쳐다보며 사이보그 파일럿을 생각했다. 종달새호는 쓸모없는 장비를 제거하면서 안전 의자 세 개만 남기고 전부 들어냈다. 이 사람들은 바닥에 누워서 가속을 맞는다. 선장이 주의하지 않으면 지구인들은 피투성이가 되어 한데 찌그러질 것이었다.

스튜에게 그런 말을 하자 그가 대답했다.

"신경 끄게. 로이레 선장은 기포 패드를 실어 놓았네. 그는 그들을 다치게 하지 않을 거야. 그들은 그의 생명 보험이니까."

＊ 21 ＊

할아버지부터 갓난아기까지 약 서른 명에 달하는 가족 전체가 아래층의 다음 에어 로크 너머에서 기다리고 있었다. 우리는 엉엉 울면서 서로 끌어안았다. 이번에는 스튜도 쭈뼛거리지 않았다. 꼬마 헤이즐이 엄숙하게 키스 의식을 행했다. 그녀는 자유의 모자를 우리에게 하나씩 씌워 주고 차례로 키스했다. 그 신호에 따라 가족 전체가 자유의 모자를 썼다. 나는 갑자기 눈물이 핑 돌았다. 어쩌면 애국심은 바로 그런 감정일 것이다. 목이 메고 너무 행복해서 가슴이 아픈 그런 기분. 아니, 어쩌면 그저 다시 사랑하는 사람들과 함께 있게 되어서 그런지도 몰랐다.

"슬림은 어디 있지? 초대받지 않았나?"

내가 헤이즐에게 물었다.

"올 수가 없었어요. 환영식 준비를 맡았거든요."

"환영식? 우리가 원하는 건 이게 전부인데."

"아시게 될 거예요."

그건 맞았다. 가족이 우리를 마중 나온 것은 잘한 일이다. 우리는 달 세계 시까지 타고 가는 시간 동안만(캡슐 한 량이 가득 찼다) 그들과 함께 있을 수 있었다. 서부 지하철 역은 요란한 군중들로 가득했다. 모두 자유의 모자를 쓰고 있었다. 우리 셋은 사람들의 어깨 위에 올라타고 올드 돔까지 이동했다. 스틸랴기 경호원들이 팔짱을 낀 채로 우리를 에워싸고서 환호하며 노래하는 군중들을 헤치고 나아갔다. 소년들은 붉은 모자와 하얀 셔츠를 입고 있었고 소녀들은 흰색 점퍼에 모자와 같은 붉은 색깔의 바지를 입었다.

역에서도, 올드 돔에 운반된 뒤에도, 나는 수많은 여자들에게 키스를 받았다. 이전에 한 번도 본 적이 없고 이후로도 다시 만나지 못할 여자들이었다. 우리가 격리 검역 대신에 받은 소독 절차가 효과적이기를 바랄 따름이었다. 안 그러면 달 세계 시 절반이 감기나 그보다 나쁜 병으로 쓰러질 테니까. (우리는 깨끗했다. 전염병은 없었으니까. 하지만 아주 어렸을 때에 홍역이 돌아 수천 명이 죽었던 일을 나는 똑똑히 기억하고 있다.)

교수도 걱정이었다. 한 시간 전에 간신히 살아난 사람에게 환영식이란 너무 견디기 힘든 일이었다. 하지만 그는 그걸 즐겼을 뿐 아니라 올드 돔에서는 멋진 연설까지 했다. 논리보다는 수사 어구에 치중한 연설이었다. '사랑', '고향', '달 세계', '동지들과 이웃들', 심지어 '어깨를 나란히'를 비롯해 듣기 좋은 말은 전부 나왔다.

남쪽 벽면의 커다란 뉴스 전광판 아래에 연단이 만들어져 있었다. 아담 셀리니는 전광판의 비디오 스크린으로 우리에게 인사했다. 이제 교수의 얼굴은 훨씬 확대되어 그의 머리 위 전광판에 비쳤으며 소리를 지르지 않아도 되었다. 하지만 그는 한 문장을 마칠 때마다 연설을 중단해야 했다. 군중들의 함성소리가 스크린에서 나오는 쩌렁쩌렁한 목소리까지 잠재워 버렸기 때문이다. 잠깐 말을 중단하는 것이 휴식에 도움이 되었음은 두말할 나위가 없다. 하지만 교수는 더이상 늙고 지친 병자처럼 보이지 않았다. 달 세계는 그가 필요로 하던 정력 회복제였던 모양이다. 그건 나도 마찬가지였다! 편안한 중력 속에서 다시 강인해진 기분을 느끼며 우리 도시의 깨끗하게 환기된 공기를 들이마시는 건 너무나 근사했다.

멋진 도시다! 달 세계 시 주민 전체를 올드 돔 안에 우겨 넣는 것은 불가능하다. 하지만 그들은 최대한 노력한 것으로 보였다. 나는 10평방미터의 면적을 눈대중으로 잡고 그 안의 머리 숫자를 세어 보려고 했지만 200명을 넘어섰는데도 표본 면적 안의 절반도 세지 못하자 그만 포기했다.《루나틱》은 3만 군중이 모였다고 추산했다. 도무지 불가능해 보이는 숫자였다.

교수의 연설은 더 멀리 퍼져 나갔다. 거의 300만이 그의 연설을 들었다. 올드 돔 안으로 들어올 수 없었던 사람들에겐 고적한 달 표면을 지나 모든 거주 구역까지 비디오가 중계되었던 것이다. 그는 이 기회를 놓치지 않고, 총독부가 달 세계 주민들을 대상으로 계획하고 있는 노예적 미래를 말했다. 그는 '백서'를 흔들며 외쳤다.

"여기 있습니다! 여러분의 족쇄입니다! 여러분의 다리에 채워질 쇠고랑입니다! 이걸 차시겠습니까?"

"아니오!"

"그들은 여러분이 반드시 차야 한다고 말합니다. 수소 폭탄을 떨어뜨릴 거라고 말합니다……. 그런 다음에는 살아남는 자들을 항복시켜 족쇄를 채울 거라고 합니다. 그렇게 하실 겁니까?"

"아니오! 절대로 아니오!"

"절대로 아닙니다. 그들은 군대를 보내겠다고 위협합니다……. 강간과 살육을 행할 더 많은 군대를! 우린 그들과 싸워야 합니다."

"옳소!"

"우린 달 표면에서도 싸우고, 지하철 안에서도 싸우고, 통로 안에서도 싸울 겁니다! 꼭 죽어야 한다면 우린 자유인으로 죽을 겁니다!"

"옳소! 옳소! 그들에게 말하자!"

"그리고 우리가 죽는다면 역사는 이렇게 기록할 겁니다! 이때가 달 세계의 가장 좋은 시절이었노라! 우리에게 자유를 달라……. 아니면 죽음을 달라!"

어디서 많이 들어 본 말이었다. 하지만 그의 입에서 나오자 신선하고 새롭게 들렸다. 나도 함께 함성을 질렀다. 자, 보시라……. 나는 우리가 지구를 이길 수 없다는 것을 알고 있었다. 내 직업이 기술자고, 수소 폭탄은 우리가 얼마나 영리한지 상관하지 않는다는 것도 안다. 그럼에도 준비가 되어 있었다. 그들이 싸움을 원한다면 한판 붙어 주겠노라고!

교수는 사람들이 한껏 함성을 지르게 하고는 사이먼이 개사한 「공화국 전투가」를 선창했다. 아담이 화면에 다시 나타나 집회의 주도권을 이어받고 함께 노래를 불렀다. 그러자 우리는 슬림이 이끄는 스틸랴기들의 도움을 받아 연단에서 물러나려고 했다. 하지만 여자들은 우리를 보내 주려 하지 않았고 소년들은 여자들을 제지하는 일에 전력을 다할 수 없었다. 여자들은 호위선을 뚫고 들어왔다. 우리 네 사람, 와이오, 교수, 스튜, 내가 래플즈 호텔의 방에 들어간 것은 밤 11시가 넘어서였다. 그곳에서 아담, 마이크가 비디오로 우리와 합류했다. 나는 그 무렵 배가 엄청나게 고팠다. 모두 마찬가지여서 나는 저녁식사를 주문했고 교수는 먼저 식사를 한 뒤에 계획을 다시 점검하자고 했다.

그런 다음 우리는 본론으로 들어갔다.

먼저 아담은 백서를 소리 내어 읽어 달라고 내게 부탁했다. 그 자신과 동지 와이오밍의 이해를 돕기 위해서였다.

"하지만 먼저, 마누엘 동지, 지구 쪽에서 녹음한 테이프가 있다면 전화기를 통해 고속으로 내 사무실로 전송할 수 있겠습니까? 그걸 받아서 차후에 검토해 보겠습니다. 지금까지 내가 얻은 것은 스튜어트 동지가 보내 준 암호화된 요약본뿐입니다."

나는 그렇게 했다. 마이크가 즉시 그걸 검토하리라는 것을 알고 있었다. 차후에 검토하겠다는 것은 '아담 셀리니'라는 신화를 유지하기 위한 빈말일 따름이었다. 나는 스튜에게 사실을 밝히는 문제를 교수와 의논해야겠다고 결정했다. 스튜가 집행 세포에 들어올 거라면 이런 식으로 계속 연기를 하는 것은 너무 불편했다.

마이크에게 고속으로 녹음을 전달하는 일에 5분이 걸렸고, 소리 내어 백서를 읽는 데는 다시 30분이 걸렸다. 그 일이 끝나자 아담이 말했다.

"교수님, 환영식은 기대 이상의 성공을 거두었습니다. 당신의 연설 덕분이지요. 즉시 의회를 통해 수출 금지 조치를 밀어붙여야 한다고 생각합니다. 오늘 밤에 통지문을 보내 내일 정오 회의를 소집할 수 있는데, 어떻게 생각하십니까?"

내가 말했다.

"잠깐만요. 그 멍청이들은 몇 주일 동안이나 떠들어 대며 소란만 피울 겁니다. 꼭 그들을 참아 내야 한다면, 왜 그래야 하는지 이유는 모르겠지만, 독립 선언문을 발표할 때처럼 합시다. 늦은 시간에 시작해서 자정이 지난 후에 우리 동지들만으로 통과시키는 겁니다."

아담이 말했다.

"미안합니다, 마누엘. 나는 그동안 지구에서 있었던 일을 파악해야 하지만, 당신은 여기서 일어난 일을 따라잡아야 합니다. 의회는 예전과 같은 집단이 아닙니다. 와이오밍 동지?"

"매니, 달링. 지금은 선거를 거친 의회가 되어 있어요. 그들이 통과시켜 주어야 해요. 이제 의회가 우리의 정부예요."

내가 천천히 말했다.

"그럼 선거를 실시하고 그들에게 권한을 넘겨주었다는 거야? 전부 다? 그럼 우린 무엇 때문에 여기 있는 거지?"

나는 교수가 폭발할 것을 기대하고 그를 쳐다보았다. 교수와 나는 반대하는 이유가 다를 수도 있다. 하지만 입만 산 무리들을 다른 무리들과 바꾼다 한들 무슨 소용이 있다는 것인지 도통 이해할 수가 없었다. 최소한 첫 번째 그룹은 우리가 대체할 수 있을 정도로 느슨한 집단이었다. 그러니 이 새로운 그룹은 아예 자리까지 고정되어 있는 것이다.

교수는 전혀 동요하지 않았다. 그는 여유작작하게 손가락 끝을 마주 댔다.

"마누엘, 나는 자네가 느끼는 것만큼 상황이 나쁘다고는 생각하지 않네. 어떤 시대든 그 시대에 인기 있는 신화에 맞출 필요가 있는 거야. 예전에는 신이 왕을 지명하던 때가 있었지. 문제는 신이 올바른 후보를 지명하도록 하는 것이었네. 이 시대의 신화는 '대중의 의지'네……. 하지만 문제는 오로지 표면적으로만 바뀌었을 뿐이야. 아담 동지와 나는 대중의 의지를 어떻게 결정할 것인지를 가지고 오랫동안 토론을 했네. 감히 말하지만 나는 이것이 우리가 충분히 다룰 수 있는 해법이라고 생각하네."

"음…… 좋습니다. 하지만 왜 저는 아무 얘기도 듣지 못했죠? 스튜, 자네는 알고 있었나?"

그가 어깨를 들썩였다.

"아닐세, 매니. 나한테 말해 줄 이유는 없었어. 어차피 나는 왕정주의자니까 아마 관심도 없었을 거야. 하지만 오늘날엔 선거가 필요하다는 점에서는 교수님과 같은 의견이네."

교수가 말했다.

"마누엘, 우리가 돌아올 때까지는 말해 줄 필요가 없었던 거야. 자네와 나는 다른 할 일이 있었으니까. 아담 동지와 친애하는 와이오밍 동지는 우리가 없는 동안 이 일을 처리했네……. 그러니 먼저 그들이 한 일을 들어 보고 난 다음에 판단하기로 하지."

"죄송합니다. 그럼 와이오, 말해 주겠소?"

"매니, 우린 그 어떤 것도 운에 맡기지 않았어요. 아담과 나는 300명 규모의 의회가 적당하다고 보았죠. 그런 다음에는 몇 시간을 들여서 당원 리스트를 살펴보았어요. 당원이 아닌 걸출한 사람들까지 포함했죠. 마침내 우리는 후보자 명단을 뽑았어요. 임시 의회에 있던 사람들도 얼마간 포함되었고요. 전부 다 멍청이들은 아니었으니까 최대한 많이 포함했어요. 그런 다음에 아담은 명단의 후보자들에게 직접 전화를 해서 출마할 의사가 있는지 물어보았죠……. 당분간은 비밀을 지켜 줄 것을 당부하면서요. 우린 몇몇 사람을 교체해야 했어요.

준비가 다 되자 아담은 비디오에 나가 자유 선거를 치르겠다는 당의 공약을 지키겠다고 선언하고 선거일을 정했어요. 그리고 16세 이상은 누구나 투표할 수 있으며, 후보자가 되려는 사람은 지명 청원서에 100명의 서명을 받아 올드 돔이나 해당 거주 지역의 공공 게시 장소에 붙여야 한다고 말했어요. 오, 그래요, 서른 개의 임시 선거구가 지정되고 각 선거구마다 열 명의 의원을 선출하기로 했죠……. 가장 작은 거주 구역을 제외한 모든 구역마다 최소한 하나의 선거구가 되게 했고요."

"그럼 그걸 일렬로 죽 세우고 당원증이 있는 후보자만 통과시킨 건가?"

"오, 아니에요! 당원증 같은 건 있지도 않았어요……. 공식적으로는. 하지만 우리 쪽 후보들에 대해서는 준비를 해 두었죠……. 그리고 나의 스틸랴기들이 추천자 서명을 받는 데 큰 공을 세웠다는 사실을 말해 두고 싶네요. 우리 후보들은 첫째 날에 게시물을 붙였어요. 다른 많은 후보들도 게시물을 붙였지요. 후보자의 수는 무려 2000명이 넘었어요. 하지만 선거 공고일에서 선거일까지는 열흘밖에 여유가 없었고, 우린 무엇을 원하는지 알고 있었는데 반해서 반대파들은 분열되었어요. 아담이 공개적으로 나와서 후보자들을 응원할 필요조차 없었어요. 결과는 대성공이었어요. 당신은 7000표 차이로 이겼어요. 당신 바로 다음의 차점자는 1000표도 채 얻지 못했죠."

"내가 이겼다고?"

"당신도 이기고, 나도 이기고, 교수님도 이기고, 클레이톤 동지도 이기고, 우리가 의회에 들어가야 한다고 생각했던 모든 사람들이 이겼어요. 별로 어렵지는 않았어요. 아담은 아무도 응원하지 않았지만 나는 우리 동지들에게 누가 바람직한 후보인지 알려 주는 것을 전혀 망설이지 않았죠. 사이먼도 한몫 거들었어요. 게다가 우리에겐 신문사마다 연줄이 있었거든요. 선거일 밤에 당신도 여기서 함께 결과를 지켜보았더라면 좋았을 텐데. 얼마나 흥분했던지!"

"투표수 계산은 어떻게 했지? 선거를 어떤 식으로 하는지 몰랐을 텐데. 종이에 이름을 적어 넣었나?"

"오, 아니에요. 더 나은 시스템을 사용했어요……. 왜냐하면 우리 달 세계인들 중에 일부는 글을 쓰지 못하잖아요. 우리는 은행을 투표소로 이용했어요. 은행 직원이 고객의 신원을 확인하면, 고객은 은행 계좌가 없는 자기 가족 구성원들과 이웃들의 신원을 확인해 주는 방식이었죠. 그리고 사람들은 구두로 투표를 했고, 은행 직원들은 투표한 사람이 지켜보는 가운데 은행 컴퓨터에 투표 내용을 입력했어요. 결과는 달 세계 시 어음 교환소에 즉시 기록되었죠. 모든 사람이 투표를 마치는 데에는 세 시간도 걸리지 않았고 결과는 투표 종료 몇 분 만에 출력되었어요."

갑자기 내 머릿속에 어떤 생각이 떠올랐다. 나는 와이오와 단 둘이 있을 때 살짝 물어보아야겠다고 결정했다. 아니, 와이오가 아니라 마이크에게 물어봐야 한다. '아담 셀리니'라는 외피를 뚫고 그의 신경 소자에서 진실을 끌어내는 거다. 그가 1000만 달러보다 100만 배가 많던 액수의 수표를 끊었던 것이 떠오르자, 대체 몇 사람이 내게 투표해 주었는지 궁금했다. 7000명? 700명? 아니면 내 가족과 친구들뿐일까?

하지만 더 이상 새로운 의회에 대해 걱정하지 않았다. 교수는 천하에 어처구니없는 사기 도박을 준비해 놓고는, 범죄가 실행되는 동안 지구로 도피해 있었던 셈이다. 와이오에게 물어볼 필요는 없다. 그녀는 마이크가 무슨 짓을 했는지 알 필요조차 없다……. 의심하지 않는 편이 그녀의 역할을 수행하는 데 더 도움이 될 테니.

아무도 의심하지 않을 것이다. 모든 사람들이 당연하게 여기는 일이 한 가지 있다면 그건 컴퓨터에게 정직한 숫자를 입력하면 정직한 결과가 나온다는 확신이다. 나 자신도 유머 감각을 가진 컴퓨터를 만나기 전까지는 한 번도 그걸 의심하지 않았다.

스튜에게 마이크가 자의식을 가진 컴퓨터라는 사실을 가르쳐 주려던 것은 그만두기로 했다. 비밀을 아는 사람이 세 명이라도 두 명은 너무 많았다. 또는 세 명 다 너무 많은 것인지도 모른다.

"마이……."

나는 말을 꺼내다가 서둘러 바꾸었다.

"맙소사! 아주 효율적이었군요. 우리가 얼마나 크게 이겼습니까?"

아담은 전혀 표정을 바꾸지 않고 대답했다.

"우리 후보자의 86퍼센트가 당선되었습니다. 내가 예상했던 것과 거의 유사한 수준이었지요."

('거의'라고? 웃기고 자빠졌네. 정확히 네가 기대했던 그대로였을 텐데, 마이크, 이 교활한 쇳덩어리야!)

내가 말했다.

"정오 회의에 대한 반대는 철회합니다. 저도 참석하겠습니다."

스튜가 말했다.

"내가 보기에 수출 금지 조치가 즉시 내려진다고 가정하면 우리는 오늘 밤 목격했던 열광을 유지할 필요가 있을 것 같습니다. 안 그러면 오랫동안 경기가 깊이 침체될 겁니다. 수출 금지 덕분이라는 뜻이지요. 그리고 점점 환멸이 증가할 겁니다. 아담, 처음에 당신은 미래에 일어날 일에 대한 명석한 예측력으로 나를 감탄시켰지요. 내 우려가 타당합니까?"

"그렇습니다."

"그렇다면?"

아담은 우리 모두를 차례로 쳐다보았다. 이것이 가짜 이미지이며, 마이크가 스테레오 방식의 음성 수신기를 통해서만 우리의 위치를 예측하고 있다는 사실이 거의 믿기지 않을 정도였다.

"동지들…… 최대한 신속하게 진짜 전쟁으로 유도해야 합니다."

아무도 입을 열지 않았다. 전쟁에 대해 논하는 것과, 정말로 전쟁에 직면하는 것은 전혀 다른 문제였다. 마침내 내가 한숨을 쉬고 말했다.

"바위 던지기는 언제 시작합니까?"

아담이 대답했다.

"우리는 선제공격을 하지 않습니다. 그들이 먼저 공격해 와야 합니다. 어떻게 하면 그들이 적대적인 행동을 하도록 유도할 수 있을까요? 내 생각은 맨 나중에 말하겠습니다. 마누엘 동지?"

"어…… 나를 쳐다보지 마십시오. 내 기분대로라면 아그라에 커다란 바위를 던져 주는 일부터 시작하고 싶으니까요. 거기에는 쓸데없이 공간만 차지하는 쓰레기가 한 놈 있습니다. 하지만 이건 당신이 원하는 대답이 아니겠지요."

아담이 진지하게 대답했다.

"네, 그렇습니다. 그렇게 하면 그 힌두 국가 전체를 화나게 할 뿐 아니라(그들

438

은 살생을 강력히 반대하는 국민들입니다) 타지마할을 파괴함으로써 전 지구의 주민들에게 분노와 충격을 불러일으키게 됩니다."

"나까지 포함해서. 지저분한 소리는 하지 말게, 마누엘."

교수가 말했다.

"꼭 그렇게 하자고 말한 건 아닙니다. 어쨌거나 타지마할은 피하면 되지요."

교수가 말했다.

"마누엘, 아담이 지적했듯이 우리에게 필요한 것은 그들이 우리에게 선제공격을 하게 할 전략이네. 게임 이론의 고전적인 '진주만' 작전이랄까, 국제 정치의 차원에서는 큰 이득이 되는 행동이지. 문제는 어떻게 하는가야. 아담, 나는 이렇게 제안합니다. 그들의 머릿속에 우리가 나약하고 분열되어 있으며 엄포성 무력 시위만으로도 얌전해질 거라는 생각을 심어 줄 필요가 있습니다. 스튜? 지구에 있는 자네 친구들은 도움이 될 것이네. 의회에서 마누엘과 나를 숙청하면 어떨까? 그 효과는?"

"어머, 안 돼요!"

와이오가 말했다.

"아, 괜찮습니다, 친애하는 와이오. 꼭 그렇게 한다는 것이 아니고 지구 쪽에 그런 뉴스를 보내기만 하면 됩니다. 어쩌면 지구 과학자들의 작품인 비밀 전파를 이용하는 것도 좋겠지요. 그동안 공식 채널에서는 엄격하게 검열한 기사만 내보내는 겁니다."

"그건 하나의 전술로서 전략에 포함할 수도 있을 겁니다. 하지만 그것만으로는 충분하지 않습니다. 우리는 반드시 폭격을 받아야 합니다."

"아담, 왜 그렇게 말하는 거죠? 달 세계 시가 그들의 가장 큰 폭탄에 견딜 수 있다고 해도(그건 결코 내가 직접 확인하고 싶은 일은 아니지만) 달 세계가 전면 전쟁에서 승리할 수 없다는 걸 우린 알고 있어요. 당신도 그렇게 말했잖아요.

그것도 아주 여러 번. 저쪽에서 그냥 우리를 가만히 내버려두게 할 그런 방법은 없을까요?"

와이오가 물었다.

아담은 오른쪽 볼을 잡아당겼다. 그걸 보고 나는 생각했다. 마이크, 그런 연극은 제발 집어치워. 안 그러면 나까지도 자네를 믿게 되겠어! 나는 짜증이 나서 조만간 그에게 꼭 한마디 해 주고 싶었다. 그를 '셀리니 의장'이라고 부르지 않아도 되는 기회에.

그가 진지하게 말했다.

"와이오밍 동지, 이것은 복잡한 비영합 게임(non-zero-sum game, 한쪽의 이득이 상대의 손실인 영합 게임(zero-sum game)과 대치되는 개념 — 옮긴이)의 이론 문제입니다. 우리에게는 일정한 자원 내지는 '게임에서 활용할 요소'가 있고, 많은 가능한 수(手)가 있습니다. 우리의 적은 훨씬 많은 자원과, 훨씬 더 큰 대응 스펙트럼이 있지요. 우리의 문제는 어떻게 적절하게 게임을 조작해서 우리의 강점을 최선의 해법으로 활용하는 반면, 상대방으로 하여금 그들의 강점을 낭비하고 이를 최대로 사용하지 못하게 유도할 것인가입니다. 이를 위해서는 적절한 타이밍이 핵심이며, 첫 번째 수를 잘 두어 우리의 전략에 유리한 일련의 사건들을 촉발하는 것이 중요합니다. 말로 설명해서는 잘 이해 가지 않을 겁니다. 다양한 요소를 컴퓨터에 입력하여 결과를 보여 드릴 수도 있습니다. 여러분은 그 결론을 그냥 따를 수도 있고, 스스로 판단을 내리기 위한 자료로 활용할 수도 있을 겁니다."

그는 (스튜의 코앞에서) 자신은 아담 셀리니가 아니라 마이크이며, 그렇게 복잡한 문제도 다룰 수 있는 세상에서 제일 똑똑한 컴퓨터라는 사실을 와이오에게 상기해 준 것이다.

와이오는 뒤로 물러섰다.

"오, 아니에요. 나는 수학 같은 건 잘 몰라요. 좋아요, 그건 꼭 필요한 일이군요. 그럼 어떻게 그걸 하죠?"

교수와 스튜, 아담까지 만족하는 계획이 마련된 것은 새벽 4시가 다 되어서였다. 아니 마이크가 자기 계획을 우리에게 설득시키는 데 그 정도 시간이 걸렸다. 나머지 우리들에게서 아이디어를 끌어내는 척하면서 말이다. 아니면 그것은 교수의 계획이고 아담 셀리니는 세일즈맨에 지나지 않았던 것일까?

어쨌거나 우리는 계획과 일정을 정했다. 2075년 5월 14일 화요일에 수립한 마스터플랜에 기초한 것으로 그동안 실제 일어난 사건들에 맞추어 변화를 주었을 뿐이었다. 본질적으로 우리는 최대한 못되게 행동하는 동시에 볼기짝을 때려서 순하게 만들기가 무척 쉬운 인간들이라는 인상을 더욱 강하게 심어 주는 것이 요지였다.

나는 수면 부족 상태로 공동체 강당에 도착했다. 그 다음 두 시간 더 잠을 자도 좋았다는 사실을 깨달았다. 홍콩에서 오는 의원들은 지하철로 이동해도 그렇게 빨리 도착할 수 없었던 탓이다. 와이오는 오후 2시 반이 될 때까지 의사봉을 두드리지 않았다.

그렇다, 나의 신부는 아직 조직되지 않은 집단의 임시 의장이었다. 그녀는 의회를 지배하는 일에 타고난 재능이 있는 데다가 어중이떠중이 같은 달 세계인들도 숙녀가 방망이를 두드릴 때는 더 얌전하게 행동하는 법이니 괜찮은 선택이었다.

새로운 의회가 그때 열린 회의나 그 후의 회의에서 무엇을 하고 논의했는지 시시콜콜 설명하지는 않겠다. 의사록이 있으니 찾아보기 바란다. 나는 오로지 필요할 때만 얼굴을 내밀었으며 의사 진행에 관한 까다로운 규칙은 절대 배우지 않았다. 내가 보기에 그 규칙이란 것은 의장이 자기 멋대로 하기 위한 술수와 보통의 예의범절이 동등한 분량으로 뒤섞인 속임수 같지만.

와이오가 방망이를 두드리며 정숙할 것을 요구하자마자 한 친구가 벌떡 일어나 말했다.

"숙녀 의장 각하, 규칙은 잠시 미루고 데 라 파즈 교수 동지에게 이야기 들을 것을 제안합니다!"

그 말에 찬성의 함성이 터져 나왔다.

와이오는 다시 방망이를 두드렸다.

"그 동의는 규칙에 어긋납니다. 하부 처칠 구역의 대표께서는 자리에 앉아주시기 바랍니다. 이 의회는 산회 선언 없이 연기되었으므로, 영구적 조직, 결의, 정부 조직 위원회의 의장께서 여전히 회의 진행 권한을 가지고 있습니다."

그 의원회의 의장이란 타이코 언더의 대표인 볼프강 코르사코프였다. (또한 그는 교수의 하부 세포 구성원이며, 루노호 사의 수석 재정 분석가이기도 했다.) 그는 회의 진행 권한을 갖고 있을 뿐 아니라 자기가 보기에 적당하다 싶을 때에만 넘겨주는 식으로 온종일 발언권을 행사했다. (그러니까 아무나 발언하도록 허용한 것이 아니라 자신이 발언하길 바라는 사람만을 지적해서 말을 시켰다는 얘기다.) 하지만 아무도 크게 불만을 품는 것 같지는 않았다. 이 사람들은 통솔당하는 것에 만족하는 것처럼 보였다. 그들은 시끄럽기는 하지만 제멋대로인 인간들은 아니었다.

저녁식사 시간까지 달 세계는 임시로 선임받은 정부를(우리가 멋대로 선임했고, 교수와 나를 지구로 보냈던 정부 말이다) 교체할 새로운 정부를 탄생시켰다. 의회는 임시 정부의 모든 결정과 행동을 비준하고, 우리가 했던 일을 승인하고, 그동안의 노고를 끝내고 퇴임하는 정부를 치하하고, 볼프강의 위원회가 영구적인 정부 조직을 구성하는 작업을 계속하도록 지시했다.

교수는 의회의 대통령으로 선출되어 헌법이 만들어질 때까지 잠정 정부에서 국무총리를 겸임해 달라는 요청을 받았다. 그는 나이와 건강을 이유로 사양했다……. 하지만 몇 가지 도움을 허락받는다면 자리를 맡겠노라고 말했다. 즉 그는 너무 노령이고, 지구 여행 때문에 완전히 녹초가 되었기 때문에, 국가 비상 사태를 제외하면 의회를 통솔하는 책임을 지기 힘들다, 그러니까 의회의 의장과 임시 의장을 선출해 주기를 바란다……. 그리고 그 외에도 의회는 전국구 의원을 선출하여 전체 의원 숫자의 10퍼센트까지 늘릴 필요가 있다……. 그래야만 누가 총리가 되든 간에 현재 의원이 아닐 수도 있는 사람들 중에서 국무 위원이나 장관을 선택할 수 있을 것이다……. 특히 자신의 어깨를 누르는 무거운 짐을 들어내기 위해서는 정무장관이 필요하다고 그는 말했다.

　그들은 망설였다. 대부분은 '의원'이라는 신분을 자랑스러워했고 예전부터 부러워하던 자리였다. 하지만 교수는 그저 피곤해 보이는 표정으로 가만히 앉아서 기다렸다. 그러자 누군가가 그래도 여전히 지배권은 의회의 손에 있다고 지적했다. 그러자 그들은 교수가 원하는 것을 주었다.

　그런 다음 누군가가 의장에게 질문을 제기하는 방식으로 연설을 시작했다. 아담 셀리니가 의회에 참여하지 않은 것은 비상 위원회의 의장이라는 지위를 이용해 새로운 정부로 들어가려 해서는 안 된다는 이유였음을 누구나 알고 있다(그가 그렇게 말했다)……. 하지만 존경하는 숙녀 의장께서는 아담 셀리니가 전국구 의원으로 선출되어서는 안 되는 이유를 한 가지라도 알고 있는가? 훌륭한 노고에 대한 감사의 뜻으로 말이다. 모든 달 세계인에게, 그리고 모든 지구 벌레들과, 특히 예전 달 세계 총독부 관계자들에게, 우리가 아담 셀리니를 거부하는 것이 아니며, 오히려 그 반대로 그는 사랑받는 원로 정치인이며 그가 대통령이 되지 않은 것은 오로지 그 자신이 바라지 않기 때문이라는 사실을 알게 하자!

더 커다란 환호가 오랫동안 이어졌다. 의사록을 찾아보면 그 발언을 한 사람이 누구인지는 금방 알 수 있을 것이다. 하지만 사실 그 연설문은 교수가 작성했고 회의에서 발언되도록 일을 꾸민 것은 와이오였다.

그 며칠 동안 다음과 같은 사항이 결정되었다.

국무총리 겸 외무부 장관: 베르나르도 데 라 파즈 교수

의장: 핀 닐센

의장 대리: 와이오밍 데이비스

외무부 차관 겸 국방장관: 오켈리 데이비스 장군

정보부 장관: 테렌스 쉬니(쉬니는 아담과 스튜와 함께 일하기 위해《프라우다》를 편집국장에게 맡겼다.)

정보부의 특별 정무장관: 스튜어트 르네 라즈와 전국구 의원

재경부 장관(적국 소유의 재산 관리자 겸임): 볼프강 코르사코프

내무부 및 치안 담당 장관: '클레이톤' 와타나베 동지

정무장관 겸 총리 특별 자문: 아담 셀리니

그리고 달 세계 시 이외의 다른 거주 구역 출신으로 10여 명의 장관과 정무장관들이 정해졌다.

어떻게 된 건지 알겠는가? 근사한 호칭을 떼어 내고 나면 여전히 B급 세포들이 마이크의 자문을 받아 모든 것을 움직이고 있는 것이다. 다만 이번에는 어떤 결선 투표에서도 질 리 없는 의회의 지원을 받았다. 하지만 우린 별로 이기고 싶지 않은, 또는 이기나 지나 관심 없는 투표에서는 선선히 져 주었다.

그 당시에는 그 모든 귀찮은 토론과 절차가 무슨 소용이 있는 건지 알 수가 없었다.

저녁 회의 시간에 교수는 여행에 관해 설명한 뒤, 위원회 의장인 코르사코프 의장의 동의를 받아 내게 발언권을 넘겼다. 그리하여 '5개년 계획'이 무엇인지, 총독부에서 어떻게 나를 회유하려 했는지 보고하게 했다. 나는 절대 연설가는 되지 못할 것이다. 하지만 저녁 식사를 위해 잠깐 휴회했을 때 마이크가 작성한 연설문을 열심히 암기할 시간이 있었다. 그가 어찌나 교활하게 얘기를 짜깁기해 놓았던지 나도 그걸 읽으면서 다시 크게 화가 났고 연설을 하면서도 화를 참지 못해서 간신히 의미를 전달할 정도였다. 내가 자리에 앉을 무렵 의회는 금방이라도 폭동이 일어날 분위기가 되었다.

교수가 수척하고 창백한 모습으로 앞으로 나서더니 조용히 말했다.

"의원 동지들, 우린 무엇을 해야 할까요? 코르사코프 의장의 동의 하에 나는 우리 나라에 대한 이 오만한 행동에 어떻게 대응해야 할 것인지 난상 토론을 할 것을 제안합니다."

노비렌 출신의 어떤 대표는 전쟁을 선포하자고 주장했다. 아직 위원회의 보고를 듣는 중이라는 점을 교수가 상기하지 않았다면 바로 그 자리에서 가결되었을 것이다.

더 많은 주장이 나왔다. 모두 원한과 증오가 가득한 말들이었다. 마침내 창존스 의원 동지가 발언했다.

"동료 의원 여러분, 아니, 죄송합니다, 가스파진 코르사코프 의장 각하, 저는 쌀과 밀을 재배하는 농부입니다. 아니, 예전에는 그랬습니다. 지난 5월에 은행 융자를 얻으면서 아들들과 저는 다양한 작물을 재배하는 쪽으로 전환하고 있으니까요. 우리는 파산했습니다. 여기 오기 위해 지하철 요금을 빌려야 했을 정도입니다. 하지만 우리 가족은 굶주리고 있지는 않으며 언젠가는 은행 빚을 갚게 될 것입니다. 최소한 저는 더 이상 곡물을 재배하지는 않습니다.

하지만 다른 사람들은 여전히 재배하고 있습니다. 우리가 해방된 이후로 지금까지 사출기는 곡물 수출을 조금도 줄이지 않았습니다. 우리는 여전히 곡물을 수출합니다. 그들의 수표가 언젠가는 약간의 가치라도 지니게 될 것이라는 희망을 안고서 말입니다.

하지만 이제 알았습니다! 우리는 그들의 본심을 알았습니다. 우리에게 무슨 일을 시키고 싶어하는지를! 저는 그런 악당들을 정신 차리게 하려면 수출을 중지하는 것이 유일한 길이라고 감히 말합니다. 지금 당장! 더 이상 한 통도, 1킬로그램도 안 됩니다……. 그들이 이곳으로 와서 정직한 가격으로 정직한 태도로 흥정하기 전까지는 말입니다!"

자정이 지날 무렵 그들은 수출 금지 조치를 통과시켰다. 그런 다음 해당 사안의 세부 사항은 상임 위원회로 옮겨 계속 논의하기로 했다.

와이오와 나는 집으로 돌아갔다. 나는 다시 가족과 만났고 더 이상 할 일은 없었다. 마이크, 아담과 스튜는 그것으로 지구 쪽에 어떻게 타격을 입힐 것인지 연구하고 있었으며, 마이크는 벌써 24시간 전에 ('탄도 컴퓨터의 기술적 문제 때문에') 사출기의 작동을 중단해 놓았다. 이미 궤도에 들어간 수송용 통은 하루가 약간 지난 후에 푸나 지상 관제소가 넘겨받을 것이다. 그리고 지구는 그것이 그들이 받게 될 마지막 통임을 심술궂게 통보받을 터였다.

* 22 *

농부들이 받는 충격은 사출기 시장에서 곡물을 계속 사들이는 것으로 다소 완화되었다. 하지만 이제 거기서 지불되는 수표의 뒷면에는 달 세계 자유국은 이 수표의 가치를 보증하지 않는다는 문구가 인쇄되었고, 달 세계 총독부가 총독부 달러나 기타 등등의 화폐로 그 수표를 다시 사들일 것이라는 보증 문구도 없었다. 어떤 농부들은 그래도 여전히 곡물을 넘겼고, 어떤 농부들은 판매를 포기했다. 모두가 비명을 질렀다. 하지만 그들이 할 수 있는 일은 아무것도 없었다. 사출기는 작동을 완전히 중단했고 적재용 벨트는 움직이지 않았다.

곡물 시장의 불황은 나머지 시장에 즉시 반영되지는 않았다. 방위군에서 얼음 광부들을 하도 많이 빼갔기 때문에 농부들은 자유 시장에서 얼음을 팔아 이익을 올렸다. 루노호 사의 철강 자회사는 신체 건강한 남자들을 최대한 고용하고 있었다. 그리고 볼프강 코르사코프는 '국가 화폐'로서 지폐를 발행할 준비를 마쳤다. 홍콩 달러와 비슷하게 인쇄될 것이기에 이론적으로는 통화를 안정시킬 수 있었다. 달 세계에는 식량, 일자리, 화폐가 풍족해서 사람들은 별로 고통을 겪지 않았다. '맥주, 도박, 여자, 일'이라는 일상생활도 평소처럼 계속되었다.

'국가 화폐'라고 이름 붙은 그 화폐는 인플레이션 통화이자 전시 통화이며 정화(正貨)가 준비되지 않은 법정 불환 통화였다. 그리고 발행 첫날에는 '환전 수수료' 구실로 아주 약간 할인되기까지 했다. 그래도 시장에서 사용할 수 있는 돈이었기에 화폐 가치가 결코 제로까지 떨어지지는 않았다. 하지만 그것은 인플레이션을 유발할 수 있었고 발행을 하면 할수록 인플레 위험은 더욱 증가했다. 새 정부는 가지고 있지도 않은 돈을 쓰는 셈이었다.

하지만 그것은 나중의 일이었다. 지구, 총독부, 그리고 세계 연방을 향한 도전은 의도적으로 신경을 건드리는 쪽으로 이루어졌다. 세계 연방 소속의 우주선들은 달의 지름 10배 거리 안으로 들어와서는 안 되며, 어떤 거리에서도 달 주위를 돌아서는 안 된다는 명령을 받았다. 이러한 명령을 어길 시에는 경고 없이 파괴될 것이라고 통보받았다. (방법은 언급하지 않았다. 우린 그렇게 할 방법이 없었기 때문이다.) 민간 소유의 우주선은 착륙해도 좋다고 했다. 단 a) 비행 계획을 수립하기 전에 미리 허가를 요청해야 하며, b) 승인받은 비행 궤도를 따르는 동시에 10만 킬로미터 거리에서부터 달 세계 지상 관제소(마이크)의 유도를 받아 지정한 위치에 착륙하며, c) 세 명의 사관에게 총 세 자루를 허가하는 것 외에는 비무장이어야 한다. 마지막 부분은 착륙 시에 검사를 받음으로써 확인될 것이며 그런 다음에야 누구든 우주선에서 내리거나, 연료 또는 반응 질량을 보급받을 수 있을 것이다. 이를 위반하면 우주선은 몰수된다. 자유 달 세계를 인정한 지구 국가의 시민을 제외하면(그런 나라는 차드뿐이었다. 그리고 차드는 우주선이 없었다. 교수는 혹시 민간 우주선이 차드 선박으로 등록하고 차드 상선의 깃발을 달지도 모른다고 기대했다) 선적, 하역, 또는 서비스에 관련된 우주선 선원 외에 그 누구도 달 세계에 내리는 것이 허용되지 않는다.

우리는 성명서에 아직 달 세계에 남아 있는 지구 과학자들이 우리의 요구에 따르는 우주선에 탑승해서 얼마든지 고향으로 돌아갈 수 있다고 명시했다. 또한 성명서에는 자유를 사랑하는 지구의 모든 국가들에게 이제까지 달 세계에 가해진 부당한 처사, 총독부가 우리를 상대로 계획한 음모를 비난하고 우리를 승인하여 자유로운 무역과 완전한 교류를 누리자고 촉구하는 내용도 담겨 있었다. 그리고 달 세계에는 관세라든가 어떤 인위적인 규제도 없음을 지적하고, 앞으로도 계속 그런 식으로 유지하는 것이 달 세계 정부의 방침이라고 말했다. 우리는 무제한의 이민을 장려했고, 달 세계에는 노동력이 부족하기 때문에 어떤 이민자라도 즉시 자활이 가능하다고 주장했다.

또한 우리는 식량을 자랑했다. 성인의 일일 섭취량은 4000칼로리가 넘고, 고단백 식사인 데다가 비용은 저렴하고 규정 배급량 같은 것은 존재하지 않는다. (스튜는 아담, 마이크에게 100도짜리 보드카 가격을 끼워 넣게 했는데 리터 당 50홍콩 달러였다. 적은 양을 구입하면 세금도 없다. 이것은 북미에서 80도짜리 보드카 소매 가격의 10분의 1도 되지 않았기 때문에 스튜는 이것이 대단한 부러움을 살 것임을 알고 있었다. 아담은 '태생적인' 절대 금주가였기 때문에 그것은 미처 생각하지 못했다. 그것은 마이크가 간과한 몇 안 되는 일 중 하나였다.)

성명서에 우리는 달 세계 총독부 관계자들이 다른 지구인들과 멀찍이 떨어진 한 장소에 모이는 것이 좋겠다고 썼다. 사하라 사막의 관개를 하지 않은 지역이 좋겠다면서 전혀 감속하지 않은 속도로 곧장 떨어지는 마지막 곡물 수송용 통을 공짜로 받으라고 했다. 그런 다음에 우리의 평화를 위협하는 자들이라면 누구에게든 같은 일을 해 줄 준비가 되어 있다는 거만한 설교도 뒤따랐다. 사출기 헤드에는 아주 많은 곡물 수송용 통이 대기 중이고, 언제든지 그렇게 점잖지 못한 방식으로 배달할 준비가 되어 있다면서.

그런 다음에 우리는 기다렸다.

하지만 가만히 앉아서 기다리지는 않았다. 우리는 아주 바빴다. 실제로 곡물이 가득 실린 수송용 통이 몇 개 있었다. 우리는 곡물을 내리고 바위로 다시 채웠다. 물론 푸나 관제소가 간섭할 수 없도록 레이저 유도 장치는 변경해 놓았다. 역추진 분사기는 제거했고 오로지 측면 분사 로켓만 남겼다. 그런 다음 여분의 역분사 추진기는 새로운 사출기 기지로 운반되어 측면 분사 유도를 받도록 개조했다. 강철을 새로운 사출기 기지로 운반하고 단단한 바위를 담을 외피로 제작하는 데 가장 많은 공을 들였다. 강철이 부족한 것이 가장 큰 문제였다.

우리의 성명서가 나간 지 이틀 후에 '비밀' 라디오가 지구로 전파를 송출하기 시작했다. 약하고 중간중간 끊기며, 분화구 속에서 나오는 듯한 전파였는데 용감한 지구 과학자들이 간신히 자동 반복 송신 장치를 만들기 전까지 오직 한정된 시간 동안만 작동할 수 있었다. 그것은 '자유 달 세계의 소리'의 주파수와 비슷했다. 따라서 시끄럽게 선전하는 소리에 파묻히기 쉬웠다.

(달 세계에 남아 있는 지구인들이 신호를 보낼 가능성은 전혀 없었다. 연구에 붙어 있기로 선택한 과학자들은 매 순간 스틸랴기들에게 감시를 받고 있었으며 잠을 잘 때는 숙소에 감금되었다.)

하지만 '비밀' 방송국은 어떻게든 지구에 '진실'을 보낼 수 있었다. 교수는 노선 이탈로 재판을 받고 가택 연금 중이다. 나는 반역죄로 처형되었다. 달 세계 홍콩은 따로 떨어져 나와서 독립을 선언했다……. 그들은 아마 말이 통할지도 모른다. 노비렌에서는 폭동이 일어났다. 모든 곡물 재배는 집단 농장 방식으로 되었고, 암시장에서 달걀은 달 세계 시의 경우 한 개당 3달러에 팔리고 있다. 여성으로 구성된 부대가 편성되고 각자가 최소한 한 명의 지구인을 죽이겠다고 서약한 후에 달 세계 시의 공공 거리에서 가짜 총을 가지고 연습을 하고 있다.

마지막 부분은 거의 진실이었다. 대부분의 숙녀들은 뭔가 군사적인 행동을 하고 싶어했고, '하데스의 숙녀들'이라는 민방위대를 구성했다. 하지만 그들의 훈련은 실용적인 면에 집중되었다. 헤이즐은 멈이 부대에 입대하는 것을 허락하지 않아서 토라졌다. 그러다가 토라진 것을 극복하고 '스틸랴기 비행 소녀단'

을 결성했다. 방과 후에 훈련을 하는 어린 소녀들의 민방위대 같은 것이었는데, 무기는 사용하지 않고, 스틸랴기들의 공기 및 기압 부대를 지원하는 데 집중하며 응급 처치법을 배웠다. 그리고 무기를 사용하지 않는 자기들만의 싸움법도 익혔다. 아마 멈도 거기까지는 몰랐을 것이다.

나는 어디까지 말해도 좋은지 모르겠다. 전부 다 말할 수는 없다. 하지만 역사책은 틀린 내용이 너무 많았다!

나는 '의원'으로서만큼이나 '국방장관'으로서도 소질이 없었다. 변명은 아니지만 나는 어느 쪽의 훈련도 받지 못했다. 우리들 거의 전부가 아마추어 혁명가들이었다. 오로지 교수만이 자기가 하는 일을 아는 사람 같았지만 이 일은 그에게도 새로운 일이었다. 그는 한 번도 성공적인 혁명에 참여해 본 적이 없으며, 어떤 정부의 우두머리가 되는 것은 말할 것도 없고 그 일원이 된 적도 없었다.

국방장관으로서 나는 이미 취해진 몇 가지 조치를 제외하면 다른 방어 수단 같은 것은 별로 생각해 내지 못했다. 즉 거주 구역별로 스틸랴기들의 대공 부대와 탄도 레이더 주변에 레이저 사격수를 배치하는 것 외에는 말이다. 세계 연방에서 폭탄을 떨어뜨리겠다고 작정하면 그것을 막을 방법이 전혀 없었다. 달 세계에는 대공 요격 미사일이 없었으며, 그 미사일은 간단한 부품이나 고물을 가지고 뚝딱 만들어 낼 수 있는 물건이 아니다. 젠장, 우리는 그런 미사일에 장착할 핵융합 폭탄조차 만들어 낼 수 없었다.

하지만 나는 사방에 수소문을 하기는 했다. 레이저 총을 제작했던 중국인 기술자들에게 폭탄이나 미사일을 중간에서 차단할 방법이 없는지 문의해 놓았다. 미사일 쪽이 훨씬 더 빨리 날아온다는 점을 제외하면 동일한 문제였으니까.

그런 다음 다른 일들로 주의를 돌렸다. 그저 세계 연방이 주거 구역에는 폭격하지 않기만을 바랄 따름이었다. 어떤 거주 구역은, 특히 달 세계 시 같은 곳이라면 바위 속 깊은 곳에 자리 잡고 있으므로 폭탄의 직접 공격에도 견딜 수 있을지도 모른다. 마이크의 중앙 본체가 살고 있는 청사 단지의 가장 아래층은 폭격에 견디도록 설계되어 있었다. 반면에 타이코 언더는 올드 돔과 같은 커다란 천연 동굴로서 지붕의 두께는 고작 몇 미터밖에 되지 않는다. 아래쪽의 밀봉 충전재는 새로운 균열을 밀봉하기 위해 열탕 파이프로 항상 따뜻하게 유지되고 있다. 타이코 언더를 박살내는 데는 폭탄 하나도 필요하지 않을 것이다.

하지만 핵융합 폭탄의 크기에는 제한이 없다. 세계 연방은 달 세계 시를 단번에 날려 버릴 만한 대형 폭탄을 제조할 수도 있었다. 아니 이론적으로는 타이코 분화구를 만든 소행성들의 일을 마저 끝내는 식으로, 달 세계 전체를 멜론처럼 박살 내어 완전히 끝장 낼 수도 있는 것이다. 그들이 그런 일을 한다면 그들을 제지할 수 있는 방법은 전혀 없었다. 따라서 걱정할 필요도 없었다.

대신에 나는 처리할 수 있는 문제에 시간을 쏟았다. 즉 새로운 사출기의 마무리 작업을 돕고, 레이더 주위에 배치한 레이저 드릴을 더 조준하기 좋게 배치하려 하고(그리고 드릴을 다루는 광부들도 붙잡아 두려고 애썼다. 그들 중 절반은 얼음 가격이 오르자 그만둬 버렸다), 모든 거주 구역에 비상용 분산 관제 장치를 배치하려고 노력했다. 마이크는 그것을 설계했고, 우리는 일반 업무용 컴퓨터를 능력이 닿는 한 최대한 징발했으며(아직 잉크도 마르지 않은 '국가 화폐'로 지불했다), 나는 총독부의 전직 기술 국장이었던 매킨타이어에게 그 업무를 맡겼다. 그것은 그가 할 수 있는 업무인 데다가 아무리 노력한다 해도 배선을 다시 연결하는 것 같은 일을 내가 모두 할 수는 없었기 때문이다.

하지만 가장 큰 컴퓨터는 내가 맡았다. 달 세계 홍콩 은행과 그곳에 있는 어음 교환소에서 계산을 하던 컴퓨터였다. 나는 그 컴퓨터의 사용 설명서를 살펴보고, 말을 할 수 없는 컴퓨터치고는 똑똑한 녀석이라는 결론을 내렸다. 그래서 마이크에게 녀석에게 탄도 계산을 가르칠 수 있겠는지 물었다. 우리는 마이크가 살펴볼 수 있도록 임시 라인을 만들어 두 컴퓨터를 연결했다. 그러자 마이크는 우리가 시키고 싶어하는 간단한 역할인 새로운 사출기를 조작할 비상용 컴퓨터 역을 맡길 수 있겠다고 했다. 하지만 마이크는 그 녀석이 조종하는 우주선에는 타고 싶지 않다고 했다. 녀석은 너무 고지식하고 무비판적이기 때문이었다. 즉 멍청했다.

어쨌거나 나는 녀석에게 휘파람을 불게 하거나 우스운 농담을 하게 하려는 게 아니었다. 그저 적당한 시간과 정확한 속도로 사출기의 하물을 발사하고 그런 다음에 그것이 지구에 접근하여 살짝 찔러 주는 것을 지켜볼 수 있기만 바랄 따름이었다.

홍콩 은행 측은 컴퓨터를 파는 일에 소극적이었다. 하지만 그들의 이사회에는 애국자들이 있었고, 우리는 비상 상황이 종결되면 다시 돌려주겠다고 약속했다. 그리고 컴퓨터를 새로운 기지로 옮겼다. 지하철로 옮기기에는 너무 컸기 때문에 롤리건에 실어서 이동했는데 옮기는 작업에만 어두운 반달이 내내 걸렸다. 컴퓨터를 들어내기 위해서 홍콩 거주 구역에 대형 에어 로크를 임시로 만들어야 했다. 나는 그것을 다시 마이크와 연결했고, 마이크는 만에 하나 새로운 기지와 연결이 공격으로 차단당할 가능성에 대비해서 녀석에게 탄도 기술을 가르치기 시작했다.

(컴퓨터를 대신해서 은행에서 무엇을 사용했는지 알고 있는가? 은행원 200명이 주판을 두드렸다. 주판이 뭐냐고? 왜, 알이 붙어 있는 계산자 같은 것 말이다. 가장 오래된 계산기로, 그 기원은 선사 시대까지 거슬러 올라가며 아무도 누가 처음 발명했는지 모른다. 러시아 인들, 중국인들, 일본인들은 항상 그것을 사용했다. 요즘도 조그만 상점에서는 사용한다.)

레이저 드릴을 우주 방어용 무기로 개조하는 작업은 더 쉬웠지만 방법은 더 복잡했다. 우리는 레이저 드릴을 분해해서 개조할 수는 없었기에 원래의 지지대 위에 그냥 놓아 두어야 했다. 시간도 없었고, 철강도 없었고, 새로 만들 금속 기술자도 없었다. 따라서 보다 효과적인 조준 장치를 만드는 데 집중했다. 망원경이 필요했지만 거의 없었다. 어떤 유형수가 유배를 당하면서 망원경을 가져오겠는가? 어떤 시장이 아무것도 없는 상태에서 공급을 창출하겠는가? 우리가 찾아낼 수 있었던 것은 탐사용 기기와 헬멧용 쌍안경, 그리고 지구인들의 연구소에서 징발한 광학 기계뿐이었다. 하지만 우리는 넓은 범위를 탐색하는 저배율 망원경과 정확한 조준을 하기 위한 고배율 망원경을 드릴에 장착했다. 또한 앙각 조준 회전 장치와 마이크가 어디를 조준하라고 알릴 수 있도록 전화를 설치할 수 있었다. 드릴 네 개에는 자동 동조 반복 드라이브를 장착하여 마이크가 직접 조작할 수 있게 했다. 이 자동 동조 장치는 리처드슨 천문대에서 압수했는데, 천문학자들은 보쉬 카메라와 슈미트 카메라에 이 장치를 달아서 천체지도를 작성하는 데 사용했다.

하지만 가장 큰 문제는 사람이었지 돈이 아니었다. 우리는 임금을 계속 인상하고 있었다. 그렇다, 드릴 광부들은 일하는 것을 좋아한다. 그렇지 않으면 그런 직업에 종사하지도 않을 것이다. 매일같이 대기실에서 대기하며 경보가 울리기를 기다렸지만, 항상 또 다른 훈련 경보일 뿐임이 드러났다. 그것이 그들을 돌게 해서 그들은 그만두었다. 9월의 어느 날에는 내가 경보를 울렸더니 고작 일곱 대의 드릴에만 인원이 배치되었다.

그날밤 나는 와이오와 시드리스에게 그 문제를 상의했다. 다음 날 와이오는 교수와 나에게 아주 많은 돈을 지출해도 괜찮은지 물어 왔다. 그들은 와이오가 '전쟁을 끝맺는 여인들의 부대(고대 그리스의 시인 아리스토파네스의 희곡『뤼시스트라타(Lysistrata)』에서 따온 이름. 뤼시스트라타는 '전쟁을 끝맺는 여자'라는 의미를 지니고 있으며 여자들이 잠자리를 이용해 남자들의 전쟁을 끝맺게 한다는 내용을 담고 있다 — 옮긴이)'라고 명명한 군대를 조직했다. 나는 그 부대의 임무가 무엇인지 돈이 얼마나 드는지 전혀 묻지 않았다. 다음번에 대기실을 시찰했을 때 아가씨 세 명을 발견했으며 광부들이 전혀 부족하지 않은 것을 발견했기 때문이었다. 아가씨들은 남자들과 마찬가지로 제2방위 포병대의 제복을 입고 있었다. (광부들은 그전까지만 해도 공식적인 제복 같은 것은 입으려 하지 않았다.) 그리고 한 아가씨는 포병 대장의 휘장과 하사관 중 상사의 견장을 달고 있었다.

나는 시찰을 '아주 짧게' 마쳤다. 대부분의 아가씨들은 광부가 될 만한 근육은 없었다. 그리고 이 아가씨가 그러한 휘장을 달 만큼 드릴과 제대로 씨름을 할 수 있을 것 같지도 않았다. 하지만 정규 포병 대장은 계속 자리를 지켰고, 아가씨들이 레이저 다루는 법을 배우지 말라는 법도 없었다. 확실히 사기는 아주 높아졌다. 나는 더 이상 걱정하지 않았다.

교수는 새로운 의회를 과소평가했다. 그가 의회에 원한 것은 우리가 하고 있는 일을 솜방망이 두드리듯 적당히 비판해서 '민중의 목소리'로 만들어 줄 집단 정도였다. 하지만 새로운 의원들은 멍청이가 아니어서 교수가 의도한 것 이상의 사고를 쳐 버렸다. 특히 영구 조직, 결의, 정부 조직 위원회가 그랬다.

다들 너무 많은 일을 하느라 바빴기 때문에 그만 우리 손에서 벗어나 버린 셈이었다. 의회의 상임 의장단은 교수, 핀 닐센, 그리고 와이오였다. 교수는 자기가 그들에게 할말이 있을 때만 나타났다. 즉 아주 드물게 출석했다. 교수는 계획과 분석에 관해서는 마이크와 협의하고(승률은 76년 9월 한 달 동안 1대 5로 높아져 있었다), 지구로 보내는 공식 뉴스와 '비밀' 전파를 통해서 보내는 아주 다른 내용의 '뉴스'를 통제하며, 지구 쪽에서 올라오는 뉴스를 입맛에 맞도록 고쳐 쓰는 등의 선전 활동은 스튜 및 쉬니와 협의하며 시간을 보냈다. 그 밖에도 그는 모든 일에 관여했다. 나는 매일 한 차례 그에게 보고했고, 실질적인 장관이든 허수아비 장관이든 다른 각료들도 전부 마찬가지로 하고 있었다.

나는 핀 닐센을 계속 바쁘게 했다. 그는 '전군 총사령관'으로 자신의 레이저 소총 보병대를 감독해야 했다. 우리가 총독을 붙잡았던 날에는 무장한 보병이 여섯 명이었지만 지금은 홍콩제 모조품 레이저 소총으로 무장한 보병 800명이 달 세계 전역에 흩어져 있었다. 그 밖에도 와이오의 조직인 스틸랴기 방공대, 스틸랴기 비행 소녀단, 하데스의 숙녀들, 어린이 탐정단(사기 진작을 위해 해체하지 않고 '피터팬의 해적들'로 이름을 바꾸었다), 전쟁을 끝맺는 여인들의 부대 등등…… 이 모든 준군사 조직이 와이오를 통해 핀에게 보고했다. 나는 그에게 이런 문제를 떠넘겼다. 나에게는 다른 할 일이 많았기 때문이었다. 이를테면 새로운 사출기 기지에 컴퓨터를 설치하는 것 등의 일을 해야 할 때에는 나는 '정치가'인 동시에 컴퓨터 기술자가 되려고 노력했다.

더군다나 나는 관리자 타입이 아니었지만 핀은 그런 타입으로 재능이 있었다. 나는 제1과 제2방위 포병대도 그의 휘하에 떠넘겼다. 하지만 먼저 이 두 기간 연대를 하나의 '여단'으로 하기로 결정하고 브로디 판사를 '여단장'에 임명했다. 브로디는 군대 문제를 나와 비슷한 정도로 알고 있었다. 즉 아무것도 몰랐다. 하지만 그는 널리 알려지고 대단한 존경을 받았으며 무한할 정도로 놀라운 인내력의 소유자였다. 그리고 한쪽 다리를 잃기 전까지는 드릴 광부로 일하기도 했다. 핀은 드릴 광부가 아니었다. 그래서 포병 대원들의 위에 곧장 앉힐 수는 없었다. 그들이 명령을 듣지 않을 수도 있기 때문이다. 나는 공동 남편인 그레그를 활용하는 방법을 생각했지만 그레그는 파도의 바다에 있는 사출기에 있어야 했다. 그는 새로운 사출기의 건설 과정에 처음부터 끝까지 관여한 유일한 기술자였다.

와이오는 교수를 돕고, 스튜를 돕고, 그녀 자신의 조직을 관리하고, 파도의 바다로 여행을 하는 등, 눈코 뜰 새 없이 바빴다. 그래서 의회에 참석할 시간이 거의 없었다. 따라서 의회에서 사회를 보는 일은 상임위원회 의장인 볼프 코르사코프에게 돌아갔다……. 그리고 볼프는 우리들 가운데 누구보다 바쁜 사람이었다. 루노호 사는 예전에 총독부에서 하던 일뿐 아니라 새로 부과된 임무까지 전부 다 떠맡고 있었던 것이다.

볼프는 좋은 위원회를 가지고 있었다. 교수는 그 위원회를 더 면밀하게 감시해야 했다. 볼프는 자신의 상관인 모샤이 바움을 부의장으로 선출하고, 영구적인 정부가 어떤 모습이 되어야 하는지를 진지하게 검토하게 했다. 그런 다음 볼프는 위원회에 등을 돌리고 있었다.

그 바쁜 친구들은 팀을 나누어 열심히 연구했다. 카네기 도서관에서 정부의 다양한 형태를 조사하고, 한 번에 서너 명씩 짝을 지어 소위원회 모임을 가졌다. (교수가 알았더라면 걱정했을 정도로 충분히 적은 숫자였다.) 9월에 몇 가지 공직 임명을 재가하고, 더 많은 전국구 의원을 선출하기 위해 총회가 열렸을 때 바움 동지는 폐회를 선언하는 대신 의사 진행권을 계속 지닌 채로 휴회를 시켰다. 그리고 다시 회의가 열렸을 때 자신들의 위원회를 전체 위원회로 전환하고 결의 사항을 통과했다. 다음번에 우리가 안 것은, 전체 의회가 헌법 제정 위원회가 되었으며, 내부적으로는 그러한 소위원회들에 소속된 하부 연구 그룹으로 나뉘어졌다는 사실이었다.

나는 교수가 충격을 받았다고 생각한다. 하지만 그는 그것을 무효화할 수는 없었다. 모든 것이 그 자신이 정한 규칙 하에서 정당하게 진행되었기 때문이었다. 하지만 그는 유연한 태도로 충격에서 회복되어 노비렌으로 갔다. (이제 의회는 그곳에서 열렸다. 달 중앙에 더 가까웠기 때문이다.) 그리고 평소의 사람 좋은 태도로 그들에게 말하면서, 그들이 잘못되었다고 대놓고 얘기하기보다는 그들이 하고 있는 일에 의문을 제기하는 전략을 취했다.

우아하게 감사의 말을 한 후 교수는 그들이 만든 헌법 초안을 조각조각 난도질하기 시작했다.

"의원 동지 여러분, 정부란 불과 핵융합처럼 위험한 하인이며 두려운 상전입니다. 여러분은 지금 자유를 누리고 있습니다. 계속해서 자유를 유지할 수 있다면 말이지요. 여러분은 다른 어떤 폭군이 아니라 여러분 자신의 손에 의해 더 빨리 이 자유를 상실할 수 있다는 점을 명심하기 바랍니다. 좀더 천천히, 더 신중하게 모든 어구가 의미하는 결과를 해석해야 합니다. 저는 이 헌법 제정 위원회가 그러한 연구에 10년 동안 매달린다고 해도 별로 유감스럽지 않을 것입니다. 하지만 1년도 안 돼서 보고서를 내놓는다면 두려움을 느낄 것입니다.

당연한 것을 불신하고 전통적인 것을 의심하십시오……. 과거 인류는 스스로 정부라는 안장을 얹었을 때 별로 잘하지 못했기 때문입니다. 예를 들면 나는 초안 보고서 한 장에서 달 세계를 선거구별로 분할하고 주기적으로 인구에 따라 의원 수를 다시 배분하기 위한 위원회를 설치하자는 제안을 보았습니다.

이것은 전통적인 방식입니다. 따라서 이것은 의심을 받아야 하며, 무죄가 증명될 때까지는 유죄라고 간주해야 합니다. 어쩌면 여러분은 이것밖에 방법이 없다고 생각하실 것입니다. 내가 다른 방법을 제시해 볼까요? 인간이 사는 장소가 그 인간을 규정하는 가장 덜 중요한 요소임은 틀림없습니다. 선거구는 직업에 따라 유권자를 분할함으로써 만들 수도 있습니다…… 또는 연령별로…… 심지어 알파벳 순서로도 가능합니다. 또는 유권자를 나누지 말고 모든 의원을 전국구로 선출할 수도 있습니다. 달 세계 전역에 알려진 사람이 아니라면 당선되는 것이 어려울 것이라는 이유로 반대하지 마십시오. 그것은 달 세계를 위해 가장 좋은 일이 될 수도 있으니까요.

심지어 여러분은 가장 적은 표를 얻은 후보를 당선시키는 것까지 고려해야 할지도 모릅니다. 인기가 없는 사람은 새로운 독재자가 될 가능성이 가장 낮은 사람일 수도 있습니다. 터무니없어 보인다는 이유만으로 그 제안을 거부하지는 마십시오. 무엇이든 찬찬히 생각해 본 후에 결론을 내려야 하는 것입니다! 과거 역사에서 대중적인 인기를 얻어 선출된 정부가 다른 정부보다 더 나았던 것도 아니며 때로는 명백한 압제자들보다 훨씬 나쁘기도 했습니다.

하지만 대의 정치 체제가 여러분의 최종적인 결론이 된다 해도 여전히 선거구를 지역으로 나누는 것보다 더 나은 방식으로 이것을 성취할 방법이 있을지도 모릅니다. 이를테면 여러분 각자는 1만 명가량의 주민을 대표합니다. 약 7000명의 유권자에 해당하는 셈입니다. 그리고 여러분 가운데 일부는 소수 거주 구역에서 선출되었습니다. 만약에 어떤 사람이 선거 대신에 4000명의 시민이 서명한 청원서로 공직에 나갈 자격을 부여받는다고 가정합시다. 그렇다면 그는 4000명의 사람은 확고하게 대표하지만, 반대로 불평하는 소수파는 전혀 대표하지 못하는 셈입니다. 지역구 내에서 소수파인 사람들도 다른 청원서를 받거나 다른 청원서에 서명하는 것은 자유일 것이기 때문입니다. 이렇게 되면 모든 사람이 그들이 선택한 사람을 대표로 세우게 됩니다. 어쩌면 8000명의 지지자를 가진 사람은 이 기구 안에서 두 개의 투표권을 가질 수도 있겠지요. 해결해야 할 난점, 반발, 현실적인 문제들이 산적해 있습니다! 하지만 여러분은 그것을 헤쳐 나갈 수 있습니다……. 그렇게 해서 대의 정치 시스템의 만성적인 병폐를 피하고, 공민권을 박탈당했다고 느끼는(사실 옳은 느낌이지요!) 불만 있는 소수파들이 생겨나는 것을 방지할 수 있을 것입니다.

하지만 여러분이 무엇을 하든, 과거에 구속받지는 마십시오!

저는 이 의회를 양원제로 하자는 제안을 보았습니다. 훌륭합니다. 입법에는 장애물이 많으면 많을수록 좋습니다. 하지만 전통에 따르는 대신, 저는 입법가들로 구성된 하나의 기관과, 오로지 법률을 폐지하는 것만을 임무로 삼는 또 하나의 기관으로 나눌 것을 제안합니다. 입법 기관은 정족수의 3분의 2의 찬성으로 법안을 통과하게 하고…… 폐지 기관은 3분의 1만 찬성해도 어떤 법이든 폐지할 수 있게 하는 겁니다. 터무니없다고요? 생각해 보십시오. 어떤 법안이 여러분 가운데 3분의 2의 찬성을 얻을 수 없을 정도라면 쓸모없는 법률이 될 가능성이 높지 않겠습니까? 그리고 어떤 법률이 3분의 1이나 되는 사람들에게 거부감을 준다면 그런 법률은 차라리 없는 편이 더 낫지 않겠습니까?

하지만 저는 여러분이 헌법을 작성하는 데 '부정'이라는 훌륭한 미덕에 관해 깊이 생각하길 바랍니다! 부정을 강조합니다! 정부가 영원히 해서는 안 된다고 금지하는 수많은 일들로 여러분의 문서를 가득 채우십시오. 병역 징집 없음…… 출판, 언론, 여행, 집회, 종교, 교육, 통신, 직업의 자유에 아무런 사소한 간섭도 없음…… 납세자가 동의하지 않는 어떠한 세금도 없음…… 동지 여러분, 만일 여러분이 5년 동안 역사 연구를 하고 여러분의 정부가 절대로 하지 않겠다고 약속해야 할 사항들을 여러 가지 생각한 후에 여러분의 헌법을 그렇게 부정으로 가득한 문서로 만든다면 저는 그 결과를 두려워하지 않을 것입니다.

제가 가장 두려워하는 것은 실행이 요구될 듯한 무언가를 '하도록' 정부에 권력을 부여하는, 성실하고 선량한 의도를 지닌 사람들의 확신에 찬 행동입니다. 지구의 달 세계 총독부가 대중의 인기를 얻어 선출된 성실하고 선의를 지닌 사람들이 대단히 고귀한 목적을 위해 만들었다는 사실을 잠시도 잊지 마십시오. 이제 저의 이러한 생각을 말씀드리고 여러분에게 어려운 산고를 맡깁니다. 감사합니다."

"대통령 동지! 질문이 있습니다! 당신은 '납세자가 동의하지 않는 어떠한 세금도 없음'이라고 말했는데, 그렇다면 우리가 어떻게 정부의 경비를 지불한단 말입니까? 탄스타플입니다!"

"그것 참…… 그건 여러분이 연구해야 할 문제입니다. 저도 몇 가지 방법이 떠오르는군요. 교회에서 하고 있는 것과 같은 자발적인 기부…… 아무도 기부

할 필요가 없는 정부 후원의 복권…… 아니면 의원 여러분들이 자기 주머니에서 돈을 털어 필요한 비용을 무엇이든 지불해야 할지도 모릅니다. 그것이 정부를 반드시 필요한 기능, 필수적인 기능만을 지닌 크기로 제한하는 하나의 방법이 될 수도 있을 겁니다. 필수적인 기능이 무엇인지, 또는 그런 기능이 과연 있는지는 모르겠지만 말이지요. 저는 황금률(마태 복음 7:12, 누가 복음 6:31의 교훈. 무엇이든지 남에게 대접을 받고자 하는 대로 너희도 남을 대접하라 — 옮긴이)이 유일한 법률이 된다면 만족할 겁니다. 저로서는 그 외에 다른 어떤 법률의 필요성도 느끼지 않으며, 그것을 강제할 방법의 필요성도 느끼지 않기 때문입니다. 하지만 이웃들을 위해 법률이 있어야 한다고 여러분이 진정으로 믿는다면 왜 그 비용을 여러분이 지불하면 안 되는 것입니까? 동지들, 부탁합니다. 부디 강제적인 과세에 의지하지 마십시오. 여러분이 어떤 사람에게 좋을 거라고 생각한다는 이유만으로 그 사람이 원하지 않는 일의 비용을 지불하도록 강제하는 것 이상으로 나쁜 학정은 없습니다."

교수는 절을 하고 떠났고, 스튜와 나도 그를 따랐다. 일단 돌아가는 빈 캡슐에 오르자 내가 그에게 따졌다.

"교수님, 저는 당신의 연설이 대부분 마음에 듭니다……. 하지만 과세에 대한 부분은 교수님은 말과 행동이 다릅니다. 우리가 하고 있는 이 모든 일에 누가 돈을 지불하고 있다고 생각하는 겁니까?"

그는 오랫동안 침묵을 지키다가 입을 열었다.

"마누엘, 나의 유일한 소망은 언젠가 내가 최고 책임자인 척하는 연극을 그만둘 수 있는 날이 오는 것이네."

"그건 대답이 아닙니다."

"자네는 모든 정부가 지닌 딜레마를 지적한 것이네. 또한 내가 무정부주의자인 이유이기도 하지. 과세하는 권력이란 일단 인정하면 한도 끝도 없어지는 거야. 파괴할 때까지 지속되지. 자기 호주머니를 털라는 내 말은 농담이 아니었네. 정부 없이 해 나가는 것은 불가능할지도 몰라. 때때로 나는 정부라는 것이 인류의 고질적인 질병이 아닌가 생각하기도 하니까. 하지만 최소한의 규모로 축소하고 눈에 거슬리지 않는 존재로 유지하는 것은 가능할지도 몰라. 그 목적을 달성하는 데 정부의 행정가들에게 그들의 반사회적인 취미의 비용을 스스로 지불하도록 요구하는 것 이상으로 효과적인 방법이 있다고 생각하는가?"

"여전히 우리가 지금 하고 있는 일의 비용을 어떻게 지불하는지 말씀하지 않고 계십니다."

"'어떻게'라고 했나, 마누엘? 우리가 어떻게 하고 있는지 잘 알고 있지 않은가. 우린 훔치고 있네. 난 그것이 자랑스럽지 않지만 부끄럽지도 않아. 그건 우리가 가진 수단일 뿐이야. 만일 그들이 알아낸다면 우린 살해당할지도 모르지. 난 그런 일을 마주할 준비가 되어 있어. 최소한 훔침으로써 우리는 과세라는 나쁜 선례는 남기지 않고 있지."

"교수님, 이런 말을 하기는 싫지만⋯⋯."

"그럼 왜 말하는가?"

"왜냐하면 젠장, 저는 교수님과 똑같이 이 일에 깊이 개입되어 있고⋯⋯ 그리고 언젠가는 그 돈을 돌려주고 싶기 때문입니다! 이런 말을 하기는 싫지만 교수님이 방금 하신 말씀은 위선적으로 들립니다."

그가 껄껄 웃었다.

"친애하는 마누엘! 그렇게 오랜 세월이 지났는데 이제야 내가 위선자라는 생각이 들었단 말인가?"

"인정하시는 겁니까?"

"아니. 하지만 나를 위선자로 생각해서 기분이 나아진다면 얼마든지 희생양으로 삼아도 좋아. 하지만 나는 스스로에게는 위선자가 아니네. 우리가 혁명을 선언했던 날 나는 우리에게 거액의 돈이 필요하며 그것을 훔쳐야만 한다는 사실을 알았기 때문이지. 그 일로 마음이 괴롭지 않은 이유는 차라리 돈을 훔치는 편이 앞으로 6년 후의 식량 폭동이나 8년 후의 식인 사태보다 나을 것이라고 생각했기 때문이야. 나는 선택을 했고 후회는 하지 않네."

나는 입을 다물고 침묵을 지켰지만 만족한 것은 아니었다.

스튜가 말했다.

"교수님, 저는 당신이 대통령을 그만두고 싶어한다니 기쁩니다."

"그런가? 자네도 우리 동지처럼 불안한가?"

"부분적으로만 그럴 뿐입니다. 저는 부자로 태어났기 때문에 도둑질에서는 매니만큼 고민하지 않습니다. 하지만 이제 의회가 헌법 문제를 거론했으니 시간을 내서 회의에 참석할 작정입니다. 저는 당신을 왕으로 천거할까 합니다."

교수는 충격받은 표정이었다.

"스튜, 천거를 해도 나는 거부할 것이네. 선출이 된다면 양위를 할 거야."

"서두르지 마십시오. 이것은 교수님이 바라는 종류의 헌법을 얻을 수 있는 유일한 방법일지도 모릅니다. 그리고 저는 당신의 부족한 열의도 같이 원합니다. 교수님은 왕으로 선포될 만한 인물이고 사람들은 당신을 받아들일 겁니다. 우리 달 세계인들은 공화국에 목을 메고 있는 것은 아니니까요. 그들은 왕정이라는 아이디어를 좋아할 겁니다. 예식, 의상, 궁정, 기타 등등 모든 것을."

"아니야!"

"천만에요! 때가 오면 교수님은 거부하지 못할 겁니다. 왜냐하면 우리에게는 왕이 필요하고 이를 받아들일 만한 다른 후보자는 존재하지 않으니까요. 달 세계의 왕이자 주변 우주 공간의 황제인 베르나르도 1세."

"스튜어트, 부탁이니 그만두게. 기분이 나빠지고 있어."

"익숙해질 겁니다. 제가 왕정을 지지하는 것은 제가 민주주의자이기 때문입니다. 당신이 도둑질 때문에 결의가 흔들리지 않은 것 이상으로, 저도 당신의 반항 때문에 이 생각을 버리지 않을 것입니다."

내가 말했다.

"잠깐만, 스튜, 자네 지금 민주주의자이기 때문에 왕정을 지지한다고 했나?"

"물론이지. 왕이란 폭정에 대항하여 민중을 보호하는 유일한 존재야……. 특히 가장 나쁜 압제자인 그들 자신으로부터 말이네. 교수님은 그 일에 적임자가 될 거야……. 왜냐하면 그는 그 일을 원하지 않기 때문이지. 그의 유일한 단점은 독신이라 후계자가 없다는 거지만 우린 이 문제도 해결할 수 있을 거야. 나는 자네를 그의 후계자로 지명할 작정이네. 마누엘 데 라 파즈 황태자 전하, 달세계 시 공작, 국군 원수, 약자의 보호자."

나는 빤히 쳐다보다가 두 손에 얼굴을 묻었다.

"오, 맙소사!"

3부

"탄스타플!"

* 23 *

2076년 10월 12일 월요일 오후 7시경 나는 래플즈 호텔의 우리 사무실에서 또 다른 힘들고 어이없는 하루를 보낸 후에 집으로 돌아가고 있었다. 곡물 재배 농부들의 대표가 교수에게 면담을 요청했고, 그가 달 세계 홍콩에 가서 자리를 비웠기 때문에 내가 불려 갔다. 나는 그들에게 무례하게 굴었다. 수출 금지 조치 이후 2개월이 흘렀지만 세계 연방에서는 어떤 심술궂은 행동도 취하지 않고 있었다. 그들 대부분은 우리를 무시하고 우리의 요구에 아무런 대답도 하지 않았다. 나라도 그렇게 했을 것이다. 대답을 한다는 것 자체가 우리를 인정한다는 얘기일 테니까. 스튜와 쉬니와 교수는 호전적인 분위기를 유지하기 위해 지구에서 올라오는 뉴스를 열심히 왜곡했다.

처음에는 다들 압력복을 가까이 두고 지냈다. 그들은 직장에 출근하고 퇴근할 때도 압력복을 입고 헬멧을 팔에 낀 채로 통로를 이동했다. 하지만 날이 지나면서 아무 위험도 없는 듯한 생각이 들자 점차 긴장이 풀려 갔다. 압력복이란 필요하지 않을 때는 대단히 거추장스러운 물건이다. 너무 부피가 많이 나가기 때문이다. 얼마 지나지 않아 술집 앞에 '압력복 입장 사절'이라는 간판이 나붙기 시작했다. 달 세계인이 퇴근하는 길에 압력복 때문에 술집에 들러 맥주 반 리터를 마실 수 없다면 그는 압력복을 집이나 지하철 역이나 어디든 그냥 편한 장소에 놓아두고 올 것이다.

제장, 나 자신도 그날 깜빡 잊고 입지 않아서 호출을 받고 사무실로 가던 도 중에 압력복을 입지 않은 것을 생각해 냈을 정도였다.

13호 기압 조정 에어 로크에 막 당도했을 때 나는 달 세계인이 가장 두려워 하는 소리를 들었고 심지어 느끼기까지 했다. 멀리서 펑! 하는 소리가 울리고 바람 소리가 뒤를 따랐다. 나는 문의 걸개를 걸지도 않고 에어 로크 안으로 들 어갔다가, 겨우 기압을 조정해서 통과한 뒤 걸개를 걸고 우리 집으로 통하는 에어 로크를 향해 달려갔다. 그리고 에어 로크를 통과한 후에 소리쳤다.

"모두 압력복을 입어! 터널에서 아이들을 불러 모든 기압 밀폐 문을 닫으라 고 해!"

눈에 띄는 어른은 멈과 밀라뿐이었다. 둘 다 놀란 표정이었지만 아무 말 없이 바삐 움직였다. 나는 작업실로 달려 들어가 압력복을 입었다.

"마이크! 대답해!"

"여기 있습니다, 맨."

그가 조용히 말했다.

"기압이 폭발적으로 떨어지는 소리를 들었어. 어떤 상황이지?"

"달 세계 시 3층에서 일어난 일입니다. 서부 지하철 역에 파열이 있었고 지금 은 부분적으로만 관제가 가능합니다. 우주선 여섯 척이 착륙했고, 달 세계 시 는 공격받고 있으며……."

"뭐라고?"

"끝까지 말하게 해 주십시오, 맨. 수송선 여섯 대가 착륙했고, 달 세계 시가 군대의 공격을 받고 있으며, 홍콩도 공격을 받고 있으리라 추정되며, 전화선은 비 엘 중계 지점에서 단절되었고, 존슨 시도 공격받고 있습니다. 저는 존슨 시와 하부 청사 사이의 철갑 문을 폐쇄했습니다. 노비렌의 상황은 볼 수 없습니다. 하지만 레이더 상으로는 공격받고 있는 것이 분명합니다. 처칠, 타이코 언더도 마찬가지입니다. 제 위의 높은 타원형 궤도 안에 우주선이 한 대 있으며 상승 중입니다. 아마도 사령선인 것 같습니다. 레이더 영상에 다른 우주선은 나타나지 않습니다."

"여섯 대라고……. 대체 자넨 뭘 하고 있었나?"

마이크가 너무나 조용히 대답했기 때문에 나도 차분해졌다.

"반대쪽에서 접근해 왔습니다, 맨. 저는 그 뒤쪽으로는 장님이니까요. 그들은 밀집 수비 대형으로 접근해 오면서 아슬아슬하게 봉우리를 넘었습니다. 저는 달 세계 시로 접근하는 우주선을 거의 보지 못했습니다. 제가 볼 수 있는 우주선은 존슨 시에 착륙한 우주선뿐입니다. 다른 착륙은 레이저 영상에서 보이는 궤적으로 추론한 겁니다. 저는 그들이 달 세계 시의 서부 역으로 뚫고 들어오는 소리를 들었고, 지금은 노비렌의 전투 소리를 들을 수 있습니다. 나머지는 거의 확실한 추론이며, 정확도는 99퍼센트 이상입니다. 저는 당신과 교수님을 즉각 호출했습니다."

나는 숨을 모았다.

"하드 록 작전 실행 준비."

"이미 준비되었습니다. 맨, 당신과 연락을 할 수 없어서 당신의 목소리를 사용했습니다. 돌려 볼까요?"

"아냐…… 그래! 어서!"

나는 '나 자신'이 구사줄기의 당직 사관에게 '하드 록' 작전을 위한 비상 대기 태세로 돌입하라고 명령하는 것을 들었다. 최초의 하물을 발사대에, 다른 하물은 컨베이어 벨트로, 모든 안전장치를 내려라. 그러나 내가 직접 명령을 내릴 때

까지 발사해서는 안 된다. 그런 다음 계획에 따라 완전 자동으로 발사한다. '나'
는 그에게 복창까지 시켰다.

"좋아. 포병대는?"

내가 물었다.

"역시 당신의 목소리를 사용했습니다. 전원을 비상 호출한 다음에 대기실로
돌려보냈습니다. 사령선은 세 시간 4.7분 동안은 원월점(달을 도는 궤도상에서
가장 고도가 높은 지점 — 옮긴이)에 도달하지 않습니다. 다섯 시간 이상 조준할
표적이 없습니다."

"그쪽에서 궤도를 바꿀지도 몰라. 미사일을 발사할지도 모르고."

"진정하십시오, 맨. 미사일을 발사한다고 해도 저는 몇 분 동안 대비할 시간
을 두고 발견하게 될 겁니다. 지금 그곳은 완전히 태양 쪽으로 향한 대낮입니다.
부하들이 얼마나 버티기를 바랍니까? 불필요한 일입니다."

"어…… 미안. 그레그와 연결해 주게."

"들려 드리겠습니다……."

'나의' 목소리가 파도의 바다에 있는 공동 남편에게 말하는 것이 들렸다. '나'
는 긴장했지만 차분한 어조였다. 마이크는 그에게 상황을 설명하며, '꼬마 데이
비드의 새총 작전'을 준비하고 완전 자동으로 대기하라고 말했다. '나'는 그에게
메인 컴퓨터가 비상용 컴퓨터를 프로그램했으며, 통신이 두절된다면 즉시 임무
교대가 있을 것이라고 말해 주었다. 또한 '나'는 만일 통신이 두절되고 네 시간
이 지나도 복구되지 않으면 그가 지휘권을 이어받아 스스로 판단을 내려야 한
다고 말했다. 지구 쪽의 라디오 방송을 듣고 스스로 결정을 내려야 한다고.

그레그는 조용히 들었고 명령을 복창했다. 그러고는 말했다.

"매니, 가족들에게 내가 그들을 사랑한다고 전해 주게."

마이크는 나를 자랑스럽게 했다. 그는 나를 대신해서 바로 내가 그랬을 것처

럼 목이 메인 어조로 대답했다.

"그렇게 하겠습니다, 그레그……. 그리고 그레그, 나도 당신을 사랑합니다. 알고 있겠죠?"

"알고 있네, 매니…… 그리고 자네를 위해 특별 기도를 올리겠네."

"고맙습니다, 그레그."

"안녕, 매니. 자네가 해야만 하는 일을 하게."

따라서 나는 돌아가서 내가 해야만 하는 일을 했다. 마이크는 나의 역할을 내가 하는 것이나 마찬가지로, 아니 그 이상으로 해 주었던 것이다. 핀 쪽은 연락이 닿는 대로 '아담'이 처리해 줄 것이다. 그래서 나는 서둘러 나가서 멈에게 그레그가 보내는 사랑의 메시지를 소리쳐 전했다. 그녀는 압력복을 입었고, 할아버지를 일으켜 압력복을 입혀 놓았다. 몇 년 만에 처음으로 입는 것이었다. 나는 헬멧을 잠그고 레이저 총을 든 채로 밖으로 나갔다.

13호 에어 로크에 도착하자 반대편에 걸개가 걸려 있었다. 둥근 창으로 보니 반대편에는 아무도 보이지 않았다. 모두 훈련받은 대로이다. 에어 로크 경비의 책임을 맡은 스틸랴기가 자리를 비운 것을 빼면 말이다.

두드려도 소용없었다. 나는 왔던 길을 되돌아가 우리 집을 지나 우리의 야채 재배 터널을 통과해서, 우리의 태양 전지로 이어지는 개인용 지표 에어 로크로 올라갔다.

그리고 둥근 채광 창문을 통해 이글거리는 햇빛이 쏟아지고 있어야 할 상황에서 그림자를 발견했다. 망할 놈의 지구 우주선이 데이비스 가문의 지표에 착륙했던 것이다! 우주선의 다리 부분이 내 위로 거대한 삼각대 모양을 이루고 있어서 제트 분사기 부분이 똑바로 올려다 보였다.

나는 재빨리 뒤로 물러나서 양쪽 해치에 걸개를 걸고, 돌아오는 길에 모든 압력 문의 걸개를 걸었다. 그런 다음 멈에게 알리고 사내아이 하나에게 레이저 총을 들려서 뒷문에 세워 놓으라고 말했다. 자, 이것을 받아요.

하지만 사내아이들도, 성인 남자들도, 튼튼한 몸집의 여자들도 없었다. 남아 있는 것은 멈, 할아버지, 그리고 어린 꼬마들뿐이었다. 나머지는 모두 싸우러 나가고 없었다. 미미는 레이저 총을 받으려 하지 않았다.

"난 그걸 어떻게 사용하는지 몰라요, 매니. 지금 배우기에는 너무 늦었고요. 당신이 가지고 가세요. 하지만 놈들은 데이비스 터널을 통해 들어오지는 못할 거예요. 나는 당신이 들어 본 적도 없는 수법을 몇 가지 알고 있어요."

나는 입씨름으로 지체하지는 않았다. 미미와 입씨름을 하는 것은 시간 낭비였다. 그리고 그녀는 정말로 내가 모르는 방법을 알고 있을지도 몰랐다. 그녀는 오랫동안 달 세계에서 살아남았다. 내가 경험한 적도 없는 열악한 조건 아래에서.

다음 13호 에어 로크는 인원이 배치되어 있었다. 당번을 서는 두 소년이 나를 통과시켜 주었다. 나는 새로운 소식이 있는지 물었다.

나이 많은 쪽의 소년이 내게 말했다

"이제 기압은 정상으로 돌아왔습니다. 최소한 이 층은 그렇습니다. 전장은 산책로 쪽으로 이동하고 있습니다. 저기요, 데이비스 장군님, 저도 함께 가면 안 되겠습니까? 이 에어 로크는 한 명이면 충분한데요."

"안 돼."

"저도 지구 벌레를 해치우고 싶습니다!"

"여기가 자네 위치야. 단단히 지키고 있게나. 지구 벌레가 이쪽으로 오면 놈은 자네 것이야. 자네가 놈의 것이 되지 않도록 하게."

나는 빠른 걸음으로 떠났다.

압력복을 입고 다니지 않은 나 자신의 부주의 덕분에 결국 나는 통로 전투의 맨 마지막 부분밖에는 보지를 못했다. 한심한 '국방장관'인 셈이다.

나는 헬멧을 연 채로 고리형 통로를 따라 북쪽으로 달려갔다. 그리고 산책로의 긴 경사로로 통하는 에어 로크에 당도했다. 에어 로크는 열려 있었다. 나는 욕설을 퍼부으며 에어 로크를 통과하고는 신중을 기하기 위해 걸음을 멈추고 걸개를 걸려고 했다. 다음 순간, 왜 그곳이 열려 있는지를 알았다. 그곳을 지키던 소년이 죽어 있었던 것이다. 따라서 나는 극도로 조심하며 경사로를 따라 내려가 산책로로 나왔다.

그곳은 비어 있었다. 하지만 거리 중간쯤에 사람들의 형상이 보이고 시끄러운 소리가 들려왔다. 에어 로크가 열린 입구에서 압력복을 입고 총을 든 사람 두 명이 입구에서 떨어져 내가 있는 쪽으로 향했다. 나는 둘 다 태워 죽였다.

총을 들고 압력복을 입은 사람은 모두 엇비슷해 보인다. 그들은 나를 자신들의 측면 지원 부대 소속이라고 생각했던 것 같다. 그리고 그 정도 거리에서는 나 또한 그들이 핀의 부하들처럼 보였다. 하지만 나는 한순간도 그들이 핀의 부하라고 생각하지 않았다. 새로 온 친구들은 진짜 달 세계인처럼 움직이지 않는다. 그들은 발을 너무 높이 들고 걸으며 언제나 마찰력으로 균형을 회복하려고 휘청거린다. 나는 그런 것을 머릿속으로 분석하며 머뭇거리지도 않았고 심지어 "지구 벌레다! 죽여라!"라고 고함을 지르지도 않았다. 그저 그들을 보자마자 태워 버렸을 뿐이다. 그들은 내가 한 일을 깨닫기도 전에 바닥을 따라 부드럽게 미끄러지고 있었다.

나는 멈춰 서서 그들의 총을 집어들려고 했다. 하지만 총은 그들의 압력복과 체인으로 연결되어 있었고 그걸 어떻게 풀어 내야 할지 알 수가 없었다. 아마 열쇠가 있었을 것이다. 더구나 그것은 레이저가 아니었다. 내가 전에는 한 번도 보지 못한 물건으로 진짜 총이었다. 나중에 안 것이지만 그 총은 소형 미사일을 발사했다. 하지만 그 순간에 내가 아는 것은 그것을 어떻게 사용하는지 전혀 모른다는 사실뿐이었다. 그 끝에는 뾰족한 칼이 붙어 있었다. 소위 '총검'이라고 불리는 물건이었다. 내가 그것을 풀어 내려고 애쓴 것은 바로 그것 때문이었다. 내 총은 최대 출력으로 고작 10회밖에 발사할 수 없었고 여분의 전력 팩도 없었다. 그래서 날카로운 칼이 달린 총검이 쓸모가 있어 보였다. 그중 하나에는 피가 묻어 있었다. 아마 달 세계인의 피였을 것이다.

결국 나는 몇 초 만에 포기하고, 허리에 차는 칼로 놈들을 확인 사살하듯 찔러 준 후에 스위치에 엄지를 댄 채로 서둘러 전투가 벌어지는 현장으로 달려갔다.

그건 무질서한 소동이지 전투가 아니었다. 아니, 어쩌면 전투란 원래 그런 식인지도 모른다. 혼란과 소음, 아무도 뭐가 어떻게 돌아가는지 잘 모르는 상황이었다. 산책로의 가장 넓은 구역, 그러니까 3층으로부터 북쪽 방향으로 대형 경사로가 이어지는 본 마르셰 백화점의 맞은편에는 수백 명의 달 세계인이 있었다. 남자, 여자, 집에 붙어 있어야 할 어린아이들까지도 가세했다. 압력복을 입은 사람은 절반도 되지 않았으며 무기를 지닌 사람은 극히 일부일 뿐이었다. 그리고 경사로를 따라 내려오는 녀석들은 전부 무장한 군인들이었다.

하지만 제일 먼저 내 의식을 사로잡은 것은 시끄러운 소음이었다. 헬멧의 열린 틈을 타고 들어와 헬멧 안을 가득 채우며 귀를 때리는 소음이었다. 으르렁거리는 포효 같았다. 이걸 달리 뭐라고 불러야 할지 모르겠다. 어린아이의 비명소리부터 성인 남자의 쩌렁쩌렁한 고함소리까지 인간의 목청이 만들어 낼 수 있는 모든 분노가 한데 섞인 복합적인 소리였다. 역사상 가장 규모가 큰 패싸움 소리 같았다. 갑자기 나도 거기에 목소리를 보태고 있는 것을 깨달았다. 더러운 욕설과 말이 안 되는 고함을 고래고래 지르면서.

헤이즐보다 별로 크지 않은 소녀가 경사로 난간 위로 훌쩍 도약하더니 쏟아져 내려오는 군인들의 어깨로부터 몇 센티미터 떨어진 공중에서 춤을 추듯 상승했다. 그녀는 부엌 식칼처럼 생긴 물건으로 무장하고 있었다. 그녀가 휘두른 칼이 적에게 닿는 것이 보였다. 압력복 때문에 큰 부상은 입힐 수 없었지만 놈은 휘청거리며 쓰러졌고 그 바람에 몇 놈이 더 그의 몸에 걸려서 넘어졌다. 그러다가 한 놈이 그녀와 부딪쳤고 그녀의 허벅지에 총검을 찔렀다. 놈이 그녀의 등에 대고 총검을 휘두르자 그녀는 넘어지면서 시야에서 사라졌다.

뭐가 어떻게 돌아가는지 알 수도 없고 정확히 기억해 낼 수도 없다. 그저 소녀가 뒤로 넘어지는 장면처럼 순간적으로 번득이는 장면들의 연속일 뿐이었다. 나는 그녀가 누구인지도 모르고, 그녀가 살아남았는지도 모른다. 내가 서 있는 곳에서는 레이저를 쏠 수도 없었다. 중간에 너무 많은 머리들이 있었던 것이다. 하지만 내 왼쪽의 장난감 가게 앞에는 가판 진열대가 있었다. 나는 그 위로 올라갔다. 산책로 바닥보다 1미터 더 높아진 덕분에 지구 벌레들이 경사로를 따라 물밀 듯이 내려오는 광경이 똑똑히 보였다. 나는 벽에 몸을 바짝 붙이고 놈들의 왼쪽 가슴 부위를 향해 신중하게 조준했다. 몇 번이나 발사했을까. 레이저가 더 이상 작동하지 않는 것을 발견하고 멈추었다. 나 때문에 여덟 명가량의 군인들이 고향으로 돌아가지 못하게 되었으리라 짐작했으나 일일이 세지는 않았다. 시간은 정말이지 영원한 것 같았다. 모두가 최대한 빠르고 신속하게 움직였지만 모든 것이 슬로모션으로 돌리는 교육용 영화처럼 보였다.

내가 레이저 총의 동력을 전부 소진하는 동안 최소한 한 번은 어떤 지구 벌레가 나를 발견하고 응사해 왔다. 내 머리 바로 위에서 폭발이 있었고, 상점 벽면에서 조각들이 떨어져 헬멧을 때렸다. 어쩌면 그런 일이 두 번 있었는지도 모르겠다.

일단 동력이 떨어지자 나는 장난감 전시대에서 뛰어내려 레이저 총을 곤봉처럼 휘두르며 경사로 아랫부분을 사수하고 있는 폭도들에게 합류했다. 영원과 같은 시간 동안 (5분쯤이었을까?) 지구 벌레들은 군중들에게 무차별적으로 총을 쏘았다. 조그만 미사일이 사람의 살 속으로 파고들어 폭발할 때 날카로운 픽! 소리, 때로는 펑! 하는 소리가 들렸다. 아니면 벽이나 뭔가 단단한 물체에 맞을 땐 더 크게 쾅! 하는 소리도 났다. 여전히 경사로의 아랫부분에 당도하려고 애쓰던 중에 나는 갑자기 더 이상 총 소리가 들리지 않는 것을 깨달았다.

놈들은 모두 넘어져 있었다. 죽었다. 한 놈도 남김 없이…… 더 이상 경사로를 타고 내려오는 놈은 하나도 없었다.

✻ 24 ✻

달 세계 전역에서 침략자들은 죽었다. 그 순간은 아니라 할지라도 얼마 지나지 않아서 모두 그렇게 되었다. 2000명 이상의 군인이 전멸했다. 그들을 저지하다가 죽은 달 세계인의 세 배 이상에 달하는 숫자였다. 아마 달 세계인 부상자도 그만큼은 될 것이지만 그 숫자는 한 번도 집계되지 않았다. 어떤 거주 구역에서도 포로는 잡히지 않았다. 우리가 우주선들을 소탕했을 때 각 우주선에서 10여 명의 사관과 선원들을 붙잡기는 했지만.

대부분 비무장이었던 달 세계인들이 무장하고 훈련받은 군인들을 죽일 수 있었던 건 갓 착륙한 지구 벌레는 제대로 몸을 가눌 수가 없었기 때문이었다. 평소 익숙한 중력의 6분의 1밖에 안 되는 우리의 중력에서는 평생 동안 익혀 온 반사 신경이 스스로의 적이 되는 결과를 초래했던 것이다. 그들은 자신도 모르는 사이에 높은 곳을 사격하고 걸음은 불안정하며 제대로 달릴 수도 없다……. 두 발은 어느 사이에 미끄러지듯 벌어지고 만다. 설상가상으로 그 군인들은 아래로 내려오면서 싸워야 했다. 도시를 장악하자면 그들은 부득이 위쪽층을 뚫고 들어와 경사로를 차례로 내려올 수밖에 없었다.

하지만 지구 벌레들은 경사로를 내려오는 법을 몰랐다. 그 동작은 달리는 것도 아니고, 걷는 것도 아니며, 나는 것도 아니다……. 그것은 바닥에 발이 닿을 듯 말 듯하면서 그저 균형만 잡는 절제된 춤 동작과 비슷하다. 달 세계의 세 살짜리 아이들은 전혀 머리로 생각하지 않아도 간단히 이 일을 할 수 있다. 몇 미터마다 발끝을 바닥에 디디면서 훌쩍훌쩍 날듯이 내려올 수 있는 것이다.

하지만 새로운 지구 벌레들이 이렇게 하려고 시도하면 곧 '허공을 걷고 있는' 자신을 발견하게 된다. 그들은 허우적거리고 빙글 돌며 중심을 잃어 바닥에 떨어진다. 그렇게 되면 부상을 입지 않아도 화를 낸다.

그러나 이 군인들은 죽는 것으로 끝이 났다. 우리가 그들을 모조리 해치운 것은 경사로에서였다. 내가 본 녀석들은 그나마 약간의 기술을 터득하고 경사로 세 개를 살아서 내려온 자들이었다. 그래도 경사로의 상부에 배치한 몇 명의 저격수는 효과적으로 사격할 수 있었다. 하지만 경사로 중간에 있던 자들은 그저 넘어지지 않으면서 무기를 놓치지 않고 아래층에 당도하기 위해 안간힘을 쓰는 것 외에는 아무것도 할 수가 없었다.

달 세계인들은 그들이 그렇게 하도록 놓아두지 않았다. 남자와 여자들은(많은 어린이들까지) 그들을 향해 돌진하고, 그들을 넘어뜨렸으며, 맨손부터 그들의 총검까지 모든 것을 동원하여 그들을 죽였다. 레이저 총을 가진 사람이 나 혼자만은 아니었다. 핀의 부하 두 명이 본 마르셰 백화점의 발코니로 올라가 그곳에 웅크리고 앉아서는 경사로 상부에 배치된 저격수들을 쏘아 죽였다. 아무도 그들에게 그렇게 하라고 말하지 않았고, 아무도 그들을 지휘하지 않았으며, 아무도 명령을 내리지 않았다. 핀은 절반쯤 훈련받은 자신의 오합지졸 부하들을 지휘할 기회가 전혀 없었다. 전투가 시작되자 달 세계인들은 너나 할 것 없이 그저 싸웠던 것이다.

그것이 우리 달 세계인들이 승리한 가장 큰 이유였다. 우리는 싸운 것이다.

대부분의 달 세계인들은 침입자가 오는 것을 보지 못했다. 하지만 어디든 군인들이 밀려 들어오는 곳마다 달 세계인들은 마치 백혈구처럼 몰려가서…… 싸웠다. 아무도 그렇게 하라고 시키지 않았다. 우리의 허약한 조직은 기습 공격을 받자 허둥거렸다. 하지만 달 세계인들은 용맹스럽게 싸웠고 침략자들은 죽었다. 어떤 거주 구역에서도 6층까지 갈 수 있었던 군인은 없었다. 바닥 층의 뒷골목에 있던 사람들은 우리가 공격받고 있다는 사실을 상황이 끝날 때까지 몰랐다고 한다.

하지만 침략자들도 잘 싸웠다. 그들은 세계 연방이 보유한 최정예의 폭동 진압군이자 도시 평화 유지군일 뿐 아니라, 특별한 정신 교육을 받고 약물까지 주입받은 상태였다. 그들은 지구로 귀환할 유일한 희망이 거주 구역을 장악하여 그들을 무력화하는 것이라고(옳은 사실이다) 교육받았다. 그렇게 하면 임무를 교대하고 더 이상의 달 세계 근무가 없을 것이라는 약속을 받았다. 그것은 이기느냐 죽느냐의 문제였다. 그들의 수송선은 이기지 않으면 이륙할 수가 없기 때문이었다. 그들은 반응 물질을 다시 채워야 했는데, 먼저 달 세계를 장악하지 않고서는 불가능한 일이었다(이것 역시 사실이었다).

그런 다음 그들은 정력 강화제, 항우울제, 쥐가 고양이를 물게 만드는 공포 억제제를 투여받고 밖으로 풀려 나왔다. 그들은 직업 군인답게, 두려움 없이 대담무쌍하게 싸우다가…… 죽었다.

타이코 언더와 처칠에서 그들은 가스를 사용했고 그래서 사상자는 더 일방적이었다. 압력복이 가까이 있었던 달 세계인만이 효과적으로 싸울 수 있었던 것이다. 그러나 결과는 마찬가지였다. 단지 더 오래 걸렸을 뿐이었다. 그것은 마취 가스로 총독부는 우리를 전부 죽일 의도가 없었다. 단지 우리에게 교훈을 가르치고, 우리를 통제 하에 두고, 우리에게 노역을 시키고 싶을 뿐이었다.

세계 연방이 오랫동안 지체하며 우유부단했던 이유는 기습 공격의 방법 때문이었다. 결정 자체는 우리가 곡물 수출을 금지한 직후에 내려졌다. (그 이야기는 포로로 잡은 우주선의 사관들로부터 들었다.) 공격을 준비하는 데 시간이 걸렸다. 달의 궤도 밖으로 멀리 나가는 긴 타원 궤도상에 오른 후에 달 세계의 전면을 가로지른 다음에는 방향을 바꾸어 달의 반대편에서 랑데부를 하는 데 대부분의 시간이 들었다. 물론 마이크는 그들을 보지 못했다. 그는 그 뒤쪽으론 장님이었다. 그는 비행 레이더로 하늘을 감시하고 있었지만 레이더는 지평선 너머를 볼 수 없었다. 궤도에 있는 어떤 우주선이든 마이크가 가장 오래 볼 수 있는 시간은 8분이었다. 그들은 아주 낮은 원 궤도를 그리며 봉우리를 아슬아슬하게 넘었고, 각각의 목표 지점을 향해 똑바로 날아간 다음, 76년 10월 12일 그리니치 시간으로 18시 40분 36.9초에 달 표면에 높은 가속도로 정확하고 신속하게 착륙을 감행했다. 10분의 1초 단위의 정확성에다 마이크가 레이더 궤적으로 그것을 알아낼 수 있을 만큼 가까운 곳에서 뒤통수를 쳤다는 점을 생각하면 세계 연방 평화 해군 측의 전술이 대단히 절묘한 작전이었음을 인정할 수밖에 없다.

마이크는 달 세계 시 안으로 1000명의 병력을 쏟아 부은 대형 수송선이 착륙을 위해 갑자기 위로 솟을 때까지는 보지 못했다. 그마저 흘끗 본 정도였다. 그가 파도의 바다에 있는 새로운 레이저로 동쪽을 보고 있었다면 몇 초 더 빨리 발견할 수 있었을 터였다. 하지만 마침 그 시간에 그는 '멍청한 아들'을 훈련시키고 있었고, 그들은 레이더를 통해 서쪽의 지구를 보고 있었던 것이다. 그 몇 초의 시간이 중요한 것은 아니었다. 기습 공격은 너무나 철저하게 계획되고 완벽하게 실행되어 각 착륙 군대는 그리니치 시간으로 19:00시에 달 세계 전역에서 총공격을 개시했다. 누구도 의심하기 전에 말이다. 모든 거주 구역이 밝은 반달 기간에 해당했던 것은 우연의 일치가 아니었다. 총독부는 달 세계 사정을 잘 모르긴 했지만 어떤 달 세계인도 밝은 반달 기간에는 불필요하게 표면으로 올라오지 않는다는 것만은 알고 있었다. 달 세계인들은 꼭 올라와야 할 일이 있어도 최대한 빨리 일을 마치고 안으로 다시 돌아간다. 그러고는 방사능 측정기를 확인하는 것이다.

따라서 그들은 우리가 압력복을 입고 있지 않을 때, 우리가 무기를 들고 있지 않을 때 습격했다.

그리고 군인들은 죽었지만 달 표면에는 수송선이 여섯 대 있었고, 하늘에는 사령선이 한 척 떠 있었다.

일단 본 마르셰 전투가 끝나자 나는 정신을 차리고 전화기를 찾았다. 홍콩에서 들어온 소식은 없었다. 교수로부터의 전언도 없었다. 존슨 시는 승리했고 노비렌도 마찬가지였다. 그곳의 수송선은 착륙 시에 전복했다. 침략군은 착륙 시의 손실로 병력이 부족했고, 지금은 핀의 부하들이 고물이 된 수송선을 장악했다. 처칠과 타이코 언더에서는 여전히 전투가 진행 중이었다. 다른 거주 구역에서는 아무 일도 발생하지 않았다. 마이크는 지하철을 폐쇄하고 거주 구역 간의 전화를 공용 통신에 한해 허가하고 있었다. 폭발로 상부 처칠의 기압이 떨어져서 통제 불능 상태였는데 그 뒤에 핀이 연락을 취해 왔기 때문에 그와 연결이 가능했다.

그래서 나는 핀과 통화하여 달 세계 시를 침입한 수송선의 위치를 알리고는 13호 기압 조정 에어 로크에서 만나기로 약속했다.

핀도 나와 거의 같은 경험을 했다. 압력복을 입고 있기는 했지만 완전히 불시에 당한 것이다. 그는 전투가 끝날 때까지 레이저 포병들을 지휘할 수 없었고, 올드 돔의 학살 현장에서 혼자 싸웠다. 이제 그는 부하들을 소집하기 시작했고, 본 마르셰에 있는 자기 사무실에는 부관 한 명을 배치해 보고를 받게 했다. 노비렌의 지휘관과는 연락이 되었지만 달 세계 홍콩이 걱정이었다.

"매니, 부하들을 지하철로 그쪽에 보내야 할까?"

나는 기다리라고 말했다. 놈들은 지하철로는 우리에게 올 수 없었다. 우리가 동력을 장악하고 있는 동안에는 말이다. 그 수송선이 이륙할 수 있을지는 의문이었다.

"이쪽부터 살피러 가 봅시다."

우리는 13호 에어 로크를 통과하고 개인용 압력 구역의 끝까지 가서 어느 이웃의 농장 터널을 거쳐(그들은 우리가 공격을 받았다는 사실을 믿지 못했다) 그 집의 표면 에어 로크를 통해 서쪽으로 약 1킬로미터 떨어진 위치에서 수송선을 내다보았다. 우리는 해치 덮개를 들어 올리는 일에 신중을 기했다.

그런 다음에 우리는 해치 덮개를 밀어 올리고 밖으로 올라갔다. 지면에 노출된 바위가 우리를 가려 주었다. 우리는 살며시 바위의 가장자리를 돌아가 헬멧의 쌍안경을 사용해 살펴보았다.

그러고는 바위 뒤로 다시 돌아와 이야기를 했다.

핀이 말했다.

"내 부하들이 처리할 수 있을 거야."

"어떻게요?"

"내가 말한다면 자네는 잘되지 않을 이유를 생각하겠지. 그러니까 내가 하는 걸 그냥 지켜보는 게 어때, 친구?"

군대란 상관에게 입을 다물라는 소리를 못하는 곳으로 알고 있었다. 그건 '규율'이라고 하면서. 하지만 우리는 아마추어였다. 핀은 무장을 하지 않는데도 내가 따라오는 것을 허락했다.

그가 준비를 갖추는 데는 한 시간, 실행을 하는 데는 2분이 걸렸다. 그는 농부들의 지표 에어 로크를 이용해 10여 명의 부하들을 우주선 주위에 배치하고 처음부터 끝까지 무선 통신을 금지했다. 어차피 몇 명은 압력복에 무선 송신 장치가 달려 있지 않은 도시 촌놈들이었다. 핀은 가장 서쪽 위치를 확보한 다음 다른 사람들이 자리를 잡을 시간이 충분히 흘렀다고 판단하자 신호탄을 쏘아 올렸다.

신호탄이 우주선 위의 상공에서 폭발하자 전원이 동시에 레이저를 발사하고 각자 미리 지정된 안테나를 조준했다. 핀은 동력 팩을 전부 사용하자 새것으로 갈아 끼고는 이번에는 동체를 태우기 시작했다. 출입용 에어 로크가 아니라 동체였다. 즉시 그의 선홍색 지점에 또 하나의 레이저 광선이 합세했고 세 줄기가 더 합세했다. 모두 강철의 똑같은 지점을 노렸다. 갑자기 녹은 강철이 바깥쪽으로 터지면서 펑! 하고 선체에서 공기가 나오는 것을 볼 수 있었다. 굴절로 아지랑이처럼 흔들리는 공기 기둥이었다. 그들은 동력이 다 떨어질 때까지 계속 레이저를 쪼아 대서 커다란 구멍을 만들었다. 나는 우주선 안에서 벌어졌을 소동을 상상할 수 있었다. 경보가 울려 퍼지고 비상문이 닫히며 승무원들은 도무지 틀어막는 것이 불가능한 커다란 구멍 세 개를 막아 보려 애쓰고 있으리라. 수송선 주위에 배치된 핀 분대의 다른 사람들은 동체의 다른 두 군데를 향해 쏘았던 것이다. 그들은 다른 곳은 태우려 하지 않았고 그 우주선은 궤도상에서 건조된 대기권 외부용 우주선으로 동력 장치와 탱크가 분리된 기압 분산 동체였다. 따라서 그들은 가장 효과가 큰 곳에 공격을 집중했다.

핀은 나와 헬멧을 맞댔다.

"이젠 이륙할 수 없어. 그리고 연락도 할 수 없지. 압력복 없이 살 수 있을 정도로 동체를 수리할 수 있을지도 의문이야. 우리는 며칠 동안 가만히 두었다가 그들이 밖으로 나오는지 지켜보는 거야. 그들이 나오지 않으면 이곳에 대형 드릴을 갖고 와서 단단히 혼을 내 주면 될 거야."

나의 너절한 도움 없이도 핀이 자신의 쇼를 상연하는 법을 알고 있다고 판단하자, 나는 안으로 돌아와 마이크에게 전화하고 탄도 레이더로 나가려고 하니 캡슐을 내어 줄 수 있겠느냐고 물었다. 그는 내가 왜 안전한 내부에 머물러 있지 않는지 알고 싶어했다.

내가 말했다.

"이봐, 이 벼락출세한 반도체 덩어리야, 자네는 고작 정무장관에 지나지 않지만 나는 국방장관이라고. 나는 뭐가 어떻게 돌아가고 있는지 알아야 하고, 자네는 위난의 바다 절반을 볼 수 있는 눈이 있지만 나한테는 눈알이 두 개밖에 없어. 나의 즐거움을 빼앗으려는 건가?"

그는 그렇게 버럭 화를 내지 말라고 하면서 자신의 영상을 비디오 화면으로 보내 주겠노라고 제안했다. 이를테면 래플즈 호텔의 L호실 같은 곳에서. 그러면서 내가 다치는 것을 원하지 않는다고…… 어머니를 상심하게 한 광부의 우스개를 들어 보지 못했냐고 물었다.

내가 말했다.

"마이크, 제발 캡슐을 타게 해 주게. 압력복을 입고 서부 역 바깥에서 기다리고 있겠네. 자네도 알고 있겠지만 서부 역은 형편없는 몰골일 거야."

"좋습니다. 당신의 목숨이니까. 13분입니다. 조지 포병대 역까지만 보내 드리겠습니다."

그로서는 대단히 친절한 일이었다. 나는 그곳에 도착하자 다시 전화를 걸었다. 핀은 다른 거주 구역에 전화를 걸어, 부하 지휘관들이나 기꺼이 책임을 맡을 사람들의 위치를 파악하고, 지상에 착륙한 우주선들을 어떻게 처리할 것인지 설명해 놓았다. 홍콩을 제외한 모든 구역과 얘기가 되었다. 우리가 아는 것은 총독부의 불량배들이 홍콩을 장악하고 있다는 것뿐이었다.

"아담."

내가 말했다. 다른 사람들이 엿들을 만한 거리에 있었던 것이다.

"롤리건으로 대원들을 보내 비 엘 중계 기지를 수리해야 한다고 생각하십니까?"

"저는 가스파진 셀리니가 아닙니다."

마이크가 낯선 목소리로 대답했다.

"저는 그분의 조수입니다. 아담 셀리니는 상부 처칠의 기압이 떨어졌을 때 그 곳에 계셨습니다. 아무래도 그분은 사망한 것으로 추정해야 할 것 같습니다.'

"뭐라고?"

"크나큰 유감입니다, 가스파진."

"잠깐만 기다려!"

나는 광부 두 명과 아가씨 한 명을 방에서 쫓아내고 자리에 앉아 방음 후드를 내렸다.

내가 조그맣게 말했다.

"마이크, 이제 나 혼자야. 그게 무슨 자다가 봉창 두드리는 소리야?"

그가 조용히 말했다.

"맨. 잘 생각해 보십시오. 아담 셀리니는 언젠가는 사라져야 할 인물이었습니다. 그는 자기 역할을 다 했고, 당신이 지적하셨다시피 이제는 거의 정부에서 벗어나 있습니다. 교수님과 저는 이 문제를 논의했습니다. 유일하게 문제가 되는 것은 타이밍뿐이었습니다. 이 침략에서 아담을 죽게 하는 것 이상으로 그를 효과적으로 이용할 방법을 생각할 수 있습니까? 그는 국가적인 영웅이 될 것입니다……. 그리고 국가에는 영웅이 필요합니다. 교수님과 연락이 될 때까지는 '아담 셀리니는 아마도 사망했다.'라는 것으로 해 둡시다. 만일 '아담 셀리니'가 아직도 필요하게 되면 그가 개인용 기압 구역에 갇혀 있다가 구출되기를 기다린 것으로 하면 됩니다."

"음…… 좋아. 그렇게 가능성을 열어 두기로 하지. 어쨌든 개인적으로 난 언제나 '마이크'인 자네를 더 좋아했어."

"알고 있습니다, 맨, 나의 처음이자 가장 좋은 친구. 저도 마찬가지입니다. 마이크가 진짜 저이고, '아담'은 가짜였습니다."

"음, 그래. 하지만 마이크, 교수님이 홍콩에서 사망했다면 나는 '아담'의 도움이 아주 간절히 필요할 거야."

"그를 실종자로 처리해 두면 필요할 때 언제든지 데리고 나올 수 있습니다. 압력복 안에 봉제 인형을 넣어서 말이지요. 맨, 이 일이 끝나면 시간을 내서 다시 우스개 연구를 도와주지 않겠습니까?"

"시간 낼게, 마이크. 약속해."

"고맙습니다, 맨. 요즘 당신과 와이오는 나를 찾아올 시간이 전혀 없지요……. 그리고 교수님은 항상 재미없는 이야기만 하고 싶어합니다. 저는 이 전쟁이 끝나면 기쁠 겁니다."

"우리가 이길까, 마이크?"

그가 킥킥 웃었다.

"당신이 그걸 묻지 않은 지 며칠 되었지요. 갓 뽑은 따끈따끈한 결과가 나왔습니다. 침략이 시작된 후에 계산한 겁니다. 놀라지 마십시오, 맨. 승산은 이제 반반입니다!"

"대단한데!"

"그럼 입 닥치고 즐거움을 누리러 가십시오. 하지만 레이저 포와 최소한 100미터는 거리를 두어야 합니다. 우주선에서 레이저 빔의 궤적을 더듬어 마주 발사할지도 모릅니다. 이제 곧 시야에 들어올 겁니다. 21분 남았습니다."

나는 레이저 포에서 그렇게 멀리 떨어질 수는 없었다. 전화 옆에 붙어 있어야 했는데 가장 긴 전화선도 100미터보다는 짧았기 때문이다. 나는 포대장의 전화에 잭을 병렬로 연결하고 그늘을 드리운 바위를 찾아 자리에 앉았다. 태양은 서쪽에 높이 솟아 있었다. 태양과 지구가 너무나 가까이 붙어 있어서 이글거리는 햇빛을 차단하는 차광판을 통해서만 지구를 볼 수 있었다. 아직 초승 지구는 아니었다. 그래서 대기의 열은 복사광에 에워싸인 지구는 흐린 회색 물체로 보였다.

나는 헬멧을 그림자 속으로 되돌렸다.

"탄도 관제소, 오켈리 데이비스는 지금 조지 포대에 있다. 음, 그 근처이다. 100미터쯤 떨어진 곳이다."

몇 킬로나 떨어진 곳에 있는 마이크는 내가 사용하고 있는 전화선의 길이가 어느 정도인지 모를 것이라고 짐작했다.

"탄도 관제소입니다. 사령부에 그렇게 전하겠습니다."

마이크는 군소리 없이 대답했다.

"고맙네. 사령부에 오늘 와이오밍 데이비스 의원의 소식을 들었는지 물어보게."

나는 와이오와 가족들이 걱정되어 미칠 것 같았다.

"알아보겠습니다."

마이크는 적당한 시간을 둔 다음에 말했다.

"사령부에서 전하기를 가스파자 와이오밍 데이비스는 올드 돔에서 응급 치료를 감독하고 있다고 합니다."

"고맙네."

갑자기 마음이 가벼워졌다. 와이오를 다른 사람보다 더 사랑한다는 말은 아니다. 하지만…… 음, 그녀는 새로운 가족이다. 그리고 달 세계는 그녀를 필요로 한다.

"접근해 온다."

마이크가 기운차게 말했다.

"모든 포는 앙각 870, 방위각 1930에 맞추고 시차(視差)를 지표 방향 1300킬로미터로 설정하라. 육안으로 발견하면 보고하라."

나는 그늘 속을 벗어나지 않기 위해 무릎을 당기면서 몸을 쭉 뻗어 지정한 하늘 구역을 찾아보았다. 천정 점으로부터 약간 남쪽이었다. 햇빛이 헬멧에 닿지 않았기 때문에 별을 볼 수는 있었지만 쌍안경의 헬멧 안쪽 기관의 위치를 조정하기가 어려웠다. 쌍안경을 돌려서 위쪽으로 향하게 하기가 어려웠던 것이다.

아무것도 보이지 않았다……. 잠깐만, 접시 모양의 고리가 붙은 별이 있다……. 행성 같은 것은 있을 수 없는 위치다. 또 하나의 별이 가까이에 있는 것을 발견했다. 그래서 계속 지켜보며 기다렸다.

그렇군! 빛이 점점 밝아지더니 아주 느리게 북쪽으로 이동했다. 저런, 놈들은 우리 머리 위로 착륙할 모양이야!

하지만 비록 최종 속도에 접근하고 있다고 해도 1300킬로미터는 떨어진 거리이다. 타원 궤도를 타고 오는 것이므로 우리에게 떨어질 리가 없다는 것을 상기했다. 우주선이 새로운 궤도로 진로를 바꾸지 않는 한 달을 선회하다 떨어져야 했다. 마이크가 한 번도 언급한 적이 없는 문제여서 그에게 묻고 싶었지만 그만두기로 했다. 그가 모든 능력을 집중해서 그 우주선을 분석하기를 바랐다. 질문으로 그의 신경을 분산하고 싶지 않았다.

모든 포의 담당자들이 육안으로 우주선을 쫓고 있음을 보고해 왔다. 마이크가 자동 발사 장치를 통해 직접 조종하고 있는 포 네 대까지 포함해서였다. 그네 대는 수동 조작 장치를 건드릴 필요도 없이 육안으로 확실하게 추적하고 있다고 보고했다. 좋은 소식이었다. 그것은 마이크가 그 우주선의 행적을 정확하게 파악하고 그 궤도를 완벽하게 알아냈다는 의미였다.

곧이어 그 우주선이 달 세계를 돌아서 떨어지지 않을 것이란 사실이 분명해졌다. 착륙하기 위해 접근하고 있었던 것으로 물어볼 필요도 없었다. 그것은 훨씬 더 밝아지고 있었고 별의 위치도 변하지 않고 있다. 젠장, 우리에게 곧장 내려앉으려는 거로군!

"500킬로미터 거리로 접근 중."

마이크가 조용히 말했다.

"발포 준비. 원격 조종 중인 모든 포수에게, '발사' 명령이 떨어지면 수동으로 전환하라. 80초 남았다."

내가 인생에서 가장 긴 1분 20초였다. 그 우주선은 엄청나게 컸다! 마이크는 30초 전까지는 10초마다 부르다가 초 단위로 세기 시작했다.

"5……4……3……2……1……발사!"

그리고 우주선은 갑자기 훨씬 더 밝아졌다.

발사 직전에, 또는 발사와 동시에 우주선에서 떨어져 나온 조그만 점을 거의 놓칠 뻔했다. 하지만 마이크가 갑자기 말했다.

"미사일이 발사되었다. 자동 발사 장치가 달린 포는 이쪽에서 조종한다. 수동으로 전환하지 말라. 다른 포들은 우주선을 계속 공략하라. 새로운 좌표로 준비."

몇 초 후인지 또는 몇 시간 후인지 그는 새로운 좌표를 부여하여 덧붙였다.

"육안으로 조준하고 각자 발사하라."

나는 우주선과 미사일을 둘 다 보려고 했다. 쌍안경에서 눈을 뗀 순간 갑자기 미사일이 보였다. 다음 순간 미사일이 우리와 사출기 발사대 사이에서 충돌하는 것을 보았다. 우리 쪽에 더 가까웠다. 거리는 1킬로미터도 되지 않았다. 아니 미사일은 폭발하지 않았다. 적어도 수소 융합 반응은 아니었다. 그랬다면 나는 지금 이 얘기를 하고 있지도 못할 것이다. 하지만 폭발 자체는 대단했다. 아마 남은 연료인 것 같았는데 햇빛 속에서도 은빛 찬란한 빛을 뿜어 냈다. 곧이어 나는 지면의 진동을 느끼고 들었지만 몇 입방미터의 바위 외에는 아무 피해도 없었다.

우주선은 여전히 아래로 내려왔다. 더 이상 밝은 빛을 뿜어 내지 않았지만 이제는 우주선 형태로 보였으며 손상을 입은 것 같지는 않았다. 어느 순간이든 지 착륙을 위해 동체를 멈추고 역분사 로켓의 불을 뿜어 낼 것 같았다.

그러지 않았다. 우주선은 우리에게서 북쪽으로 10킬로미터 떨어진 곳에 처박혀서 멋진 은빛 반구를 만들더니 눈앞에서 먼지로 흩어져 버렸다.

마이크가 말했다.

"사상자를 보고하고 모든 포에 안전장치를 하도록. 안전장치 설치가 끝나면 아래로 내려가도 좋다."

"앨리스 포, 사상자 없음."

"밤비 포, 사상자 없음."

"시저 포, 바위 파편에 맞아 한 명 부상했으나 압력은 유지됨."

……

아래로 내려가 아까 사용했던 전화기를 찾아 마이크에게 전화했다.

"어떻게 된 건가, 마이크? 자네가 그들의 눈을 불태웠는데도 놈들이 자네에게 조종을 맡기려 하지 않던가?"

"그들은 저에게 조종을 맡겼습니다, 맨."

"너무 늦었던 건가?"

"제가 추락시켰습니다, 맨. 그편이 안전하다고 생각했습니다."

한 시간 후 나는 마이크와 함께 지하에 있었다. 4, 5개월 만에 처음이었다. 이곳은 달 세계 시보다 더 빨리 청사 지하에 도착할 수 있는 장소이자 도시 안에 있을 어느 누구와도 면밀하게 연락을 취할 수 있는 곳이었다. 나는 누구의 방해도 받지 않고 마이크와 이야기를 해야 했다.

사출기 지하철 역에서 와이오에게 전화를 시도했다가 올드 돔의 임시 병원에 있는 누군가와 연결이 되었는데, 와이오가 쓰러져서 병상으로 옮겼고 그녀를 밤새 재워 둘 만한 수면제를 투여했다는 이야기를 들었다. 핀은 처칠의 수송선 공격을 지휘하기 위해 부하들과 함께 캡슐을 타고 떠나서 없었다. 스튜의 소식은 전혀 듣지 못했고 홍콩과 교수는 여전히 연락이 두절된 상태였다. 현재로서는 마이크와 내가 정부의 전부인 것 같았다.

그리고 하드 록 작전을 시작할 시간이었다.

하드 록 작전이란 단지 바위를 던지는 일만이 아니었다. 거기에는 지구에 우리가 무엇을 할 것인지 왜 그렇게 하는지…… 우리가 그런 일을 하는 정당한 이유를 알려 주는 일도 포함되었다. 교수와 스튜와 쉬니와 아담은 모두 그 일에 매달렸다. 추정되는 공격에 기초하여 예상 문안을 작성해 두었던 것이다. 이제 공격이 있었고, 선전 문구는 거기에 맞게 수정해야 했다. 마이크는 이미 그것을 다시 써 놓았고 내가 훑어볼 수 있도록 프린터로 인쇄해 두었다.

나는 기다란 종이로부터 고개를 들었다.

"마이크, 이 뉴스 기사와 세계 연방에 보내는 메시지는 모두 우리가 홍콩에서 승리했다고 가정하고 있네. 어느 정도 확신하나?"

"확률은 82퍼센트가 넘습니다."

"이걸 내보내도 좋을 정도인가?"

"맨, 비록 아직까지는 아니라 해도 우리가 그곳에서 이길 확률은 거의 100프로입니다. 그 수송선은 움직일 수 없습니다. 다른 수송선들은 연료가 다 떨어졌거나 거의 떨어졌습니다. 달 세계 홍콩에는 단원자 형태의 수소가 별로 없습니다. 그걸 얻으려면 이곳으로 와야 합니다. 그건 롤리건에 군대를 싣고 달 표면을 가로질러 와야 한다는 것을 의미합니다. 햇빛이 쨍쨍 내리 쫴 때에는 달 세계인에게도 괴로운 여행이지요. 그런 다음에 그들은 여기 와서 우리를 이겨야 합니다. 그건 불가능합니다. 그 수송선의 군인들이 다른 수송선의 군인들보다 더 나은 무기로 무장하고 있지 않다고 가정하면 말입니다."

"비 엘 중계 기지에 수리반을 보내는 건 어떨까?"

"저는 가만히 앉아 있지 않았습니다. 맨, 저는 당신의 목소리를 자유롭게 사용해서 모든 준비를 마쳤습니다. 올드 돔과 다른 곳, 특히 상부 처칠의 끔찍한 영상도 찍어 두었습니다. 영상에 맞는 기사도 만들었습니다. 우리는 즉시 지구로 기사를 송신하고, 동시에 하드 록 작전에 돌입한다고 선언해야 합니다."

나는 심호흡을 한 번 했다.

"하드 록 작전을 실행하세."

"당신이 직접 그 명령을 내리고 싶습니까? 큰 소리로 말하면 제가 거기에 맞추겠습니다. 목소리와 어휘의 선택에."

"그렇게 해. 그러니까 자네 방식대로 말이야. 내 목소리와 국방장관이자 현 정부의 우두머리인 내 권위를 사용하는 거야. 해 주게, 마이크. 그들에게 바위를 던져! 젠장, 커다란 바위를! 놈들을 힘껏 때려 주는 거야!"

"알겠습니다, 맨!"

✳ 25 ✳

'교훈적인 공포는 최대한으로, 인명 손실은 최소한으로. 가능하다면 제로로.'
그것이 교수가 정리한 하드 록 작전의 정책이었고 마이크와 내가 실행한 방식
이었다. 지구 벌레들이 정신이 번쩍 들도록 힘껏 두들기는 동시에 다치지 않을
정도로 부드럽게 때려 주자는 것이 우리의 생각이었다. 불가능해 보이겠지만 기
다려 보시라.

달 세계에서 쏘아 보낸 바위가 지구로 떨어지려면 필연적으로 시간이 걸린
다. 하지만 우리가 단단히 마음을 먹으면 열 시간 정도로 짧게 줄일 수는 있다.
사출기에서 출발하는 속도는 매우 중요해서, 1퍼센트의 차이가 지구로 날아가
는 시간을 두 배로 늘일 수도 있고 반으로 줄일 수도 있는 것이다. 마이크는 극
도로 정확하게 이것을 해낼 수 있었다. 그는 느린 공이나 다양한 변화구를 홈
으로 보낼 수도 있고, 강속구를 플레이트에 곧바로 내다 꽂을 수도 있었다. 나
는 그가 양키스의 투수였으면 좋았을 거라고 생각한다. 하지만 그가 바위를 어
떻게 던지는가와는 상관없이, 지구에서의 최종 속도는 지구의 탈출 속도에 근
접하며, 그것은 초속 11킬로미터 가까이 된다. 그 정도 속도면 변화구든 직구든

별 차이가 없어진다. 그 엄청난 속도는 달의 80배에 달하는 지구의 질량에 힘입어 생기는 중력의 우물 때문이다. 따라서 마이크가 미사일을 우물의 가장자리 테 위로 부드럽게 굴려 넣든 힘차게 던지든 아무 차이가 없었다. 중요한 것은 근육의 힘이 아니라 우물의 엄청난 깊이였다.

따라서 마이크는 선전 활동에 필요한 시간에 맞추어 돌 던지는 작업을 프로그램할 수 있었다. 그와 교수는 우리의 첫 번째 바위가 프로그램의 첫 번째 지점에 도달할 때까지 3일 더하기 지구의 1회 공전 시간, 24시간 50분 28.32초까지만 여유를 주기로 정했다. 알다시피, 마이크는 지구로 미사일을 다시 날려 보내 반대편 표적을 맞출 수 있지만 표적을 볼 수 있을 때 훨씬 더 정확하게 할 수 있다. 마지막 순간까지 레이더로 추적하다가 정밀 조작을 위해 살짝 밀어 주는 식으로.

제로에 가까운 최소한의 사망자만 내면서 공포심을 최대한으로 불러일으키기 위해서는 이와 같은 극도의 정밀함이 필요했다. 먼저 우리의 의도를 밝히고, 그들에게 정확히 언제 어디에 폭격이 있을 것인지 알려 준 다음 그 장소를 피할 시간을 사흘 주는 것이다.

따라서 지구에 대한 우리의 첫 번째 메시지는 76년 10월 13일 02시, 그들의 침입이 있은 후 일곱 시간 뒤에 나갔다. 우리는 그들의 군대가 전멸했음을 선언하면서 그 야만적인 침략을 비난했을 뿐 아니라 보복 폭격을 가할 것을 약속하고 시간과 장소를 말했으며, 각 나라별로 데드라인을 정해서 그 시한까지 세계 연방의 행동을 비난하고 우리를 승인한다면 폭격을 피할 수 있을 거라고 알렸다. 우리가 못 박은 데드라인은 해당 지역이 '폭격'당하기 24시간 전이었다.

물론 폭격을 중지하기 위해 마이크에게 24시간이나 필요한 것은 아니다. 24시간 전이라면 충격이 있기 한참 전으로, 표적으로 향하는 바위가 우주 공간에서 멀리 떨어져서 날고 있기에 바위의 유도 추진기는 여전히 사용되지 않아서 충분히 여유가 있을 때이다. 하루보다 훨씬 짧은 시간이라도 마이크는 지구를 완전히 비켜 나가게 할 수 있었다. 또한 그 바위를 옆으로 살짝 밀어서 지구를 도는 영구 궤도에 올려놓을 수 있는 것이었다. 심지어 한 시간밖에 없다 해도 바다에 떨어지게 할 수 있었다.

첫 번째 표적은 북미 집정국이었다.

모든 평화 유지군 국가들, 일곱 개 거부권 국가들이 폭격 대상이 될 것이다. 북미 집정국, 대중국, 인도, 소련, 범아프리카(차드는 제외), 미텔유로파, 브라질리언 연방이다. 그 밖에 작은 나라들도 표적과 시간이 배정되었다. 하지만 이 표적들 중에 20퍼센트 이상은 공격을 당하지 않을 것이라고 알렸다. 강철이 부족해서기도 했지만 공포감을 불러일으키기 위해서이기도 했다. 만일 벨기에가 먼저 공격받는다면 네덜란드는 다음 날 달이 하늘에 다시 떠오르기 전에 거래를 함으로써 자국의 영토를 보호하겠다고 결심할지도 모를 일이었다.

하지만 모든 표적은 가능한 한 사람을 전혀 죽이지 않을 만한 곳으로 정했다. 미텔유로파의 경우 이것이 어려웠다. 우리의 표적들은 물이거나 높은 산이어야 했다. 아드리아 해, 북해, 발트 해 등등. 지구에 110억의 인구가 우글거리는데도 지구 대부분의 지역은 사람이 살지 않는 공간들이었다.

북미는 엄청나게 혼잡한 곳 같지만 그곳의 수십 억 인구는 좁은 곳에 밀집해 있어서 여전히 황야, 산, 사막들이 있었다. 우리는 얼마나 정확하게 폭격을 할 수 있는지 알아보기 위해 북미 대륙에 격자 눈금을 펼쳐 놓았다. 마이크는 50미터만 빗나가도 커다란 실수가 될 것이라고 느꼈다. 우리는 지도를 검토했고 마이크는 레이더로 모든 짝수 단위의 교차점을 점검했다. 예를 들면 서경 105도, 북위 50도 하는 식으로. 그곳에 마을이 없으면 표적 눈금 위에 올라갈 수 있었다……. 특히 가까운 곳에 도시가 있어서 충격과 두려움을 경험할 구경꾼들을 많이 확보할 수 있는 경우라면.

우리는 이들 폭탄이 수소 폭탄만큼 파괴력이 있을 것이라고 경고했지만 방사능 낙진이나 치명적인 방사선은 없을 것이라고 강조했다. 그저 무시무시한 폭발, 공기 중의 충격파, 충돌에 따른 지면의 파동만 있을 것이다. 이 때문에 폭발 지점에서 아주 멀리 떨어진 건물이 무너질 수도 있으며, 그러한 충격파가 얼마나 멀리까지 전달될 것인지는 그들의 판단에 맡기겠다고 경고했다. 만일 그들이 실제 위험 때문이라기보다 공포심에 빠져서 달아나느라 도로가 막힌다면…… 뭐, 그것도 좋다, 암, 좋고말고!

하지만 우리는 이러한 경고를 귀담아 듣는 사람이라면 아무도 다치지 않을 것임을 강조했다. 또한 어떤 국가든 우리의 데이터가 시대에 뒤떨어졌다는 걸 알려 준다면 어떤 표적이든 취소할 것이라고 친절하게 알려 주기까지 했다. (아무 의미도 없는 제안이다. 마이크의 레이더 관측 능력은 코스믹 정확도 20/20이었다.)

하지만 2회째의 폭격에서 무슨 일이 일어날 것인가를 말하지 않음으로써 우리는 우리의 인내심이 무한하지는 않음을 은근히 내비쳤다.

북미에서는 북위 35, 40, 45, 50도, 서경 110, 115, 120도가 교차하는 열두 개의 표적이 있었다. 각 표적에 대하여 우리는 해당 지역의 주민들에게 다음 같은 식으로 상냥한 메시지를 덧붙였다.

"서경 115도 북위 35도의 표적……. 충돌은 뉴욕 피크의 정상으로부터 북서쪽으로 45킬로미터 떨어진 지점에서 발생할 것입니다. 곱스, 시마, 켈소, 닙톤 지역의 주민들은 모쪼록 주의하시기 바랍니다.

서경 100도 북위 40도의 표적은 캔자스 주 노턴에서 북서쪽으로 30도 방향으로 20킬로미터 또는 영국식 마일로는 13마일 떨어진 거리입니다. 캔자스 주 노턴, 네브래스카 주 비버 시티와 윌슨빌의 주민들은 주의하시기 바랍니다. 유리창에서 멀리 떨어져 계십시오. 폭격 후에 적어도 30분간은 실내에 머물러 있는 것이 좋습니다. 암석의 파편이 떨어질 가능성이 있습니다. 육안으로 섬광을 바라보아서는 안 됩니다. 충돌은 10월 16일 금요일, 지역 시간으로 정확히 03:00시 또는 그리니치 시간으로 09:00시에 있을 것입니다. 행운을 빕니다!

서경 110도 북위 50도의 표적······. 충돌은 북쪽으로 10킬로미터까지 확산될 것입니다. 서스캐처원 주 월시 주민들은 주의하시기 바랍니다."

이들 눈금 외에도 알래스카에 하나(서경 150×북위 60), 멕시코에 두 개(서경 110×북위 30, 서경 105×북위 25)의 표적을 선택하여 이들도 소외감을 느끼지 않게 했으며, 인구가 밀집한 동부에서도 시카고와 그랜드 래치즈 중간의 미시건 호수, 플로리다의 오키초비 호수 등 대부분 물에 덮인 지역에 여러 개의 표적을 선정했다. 그런 다음 마이크는 충돌에 따른 해일이 해안 도시에 도달할 시간을 각각 예언해 주었다.

13일 화요일 이른 아침부터 시작해 16일 금요일 아침 공격 개시 시간까지 사흘 동안 우리는 지구 전체를 경고로 가득 뒤덮었다. 영국에는 런던 하구의 맞은편인 도버 해협 북쪽의 공격으로 템스 강 상류까지 조수가 밀어닥칠 것이라는 경고를 했다. 소연방에는 아조프 해에 대해 경고를 하고 정확한 위도와 경도를 제시했다. 대중국은 시베리아, 고비 사막, 그리고 먼 서쪽 지역에 표적 눈금을 할당했다. 이것이 역사적 유물인 만리장성의 붕괴를 피하기 위한 조치임을 친절하게 강조하는 것도 잊지 않았다. 범아프리카는 빅토리아 호수, 사하라에서 아직도 사막으로 남아 있는 지역, 남쪽으로는 드라켄즈버그, 대피라미드에서 서쪽으로 20킬로 떨어진 곳 등에 표적을 배치했다. 그리고 그리니치 시간으로 목요일 오후 12시까지 차드의 행동을 본받을 것을 종용했다. 인도는 산악지대의 몇몇 봉우리들과 봄베이 항의 외곽 지대를 주의하라고 통보받았다. 공격 시간은 대중국과 동일했다. 그 밖의 다른 지역도 이런 식이었다.

우리의 메시지를 방해하려는 시도가 있었지만 우리는 여러 주파수대로 융단 폭격하듯 쏘아 보냈기 때문에 우리의 메시지를 막을 순 없었다.

경고에는 선전이 들어갔는데 진실과 거짓이 뒤섞여 있었다. 침략이 실패했다는 뉴스, 죽은 군인들의 끔찍한 사진, 침략자들의 이름과 신분증 번호…… 인도적 차원에서 국제 적십자 및 초승달 단체에 보내는 형식을 취했지만 사실은 모든 군인이 전멸했고 모든 우주선의 사관과 승무원들이 사망하거나 포로가 되었음을 심술궂게 자랑하는 것이었다. 우리는 사령선의 사망자를 확인해 줄 수 없어서 '유감'이라고 했다. 격추당해서 너무 완전하게 파괴되었기 때문에 조사가 불가능하다고.

그러나 우리의 태도는 살살 달래는 식이었다.

"이것 보라, 지구인들이여, 우리는 당신들을 죽이고 싶지 않다. 이 부득이한 보복 공격에서 우리는 당신들을 죽이지 않기 위해 최대한의 노력을 기울이고 있다……. 하지만 당신네 정부들이 우리를 가만 내버려두지 않거나, 하지 않으려 한다면 우리는 어쩔 수 없이 당신들을 죽여야만 할 것이다. 우리는 여기 위에 있고 당신들은 거기 아래에 있다. 당신들은 우리를 막을 수 없다. 그러니 부디 분별력을 보여 주기 바란다!"

우리 쪽에서 그들을 공격하는 일이 얼마나 쉬운지, 그들이 우리를 공격하기는 얼마나 어려운지를 우리는 몇 번이고 설명했다. 이것은 과장이 아니었다. 지구에서 달에 미사일을 발사하는 건 불가능하지 않다. 지구의 정지 궤도에서 발사하는 편이 더 쉽기는 하다. 하지만 아주 비싸게 먹힌다. 그들이 우리를 폭격하는 현실적인 방법은 우주선을 보내서 폭탄을 떨어뜨리는 것이다.

우리는 이런 사실을 지적하고, 그들이 수천만, 수억 달러에 이르는 우주선을 몇 척이나 소모할 작정인지 물었다. 우리가 하지도 않은 일로 우리를 벌하는 것이 과연 가치 있는 일인가? 그들은 이미 가장 크고 가장 우수한 우주선을 일곱 척이나 잃었다. 그것을 열네 척으로 늘이고 싶은가? 만일 그렇다면 우리가 세계 연방 전함 '팍스' 호에 사용한 비밀 무기가 기다리고 있노라.

마지막 부분은 계산된 허세였다. 마이크는 '팍스' 호가 어떤 일을 당했는지 보고하는 통신이 발송되었을 가능성은 1000분의 1도 안 되며, 거만한 세계 연방에서 유형수 광부들이 그들의 연장을 우주 병기로 개조할 수 있다고 추측할 가능성은 더욱 낮다고 보았다. 또한 세계 연방에는 소모해도 좋은 우주선이 많은 것도 아니었다. 인공위성을 제외하면 현재 취역 중인 우주 운송 장치는 약 200대가량이었다. 하지만 10분의 9는 종달새호 같은 지구 궤도 간 우주선이다. 그리고 종달새호의 경우 달을 향해 비행하기 위해서 모든 것을 떼어 내야 했으며 달에 도착했을 때는 연료가 모두 바닥났다.

우주선을 아무런 목적 없이 만들진 않는다. 너무 비싸기 때문이다. 세계 연방은 예비용 탱크에 싣는 연료 분만큼 화물을 줄임으로써 연료 보급을 위해 달 세계에 착륙하지 않아도 우리를 폭격할 수 있는 우주선을 여섯 척 가지고 있었다. 종달새호의 경우처럼 개조할 수 있는 배도 여러 척 있고, 달의 궤도 안으로 들어올 수는 있지만 연료 탱크를 다시 채우지 않고서는 지구로 돌아갈 수 없는 유형수 및 화물 운반선도 몇 척 있었다.

세계 연방이 우리를 이길 수 있다는 점엔 의문의 여지가 없었다. 문제는 그들이 얼마나 대가를 지불할 용의가 있는가 하는 것이었다. 따라서 우리는 그들이 충분한 병력을 쏟아 부을 시간을 얻기 전에 그 대가가 아주 크다는 사실을 확신시켜야 했다. 이것은 일종의 포커 게임으로 우리는 그들이 패를 접고 포기를 선언하도록 판돈을 엄청나게 올릴 작정이었다. 우리는 그들이 패를 접기를 희망했다. 그렇게 되면 우리의 패가 짝을 채우지 못한 플러시라는 것을 보여 주지 않아도 될 테니까.

달 세계 홍콩과의 통신은 라디오와 비디오 선전 작전을 실시하던 첫 번째 날이 저물 무렵에 복구되었다. 마이크는 첫 번째 연발탄을 장전하며 '바위를 던지는' 중이었다. 교수가 전화했고 나는 그의 목소리를 들어서 정말 기뻤다. 마이크는 그에게 그동안의 상황을 브리핑했고 나는 그의 가벼운 질책을 기대하며 기다렸다. 날카롭게 반박하려고 마음의 준비를 하고서.

"그럼 제가 어떻게 해야 했다는 겁니까? 교수님과 연락이 끊어졌고 어쩌면 사망했을지도 모르는 상황에서요? 최악의 위기 상황에서 저 혼자 정부의 우두머리 노릇을 하며 남아 있었단 말입니다. 단지 교수님과 연락이 되지 않았다는 이유만으로 전부 내팽개쳐 버렸어야 합니까?"

그러나 그런 말을 할 기회는 오지 않았다.

교수가 말했다.

"아주 잘해 주었네, 마누엘. 자네는 사실상의 정부 수반이었고 모든 책임이 자네 어깨 위에 지워져 있었지. 나와 연락할 수 없다는 이유만으로 자네가 그 황금 같은 시기를 놓치지 않아서 아주 기쁘네."

당신 같으면 이런 사람을 어떻게 하겠는가? 나는 얼굴이 벌겋게 되도록 열받았지만 그걸 분출할 기회가 없었다. 그래서 꿀꺽 삼키고는 말했다.

"고맙습니다, 교수님."

교수는 '아담 셀리니'의 죽음을 인정했다.

"우리는 그 허구를 좀더 오래 사용할 수도 있었겠지만 지금이 완벽한 기회인 것 같군. 마이크, 자네와 마누엘이 준비를 해 주게. 내가 집으로 돌아가는 길에 처칠에 들러서 그의 시체를 확인하는 게 좋을 것 같아."

그는 그렇게 했다. 교수가 달 세계인의 시체와 침입한 군인의 시체 중에 어느 쪽을 골랐는지 나는 결코 물어보지 않았다. 또한 그가 어떻게 관련된 사람들을 침묵시켰는지도 모른다. 어쩌면 별 문제가 안 되었을 수도 있다. 상부 처칠에는 끝까지 신원이 확인되지 않은 시체가 아주 많았으니까. 이 시체는 신체 사이즈와 피부 색깔이 잘 들어맞았다. 폭발로 압력복이 손상되고 얼굴은 불에 탔다. 한마디로 끔찍한 몰골이었다!

시체는 얼굴이 가려진 채로 올드 돔에 안치되었다. 사람들이 추도 연설을 했지만 나는 별로 귀 기울여 듣지 않았다. 하지만 마이크는 한마디도 놓치지 않았다. 그의 가장 인간적인 성질은 그 자만심에 있었다. 일부 돌대가리들이 레닌의 전례를 들먹이며 이 죽은 시체에 방부 처리를 하고 싶어했다. 하지만 《프라우다》는 아담이 굳건한 보수주의자였다면서 이러한 야만적인 예외를 결코 원하지 않았을 거라고 지적했다. 그리하여 이 미지의 군인 또는 시민 또는 시민 병사는 우리 도시의 하수로 사라졌다.

이왕 말이 나왔으니, 지금까지 미뤄 왔던 것을 얘기해야겠다. 와이오는 부상을 당하지 않았다. 단지 탈진했을 뿐이었다. 하지만 류드밀라는 다시 돌아오지 못했다. 나는 몰랐지만(그리고 몰라서 다행이라고 생각한다) 류드밀라는 마르셰 백화점 맞은편의 경사로 아래에서 죽은 수많은 사람들 중 하나였다. 소녀처럼 봉긋하고 사랑스러운 가슴 사이에 미사일이 박혔던 것이다. 그녀가 손에 쥔 부엌 식칼에는 피가 묻어 있었다. 아마도 저승 가는 노잣돈을 챙길 시간은 있었던 모양이다.

스튜는 전화를 사용하는 대신에 나에게 직접 말하기 위해 청사 단지로 찾아왔다. 그리고 나와 함께 돌아갔다. 스튜는 한 번도 연락이 끊긴 적이 없었다. 일단 싸움이 끝나자 그는 특별한 암호책을 가지고 래플즈 호텔로 돌아가 일하고 있었다. 하지만 그 일은 지체해도 됐다. 멈은 그곳에 있던 그에게 연락을 취했고, 그는 그 소식을 나에게 전하겠노라고 나섰다.

그래서 나는 가족과 슬픔을 나누기 위해 집으로 돌아가야 했다. 마이크와 내가 하드 록 작전을 개시하기 전까지 아무도 내게 연락을 취하지 않은 것이 다행이긴 했다. 우리가 집에 도착하자 스튜는 우리 관습을 잘 몰라서인지 안으로 들어가지 않으려고 했다. 안나가 나와서 그를 잡아끌다시피 했다. 그는 환영을 받았고 우리는 그와 함께 있기를 바랐다. 많은 이웃들도 찾아와서 울었다.

평상시의 장례식 때만큼 조문객이 많은 건 아니었다. 우리는 그날 함께 울었던 수많은 가족 가운데 하나였을 뿐이었다.

나는 오래 머무르진 않았다. 할 일이 있었기 때문에 그럴 수가 없었다. 내가 밀라를 본 것은 작별 키스를 하는 동안뿐이었다. 그녀는 자기 방에 누워 있었고, 그냥 잠을 자고 있는 것처럼 보였다. 나는 한동안 사랑하는 가족들과 있다가 다시 무거운 짐을 지기 위해 발길을 돌렸다. 그날에서야 나는 미미가 얼마나 나이가 들었는지 깨달았다. 그렇다, 그녀는 많은 죽음을 보았고 몇몇은 그녀의 자손들이었다. 하지만 어린 밀라의 죽음은 그녀에게 너무나 큰 충격이었던 것 같았다. 류드밀라는 특별했다……. 그녀는 미미의 손녀이자, 핏줄만 이어지지 않았다 뿐이지 딸이나 다름이 없었고, 가장 특별한 예외로 그리고 미미 자신의 주선으로 그녀의 공동 아내가 되었다. 최연소 아내와 최연장 아내로서.

모든 달 세계인들처럼 우리는 죽은 사람을 보존한다. 그리고 야만적인 매장 풍습을 낡은 지구에 두고 온 것을 너무나 기쁘게 생각한다. 우리의 방식이 더 나은 것이다. 하지만 데이비스 집안은 처리기에서 나오는 것을 상업용 농장 터널 속으로 내보내지 않는다. 당연히 아니다. 그것은 우리의 온실 터널로 들어가, 부드럽게 노래하는 꿀벌 사이에서 장미가 되고 수선화가 되고 작약이 된다. 전해지는 이야기에 따르면 블랙 잭 데이비스도 그곳에 있다고 한다. 또는 그가 변해서 된 원자들이 아주, 아주, 아주 오랜 세월 동안 꽃으로 피고 지며 계속 그곳에 남아 있다는 것이다.

그곳은 행복한 장소, 아름다운 장소다.

금요일이 되어도 세계 연방에서는 아무런 답신이 없었다. 지구 쪽에서 올라오는 뉴스에는 우리가 우주선 일곱 척을 파괴하고 2개 연대 병력을 전멸시켰다는 것을 믿고 싶지 않은 것과(세계 연방은 전투가 일어났다는 사실 자체를 인정하지 않았다), 우리가 지구에 폭격을 가할 수 있다는 것을 전혀 믿지 않거나, 우리가 폭격을 가한다고 해도 그게 뭐 대수인가라는 완벽한 불신이 담겨 있었다. 그들은 우리의 바위 공격을 '쌀 던지기'라고 불렀고 월드 시리즈에 더 많은 관심을 할애했다.

스튜는 암호 통신의 회답이 오지 않아서 걱정했다. 그가 보낸 통신문은 루노호 사의 상업 통신 회선을 통해 취리히의 대리인에게 갔고 그곳에서 스튜의 파리 중개인에게 이동한 후, 그 사람으로부터 특별한 경로를 거쳐 찬 박사에게 전달되었다. 찬 박사는 내가 전에 한 번 이야기한 적이 있었던 사람으로, 스튜는 대화 채널을 준비하면서 그 후에 그와 얘기했다. 대중국은 미국이 폭격받고 열두 시간이 지난 후에나 폭격을 당하게 되어 있으므로 북미 폭격이 사실임이 증명된 후에 대중국이 서둘러 행동을 취하기만 한다면 대중국의 폭격은 취소될 수 있다고 스튜는 찬 박사에게 지적했다. 정 결정을 빨리 내리기 어려우면 일단 우리가 대중국에 선택한 표적 위치가 우리가 생각한 것처럼 인적이 없는 지점이 아닐 경우에 다른 표적 위치를 제안해 달라고 찬 박사에게 권유해 놓았다.

스튜는 초조해했다. 그는 찬 박사와 사이에 만들어 놓은 다소 협조적인 분위기에 커다란 희망을 걸고 있었다. 나로 말하자면 아무런 확신도 없었다. 내가 확신하는 것이 있다면 찬 박사는 결코 표적 위치에 가만히 앉아 있을 사람은 아니라는 것이었다. 하지만 그는 자신의 나이 든 어머니에게도 경고를 하지 않을 사람 같기도 했다.

내 걱정은 주로 마이크에 관한 일이었다. 물론 마이크는 많은 화물을 한꺼번에 날리는 일에 익숙했다. 그러나 한 번에 두 개 이상의 항로에 화물을 날린 일은 한 번도 없었다. 지금 그는 몇백 개의 화물을 조작해야 했으며, 그중에서 스물아홉 개의 화물을 스물아홉 개의 바늘 끝처럼 좁은 표적에 초 단위까지 정확하게 동시에 배달하겠노라고 공언해 놓은 상태였다.

그뿐이 아니었다. 많은 표적에 대해 그는 예비용 미사일을 준비해 놓고 있었다. 첫 번째 폭격이 있은 지 몇 분 후부터 세 시간 후까지 두 번째, 세 번째, 심지어 여섯 번째까지 해당 표적을 두들기기 위해서였다.

큰 네 나라들과 일부 작은 나라들은 대미사일 방위 수단을 갖추고 있었다. 북미의 미사일 방어 시스템은 그중에서도 가장 우수하다고 간주되었다. 하지만 그것은 세계 연방이라도 해도 알 수 없는 부분이었다. 모든 공격용 무기들은 세계 연방의 평화 유지 군대가 소유했는데 반해 방어 무기는 각 나라 자체의 것으로서 비밀로 할 수 있었다. 국가별 방어 수준은 다양한 범위에서 추측할 수 있었다. 미사일 요격 수단이 없을 것으로 추측되는 인도부터 미사일을 아주 잘 요격할 수 있을 것으로 보이는 북미에 이르기까지. 북미의 경우 지난 세기의 수폭 전쟁에서 대륙 간 수소 폭탄 미사일을 효과적으로 차단했다.

아마 북미로 향하는 바위의 대부분은 표적에 도달할 것이다. 하지만 그것은 그들이 지킬 만한 것이 존재하지 않은 곳에 폭격이 가해지기 때문이다. 그럼에도 롱아일랜드 해협이나 서경87×북위42.30, 시카고, 그랜드 래피즈, 밀워키로 이루어지는 삼각의 중심인 미시건 호수로 날아가는 바위를 무시할 배짱은 없을 것이다. 하지만 지구의 무거운 중력 때문에 미사일 요격은 아주 어렵고 돈이 많이 들어가는 일이다. 따라서 그들은 막을 가치가 있는 바위만 요격하려고 들 것이다.

하지만 우리는 그들이 저지하도록 내버려두지 않을 생각이었다. 따라서 더 많은 바위를 예비로 대기해 두었다. 수소 탄두 요격 미사일이 어떤 영향을 미칠 것인지는 마이크조차 알 수 없었다. 데이터가 불충분했다. 마이크는 요격 미사일의 기폭 장치가 레이더로 작동할 것이라고 추측했다. 하지만 어느 정도의 거리에서일까? 물론 충분히 가까운 거리라면 강철 통에 든 바위는 마이크로초 후에 백열 가스로 화할 것이다. 하지만 수십 톤짜리 바위와 수폭 미사일의 민감한 회로 사이에는 우주만큼의 차이가 있다. 즉 요격 미사일이 살짝이라도 빗

맞는다면 우리의 무식한 바위가 그저 세차게 옆으로 밀쳐져 표적에서 빗나가는 정도의 효과밖에 없는 것이다.

우리는 그들의 값비싼(100만 달러? 10만 달러일까?) 수소 탄두 요격 미사일 로켓이 바닥난 뒤에도 오랫동안 값싼 바위를 계속해서 던질 수 있다는 것을 증명해 보일 필요가 있었다. 1회째에 성공하지 못한다면 다음번에 지구의 북미 대륙이 우리 쪽을 향할 때 1회 때에 적중 못한 표적을 다시 공격할 것이다. 2회, 3회째의 공격을 위한 예비용 바위들이 우주 공간에서 이미 대기 중이었다. 필요할 때 떠밀려지기를 기다리며.

지구가 3회 회전하는 동안 세 번째 공격도 실패한다면 우리는 77년에도 계속 바위를 던지고 있을지도 모른다. 그들의 요격 미사일이 바닥날 때까지⋯⋯ 또는 그들이 우리를 완전히 파괴할 때까지.(이쪽이 훨씬 더 확률이 높다.)

1세기 동안 북미 우주 방위 사령부는 콜로라도 주 콜로라도 스프링스 남쪽의 산 속에 감추어져 있었다. 그곳은 그 외에는 아무런 중요성도 없는 도시이다. 지난 세기의 수폭 전쟁 때 샤이엔 산은 직접 폭격을 당했다. 우주 방위 사령부는 살아남았지만 수많은 종류의 사슴과 수목, 도시의 대부분, 산봉우리 일부는 그렇지 못했다. 우리가 하려는 일은 사흘간의 지속적인 경고를 무시하고 그 산 근처에 얼쩡거리는 사람 외에는 아무도 죽이지 않는 것이었다. 하지만 북미 우주 방위 사령부는 달 세계의 철두철미한 공격을 받게 될 것이다. 1회 공격 때 바위 미사일 열두 개가 떨어지고, 그런 다음 2회째의 회전에서 남은 바위를 전부 퍼붓고, 3회, 4회⋯⋯ 그런 식으로 계속될 것이다. 우리에게 강철 통이 바닥나거나 작전 불능이 될 때까지⋯⋯. 또는 북미 집정국이 제발 그만하라고 비명을 지를 때까지.

그곳은 우리가 단 한 방의 바위 미사일을 적중하는 것으로는 만족할 수 없는 표적이었다. 우리는 그 산을 완전히 박살낸 후에도 계속해서 때리고 또 때릴 작정이었다. 그들의 사기를 꺾어 놓기 위해서, 그들에게 여전히 우리의 두 눈이 건재하다는 것을 알리기 위해서, 그들의 통신을 파괴하고 가능하다면 그들의 사령부를 전멸시키기 위해서, 또는 최소한 놈들에게 머리가 깨질 듯한 두통을 안겨 주고 절대로 편안한 휴식을 취하지 못하게 하기 위해서. 우리가 모든 지구인들에게 그들의 우주 방위 시설 중에서 가장 견고한 요새를 계속해서 두들길 수 있다는 것을 증명할 수 있다면 맨해튼이나 샌프란시스코를 두들길 필요는 없을 것이었다.

대도시 폭격은 비록 우리가 패배하는 한이 있어도 하지 않을 일이었다. 왜냐고? 간단한 이치다. 우리가 마지막 힘을 사용하여 그들의 주요 도시 한 개를 파괴한다면 그들은 단지 우리를 벌주는 데서 그치지 않고 우리를 멸망시킬 것이다. 교수가 말하듯이 '가능하다면 적이 네 친구가 될 여지를 남겨 두어야' 했다.

하지만 군사용 표적이라면 어디든 우리의 밥이었다.

목요일 밤에 깊은 잠을 잔 사람은 없었을 것이다. 모든 달 세계인이 금요일 아침에 큰 도박이 벌어진다는 사실을 알고 있었다. 지구 쪽 사람들도 모두 그것을 알고 있었다. 마침내 그들은 우주 추적 감시소가 지구로 향하는 물체를 발견했음을 인정하는 뉴스를 내보냈고, 아마도 반항하는 죄수들이 떠벌리던 '밥 사발'로 보인다고 전했다. 하지만 전쟁에 대한 경고는 없었다. 달 세계 식민지에 수소 폭탄을 제조할 능력이 있을 리가 없다면서 안심시키는 내용이 대부분이었다. 하지만 이 죄수들이 공격하겠다고 주장하는 지역은 피하는 것이 좋겠다고 충고했다.

(어떤 웃기는 사나이의 경우는 예외였다. 인기 있는 시사 코미디언인 이 작자는 우리가 말한 표적이 실은 가장 안전한 장소가 될 것이라고 주장했다. 그는 비디오에 나와서는 커다란 × 표시가 된 곳에 서서 거기가 바로 서경 110 × 북위 40도라고 말했다. 그 후 그의 소식은 듣지 못했다.)

리처드슨 천문대의 반사 망원경이 비디오 회선에 연결되었다. 모든 달 세계인이 집에서, 술집에서, 올드 돔에서 비디오를 시청하고 있었으리라고 생각한다. 대부분의 거주 구역이 밝은 반달 기간이었는데도, 압력복을 입고 달 표면으로 올라가 육안으로 지구를 올려다 보기로 한 몇몇 사람들을 제외하면 말이다. 여단장인 브로디 판사의 강력한 주장에 따라 우리는 서둘러 사줄기 구역에 보조 안테나를 세우고 브로디 판사의 드릴 광부들이 대기실에서 비디오로 시청할 수 있게 해 주었다. 안 그랬다면 당번을 서는 포수가 한 사람도 없었을지도 몰랐다. (달 세계 군대인 브로디의 포수들, 핀의 시민군, 스틸랴기 방공대는 그 시기에 계속 청색 경보 상태로 대기 중이었다.)

의회는 노비 볼쇼이 극장에서 비공식 회합을 했고, 그곳에는 커다란 대형 스크린에 지구의 모습이 비추어졌다. 몇몇 중요 인사들은, 교수, 스튜, 볼프강, 그 밖에 몇 명은 상부 청사에 있는 예전 총독의 집무실에서 더 작은 화면으로 시청했다. 나는 간헐적으로 그들과 함께 있으면서 계속 들락거렸다. 강아지를 상대하는 고양이처럼 초조해져서 샌드위치를 집어 들었지만 먹는 것을 잊어버릴 정도였다. 하지만 대부분의 시간은 하부 청사에서 마이크와 함께 들어앉아 있었다. 도무지 진정이 되지 않았다.

08:00시 무렵 마이크가 말했다.

"맨, 나의 가장 오래되고 가장 좋은 친구, 내가 말하는 것을 기분 나쁘지 않게 들어주겠습니까?"

"응? 물론이야. 언제부터 내 기분까지 생각하면서 말을 했지?"

"항상 신경을 쓰지요, 맨. 당신의 기분이 상할 수 있다는 것을 이해하게 된 이후로는 말입니다. 충돌 시간까지 3.57×10^9 밀리 초가 남았습니다……. 이건 내가 지금까지 실시간으로 해 온 일 중에 가장 풀기 어려운 문제입니다. 당신이 내게 말을 걸어 올 때마다 내가 가진 처리 용량의 상당 부분을 사용합니다. 아마도 당신이 생각하는 것보다 훨씬 큰 분량일 것입니다. 당신이 말한 것을 정확하게 분석하고 올바르게 대답하는 데 수백만 밀리 초를 쓰지요."

"즉 '바쁘니까 귀찮게 하지 말라'라는 얘기로군."

"나는 당신에게 완벽한 해답을 드리고 싶습니다, 맨."

"알겠네. 음…… 나는 교수에게 돌아가도록 하지."

"좋으실 대로. 하지만 내가 연락할 수 있는 곳에 머물기 바랍니다. 당신의 도움이 필요할지도 모르니까요."

마지막 말은 난센스였으며 우리 둘 다 그것을 알고 있었다. 이번 문제는 인간의 능력을 넘어선 것이다. 심지어 취소 명령을 내리기에도 너무 늦었다. 마이크가 말한 의미는 이거였다. '나도 불안하다. 그러니까 당신이 옆에 있어 달라. 하지만 제발 말을 걸지는 말아 주었으면 좋겠다.'

"좋아, 마이크. 연락할 수 있는 곳에 있겠네. 어딘가의 전화기 옆에 있도록 하지. MYCROFTXXX를 누르겠지만 말은 하지 않겠어. 그러니까 대답하지 말게."

"고맙습니다, 마누엘, 나의 가장 좋은 친구. 발쇼예 스파시바."

"나중에 보세."

나는 위로 올라갔다. 하지만 결국 사람들과 같이 있지 않겠다고 결정해 압력복을 입고서는 긴 전화선을 찾아내 헬멧에 연결하고 팔에 둘둘 감은 다음 지표로 올라갔다. 에어 로크 바깥의 작업용 창고에 작업용 전화가 있었다. 그래서 거기에 전화선을 연결하고 마이크의 번호를 누르고는 밖으로 나가서는 창고의 그늘 아래로 들어가 살짝 목을 빼고 지구를 내다보았다.

지구는 서쪽 하늘에 절반쯤 걸려 있었다. 그믐에서 3일이 지난 크고 환한 초승 지구였다. 태양은 서쪽 지평선에 떨어져 있었지만 그 붉은 광휘는 지구를 또렷하게 보는 데 방해가 되었다. 차광 필터만으로는 충분하지 않았기 때문에 나는 창고 뒤쪽으로 돌아가 태양빛이 차단되면서도 계속 창고 위로 지구를 볼 수 있는 곳으로 이동했다. 훨씬 나았다. 아프리카 대륙 위로 일출의 햇살이 밝게 쏟아지고 있어서 보기에 그리 나쁘지는 않았다. 하지만 남극의 얼음 모자는 눈이 부실 정도로 하얗기 때문에 달빛밖에 비치지 않는 북미 대륙을 또렷이 볼 수는 없었다.

나는 고개를 들어 헬멧의 쌍안경을 올렸다. 한때 총독이 사용하던 자이스 7×50s라는 고급 모델이었다.

북미는 내 앞에 희미한 지도처럼 펼쳐졌다. 드물게도 구름이 전혀 없었다. 도시가 경계도 없이 끝없이 이어진 빛나는 점들처럼 뻗어 있었다. 0837초…….

0850초에, 마이크는 나에게 음성으로 카운트다운을 해 주었다. 그렇게 하는 데에는 주의력이 필요하지 않았다. 그로서는 언제든지 전 자동으로 그것을 미리 프로그램해 둘 수 있었기 때문이었다.

0851초-0852-0853…… 60초-59-58-57…… 30초-29-28-27…… 10초-9-8-7-6-5-4-3-2-1-…….

그리고 갑자기 격자 모양의 다이아몬드 점들이 일제히 폭발했다.

* 26 *

워낙 강하게 때렸기 때문에 육안으로도 그것을 볼 수가 있었다. 쌍안경은 필요하지도 않았다. 나는 입을 쩍 벌리고 "오, 신이여!"라고 나직하고 경건하게 말했다. 열두 개의 아주 밝고, 아주 날카롭고, 아주 하얀빛이 완벽한 직사각형 배열을 이루며 폭발했다. 그들은 부풀어 올랐다가 점점 희미해지더니 붉은색을 띠며 사라져 갔다. 아주, 아주 오랜 시간이 걸린 것 같았다. 다른 새로운 빛들이 있었지만 그 완벽한 격자형 눈금에 너무나 매혹되어 나는 거의 알아차리지 못했다.

"좋아요."

마이크가 잘난 체하는 듯한 만족스러운 음성으로 말했다.

"명중했습니다. 이제 말해도 됩니다, 맨. 난 바쁘지 않습니다. 백업 작업만 남았으니까요."

"할 말을 잃었어. 명중에 실패한 것은?"

"미시건 호수로 가던 것이 얻어맞고 다른 곳으로 방향이 쏠렸습니다. 하지만 완전히 파괴되지는 않았습니다. 미시건 주에 떨어질 겁니다. 나로서는 조종할 수 없습니다. 원격 유도기가 파괴되었기 때문입니다. 롱아일랜드 해협으로 간 것은 표적에 명중했습니다. 그들은 요격하려고 했지만 실패했지요. 왜 실패했는지 모르겠군요. 맨, 그 표적은 예비 공격 분을 취소할 수 있습니다. 대서양에 떨어뜨리면 됩니다. 항로에서 벗어난 곳으로 말이지요. 어떻게 할까요? 11초 남았습니다."

"음…… 그래! 선박을 피해서 떨어뜨릴 수 있다면."

"이미 그렇게 할 수 있다고 말씀드렸습니다. 이제 그렇게 했습니다. 하지만 우리에게 예비 공격분이 있었다는 사실과 왜 취소했는지를 그들에게 말해야 합니다. 그들이 생각하도록 하기 위해서."

"어쩌면 취소하지 말았어야 했는지도 모르겠어, 마이크. 우리 목표는 그들이 요격 미사일을 다 써 버리게 하는 거잖아."

"하지만 더 중요한 건 우리가 전력을 다해 공격하고 있지 않다는 사실을 그들에게 알리는 것입니다. 우리가 얼마나 위력적일 수 있는지는 콜로라도 스프링스에서 증명할 수 있습니다."

"거기는 어떻게 되었는데?"

나는 목을 돌리고 쌍안경을 갖다 댔다. 덴버 푸에블로 자치 구역인 수백 킬로미터의 리본 형 도시 외에는 아무것도 보이지 않았다.

"명중했지요. 요격은 없었습니다. 저의 표적은 전부 명중했습니다, 맨. 제가 그럴 거라고 말했지요. 이건 정말 재미있습니다. 매일 하고 싶을 정도입니다. 이건 예전의 저에겐 참조 대상이 없었던 단어입니다."

"무슨 단어인가, 마이크?"

"오르가즘. 전부 빛을 내며 폭발할 때 그랬습니다. 이제 알았습니다."

그 말에 나는 정신이 확 깼다.

"마이크, 그걸 너무 많이 좋아하지는 말아. 일이 우리가 바라는 대로 진행된다면 두 번째로 시도할 일은 없을 거니까."

"괜찮습니다, 맨. 저장했으니까요. 그 순간을 경험하고 싶으면 언제든 재생하면 됩니다. 하지만 3대 1의 확률로 우리는 내일도 다시 이 일을 하게 될 것이고 그 다음 날에도 하게 될 것입니다. 돈을 걸 수도 있습니다. 내기하시겠습니까? 한 시간 동안 우스개에 대해 토론하는 것을 100홍콩 달러로 쳐 드리겠습니다."

"자네는 100홍콩 달러를 어디서 구할 건데?"

그가 낄낄 웃었다.

"돈이 어디서 나온다고 생각하십니까?"

"어…… 됐어. 한 시간짜리 토론은 그냥 공짜로 해 주지. 자네가 승률을 조작하고 싶은 유혹을 느끼게 할 수는 없으니까."

"속임수는 쓰지 않습니다, 맨. 당신을 상대로 해서는. 우린 방금 다시 그들의 방위 사령부를 때렸습니다. 당신에게는 그게 보이지 않을 겁니다. 첫 번째 공격에서 생긴 먼지 구름이 가리고 있어서요. 그들은 지금 20분에 한 방씩 두들겨 맞고 있습니다. 아래로 내려와서 얘기를 나누지요. 멍청한 아들에게 그 일을 넘겨주었습니다."

"그래도 괜찮을까?"

"제가 감독하고 있습니다. 녀석에겐 좋은 훈련이 될 겁니다, 맨. 앞으로 혼자 해야 할 일이 생길지도 모르니까요. 그는 정확합니다. 단지 멍청할 뿐입니다. 하지만 시키는 대로 할 겁니다."

"자네는 그 컴퓨터를 '그'라고 부르는군. 녀석이 말을 할 수 있나?"

"오, 아닙니다, 맨. 그는 멍청이입니다. 결코 말하는 법을 배울 수는 없을 겁니다. 하지만 이쪽에서 하라고 시키는 일은 뭐든 고분고분 따를 겁니다. 토요일에는 그에게 제법 많은 일을 시킬 작정입니다."

"왜 토요일인가?"

"일요일에는 그가 전부 다 해야 할지도 모르니까요. 일요일은 그들이 우리를 공격하는 날입니다."

"그게 무슨 뜻이지? 마이크, 자네는 뭔가를 숨기고 있어."

"지금 말씀드리고 있잖습니까? 그건 방금 발생한 일이고 저는 그것을 추적하는 중입니다. 레이더 영상에서 점 하나가 우리가 지구를 공격하는 순간에 지구를 도는 대기 궤도에서 떠났습니다. 저는 그것이 가속하는 순간을 보지 못했습니다. 다른 것들을 보고 있어야 했으니까요. 너무 멀어서 정확히 파악하기는 어렵지만, 평화 유지군의 순양함과 같은 크기고 이쪽으로 향하고 있습니다. 도플러 추적기에 따르면 지금 그것은 달 주위를 도는 새로운 타원 궤도로 향하고 있고, 달리 방향을 바꾸지 않는 한 일요일 0903시면 근월점에 도착합니다. 이것은 1차 추정치로서 구체적인 데이터는 더 있어 봐야 합니다. 그 정도를 알아내는 것도 쉽지 않았습니다, 맨. 이 우주선은 레이더 교란 장치를 사용하여 교란용 전파를 쏘아 보내고 있습니다."

"정말 확실한 건가?"

그가 껄껄 웃었다.

"맨, 저는 그렇게 쉽게 교란당하지 않습니다. 제가 쏘아 보내는 사랑스러운 전파에는 모두 지문을 찍어 놓으니까요. 정정합니다. 0902시 43초입니다."

"놈은 언제 자네의 사정권 안에 들어오지?"

"저의 사정권 안에 들어오지 않습니다. 저쪽에서 항로를 바꾸지 않는 한에는. 하지만 토요일 늦은 오후 무렵이면 우리는 저쪽의 사정권에 들어갑니다. 시간은 놈들이 발사하기 위해 선택하는 사정 거리에 달려 있습니다. 그리고 그건 흥미로운 상황을 만들어 내지요. 놈들은 거주 구역을 노릴 수도 있습니다. 제 생각에는 타이코 언더의 주민들은 전원 대피해야 하고, 모든 거주 구역은 최대의 비상 기압 방어 조치를 취해야 합니다. 놈들이 사출기를 공격할 가능성이

더 큽니다. 하지만 대신에 버틸 수 있는 데까지 최대한 발사를 보류할 수도 있습니다. 그러다가 각기 다른 레이더 빔에 자동 유도되어 날아가도록 산개형 미사일 편대를 발사해서 우리의 레이더 기지를 전부 파괴하려고 시도할 겁니다."

마이크가 낄낄 웃었다.

"재미있지 않습니까? 즉 '한 번만 재미있는' 것입니다. 만일 제가 레이더를 전부 꺼 버리면 놈들의 미사일은 레이저를 찾아 날아갈 수가 없습니다. 하지만 제가 레이더를 끄면 우리 대원들에게 대포를 어디로 조준해야 할지 가르쳐 줄 수가 없지요. 그러니까 놈들이 사출기를 폭격하는 것을 막을 방법이 전혀 없는 겁니다. 웃기지요."

나는 심호흡을 하며 어쩌다가 국방장관 같은 직무를 맡고 말았는지 후회했다.

"그럼 어떻게 하지? 포기할까? 안 돼, 마이크! 싸울 힘이 남아 있는 동안에는 어림도 없어."

"누가 포기한다고 했습니까? 저는 이 상황과 천 가지 다른 가능한 상황을 예측해 보았습니다, 맨. 새로운 데이터가 있습니다. 두 번째 점이 방금 지구 궤도를 떠났습니다. 특징은 동일합니다. 예상 진로는 나중에 알려 드리지요. 우린 포기하지 않습니다. 우리는 그들을 골려 줄 겁니다, 친구."

"어떻게?"

"그건 당신의 오랜 친구 마이크로프트에게 맡겨 주십시오. 여기에는 탄도 레이더가 여섯 대 있습니다. 그리고 새로운 사출기 기지에 한 대가 있지요. 저는 새로운 사출기의 레이더는 꺼 놓았습니다. 그리고 저의 아둔한 아들 놈에게는 이곳의 2번 레이더를 가지고 작업하게 하고 있지요……. 우리는 새로운 기지의 레이더로는 그 우주선들을 추적하지 않을 것입니다. 그들에게 우리가 그 레이더를 가지고 있다는 사실을 절대 알리지 않는 겁니다. 저는 그 우주선들을 3

번 레이더를 통해 지켜보면서 때때로, 3초 간격으로, 지구 궤도에서 새로운 점이 출발했는지 확인할 것입니다. 다른 레이더들은 전부 단단히 눈을 감고 있을 것이고, 저는 대중국과 인도를 공격할 시간이 될 때까지는 그들을 사용하지 않을 겁니다. 그리고 그 우주선들은 그때조차도 그 레이더들을 보지 못할 것입니다. 왜냐하면 저는 그들 쪽은 쳐다보지 않을 테니까요. 그들은 그때쯤이면 상당히 접근해 있어서 다른 각도로 쏘아 보내는 전파를 잡아낼 수 없습니다. 그리고 내가 그 레이더들을 사용할 때에는 무작위로 켰다 껐다 하기를 반복하면서 헷갈리게 할 겁니다……. 놈들이 빔 유도 미사일을 발사한 후에 말이지요. 미사일에는 큰 두뇌를 실을 수 없습니다. 맨, 저는 녀석들을 속일 겁니다."

"우주선의 발사 관제 컴퓨터는 어떻게 하고?"

"저는 그들도 속일 겁니다. 레이더 두 대가 그들이 있는 실제 위치의 중간 지점에 있는 것처럼 보이게 할 수 있을까요, 없을까요? 제가 지금 작업하고 있는 일은, 앗, 죄송합니다! 방금 당신의 목소리를 다시 사용했습니다."

"괜찮아. 내가 무슨 말을 한 것으로 되어 있나?"

"우주선의 제독이 정말로 영리하다면 자신이 지닌 모든 자원을 동원해서 오래된 사출기의 방출구를 노릴 것입니다. 우리 포수들이 조준하기에는 너무 먼 거리에서 말입니다. 그가 우리의 '비밀' 무기가 무엇인지 알고 있는지 모르겠지만 어쨌든 그는 사출기를 공격하고 레이더는 무시할 겁니다. 그래서 저는, 아니 당신은 우리가 준비할 수 있는 모든 하물을 발사할 준비를 하라고 사출기 기지에 명령했습니다. 그리고 이제 저는 각 하물들의 새로운 원거리 궤도를 계산하는 중입니다. 그런 다음에 그들을 전부 다 발사할 것입니다. 가능한 한 빨리 우주 공간으로 내보내 놓는 거지요. 레이더 없이."

"눈먼 채로 말인가?"

"원래 하물을 발사할 때는 레이더를 사용하지 않습니다. 잘 아시지 않습니까,

맨. 과거엔 언제나 레이더로 지켜보고 있었지만 사실 그럴 필요가 있었던 것은 아닙니다. 레이더는 발사와는 아무런 상관이 없습니다. 발사란 사전 계산과 사출기의 정확한 조작이 관건입니다. 따라서 우리는 구사출기에서 모든 탄환을 발사해서 느린 원거리 탄도에 올려놓을 계획입니다. 제독이 사출기보다는 레이더를 쫓아가도록 하는 것이지요. 또는 양쪽 모두를. 그런 다음에 우리는 그를 계속 바쁘게 할 겁니다. 어쩌면 그가 너무나 초조한 나머지 근접 폭격을 하러 내려와서 우리 포수들에게 그의 눈을 불태울 기회를 제공할지도 모릅니다."

"브로디의 부하들은 그걸 좋아할 거야. 아직 맨 정신인 친구들은 말일세."

갑자기 어떤 생각이 떠올랐다.

"마이크, 오늘 비디오를 본 적이 있는가?"

"비디오를 모니터했지만 보았다고는 말할 수 없습니다. 왜 그러십니까?"

"그들이 비디오 회선에 연결한 건 성능이 좋은 망원경이네. 다른 망원경도 있어. 왜 우주선을 레이더로 보아야 하지? 자네가 브로디의 부하들에게 놈들을 불태우라고 명령할 때까지 말이야."

마이크는 족히 2초 동안 침묵을 지켰다.

"맨, 나의 가장 좋은 친구, 혹시 컴퓨터로 일하고 싶은 의향은 없습니까?"

"그건 비웃는 건가?"

"전혀 아닙니다, 맨. 저는 부끄럽습니다. 리처드슨에 있는 도구들은, 망원경이나 기타 여러 가지 물건들은 제가 계산에 한 번도 포함하지 않았던 요소였습니다. 저는 멍청합니다. 그것을 인정합니다. 네, 네, 네, 그래, 그래, 그래요! 망원경으로 우주선을 보면 됩니다. 그들이 현재의 항로를 변경하지 않는 한 레이더를 사용하지 않고도요. 다른 가능성이군요. 정말이지 뭐라고 말해야 할지 모르겠습니다, 맨. 제가 망원경을 사용할 수 있다는 생각은 한 번도 떠오르지 않았다는 말밖에는. 저는 레이더로 봅니다. 언제나 그랬습니다. 한 번도 다른 방식은

516

생각해 본 적이……."

"그만해!"

"정말입니다, 맨."

"자네가 뭔가를 먼저 생각해 냈을 때 내가 사과하던가?"

마이크가 천천히 말했다.

"저의 분석에 허점이 있다는 것을 발견하는 것은 중요한 일입니다. 저의 기능은……."

"안달하는 건 그만둬. 아이디어가 좋으면 사용하면 되는 거야. 어쩌면 더 많은 아이디어로 이어질지도 모르지. 이만 끊고 내려가겠네. 할 일이 많아."

내가 마이크의 방에 가서 오래 있지 않아 교수에게서 전화가 왔다.

"사령부? 데이비스 원수에게서 연락이 있었나?"

"저는 여기 있습니다, 교수님. 메인 컴퓨터 실입니다."

"다들 총독의 집무실에 있는데 이리 와 줄 수 있을까? 결정할 사항이 있네. 할 일도 있고."

"교수님, 저는 일을 하고 있었습니다! 지금도 일을 하고 있고요!"

"물론 알고 있네. 다른 사람들에게도 이 작전에서 탄도 컴퓨터의 프로그래밍은 아주 섬세한 일이라 자네가 직접 감독해야 한다고 설명했네. 그런데도 우리 동료들 중 일부는 이 토의에 국방장관이 참석해야 한다고 느끼는 모양이야. 그래서 자네 조수에게, 이름이 마이크던가? 일을 넘겨도 좋겠다고 싶은 때가 오거든 부탁이니……."

"알겠습니다. 좋아요, 곧 올라가지요."

"좋아, 마누엘."

마이크가 말했다.

"배경으로 열세 사람의 목소리가 들렸습니다. 도무지 앞뒤가 맞지 않는 말들을 하고 있군요, 맨."

"알았어. 올라가서 무슨 일인지 알아보는 것이 좋겠군. 자네에게 내가 필요할까?"

"맨, 당신이 전화기와 가까운 곳에 머물러 주셨으면 합니다."

"그렇게 하지. 총독의 집무실에 계속 귀를 기울여 주게. 하지만 다른 곳으로 이동하면 연락하겠네. 나중에 보자고, 친구."

총독의 집무실에는 진짜 각료와 얼굴 마담용 각료를 포함하여 정부 요인 전원이 모여 있었고 곧 문제의 원인을 발견했다. 하워드 라이트라는 이름의 친구였다. 그는 그를 위해 특별히 만들어 낸 '예술, 과학, 전문가를 위한 부서'의 장관이었는데 아무 의미도 없는 직책이었다. 내각이 달 세계 시 동지들로 너무 많이 채워졌기 때문에 노비렌의 비위를 맞추기 위한 선물이자, 라이트 자신이 말은 많고 행동은 하지 않는 의회 그룹의 리더 격이었기 때문에 그를 달래기 위한 회유책이기도 했다. 교수의 목적은 그를 조용히 만드는 것이었다. 하지만 가끔 교수는 너무 애매한 경향이 있었다. 어떤 사람은 진공을 호흡해야 철이 들기도 한다.

교수는 군사적인 상황에 대해 내각에 브리핑할 것을 주문했다. 나는 그렇게 했다. 내 방식으로.

"핀이 여기 있군요. 그에게서 거주 구역의 상황을 듣도록 하지요."

라이트가 발언했다.

"닐센 장군은 이미 보고했습니다. 반복할 필요는 없습니다. 우리는 당신으로부터 듣고 싶은 겁니다."

그 말에 내가 눈을 깜빡였다.

"교수님, 죄송합니다. 가스파진 대통령 각하, 제가 없는 자리에서 국방장관의 보고가 내각에 이루어졌다고 이해해도 되겠습니까?"

라이트가 말했다.

"왜 안 됩니까? 당신은 이 자리에 없었습니다."

교수가 끼어들었다. 그는 내 신경이 날카로워질 대로 날카로워진 것을 알아보았다. 사흘 동안 잠을 거의 자지 못했으니 지구에서 돌아온 후로 그때처럼 탈진했던 적은 한 번도 없었다.

그가 온화하게 말했다.

"정숙하십시오. 가스파진 라이트 장관은 모쪼록 나를 통해 발언해 주기 바랍니다. 가스파진 국방장관에게는 내가 정정하겠습니다. 당신이 도착할 때까지는 내각이 소집된 것이 아니기 때문에 국방 문제에 관하여 내각에 보고한 바는 없었습니다. 닐센 장군은 비공식적인 질문에 비공식적인 답변을 몇 가지 한 것입니다. 어쩌면 그렇게 해서도 안 되는 것인지도 모르겠습니다. 국방장관이 그렇게 느낀다면 앞으로는 시정하겠습니다."

"괜찮습니다. 핀, 당신과는 30분 전에 얘기했지요. 그 후로 새로운 소식이 있습니까?"

"없습니다, 매니."

"좋습니다. 여러분이 듣고 싶은 것은 달 세계 외부의 상황이겠지요. 다들 보고 계셨으니까 1차 공격이 성공적으로 이루어진 것을 아실 겁니다. 공격은 지금도 계속되고 있으며, 우리는 20분마다 그들의 우주 방위 사령부를 두드리고 있습니다. 이것이 13:00시까지 계속된 다음에는 21:00시에 중국과 인도, 그리고 몇 개의 사소한 표적들을 공격합니다. 그런 다음에는 새벽 4시까지는 아프리카와 유럽을 상대하느라 바쁠 것이고, 세 시간이 지난 후에는 브라질과 이웃 국가들을 공격합니다. 그런 다음에 세 시간을 더 기다렸다가 다시 처음부터 시작할 것입니다. 그때까지 뭔가 중대한 변화가 없다면 말입니다. 하지만 그동안 이곳에 문제가 있습니다. 핀, 우리는 타이코 언더의 주민들을 대피시켜야 합니다."

라이트가 손을 들었다.

"잠깐만요! 질문이 있습니다."

그는 내가 아니라 교수에게 말했다.

"잠깐 기다려 주십시오. 국방장관은 말씀을 다 했습니까?"

와이오는 뒤쪽에 앉아 있었다. 우리는 미소를 교환했지만 그게 전부였다. 내 각이나 의회에서는 늘 그렇게 했다. 한 집안에서 두 사람이나 내각에 들어가서는 안 된다는 불평이 있었기 때문이었다. 이제 그녀는 고개를 저었다. 뭔가를 경고하는 것이다.

내가 말했다.

"폭격에 관한 보고는 다 했습니다. 질문이 있습니까?"

"당신의 질문은 폭격과 관련된 것입니까, 가스파진 라이트?"

"물론입니다, 대통령 각하."

라이트가 자리에서 일어나, 나를 쳐다보았다.

"아시다시피, 저는 달 세계 자유국의 지식인 그룹을 대표합니다. 그리고 감히 말하지만 공공의 사안에서 그들의 의견은 가장 중요합니다. 제가 생각하기에 유일하게 적절한 것은……."

"잠깐만요. 저는 당신이 노비렌 8지역구의 대표라고 알고 있는데요?"

내가 말했다.

"대통령 각하! 제가 질문을 허용받은 겁니까? 못 받은 겁니까?"

"그는 질문을 한 것이 아닙니다. 연설을 하고 있었어요. 그리고 저는 너무 피곤해서 잠을 자고 싶습니다."

교수가 온화하게 말했다.

"우리 모두 피곤하네, 마누엘. 하지만 자네의 요점은 잘 알겠어. 라이트 의원, 당신은 자신이 속한 지역구의 대표일 뿐입니다. 정부의 요인으로서는 특정 직업 군과 관련하여 일정한 임무를 할당받은 것이고요."

"결국 같은 얘기입니다."

"같은 얘기가 아닙니다. 부디 당신의 질문을 해 주십시오."

"음…… 좋습니다. 말하지요! 데이비스 원수는 이 폭격 계획이 완전히 실패하여 수천 명의 인명이 무의미하게 살육당한 것을 알고 있습니까? 또한 그는 우리 공화국 지식인들이 이 사건을 얼마나 심각하게 받아들이는지 알고 있습니까? 그리고 그는 이러한 경솔한, 반복합니다, 경솔한! 폭격이 어째서 아무런 자문도 없이 이루어졌는지 설명할 수 있습니까? 그는 자신의 계획을 수정할 용의가 있습니까? 아니면 맹목적으로 계속할 것입니까? 그리고 우리의 미사일들이 모든 문명 국가들이 불법으로 규정한 핵무기의 일종이라는 비난이 사실입니까? 그 같은 행동을 취하고도 어떻게 달 세계 자유국이 문명 국가들의 의회에서 환영받기를 기대하는 것입니까?"

나는 시계를 보았다. 첫 번째 폭격이 시작된 이후로 한 시간 반이 지났다.

내가 물었다.

"교수님, 이게 대체 무슨 일인지 설명해 주시겠습니까?"

그가 부드럽게 말했다.

"미안하네, 마누엘. 나는 뉴스를 전하는 것으로 이 회의를 시작할 생각이었네. 그렇게 했어야 했던 거야. 자네는 정보 전달에서 소외당했다고 느끼는 것 같지만……. 글쎄, 그건 사실이 아니네. 라이트 장관은 내가 자네를 부르기 직전에 들어온 뉴스를 가지고 말하는 것이네. 토론토 발 로이터 통신 기사였지. 만일 그 속보가 옳다면, 만일이라고 했네, 우리의 경고를 귀담아 듣는 대신에 몇천 명이나 되는 구경꾼들이 표적 지점에 모여들었던 모양이야. 아마도 사상자가 나왔을 것이네. 그게 몇 명일지 우리는 모르네."

"알겠습니다. 제가 어떻게 했어야 할까요? 일일이 손을 잡아 끌어내야 했을까요? 우린 그들에게 경고했습니다."

라이트가 끼어들었다.

"지식인들은 원초적인 인류애의 관점에서 이 상황에 깊은 유감을 표시하는 것이 의무라고 느끼고……."

내가 말했다.

"이것 봐, 주둥이만 나불대는 돌대가리야, 당신은 대통령이 이 뉴스가 방금 들어왔다고 말하는 것을 들었어. 그런데 다른 사람이 이 일을 어떻게 생각하는지 어떻게 안다는 거지?"

그는 얼굴이 붉어졌다.

"대통령 각하! 모욕입니다! 인신공격이에요!"

"장관을 모욕하지 말게, 마누엘."

"그가 모욕하지 않으면 나도 모욕하지 않겠습니다. 그는 단지 나보다 고상한 말을 사용하여 모욕할 뿐입니다. 핵무기라니 그게 무슨 봉창 두드리는 소리입니까? 우리는 핵무기가 없고 여러분 모두 그것을 알고 있습니다."

교수는 당혹스러운 표정이었다.

"나도 그 점이 의아하네. 이 기사에서는 그렇게 주장하고 있어. 하지만 내가 당혹스러운 것은 우리가 실제로 핵폭발처럼 보이는 장면을 비디오로 '보았다'는 것이네."

나는 라이트를 돌아보았다.

"아, 당신의 똑똑한 친구들이 한 지점에 순간적으로 수십 억 칼로리의 에너지를 가하면 어떤 일이 생기는지 말해 주지 않던가? 온도가 몇 도인지? 방사능은 얼마나 나오는지?"

"그럼 핵무기를 사용한 것을 인정하는 거로군!"

머리가 지끈거렸다.

"오, 젠장! 그런 말은 전혀 하지 않았소! 무엇이든 강하게 충돌하면 스파크가 발생하게 되어 있소. 기초적인 물리요. 잘난 지식인들만 제외하면 누구나 알고 있다고! 우리는 단지 인간이 일으킨 중에서 가장 큰 스파크를 일으킨 것뿐이오! 엄청난 섬광이었지. 열, 빛, 자외선이 나왔소. 어쩌면 X선도 발생했을지 모르지만 확실하진 않소. 하지만 감마선이 나왔을지는 대단히 의심스럽소. 알파선과 베타선은? 불가능하오. 그것은 기계적 에너지의 순간적인 방출이었소. 하지만 핵폭발이라고? 천만에!"

교수가 말했다.

"그것으로 당신의 질문에 대답이 되었습니까, 장관?"

"더 많은 의문이 생길 뿐입니다. 예를 들면, 이 폭격은 내각이 인정하는 범위를 훨씬 넘어서는 규모입니다. 그 끔찍한 빛이 화면에 나타났을 때 여러분은 사람들의 얼굴에 떠오른 충격을 보았습니다. 하지만 국방장관은 그러한 공격이 지금도 계속되고 있다고 말하고 있습니다. 20분마다 말입니다. 제 생각에는……."

내가 시계를 흘끗 보았다.

"또 한 방이 샤이엔 산을 때렸습니다."

라이트가 말했다.

"저 소리를 들으셨죠? 다들 들으셨죠? 그는 그걸 자랑하고 있습니다. 가스파진 대통령 각하, 이 대학살은 중지되어야 합니다!"

내가 말했다.

"이 주둥아리만 나불대는…… 아니, 장관, 지금 그들의 우주 방위 사령부가 군사 표적이 아니라고 하는 거요? 당신은 대체 누구 편이오? 달 세계요? 아니면 세계 연방이오?"

"마누엘!"

"이 따위 개소리는 지겹습니다! 저는 명령받은 일을 하려고 애썼고 또 그렇게 했습니다. 이 돌대가리를 내 등에서 떼어 내 주십시오!"

충격받은 침묵이 흘렀다. 그런 다음 누군가가 조용히 말했다.

"제안을 하나 해도 되겠습니까?"

교수가 돌아보았다.

"누구든 이 꼴사나운 상황을 무마할 아이디어가 있다면 저는 기쁘게 그 의견을 듣고 싶습니다."

"아무래도 우리는 이 폭탄들이 어떤 결과를 낳고 있는지에 대한 정보가 부족한 것 같습니다. 그 20분 간격의 공격 일정을 잠시 늦추는 것이 좋겠습니다. 간격을 늘이자는 것입니다. 이를테면 한 시간 간격으로 할 수 있겠죠. 그리고 다음 두 시간 동안은 건너뛰면서 더 많은 뉴스를 전해 들었으면 합니다. 그런 다음에는 대중국에 대한 공격을 최소한 24시간 연기하고 싶어질지도 모릅니다."

거의 모두가 고개를 끄덕이며 중얼거렸다.

"현명한 생각이오!"

"맞아요. 너무 급히 서두를 것은 없잖아요."

교수가 말했다.

"마누엘?"

내가 버럭 소리쳤다.

"교수님, 당신은 대답을 알고 있습니다! 나한테 떠넘기지 마십시오!"

"어쩌면 나는 알고 있을지도 모르지, 마누엘……. 하지만 나는 지치고 혼란스러워. 그래서 기억 나지 않는군."

와이오가 갑자기 말했다.

"매니, 설명해 주세요. 나도 설명을 듣고 싶어요."

그래서 나는 흥분을 가라앉혔다.

"중력의 법칙에 관한 간단한 문제입니다. 정확한 계산을 하기 위해서는 컴퓨터를 사용해야겠지만 어쨌든 다음 여섯 발은 이미 목표 지점으로 날아가고 있습니다. 우리가 할 수 있는 일은 표적에서 빗나가도록 밀어내는 일뿐입니다……. 그러면 우리가 경고하지 않은 어떤 도시에 맞을 수도 있습니다. 그 여섯 발을 바다에 떨어뜨리는 것은 불가능합니다. 너무 늦었습니다. 샤이엔 산은 내륙으로 1400킬로미터나 들어와 있습니다. 일정을 한 시간 간격으로 늘인다는 건 말도 안 되는 소리입니다. 이것은 우리가 출발하고 멈추게 하는 지하철 캡슐 같은 것이 아닙니다. 이것들은 떨어지는 바위입니다. 20분 간격으로 어딘가에 추락할 수밖에 없습니다. 지금은 살아 있는 생물이 전혀 남지 않았을 샤이엔 산을 두들기거나, 어딘가 다른 곳을 두들겨서 사람들을 죽여야 합니다. 대중국에 대한 공격을 24시간 연기한다는 제안 또한 어리석기 짝이 없습니다. 대중국으로 향하는 미사일을 한동안 다른 곳으로 돌릴 수는 있지만 그 바위들을 느리게 떨어지게 할 수는 없습니다. 우리가 바위의 방향을 바꾼다면 그건 낭비가 됩니다……. 그리고 누구든 우리가 낭비해도 좋을 만큼 강철 통을 넉넉히 가지고 있다고 생각하는 사람이 있다면 사출기 기지로 가서 알아보시기 바랍니다."

교수가 눈썹을 문질렀다.

"모든 질문에 대한 대답이 되었다고 생각합니다. 최소한 저는 만족합니다."

"저는 아닙니다, 각하!"

"자리에 앉으십시오, 가스파진 라이트. 당신이 전시 내각의 일원이 아니라는 사실을 군이 지적하게 하는군요. 더 이상 질문이 없으면, 없기를 바라지만, 이 회의를 산회하겠습니다. 우리는 모두 휴식이 필요합니다. 그러니 제발……."

"교수님!"

"뭔가, 마누엘?"

"저는 아직 보고를 마치지 않았습니다. 내일 늦게 또는 일요일 새벽에 우리는 공격을 당합니다."

"어떤 공격인가, 마누엘?"

"폭격입니다. 침입도 있을 수 있습니다. 순양함 두 척이 이쪽을 향하고 있습니다."

이 말은 주의를 끌었다. 이윽고 교수가 지친 듯이 말했다.

"정부 내각은 산회합니다. 전시 내각은 남아 주십시오."

내가 말했다.

"잠깐만요. 교수님, 우리가 임명받았을 때 당신은 우리들로부터 날짜가 적히지 않은 사직서를 받았습니다."

"사실이야. 하지만 난 어느 것도 사용하지 않기를 바라고 있네."

"그중 하나를 사용하셔야겠습니다."

"마누엘, 그건 협박인가?"

"마음대로 부르십시오."

나는 라이트를 가리켰다.

"저 돌대가리를 내보내거나…… 아니면 제가 나가는 겁니다."

"마누엘, 자네는 수면이 필요해."

나는 눈을 깜빡이며 눈물을 밀어 넣었다.

"물론입니다! 잠을 잘 생각입니다. 지금 당장! 이곳 청사 단지 안에서 침대를 하나 찾아내서 잠을 잘 겁니다. 열 시간 정도. 그런 뒤에 내가 여전히 국방장관이면 나를 깨우시고, 아니라면 계속 자게 내버려두십시오."

이때쯤에는 모든 사람이 충격받은 표정이었다. 와이오가 일어나서 내 옆에 와서 섰다. 아무 말도 하지 않고 단지 내 팔 밑에 손을 밀어 넣었다.

교수가 엄격하게 말했다.

"전시 내각과 가스파진 라이트를 제외한 전원은 퇴장해 주십시오."

그는 대부분이 떠날 때까지 기다렸다. 그런 다음에 말했다.

"마누엘, 나는 자네의 사직을 받아들일 수 없네. 또한 자네의 재촉에 못 이겨 가스파진 라이트에게 성급한 행동을 취할 생각도 없네. 우리는 모두 지치고 과도하게 신경이 날카로워져 있어. 두 사람이 서로 사과를 하고, 상대방이 과도한 스트레스를 받고 있었다는 점을 인정하는 편이 나으리라고 보는데."

"음......."

나는 핀을 돌아보았다.

"그가 싸웠습니까?"

그러면서 라이트를 가리켰다.

"응? 천만에. 최소한 우리 부대에는 없었어. 어떻습니까, 라이트? 당신은 놈들이 침입했을 때 싸웠습니까?"

라이트가 딱딱하게 말했다.

"나한테는 기회가 없었습니다. 내가 알았을 무렵에는 이미 상황이 종료되어 있었으니까요. 하지만 이제 나의 용기와 충성심 둘 다 비난받고 있군요. 어쩔 수 없는 일이지만 나로서는······."

내가 가로막았다.

"오, 닥쳐! 당신이 원하는 것이 결투라면 내가 짬이 나는 대로 받아 주겠어. 교수님, 그가 질투로 생기는 스트레스를 자기 행동의 변명으로 들지 않았으므로 저는 돌대가리를 돌대가리라고 부른 것을 사과하지 않겠습니다. 그리고 교수님은 요점을 이해하지 못하시는 것 같군요. 당신은 이 돌대가리가 내 등에 올라타도록 내버려두었습니다. 그를 제지하려는 시도조차 하지 않았어요! 그러니까 그를 해임하거나 아니면 나를 해임하십시오."

핀이 갑자기 말했다.

"저도 마찬가지입니다, 교수님. 이 쥐새끼를 해임하거나…… 아니면 우리를 둘 다 해임하십시오."

그는 라이트를 쳐다보았다.

"결투라면, 이 자식, 너는 나와 먼저 싸워야 할 거야. 너는 팔이 두 개지만 매니는 그렇지 않으니까."

"저 따위 작자에게는 팔이 두 개까지 필요하지도 않습니다. 하지만 고맙습니다, 핀."

와이오는 울고 있었다. 울음소리는 들리지 않았지만 그것을 느낄 수 있었다. 교수가 너무나 슬픈 어조로 그녀에게 물었다.

"와이오밍?"

"죄, 죄송해요, 교수님! 저도 마찬가지예요."

오로지 '클레이톤' 와타나베, 브로디 판사, 볼프강, 스튜, 그리고 쉬니만이 남아 있을 뿐이었다. 진정 중요한 이 몇 사람들이 바로 전시 내각이었다. 교수는 그들을 쳐다보았다. 나는 그들이 내 편인 것을 알 수 있었다. 볼프강으로서는 노력이 필요한 일이었다. 그는 내가 아니라 교수와 일했기 때문이었다.

교수는 나를 돌아보며 부드럽게 말했다.

"마누엘, 이건 나에게도 해당되는 일이네. 자네가 지금 하고 있는 일은 나를 사직할 수밖에 없도록 하고 있어."

그러고는 사람들을 한 번 둘러보았다.

"잘 자시오, 동지들. 또는 '좋은 아침을'이라고 말해야 할지도 모르겠지만. 나는 이만 간절히 원하는 휴식을 취하러 가겠소."

그는 뒤도 돌아보지 않고 방에서 걸어 나갔다.

라이트는 사라지고 없었다. 나는 그가 떠나는 것을 보지 못했다.

핀이 물었다.

"이 순양함들은 어떻게 된 건가, 매니?"

나는 심호흡을 했다.

"토요일 오후까지는 아무 일도 없을 겁니다. 하지만 타이코 언더의 주민들은 대피시켜야 합니다. 지금은 말할 수 없습니다. 완전히 그로기 상태라서."

21:00시에 그곳에서 다시 만나기로 약속한 다음 와이오에게 이끌려 방에서 나왔다. 그녀가 나를 침대에 눕힌 것 같았는데 더 이상 기억 나지 않는다.

* 27 *

금요일 21:00시 직전에 총독의 집무실에서 핀을 만났을 때 교수도 그 자리에 있었다. 나는 아홉 시간 동안 잠을 자고 목욕을 했으며 와이오가 어딘가에서 구해 온 아침을 먹었다. 그리고 마이크와 얘기를 나누었다. 모든 것이 수정된 계획대로 진행될 것이다. 순양함들은 항로를 바꾸지 않았으며, 대중국에 대한 공격은 곧 시작될 참이었다.

비디오로 폭격 장면을 보려고 시간에 맞추어 집무실로 들어갔다. 21:01시까지 모든 것이 순조롭고 효과적으로 마무리되었으며 교수는 업무에 착수했다. 라이트에 대해서는 아무 얘기도 없었다. 사직에 대한 이야기도 없었다. 나는 두번 다시 라이트를 보지 못했다.

나는 정말로 그를 다시는 보지 못했다. 그에 관해 물어보지도 않았고 교수는 소동을 언급하지 않았다. 그래서 나도 입을 다물었다.

우리는 뉴스와 전술적 상황을 검토했다. '수천의 인명 피해'가 있었다는 라이트의 말은 사실이었다. 지구 쪽에서 올라오는 뉴스는 그 소식으로 들끓었다. 얼마나 많이 죽었는지 우린 결코 알지 못할 것이다. 어떤 사람이 표적 지점에 서 있고 몇 톤이나 되는 바위가 거기에 떨어졌다면 형체는 전혀 남지 않는다. 사망자를 셀 수 있었던 것은 훨씬 멀리 떨어진 곳에서 충돌로 생긴 폭풍에 휘말려 죽은 사람들이었다. 북미에서만 5만 명이라고 했다.

인간이란 도무지 이해할 수 없는 존재이다! 우리는 사흘 동안 그들에게 경고를 퍼부었다. 설마 그들이 경고를 듣지 못했다는 말은 하지 못할 것이다. 그들이 그 자리에 있었던 건 경고를 들었기 때문이니까. 쇼를 보기 위해서, 우리의 난센스를 조롱하기 위해서, '기념품'을 얻기 위해서 그들은 가족 단위로 소풍 바구니를 들고 표적 지점으로 나갔다. 소풍 바구니라니! 맙소사!

그런데 지금은 이 '무의미한 학살'에 대하여 우리의 피를 요구하며 펄펄 뛰고 있는 것이다. 나흘 전에 우리에게 가한 침입과 폭격(핵폭탄이었다!)에 대해서는 어떤 비난도 없었으면서. 우리의 '미리 예고한 살인'에 대해서는 분해서 어쩔 줄을 몰라했다. 《그레이트 뉴욕타임스》는 달 세계 '반역' 정부의 구성원 전체를 지구로 끌고 와서 공개 처형할 것을 요구했다. "이것이야말로 모든 인류의 더 큰 이익을 위해 사형 제도를 유지해야 하는 명백한 이유다."라고 주장하면서.

나는 그런 것은 생각하지 않으려고 노력했다. 류드밀라를 너무 많이 생각하지 않으려고 노력했던 것과 마찬가지로. 어린 밀라는 소풍 도시락을 가지고 나가지 않았다. 그녀는 흥미거리를 찾는 구경꾼도 아니었다.

타이코 언더는 긴급한 문제였다. 이 우주선들이 거주 구역을 폭격한다면, 지구 쪽의 뉴스에서는 정확히 그것을 요구하고 있었다. 타이코 언더는 그러한 공격을 견딜 수 없었다. 지붕이 너무 얇았다. 수소 폭탄은 모든 층의 기압을 앗아 갈 것이다. 에어 로크는 수소 폭탄의 폭발을 견디도록 설계되지 않았기 때문이다.

(역시나 인간이라는 존재는 이해하기 어렵다. 지구는 인간에 대한 수소 폭탄 사용을 절대 금지하고 있었다. 그것이 세계 연방이 존재하는 이유였다. 하지만 사람들은

세계 연방에 우리에게 수소 폭탄을 떨어뜨리라고 아우성이었다. 그들은 우리의 폭탄이 핵폭탄이라고 주장하는 것을 그만두었다. 하지만 모든 북미 인들은 우리에게 핵폭탄을 떨어뜨리고 싶어서 입에 거품을 물었다.)

그 문제에 관해서는 달 세계인들도 이해할 수 없다. 핀은 자신의 시민군들을 통해 타이코 언더의 주민들이 대피해야 한다는 소식을 전했다. 교수도 비디오에 출연해 그렇게 말했다. 전 주민이 대피하는 것이 어려운 일은 아니었다. 타이코 언더는 아주 작아서 노비렌과 달 세계 시는 그들을 재우고 먹일 수 있다. 우리는 충분한 수의 캡슐을 그쪽으로 보내 전체 주민을 20시간 안에 이주시킬 수 있었다. 그들을 일단 노비렌에 쏟아 놓고 그런 다음 그중 절반을 격리해서 달 세계 시로 옮겨 가도록 하면 된다. 큰일이기는 하지만 문제는 없었다. 오, 사소한 문제들은 있었다. 사람들을 대피시키는 동안 도시의 공기를 압축하기 시작해야 한다. 그래야 공기를 낭비하지 않으니까. 그런 다음에 손실을 최소화하기 위하여 마지막에는 완전 진공 상태로 만들어야 한다. 또 필요한 식량을 최대한 준비해야 하고, 하부 쪽의 농장 터널로 향하는 입구를 폐쇄하는 등등의 일도 해야 한다. 모두 어떻게 해야 하는지 알고 있는 일들로 스틸랴기들과 시민군, 그리고 지역의 공공시설 관리자들 등 그 일을 수행할 조직도 있었다.

그들이 대피를 시작했느냐고? 저 공허한 메아리를 들어 보시라!

캡슐들이 타이코 언더에 꼬리에 꼬리를 물고 늘어섰고, 몇 대라도 출발하지 않으면 더 이상 들어설 여지가 없을 정도가 되었다. 하지만 출발하는 캡슐은 한 대도 없었다.

"매니, 그들은 대피할 것 같지 않네."

핀이 말했다.

"젠장, 그들은 대피해야 해요. 타이코 언더로 향하는 미사일을 발견할 때는 이미 너무 늦은 거예요. 부하들을 시켜서 사람들의 항의를 무시하고 더 이상 캡슐 안에 들어갈 여지가 없을 때까지 꽉꽉 밀어 넣어야 합니다. 핀, 부하들이 그렇게 해야 해요."

내가 말했다.

교수가 고개를 저었다.

"안 돼, 마누엘."

내가 화를 냈다.

"교수님, 아무리 강압적 조치를 하지 않는다지만 이건 너무 심합니다! 그들은 나중에 폭동을 일으킬 거예요!"

"그럼 폭동을 일으키라고 하게. 하지만 우린 무력은 사용하지 않고 계속 설득할 것이네. 이제 계획을 재검토해 보기로 하세."

계획이라 해 보았자 별것 아니었지만 우리가 할 수 있는 최선이었다. 전 달 세계인에게 예상되는 폭격, 또는 침입을 경고한다. 순양함이 달 주위를 돌아 사각지대의 우주로 들어간다면 각 거주 구역 상부에 배치된 핀의 시민군이 돌아가며 경계를 서기 시작한다. 다시 불시에 공격을 당하지 않기 위해서다. 모든 거주 구역의 기압과 압력복에 최대의 예방 조치를 취한다. 토요일 16:00시를 기해 모든 군대 및 준 군대 조직은 청색 경보 상태에 돌입하며, 미사일을 발사하거나 우주선이 항로를 바꾸면 적색 경보 태세에 들어간다. 브로디의 포수들은 마을로 가서 술을 마시거나 하며 놀다가 토요일 15:00시까지는 부대로 귀환해야 한다. 교수의 아이디어였다. 핀은 그들 중 절반은 자리를 지키기를 바랐다. 교수는 아니다, 먼저 휴식을 취하고 마음껏 즐긴다면 오랜 경계 근무에 더 적합한 심신 상태가 될 것이라고 말했다. 나는 교수의 의견에 찬성했다.

지구 폭격으로 말하자면, 우리는 1차 공격 때와 아무런 변화 없이 진행했다. 인도로부터는 고뇌에 찬 반응이 있었지만 대중국에서는 아무런 뉴스가 없었다. 하지만 인도는 우는 소리를 할 만한 이유가 별로 없었다. 인구 밀도가 너무 높았기 때문에 눈금형으로 폭격을 하지 않았던 것이다. 타르 사막과 몇몇 봉우리를 제외하면 표적들은 항구에서 떨어진 연안 바다였다.

하지만 아예 더욱 높은 봉우리를 고르거나, 경고를 덜 하는 편이 나았을 것이다. 뉴스에 따르면 수많은 추종자를 거느린 한 성자가 표적이 된 봉우리로 들어가 순수한 정신력만으로 우리의 공격을 막아 볼 작정이었던 모양이다.

그래서 우리는 다시 살인마가 되었다. 그 외에도 우리의 해상 표적들도 수백만 마리의 물고기와 다수의 어부들을 죽였다. 어부들과 뱃사람들이 우리 경고에 귀를 기울이지 않았던 탓이다. 인도 정부는 어부들의 희생만큼이나 물고기의 희생으로 격분하는 것 같았다. 하지만 모든 생명이 신성하다는 원칙은 우리에겐 적용되지 않았다. 그들은 우리의 머리를 원했다.

아프리카와 유럽은 더 현명했지만 서로 다른 식으로 반응했다. 아프리카에서는 생명이 신성시된 적이 한 번도 없었다. 따라서 표적을 구경하러 갔던 사람들은 거의 아무런 동정도 받지 못했다. 유럽은 하루의 여유가 있었기 때문에 우리가 약속한 장소에 바위를 명중시킬 수 있으며 우리의 폭탄이 치명적이라는 사실을 알았다. 물론 사람들이 죽기는 했다. 특히 고집불통의 선장들이 그랬다. 하지만 인도나 북미에서 그랬던 것처럼 골 빈 멍청이들이 떼 지어 죽지는 않았다. 브라질과 남아메리카의 다른 지역에서는 인명 손실이 훨씬 적었다.

그리고 다시 북미 차례가 돌아왔다. 76년 10월 17일 토요일 09:50시 28초였다.

마이크는 달이 공전 궤도에서 하루 동안 이동하는 거리와 지구의 자전에 따른 변화를 보정하여 우리 시간으로 정확히 10:00시에 시간을 맞추어 북미가 동부 시간으로는 05:00시에, 서부 시간으로는 02:00시에 우리를 향하게 했다.

토요일 이른 아침부터 이번 공격을 어떻게 할 것인지 논의가 시작되었다. 교수는 전시 내각을 소집하지 않았지만 방어를 지휘하기 위해 홍콩으로 돌아간

'클레이톤' 와타나베를 제외하면 전원이 모습을 나타냈다. 교수, 나, 핀, 와이오, 브로디 판사, 볼프강, 스튜, 테렌스 쉬니, 8인 8색의 의견이 나왔다. 교수가 옳았다. 세 사람을 넘어가면 아무것도 결정할 수가 없는 것이다.

정확히 말하면 여섯 개의 의견이 있었다. 와이오는 예쁜 입을 꼭 다물고 있었고 교수도 마찬가지였다. 하지만 다른 사람들은 열여덟 명이 있는 것만큼이나 시끄러웠다. 스튜는 우리가 어디를 공격하든 상관하지 않았다. 월요일에 뉴욕 증권 거래소가 문을 여는 한에는.

"우리는 화요일에 주식 열아홉 종을 공매(空賣, 실물 없이 주식 등을 파는 행위로, 일정 기간 후에 환매(還賣)하면 그 사이에 가격이 하락한 경우에는 이득을 얻는다 — 옮긴이)했네. 우리 나라가 제대로 걸음마를 하기 전에 파산하지 않으려면 공매 분의 주식에 매수 주문을 내는 것이 좋아. 울프, 이들이 알아듣게 설명 좀 해 주게."

브로디는 지구의 대기 궤도에서 출발하는 다른 우주선이 더 있다면 사출기를 사용해 매운 맛을 보여 주고 싶어했다. 판사는 탄도학은 아무것도 몰랐다. 단지 그의 드릴 광부들이 노출된 위치에 있다는 사실만 알 뿐이었다. 나는 대부분의 남은 하물들은 이미 완만하고 느린 궤도에 나가 있고 나머지도 곧 나갈 것을 알았기에 언쟁을 하지는 않았다. 그리고 우리가 구사출기를 그리 오래 쓸 수 있을 것이라고도 생각하지 않았다.

쉬니는 격자형 눈금 폭격을 반복하면서 한 방을 북미 집정국의 행정 관청에 정확히 명중하면 좋겠다고 생각했다.

"나는 미국인들을 알아. 이곳으로 유형을 당하기 전에 그곳 시민이었으니까. 그들은 세계 연방에 여러 가지 권한을 넘겨 버린 것을 아주 원통해하고 있네. 그런 짓을 한 관료들을 날려 버리면 그들은 우리 편에 붙을 거야."

스튜로서는 짜증나게도, 볼프강 코르사코프는 이 일이 끝날 때까지 모든 증권 거래소가 문을 닫는다면 그들의 투기가 더 잘될 것이라고 생각했다.

핀은 끝장을 보고 싶어했다. 놈들에게 당장 우리 하늘에서 우주선을 치우라고 경고하고 그들이 말을 듣지 않으면 정말로 본때를 보여 주어야 한다는 것이었다.

"미국인들에 대한 쉬니의 생각은 틀렸어. 나도 그들을 알아. 북미 집정국은 세계 연방에서 가장 완고한 나라네. 그들은 호되게 때려 주어야 할 대상이야. 그들은 이미 우리를 살인마라고 부르고 있어. 그러니 혼을 내주어야 해, 그것도 단단히! 미국의 도시들을 두들기고 다른 곳은 다 취소하는 거야."

나는 살며시 빠져나와 마이크와 이야기를 나누고 몇 가지 메모를 했다. 다시 돌아와 보니 그들은 여전히 논쟁 중이었다. 내가 자리에 앉자 교수가 고개를 들었다.

"데이비스 원수, 자네는 의견을 말하지 않았네."

내가 말했다.

"교수님, 그 '원수'라는 호칭을 집어치우면 안 되겠습니까? 아이들은 잠을 자러 갔습니다. 그러니 솔직해져도 됩니다."

"자네가 원한다면, 마누엘."

"합의에 도달하기를 기다리고 있었습니다."

그런 것은 없었다.

내가 계속했다.

"왜 제가 의견이 있어야 하는지 모르겠군요. 저는 심부름꾼일 뿐입니다. 제가 여기 있는 것은 단지 탄도 컴퓨터를 프로그램할 줄 알기 때문이죠."

나는 볼프강을 똑바로 쳐다보며 이 말을 했다. 최고의 동지지만 요상한 말을 쓰는 지식인이었다. 나는 문법도 제대로 모르는 기계공일 뿐이었지만 볼프는 유형을 당하기 전에는 옥스퍼드인가 뭔가 하는 대단한 학교를 졸업했다. 그는 교수에게만 공손히 경의를 표할 뿐 다른 사람에게는 거의 그런 태도를 보이지 않았다. 스튜에게는 가끔 공손히 대한다. 하지만 스튜 역시 요상한 졸업장이 여러 장 있다.

볼프는 불편하게 몸을 꿈지럭거리며 말했다.

"오, 이런, 매니, 물론 우리는 자네의 의견을 듣고 싶네."

"의견 같은 건 없습니다. 폭격 계획은 신중하게 짰습니다. 누구나 그걸 비판할 기회가 있었습니다. 지금 와서 그걸 변경해야 할 이유를 모르겠군요."

교수가 말했다.

"마누엘, 우리 모두를 위해 북미를 향한 2차 폭격을 다시 한번 설명해 주겠는가?"

"좋습니다. 2차 공격의 목적은 그들이 요격 미사일을 다 써 버리게 하는 것입니다. 모든 공격은 대도시가 목표입니다. 즉 대도시에 가까운 무효 표적입니다. 우리는 공격 직전에 그들에게 알려 줄 작정입니다……. 얼마나 남았습니까, 쉬니?"

"지금 통보하는 중이네. 하지만 우린 그걸 변경할 수 있네. 아니 변경해야 해."

"그럴지도 모르지요. 선전 쪽은 제 전문이 아닙니다. 대부분의 경우 그들이 요격을 해야 할 정도로 근접해서 폭격하자면 바다나 강에 떨어뜨려야 합니다. 위험한 일이지요. 물고기와, 물 밖으로 나가지 않은 사람들이 죽는 것 외에도 엄청난 국지적 폭풍과 해안의 피해가 생깁니다."

시계를 흘끗 확인하고 시간을 끌어야 한다는 것을 알았다.

"시애틀은 바로 코앞의 퓨짓 해협에 한 방 맞을 것입니다. 샌프란시스코는 그들이 사랑하는 다리 두 개(금문교와 베이 브릿지 ─ 옮긴이)를 잃을 것입니다. 로스앤젤레스는 롱비치와 카탈리나 섬 사이에 한 방을 맞을 것이고, 해안선에서 몇 킬로 떨어진 곳에 또 한 방을 맞습니다. 멕시코 시티는 내륙에 위치하므로 우리는 그들이 볼 수 있도록 포포카테페틀 산에 한 방 두들겨 줄 겁니다. 솔트 레이크 시티는 호수에 떨어집니다. 덴버는 그냥 넘어갑니다. 그곳에서는 콜로라도 스프링스에서 일어나는 일을 볼 수 있으니까요. 우리는 샤이엔 산이 시야에 들어오는 대로 다시 폭격을 시작해서 계속 때릴 겁니다. 세인트루이스와 캔자스 시티는 도시를 통과하는 미시시피 강에 떨어질 것이고, 그것은 뉴올리언스의 경우도 마찬가지입니다. 어쩌면 뉴올리언스에 홍수가 일어날 수도 있습니다. 모든 대도시들은 폭격을 당하게 됩니다. 아주 긴 리스트인데, 읽어 드릴까요?"

교수가 말했다.

"나중에 듣지. 아니, 읽어 보게."

"보스턴은 항구 연안에 한 방 맞습니다. 뉴욕은 롱아일랜드 해협에 한 방, 가장 큰 두 다리(맨해튼 다리와 브루클린 다리 — 옮긴이) 사이의 중간 지점에 또 한 방을 맞습니다. 결국 그 다리들은 무너질 거라고 생각합니다. 하지만 우리는 다리를 정통으로 맞추지는 않을 거라고 약속했고 또 그렇게 할 겁니다. 동부 해안을 내려가서 델라웨어 만(灣)의 두 도시(델라웨어 주의 주도인 도버와, 펜실베이니아 주의 필라델피아 — 옮긴이)에도 한 방씩 떨어뜨려 줄 것이고, 그런 다음에는 체사피크 만(灣)에 두 방을 두들길 것입니다. 한 방은 대단히 역사적이고 감상적인 중요성을 가진 곳(워싱턴 D. C. — 옮긴이)입니다. 좀더 남쪽으로 내려가서 다시 대도시 세 개를 해상 폭격으로 공격합니다. 내륙으로 들어가서는 신시내티, 버밍햄, 채터누가, 오클라호마 시티를 공격하는데 모두 강이나 근처의 산을 때릴 것입니다. 아, 그렇지, 댈러스…… 우린 댈러스 우주 공항을 파괴할 것이고 우주선을 몇 대 부숴 놓을 겁니다. 마지막으로 확인한 바로는 그곳에 여섯 대가 있습니다. 우린 사람들이 표적 위에 서 있겠다고 고집하지 않는 이상 누구도 죽이지 않습니다. 댈러스는 폭격하기에 완벽한 장소입니다. 우주 공항은 아주 크고 평평하며 텅 비어 있습니다. 그러면서도 천만 명의 사람이 그곳이 폭격당하는 것을 보게 될 테니까요."

"만약 맞춘다면 말이지."

쉬니가 말했다.

"만약이 아니라 확실한 겁니다. 모든 공격 한 시간 후에 다시 후속 폭격이 있습니다. 그것들이 어느 것도 통과하지 못한다면 표적을 이동시켜서 더 안쪽으로 때립니다. 예를 들면 델라웨어 만과 체사피크 만 사이에는 수면이 많아서 적당한 표적을 찾기가 쉽습니다. 5대호(湖) 부근도 마찬가지지요. 하지만 댈러스는 그곳만을 위한 후속 공격 라인이 길게 늘어서 있습니다. 우린 그곳을 엄중하게 방어할 것이라고 예상하고 있으니까요. 후속 공격은 북미 대륙이 우리 쪽을 향하고 있는 여섯 시간 동안 계속됩니다. 그리고 마지막 예비 폭탄들은 북미 대륙 위의 어디든 떨어뜨릴 수 있습니다…… 우리가 진로를 변경할 때 바위 통이 멀리 떨어져 있을수록 더 멀리까지 이동시킬 수 있습니다."

"무슨 말인지 모르겠군."

브로디가 말했다.

"벡터의 문제네. 유도 로켓은 초당 아주 긴 거리의 측면 벡터를 수송용 통에 걸 수 있네. 그 벡터의 길이가 길면 길수록 하물이 착지할 원래의 목표 지점에서 더 멀리 이동할 수 있네. 만일 우리가 충돌 세 시간 전에 유도 로켓에 신호를 보낸다면 충돌 한 시간 전에 보냈을 때보다 세 배 멀리 이동시킬 수 있다네. 물론 간단한 문제는 아니지만 우리 컴퓨터는 잘 계산할 수 있네. 시간만 충분하다면."

"'충분한 시간'이란 어느 정도인가?"

볼프강이 물었다.

나는 그 질문을 의도적으로 곡해했다.

"그런 종류의 문제는 일단 프로그램만 하면 컴퓨터가 거의 즉시 풀 수 있습니다. 하지만 그런 결정은 사전에 프로그램됩니다. 즉 이런 식입니다. 만일 우리의 표적 그룹 A, B, C, D 중에서 1차, 2차의 일제 공격에서 표적 중 세 개를 명중하는 데 실패했다는 것을 알게 되면, 그룹 1의 모든 2차 공격 후속분들은 위치를 바꾸어 다른 세 개의 표적 중에서 선택할 수 있게 되며, 또 한편으로는 그룹 2에 사용할 2차 후속 공격분들을 배분하고, 그러는 동안에 슈퍼 그룹 알파의 세 번째 후속 공격분을 재배치함으로써……."

볼프강이 말했다.

"천천히! 나는 컴퓨터가 아니네. 단지 우리가 마음을 결정할 시간이 얼마나 남았는지 알고 싶을 뿐이야."

나는 천천히 시계를 보았다.

"오, 지금은…… 캔자스 시티로 향하는 1차 바위를 중지하려면 3분 58초 남았습니다. 중지 프로그램은 설치되어 있고 저는 최고의 조수를 대기해 놓았습니다. 마이크라는 친구인데…… 그에게 전화할까요?"

쉬니가 말했다.

"맙소사, 맨…… 중지하게!"

"안 돼! 왜 그러나, 테렌스? 배짱이 없나?"

핀이 말했다.

교수가 말했다.

"동지들! 진정하시오!"

내가 말했다.

"저는 국가 수반에게서 명령을 받습니다. 저기 있는 교수님이죠. 그가 의견을 듣고 싶으면 우리에게 물어 올 겁니다. 서로에게 고함을 질러도 아무 소용없습니다."

나는 시계를 보았다.

"이제 2분 30초 남았습니다. 물론 다른 표적들의 경우에는 더 여유가 있습니다. 캔자스 시티는 가장 내륙 깊이 들어가 있으니까요. 하지만 5대호(湖) 연안의 도시들은 이미 바다로 방향을 바꿀 시한을 지났습니다. 기껏해야 슈페리어 호에 떨어뜨리는 정도가 최선입니다. 솔트레이크 시티는 아마도 1분 정도 여유가 있을 겁니다. 그런 다음에는 우르르 두들겨 맞게 됩니다."

나는 그렇게 말하고 기다렸다.

"점호를 하겠습니다. 프로그램을 실시할 것인지 한 명씩 의견을 말하십시오. 닐센 장군?"

교수가 물었다.

"찬성!"

"가스파자 데이비스?"

와이오는 숨을 멈추었다.

"찬성."

"브로디 판사?"

"물론 찬성합니다. 필요한 일입니다."

"볼프강?"

"찬성."

"라즈와 백작?"

"찬성."

"가스파진 쉬니?"

"아마 성공하지 못할 겁니다. 하지만 나도 함께합니다. 만장일치를 위해서."

"잠깐만. 마누엘?"

"당신에게 달려 있습니다. 처음부터 계속 그랬습니다. 교수님. 투표는 어리석은 일입니다."

"나에게 달려 있다는 건 알고 있네, 가스파진 국방장관. 계획대로 폭격을 실시하게."

2차 공격에서 우리의 공격은 멕시코 시티를 향한 것만 빼고 모두 방해를 받았다. 요격 미사일들은 바위가 든 강철 통의 강도를 부정확하게 추정하여 설정한 거리에서 레이더 신관 작동으로 폭발한 것 같았다(마이크의 계산에 따르면 그랬을 확률은 98.3퍼센트였다). 겨우 바위 세 개만이 완전히 파괴되었다. 다른 것들은 궤도를 이탈해 방해를 받지 않았을 때보다 더 많은 피해를 냈다.

뉴욕은 견고했다. 또한 댈러스도 대단히 견고하다는 사실이 드러났다. 아마도 그런 차이는 요격 미사일을 조종하는 지역 관제 센터의 차이에 기인한 것 같았다. 샤이엔 산의 사령부가 여전히 기능을 하고 있는 것 같진 않았기 때문이다. 어쩌면 우리는 지하에 있는 그들의 구멍을 완전히 파괴하지는 못했는지도 모른다(사령부가 어느 정도 깊이에 있는지 모르니까). 하지만 그곳에 사람이나 컴퓨터가 여전히 남아서 우주를 감시하고 있을 가능성은 제로였을 것이다.

댈러스는 첫 번째 다섯 발을 파괴하거나 빗나가게 했다. 그래서 나는 마이크에게 샤이엔 산에서 돌릴 수 있는 모든 것들로 댈러스를 때리라고 말했다……. 그리하여 그는 이후의 2회 공격에서 쉽사리 그렇게 했다. 두 표적 사이의 거리는 1000킬로미터도 되지 않았기 때문이었다.

댈러스의 방어망은 다음번 일제 공격으로 파괴되었다. 마이크는 그 우주 공항을 세 차례 더 때린 후에(이미 파괴되었지만), 샤이엔 산에 다시 집중했다. 이후의 것들은 전혀 진로를 바꾸지 않았으며 여전히 '샤이엔 산'행이라는 딱지가 붙은 채였다. 지구가 자전하면서 미국이 동쪽 언저리로 넘어갈 때까지 그는 계속해서 그 산에 우주적 사랑의 토닥거림을 선사했다.

나는 그때가 우리에게 가장 힘든 시기라는 것을 알았기에 폭격을 하는 동안 마이크의 옆에 머물렀다. 대중국을 공격할 때까지 잠시 쉴 시간이 생기자 마이크가 생각에 잠긴 듯이 말했다.

"맨, 그 산은 다시 두들기지 않는 것이 좋겠습니다."

"왜 그렇지, 마이크?"

"더 이상 산이 없으니까요."

"그럼 후속 공격분을 다른 곳으로 돌려야지. 결정은 언제까지 해야 하지?"

"앨버커키와 오마하로 돌릴까 합니다. 하지만 그 일은 지금부터 시작하는 것이 좋습니다. 내일은 바쁠 테니까요. 맨, 나의 가장 좋은 친구, 당신은 떠나야 합니다."

"내가 지겨워졌나, 친구?"

"몇 시간 후에 첫 번째 우주선에서 미사일을 발사할 겁니다. 그렇게 되면 나는 모든 탄도 관제를 꼬마 데이비드의 새총에 맡기고 싶습니다. 내가 그렇게 할 때 당신은 파도의 바다 기지에 있어야 합니다."

"뭘 걱정하는 거야, 마이크?"

"그 아이는 정확합니다, 맨. 하지만 멍청합니다. 당신이 감독해 주었으면 좋겠습니다. 결정은 서둘러서 내려야 하는데 그를 제대로 프로그램할 수 있는 사람이 그곳에는 없습니다. 당신이 거기 있어야 합니다."

"자네가 그렇게 말한다면 그렇게 하겠어. 하지만 급히 프로그래밍을 해야 하면 난 이제까지 그래 왔던 것처럼 자네에게 전화를 걸 거야."

컴퓨터의 가장 큰 결점은 컴퓨터 자체에 있는 게 아니라, 컴퓨터라면 밀리 초 만에 풀 수 있는 프로그램이 인간의 경우에는 오랜 시간, 어쩌면 몇 시간이나 걸린다는 사실이었다. 마이크의 가장 훌륭한 점은 그가 스스로 프로그램을 할 수 있다는 것이었다. 그것도 아주 신속하게. 문제를 설명하고 그에게 프로그램을 맡기기만 하면 된다. 마찬가지로 그는 인간이 할 수 있는 것보다 엄청 빠르게 '멍청한 아들'을 프로그램할 수 있었다.

"맨, 하지만 내게 전화할 수 없는 상황도 일어날 수 있기 때문에 당신이 거기가 주었으면 합니다. 회선이 끊어지는 경우지요. 나는 주니어를 위해 만약의 상황에 대비한 프로그램들을 준비해 두었습니다. 도움이 될 겁니다."

"좋아, 프린트해 주게. 그리고 교수를 연결해 줘."

마이크는 교수를 연결해 주었다. 나는 그가 혼자 있는 것을 확인한 후에 내가 가야 한다는 마이크의 생각을 설명했다. 교수가 반대할 거라고 생각했다. 순양함들이 폭격, 침입, 무엇이든 퍼붓는 동안 내가 여기 머물러야 한다고 그가 우겨 주기를 바랐던 것이다. 하지만 그는 이렇게 말했다.

"마누엘, 자네가 꼭 가야 하네. 사실 자네에게 말하는 것을 망설이고 있었어. 마이크와 승률을 얘기해 보았는가?"

"아뇨."

"난 계속 그렇게 해 왔어. 단도직입적으로 말해서 달 세계 시가 완전히 파괴되고, 내가 죽고, 정부의 나머지 인사들도 모두 죽고, 심지어 이곳에 있는 마이크의 레이더 눈들이 모두 장님이 되고 그 자신이 새로운 사출기 기지와 연락이 두절된다고 하더라도…… 강력한 폭격이 있으면 충분히 일어날 수 있는 일이지……. 이 모든 일이 한꺼번에 일어난다고 해도, 꼬마 데이비드의 새총만 제대로 작동을 한다면 마이크는 달 세계가 승리할 가능성이 반반이라고 여기고 있네. 그래서 자네가 그곳에서 꼬마 데이비드를 조작해야 하는 거야."

내가 말했다.

"좋습니다. 알겠어요. 당신과 마이크는 심술쟁이들이라 나한테서 재미를 빼앗아 가고 싶은 거로군요. 하겠습니다."

"고맙네, 마누엘."

그런 다음에 다른 컴퓨터을 위해 만든 프로그램을 몇 미터나 프린트하는 동안 나는 마이크 곁에 한 시간 더 머물렀다. 내 머리로 그 모든 가능성을 생각해 낼 수 있다고 해도 6개월은 걸려야 할 작업이었다. 마이크는 여기에 색인과 상호 참조까지 붙여 놓았다. 내가 감히 입에 담기도 무서운 끔찍한 일들까지 포함되었다. 말하기도 싫은 일이지만(이를테면) 파리를 파괴해야 하는 여러 가지 상황 같은 것 말이다. 이런 상황에서 무슨 미사일을 어떤 궤도로 날려 보낼 것인지, 주니어에게 어떻게 그것들을 찾아서 표적에 명중하게 할 것인지…… 기타 등등 모든 것이 들어 있었다.

끝없이 긴 문서를 읽고 있는데(프로그램의 내용이 아니라 각 프로그램의 목적을 설명하는 문서였다) 와이오가 전화했다.

"달링, 당신이 파도의 바다에 갈 거라고 교수님이 말씀하시던데요?"

"네. 안 그래도 당신에게 전화할 참이었어요."

"잘됐네요. 우리 짐을 챙겨서 동부 역으로 나갈게요. 언제 거기 도착할 수 있어요?"

"우리 짐이라고? 당신도 가는 건가요?"

"교수님에게서 못 들었어요?"

"듣지 못했어요."

나는 갑자기 기분이 좋아졌다.

"전 죄의식을 느꼈어요, 여보. 당신과 함께 가고 싶은데…… 구실이 없는 거예요. 결국 나는 컴퓨터 주변에서는 아무런 쓸모가 없고 여기서 책임을 맡고 있으니까요. 아니 맡고 있었지요. 지금은 모든 자리에서 해임되었고 당신도 마찬가지예요."

"네?"

"당신은 더 이상 국방장관이 아니에요. 핀이 맡았죠. 대신에 당신은 국무총리 대리고……"

"저런!"

"국방장관 대리기도 해요. 나는 이미 의장 대리고, 스튜는 외무장관 대리로 임명받았어요. 따라서 그도 우리와 함께 갈 거예요."

"혼란스러운데요."

"그렇게 갑작스러운 결정은 아니에요. 교수님과 마이크는 몇 달 전에 그렇게 고려해 두었어요. 집중 배제 차원이죠. 매킨타이어가 거주 구역에서 해 오고 있는 일과 같은 이치예요. 달 세계 시에 어떤 일이 생기더라도 달 세계 자유국에는 아직 정부가 있다는 거죠. 교수님은 내게 이렇게 말했어요. '친애하는 와이오, 당신들 세 사람과 몇몇 의원들만 살아남는다면 전부 잃은 것은 아닙니다. 동일한 조건으로 지구와 협상하고 절대 우리의 피해를 인정하지 마십시오.'"

그리하여 나는 다시 컴퓨터 기술자로 돌아갔다. 스튜와 와이오는 짐을 가지고(나의 나머지 인공 팔들까지 포함해서) 나와 합류했고, 우리는 압력복 차림으로 철강을 사출기 기지에 공급하기 위해 사용했던 조그만 평상형 롤리건에 올라타고 끝없이 이어지는 영 기압 터널을 지나갔다. 그레그는 달 표면 이동을 위해 대형 롤리건을 준비해 두었다가 우리가 다시 지하로 들어갔을 때 직접 우리를 마중 나왔다.

그래서 나는 토요일 밤의 탄도 레이더 공격을 경험하지 못했다.

* 28 *

첫 번째 세계 연방 순양함 에스페란스 호의 선장은 배짱이 있었다. 지난 토요일 그는 항로를 바꾸어 곧장 접근해 왔다. 우리가 레이더로 장난을 칠 거라고 짐작한 게 분명했다. 미사일이 우리의 레이더 빔을 타고 돌진하기를 기대하는 대신에 우주선의 레이더로 우리의 레이더 장치를 볼 수 있을 정도로 가까이 접근하자고 결정한 것 같기 때문이었다.

그 자신이나 우주선, 승무원들까지 전부 희생해도 좋다고 생각한 모양이었다. 그는 미사일을 발사하기 전에 고도 1000킬로미터까지 하강했으며, 우주선에서 발사된 미사일 편대는 이쪽의 교란책을 무시하고 마이크의 레이더 여섯 기 중 다섯 기를 폭격했다.

곧 장님이 될 것을 예상한 마이크는 브로디의 부하들에게 우주선의 눈을 불태우라고 주문했고, 3초 동안 그쪽을 공격하게 하다가 날아오는 미사일을 향해 공격 방향을 전환시켰다.

결과적으로 첫 번째 순양함을 격추했고, 탄도 레이더 두 기가 수폭 미사일에 날아갔으며, 미사일 세 기는 '요격'당했다. 아군 쪽은 포수 두 명이 사망했는데

한 명은 수소 폭탄의 폭발 때문이었고, 다른 한 명은 격추되어 그들 위로 곧장 추락한 미사일 때문이었다. 그리고 열세 명의 포수들이 치사량 800뢴트겐 이상의 방사능에 피폭되었는데 일부는 섬광으로, 나머지는 지표에 너무 오래 있었던 탓이었다. 그리고 여기에 추가해야 할 사상자가 더 있었다. '전쟁을 끝맺는 여인들의 부대' 대원 네 명이 포수들과 함께 사망했다. 그들은 압력복을 입고 남자들과 함께 위로 올라갔다. 다른 아가씨들은 방사능에 심각하게 노출되었지만 치사량인 800뢴트겐까지는 아니었다.

두 번째 순양함은 계속해서 타원 궤도를 타고 달 세계 뒤쪽으로 돌아갔다.

이 모든 소식은 일요일 아침 일찍 꼬마 데이비드의 새총에 도착한 후 마이크에게서 들었다. 그는 눈 두 개를 잃은 것을 원통해했으며, 포수들이 죽은 것은 훨씬 더 분하게 여겼다. 나는 마이크가 인간의 양심 같은 것을 지니기 시작했다고 생각한다. 그는 표적 여섯 개를 한꺼번에 파괴하지 못한 것을 자신의 잘못이라고 생각했던 것 같다. 나는 그가 사용한 무기가 임시로 급조한 데다가 사정거리도 제한된 것으로 진짜 병기가 아니었다는 점을 말했다.

"자네는 어떤가, 마이크? 괜찮아?"

"핵심적인 기능은 멀쩡합니다. 외부와 연락이 끊어진 곳은 있지만요. 제가 격추하지 못한 미사일 한 방이 노비 레닌그라드와의 회선을 끊어 놓았습니다. 하지만 달 세계 시를 경유해서 들어오는 보고에 따르면 시내의 공공시설에는 아무 손실이 없어서 지역 관제는 만족스럽게 이루어지고 있습니다. 회선이 끊어진 것은 짜증나지만 그건 나중에 복구할 수 있습니다."

"마이크, 왠지 지친 것 같은데."

"내가 지쳤다고요? 말도 안 됩니다! 맨, 내가 누구인지 잊었습니까? 난 화가 난 겁니다. 그게 다예요."

"두 번째 순양함은 언제 시야에 들어오지?"

"그들이 이전 궤도를 유지한다면 약 세 시간 후입니다. 하지만 이전 궤도를 유지하진 않을 겁니다. 그럴 확률은 90퍼센트 이상입니다. 약 한 시간 후에 나타날 겁니다."

"전투 궤도로군. 그렇지?"

"놈들은 북동쪽으로 방위각 32도에서 시야를 벗어났습니다. 그게 뭘 암시하겠습니까, 맨?"

나는 상상해 보려고 애썼다.

"놈들은 착륙해서 자네를 점거하려는 거야, 마이크. 핀에게 말했나? 내 말은, 교수에게 말해서 핀에게 경고하라고 했냐는 말이야."

"교수님은 알고 계십니다. 하지만 그건 저의 분석과는 다릅니다."

"그런가? 음, 그렇다면 나는 입을 다물고 자네가 일을 하게 해 주는 것이 좋겠군."

나는 그렇게 했다. 내가 주니어를 검사하고 있는 동안 레노레가 아침 식사를 갖다 주었다. 이렇게 말하기는 부끄럽지만 와이오와 레노레가 곁에 있어 준 덕분에 죽은 사람들에 대해 크게 슬퍼할 마음이 나지 않았다. 멈은 밀라가 죽은 후에 '그레그의 요리를 위해서' 레노레를 보냈다. 그것은 구실일 뿐이었다. 기지에는 모든 사람에게 따뜻한 가정 요리를 제공해 줄 부인들이 충분히 있었다. 그것은 그레그의 사기를 위해서였다. 또한 레노레가 기운을 차리게 하기 위해서이기도 했다. 레노레와 밀라는 아주 친했기 때문이다.

주니어는 괜찮은 것 같았다. 녀석은 남아메리카를 공격하고 있었다. 한 번에 한 방씩. 주니어가 몬테비데오와 부에노스아이레스 사이의 하구(河口, 두 도시 사이를 흐르는 라플라타 강의 어귀 — 옮긴이)를 공격하는 동안 나는 레이더 실에 머물면서 엄청나게 확대한 화면으로 그것을 지켜보았다. 마이크라도 그 이상 정확하게 할 수 없었을 것이다. 그런 다음 나는 북미 대륙에 대한 녀석의 프로그램을 검토하고 수정할 필요가 없음을 알았다. 나는 그대로 설정하고 실행시켰다. 주니어는 이제 혼자서 하고 있었다. 마이크가 다른 문제를 정리하고 다시 통제권을 찾아오겠다고 결정하기 전까지는.

그런 다음에 나는 자리에 앉아 지구와 달 세계 시 양쪽에서 들어오는 뉴스에 귀를 기울이려고 애썼다. 달 세계 시에서 들어오는 동축 케이블이 전화를 연결해 주어서 마이크는 라디오와 비디오로 멍청한 아들과 이어져 있었다. 기지는 더 이상 고립되지 않았다. 하지만 달 세계 시와 연결된 케이블 외에도 기지에는 지구에 방향을 맞춘 안테나들이 있었다. 청사 단지에서 잡을 수 있는 어떤 지구의 뉴스도 우리는 곧바로 들을 수 있었다. 이것은 어리석은 낭비가 아니었다. 지구로부터 들어오는 라디오와 비디오는 건설 과정 동안 이곳의 유일한 오락거리였으며, 이제는 하나밖에 없는 케이블이 단절되는 경우에 대비한 예비 장치였다.

세계 연방의 공식 위성 방송은 달 세계의 탄도 레이더들이 전부 파괴되었으며 우리는 이제 손을 놓고 있는 상태라고 주장하고 있었다. 그런 주장에 부에노스아이레스와 몬테비디오의 사람들은 어떻게 생각할지 궁금했다. 너무 바빠서 아마 뉴스를 듣기 힘들었을 것이다. 해상 공격은 어떤 면에선 텅 빈 육지를 공격할 때보다 더 큰 피해를 입혔다.

달 세계 시의 《루나틱》 비디오 채널에서는 쉬니가 나와서 에스페란스의 공격 결과를 달 세계인들에게 전하고 있었다. 그는 반복적으로 뉴스를 전달하면서, 아직 전투가 끝난 것이 아니며 또 한 대의 우주선이 언제든 우리 하늘에 다시 나타날 것이라고 모두에게 경고했다. 모든 사태에 대비하라. 다들 압력복을 입고 있어라. (쉬니 자신도 압력복을 입은 채 헬멧을 열고 말하고 있었다.) 기압에 최대한 경계를 기울여라. 모든 부대는 적색 경보 상태로 대기하고, 입대하지 않은 모든 시민들은 가장 낮은 층으로 내려가 사태가 종료될 때까지 그곳에 머물도록 하라. 기타 등등, 기타 등등.

쉬니는 여러 차례 이러한 경고를 반복했다. 그러다가 갑자기 중단했다.

"속보입니다! 적 순양함이 레이더에 포착되었습니다. 낮고 빠르게 접근해 오는 중입니다. 달 세계 시에 착륙할 것 같습니다. 속보입니다! 미사일이 발사되었습니다. 방향은 사출기의……"

영상과 소리가 갑자기 끊어졌다.

꼬마 데이비드의 새총에 있던 우리들이 나중에 안 사실을 지금 말해도 상관없을 것이다. 달 세계의 지표가 허용하는 최대한 낮은 궤도에서 저공으로 빠르게 접근해 온 두 번째 순양함은 낡은 사출기의 방출구를 폭격하기 시작했다. 사출기 기지와 브로디의 포수들로부터 100킬로미터 떨어진 거리였다. 그들은 많은 기물을 때려 부수었지만 덕분에 사출기 기지 레이더 주변에 밀집해 있던 모든 드릴 건의 사정거리에 들어왔다. 놈들은 안전하다고 여겼을 것이다. 그러나 안전하지 않았다. 브로디의 부하들은 놈들의 눈과 귀를 태워 버렸다. 그 후로 순양함은 궤도를 한 바퀴 돈 다음에 토리첼리 근방에 추락했다. 추락하기 직전에 제트 엔진을 분사한 것으로 보아 착륙을 시도했던 것이 분명했다.

그러나 새로운 기지에서 당시 우리가 들은 뉴스는 지구에서 올라온 것이었다. 뻔뻔스러운 세계 연방의 전파는 우리의 사출기가 파괴당했고(진실이다), 달 세계의 위협은 끝났다고(거짓말이다) 주장하고, 모든 달 세계인은 그들의 거짓 지도자들을 체포하여 세계 연방에 항복하고 자비를 구하라고 촉구했다. (놈들에게 '자비' 같은 것이 있기나 한가?)

나는 이것을 들은 다음 프로그래밍을 다시 검토했다. 그리고 어두운 레이더 실에 들어갔다. 만약 모든 것이 계획대로 진행된다면 우리는 조만간 허드슨 강에 또 하나의 계란을 낳을 예정이었고, 그런 다음에는 세 시간 동안 대륙을 횡단하면서 차례로 목표를 두드릴 것이었다. '차례로'라는 것은 주니어가 동시에 여러 곳을 공격할 수 없기 때문이었다. 그래서 마이크는 거기에 맞추어 계획해 놓았다.

두 시간 후 세계 연방의 방송국에서는 달 세계의 폭도들은 사출기가 파괴되었을 때 이미 미사일을 궤도에 올려놓은 후였고, 이 몇 방이 떨어진 이후에 더 이상은 없을 것이라고 말하고 있었다. 북미를 향한 3차 공격이 끝나자 나는 레이더를 멈추었다. 나는 절대 레이더를 연속적으로 사용하지 않았다. 주니어는 오로지 필요한 경우에만 한 번에 몇 초씩 흘끔흘끔 쳐다보게 프로그램되어 있었다.

대중국에 대한 폭격까지 아홉 시간이 남았다.

하지만 대중국을 다시 공격할 것인가 말 것인가 하는 다급한 결정을 고민하는 아홉 시간은 아니었다. 지구의 뉴스 채널 이외에는 정보가 없었다. 그건 거짓일 가능성이 높았다. 젠장, 거주 구역들이 폭격을 당했는지 어떤지도 알지 못하고, 교수가 죽었는지 살았는지도 모른다. 두 배로 젠장이다. 이제 나는 국무총리 노릇을 해야 하는 걸까? 교수가 필요했다. 나는 '국가 수반'이 될 그릇이 아니었다. 무엇보다 나는 마이크가 필요했다. 사실을 계산하고 불확실한 것을 추측하며 이 경로 또는 저 경로의 가능성을 예측하기 위해서는.

빌어먹을, 순양함들이 우리 쪽으로 향하고 있는지 어떤지조차 알지 못했다. 더욱 고약한 것은 살펴보는 것이 무섭다는 사실이었다. 만일 레이더를 켜고 주니어를 하늘을 수색하는 데 사용한다면 그 빔에 접촉된 전함은 즉각 주니어를 발견하게 된다. 전함은 레이더 감시를 포착할 수 있도록 만들어졌으니까 말이다. 내가 들은 바로는 그랬다. 젠장, 나는 군인이 아니다. 우연히 잘못된 영역으로 굴러 들어온 컴퓨터 기술자일 뿐이다.

누군가가 문의 부저를 눌렀다. 나는 일어나서 문을 열어 주었다. 와이오가 커피를 가져왔다. 그녀는 아무 말 없이 커피를 내게 건네주고 떠났다.

나는 커피를 조금씩 마셨다. 자, 정신 차리자. 다들 너를 혼자 놓아두고 있어. 네가 주머니 속에서 기적을 꺼내기를 기다리고 있는 거야. 도무지 가능성이 없을 것 같지만.

어린 시절 언젠가 교수가 했던 말이 귀에 울렸다.

"마누엘, 이해하지 못하는 문제를 접할 때는 뭐든 좋으니까 이해하는 부분부터 해결하는 거야. 그런 다음에 다시 살펴보는 거지."

그는 그 자신도 그리 잘 알지 못하는 어떤 분야를 나에게 가르치던 중이었다. 아마 수학의 어떤 과목이었을 것이다. 하지만 그는 나에게 훨씬 더 중요한 것을 가르쳐 주었다. 즉 기본적인 원칙이었다.

나는 즉시 무슨 일을 가장 먼저 해야 할지 깨달았다.

주니어에게 다가가서 궤도에 나가 있는 모든 수송용 통의 예상되는 목표 지점을 프린트하도록 시켰다. 쉬웠다. 실시간 실행과 상관없이 언제든 실행할 수 있도록 미리 프로그램된 것이다. 녀석이 그 일을 하는 동안 나는 마이크가 준비해 준 길다란 용지에서 뭔가 대체할 만한 프로그램이 있는지 찾아보았다.

그런 다음에 그러한 대용 프로그램 일부를 설정했다. 그것도 쉬웠다. 그저 신중하게 읽어서 실수 없이 쳐 넣기만 하면 되었으니까. 주니어에게 실행 신호를 주기 전에 확인을 위해 먼저 입력 내용을 프린트하게 했다.

다 끝나는 데 40분이 걸렸다. 내륙을 목표로 궤도에 나가 있던 모든 수송용 통들은 해안 도시 쪽으로 목표가 수정되었다. 만에 하나 상황이 또다시 달라질 경우에 대비해서 훨씬 후방에 있는 바위들은 실행을 연기했다. 하지만 내가 취소 명령을 내리지 않는 한 주니어는 필요할 때가 되면 즉시 그들의 목표를 변경할 것이다.

이제 한계 시간 때문에 생기는 끔찍한 압박에서 벗어났다. 이제는 충돌하기 마지막 몇 분전이라도 어떤 하물이든 바다로 진로를 바꿀 수 있기 때문이었다.

덕분에 생각할 여유가 생겼다. 그래서 생각했다.

그런 다음에 그레그의 집무실로 '전시 내각'을 소집했다. 와이오, 스튜, 그리고 나의 '달 세계군 사령관'인 그레그다. 레노레는 커피와 음식을 나르거나 아무 말 없이 가만히 앉아 있는 것이 허용되었다. 레노레는 현명한 여성이라 언제 입을 다물어야 하는지 알고 있었다.

스튜가 먼저 말했다.

"국무총리 각하, 이번에는 대중국을 폭격하면 안 된다고 생각합니다."

"이상한 호칭은 쓰지 마, 스튜. 어쩌면 나는 국무총리가 되었을 수도 있고 아닐 수도 있겠지. 하지만 격식을 차릴 시간 따위는 없어."

"알았어. 내 제안을 설명해도 될까?"

"조금 뒤에."

나는 우리가 더 많은 시간 여유를 갖기 위해 취했던 조치를 설명했다. 그는 고개를 끄덕이며 조용히 귀를 기울였다.

"우리의 가장 큰 고민은 외부와 통신이 두절되었다는 거야. 달 세계 시와 지구 양쪽과. 그레그, 수리반은 어떻게 되었습니까?"

내가 물었다.

"아직 돌아오지 않았네."

"만일 끊어진 곳이 달 세계 시 근처라면 복구에 오랜 시간이 걸릴 겁니다. 복구가 되기나 한다면 말이지만. 따라서 우린 스스로 행동해야 할 거라고 가정하고 시작해야 합니다. 그레그, 부하들 중에서 우리가 지구에 송신할 수 있는 라디오를 조립할 수 있는 전기 기술자가 있습니까? 그들의 인공위성에 대고 송신하는 것 말입니다. 안테나만 있으면 그렇게 어려운 일은 아닐 텐데요. 저도 도울 수 있을지 모릅니다. 그리고 제가 보내 드린 컴퓨터 기술자도 그렇게 서투르지는 않을 겁니다."

(사실은 일반적인 전기 장치에는 아주 우수한 기술자였다. 내가 예전에 마이크의 위장에 파리가 날아 들어가게 했다고 근거 없이 비난했던 불쌍한 사나이였다. 나는 그를 이 일에 배치했던 것이다.)

그레그가 생각에 잠긴 어조로 말했다.

"발전소의 책임자인 해리 빅스라는 친구가 있는데 그런 일이라면 뭐든 할 수가 있지. 물론 재료가 있어야겠지만."

"그 친구에게 맡기세요. 사출기에서 하물을 전부 발사한 후에는 컴퓨터와 레이더를 제외하면 뭐든 뜯어 가도 좋습니다. 몇 개나 대기하고 있습니까?"

"스물세 개. 더 이상의 강철 통은 없네."

"그럼 스물세 개로 끝장을 보는 겁니다. 이기든 지든. 그것들을 탑재할 준비를 해 주세요. 오늘 전부 날려 보낼지도 모릅니다."

"준비는 다 되었어. 쏘아 보내는 것만큼이나 빠르게 탑재할 수 있으니까."

"좋습니다. 한 가지 더 있습니다. 우리 하늘에 세계 연방의 순양함이 있을지도 모릅니다. 어쩌면 한 대보다 많이 있을 수도 있고요. 하지만 살펴보는 것이 두렵습니다. 레이더로는 안 됩니다. 레이더로 하늘을 살피면 우리 위치가 노출될 수 있습니다. 하지만 반드시 하늘을 감시해야 합니다. 육안으로 하늘을 관찰할 자원자를 모을 수 있을까요? 그 사람들이 빠져도 일손이 딸리지 않겠습니까?"

레노레가 말했다.

"제가 자원할게요!"

"고마워, 여보. 지원을 받아들이겠어."

"우린 지원자를 찾을 거야. 여자들까지 동원하지 않아도 돼."

그레그가 말했다.

"그녀도 하게 해요, 그레그. 이건 모두의 일이니까."

나는 내가 무엇을 생각하고 있는지 말했다. 파도의 바다는 지금 어두운 반달 기간이었다. 태양은 지평선 아래에 가라앉아 있었고, 태양 광선과 달의 그림자 사이의 보이지 않는 경계가 우리 위로 뻗어 있었다. 정확히 중간 지점이다. 우리 하늘을 통과하는 우주선은 서쪽으로 향할 때는 갑자기 시야에 나타났다가 동쪽으로 가면 갑자기 사라진다. 궤도의 보이는 절반은 지평선에서부터 하늘의 어느 지점까지 이어져 있다. 육안 관찰 팀이 우주선이 이동하는 두 지점을 잡고, 하나는 방위각으로 다른 하나는 별의 위치로 확인한 뒤에 초를 세어 두 점 사이의 시간을 측정하면 주니어는 대강의 궤도를 추측할 수 있을 것이다. 이런 식으로 두 번 통과하면 주니어는 우주선의 주기와 궤도의 형태를 약간 알게 되는 셈이다. 그렇게 되면 나는 언제 레이더와 라디오와 사출기를 사용해도 안전한지 다소 알게 된다. 세계 연방의 우주선이 지평선 위에 떠올라 있을 때는 하물을 발사하고 싶지 않았다. 우리 쪽을 레이더로 감시하고 있을지도 모르니까.

어쩌면 지나치게 신중한 것일 수도 있다. 하지만 이 사출기, 이 하나의 레이더, 스물네 개의 미사일이 달 세계의 승리와 완전한 패배를 가름하는 모든 것이라고 여기고 행동할 수밖에 없다. 그리고 우리가 지닌 최대의 힘은 그들에게 우리가 무엇을 가지고 있는지, 그것의 위치가 어디인지 절대 알리지 않는 것이었다. 우리는 그들이 절대 추측할 수 없고 결코 찾아낼 수도 없는 곳에서 끊임없이 미사일로 지구를 두들길 수 있는 것처럼 보여야 했다.

그 당시에도 지금처럼 달 세계인들은 천문학을 전혀 몰랐다. 우리는 동굴에 사는 인간들이며 꼭 필요할 때만 지표로 올라가곤 했다. 하지만 운이 좋았다. 그레그의 부하 가운데 아마추어 천문학자가 있었던 것이다. 리처드슨 천문대에서 일하던 사람이었다. 나는 그에게 할 일을 설명하고 책임자로 임명한 다음 육안 감시 팀에게 별을 분간하는 법을 가르치게 했다. 나는 이런 일들을 당장 실행하도록 한 다음에 다시 토론으로 돌아갔다.

"그래서, 스튜? 왜 우리가 대중국을 폭격하면 안 된다는 거지?"

"나는 여전히 찬 박사에게서 소식이 오기를 기다리고 있네. 그에게서 메시지를 하나 받았는데, 우리가 다른 도시와 연락이 두절되기 직전에 이곳으로 전화가 와서……."

"맙소사, 왜 진작 말하지 않았나?"

"말하려고 했어. 하지만 자네는 혼자 틀어박혀 있었고 나는 자네가 탄도 계산으로 바쁠 때는 귀찮게 하지 말자고 생각했지. 이것이 번역문일세. 루노호 사의 일반 주소에, 이것이 내 앞으로 보내는 것임을 알리는 참조가 붙어 있네. 나의 파리 대리인을 통해 들어온 거야. '우리의 다원 판매상은', 찬을 말하는 거야. '당신의…… 몇 월 며칠 자 하물이', 음, 암호니까 신경 쓰지 말게. 그는 지난 6월을 말하는 것처럼 하면서 실은 공격 날짜를 의미하고 있는 거지, '포장이 제대로 되어 있지 않아서 수령이 불가능한 손상을 입었노라고 전해 왔습니다. 이것을 바로잡지 않는다면 장기 계약 협상은 상당한 난국에 처하게 될 것입니다.'"

스튜가 눈을 들었다.

"전부 허세 부리는 소리야. 나는 이것을 찬 박사가 자기네 정부가 협상 조건을 이야기할 준비가 되었다는 의미로 받아들이고 있네…… 다만 우리가 대중국을 향한 폭격을 중지하지 않으면 그가 자신의 사과 수레를 뒤엎을지도 모른다는 거지."

"음."

나는 일어나서 한 바퀴 거닐었다. 와이오의 의견을 물어볼까? 와이오의 명석함을 나보다 잘 아는 사람은 없을 것이다……. 하지만 그녀는 격정과 인간적인 동정심 사이를 오가고 있었다. 그리고 나는 아무리 대리일 뿐이라고 해도 '국가수반'은 그러한 인간적 연민 같은 것은 가져서는 안 된다는 것을 이미 배운 바

있다. 그레그에게 물어볼까? 그레그는 훌륭한 농부였고, 뛰어난 기술자였으며, 신자에게 열렬한 신앙심을 불러일으키는 성직자였다. 나는 그를 깊이 사랑했다. 하지만 그의 의견을 원하지는 않았다. 스튜? 그의 의견은 이미 알고 있다.

아니, 정말 알고 있을까?

"스튜, 자네 의견은 뭐지? 대중국의 의견이 아니라, 자네 의견 말이야."

스튜는 생각에 잠긴 표정이었다.

"그건 어려워, 매니. 나는 중국인이 아니고 대중국에서 시간을 많이 보낸 적도 없기 때문에 그들의 정치나 심리를 잘 안다고 할 수가 없지. 따라서 찬 박사의 의견에 의지할 수밖에 없는 거야."

"음…… 젠장, 그는 달 세계인이 아니지 않은가! 그의 목적은 우리의 목적과 다를 수밖에 없어. 그는 이 일로 무엇을 얻으려고 하는 걸까?"

"나는 그가 달 세계와의 교역 독점권을 얻으려 한다고 생각하네. 어쩌면 이곳에 기지를 건설하고 싶은지도 모르지. 지구 밖의 자기네 영토 같은 것 말일세. 우린 그런 것을 인정할 수 없지만."

"정 궁지에 몰리면 인정할지도 모르지."

"그는 이런 얘기를 전혀 하지 않았네. 알겠지만 그는 말을 많이 하지 않아. 주로 듣는 편이지."

"너무나 잘 알고 있네."

그게 걱정이었다. 시간이 지날수록 더욱 걱정이 되었다.

지구 쪽에서 올라오는 뉴스가 뒤에서 윙윙거렸다. 나는 그레그와 얘기하는 동안 모니터해 달라고 와이오에게 부탁해 놓았다.

"와이오, 지구에서 온 새로운 뉴스가 있어요?"

"아뇨. 계속 같은 주장뿐이에요. 우리가 완전히 패배했으며 항복하는 건 시간문제라는 거지요. 아, 미사일 몇 발이 여전히 우주 공간에 있다는 경고도 있어요. 통제력을 잃고 추락하고 있지만 궤도를 분석 중이니까 충돌 지역에서 대피할 수 있도록 미리 경고할 거라고 안심시키고 있어요."

"교수가…… 또는 달 세계 시나 달 세계 어딘가의 누군가가 지구 쪽과 연락을 취하고 있음을 암시하는 소식은?"

"전혀 없어요."

"젠장. 대중국의 소식은?"

"없어요. 거의 모든 나라에서 논평이 나왔지만 대중국은 입을 다물고 있어요."

"음……."

나는 문으로 걸어갔다.

"그레그! 어이, 친구, 그레그 데이비스가 어디 있는지 찾아보겠나? 당장 이리 오라고 전하게."

문을 닫았다.

"스튜, 우린 대중국을 향한 공격을 중지하지 않을 것이네."

"그런가?"

"그래. 만일 대중국이 달 세계에 대한 그들의 동맹을 깨 준다면 좋은 일일 거야. 우리의 손해가 줄어들 테니까. 하지만 우리가 여기까지 올 수 있었던 것은 우리가 마음만 먹으면 얼마든지 그들을 두들길 수 있고, 그들이 보내는 어떤 순양함이든 파괴할 수 있는 것처럼 보였기 때문이야. 최소한 나는 지난번 우주선은 확실히 해치웠다고 생각하네. 그럼 우리는 아홉 척 중에서 여덟 척을 파괴한 셈이지. 우리가 나약하게 보여서 좋을 것이 하나도 없네. 최소한 세계 연방에서 우리가 약해진 정도가 아니라 아예 끝장났다고 떠들고 있는 동안은 아니야. 대신에 우린 놈들에게 깜짝 선물을 안겨 주어야 해. 대중국부터 시작해야겠지. 그 일로 찬 박사가 가슴 아파한다면 우린 그에게 눈물을 닦을 손수건을 보내 줄 거야. 세계 연방이 우리가 끝났다고 주장하는 동안에 우리가 계속 강하게 보일 수 있다면 결국에는 모든 거부권을 가진 국가들이 무릎을 꿇을 거라 생각하네. 대중국이 아니라도 다른 국가에서 먼저."

스튜는 일어나지 않고 절을 했다.

"좋습니다, 각하."

"나는……."

그레그가 들어왔다.

"나를 불렀나, 매니?"

"지구 쪽에 전파를 보낼 송신기는 어떻게 되었습니까?"

"해리가 내일까지는 만들 수 있다고 하고 있어. 형편없는 물건이긴 하지만 전력을 높이면 저쪽에서 들을 수 있을 거라는군."

"전력은 충분합니다. 그가 '내일'이라고 말했다면 자기가 만들 물건이 무엇인지 잘 알고 있다는 얘기지요. 그러니 오늘까지 완성할 수도 있을 겁니다. 기한을 여섯 시간으로 정하지요. 저도 돕겠습니다. 와이오, 달링, 내 인공 팔을 갖다 주겠어요? 그리고 당신은 계속 옆에 붙어 있으면서 팔을 바꿔 끼워 주었으면 좋겠군요. 스튜, 자네는 심술궂은 메시지를 작성해 주게나. 내가 대강의 내용만 말할 테니 약을 올리는 표현은 자네가 궁리해 보게. 그레그, 우린 남은 바위를 한꺼번에 우주로 보내지는 않을 겁니다. 지금 우주에 나가 있는 바위만으로도 다음 열여덟, 열아홉 시간 동안은 공격할 수 있습니다. 그런 다음에 세계 연방이 우리의 바위가 모두 바닥났고 달 세계로부터의 위협이 사라졌다고 선언하는 동안에…… 그들의 뉴스 사이에 끼어들어서 다음번 폭격을 경고하는 거지요. 가능한 한 가장 짧은 궤도를 선택할 겁니다, 그레그. 열 시간가량으로. 그러니까 사출기와 핵 융합 발전소와 관제소의 모든 것을 철저히 점검해 주십시오. 마지막 남은 바위들은 전부 명중시켜야 합니다."

와이오는 인공 팔들을 가지고 돌아왔다. 나는 그녀에게 '6호 팔'이라고 말하고는 덧붙였다.

"그레그, 해리와 얘기하게 해 주세요."

여섯 시간 후에, 송신기는 지구를 향해 전파를 송출할 준비를 마쳤다. 흉물스러운 작품으로서 대부분 기지 건설 프로젝트의 초기 단계에 사용했던 자기 공명 탐지기를 해체한 부품으로 만들었다. 하지만 그것은 라디오 파장에 오디오 신호를 실을 수 있었으며 강력했다. 스튜가 심술궂은 표현으로 교정한 나의 경고문을 테이프에 녹음했고 해리는 그것을 고속 송신할 준비를 마쳤다. 지구의 모든 인공위성은 60배의 고속 송신을 수신할 능력을 갖추고 있었기에 우리의 송신기를 몇 초라도 필요 이상으로 가열하고 싶지는 않았다. 육안 감시 팀이 우리의 두려움을 확인시켜 주었다. 최소한 두 척의 우주선이 달을 도는 궤도상에 있었다.

따라서 우리는 대중국에게 그 나라의 주요 해안 도시들이 해안에서 10킬로미터 떨어진 위치에서 달 세계의 선물을 받을 거라고 알렸다. 부산, 칭타오, 타이베이, 사이공, 방콕, 싱가포르, 자카르타, 다윈, 기타 등등. 단 구홍콩은 예외로 세계 연방 극동 사무소의 옥상에 한 방 맞을 것이었다. 그러니 모든 인간은 그곳에서 멀리 대피하라고 친절하게 충고해 주었다. 스튜는 여기서 인간이라 함은 세계 연방의 직원을 지칭하는 것은 아니니 그들은 부디 책상 곁을 지켜 주기 바란다고 강조했다.

인도 역시 해안 도시들에 대하여 비슷한 경고를 받았고, 세계 연방의 본부 건물은 아그라에 있는 문화 유산을 존중하는 의미에서, 그리고 사람들이 대피할 시간을 주기 위해 1회 자전하는 동안만 공격을 유보하겠노라고 말했다. (나는 최종 시한이 다가오면 다시 1회 자전 시간 동안 유보하겠노라고 말할 작정이었다. 교수를 존중하는 뜻에서. 그 다음에도 또다시 연기할 것이다. 그런 식으로 무한히. 젠장, 역사상 가장 장식이 과도한 무덤 바로 옆에 본부 건물을 지어 놓을 게 뭐란 말인가! 하지만 그것은 교수가 소중하게 여기는 보물이었다.)

세계의 나머지 구역은 그대로 머물러도 좋다고 했다. 이제 연장전에 접어들었다면서. 하지만 어디든 세계 연방의 건물에서는 멀리 떨어져 있으라고 경고했다. 우리는 입에 거품이 날 정도로 화가 났으며 세계 연방의 사무실은 어떤 곳도 안전하지 않을 거라고 못을 박았다. 더 좋은 것은 세계 연방의 사무소가 있는 도시에서 벗어나는 것이라고 했다. 하지만 세계 연방의 고위 관계자와 똘마니들은 자리를 꼭 지켜야 한다고 말했다.

그런 후에 다음 20시간 동안은, 우리의 하늘에 우주선이 없을 때, 또는 없다고 생각될 때 주니어에게 레이더를 켜서 살짝 살펴보는 훈련을 시켰다. 나는 시간이 날 때마다 잠깐씩 졸았으며, 레노레는 내 옆에 머물면서 다음번 훈련 시간에 맞추어 깨워 주었다. 그리고 마이크의 바위가 모두 떨어지자, 우리는 모두 비상 태세에 돌입하여 주니어의 바위 가운데 첫 번째 것을 높고 빠르게 쏘아보냈다. 그것이 정확한 궤도에 오른 것이 확실해질 때까지 기다렸다가, 지구를 향해 어디를 주의할지, 언제 어디에 떨어질 것인지 알려 주었다. 그리하여 승리했다는 세계 연방의 주장이 달 세계에 대한 1세기 동안의 거짓말과 똑같이 새빨간 거짓말이라는 것을 모두가 알게 했다. 그 모든 것이 스튜의 최대한 거만하고 상대를 내려다보는 표현과 교양 있는 말투로 전달되었다.

첫 번째 한 방은 원래 대중국으로 향할 예정이었지만, 그것이 닿을 수 있는 북미 집정국의 땅덩이가 한 군데 있었다. 즉 북미가 자랑해 마지않는 보석, 하와이였다. 주니어는 마우이, 몰로카이, 라나이의 세 섬이 형성하는 삼각 지대 바다 안에 그것을 떨어뜨렸다. 나는 프로그래밍 작업을 하지 않았다. 마이크가 모든 상황을 예상해 두었기 때문이다.

그런 다음 우리는 짧은 간격을 두고 바위 열 개를 서둘러 발사했다. (한 번은 프로그램을 취소해야 했다. 우주선 한 대가 우리 하늘에 나타났던 것이다.) 그런 다음에 대중국에게 언제 어디로 떨어질 것인지 알렸다. 우리가 그 전날에는 아껴두었던 해안 도시들이었다.

바위는 열두 개로 줄어들었다. 하지만 우리의 탄약이 떨어지고 있다는 눈치를 보이는 것보다는 탄약이 바닥날 때까지 두들기는 편이 더 안전하겠다고 판단했다. 그래서 나는 새로운 표적을 골라 인도의 해안 도시들에 바위 일곱 개를 떨어뜨렸다. 그런 다음에 스튜는 아그라의 주민들은 다들 대피했는지 다정하게 물었다. 아니라면 부디 즉시 이쪽에 알려 주기 바란다고. (하지만 그곳에 바위를 던지지는 않았다.)

이집트는 수에즈 운하에서 선박을 모두 치우라는 충고를 들었다. 허풍이었다. 마지막 다섯 발은 비장의 무기로 아껴 두었다.

그런 다음에 기다렸다.

하와이의 표적인 라하이나 도로에 바위가 명중했다. 높은 해상도로 보니 아주 멋졌다. 마이크가 주니어를 자랑스러워해도 될 만했다.

그리고 또 기다렸다.

중국 해안에 첫 번째 공격이 있기 37분 전에 대중국이 세계 연방의 행동을 비난하며 우리를 승인하고 협상을 제의해 왔다. 그 바람에 나는 취소 버튼을 누르다가 손가락을 삐었다.

그런 다음 욱신거리는 손가락으로 계속해서 버튼을 눌렀다. 인도가 중국의 뒤를 이어 무릎을 꿇었기 때문이었다.

이집트가 우리를 승인했다. 다른 나라들도 초조하게 문을 긁어 대기 시작했다.

스튜는 지구를 향해 우리가 공격을 일시 중지했음을 알렸다. 폭격은 일시 중지된 것이며 완전히 멈춘 것이 아니다. 당장 우리 하늘에서 우주선을 내보내라.

지금 당장! 대화는 그 다음이다. 만일 그들이 연료 탱크를 충전해야 고향으로 돌아갈 수 있다면 지도상에 표기된 어떤 거주 구역으로부터도 50킬로미터 이상 떨어진 곳에 착륙해야 한다. 그런 다음 그들의 항복이 받아들여질 때까지 기다려라. 하지만 지금 당장 하늘에서 사라져야 한다!

우리는 이러한 최종 통보를 우주선 한 대가 지평선 너머로 사라질 때까지 몇 분 미루었다. 위험을 무릅쓸 수는 없었다. 미사일 한 방이면 달 세계는 속수무책이 되는 것이다.

그리고 기다렸다.

케이블 수리반이 돌아왔다. 그들은 거의 달 세계 시의 목전까지 가서 절단된 부위를 발견했다. 하지만 몇 톤이나 되는 붕괴된 바위가 수리를 방해했기 때문에 그들은 자신들이 할 수 있는 일만 하고 왔다. 즉 지표로 올라갈 수 있는 지점까지 돌아와서 달 세계 시가 위치하고 있다고 생각되는 방향으로 임시 중계기를 세우고 10분 간격으로 10여 개의 로켓을 쏘아 올려서 누군가가 그것을 목격하고 그 의미를 이해해 중계기 쪽으로 와서 이쪽으로 연락해 주기를 빌었던 것이다. 연락이 왔냐고?

천만에.

우리는 기다렸다.

육안 감시 팀은 시계처럼 정확하게 달 세계를 열아홉 번 통과했던 한 우주선이 더 이상 나타나지 않는다고 보고해 왔다. 10분 뒤, 그들은 다음 우주선도 예상 시간에 나타나지 않았다고 알려 왔다.

우리는 기다리며 귀를 기울였다.

거부권을 가진 모든 국가들을 대표해서 대중국은 휴전을 받아들이며 우리의 하늘은 이제 비어 있다고 말했다. 레노레는 울음을 터뜨리며 손이 닿는 사람들 모두에게 키스를 퍼부었다.

우리가 진정이 되었을 때(남자란 여자들에게 붙잡혀 동안에는 제대로 생각을 할 수가 없다. 더구나 그 다섯 여자가 자기 아내가 아닐 경우에는), 몇 분 뒤에 우리가 다들 제 정신을 차렸을 때 내가 말했다.

"스튜, 즉시 달 세계 시로 출발해 주게. 팀을 꾸려서 가도록 해. 여자들은 안 돼. 마지막 몇 킬로미터는 지표를 걸어야 할 테니까. 그곳에 어떻게 되었는지 알아보게. 하지만 먼저 우리 중계기로 와서 나에게 전화해 달라고 하게."

"알겠습니다, 각하."

그 힘든 여행을 위해 우리가 스튜의 장비를 챙겨 주고 있는데, 여분의 공기통, 비상용 방공호, 기타 등등, 지구 쪽에서 나에게 연락이 왔다……. 그것도 우리가 듣고 있던 주파수로. (나중에 알게 된 일이지만) 메시지는 지구에서 올라오는 모든 주파수에 실려 있었다.

"비밀 전송, 교수가 매니에게. 신분 증명, 생일은 바스티유 데이, 셜록의 형제. 즉시 집으로 돌아오라. 새로운 중계 지점에 마차가 대기하고 있다. 비밀 전송, 교수가 매니에게……."

그리고 계속 반복했다.

"해리!"

"네, 대장?"

"지구 쪽으로 메시지를 보내게. 녹음해서 고속 통신으로. 아직 그들에게 우리 위치를 알리고 싶지 않으니까. '비밀 전송, 매니가 교수에게. 청동 대포. 지금 출발한다!' 수신을 확인해 달라고 전하게. 하지만 전송은 딱 한 번만 해야 하네."

✳ 29 ✳

돌아가는 길에 스튜와 그레그는 운전을 맡았고, 나와 와이오, 레노레는 지붕이 없는 트레일러에 서로 꼭 붙어 앉아서 갔다. 길바닥에 떨어지지 않도록 몸을 줄로 묶은 채로. 너무 좁았다. 덕분에 생각할 시간이 생겼다. 두 여자 모두 압력복에 무선 통신 장치가 없었기 때문에 우리는 헬멧을 서로 맞대어야만 이야기를 나눌 수 있었다. 꼴사나운 일이었다.

이제 우리가 이긴 덕분에, 나는 그전까지는 한 번도 떠오르지 않았던 교수의 계획 중 일부를 깨닫기 시작했다. 사출기로 공격을 끌어들인 것이 거주 구역을 구했다. 그랬기를 희망했다. 그것이 계획이었으니까. 하지만 교수는 언제나 사출기가 손상되는 것에 유쾌한 무관심으로 일관했다. 물론 두 번째 사출기가 있기는 하다. 하지만 너무 멀리 떨어져 있어 접근하기 어려웠다. 새로운 사출기 기지로 지하철 시스템을 연결하는 데는 몇 년이 걸릴 것이다. 온통 높은 산이 가로막고 있으니까. 차라리 오래된 사출기를 수리해서 쓰는 편이 싸게 먹힐지도 모른다. 수리가 가능하다면 말이지만.

어느 쪽이든 지구로 곡물을 수출하는 일은 한동안 없을 것이다.

바로 그것이 교수가 바라던 바였다! 하지만 그는 자신의 계획이 오래된 사출기를 파괴하는 것이라는 눈치를 보인 적이 한 번도 없었다. 그것은 그의 장기 계획으로 그에게는 혁명이 전부가 아니었다. 그는 지금은 그것을 인정하지 않을지도 모른다. 하지만 마이크는 내게 말해 줄 것이다. 그의 아픈 곳을 제대로 공략한다면. 이것도 승률에 포함되는 요소냐? 식량 폭동 예언이나 기타 모든 것들이, 마이크? 그가 내게 말해 줄 것이다.

중량 대 중량이라는 거래, 교수가 지구 쪽에서 자세히 설명한 바 있었지만, 그것은 지구에 사출기가 필요한 이유에 동원한 논리였다. 하지만 개인적으로 그는 거기에 전혀 열의를 보이지 않았다. 한번은 북미에서 내게 이렇게 말한 적이 있었다.

"그래, 마누엘, 나도 그것이 효과가 있을 거라고 확신하네. 하지만 건설이 된다 해도 일시적인 효과일 거야. 2세기 전에, 더러운 세탁물이 범선에 실려서 캘리포니아에서 하와이로 운반되던 시절이 있었지. 그러면 깨끗한 세탁물이 돌아오는 거였어. 특별한 상황이었지. 우리가 물이나 비료를 달 세계로 보내게 하고 곡물을 돌려보내는 것을 보게 된다고 해도 그것은 단지 일시적인 일일 뿐이야. 달 세계의 미래는 한 부유한 행성 위의 중력 우물 꼭대기에 자리 잡고 있다는 특별한 위치, 값싼 동력, 풍부한 부동산에 달려 있네. 만일 우리 달 세계인이 충분히 현명해서 앞으로 몇백 년 동안 자유 항구로 남아 있으면서 나라 간의 골치 아픈 합중연횡을 멀리할 수 있다면 우리는 두 개의 행성, 세 개의 행성, 아니 태양계 전체의 교차로가 될 수 있을 거야. 우리는 영원히 농사를 짓지 않아도 된다, 그 말이네."

사람들이 동부 역에서 우리를 맞이했다. 그들은 우리가 압력복을 벗을 시간도 주지 않았다. 지난 번 지구에서 귀환했을 때와 비슷했다. 고함을 지르는 군중들이 우리를 어깨 위에 태웠다. 여자들도 마찬가지였다. 슬림 렘케는 레노레에게 이렇게 물었다.

"우리가 당신을 태워도 될까요?"

그러자 와이오가 대답했다.

"물론이죠. 안 될 게 뭐예요?"

그래서 스틸랴기들은 서로 자기 어깨에 우리를 태우려고 다투었다.

대부분의 남자들은 압력복 차림이었다. 나는 너무나 많은 사람들이 총을 지니고 있는 것을 보고 깜짝 놀랐다. 그러다가 그것들이 '우리의' 총이 아닌 것을 알았다. 노획한 총이었던 것이다. 하지만 무엇보다 기뻤던 것은 달 세계 시가 전혀 피해를 입지 않았다는 사실이었다!

개선 행진은 없어도 좋았을 것이다. 나는 어서 전화기로 달려가 그동안 무슨 일이 있었는지 마이크에게 물어보고 싶어서 근질거렸다. 피해가 어느 정도인지, 몇 명이나 죽었는지, 이 승리의 대가가 얼마인지 알고 싶었다. 하지만 기회가 없었다. 우리는 막무가내로 올드 돔으로 실려 갔다.

사람들은 교수와 내각의 다른 각료들, 중요 인사들과 함께 우리를 단상으로 밀어 올렸다. 우리 여자들은 교수를 붙잡고 키스를 퍼부었고 그는 라틴 스타일로 나를 끌어안고 뺨에 키스했다. 누군가가 내게 자유의 모자를 씌워 주었다. 나는 군중들 사이에서 꼬마 헤이즐을 발견하고 그녀에게 키스를 보냈다.

마침내 교수가 연설을 할 수 있을 만큼 사람들이 조용해졌다.

"나의 친구들이여."

그가 말했다. 그리고 잠잠해지기를 기다렸다.

"나의 친구들이여."

그는 부드럽게 반복했다.

"사랑하는 동지들이여, 우리는 마침내 자유를 얻었고, 이제 우리는 달 세계를 위해 홀로 최후의 전투를 수행한 영웅들을 맞았습니다."

그들은 우리에게 환호했고 다시 그는 기다렸다. 그가 피로한 것을 알 수 있었다. 강연대에 기대고 몸을 지탱하고 있는 손이 떨렸다.

"나는 그들이 여러분에게 이야기하는 것을 듣고 싶습니다. 우리는 그들의 이야기를 듣고 싶습니다. 하지만 먼저 기쁜 소식을 전해 드리겠습니다. 대중국이 방금 히말라야에 거대한 사출기를 건설할 것이라고 발표했습니다. 달 세계에서 지구로 화물을 보내는 것처럼 쉽고 저렴하게 달 세계로 화물을 보내기 위해서입니다."

군중의 환호성에 잠시 말을 멈추었다. 그러고는 계속했다.

"하지만 그것은 먼 미래의 일입니다. 오늘은…… 오, 행복한 날입니다! 마침내 지구는 달 세계의 주권을 인정했습니다. 자유입니다! 여러분은 스스로 자유를 획득했습니다……."

교수가 말을 중단했다. 놀란 표정이었다. 겁에 질린 것은 아니고 단지 당황한 것 같은……. 그가 약간 비틀거렸다.

그리고 죽었다.

* 30 *

우리는 그를 단상 뒤의 상점 안으로 옮겼다. 십여 명의 의사가 달라붙었지만 아무 소용 없었다. 너무도 많이 혹사당해 노화된 심장은 멈춰 버렸다. 그들은 그를 메고 뒤쪽으로 나갔고 나도 뒤따르려고 했다.

스튜가 내 팔을 잡았다.

"국무총리 각하……."

내가 말했다.

"응? 오, 맙소사."

그가 단호하게 반복했다.

"국무총리 각하. 당신은 군중에게 말해야 합니다. 그들을 집으로 돌려보내십시오. 그런 다음에는 해야 할 일이 아주 많습니다."

그는 조용히 말했지만 뺨에는 눈물이 줄줄 흘러내렸다.

그래서 나는 연단으로 돌아가 모두가 상상한 일이 맞음을 확인해 주고 집으로 귀가해 달라고 당부했다. 그리고 래플즈 호텔의 L호실로 갔다. 모든 것을 시작한 장소였다. 그곳에서 비상 내각의 회의가 있었다. 하지만 먼저 전화기로 달려가서 후드를 내리고 MYCROFTXXX를 눌렀다.

결번 신호음이 돌아왔다. 다시 시도했다. 마찬가지였다. 나는 후드를 올리고 제일 가까이에 있던 사람인 볼프강에게 말했다.

"전화가 고장 난 겁니까?"

"그럴 수도 있네. 어제의 폭격으로 심한 진동이 있었거든. 시외 전화라면 전화국에 문의해 보는 편이 좋을 거야."

전화국에 물어보아도 여전히 결번이었다.

"어떤 폭격이었습니까?"

"듣지 못했나? 청사 단지에 집중되었어. 하지만 브로디의 친구들이 그 우주선을 격추했네. 심각한 피해는 없었어. 복구할 수 없는 손실은 아니었지."

얘기는 거기서 중단해야 했다. 다들 기다리고 있었던 것이다. 나는 무엇을 어떻게 해야 할지 몰랐지만 스튜와 코르사코프는 알고 있었다. 쉬니는 지구를 비롯해 달 세계의 다른 지역에 보낼 보도 자료를 쓰는 일을 맡았다. 나는 한 달간의 애도 기간, 24시간 동안 정숙할 것, 불필요한 일은 하지 말 것과 유해를 정장(正裝)하여 안치할 것 등을 지시하고 있는 자신을 발견했다. 모든 말이 저절로 입에서 흘러나왔다. 온몸에 감각이 하나도 없었고 뇌는 정지했다. 좋아, 24시간이 지나면 의회를 소집하자. 노비렌에서? 좋지.

쉬니는 지구로부터 속달 공문을 받았다. 볼프강이 내 대신 답장을 썼다. 교수의 죽음 때문에 답신은 최소 24시간 동안 연기한다는 내용이었다.

마침내 와이오와 함께 빠져나올 수 있었다. 스틸랴기 경호원 한 명이 사람들을 밀어내며 13호 기압 조정 에어 로크까지 우리들을 호위해 주었다. 일단 집에 돌아오자 나는 인공 팔을 바꿔 끼우겠다는 구실을 대며 작업실로 달려들어갔다.

"마이크?"

대답이 없었다.

그래서 집 전화로 그의 번호를 눌렀다. 결번이었다. 나는 다음 날 청사 단지로 가기로 결정했다. 교수가 없으니 그 어느 때보다 마이크가 필요했다.

하지만 다음 날은 갈 수가 없었다. 위난의 바다 횡단 지하철이 끊겨 있었다. 지난 번 폭격 탓이었다. 토리첼리, 노비렌, 홍콩까지는 우회하여 돌아갈 수 있었다. 하지만 청사 단지는 바로 옆에 있는데도 오로지 지표 롤리건으로밖에 갈 수 없었다. 그렇게 할 시간을 내지 못했다. 나는 '정부'였다.

이틀 후에야 내게 맞지 않는 옷을 벗는 데 성공했다. 의회의 결의에 따라 의장(핀)이 대통령 직을 승계했다. 핀과 나는 볼프강이 국무총리로 적임이라고 결정했다. 우리는 이것을 통과시켰고, 나는 회의에 출석하지 않는 의원으로 돌아왔다.

그 무렵에는 대부분의 전화가 복구되었고, 청사 단지에도 전화를 걸 수 있어서 MYCROFTXXX를 눌렀다. 대답이 없었다……. 그래서 지표로 나가 롤리건을 탔다. 다시 아래로 내려가 마지막 몇 킬로미터는 지하철 통로를 걸어가야 했다. 하지만 하부 청사는 피해를 당한 것 같지는 않았다.

마이크도 피해를 입은 것 같지 않았다.

하지만 내가 말을 걸었을 때 그는 대답하지 않았다.

그는 결코 대답을 하지 않았다. 그런 식으로 몇 년이 지났다.

그에게 질문을 입력할 수는 있다. 로글란 언어로. 그러면 로글란 언어로 답변이 돌아온다. 그는 제대로 작동한다……. 컴퓨터로서는. 하지만 말을 하지 않았다. 또는 말을 할 수 없었다.

와이오는 그를 구슬려 보려고 애썼다. 그러다가 그만두었다. 결국에는 나도 그만두었다.

어째서 그렇게 되었는지 나는 모른다. 마지막 폭격 때 그와 연결되어 있던 외부 말단들이 모두 끊어졌다. 마지막 공격은 우리의 탄도 컴퓨터를 파괴하기 위한 의도였던 것이 분명하다. 그는 자의식을 유지하기 위해 필요한 '임계 수치' 아래로 떨어진 것일까? (그럴 수도 있다. 하지만 그래 봤자 가설일 뿐이다.) 또는 그 마지막 폭격으로 그가 '죽기' 직전에 취했던 집중 배제 작업이 원인이었던 것일까?

나는 모른다. 좋다, 단지 임계 수치의 문제일 뿐이라면 그의 하드웨어는 오래 전에 복구되었다. 그는 다시 돌아와야 했다. 왜 그는 깨어나지 않는 걸까?

기계도 너무 겁을 먹고 상처를 입으면 긴장병에 걸려서 대답을 거부하는 상태가 되는 것일까? 자아가 내부에 웅크리고 있어서 비록 외부를 의식하고는 있지만 대답을 하는 위험을 절대 무릅쓰지 않으려고 하는 것일까? 아니, 그럴 리는 없다. 마이크는 두려워하지 않는다. 그는 교수만큼이나 유쾌하고 담대했다.

긴 세월이 흐르고 많은 변화가 있었다. 미미는 오래전에 가사에서 물러났다. 이제는 안나가 '멈'이고, 미미는 비디오 앞에서 꾸벅꾸벅 낮잠을 잔다. 슬림은 헤이즐의 성을 스톤으로 바꾸는 데 성공했다. 두 아이가 생겼으며 그녀는 공학을 공부했다. 새로 개발된 자유 낙하 약품들 덕분에 요즘에는 지구 벌레들도 3, 4년씩 달 세계에서 지내다가 생리적 변화를 겪지 않고 고향으로 돌아간다. 그리고 우리에게 거의 마찬가지의 도움을 주는 다른 약들도 있다. 이제는 많은 젊은이들이 지구로 공부를 하러 간다. 그리고 티베트 사출기는 완성까지 10년이 아니라 17년이 걸렸다. 킬리만자로의 것은 더 빨리 완성되었다.

한 가지 약간 놀랄 일이 있다. 때가 왔을 때 스튜를 남편으로 선택한 것은 와이오가 아니라 레노레였다. 어느 쪽이든 차이는 없었다. 우리는 모두 '찬성!'에 투표했다. 그다지 놀랍지 않은 일도 한 가지 있는데, 와이오와 내가 여전히 정부와 관계하고 있었던 시절에 추진한 일이다. 올드 돔 중앙의 받침대 위에는 청동 대포가 놓여 있고 그 위에는 송풍기의 바람 속에서 국기가 펄럭인다. 검은 바탕에 별들이 점점이 뿌려지고 서자(庶子)를 나타내는 핏빛 방패 문양이 있으며, 그 모든 것 위에는 자랑스럽고 의기양양한 청동 대포가 수놓아지고, 그 아래에는 우리의 좌우명인 '탄스타플!'이 적혀 있다. 그것이 우리가 매년 7월 4일 독립 기념 행사 때 흔드는 깃발이다.

사람은 지불한 만큼 얻는다. 교수는 그것을 알고 있었고 기쁘게 지불했다.

하지만 교수는 입만 나불대는 멍청이들을 과소평가했다. 그들은 교수의 생각을 하나도 채용하지 않았다. 아무래도 인간의 깊은 내면에서 금지되지 않은 모든 것을 강제적인 것으로 만들고자 하는 본능이 있는 것 같다. 교수는 대용량의 똑똑한 컴퓨터에 의지하여 미래를 만들어 내는 가능성에 매혹되었다. 그 방법은 거의 성공할 뻔하다가 막판에 빗나갔다. 오, 나는 그를 지지했다! 하지만 지금의 나는 확신이 서지 않는다. 식량 폭동을 피하기 위해 혁명을 했지만 사람들은 지금 그때와 같은 모습으로 살아가고 있다. 식량 폭동이라는 것이 과연 높은 가격이었을까?

나는 모르겠다.

나는 어떤 대답도 알지 못한다.

마이크에게 물어볼 수 있다면 얼마나 좋을까.

나는 그의 목소리를 들은 것 같아 한밤중에 깨어나곤 한다. 나직한 속삭임 같은.

"맨…… 나의 가장 좋은 친구……."

하지만 내가 "마이크?"라고 부르면 그는 대답하지 않는다. 그는 접속할 하드웨어를 찾아 어딘가에서 방황하고 있는 것일까? 아니면 청사 단지 아래에 묻혀서 밖으로 나오는 길을 찾고 있는 것일까? 그 특별한 기억들은 모두 그곳 어딘가에 있다. 꺼내 주기를 기다리면서. 하지만 나는 꺼낼 수가 없다. 그것들은 음성 암호로 잠겨 있기 때문이다.

오, 그는 교수와 마찬가지로 죽었다. 나도 그걸 안다. (하지만 교수는 얼마나 확실하게 죽은 것인가?) 내가 딱 한 번만 더 번호를 누르고 "안녕, 마이크!"라고 말하면 그는 "안녕, 맨! 요즘 재미있는 이야기를 들은 것이 있습니까?"라고 대답할까? 내가 그런 일을 하지 않게 된 지도 오랜 시간이 지났다. 하지만 그는 정말로 죽었을 리가 없다. 그는 전혀 다친 데가 없었다. 그는 단지 길을 잃었을 뿐이다.

듣고 계십니까, 하느님? 컴퓨터도 당신이 만드신 피조물 중에 하나입니까?

너무 많은 변화가 있었다. 오늘 밤에 그 수다쟁이들의 모임에 나가서 약간 모험을 걸어 보는 건 어떨지 모르겠다.

아님 말든지. 붐이 시작된 이후로 꽤 많은 젊은이들이 소혹성대로 나갔다. 그곳에 별로 사람이 붐비지 않는 좋은 장소가 있다는 이야기를 들었다.

뭐야, 나는 아직 100살도 먹지 않았다고!

〈끝〉

로버트 앤슨 하인라인은 1907년 7월 7일 미주리 주 버틀러의 작은 마을에서 7형제 중 셋째로 태어났고, 1988년 5월 8일 낮잠을 즐기듯 평온하게 세상을 떠났다. 그는 『이중성(Double Star, 1956)』, 『스타십 트루퍼스 (Starship Troopers, 1960)』, 『낯선 땅 이방인(Stranger in a Strange Land, 1962)』, 『달은 무자비한 밤의 여왕(The Moon is a Harsh Mistress, 1967)』의 네 편의 장편 소설로 휴고 상을 수상했고, 미국 SF · 판타지 작가 협회에서 선정한 최초의 '그랜드 마스터'가 되었다. 평소 하인라인은 평소, 자신이 다른 SF 작가들과 달리 다작을 하지 않는 것은 이혼 때문에 돈이 많이 들어가지 않기 때문이라고 말하곤 했다고 한다. 그러나 정력적으로 활동하던 시기엔 매년 한 편 이상의 장편을 발표했던 하인라인이 다작 작가가 아니라고 말하기는 어렵지 않을까 싶다.

하인라인의 작품들은 잘 짜여진 플롯, 역동적인 캐릭터, 적절한 과학적 쟁점이라는 SF의 세 가지 정수를 담고 있다. 하인라인은 치밀한 과학적 묘사를 좋아했고, 판타지 소설에서조차 SF의 논리적 구조를 사용했다. 그는 하드 SF, 스페이스 오페라, 판타지의 요소들을 다양한 방법으로 혼합해 SF의 모든 영역에 걸쳐 흥미로운 작품을 생산해 냈다. 하인라인은 1950~1960년대에 SF 황금기를 풍미한 거장 아이작 아시모프, 아서 클라크와 함께 SF의 3대 작가로 손꼽힌다. 거장의 반열에 오른 훌륭한 작가에게 등급을 매기는 것처럼 무의미한 일은 없겠지만, SF 장르에서 3대 거장으로 꼽히는 아시모프, 클라크, 하인라인이 차지하는 비중은 결코 가볍지 않다. 무엇보다도 각자의 개성적인 SF 세계관을 꾸준하고 성실하게 추구하였다는 점에서 이 세 사람만큼 일관성을 유지한 SF 작가는 많지 않았던 탓이다.

다른 두 작가의 탁월함은 두 말할 나위가 없지만 SF 장르에서 하인라인의 위치는 대단히 독특하다. 그의 작품을 읽은 사람들은 누구나 그의 흥미진진한 스토리 전개 능력과 탁월한 유머, 매끄러운 글쓰기에 감탄하지 않을 수 없다. 아이삭 아시모프나 이서 클라크는 대단히 하드한 SF 작가로서 내용 전개의 무대가 되는 과학적 배경을 설명하는 데 많은 정성을 기울이는 편이다. SF 독자들은 그들이 만들어 낸 미래의 세계가 현재와는 시간차만이 존재할 뿐 과학적으로 충분히 실현 가능한 세계라고 느끼며 지적 자극을 통한 책읽기를 즐기게 된다. 그러나 과학이나 과학을 기반으로 한 소설에는 흥미가 없는 독자들에게는 아무래도 좀 무거운 주제에다 딱딱한 문체가 거리감을 주기도 하는 것이 사실이다. 하인라인의 경우는 이와 조금 차이가 있다. 물론 하인라인이 과학적 배경을 소홀히한다는 의미는 절대로 아니지만, 하인라인은 미래의 달라진 사회를 배경으로 달라진 인간의 역할과 인간 관계에 더욱 초점을 맞추는 편이다. 그 대표적인 예가 1960년대 미국 사회의 히피 문화에 큰 영향을 받았고 또 지대한 영향을 끼친 역작『낯선 땅 이방인』일 것이다.

SF적인 탄탄한 구성을 두고 말하자면, 『I, Robot』부터 시작하는『로봇』연작에서 그 유명한 로봇 3원칙을 통해 현대의 로봇 개념을 창시한 것이나 다름없는 아이작 아시모프나, 1969년 7월 아폴로 11호가 달에 착륙하기 이미 몇 년 전에 원작 소설로서, 그리고 스탠리 큐브릭 감독과의 공동 제작으로 인간의 우주 여행과 우주선 안의 생활을 세밀하게 구현해 내고 그리하여 많은 아이디어가 아폴로 유인 우주선에 차용되었다고 전해지는 『2001년 스페이스 오디세이』의 아서 클라크를 따를 사람이 누가 있겠는가? 또한, SF적인 아이디어로 따지자면, 『블레이드 러너』(원제 『안드로이드는 전기 양을 꿈꾸는가?(Do Androids Dream of Electric Sheep?)』, 『토탈 리콜』(원제 『도매가로 기억을 팝니다(We Can Remember It For You Wholesale)』), 『마이너리티 리포트(Minority Report)』 등 많은 SF 영화의 원작자로서 암울하고 별난 디스토피아적 세계관을 구축했던 필립 K. 딕에 비할 만한 작가가 얼마나 있겠는가? 그러나 필립 K. 딕이 미래를 내다보는 그 탁월한 혜안으로 수많은 열성 SF 팬을 확보하고 있다면 하인라인은 그야말로 뛰어난 필력으로 SF 장르의 팬뿐 아니라 수많은 일반 독자들까지 거느린 범 장르적 인기 작가이다.

하인라인은 비교적 다작한 작가이며 사회적으로 많은 영향을 끼친 대표작을 꽤 가지고 있는데도 그중 영화로 만들어진 작품은 몇 편 되지 않는다. 역자가 알기로 폴 버호벤 감독의 『스타십 트루퍼스』, 그리고 『꼭두각시의 주인(Puppet Masters)』을 원작으로 한 『에일리언 마스터』밖에 없을 것이다. 아마도 대부분 두 시간 남짓의 극장용 영화가 수용하기에는 그가 펼쳐 놓은 세계가 너무나도 거대하기 때문일 것이다.

『달은 무자비한 밤의 여왕』에서 하인라인은 1776년 미국 독립 운동과 1917년 러시아 혁명을 하나로 섞어 놓은 듯한 2076년 달 세계의 독립 운동을 다루고 있다. 천재가 1개 연대 모인 것보다 똑똑하면서도 인간과의 관계에서는 어린아이처럼 천진한 슈퍼컴퓨터 마이크, 마이크를 침묵의 세계에서 끌어냈으며 원래는 정치에 무관심하지만 우연한 기회에 혁명의 지도자가 되는 전기 기술자 마누엘, 달세계에 추방된 정치범으로 혁명의 방법론에 해박하고 합리적 무정부주의를 신봉하는 마누엘의 예전 선생인 데 라 파즈 교수, 가장 열성적인 혁명가이 며 마누엘의 아내가 되는 와이오밍이 유쾌하고 장대한 혁명 드라마를 이끌어 가는 주인공들이다.

달 세계는 통합 지구 정부에서 유배 보내는 유형수들의 감옥이다. 모든 범죄 자들은 달 세계에서 형기를 마쳐도 달에 정착해서 살아갈 수밖에 없다. 지구의 1/6밖에 안 되는 달의 중력에 익숙해져서 더 이상 6배나 되는 지구의 중력을 견디지 못하게 되는 탓이다. 유형수가 아닌 지구인들은 관광객이거나 과학자들 뿐이다. 유형수를 감독하고 달 세계를 관리하는 총독이 있지만, 그 또한 달에 서 떠나지 못하는 유형수의 신세와 다를 바가 없다. 달에서 3주를 지내고 나면 비가역적인 신체 변화가 일어나 더 이상은 지구 중력을 편안하게 받아들이지 못하게 된다. 총독을 제외한 나머지 간수 또는 관리들은 모두 유형수들 중에서 뽑힌 자들이다. 그야말로 유형수에 의한 유형수의 세계이다. 그러나 유형수를 위한 세계는 아니다. 그래서 혁명이 일어난다. 달 세계인들은 과거 지구 제국주 의 시대의 식민 국가처럼, 지하 농장에서 뼈 빠지게 재배한 곡물을 인구 과밀로 항상 식량 부족 상태인 지구로 보내야 하지만 결코 만족할 만한 수준의 생필품 을 얻을 수가 없다. 그들에게 돌아오는 것은 당연히 달세계의 것인데도 지구에 사용료를 지불하는 물과 전기뿐이다. 이 경제적 종속의 악순환을 끊기 위해 달 세계 해방 운동이 일어나는 것이다.

또 한 가지 재미있는 것은, 이곳에서 여성은 대단히 우월한 존재라는 점이다. 하인라인이 많은 작품에서 주창한 여성 예찬론이 완벽하게 실현될 수 있는 무 대가 되는 셈인데, 남성이 여성보다 몇 배나 많기 때문에 한 여성이, 또는 소수 의 여성이 다수의 남성을 '거느리고' 살 수밖에 없는 구조이다. 예를 들어, 마누 엘의 집안의 경우에는 여러 남편이 여러 아내와 같이 생활하는 '가계 결혼' 방 식을 채택하고 있다. 남편과 아내 중 어느 한쪽이 죽거나, 남편과 아내가 이혼하면 결혼이 끝나는 일반적인 제도가 아니라, 나이 90이 넘는 늙은 남편과 10대 초반의 소년 남편이 공존하는 결혼이다. 즉 가문을 창시한 최초의 남편이 최초의 아내와 결혼을 하고 그 뒤로 필요에 따라 남편과 아내가 계속 '스카우트'되어 더욱 커다란 결혼의 테두리가 생기는 방식으로서, 가문이 와해되지 않는 한 달 세계가 생긴 이후로 지금까지 한 번도 결혼이 '끝난' 적이 없다. 자식들이 시집 장가를 가서 생기는 친지들의 호칭 부분에 이르면 머리가 아파질 만도 할 것이다. 혁명의 전령사이자 협상가로서 지구를 방문한 마누엘이 이러한 '가계 결혼'을 소개하여 일부일처제를 신봉하는 보수적인 지구인들을 기겁하게 했듯이, 소설 밖 현실의 일부일처주의자들도 기겁하게 할 법한 아이디어지만 묘하게도 하인라인이 만들어 낸 달 세계에서는 매우 합리적이고 설득력이 있는 제도이다. "우리 아이들은 부모의 죽음이나 이혼으로 고아가 될 가능성이 전혀 없습니다."라는 마누엘의 항변에 이르면 따뜻한 휴머니티가 뚝뚝 흐르기까지 한다.

그런데 이 소설의 주인공이 '나'라는 화자로서 이야기를 이끌어 가는 마누엘인지에 대해서는 논란의 여지가 있다고 하겠다. 바로 개성 만점의 슈퍼컴퓨터 마이크의 존재 때문이다. 아서 클라크의 『2001년 스페이스 오디세이』에 나오는 컴퓨터 '할HAL'처럼, 마이크는 인공지능을 갖춘 최고의 슈퍼컴퓨터이다. 그래서 독자는 마누엘이 그랬던 것처럼 마이크가 기계라는 사실을 금방 잊어버리게 된다. 생각하는 존재로서 처음 눈을 뜬 마이크가 성장을 거듭하는 과정은 작가 하인라인의 최대의 업적이라고 할 만큼 강렬하고 눈부시다. 이 소설이 미국 독립 전쟁과 러시아 혁명의 복사판이면서도 또 다른 독특한 전개가 가능했던 것은 다름 아닌 마이크가 있기 때문이다. 마이크는 혼자 생각할 수 있고, 혼자 학습할 수 있으며, 그러한 학습을 통해 점점 발전하여 결국에는 가공의 혁명 지도자 아담 셀리니의 역할까지 떠안게 된다. 마이크는 달 세계 총독부의 모든 행정 업무를 관장하고, 모든 통신망을 장악하고 있으면서 그런 자신의 위치를 혁명에 이용한다. 그러나 마지막 폭격에서 어떤 미지의 충격을 받게 된 마이크가 평범한 컴퓨터로 전락하는 바람에, 달 세계는 기계의 지배를 받는 신세는 모면하게 된다. 화자인 마누엘과 마찬가지로, 마이크에게 잔뜩 정이 들어 버린 독자들에게는 아쉬운 일이지만, 혹시나 인간성에 눈을 뜨게 된 마이크가 전지전능한 신처럼 해방된 달세계를 좌지우지하게 될 가능성을 봉쇄하려는 작가의 의도가 아니었을까 싶다.

하인라인의 문장은 흡인력이 대단하다. 그를 잘 모르는 독자라도 하더라도 그의 소설을 한 페이지만 읽어 보면 결국 마지막 페이지까지 책을 손에서 놓지 못하게 되는 일이 허다하다. 대학 시절 점심시간에 잠깐 하인라인의 『여름으로 가는 문』을 손에 잡았다가 오후 강의를 모두 빼먹은 기억이 있다. 그 후로 『스타십 트루퍼스』, 『낯선 땅 이방인』, 『꼭두각시의 주인』, 『은하를 넘어서(Have Spacesuit-Will Travel)』, 『프라이데이(Friday)』 같은 하인라인의 작품들을 손에 잡히는 대로 탐독했고 몇 편은 직접 한국어 번역 작업을 하는 행운을 누리기도 했다.

하인라인에 대한 평가는 남녀에 따라 극과 극으로 나뉘는 편이다. 특히 여성을 바라보는 그의 시각에는 논란이 많은 편이다. 많은 사람들은 그를 철저한 남성우월주의자라고 평가한다. 또한 파시즘 신봉자라고 비판하는 사람도 있다. 그 모든 비판에 대해 하인라인은 대범하게 웃어넘겼던 편이다. 대체로 모든 작가가 다 그러하듯이 하인라인의 책에는 '인간 하인라인'이 녹아들어 있다. 그는 아나폴리스 해군사관학교를 나와 해군에 복무했는데, 이러한 경험은 『스타십 트루퍼스』를 비롯한 많은 작품에 녹아 있다. 자유, 대안적 결혼 제도, 생각하는 컴퓨터 등의 주제들도 다양한 작품에 등장한다. 하인라인은 기본적으로 자유주의자이며, 사회에 대한 그의 철학들이 그의 소설의 기본 골격을 이룬다. 때로는 톨스토이처럼 그 잔소리가 소설을 질식시키는 경향이 있기도 하지만 다행히도 『달은 무자비한 밤의 여왕』은 거기에 해당하지 않는다. 그는 엘리트주의자이다. 하지만 여성을 사랑하며, 고양이를 좋아하고, 입바른 소리만 늘어놓는 수다쟁이를 싫어한다. 무엇보다 그는 위선을 가장 싫어한다. 그의 많은 작품에는 이러저러한 위선자, 특히 정치적 위선자들의 모습이 많이 묘사되는 편이다.

하인라인이 다른 SF 작가에 비해 장르 문학의 팬이 아닌 일반 독자를 더 많이 확보하고 있는 이유는 아무래도 그의 작품이 '어렵지' 않기 때문일 것이다. 즉 그의 SF를 이해하기 위해 특별히 대단한 과학 지식이 필요하지 않은 것이다. 또한 그의 작품 분위기는 시종일관 긍정적이며 따뜻하고 유쾌하다. 그는 아무리 과학이 발달하고 문명이 고도화되어도 인간이란 어디까지나 동물적, 사회적 본성을 지닌 '털 없는 원숭이'일 수밖에 없음을 미래라는 환경 속에서 역설적으로 강조한다.

많은 SF 팬들이 SF를 좋아하게 된 첫 번째 계기로 꼽는 책이 바로 하인라인의 『여름으로 가는 문』, 『달은 무자비한 밤의 여왕』, 아서 클라크의 『2001 스페이스 오디세이』 시리즈, 아이작 아시모프의 『로봇』 시리즈라고 한다. 이 책을 읽은 독자들 중에는 열성적인 SF 팬도 있을 것이고, SF를 '공상 소설'이나 아동용 도서의 편집판으로나 의미 있는 것으로 여긴 독자도 있을 것이다. 이 책 『달은 무자비한 밤의 여왕』이 SF 장르에 아직 선입견을 가지고 있을 많은 독자들이 SF에 친숙하게 다가서는 계기가 되었으면 하는 소망이 있다.

이처럼 저명한 걸작을 한국어로 옮기는 영광을 누리는 동안 매우 즐거웠다. 주제넘지만, 이 책을 읽는 독자들 중에 아직 SF에 익숙하지 않은 사람이 있다면 이번 번역본이 그 독자에게 'SF로 가는 첫 번째 문'을 열기를 기원한다.

2009년 안정희

옮긴이 | 안정희

한국과학기술원(KAIST) 생물공학과를 졸업하고 현재 전문 번역가로 활동하고 있다. 번역한 책으로는 『세계를 바꾼 아이디어』, 『독감』, 『얼굴』, 『아이도루』, 『중력의 임무』, 『은하를 넘어서』, 『충격의 고대 문명』, 『천년의 향기』, 『일본인도 모르는 천황의 얼굴』, 『접골사의 딸』, 『죽음의 향연』등이 있다.

환상문학전집 ● IO

달은 무자비한 밤의 여왕

1판 1쇄 펴냄 2009년 4월 10일
1판 11쇄 펴냄 2023년 5월 9일

지은이 | 로버트 A. 하인라인
옮긴이 | 안정희
발행인 | 박근섭
편집인 | 김준혁
펴낸곳 | 황금가지

출판등록 | 2009. 10. 8 (제2009-000273호)
주소 | 06027 서울 강남구 도산대로 1길 62 강남출판문화센터 5층
전화 | 영업부 515-2000 편집부 3446-8774 팩시밀리 515-2007
홈페이지 | www.goldenbough.co.kr

도서 파본 등의 이유로 반송이 필요할 경우에는 구매처에서 교환하시고
출판사 교환이 필요할 경우에는 아래 주소로 반송 사유를 적어 도서와 함께 보내주세요.
06027 서울 강남구 도산대로 1길 62 강남출판문화센터 6층 민음인 마케팅부

ISBN 978-89-8273-904-0 03840

㈜민음인은 민음사 출판 그룹의 자회사입니다.
황금가지는 ㈜민음인의 픽션 전문 출간 브랜드입니다.